2⁷²

La gesta del marrano

Marcos
Aguinis

La gesta
del marrano

Planeta

A863   Aguinis, Marcos
AGU   La gesta del marrano.- 1ª ed. – Buenos Aires :
        Planeta, 2003.
           504 p. ; 23x15 cm. (Autores españoles e
        iberoamericanos

           ISBN 950-49-1079-3

           I. Título – 1. Narrativa Argentina

Diseño de cubierta: Peter Tjebbes
Diseño de interior: Orestes Pantelides

Derechos exclusivos de edición en castellano
reservados para todo el mundo:
© 1991, 2003 Grupo Editorial Planeta S.A.I.C.
Independencia 1668, C1100ABQ, Buenos Aires

13ª edición en el Grupo Planeta
1ª edición en este formato: 3.000 ejemplares

ISBN 950-49-1079-3

Impreso en Grafinor S. A.,
Lamadrid 1576, Villa Ballester,
en el mes de julio de 2003.

Hecho el depósito que prevé la ley 11.723
Impreso en la Argentina

A Francisco Maldonado da Silva,
que defendió heroicamente el arduo
derecho a la libertad de conciencia.

A mi padre, que enriqueció mi niñez
con animadas historias y se hubiera
emocionado con ésta.

LIBRO PRIMERO
Génesis

Brasas de infancia

Prólogo

Mugre, piel y huesos, con los tobillos y las muñecas ulcerados por los grilletes, Francisco es una brasa que arde bajo los escombros. Los jueces miran con fastidio a ese esperpento: un incordio decididamente intolerable.

Hace doce años que lo han enterrado en las cárceles secretas. Lo sometieron a interrogatorios y privaciones. Lo enfrentaron con eruditos en sonoras controversias. Lo humillaron y amenazaron. Pero Francisco Maldonado da Silva no cedió. Ni a los dolores físicos ni a las presiones espirituales. Los tenaces inquisidores sudan rabia porque no quieren enviarlo a la hoguera sin arrepentimiento ni temor.

Cuando seis años atrás el reo efectuó un ayuno rebelde que casi lo disolvió en cadáver, los inquisidores ordenaron hacerle comer a la fuerza, darle vino y pasteles; no toleraban que ese gusano les arrebatase la decisión de su fin. Francisco Maldonado da Silva tardó en recuperarse, pero logró demostrar a sus verdugos que podía sufrir no menos que un santo.

En su maloliente mazmorra el estragado prisionero suele evocar su odisea. Nació en 1592, exactamente un siglo después de que los judíos fueran expulsados de España y Colón descubriera las Indias Occidentales. Vio la luz en el remoto oasis de Ibatín, en una casa donde predominaba el color pastel con manchones de azul. Luego su familia se trasladó a Córdoba, precipitadamente. Huían de una persecución que pronto les daría alcance. Navegó entonces por tierras amenazadas: indios, pumas, ladrones, alucinantes salinas. Cuando cumplió nueve años, arrestaron a su padre en un desgarrador operativo. Un año después arrancaron del hogar a su hermano mayor. Llegó a los once, y ya no quedaban en su vivienda bienes que no hubieran sido investigados y malvendidos por las im-

11

placables autoridades. Su madre, vencida, casi loca, se entregó a la muerte.

El llagado adolescente completó su educación en un convento: leía la Biblia y soñaba con una reparación aún inconfesable. Salvó a un apopléjico, cabalgó por las portentosas serranías de Córdoba y conoció las flagelaciones más absurdas.

Antes de cumplir dieciocho años decidió partir hacia Lima para graduarse de médico en la Universidad de San Marcos. Allí anhelaba reencontrarse con su padre, todavía vivo pero baldado por las torturas de la Inquisición. Su viaje de miles de kilómetros en carreta y en mula lo llevó desde las infinitas pampas del Sur a la helada puna del Norte. Alternó con inesperados acompañantes e hizo descubrimientos que le cambiaron la visión de su identidad. Descendió a la deslumbrante Lima, llamada Ciudad de los Reyes, para recibir la revelación final. Allí, además del encuentro dramático con su padre, conoció y ayudó al primer santo negro de América, participó en las defensas del Callao contra el pirata holandés Spilpergen y se graduó en una brillante ceremonia.

La persecución, que había empezado en Ibatín y siguió en Córdoba, volvió a enardecerse en Lima. Decidió, entonces, embarcar hacia Chile: era un eterno fugitivo. Allí logró ser contratado como cirujano mayor del hospital de Santiago, porque era el primer profesional con títulos legítimos que llegaba al país. Su biblioteca personal superaba todas las colecciones de libros existentes en conventos o reparticiones públicas. Visitó salones y palacios, alternó con autoridades civiles y religiosas, recibió halagos por su cultura. Y se casó con una hermosa mujer. Llegó a ser exitoso y apreciado; su bienestar reparaba la cadena de padecimientos anteriores.

Un hombre común no habría alterado esta situación. Pero en su espíritu llameaba un tizón inextinguible, una rebelión que ascendía desde los abismos. Sabía que otra gente, como él, deambulaba por el mundo sosteniendo sus creencias en secreto. Era difícil, conflictivo, indigno. Contra la lógica de la conveniencia, optó por quitarse la máscara y defender sus derechos de manera frontal. Hasta entonces había sido un hipócrita, un marrano[1].

1

Medio siglo antes de aquel momento crucial, el médico portugués Diego Núñez da Silva llegó al sureño oasis de Ibatín², llamado San Miguel de Tucumán por los españoles. Había nacido en Lisboa, en 1548. De niño tuvo momentos de felicidad, pero cuando obtuvo la licenciatura en medicina, harto de persecuciones y obsecuencias, decidió fugar hacia el Brasil. Quería alejarse de los incendios sin fin, el vértigo de acusaciones horribles, las forzadas pilas del bautismo, las cámaras de tortura o los Autos de Fe que asolaban Portugal. Transitoriamente le regocijó el océano y festejó sus tempestades, que parecían borrar las absurdas tempestades humanas. Pero al desembarcar en el Brasil supo que convenía alejarse del territorio dominado por la corona portuguesa: la Inquisición local era más desalmada que la de allende los mares. Continuó entonces su viaje fatigoso y arriesgado hacia el Virreinato del Perú. Llegó a la legendaria Potosí, donde las minas de plata eran explotadas hasta que las vetas daban señales inequívocas de agotamiento. Encontró a otros portugueses que, como él, también huían; trabó con ellos una amistad que después tuvo desgarradoras consecuencias.

Deseoso de practicar la medicina, propuso construir un hospital para los indígenas y realizó gestiones ante el Cabildo de Cuzco. No tuvo éxito, porque la salud de los indios no era un asunto de interés oficial. Enterado de que se necesitaban médicos en el Sur, reinició la marcha. Atravesó mesetas, quebradas y desiertos espectrales hasta concluir en el oasis de Ibatín, donde conoció a la joven Aldonza Maldonado, una muchacha de ojos dulces pero sin fortuna. Era una hermosa cristiana vieja, o sea que carecía de antecedentes moros o judíos, pero, por lo exiguo de la dote, no podía aspirar a un matrimonio ventajoso. Aceptó casarse con este médico portugués maduro, pobre y cristiano nuevo, como se llamaba a los conversos o hijos de conversos, porque tenía aspecto confiable y trato cordial; no escapó a su femineidad el varonil porte ni la hermosa barbita color bronce cuidadosamente recortada. Los esponsales fueron adustos, tal como exigía la carencia de dinero por ambas partes.

Don Diego se sintió dichoso. Había ofrecido sus servicios a toda Ibatín y a las escasas poblaciones desperdigadas por la Gobernación del Tucumán, con buena respuesta. Sus ahorros le permitieron construir una vivienda y, mientras contemplaba el patio de su nueva casa de piedras, adobe y techo cañizo que habían hecho los indígenas, sintió urgencia por cumplir con una postergada obligación. Era un patio rectangular y caliente, tapado por maleza y sobre el cual se abrían las habitaciones. Debía cambiarlo por el que dibujaban sus afectos.

Se enteró de que en el convento de La Merced había un naranjal. Entrevistó al enjuto superior, fray Antonio Luque. Le bastó una sola charla para obtener varios retoños y la ayuda de dos indios y dos negros. Bajo su supervisión los azadones arrancaron el yuyal; gimieron los tallos y las raíces; huyeron las alimañas. Luego palas y picos removieron vizcacheras y huevos de reptiles. Rozaron la tierra húmeda, imprimiéndole cierto declive para que escurriese el agua de las lluvias. Después apisonaron hasta que el rectángulo quedó liso como la piel de un tambor.

Marcó entonces con la punta de su bota doce puntos y ordenó cavarlos. Luego hincó su rodilla y, rechazando ayuda, ubicó cada árbol en su respectivo sitio. Comprimió la tierra en torno a la grácil base de los tallos, vació los baldes como si diese de beber a peregrinos y, al terminar la jornada, llamó a su mujer.

Aldonza acudió interrogativa, las manos enredadas en las cuentas de su rosario. La hermosa cabellera oscura le llegaba a los hombros. Su piel de aceituna contrastaba con sus ojos más claros. Tenía cara redonda, propia de una muñeca, labios en corazón y nariz breve.

—¿Qué te parece? —dijo él con orgullo mientras señalaba con el mentón los tiernos árboles. Le explicó que en sus ramas florecerían azahares, vendrían frutos y tendrían agradable sombra.

No le dijo, en cambio, que el flamante patio de naranjos era la reproducción de un sueño. Encarnaba su nostalgia por la remota e idealizada España, una tierra a la que habían pertenecido sus abuelos y que él jamás conoció.

2

La suntuosa fronda del naranjal ya alojaba la estridencia de los pájaros cuando nació el cuarto hijo de la pareja, Francisco. Su llanto inicial fue tan intenso que no hubo que salir a informar sobre su vigor.

Los tres hermanos de Francisco eran Diego (por ser el primogénito llevaba el nombre de su padre, como era costumbre en España y Portugal), Isabel y Felipa. Diego le llevaba diez años al travieso Francisquito.

Esta familia contaba con la servidumbre de una pareja de esclavos negros: Luis y Catalina. En comparación con otras casas, dos esclavos eran un rotundo certificado de pobreza. Don Diego los había comprado en una liquidación de mercadería fallada: él rengueaba debido a una herida que le infligieron en el muslo durante un intento de fuga; ella era tuerta. Ambos habían sido cazados en Angola cuando niños. Aprendieron los rudimentos del castellano que mechaban con ásperas expresiones de origen. También se resignaron al bautismo y la imposición de nombres cristianos, aunque seguían evocando clandestinamente a sus entrañables dioses. El rengo Luis se fabricó un instrumento musical con la quijada de un asno y el huesito de una oveja; raspaba los dientes de la quijada con incitante ritmo y su voz desplegaba una canora melopea. La tuerta Catalina lo acompañaba con palmas, sensuales movimientos de todo el cuerpo y un canto a boca cerrada.

El licenciado reconoció la inteligencia de Luis, quien afirmaba descender de un brujo, y le enseñó a ayudarlo en sus trabajos de cirugía. El hecho resonó escandaloso en la prejuiciosa Ibatín. Aunque algunos negros y mulatos ya oficiaban de barberos y realizaban las sangrías comunes, no se les confiaba la reducción de una fractura, el drenaje de abscesos o la cauterización de heridas. Don Diego le encargó también la custodia de su instrumental. La cojera no le impedía seguirlo por las calles de Ibatín o a través de los pedregales de extramuros cargando sobre el hombro la petaca llena de piezas quirúrgicas, polvos, ungüentos y vendas.

Don Diego había adquirido el hábito de sentarse bajo los árboles en una silla de junco para gozar la frescura de la tarde. Francisco mismo lo evocó a menudo en los bravíos años posteriores: cuando su padre se sentaba bajo los naranjos, lo rodeaba una pequeña audiencia, atraída por su fascinante calidad de narrador. Si iniciaba una historia, era difícil levantarse; se decía que hasta los pájaros cesaban de moverse. El repertorio de don Diego, siempre dispuesto a brindar nuevos cuentos sobre héroes y caballeros, o episodios de la historia sagrada, era inagotable.

Un día el patio de los naranjos empezó a ser denominado "la academia". Al médico no le molestó la ironía. Más aún: para no parecer acobardado, decidió que allí se impartiese una educación sistemática a su familia. Alegó que eran insuficientes las enseñanzas dispersas. Convenció al endeble y amistoso fray Isidro Miranda —con quien había logrado intercambiar intimidades sobre sus respectivas historias de familia— que impartiese lecciones a todos. Y empezó una actividad que no iba a ser bien vista, porque aprender algo ajeno al catecismo implicaba en aquellos tiempos invadir zonas peligrosas.

Instaló una mesa de algarrobo y la rodeó de bancos. El dulce fraile propuso enseñar el quatrivio[3] básico: gramática, geografía, aritmética e historia. Su voz era cálida y persuasiva. Lo mejor de este hombre. En cambio su rostro huesudo enmarcaba un par de ojos continuamente desorbitados, como si no salieran del asombro o el miedo.

Los alumnos de la escuela fueron Aldonza, a quien su marido ya le había enseñado las primeras letras, sus cuatro hijos, Lucas Graneros, amigo del adolecente Diego, y tres buenos vecinos. Aldonza, aunque provenía de una familia con relativo abolengo, no había recibido más instrucción que la referida a hilado, tejido, bordado y costura.

—El conocimiento es poder —repetía don Diego a los desparejos estudiantes—. Es un extraño poder que no se compara con el acero, ni la pólvora, ni el músculo. El que sabe, es poderoso.

Fray Antonio Luque, el severo superior de los mercedarios que le había provisto los retoños del naranjal, no opinaba de igual forma. Luque era un sacerdote rudo a quien el Santo Oficio de la Inquisición invistió con la jerarquía de familiar.[4]

Usó un tono amable para asestarle la imprescindible refutación:

—El conocimiento es soberbia —dijo, y cada palabra goteó hiel—. Por querer engullir conocimientos fuimos echados del Paraíso.

Y refiriéndose a la academia del patio de los naranjos, la descalificó sin rodeos:

—Es una excentricidad.

Por si no hubiera sido bastante categórico, añadió:

—Es absurdo que estudie toda una familia. Para la educación de las mujeres basta con aprender labores manuales y el catecismo.

Diego Núñez da Silva lo escuchó en silencio. Sabía cuánto peligro significaba ofender la autoridad de un familiar. Después de escuchar cada frase bajaba los párpados y hasta inclinaba su cabeza. El adusto sacerdote era pequeño y de mirada hiriente. El médico, en cambio, era alto y de ojos tiernos. Debía ceder ante la potencia del sacerdote pero no tanto como para clausurar la academia. Se limitó a decir que reflexionaría sobre sus criteriosas palabras. No despidió a fray Isidro, ni limitó las horas de clase, ni excluyó a las mujeres.

Fray Antonio Luque, molesto, convocó a fray Isidro Miranda para que le "informase" sobre la "ridícula academia". Le formuló media docena de preguntas que contestó con ojos más protruidos que nunca. Después Luque le asestó un reproche:

—¿Qué ocurrencia fue ésa de enseñar el quatrivio? —su mirada emitía rayos—. Son materias para centros calificados, no para Ibatín.

Fray Isidro apretó la temblorosa cruz que le colgaba sobre el pecho, sin atreverse a replicar.

—¡Enseña materias fastuosas a seres miserables! ¡Riega en la arena! —se levantó y dio un par de vueltas en la oscura sacristía—. Además, cometió un olvido imperdonable: marginó la teología, la reina de las ciencias. Si usted y ese médico altamente sospechoso quieren cultivar almas, enseñe por lo menos un rudimento de teología. ¡Un rudimento!

A la tarde siguiente fray Isidro abrió un ajado cuaderno e impartió la primera clase de teología. A su término, el joven Diego confesó que le gustaría aprender latín.

—¿Latín?

—Para entender la misa —se defendió.

—No necesitas entenderla —explicó el sacerdote—: basta con asistir, escuchar, emocionarse, comulgar.

—¡Yo también quiero aprender eso! —el pequeño Francisco levantó su manita.

—"Eso" se llama latín.

—Sí, latín.

—No tienes edad suficiente —sentenció fray Isidro.

—¿Por qué?

El sacerdote se acercó al niño y le apretó los hombros.

—Todo no se puede saber.

Lo soltó, caminó con paso lento en torno a sus alumnos y murmuró al ausente don Diego: "Saber, mi amigo, no siempre es poder".

En un par de semanas accedió al pedido y comenzó a enseñar latín. Diego y Francisquito lo estudiaron como si fuese un juego. Machacaban las declinaciones mientras saltaban la cuerda y se entretenían con la práctica del tejo. Enterado de esta novedad, fray Antonio Luque emitió un destello de asombro. Pero las sospechas no se alejaban de su espíritu.

* * *

Francisco ha cumplido treinta y cinco años de edad. Usa el apellido de la madre (Maldonado) de su padre (da Silva). Hace unos meses se trasladó a Concepción, en el sur de Chile, para evitar el zarpazo del Santo Oficio. Pero sabe que le darán alcance; su huida sólo tiende a hacerles más difícil el trabajo; en realidad no quiere seguir comportándose como un fugitivo: ya bastante lo fue hasta ese momento, así como lo fueron su padre y su abuelo.

Duerme en forma ligera y sobresaltada. Intuye que sucederá una de esas noches. Esboza planes alternativos, pero los desecha por ingenuos. Ambos —él y la Inquisición— tendrán que encontrarse, fatalmente.

Por fin oye ruidos en torno a la casa. Su presentimiento deviene realidad. Imagina a los soldados con una implacable orden de arresto. Ha llegado el instante que pondrá su vida al revés. Se levanta de la cama silencioso. No debe asustar a su esposa e hijita dormidas. Se viste en la oscuridad. Los esbirros suelen actuar brutalmente y él los va a sorprender con su postura serena. Aunque el corazón le ha empezado latir en la garganta.

3

Ibatín se acurrucaba al pie de una montaña. Las nubes se detenían a regar sus laderas, y convertían la aridez circundante en una fantástica jungla. Para llegar a este oasis, don Diego tuvo que recorrer los mismos caminos que por primera vez, siglos atrás, habían abierto los incas y después fatigaron los conquistadores: pequeñas y suicidas huestes atraídas por la alucinación de una ciudad portentosa cuyas viviendas tenían muros de plata y tejas de oro. Aunque no la descubrieron fundaron otras, entre ellas Ibatín o San Miguel de Tucumán, junto a un río que bajaba sonoro por la Quebrada del Portugués. Lo bautizaron "río del Tejar" porque en sus orillas se instaló una fábrica de tejas. No se sabe, en cambio, a qué portugués se refirieron cuando llamaron "del Portugués" a la quebrada; ese nombre ya existía cuando arribó don Diego Núñez da Silva.

Los habitantes de Ibatín tuvieron que luchar desde el principio contra dos amenazas: la naturaleza exuberante y los indios. El aliento de los pumas, tigres americanos, llegaba desde la selva, y el río bajaba entre impresionantes barrancas; en la época de lluvia sus afluentes engordaban rápido y se convertía en un monstruo oscuro y agresivo, que una vez llegó hasta los umbrales de la Iglesia Mayor.

Una empalizada de troncos rodeaba al pueblo. Cada vecino estaba obligado a tener armas en su vivienda y por lo menos un caballo. Se vivía en pie de guerra. Había que hacer ronda en torno a las inseguras fortificaciones. Don Diego lo hacía cada dos meses y a Francisquito lo enorgullecía contemplarlo cuando se alistaba: revisaba el arcabuz, contaba las municiones y se ponía un morrión sobre la cobriza cabellera.

La plaza mayor de Ibatín estaba cruzada por las calles reales que empalmaban con los caminos a Chile y Perú (en el Norte) y las planicies pampeanas (en el Sur). El bullicio no cesaba: al tránsito de carretas se sumaban las tropillas de mulas, el mugido de los bueyes, los relinchos de los caballos y el regateo apasionado de los comerciantes. En el centro de ese movimiento de hombres, bestias y vehículos se erguía la picota, llamada también "árbol de la justicia". Era el rústico eje de la ciudad: testimonio de su fundación y vigía de su crecimiento. Con su sólida fijación a la tierra —"en el nombre del Rey"— legitimaba la presencia y la acción de los colonos. En la picota se azotaba y ejecutaba. El reo llegaba a la severa instancia con la soga al cuello, escoltado por guardias. El pregonero informaba sobre su delito, y el verdugo procedía a colgarlo. La picota exhibía el cadáver con orgullo macabro; los vecinos miraban morbosamente el cuerpo que pendía de la cuerda y se balanceaba apenas como si transmitiese saludos del infierno. A veces era necesario retirarlo antes de que cumpliese su didáctica función de escarmiento porque se celebraba una fiesta. Fiesta por el nacimiento de un príncipe, la coronación de un nuevo rey o la designación de otras autoridades. Era imprescindible que los domingos y días de guardar, así como la celebración de los santos favoritos, nunca se contaminasen con una ejecución. No porque la ejecución en sí careciera de elementos festivos, sino porque *Eclessia abhorret a sanguini* y atañe al buen cristiano dar al César lo que es del César y a Dios lo que es de Dios.

La plaza era, pues, un espectáculo perpetuo. Si no colgaba un ahorcado —al que rápidamente visitaban las moscas—, había jolgorio secular. Si no se realizaba una corrida de toros, circulaba una procesión (contra la próxima creciente del río, contra una epidemia, por falta de lluvia, por exceso de lluvia, contra la renovada amenaza de los indios calchaquíes o en acción de gracias por la buena cosecha). Durante las procesiones desfilaban las cuatro órdenes religiosas principales con sus distintivos: dominicos, mercedarios, franciscanos y jesuitas. El energúmeno de fray Antonio Luque solía dirigir las letanías e imprecaciones porque su voz era estentórea y porque así recordaba a los ocultos herejes su temible poder de familiar. Marchaba al frente de la imagen mirando el polvo del camino porque "polvo fuimos y polvo seremos" y de cuando en cuando clavaba sus pupilas con acierto en quien pronto sería denunciado. Luego se realizaba una carrera de caballos y una de sortijas; incluso elementales representaciones teatrales sobre temas sagrados y concursos de poesía en los que una vez participó don Diego. Al oscurecer se encendían los fuegos artificiales. Francisquito se quemó una mano al intentar prender un cohete.

Esta ceñida descripción sería incompleta si no recordáramos que a un costado de la plaza se erigía el Cabildo, compuesto por varias habitaciones que rodeaban al infaltable patio. Sus muros enjabelgados relucían como la nieve de las altas cumbres. En el centro del patio instalaron un aljibe con hermoso brocal de azulejos. Enfrentando al Cabildo se elevaba la Iglesia Mayor. Ahí estaban, pues, los dos poderes que se disputaban el dominio de Ibatín, la Gobernación del Tucumán y el continente entero. De un lado, el poder terrenal; del otro, el poder celestial. Y así como el primero se extendía hasta la cruel picota, el segundo se extendía hacia otras iglesias y conventos. En la picota mandaba el César (incluso los condenados por la religión debían ser entregados al brazo secular) y en los templos mandaba Dios. Pero ambos se extralimitaban siempre porque Dios está en todas partes y el César no se resigna a ser menos que Dios.

Por las calles vecinas se edificaron las otras iglesias con sus respectivos conventos. Los franciscanos levantaron una iglesia más alta que la de los mercedarios y le anexaron una suntuosa capilla. Los jesuitas no se quedaron atrás y construyeron una nave con crucero de cuarenta metros de largo, paredes de ladrillo y almohadillado exterior; embaldosaron el piso con cerámica, enyesaron los muros y cubrieron de tejas el techo; instalaron un altar grandioso y dotaron al templo de un púlpito admirablemente decorado. Era evidente que los jesuitas asumían la belicosidad de su Compañía.

* * *

Corre la tranca de hierro. Apenas entreabre, varias manos empujan desde el exterior. Suponen que Francisco, asustado, volvería a cerrar. Pero Francisco no se mueve. Los soldados tienen que refrenar su ímpetu porque ante ellos, en la penumbra, se yergue un hombre macizo al que la lámpara pincela de oro y añil. Lo miran perplejos. Casi olvidan lo que tenían que decirle.

El principal de los esbirros le acerca una lámpara a los ojos y pregunta:

—¿Es usted Francisco Maldonado da Silva?

—Sí.

—Yo soy Juan Minaya, teniente receptor del Santo Oficio —le adhiere la lámpara a la nariz, como si deseara quemarlo—. Identifíquese.

Francisco, casi ciego, pregunta lo obvio:

—¿No acaba de nombrarme?

—¡Identifíquese! —gruñe con despecho burocrático.

—Soy Francisco Maldonado da Silva.

El teniente baja parsimoniosamente la lámpara, que ahora ilumina desde abajo flotantes trozos espectrales.

—Queda arrestado en nombre del Santo Oficio —sentencia con orgullo.

Los otros hombres aferran los brazos de Francisco. Se apropian de su cuerpo, porque lo habitual es que los reos intenten huir.

Pero Francisco no piensa en ello. Resulta curioso, pero en ese momento crucial evoca a la Ibatín de su infancia. Oye el sonoro río del Tejar, ve la ermita de los vicepatronos, recuerda la bulliciosa plaza mayor y desfilan ante sus párpados las cumbres nevadas sobre las laderas cubiertas de jungla, la incesante fábrica de carretas y el patio de los naranjos que plantó su padre. También recuerda los libros.

4

En las poblaciones de la vasta Gobernación del Tucumán se solían acumular los bienes que significaban riqueza: indios sometidos, tierras, esclavos negros, recuas de mulas, piaras, ganado vacuno y sementeras. A esto se agregaban ciertos lujos como vajilla de plata, muebles, telas finas, piezas de oro y delicados utensilios importados de Europa. Pero a nadie se le ocurría formar un tesoro con libros. Los libros eran caros para comprar y difíciles de vender; además, contenían pensamientos temerarios. Y los pensamientos generaban turbaciones que una silla o una mula, por ejemplo, jamás provocarían.

A don Diego le atraía la excentricidad de una biblioteca propia, aunque no encajara en la mentalidad dominante. En lugar de invertir sus ahorros en bienes productivos, los gastaba en volúmenes cuestionables. Trajo algunos de su Lisboa natal y compró los restantes en Potosí. Su colección hubiera suscitado aprecio en Lima o Madrid, donde funcionaba la Universidad y abundaban los eruditos. En la miserable Ibatín, en cambio, eran motivo de sospecha adicional.

Los volúmenes se alineaban sobre gruesos estantes en un pequeño cuarto donde se encerraba a estudiar. Allí guardaba también su petaca con instrumentos médicos y algunos recuerdos personales. Nadie podía entrar sin su autorización. Los esclavos tenían instrucciones precisas y la comprensiva Aldonza se ocupaba de hacer respetar la voluntad de su esposo.

Francisco amaba introducirse en esa especie de santuario cuando su padre se aislaba para leer o escribir. Le daba placer acompañarlo e imitarlo: extraía un tomo con cariño, lo calzaba sobre el pecho como a una valiosa carga, lo depositaba sobre la mesa, abría la dura tapa y dejaba correr las hojas de signos iguales. En ese mar alborotado de letras aparecían viñetas coloridas y se intercalaban ilustraciones.

Entre los volúmenes se destacaba el *Teatro de los dioses de la gentilidad* del franciscano Baltazar de Vitoria. Era un deslumbrante catálogo de divinidades paganas. Hervía de anécdotas sobre personajes fabulosos y mostraba las ridículas creencias que existieron antes de la Revelación. Fray Antonio Luque se opuso a que Francisco hojeara semejante libro.

—Lo confundirá en materia religiosa.

Su padre, en cambio, opinaba que le fortalecería el raciocinio.

—Lo ayudará a no confundirse, precisamente.

El pequeño lo leyó en forma salteada. Héroes, dioses, filicidios, engaños, metamorfosis y prodigios alternaban con argumentos verosímiles. Aprendió a respetar los disparates: también son poderosos.

Cuando sus progresos en latín le permitieron traducir algunos versos, jugó con la *Antología de poetas latinos* que compuso Octaviano de la Mirándola. Su padre comentó a fray Antonio Luque que los poemas de Horacio incluidos en esa *Antología* exhalaban un lirismo fantasioso y que sus sentencias penetraban como la buena lluvia. Pero al severo familiar no le interesaba el lirismo sino la fe. La moral de Horacio —proseguía don Diego— es grata al sentimiento cristiano. La moral —replicó Luque secamente— no necesita ser grata, sino acatada.

Entre la sección médica y la general estaban ubicados los seis volúmenes de la *Naturalis historia* de Plinio. A Francisco le llevaría años leerlo íntegramente. Fascinante: condensaban los treinta y siete libros que escribió ese romano genial, un gordo que engulló todo el conocimiento de su época. Estudió sin límites, empezando por el origen del universo y sus contenidos; hasta sabía que la Tierra era redonda. Don Diego le tenía una desenfrenada admiración. Ese hombre había estudiado la friolera de dos mil libros pertenecientes a ciento cuarenta autores romanos y trescientos veintiséis griegos, contaba. Era tan ardiente su vocación de saber que no caminaba para no perder tiempo: siempre lo acompañaban escribas a quienes dictaba sus observaciones. Su recopilación fue inteligente y, a pesar de su erudición incomparable, tuvo la modestia de citar las fuentes que utilizó. Algunas de sus observaciones son impresionantes: asegura que los animales sienten su propia naturaleza, obran según ella y así resuelven sus dificultades; pero el hombre, en cambio, nada sabe de sí mismo si no lo aprende: lo único que sabe por sí solo es llorar. Por lo tanto, la obligación de cada ser humano es aprender y enterarse, agregó don Diego. A partir de entonces, cada vez que Francisco lloraba se decía: "Estoy procediendo como un animal; veamos ahora cómo procede el hombre".

Plinio dedicó muchas páginas a los seres fabulosos. Le regocijaba describir hombres cuyos pies apuntaban hacia atrás o animales desprovistos de boca que se alimentaban inhalando perfumes; caballos alados; unicornios; personas con dedos tan descomunales que podían cubrirse con ellos la cabeza como si fueran un sombrero.

—¿Es verdad todo lo que escribió Plinio? —preguntó Francisco.

—No estoy seguro si era incluso verdad para él —contestó su padre acariciándose la recortada barba con reflejos dorados—. Pero lo escribió porque era verdad para alguien. Se impuso la tarea de recopilar, no de censurar.

—Entonces, ¿cómo sabemos si es cierto?

Meneó la leonina cabeza.

—Es el gran dilema de los pensadores —suspiró—. O de quienes aman el pensamiento.

5

Junto al mueble de cedro en el que se alineaban los libros había un arcón donde Núñez da Silva guardaba su mejor traje y algunas camisas de hilo. En la base, oculto por las telas, la curiosidad de Francisco descubrió un estuche rectangular forrado en brocato púrpura al que un cordón daba varias vueltas y cerraba con un nudo.

—¿Qué es? —fue con el extraño objeto hasta donde estaba su madre.

—¿De dónde lo sacaste?

—Del arcón. Del cuarto de papá.

—¿Con qué permiso? ¿No sabes que no debes espiar ni revolver sus cosas?

—No revolví —se asustó el niño—. Dejé la ropa como estaba. Pero encontré esto.

—Devuélvelo a su sitio —ordenó Aldonza con dulce severidad—. Y no te metas en ese cuarto en ausencia de tu padre.

—Está bien —vaciló, hizo girar el estuche entre sus pequeños y sucios dedos—. Pero... ¿qué es?

—Un recuerdo de familia.

—¿Qué recuerdo?

—Sólo sé que es un recuerdo de familia —miró hacia el costado y susurró inquieta—: Una esposa no debe hacer preguntas que el marido se resiste a contestar.

—Entonces... debe ser algo feo —conjeturó Francisco.

—¿Por qué?

—Papá siempre contesta. Yo le voy a preguntar qué es.

Aldonza se ruborizó; a este hijito no se le escapaba detalle.

—Por ahora ve a poner ese estuche en el mismo lugar de donde lo sacaste. Y cuando regrese tu padre, trata de no molestarlo con preguntas innecesarias.

—Quiero saber qué es este recuerdo de familia.

Don Diego había partido hacia los confines de una hacienda para atender indios enfermos. El encomendero[5] había venido a buscarlo personalmente, muy nervioso: temía el brote de una epidemia.

—¿Qué es una epidemia? —le había preguntado Francisquito mientras ordenaba su petaca con instrumentos.

—La propagación rápida de una enfermedad.

—¿Y cómo se la cura?

—No diría que se cura: se frena —señaló la petaca a Luis, para que la alzara, mientras con la otra mano hacía gestos al encomendero a fin de mantenerlo tranquilo.

—¿Se la frena? ¿Como a un caballo?

—No exactamente: se la aísla. Se la encierra con una suerte de muro.

—¿Vas a construir un muro alrededor de los indios con epidemia?

Don Diego sonrió ante la perseverante curiosidad de su hijo.

—Sólo en sentido figurado. Primero habré de enterarme si es cierto lo que llegó a oídos del capataz.

Esa noche, apenas regresó, Francisco le descerrajó la nueva pregunta:

—¿Qué contiene el estuche rojo guardado en el arcón?

—Déjalo desensillar —protestó Aldonza, que corrió a recibirlo con una taza de chocolate y un ramillete de menta.

—¿Es epidemia? —se acercó el joven Diego.

El padre revolvió los cabellos de Francisco y se dirigió al hijo mayor:

—No, felizmente. Creo que al capataz le nació esa sospecha por miedo. Es un hombre demasiado cruel. Exige tanto a los indios que viene soñando con la epidemia que le desencadenarán como represalia.

Los ojos de Francisco seguían clavados en su padre; le debía la respuesta.

—Te hablaré sobre el contenido del estuche —contestó al rato—. Pero antes habré de lavarme; ¿de acuerdo?

El pequeño no podía disimular su alegría y se dispuso agradecer a su padre por adelantado. Fue al huerto, seleccionó frutas, las enjuagó y ordenó sobre una bandeja de cobre. Los higos maduros, negros y blancos, alternaban con las lustrosas granadas. Su padre tenía predilección por ellas.

Don Diego ingresó al comedor con ropa nueva. Exhalaba la frescura de su baño. El cabello y barba húmedos lucían más oscuros y brillantes. Traía el misterioso estuche, que depositó sobre la mesa. Francisco trepó a la silla que estaba a su lado. También se acercaron Diego, Isabel y Felipa. Aldonza, en cambio, se alejó; parecía no interesarle el asunto. En realidad la inquietaba: pero no se atrevía a expresar su malestar de otra forma que con el silencio.

—Es un recuerdo de familia —advirtió el padre—. No se decepcionen.

Deshizo el nudo en el que terminaban las vueltas del grueso hilo. Acarició el brocato gastado que no llevaba inscripción alguna. Levantó la mirada en busca de más luz y pidió que le acercaran el candelabro. Las llamas próximas y fuertes arrancaron destellos a la vieja tela.

—No tiene valor material. Pero el espiritual es inestimable. Abrió la tapa. Todos pudieron ver.

—Una llave...

—Sí, una llave. Una simple llave de hierro —carraspeó, elevó las cejas y dijo—: En la empuñadura tiene una grabación; ¿alcanzan a distinguirla?

Se acercaron. El padre ajustó la posición del candelabro. Advirtieron un dibujo.

—Es una llama de tres puntas —explicó—. Puede ser la llama de una antorcha. Eso parece. Un símbolo, ¿no? Tampoco la grabación es excepcional. Entonces —volvió a carraspear—, ¿por qué guardo este objeto en un estuche y lo considero valioso?

Francisco acercó su cabeza hasta casi tocar la llave con su nariz; la olió, pero no descifraba el enigma. Don Diego se la entregó con un movimiento solemne, como si se tratase de una imagen consagrada.

—Tócala. Es de hierro puro; no contiene plata ni oro. Me la confió mi padre, en Lisboa. A él se la dio su propio padre. En realidad proviene de España, de una hermosa casa de España.

Francisco la levantó con delicadeza y la sostuvo con ambas manos, como hacen los sacerdotes en la misa durante la consagración del pan y el vino. La luminosidad oscilante del candelabro reverberaba en su rugosa superficie. Parecía emitir un fulgor propio: la llamita de tres ramas grabada en la empuñadura herrumbada se encendió también.

—Pertenece a la cerradura del pórtico majestuoso que atravesaron muchos príncipes. En esa residencia había un salón bellísimo donde se efectuaban reuniones en torno a documentos preciosos que ahí se escribían y copiaban. Fíjense en la textura de la llave. Fue labrada por un herrero de reconocida santidad. Utilizó limaduras de metal que nunca habían pertenecido a un arma, que jamás hirieron a un hombre. La tenue pátina amarillenta que ahora la recubre es como la túnica que protege algo nunca mancillado. La acariciaron con sus dedos grandes príncipes, recuerden, de cuya dignidad y sabiduría apenas podemos ser una imperfecta imitación. Cuando esos príncipes, por razones ajenas a su voluntad, no pudieron seguir concurriendo al espléndido recinto y nuestros antepasados tuvieron que abandonar la residencia, cerraron el macizo pórtico y decidieron custodiar la llave. Sí, esta sencilla y, al mismo tiempo, preciosa llave, que simboliza los documentos, el recinto, la entera asamblea de dignatarios, el hogar magnífico de nuestros ancestros españoles. Y les cuento más: mi bisabuelo ató la llave a su cinto. Nunca se desprendió de ella, aunque tuvo que atravesar borrascas que hubieran espantado al más valiente. Cuando lo visitó el ángel de la muerte, ni siquiera la debilidad de su agonía ablandó la mano que se cerraba con obstinación sobre la empuñadura labrada. Su hijo, es decir, mi abuelo, tuvo que arrancársela, llorando, como si cometiera un sacrilegio. Entonces confeccionó un estuche y lo forró amorosamente con brocato para que no se repitiera la penosa historia de forzar a un muerto. Mi abuelo recomendó a mi padre que cuidara esta pieza como si fuese un tesoro. Mi padre a mí. Y yo a vosotros.

Reinaba un silencio pesado. Los cuatro hijos de don Diego estaban perplejos. La luz de las velas pintaba de grana sus mejillas desconcertadas.

El padre acercó la reliquia a los ojos de Diego, de Felipa, de Isabel y de Francisco, en ese orden.

—Observen de nuevo la llamita de la empuñadura. ¿No les parece enigmática? ¿Imaginan qué significan las tres puntas? ¿No?... Miren: parecen tres pétalos, sostenidos cada uno por una varita, que a su vez se apoyan sobre una gruesa barra horizontal.

Esperó nuevas peguntas, pero el asombro no les dejaba emitir opinión.

—Alguna vez lo sabrán —aproximó el signo a sus labios y lo besó—. Los príncipes y nuestros antepasados confiaban retornar a esa casa. Por eso guardamos la llave.

Francisco balbuceó entonces:

—¿Podremos retornar?

—No sé, hijo, no sé. Cuando yo era pequeño soñaba convertirme en uno de esos legendarios príncipes y abrir el majestuoso pórtico.

* * *

La pequeña Alba Elena se despierta sobresaltada por los ruidos y empieza a llorar. Su madre la alza. Francisco Maldonado da Silva intenta acercárseles, pero las manos de los oficiales, inflexibles como argollas, otra vez le aprisionan los brazos. Su atónita joven esposa, con la criatura rodeándole el cuello, avanza hacia el grupo de pesadilla iluminado por la lámpara del teniente Juan Minaya.

28

—*No te asustes* —*alcanza a decir Francisco.*

—*¡Cállese!* —*ordena el teniente.*

Francisco tironea para liberarse. Los oficiales aprietan.

—*No fugaré* —*exclama con inesperada autoridad y los mira a los ojos. Las argollas se pasman. Una sorpresiva duda invade los cuerpos marciales. Recuerdan, súbitamente, que enfrentan a un médico honrado por las autoridades, cuyo suegro ha sido gobernador de Chile.*

Los toscos dedos, poco a poco, empiezan a aflojar, Francisco se desprende, recupera su apostura y camina hasta su amada Isabel Otáñez y la hijita de ambos. Seca las lágrimas de la madre y besa a la criatura. Teme no volverlas a ver. Lo llevarán a la guerra. A la más injusta de las guerras, cuyo resultado sólo Dios conoce.

6

Francisquito fue invitado por su hermano Diego a pescar. Primero irían a buscar a Lucas Graneros, amigo de Diego, después marcharían hacia el río del Tejar. El padre de Lucas tenía una fábrica de carretas que abastecía a toda la Gobernación. Había formado una empresa colosal. Tuvo la perspicacia de canalizar el patrimonio maderero de Ibatín hacia la producción en gran escala del mejor transporte imaginable entre las montañas del Noroeste y el puerto de Buenos Aires. Se enriqueció más rápido que muchos buscadores de oro. Poseía ciento veinte esclavos negros, además de indios y mestizos que movían con destreza el escoplo y la garlopa.

Graneros edificó su vivienda en el barrio de los artesanos. Allí, apenas despuntaba al alba, se encendían las forjas y empezaba el bullicio de los talleres. Cualquiera conocía al platero Gaspar Pérez que cincelaba piezas para los altares. También al zapatero Andrés, que confeccionaba botines rústicos, sandalias de fraile y calzados finos con hebilla de cobre. El talabartero Juan Quisna reparaba arneses, pulía petacas y cosía monturas. El sastre Alonso Montero confeccionaba jubones, chaquetas con guardas, hábitos de dignatarios religiosos y trajes de funcionarios reales. El sombrerero Melchor Fernández moldeaba los gruesos fieltros que cubrirían las cabezas de un

29

capitán, un feudatario o un corregidor. Casi todos eran hombres con mezcla de sangre indígena, pero ansiosos por asimilarse a la raza de los conquistadores. Vestían como los españoles y se empeñaban en hablar sólo el español.

La mañana prometía ser calurosa. Francisco llevaba la honda que le fabricó el esclavo Luis con una vejiga de buey. La usaba compulsivamente, tirando a cualquier blanco: una fruta silvestre, la flor de un arbusto, un guijarro distante. Había llegado a ser infalible contra esas flechas centellantes que eran los lagartos. Al primero que le dio en la cabeza lo enterró con honores; incluso armó una cruz con dos ramitas para identificar su sepulcro. "Quien mata lagartos con una honda no sólo es ágil sino astuto", sentenció su padre.

El barrio de los artesanos exhalaba olor picante, mezcla de metales, cueros, tinturas y lanas. Tras los talleres se enfrentaron con un par de altos nogales que marcaban el acceso a la fábrica de Graneros. Era un terreno enorme, tan dilatado que lo bautizaron "país". Junto a la tapia se extendía un alero bajo el cual se alineaban las mesas de carpintero, cajas con herramientas y artículos de cobre y latón. Varias carretas estaban terminadas y otras parecían la osamenta de un animal prehistórico. Curiosamente, el compacto ensamblaje se hacía sin ningún clavo. La estructura de esos vehículos era tan firme que podían cargar dos toneladas por lo menos. Las ruedas eran un prodigio de más de dos metros de diámetro; tan sólo dos sostenían la pesada carga y estaban unidas por un solo eje, bien robusto. El centro de la rueda era una maza sólida hecha con el corazón de un tronco.

Lucas contó que su padre le había regalado un trompo para el cumpleaños.

—Así de grande —el muchacho redondeó las manos—: del tamaño de una pera.

Lo habían torneado en madera liviana y le habían incorporado una punta de metal. Después lo pintaron con estridentes colores.

—¿Podría llevarme este pedazo de madera? —preguntó Francisco.

—Desde luego —respondió Lucas mientras revisaba su talega con carnadas—. ¿Para qué lo necesitas?

—Para hacerme un trompo igual al tuyo.

Lucas rió. Alzó otro pedazo y fue hacia un grupo de hombres. La conversación resultó tan breve que cuando los hermanos se acercaron ya pudo anunciarles que al día siguiente le entregaría a Francisco un trompo igual al suyo.

—¡Con punta de metal y bien pintado!

Pegó un salto de alegría.

—Por ahora te prestaré el mío —ofreció Lucas.

Francisquito lo recibió exultante.

Se encaminaron hacia el río. Dejaron atrás el barrio de los artesanos con su escándalo de fraguas y entraron en el camino real parcialmente sombreado por los robles. Llegaron a la explanada norte, atestada de mercaderes, esclavos en actividad y tropillas de mulas listas para recibir nuevas cargas. Del ancho mesón cuyas paredes conservaban extraños restos de pintura roja salía un grupo de forasteros; a la pulpería cubierta por la fronda de un algarrobo ingresaba otro. Junto al gran pórtico de la empalizada se destacaba la pequeña ermita de los vicepatronos protectores. Salieron hacia la jungla, profunda y subyugante.

En pocos minutos llegaron al río, cuyas aguas resonaban entre los murallones de vegetación, y treparon el pedernal que tanto Diego como Lucas consideraban el mejor sitio para tender las líneas.

Mientras acondicionaban carnadas y aparejos, Francisco se puso a jugar con el trompo de Lucas. El pedernal tenía varias planchas horizontales, parecidas a vastos escalones. Enrolló el hilo en torno a la reluciente madera, ató el extremo a su índice y lo lanzó hacia adelante y abajo. La punta metálica arrancó chispas a la piedra. El objeto giró locamente y sus guardas de colores se transformaron en brumosas cintas. El trompo se acercó al borde del escalón y, sin dejar de dar vueltas, descendió al nivel siguiente. Después se inclinó hacia los costados, indeciso, y levantó la punta metálica como si fuese la pata de un animal herido. Francisco lo levantó, volvió a enrollar el hilo y se dispuso a hacerlo bajar más escalones. Calculó la distancia, llevó el brazo muy atrás, levantó la pierna opuesta y lo arrojó en forma rasante. El golpe fue certero: el trompo avanzó rápido hacia el borde del escalón, saltó al siguiente, continuó rodando, progresó hacia el nuevo borde, volvió a saltar, siguió rodando, y Francisco empezó a gritar y a estimularlo con palmas.

—¡Tres escalones! ¡Vamos, vamos! ¡El cuarto!

—¡Cuarto! —exclamó Lucas.

El trompo consiguió pasar al nuevo límite. Diego también se entusiasmó. Dejó los anzuelos y se acercó al juguete que seguía dando vueltas, aunque con signos de cansancio. Pellizcó el borde del quinto escalón, pero se inclinó demasiado y cayó con la punta hacia arriba. Siguió girando, enojado consigo mismo.

—Lástima.

—Demasiado bien —estimó Lucas.

—¡Se despeña! —advirtió Diego.

En efecto, rodaba hacia el declive del pedernal, que se precipitaba al río. En un instante lo perderían. Diego brincó para atajarlo y resbaló sobre un penacho de hierba. Su pie enceguecido se deslizó nuevamente hasta quedar aprisionado en un agujero.

Lucas y Francisco se abalanzaron en su ayuda. La grieta era honda y tenía bordes filosos. No le pudieron sacar la extremidad. Con delicadeza lo hicieron rotar para acomodarlo a la forma del socavón hasta que consiguieron destrabarle el pie. Lo extrajeron lentamente, transpirando por los gritos que pegaba Diego. El tobillo estaba cubierto de sangre y parecía que le colgaba un trozo de carne viva. A pesar del dolor, Diego tuvo la entereza de pedirle a Lucas que lo vendara.

—Con tu camisa, con lo que sea. ¡Rápido! Que deje de sangrar.

Después lo cargaron: Lucas de los hombros y Francisco de las rodillas. Pidieron auxilio a un grupo de negros, quienes prestaron su burra. Entre todos montaron a Diego, que se abrazó al cuello del animal. Enfilaron hacia su casa, seguidos por el cortejo de negros que temían perder la burra. Lo llevaron directo a la cama. Aldonza corrió a buscar unguentos. Diego disimulaba el dolor e insistía en que no era grave. La camisa que hacía de torniquete ya exhibía un manchón rojo. Luis trajo una palangana con agua tibia, desató el vendaje y lavó cuidadosamente la herida, sin asustarse por la sangre. Acomodó el colgajo de piel y enrolló la zona afectada con una venda limpia. Puso tres almohadas bajo la pierna para que el tobillo quedase más elevado que el cuerpo. Después salió en busca del licenciado.

Lucas permaneció junto a su amigo hasta que llegó don Diego.

Francisco atribuyó el accidente al trompo. El médico echó una mirada abarcadora sobre el cuerpo yacente y formuló unas preguntas mientras le palpaba la extremidad afectada. Pidió más agua tibia y que los demás se hicieran a un lado para no interferir el acceso de luz. El esclavo levantó la pierna de Diego y el médico desenrolló el vendaje hasta casi las últimas vueltas. El muchacho empezó a quejarse de dolor porque la tela ya se había pegado. Luis vertió chorritos de agua mientras don Diego maniobraba hasta liberar completamente el tobillo. Eligió una pinza y extrajo los imperceptibles cuerpos extraños que se empecinaban en quedar adheridos. Después aproximó los bordes y extendió el azulino colgajo de piel. Diego apretaba los dientes. Su padre cubrió la carne viva con un polvo lactescente que combinaba corteza de sauce con limaduras de cinc.

—Estarás bien en tres semanas. Ahora necesitas hacer reposo. No hace falta entablillar. También tomarás una cucharadita de este remedio.

Abrió su petaca y sacó un frasco de vidrio.

—Es un remedio que usan los indios del Perú. Calma el dolor y baja la fiebre.

Dirigiéndose a su esposa, que lo miraba con angustia, agregó:

—Cada vez que lo he usado ha sido eficaz. Ni que fuera mandrágora.

—¿Cómo se llama?

—Quinina. Lo extraen de una planta llamada quina. —Se sentó de nuevo junto a la cama de su hijo. Le tomó el pulso mientras le observaba con intensidad el rostro. Después hizo señas para que los demás abandonasen la habitación. ¿Quería desnudar a Diego y efectuarle un examen completo?

Lucas se despidió. Aldonza y Francisquito lo acompañaron hasta la puerta de calle. Pero Francisquito se preguntaba por qué iba a querer su padre hacer un examen completo a Diego. No tenía sentido, porque sólo se había herido el tobillo y ya se le había aplicado la curación. ¿No querría darle un consejo médico íntimo que sólo atañe a los varones? ¿No era él, Francisco, también un varón? Buena oportunidad para enterarse. Reingresó con sigilo en el silencioso cuarto impregnado por el olor de los ungüentos.

Don Diego acarició la frente de su hijo postrado, que lo miraba agradecido.

—Nunca me golpeé tan fuerte. Duele mucho.

—Ya sé. Te has herido en una zona sensible. El polvo de quinina te aliviará. También indicaré tisanas con hierbas sedantes. Eso es todo lo que te puede ayudar desde afuera y...

El padre se interrumpió. Al rato insistió con las últimas palabras: "desde afuera..."

Francisco gateó por el borde penumbroso del cuarto y logró ocultarse a poca distancia del lecho. Conocía esta forma de introducir un asunto engorroso: su padre endulzaba la voz, acariciaba su cabello castaño o el borde de una mesa; repetía ciertas palabras.

—¿Entiendes, hijo?

El joven asintió por complacencia, pero no entendía. Francisco tampoco.

—No, no me entiendes —suspiró su padre.

Diego contrajo la boca.

—Quiero decirte, hijo, que no toda la ayuda que necesitas proviene de lo ajeno a tu persona, como el polvo cicatrizante o la quinina o la tisana. También puedes obtener alivio desde tu interior, desde tu espíritu.

¿Ése era el tema íntimo que iba a tratar? Francisquito se sintió decepcionado. Pero el joven Diego volvió a asentir.

—Creo que no me entiendes del todo —insistió su padre. Con el borde de un pañuelo le secó la frente; el mediodía era un horno encendido.

¿Había otra cosa, entonces? Francisco se acercó más, enrollándose como un gato. Su curiosidad no toleraba perder una palabra.

—La cura importante, la definitoria, proviene del espíritu. En esa cura debes apoyarte.

Diego se atrevió a confesar su desorientación:

—Me parece que comprendo —dijo—, y me parece que hay algo que no comprendo...

—Sí —sonrió su padre—. Es simple y no lo es. Te suena a conocido, a repetido, a evidente. Pero hay otra resonancia, profunda, que no se advierte sin alguna preparación.

Tanteó la mesa y asió el botellón con agua de zarza. Bebió un largo sorbo. Después se secó los labios y se reacomodó en la silla crujiente.

—Me explicaré. Los médicos utilizamos productos curativos que ofrece la naturaleza. Y aunque la naturaleza es obra de Dios, Dios no la ha consagrado como recurso absoluto, sino que ha provisto al hombre mismo, a su criatura bienamada, de dispositivos que permiten establecer contacto con Él. Un borde de su grandeza infinita

34

habita siempre en nuestro corazón. Si nos proponemos, reconoceremos Su presencia en nuestra mente, en nuestro espíritu. Ningún medicamento es tan eficaz como esa presencia.

Enjugó la transpiración de su cuello y nariz con el pañuelo de algodón.

—Te preguntas por qué lo digo. Y por qué lo digo con cierta… —chasqueó los dedos en busca de la palabra precisa— solemnidad. Bueno… Porque es un asunto que concierne a mi práctica de médico pero… pero tú no eres igual a los demás pacientes.

—Soy tu hijo.

—Claro. Y esto significa algo especial, casi secreto. Significa a Dios y a nuestra particular relación con Él.

Francisquito necesitaba rascarse la nuca. Le picaban la confusión y la impaciencia. Su padre no deshacía el nudo.

—¿Debería comulgar? —barruntó Diego, sólo para descubrirle una punta al enigma.

Su padre movió los hombros para aflojar su espalda. Estaba tenso y quería mostrarse relajado.

—¿Comulgar? No. Por ahí no va lo que quiero transmitirte. La hostia se desliza desde tu boca al estómago, del estómago al intestino, de ahí a la sangre, al resto de tu cuerpo. Pero yo no te hablo de la hostia, ni de la comunión, ni de los ritos, ni de algo que se incorpora desde afuera. Hablo de la presencia ininterrumpida de Dios en tu persona. Hablo de Dios, del Único.

Diego frunció las cejas. Francisco también. ¿Qué cosa nueva o secreta pretendía insinuar con eso?

—¿No me entiendes? Hablo de Dios, el que cura, da consuelo, da luz, da vida.

—Cristo es la luz y la vida —recitó el muchacho—. ¿Me estás diciendo eso, papá?

—Hablo del Único, Diego. Piensa. Mira hacia dentro. Conéctate con lo que te habita desde antes de nacer. El Único… ¿Comprendes, ahora?

—No sé.

—Dios, el Único, el Todopoderoso, el Omnisciente, el Creador. El Único, el Único —repitió con énfasis.

A Diego se le enrojecía el rostro. Estaba tendido en la cama y su padre sentado. Ambos muy tensos. La figura del padre le parecía gigantesca no sólo por el desnivel, sino porque lo forzaba a un razonamiento penoso. Don Diego alisó sus bigotes y recortada barbita para dejar más libres los labios; adoptó la postura de quien va a recitar. Con voz lenta y abovedada pronunció unas palabras sonoras, incomprensibles.

—*Shemá Israel, Adonai Elohenu, Adonai Ejad.*

A Francisco lo recorrió un estremecimiento. Sólo reconocía la palabra Israel. ¿Era una fórmula mágica? ¿Tenía relación con la brujería?

Don Diego tradujo con unción:

—"Escucha Israel, el Señor nuestro Dios, el Señor es Único."

—¿Qué quiere decir?

—Su significado ya está inscripto en tu corazón.

El misterio estaba por aclararse. La nube hinchada y violeta que ocultaba el sol iba a estallar. Algunas de sus gotas perlaban ya la frente de Diego.

—Durante muchos siglos esta breve frase ha sostenido el coraje de nuestros antepasados, hijo. Sintetiza historia, moral y esperanza. La han repetido bajo persecuciones y durante los asesinatos. Ha resonado entre las llamas. Nos une a Dios como una irrompible cadena de oro.

—Nunca la he escuchado.

—La has escuchado; por supuesto que la has escuchado.

—¿En la iglesia?

—En tu interior, en tu espíritu —extendió ambos índices para marcar el ritmo—. Escucha, Diego. "Escucha Israel"... Escucha, hijo mío: "Escucha Israel" —ahora susurraba—. Escucha, hijo mío. Escucha, hijo de Israel, escucha.

Diego se incorporó azorado.

El padre le apoyó sus manos sobre el pecho, suavemente, y lo obligó a recostarse.

—Ya vas entendiendo.

Suspiró. Su voz se hizo más íntima.

—Te estoy revelando un gran secreto, hijo. Nuestros antepasados han vivido y han muerto como judíos. Pertenecemos al linaje de Israel. Somos los frutos de un tronco muy viejo.

—¿Somos judíos? —una mueca le deformó la cara.

—Así es.

—Yo no quiero ser... no quiero ser *eso*.

36

—¿Puede el naranjo no ser naranjo?, ¿puede el león no ser león?

—Pero nosotros somos cristianos. Además —se le falseó la voz— los judíos son pérfidos.

—¿Somos nosotros pérfidos, acaso?

—Los judíos mataron a nuestro Señor Jesucristo.

—¿Yo lo maté?

—No... —se le dibujó una sonrisa forzada—. Claro que no. Pero los judíos...

—Yo soy judío.

—Los judíos lo mataron, lo crucificaron.

—¿Tú lo mataste? Tú eres judío.

—¡Dios y la Santísima Virgen me protejan! ¡No, por supuesto que no! —se persignó horrorizado.

—Si no fuiste tú ni yo, es evidente que "los judíos", que "todos los judíos", no somos culpables. Además, Jesús era tan judío como nosotros. Me corrijo, Diego: era quizá más judío que nosotros porque se educó, creció y predicó en ciudades manifiestamente judías. Muchos de quienes lo adoran, en verdad aborrecen su sangre, aborrecen la sangre judía de Jesús. Tienen boñiga en el entendimiento: odian lo que aman. No logran ver cuán cerca está de Jesús cada judío por el solo hecho de pertenecer a su mismo linaje y su misma historia plagada de sufrimientos.

—¿Entonces, papá, nosotros... quiero decir, los judíos, no lo matamos?

—Yo no he participado ni de su arresto, ni de su juicio, ni de su crucifixión. ¿Has participado tú? ¿O mi padre? ¿O mi abuelo?

Meneó la cabeza.

—¿Te das cuenta de que levantaron una atroz calumnia? Ni siquiera el Evangelio lo afirma. El Evangelio dice que "algunos" judíos pidieron su ajusticiamiento, pero no "todos": porque si no, hijo mío, habría que incluir a los apóstoles, a su madre, a María Magdalena, a José de Arimatea, a la primera comunidad de cristianos. ¿También son ellos unos criminales irredimibles? ¡Qué absurdo! ¿verdad? A Jesús, al judío Jesús lo arrestó el poder de Roma, que sojuzgaba a Judea. Fueron los romanos quienes lo torturaron en sus calabozos, en los mismos calabozos donde torturaban a cientos de otros judíos como él y como nosotros. Los romanos inventaron la corona de espinas para burlarse del judío que pretendía ser Rey y liberar a sus hermanos. La muerte por crucifixión también la inventaron ellos y en la cruz no sólo murió Jesús y un par de ladrones, sino miles de judíos desde antes que Jesús naciera y hasta mucho después de su muerte. Un romano le clavó su lanza en el costado derecho y soldados romanos echaron suertes para repartirse sus ropas. En cambio fueron judíos quienes lo descendieron piadosamente de la cruz y le brindaron decorosa sepultura. Fueron judíos quienes recordaron y difundieron sus enseñanzas. Sin embargo, Diego, sin embargo —hizo una larga pausa—, no se machaca que "los romanos", "los romanos y no los judíos" escarnecieron y mataron a Nuestro Señor Jesucristo. No se persigue a los romanos. Ni se exige limpieza de sangre romana.

—¿Por qué esa saña contra los judíos, entonces?

—Porque les desespera nuestra resistencia a someternos.

—Los judíos no aceptan a Nuestro Señor.

—El fondo del conflicto no es religioso. Ellos no anhelan nuestra conversión. No. Eso sería fácil. Ya han convertido a comunidades judías enteras. En verdad, Diego, luchan por nuestra desaparición. La quieren por las buenas o por las malas. Tu bisabuelo fue arrastrado de los cabellos a la pila bautismal y después lo atormentaron porque cambiaba su camisa los días sábados. Tuvo que abandonar España a la fuerza. Pero no se resignó. Llevó consigo la llave de su antigua residencia y le grabó una llamita de tres puntas.

—¿Qué significa?

—Es una letra del alfabeto hebreo: la *shin*.

—¿Por qué esa letra?

—Porque es el comienzo de muchas palabras: *Shemá*, "escucha"; *shalom*, "paz". Pero, sobre todo, es la primera letra de la palabra *shem*, que significa "nombre". Y sobre todos los nombres existe el *Shem*, el "Nombre". Es decir, el inefable Nombre de Dios. El *Shem*, el Nombre, tiene infinito poder. Sobre eso han realizado muchos estudios los cabalistas.

—¿Quiénes?

—Los cabalistas. Ya te explicaré, Diego. Lo esencial, ahora, es que tengas conciencia de la decisión profunda que hemos tomado muchos judíos. La decisión de seguir existiendo, aunque sea mediante la conservación de unos pocos ritos y tradiciones.

Diego lo miraba confundido. No podía absorber ese aluvión de datos y argumentos; sólo podía asombrarse. Francisco, quieto en las sombras, tampoco entendía. Ambos estaban desconcertados; atravesados por un miedo desconocido. Diego en la cama y Francisco en su escondite, respiraban rápido. Las palabras de su padre eran un terremoto que los fragmentaba en porciones contradictorias.

—Pero somos católicos —Diego se resistía a soltarse—. Somos bautizados. Yo hice mi confirmación. Vamos a la iglesia, confesamos. ¿Somos católicos, no?

—Sí, pero a la fuerza. Nada menos que San Agustín dijo algo como esto: "Si somos arrastrados a Cristo, creemos sin desear creer; y sólo se cree cuando se llega a Cristo por el camino de la libertad, no de la violencia". A nosotros nos han aplicado y nos siguen aplicando la violencia. El efecto es trágico: aparentamos ser católicos por fuera para sobrevivir en la carne, y somos judíos por dentro para sobrevivir en el espíritu.

—Es terrible, papá.

—Lo es. Y lo ha sido para tu bisabuelo y para tu abuelo. Y lo es para mí. ¿Qué pretendemos? Simplemente, que nos dejen ser lo que somos.

—¿Qué debería hacer para... para convertirme en judío?

Su padre rió suavemente.

—No necesitas hacer nada. Ya eres judío. ¿No oyes por ahí que nos califican de "cristianos nuevos"? Te contaré nuestra historia, hijo. Es una historia admirable, rica, dolorosa. Te explicaré la llamada ley de Moisés,[6] la que Dios entregó a nuestro viejo pueblo en el monte Sinaí. Te explicaré muchas tradiciones hermosas que confieren a esta vida dura una enorme dignidad.

Apoyó sus manos en las rodillas, para levantarse.

—Ahora descansa. Y no reveles a nadie nuestro secreto. A nadie.

Miró el vendaje, lo palpó suavemente y arregló las almohadas que elevaban la pierna.

Francisco permaneció en el tembloroso piso, acurrucado, hasta que llamaron a almorzar. Entonces se escabulló sin que nadie lo viese.

7

La Academia de los naranjos funcionaba por las tardes, cuando cedía el calor de la siesta. Fray Isidro llegaba puntual y ocupaba su sitio junto a la mesa de algarrobo instalada en el patio. Frotaba sus ojos saltones y apartaba de la frente un ralo mechón de pelo gris. Acomodaba sus útiles y aguardaba que sus alumnos tomaran ubicación. Como cuadraba a la enseñanza, el maestro pretendía ser terrible —sus ojos le ayudaban—, pero no podía ocultar su ternura.

A principios de febrero llegó por la mañana, apenas concluyó la misa. Era la primera vez que venía a esa hora. No traía sus útiles. La exagerada palidez del rostro confería a su mirada una desconocida dureza. Pidió reunirse con el licenciado. "¡Perentoriamente!", exclamó. Francisquito aprovechó para contarle que había conseguido traducir otro verso de Horacio: se lo podía mostrar ahora mismo. El religioso forzó una sonrisa y lo empujó suave hacia un lado.

—Primero tengo que hablar con tu padre.

—Sí, mi padre ya viene —insistió—; leo mientras esperamos.

El fraile no estaba con ganas de concentrarse. Aldonza lo invitó al recibidor y le ofreció chocolate. Agradeció el convite, pero no bebió, y ni siquiera se sentó. Cuando apareció el médico se abalanzó sobre él con una urgencia que daba susto. Lo aferró del brazo y murmuró unas palabras a la oreja. Ambos se alejaron hacia el fondo de la casa. Francisquito miró interrogativo a su madre, que también se puso pálida.

Miraron cómo el fraile movía las manos con inusual nerviosismo, pero no pudieron escuchar qué estaba diciendo. El alboroto de los pájaros en el alegre naranjal disonaba con la angustia que convulsionaba al anciano maestro. Don Diego lo escuchaba con pasmo.

Al regresar del fondo, Aldonza volvió a ofrecerle chocolate, pero el religioso se excusó con un susurro y salió a paso veloz, cabizbajo, apretando con ambas manos el tenso crucifijo.

De pronto la apacible mañana estalló en movimientos. La eficiente y leal Aldonza —instruida lacónicamente por su marido— ordenó preparar arcones, cofres y cajas: limpiarlos, distribuirlos, después guardar en ellos todos los objetos de la casa. "¿Han oído? Todos los objetos. Desarmen los muebles grandes y átenlos de tal forma que ocupen el menor espacio posible." Luis y Catalina la escucharon sin dar crédito a sus oídos. Enseguida los cuatro hijos y la misma Aldonza se sumaron a la tarea.

Don Diego se vistió y salió a visitar a sus enfermos, tal como lo hacía cada mañana; retornó para el almuerzo. Cuando se sentaron a la mesa distribuyó el pan, aguardó que sirvieran el guisado y dijo que les transmitiría la importante noticia que estaban esperando:

—Dejamos esta ciudad.

No podía ser otro el motivo de la súbita locura que corría por los dormitorios, el comedor, el patio, el recibidor, la cocina. ¿Por qué nos vamos?, ¿por qué tanto apuro? El padre comía lento, como de costumbre (¿o comía así con esfuerzo, para transmitir serenidad?). Untaba en pan la salsa de su plato mientras explicaba que este cambio sería beneficioso para la familia: hacía mucho que él lo estaba planificando, casi esperando (¿mintió?). Llegó la oportunidad: esta noche partía una caravana hacia el Sur y convenía aprovecharla.

—¡¿Esta noche?! —exclamaron al unísono Isabel y Felipa.

—Además —agregó con énfasis, decidido a bloquear el pánico—, nos gustará el nuevo hogar: nos mudamos a Córdoba.

—¿Córdoba? —repitió Francisquito, asombrado.

—Así es. Una pequeña y deliciosa población rodeada por suaves serranías y cruzada por un río apacible. Más tranquila que esta Ibatín amenazada por la jungla, los calchaquíes y las crecientes. Viviremos mejor.

El niño preguntó si se parecía a la Córdoba de sus antepasados. Don Diego respondió que sí, por eso su fundador le había impuesto el nombre.

Felipa se interesó por la duración del viaje.

—Unos quince días.

Isabel no escuchaba. Con el mentón hundido sobre el pecho, se sacudía en forma rítmica y contenida. Su madre le rodeó los hombros. Entre hipos y desborde de lágrimas carraspeó:

—¿Por qué..., por qué nos vamos? Esto es una huida.

Aldonza le secó las mejillas, dulcemente, y le cerró los labios.

A Francisquito le irritó la falta de seso de su hermana. Y su falta de interés por la legendaria ciudad de sus antepasados. Pero de súbito comprendió que ella tenía razón, que dejaban para siempre Ibatín y que lo hacían con demasiado apuro. Se le anudó la garganta.

Felipa también se puso a llorar. El único que permanecía calmo era el joven Diego. ¿Qué sabía Diego? Desde su accidente empezó a mantener largas charlas con el padre; lo acompañaba en sus recorridas médicas; de noche leían juntos en el cuarto privado. ¿Qué sabía, pues, Diego?

—¿Por qué no nos vamos con otra caravana? —Francisquito pretendió ofrecer la propuesta que aliviaría a todos.

El padre evitó contestarle y pidió que trajesen más guisado.

Durante el almuerzo Aldonza no dijo una frase. Con su habitual sumisión, acataba la voluntad del marido. Tenía duros cuestionamientos, pero los sepultaba en su pecho. Amaba a su marido y a su familia; además, había sido educada como una buena mujer de su tiempo: dulce y obediente.

La infaltable siesta fue breve e incómoda. El desorden ya había invadido todos los meandros. Los acontecimientos rodaban ansiosos. Lastimaban. Francisquito aprendió desde esa tierna edad que se puede mover una familia y su patrimonio íntegro en una jornada, así como despedirse del vecindario, repartir explicaciones para calmar su curiosidad infinita y contratar un albacea que se encargue de cobrar el dinero adeudado. Este precoz ejercicio, vivido entonces con inocencia, le fue útil años después.

Al atardecer llegó una carreta. Se instaló ante la puerta de calle. Sobre las gigantescas ruedas se elevaba la impresionante caja revestida de cuero. Los dos bueyes uncidos al yugo hacían resonar los trompetazos de sus hocicos. Varios peones se acoplaron a la servidumbre y empezó el desfile de arcas y muebles. Aldonza, con indisimulable tensión, imploraba que levantasen con cuidado ese escritorio y depositasen con dulzura aquel cofre, que no golpearan los bordes torneados del armario y ataran bien los apoyabrazos de unas sillas. Varias mesas, calderas, almohadones, recuerdos, frazadas, ollas, camas, jergones, ropa, candelabros, alfombras, lágrimas, bacinillas, petacas, suspiros y vasijas caminaron aceleradamente desde el interior de la casa al interior de la carreta.

Los cuartos quedaron vacíos y lóbregos. Francisco le habló al eco, ese nuevo e invisible habitante que había ocupado el lugar de su familia. Unas cuantas velas desparramadas iluminaron la última noche, en la que nadie durmió porque no quedaban ni las esteras de junco. El padre se ocupó de apagarlas una por una, como si concluyera una ceremonia. La casa era un muerto que abandonaban respetuosamente, y con una indefinible opresión.

Cuando creyó que todos dormían, don Diego salió al patio. A través de la fronda descendía una tenue luminosidad. Permaneció quieto en medio de sus queridos naranjos, mirando las ramas, sus escondidos frutos y la lenta respiración vegetal. Formaban un toldo enigmático a través de cuyo tejido parpadeaban las estrellas. Se concentró en una muy brillante. Y le confió sus temores. Después pronunció, en voz muy baja, salmos que elogian la belleza de la noche y el perfume de las plantas. Por último, confió a la atenta estrella su deseo de volver: había soñado instalarse aquí para siempre. No era, por lo visto, la voluntad del Señor. Caminó hacia uno de los árboles y apoyó su espalda. Se inmovilizó para absorber la humedad. Llevó hacia su sangre las hojas y las ramas, el aroma y la frescura, como si trasladase un templo de materia a su espíritu, para hacerlo portátil. Rogó a Dios que no lo atrapasen en el peligroso camino.

Debían partir antes del amanecer. La luna aún espolvoreaba sal sobre los techos. Don Diego regresó a los cuartos desnudos y fue pronunciando con suavidad los nombres de Aldonza, Diego, Isabel, Felipa, Francisco. Los esclavos Luis y Catalina no necesitaban ser convocados: ya estaban listos, con los últimos bultos sobre la cabeza.

Hubo una penosa resistencia final de Isabel y Felipa: se prendieron a la jamba de una puerta y, llorando, encogidas, insistieron en quedarse. Por último treparon al vientre oscuro de otra carreta por una escalerilla adosada a la abertura posterior. Francisco avanzó con curiosidad sobre el piso apenas iluminado por una linterna colgante. Varios jergones se distribuían a lo largo del colosal tubo. A los lados se elevaban estacas de madera sobre las que iba cosido un entramado cubierto de cueros. El techo estaba constituido por arcos de madera más flexible que formaban una estructura ovalada sobre cuyo exterior debía resbalar la lluvia. El enorme cilindro parecía una reducida nave de iglesia suspendida en el aire. Le dio sensación de abrigo, quizá de asfixia. Buscó dónde instalarse, entre los blandos bultos y las personas. Prefirió ubicarse adelante, para ver el camino. Tropezó con una pila de mantas y unas piernas.

Asombro y alegría se condensaron: el hombre estaba apoyado contra una estaca. Lo distinguió en la penumbra, gracias al trozo de mejilla que le iluminaba la linterna.

—¡Fray Isidro! ¿Qué hace aquí?

El anciano sacerdote recogió sus piernas para que el niño siguiera avanzando. Pero Francisco decidió quedarse a su lado.

Don Diego controló la presencia de toda su familia pronunciando otra vez los nombres y esforzándose por verlos a través de la oscuridad. También preguntó por los esclavos. Aldonza distribuyó mantas. La carreta se puso en movimiento con una sacudida. Chirrió el eje y crujieron doloridos los tirantes. La caja se bamboleó espasmódicamente hasta que fue adquiriendo un ritmo singular, lento, como el de un barco fantástico. Cruzaron la plaza mayor; estaba desierta. La iglesia y el Cabildo enfrentados, resplandecían como espectros. La picota donde hacía poco habían ahorcado a un ladròn casi ni se veía. Los bueyes avanzaron entonces hacia el Este y después torcieron hacia el Sur. Recorrieron el barrio de los artesanos: los talleres eran sepulcros. Tampoco se distinguía la fronda de los nogales que indicaban el comienzo de la propiedad de don Graneros y su próspera fábrica de carretas. Francisco no alcanzó a despedirse de Lucas, pero lo hizo Diego.

Los largos muros de adobe se fueron espaciando. Llegaron a la explanada sur, donde se distinguían las sombras de muchas otras carretas, ya encolumnadas. Tropillas de mulas, burros y caballos eran adheridas a la caravana. Algunos oficiales armados controlaban los documentos. Don Diego ordenó a su familia que permaneciese quieta en el vehículo, tapada por las sombras. Esa noche, felizmente, los oficiales no se interesaron en los pasajeros, sino en los equipajes y las mercaderías. Prestaron atención a la carreta siguiente, donde se apilaban muebles y arcones. Después se alejaron.

Al cabo de una media hora sobrevinieron nuevas sacudidas. Empezaba el viaje en serio. La caravana cruzó la empalizada de Ibatín por el gran pórtico del Sur. El campo estaba cubierto por una fina lámina plateada. La brisa del espacio abierto estremeció con remotos perfumes de libertad. Don Diego tocó la mano del fraile y fue suficiente para entenderse: se alejaban, por ahora, del largo brazo de la Inquisición.

El rítmico bamboleo adormeció a casi todos.

8

La soleada mañana deshizo el fresco de la noche. Mantas, chales, jubones y chaquetas se apartaron como estorbos. Un incipiente sudor esmaltaba el anca de los bueyes. El peón que los conducía, instalado bajo el techo delantero sobre una petaca en la que amontonaba sus pilchas, los miraba moverse como quien mira el movimiento de los árboles. Don Diego revisó su arcabuz y lo acomodó entre las piernas. Luego dijo:

—Por aquí se va hacia la Ciudad de los Césares.

Iba a contar algo más, pero se interrumpió para estirar su oreja hacia los quejidos de las estacas.

—¿Cómo es la Ciudad de los Césares? —preguntó Francisco mientras cruzaba las piernas.

—Dicen que sus calles están empedradas de oro —se distendió su padre, pero sin separarse del arcabuz—. Todas las viviendas son palacios. Sus habitantes han desarrollado el arte de la agricultura y saborean las mejores hortalizas y frutos.

—¿Queda lejos?

—Nadie pudo llegar —aclaró fray Isidro.

—¿Tan lejos queda?

—Tal vez sus habitantes consiguen despistar a los exploradores —conjeturó don Diego—; tal vez pasamos muy cerca sin advertirlo. ¿Quién sabe? Tal vez ciertas tribus que se benefician con su protección se encargan de instalar pistas equivocadas. Y cuando alguien se acerca demasiado, lo asaltan y asesinan.

—Me gustaría llegar a la Ciudad de los Césares —confesó Francisco.

—¿Cuándo paramos a descansar? —preguntó Felipa.

—A las diez.

La caravana enfilaba hacia un bosquecillo. Se habían apartado bastante de la cadena montañosa. Ya podían apreciar su majestad. En la base, borrosa, se intuía el caserío de Ibatín. La jungla era una lejana franja negra con manchones morados. Allí quedaban, agazapados, los peligros de la naturaleza, los calchaquíes y la Inquisición.

De vez en cuando el médico y el fraile intercambiaban gestos preocupados. El implacable fray Antonio Luque no se daría por satisfecho con la desaparición de los sospechosos. Ya había hecho perseguir y arrestar en la pequeña y remota Rioja al judaizante Antonio Trelles. Era probable que hiciera lo mismo con ellos.

Los postillones marcaron una circunferencia y los bueyes abandonaron el camino para obedecer esta conocida invitación. Estaban manifiestamente cansados. Tiraron de las carretas hasta formar un rodeo. Mientras los viajeros se desperezaban en tierra, unos peones desengancharon el pértigo de los recalentados vagones. Los bueyes fueron desuncidos para que comieran y bebieran. Otros peones se encargaron de las tropillas de burros, mulas y caballos. La pausa se extendería hasta las cuatro de la tarde. Éstas eran las seis horas de máxima temperatura: los bueyes soportaban la sed, el hambre, la lluvia, la oscuridad y los ríos crecidos, pero no el calor.

La carreta de los Núñez da Silva fue estacionada en forma paralela a la que transportaba sus pertenencias. Treparon dos peones y acomodaron travesaños de un techo al otro. Sobre esta armazón provisoria tendieron cueros hasta que se completó un perfecto quincho bajo el cual gozarían de sombra y ventilación. Ahí podían comer y luego dormir la siesta. En el centro del rodeo encendieron un fogón para asar y guisar. Los negros, indios, mulatos y mestizos de estas travesías estaban bien programados y desarrollaban una secuencia eficaz. Cuando los pasajeros terminaron de acomodarse, ya habían carneado una res e instalado la caldera. El sebo del animal era aprovechado para untar las mazas y proteger sus ejes.

Pronto se expandió la fragante nube de carne asada.

Luis bajó de la carreta varios taburetes de doble tijera con asientos de lona y una mesita de campaña para el almuerzo.

De repente se produjo una turbulencia en la tropilla de mulas. Tironeaban en direcciones diferentes. Los peones se afanaron en contenerlas. Muy sensibles, los animales habían percibido la amenaza.

—Pumas —confirmó don Diego y levantó su arcabuz.

Fray Isidro llamó a Francisco y sus hermanos: "No se aparten de aquí". La humareda del asador excitó a las fieras que merodeaban la caravana desde hacía horas.

El terror de las mulas contagió al resto de los animales. Hubo que pegar, empujar y cercar para mantenerlos agrupados. Algunos pasajeros se ofrecieron para explorar los alrededores inmediatos. Los pumas debían estar ocultos en aquel cañaveral, o tras el siguiente bosquecillo, o disimulados en el pasto. No se atreverían a atacar, a menos que estuviesen muy hambrientos.

Al cabo de una media hora retornó la calma al improvisado corral y la gente volvió a sus lugares. Aparentemente se había alejado el peligro. Catalina y Luis eligieron suculentos trozos de asado con la punta de unos cuchillos, los acomodaron en un par de bandejas y llevaron a la mesa de sus patrones. Quienes preferían, podían gustar una cazuela con verduras, papas, garbanzos y carne cocida. Una pequeña damajuana de vino alcanzó para toda la familia y también para convidar a los pasajeros de la carreta siguiente. Como postre se distribuyeron naranjas.

Los mayores doblaron las chaquetas como almohada y se repantigaron sobre la gramínea. Francisco, en cambio, aún estaba demasiado inquieto por tantas novedades y prefirió dedicar esa primera pausa del viaje a satisfacer su curiosidad. Examinó la parte inferior de las carretas como quien explora zonas íntimas. Agachado y alerta, miró y tocó desde abajo ese piso que parecía firme cuando uno viajaba adentro pero que estaba formado con un tejido tosco sobre base de tablones. La caja se prolongaba en un largo pértigo que la unía al yugo; para la construcción de este pértigo se usaba el tronco de un altísimo árbol. Acarició su superficie lisa, manchada con sudor de bueyes y polvo de caminos: parecía la gruesa lanza de un gigante. Caminó después hacia el círculo de tizones donde asaron la res; el fuego ya se extinguía. Se alejó entonces hasta el agrupamiento de bueyes, cercano al arroyo. Junto a ellos pastaban los caballos, asnos y mulas.

—¿Por qué las mulas no tienen hijos? —había preguntado a su hermano Diego en Ibatín, mientras contemplaban el arreo de una tropilla.

—Porque nacen de burro y yegua o de caballo y burra. Son un producto artificial. No se generan sí mismas. No formaron parte del Arca de Noé.

—¿No?

—No. Son una especie intrusa, porque no aparecieron en el quinto día de la creación como las demás bestias de la naturaleza. Aparecieron mucho después, cuando un burro, en vez de aparearse con una hembra de su misma especie, lo hizo con una yegua.

—¿Está mal eso?

—Creo que está mal.

—¿Y por qué se crían mulas?, ¿y se venden?, ¿y se usan?

—Por eso mismo. Porque son útiles y fuertes. Son ideales para transportar carga a buen ritmo y para caminar por terreno escarpado. Son un invento para enriquecerse.

—¿Y no se pueden unir un mulo y una mula?, ¿"aparearse", como dices?

—Casi no ocurre. Y si ocurre, la mula no es fecundada.

—¿Por qué?

—Porque es así: no es fecundada. Es estéril. Te repito: un burro y una yegua hacen una mula, pero la mula no tiene descendencia. No produce nada, ni mula, ni yegua, ni burra.

En esos momentos unos peones cruzaron a la disparada.

—¡Por allí, por allí!

Corrieron hacia el fogón, que ya había sido cubierto con tierra, "por allí, por allí". Siguieron hacia el corral y formaron un anillo en torno a las tropillas agitadas. Los viajeros con arcabuces orientaron su puntería en dirección al cañaveral. Tres asnos despavoridos se habían apartado; iban al trote y los perseguía un resplandor cobrizo.

De los pastizales emergió el lomo de un puma disparado como flecha hacia esos animales.

Francisco asistió entonces a un espectáculo extraordinario.

Uno de los tres asnos se detuvo mientras los restantes proseguían la huida. No giró para embestir a la fiera, sino que le ofrecía las ancas mientras torcía la cabeza, como si calculase cuánto faltaba para ser alcanzado. Desde varios metros de distancia, el puma trazó un arco luminoso y aplastó su cuerpo sobre el lomo de la víctima. El burro sufrió la sacudida del golpe, pero no cambió de postura. Sus dos compañeros ya habían ganado distancia. Aguardó con increíble fortaleza hasta que el jinete feroz terminara de acomodarse. Entonces se volcó súbitamente hacia un costado y quedó con las patas agitándose en el aire mientras comprimía al puma con su lomo. Los rebuznos eran clarines de dolor y alegría. El felino aprisionado intentaba escurrirse de la prensa letal. Abrió sus garras chorreantes de sangre y golpeó con desesperación la cola contra el suelo. El jumento siguió frotando su lastimado lomo como si estuviese atacado por una picazón hasta que pudo quebrar el delicado espinazo del puma. Después flexionó las patas, levantó la cabeza y se irguió desmañadamente.

Don Diego hizo gestos a sus vecinos para que bajasen el arcabuz. No era necesario matar al puma. Ya lo hacía el burro, aplicándole formidables dentelladas de gracia. Un charco de sangre embadurnaba a los dos animales. Por fin el burro se apartó con inmensa fatiga y cayó a pocos metros.

La exaltación de los comentarios no frenó la presteza de los peones. El fulgor de los cuchillos dio cuenta de la preciosa piel del puma que, humeante aún, fue exhibida como bandera.

El burro estaba malherido. La sangre brotaba rítmicamente de su cerviz. Las fauces se le cubrieron de espuma. Su respiración era muy rápida.

—Habrá que sacrificarlo.

Francisco no pudo contemplar el crimen. Corrió hacia la carreta, pero alcanzó a oír:

—No vale la pena gastar municiones. Degüéllenlo.

* * *

El teniente receptor del Santo Oficio empuja la silla que le obstruye el paso. Camina hacia la puerta y, con impaciencia, ordena:

—¡Vamos!

Los oficiales cierran otra vez los dedos en torno a los fuertes brazos de Francisco y lo despegan de su mujer. Ella ofrece resistencia, gime, grita, implora. Les pone delante de los ojos a su hijita bañada en lágrimas... Inútil resistencia. Sacan a Francisco a la calle oscura.

—¿Adónde me llevan?

Lo empujan y, tras unos minutos, el teniente Minaya informa:

—Vamos al convento de Santo Domingo.

9

Reanudaron la marcha después de las cuatro. El rodeo se desovilló en una larga hilera de veinte carretas fofas. Adelante, como siempre, marchaban los postillones en sus ágiles caballos; exploraban el terreno y retrocedían con la información. No se detendrían hasta la hora de cenar.

Durante un buen rato se habló del heroico burro. Cómo defendió a sus compañeros. Cómo se dejó montar para después quebrarle la columna al puma con su peso. Cómo soportó el dolor de las garras y los colmillos. Cómo terminó por darle muerte con sus dientes. Cómo luchó a pesar del miedo.

—¡Pero lo degollaron! —reprochó Francisquito.

Su padre le revolvió la cabellera y recordó que de todos modos se iba a morir; más cruel hubiera sido abandonarlo en esas condiciones. El niño no pudo contener el llanto. Aldonza estiró su mano hasta la botija y llenó un jarrito de agua temblorosa. también pensaba que se había cometido una injusticia.

El campo se despoblaba de árboles. A medida que se alejaban de la montaña y su hirviente selva, se imponía el vacío. La alfombra de pasto amarillento con islotes glaucos era matizada por bosquecillos cada vez más transparentes. Bajo la carreta cruzó un zorro. En algunos tramos se acercaban los avestruces provocando el súbito despegue de los pájaros. El peón conductor, balanceándose sobre su agrietada petaca, extendió el índice hacia un círculo de cuervos que se hacía oblongo hacia un lado: con arcaico rito, celebraban la muerte de un animal y pronto caerían sobre el cadáver para hundirse en sus entrañas.

Tras varias horas de marcha la carvana inició su ritual curva y empezó a formar el rodeo. Había llegado la hora de cenar. Y había que cumplirla antes de que cerrara la noche.

Isabel y Felipa cosecharon moras en un perol. Descubrieron moreras con frutos entre las tipas y los laureles. Se les habían ennegrecido los labios mientras las probaban con golosa celeridad. Catalina fue en busca de agua para que se lavasen.

Cenaron frugalmente, iluminados por velas. Las moras oficiaron de postre.

El descanso fue corto. Los esclavos apagaron el fuego y pronto quedaron encolumnadas las carretas. Veinte torres marcharon en la oscuridad por el sendero que previamente exploraban los postillones. La noche era el mejor tiempo para viajar, porque sufrían menos los bueyes.

Francisco se tendió entre don Diego y fray Isidro. Por la abertura de adelante se veía al encorvado peón sobre su petaca de gastado cuero. Del techo se proyectaba la lanceolada picana como un dedo mitológico. Por la abertura posterior se extendía el paño negro del firmamento, que chisporroteaba luces. Francisco conocía ya algunos agrupamientos de astros. Ahí estaba, por ejemplo, una cola de la Vía Láctea. Ahí las Tres Marías. Ahí un planeta. Sí, era un planeta porque no guiñaba: redondo y grande como un ojo de fray Isidro. Le enseñaron que los astrólogos diagnosticaban enfermedades y anunciaban el futuro leyendo en las estrellas. Para ellos eran una escritura. ¿Por qué no? Dios pudo establecer que un caracol de astros fuese una letra y que una víbora de astros otra. ¿No se habrá inventado el abecedario terrestre a imagen y semejanza del celestial? Francisco intentó reconocer alguna L, O, C, T, P, o M formada por estrellas.

Antes de dormir se incorporó para beber agua. Vio entonces cómo el campo imitaba al firmamento. Era un espectáculo impresionante. Millones de insectos habían encendido sus faroles. Reían con los párpados. Reían y cantaban. El oscuro pastizal estaba encantado. Parecían diamantes. Extendió la mano para recoger luciérnagas, pero su hermano le tironeó del cinturón.

—Te vas a caer.

Permaneció subyugado por la fiesta de luces. Se le ocurrió que esa miríada de insectos también constituían un alfabeto. Son el libro que Dios escribe sobre los campos, así como ha escrito otro con las estrellas. Quizás el de los campos se refiere a temas más sencillos. Pudo advertir que por ahí se encendía un grupo en forma de A y otro en forma de T, rápidamente sustituido por una V o una F. Sólo podía leer ese libro quien estuviese bien entrenado.

Se durmió.

Al amanecer ya no estaban los insectos refulgentes. Un vaho lechoso emergía de los campos. Ahora se enroscaba la caravana cerca de un río para la pausa del desayuno, tras haber marchado en forma ininterrumpida durante casi diez horas. Había que mudar los animales. Sólo tenían tiempo para calentar el chocolate y cocinar una fritanguilla. Otra vez se armó un rodeo y liberaron los pértigos. El suelo estaba húmedo. Los hombres corrieron a ocultarse tras unos arbustos. Las mujeres fueron en dirección contraria. Los animales observaron con extrañeza la pudibundez de los humanos mientras eyectaban con despreocupación.

La presunción de que el afluente del río Dulce —al que debían cruzar esa mañana— había crecido, se confirmó. Los postillones exploraron el terreno mientras se preparaba el desayuno. Investigaron huellas, zanjones y la esporádica pavimentación rocosa que suele ofrecerse como ruta más segura. Varios pasajeros que ya habían hecho la travesía afirmaban que las aguas corrían de prisa pero no había mucha profundidad: les irritaba tener que acampar por vaya a saber cuánto tiempo.

Uno de los jefes eligió tres postillones y les ordenó que trataran de cruzar. Sus caballos no estuvieron de acuerdo: corcovearon, giraron, relincharon. Finalmente, con la cabeza erguida, sacudiéndose, penetraron en el agua revuelta. A los pocos metros ya se les mojaba la panza. Los jinetes apuraron con las espuelas. Las cabalgaduras se hundieron más. Otro poco y alcanzarían la orilla. Sobre la picada superficie del agua sólo emergía la mitad del caballo. Siguieron pujando. El piso parecía firme. La corriente fue apartando a un postillón, que tardaría más en acercarse a la meta. Los otros comenzaron a trepar. Enseguida lo consiguió también el tercero. Ya se sabía cuán hondo era el río. Se podía pasar. ¡Eah! ¡Cada uno a su puesto! ¡Se reanuda la marcha!

* * *

En el convento de Santo Domingo un fraile encapuchado conduce a Francisco y sus captores por un estrecho corredor. El teniente camina delante con su lámpara, dos oficiales aprietan los brazos del prisionero y el tercero lo vigila desde atrás con su mano en la empuñadura de la faca. Los lóbregos pasos resuenan en la oscuridad como si fueran los de una multitud. El fraile abre la artrósica puerta de una celda. Minaya hace un movimiento de cabeza y sus subordinados empujan al reo hacia el tabuco negro.

Francisco adelanta las manos para no estrellarse contra la pared invi-

sible. Enseguida le abrochan grilletes en las muñecas y los tobillos. Los gri-
lletes están soldados a largas cadenas que nacen del muro.

Cierran la puerta. Una llave gira; bajan la tranca exterior. Los pasos
se alejan. Francisco palpa el revoque húmedo. No hay ventana, ni apoyo, ni
mesa, ni jergón. El piso de tierra apisonada, irregular y desnudo, lo invita
a sentarse, a esperar. Deberá esperar muchas horas, quizá días. Deberá es-
perar agachado, ciego e inerme el feroz salto del puma sobre su nuca de bu-
rro tenaz.

10

Llegaron a Santiago del Estero antes del anochecer y acamparon
a la entrada de la ciudad. El bullicio era semejante al que animaba
la gran plaza junto a la ermita de los vicepatronos de Ibatín. Cientos de animales mugían y relinchaban mientras los vendedores pro-
mocionaban sus mercaderías. El olor de la boñiga cortaba el de las
hortalizas que aún no había tenido salida. Cajas con frutas y cofres
con tejidos se amontonaban junto a pilas de cueros. Entre varios cargadores trasladaban tinajas con agua de zarza. Otros esclavos vigilaban un cargamento de vinos.

Contra la claridad rosada del crepúsculo emergían las torres de
las iglesias. Era la sede episcopal de la vasta Gobernación del Tucumán, encabezada por el austero y apacible fray Fernando Trejo y Sanabria.

El jefe de la caravana programó permanecer hasta las once de la
noche. Alcanzaba para mudar bueyes, reparar algunos ejes, lubricar
mazas y consumir la cena.

* * *

Por fin una llave penetra en la cerradura. ¿Cuánto tiempo lleva ya en-
cerrado? Se incorpora, tiene mareos. Apoya sus palmas en la fría pared. Le
duelen las muñecas y los tobillos engrillados. La puerta chirría y una fran-
ja de luz penetra en la celda. La ondulante lámpara avanza con sigilo. El
revoque irregular exhibe manchas de tizne y herrumbre.

Se oyen otros pasos. Mientras se acercan, un negro instala dos sillas y abre una mesa de campaña. Después se queda firme junto a la puerta, próximo al criado que sostiene la lámpara. Entran dos frailes con los hábitos blanquinegros. Uno es el comisario local Martín de Salvatierra. Lo acompaña el notario del Santo Oficio Marcos Antonio Aguilar. Se sientan. Fray Aguilar acomoda el tintero, la pluma y el papel. Fray Martín de Salvatierra extrae un pergamino enrollado, lo extiende y dice:

—*¿El doctor Francisco Maldonado da Silva?*

—*Sí, fray Martín.*

El comisario ignora que se conocen; le molesta la inoportuna familiaridad.

—*¿Jura por el Padre, el Hijo y el Espíritu Santo, y por esta Santa Cruz, decir la verdad?*

Francisco lo mira a los ojos y descerraja la más inesperada de las respuestas.

11

Durante los trayectos nocturnos estaba prohibido usar velas porque podían encender las maderas o los juncos de los vehículos. En cambio se mantenía prendida una linterna junto al peón que bostezaba sobre su vieja petaca. El zangoloteo permitía descansar cuando se acomodaba a un ritmo estable, pero a menudo sobrevenían fuertes sacudidas; en el camino abundaban piedras y huellas. En ocasiones el vehículo quedaba trabado y el peón descendía, reclamaba colaboración, oponía troncos y ramas secas, ordenaba empujar y azuzaba a los bueyes para que la rueda saliese del pozo. Nadie dormía de un solo tirón.

Mientras, las voces de la noche concedían noticias parciales sobre su misterio. El silbido de las cigarras era acuchillado por el grito de una lechuza; el chirrido de las ruedas apenas ocultaba el clamor de fieras. Oscuros jabalíes se desplazaban en busca de víctimas. Reptaban las serpientes, corrían las vizcachas, se amontonaban las nutrias y disparaban las liebres. Los abnegados bueyes tiraban del yugo a paso regular mientras en derredor la fauna invisible atacaba, huía, devoraba. No se descartaba otra eventualidad: los crueles indios del Chaco.

A la madrugada refrescaba mucho. Con un ojo Francisco solía espiar el sonrosado despertar del horizonte mientras en lo alto todavía colgaba la luna. Pronto empezaría a formarse el rodeo del desayuno. Se repetiría el programa: desuncir bueyes, engrasar mazas, prender el fogón, ir a orinar y defecar, llenar con agua las botijas y los grandes cuernos que se ataban al arzón de las monturas. Se reanudaría la marcha por unas horas, hasta las diez, cuando el sol desenfrenado ultrajase los campos. Entonces se haría lo mismo que ayer y mañana. Muda de animales, reparaciones, almuerzo y siesta. Luego, reinicio de la marcha hasta que el horizonte segregase púrpura. Rodeo, fogón, cena. Se continuaría si la noche era serena y los baquianos podían ver el camino. La caravana de veinte carretas y con valiosas tropillas marchaba cada vez más cansada. Pero el destino ya estaba cercano.

Un mediodía acamparon en un pequeño bosque de quebrachos, el último del trayecto. Decían que su madera era incorruptible. Su dureza agotaba las hachas. Era la madera más vigorosa del mundo.

Empezó a llover y los peones armaron una carpa para seguir cocinando. Por la tarde volvió a llover. Los bueyes continuaron su marcha pisando firme en el lodazal. Sus cueros mojados resplandecían. Nada los asustaba: peor fue el cruce del río. Al rato, la lluvia ya era recuerdo. Y lo sería hasta el fin del viaje.

El paisaje árido acabó por imponerse. El calor y el polvo aumentaron en forma dramática. Por las tardes solía levantarse viento; su silbido llegó a ser torturante. Los animales silvestres correteaban por las extensiones peladas en busca de los matorrales que servían de escondite. El escaso verde que los había acompañado al principio se marchitó en ámbar y cinc. Estaban próximas las letales salinas. Según las aves de rapiña que sobrevolaban, la caravana parecía detenida. Los bueyes eran simples figuras de cerámica en el inconmensurable yermo. Respiraban arenisca. Francisco preguntó si podían extraviarse y rondar para siempre en esa planicie hostil. Dijeron que no, pero su pregunta generó malestar.

Ahora había que racionar el agua. Al frente se extendía una blancura ósea. Con sólo mirarla dolían los ojos. Los bueyes ingresaron en una llanura de sal infinita. El atardecer encendió los espinosos contornos de las matas. La noche enfrió con mayor rapidez que antes. El viento arañaba, daba voces. Francisco se cubrió la cabeza. En la pesadilla se filtró algo y al despertar intuyó que su padre corría hacia los caballos seguido por varios hombres. Bajó al piso de sal y su madre lo atrapó del brazo.

—¡No vayas!

El muchacho vio entonces un par de esclavos tendidos. Sus cuerpos inmóviles contrastaban con la superficie lactescente. Al costado se dilataba un charco rojo.

—Los mataron anoche —dijo Aldonza.

—¿Por qué?

Meneó la cabeza.

—Para robar, supongo. Estaban junto a la carreta de nuestras cosas.

Francisco liberó su brazo y se acercó a los cadáveres. Yacían boca abajo, con heridas en la espalda. Los habían asesinado mientras dormían o mientras vigilaban. Fray Isidro permanecía de pie junto a ellos y hacía girar su rosario. Los peones murmuraban alborotados, perplejos.

—¡Asesinos hijos de puta! ¡Los colgaremos! —juraron unos comerciantes.

"Mi padre traerá a los ladrones y serán ajusticiados aquí mismo", conjeturó el muchacho. "Si no hay árboles, oficiará de picota el techo de una carreta", dijo un comerciante mientras entregaba una soga a un mulato para que la probase. El mulato sonrió apenas y trepó hasta la picana, la ató con habilidad y placer.

—Papá traerá a los ladrones —repitió a su madre.

Ella volvió a restregarse los ojos: arenisca salada, o lágrimas, o cólera.

—Papá va adelante. Es valiente.

—Impulsivo —dijo ella—. No debió arriegarse: es peligroso.

Miró a Francisco y agregó:

—Son criminales. ¿No has visto qué les hicieron a estos pobres infelices?

Francisco giró sus ojos hacia los cuerpos inertes.

—Tu padre es médico, no un soldado.

La negra Catalina les ofreció tazones de chocolate.

—Yo sé qué lo enardeció —acariciaba el tazón con ambas manos—. Lo llamaron para auxiliar a los heridos. No pudo hacer nada porque estaban muertos, pero advirtió que habían caído junto a la

56

carreta que transportaba nuestras cosas. Descubrió que faltaba un arcón —bebió un largo sorbo—. No cualquier arcón... para él.

El jefe de la caravana ordenó enterrar los cadáveres. Eligió el lugar y dos esclavos empezaron a cavar la fosa. No salía tierra, sino sal. Blanca sal con estrías oscuras que amontonaron a un costado. Apareció una esmirriada veta de agua, una especie de leche sucia. Una palada arrojó a los aires una comadreja muerta que cayó pesada junto al montículo; había estado enterrada vaya a saber cuánto tiempo en el mismo sitio que ocuparían los dos hombres. Se conservaba entera, asquerosamente entera bajo el envoltorio de sal que enjalbegaba su raída pelambre. Levantaron a los muertos y los depositaron sobre cueros de vaca. Después alzaron los extremos de los cueros y los deslizaron al fondo de la tumba. Otros cueros oficiaron de tapa. El blando ataúd fue cubierto rápidamente con paladas mientras fray Isidro comandaba el recitado de las letanías. Sobre el tolmo fueron clavadas dos cruces.

El sol horneaba. Su aliento incandescente era reforzado por esporádicas brisas de agobio. Los viajeros yacían en una siesta paralizante. Los labios secos debían aguantar el estricto racionamiento del agua. Esa tarde había que partir de cualquier modo —decían—, porque de lo contrario la tumba de dos se convertiría en la de la caravana íntegra. "Los jinetes nos darán alcance", tranquilizó uno de los capataces mientras ordenaba a los peones que cosecharan hojas carnosas de un cactus. Las gordas y espinosas hojas regalaron un moderado refresco.

A las tres empezaron los preparativos para continuar la marcha. En el horizonte bailotearon unos puntos. Aldonza los señaló alborozada. No eran el espejismo que promete agua y vegetación. Eran los jinetes. Parecían volar a escasa distancia de la plancha salitrosa. Los cascos levantaban globos azulinos. ¿Dónde estaban los ladrones? ¿Los habrían matado y abandonado a los buitres? La improvisada horca esperaba el cuello donde cerrarse y no quería una frustración.

Don Diego y sus acompañantes ingresaron en el rodeo blancos de sal. Estaban tan roncos que apenas podían hablar. Les ofrecieron media jarra de agua a cada uno. Deshilvanaron un entrecortado informe. No dieron alcance a los asesinos. No. Llevaban demasiada ventaja. Habían partido por lo menos una hora antes de que se descubriera su crimen. Las huellas que dejaron parecían confiables al principio, después no. Se separaron para despistar. Eran tres hombres por lo menos. Habían abandonado el arcón en su huida, porque los decepcionó el contenido —sonrió don Diego—. Fueron arrojando los libros que contenía a medida que hurgaban en su interior. Despreciaron la primera capa de volúmenes con la esperanza de encontrar abajo de ella los géneros valiosos o las joyas, luego se libraron de la segunda capa. Y así. "Nunca leyeron tanto estas salinas…"

El mulato desató la horca y, encogiéndose de hombros, la devolvió al enojado comerciante.

Algunos libros se quebraron en la caída, otros perdieron hojas, contó don Diego. Los recogió con unción, como a niños heridos, mientras sus compañeros se impacientaban porque querían alcanzar a los ladrones. Discutieron y amenazaron dejarlo solo en su ridículo trabajo. Y lo hicieron, pero al rato volvieron sobre sus huellas; no era posible alcanzar a los delincuentes. Entonces lo ayudaron a completar la recolección. Por lo menos no regresaban con las manos vacías.

* * *

—*¿Jura por el Padre y el Hijo y el Espíritu Santo, y por esta Santa Cruz, decir la verdad? —repite molesto el comisario Martín de Salvatierra.*

Francisco lo sigue mirando a los ojos. Esta escena ya había abrasado sus pesadillas: los funcionarios del Santo Oficio ordenan y él contesta; ellos exigen y él concede. Aprieta los puños. Las muñecas se le han ulcerado bajo las argollas de hierro. Siente que lo observan desde las alturas.

—*Perdón… —carraspea.*

Los frailes parpadean.

—*¿Qué ocurre?*

—*Juraré decir la verdad…*

—*Hágalo, pues.*

Francisco sigue sosteniendo la mirada.

—*Pero no así.*

Al notario se le vuelca el tintero. Uno de sus sirvientes se apresura en ayudarlo.

—*¿Qué dice? —gruñe el comisario.*

—*Juraré sólo por Dios.*

Un trueno hace trepidar la celda.

12

El crecimiento de la vegetación en torno a las esforzadas carretas marcaba el fin del viaje. Pronto llegarían a Córdoba, donde los esperaba una nueva casa, nuevos amigos y —según pronosticaba don Diego— una vida más apacible. Espinillos de monte cubrían las ahora amistosas ondulaciones del terreno. A lo lejos emergieron serranías azules. Entre los arbustos se asomaba el modesto piquillín con sus rubíes jugosos. El primer bosquecillo de algarrobos era una tentadora posta natural: los árboles extendían sus largas ramas como tirantería de iglesia. Horas después aparecieron aromos con su floración dorada. Las repentinas cuestas obligaron a uncir más bueyes adelante para subirlas, y luego atrás para bajarlas. El aire se limpiaba de sal y de polvo. Entre murallones y collados se multiplicaban los valles.

Un rancho solitario invitó a un recreo de mediodía. Los viajeros se abalanzaron sobre las tinajas y los corrales. Los habitantes del rancho vendieron corderos, pollos, huevos, calabazas. Del aljibe ascendía un balde tras otro para llenar botijas y cuernos. Entre las pircas que limitaban el sembradío asomaban tunas sabrosas que los viajeros recolectaron en ollas.

Al día siguiente acamparon junto a un arroyo. Ya estaban en el valle que desembocaba en la ciudad de Córdoba. Los cerros laterales se elevaban con suavidad y entre sus arbustos podían adivinarse hilos de agua. El angosto camino serpenteaba entre rocas coloradas, piedras de cuarzo y verdes arboledas. Dejaron atrás las postas de Quilino, Totoral y Colonia Caroya. Estaban a un paso de la meta.

13

—¿No es hermosa? —exclamó don Diego—. Dicen que se parece a la ciudad de nuestros antepasados. Este río es idéntico al Guadalquivir. Y cerca, gráciles, ondulan parte de las serranías. ¡Fíjense qué variadas y bellas son!

Córdoba —la americana— quedaba lejos de Lima, la capital del Virreinato. Por consiguiente, brindaba la ilusión de ser un buen refugio, lejos de espías y denuncias. Pero el brazo inquisitorial no perdía fuerza por razones de distancia y podía alargarse como un elástico y perseguir al otro lado de las montañas, cruzar desiertos y saltear abismos.

Don Diego Núñez da Silva había hecho los arreglos para instalarse en la vivienda de los Brizuela, aprovechando la circunstancia de que Juan José Brizuela, su mujer y tres hijos habían decidido mudarse a Chile. Con el dinero que cobraría por su casa de Ibatín, iba a pagar el valor de la cordobesa. Brizuela y Núñez da Silva se conocían desde años atrás y estaban enterados de sus respectivos temores, de modo que resultó fácil acordar la operación. Fueron recibidos con calidez e invitados a descansar bajo la parra mientras la servidumbre se ocupaba de sus muebles, arcones, ollas, candelabros y tejidos. Ambas familias convivieron diez intensos días.

La casa era más modesta que la dejada en Ibatín. En este sentido el pequeño Francisco sufrió una decepción; y también porque no había naranjos. En su lugar se extendía el toldo de una parra que soltaba grandes racimos. La puerta de entrada estaba compuesta por dos hojas sostenidas con fuertes goznes de hierro y una aldaba oxidada que alguien trajo de Toledo. Un zaguán de techo ovalado conducía al patio rectangular —que debería llamarse "de las uvas"—, en cuyo centro se erigía un aljibe con brocal de azulejos. La sala de recepción se abría a la derecha y era oscura, pero su piso estaba cubierto con una alfombra festoneada. Contra sus paredes, varios cofres y un armario. Cerca de la única ventana lucía un escritorio forrado de tela azul: era la nota de lujo. Sillas y cojines de colores invitaban a la distensión. El escaso mobiliario se completaba con una imagen religiosa en cada pared y un par de espejos enmarcados. A la sala de recepción seguía el comedor con su larga mesa de nogal, dos bancos y cuatro sillas. Más allá, los dormitorios casi pelados. Tras el patio de las uvas funcionaba la cocina, las dependencias de la servidumbre, una pequeña huerta y el corral.

El hijo menor de los Brizuela se llamaba Marcos y era más alto y robusto que Francisco. Enseguida trabaron amistad; Francisco le contó sobre Ibatín, su selva encantada, el río cargado de peces, los feroces indios calchaquíes, la blanca ermita de los vicepatronos, la fábrica de carretas más grande del mundo, el combate del asno y el puma durante la travesía y la original academia de los naranjos que había inventado su padre. Marcos lo escuchó con indisimulado asombro y, como gesto de reciprocidad, se afanó en sorprenderlo también: describió la mansedumbre de los indios cordobeses y le narró el escándalo que acababa de provocar la hermosa mulata Elisa. Además, en Córdoba había algo sin parangón en el mundo: la invernada de millares de mulas que se traían de la pampa y luego se vendían en el Norte con fabulosa ganancia. Francisco quiso ver esta maravilla, pero su amigo le ofreció otra más atractiva aún: el escondite perfecto, una cueva tras el corral. Lo condujo a través de la cerca de troncos, apartó una zarza, movió una piedra triangular y, agachándose, lo invitó a serpentear unos metros bajo el trenzado de las raíces. Ingresaron a un aposento húmedo. El entramado vegetal detenía los sonidos. En el escondite imperaba un silencio sagrado. Marcos le hizo jurar que no lo mostraría a nadie. Tampoco a Lorenzo, hijo del capitán de lanceros Toribio Valdés, que vivía a poca distancia.

* * *

El notario del Santo Oficio raspa su pluma sobre las hojas de papel y verifica los bienes de Francisco. En esta primera etapa es obligatorio contrastar sus declaraciones con el real inventario. El Santo Oficio es legalista. No deja nada al capricho de los hombres porque está en juego la defensa de la fe.

Cuando Martín de Salvatierra da por concluida esta etapa, Francisco pregunta con falsa ingenuidad:

—¿Puedo saber de qué se me culpa?

El comisario apenas le roza la mirada, entre sorprendido e irónico. El notario enrolla sus pliegos. Ambos salen sin contestar. El oficial controla a los negros que retiran la mesa y las sillas. Después cierra la puerta y gira la llave. Por último baja la inviolable tranca exterior.

Retorna la oscuridad sobrecogedora, el silencio, el frío.

14

Cuando partieron los Brizuela, Francisco incrementó su relación con los Valdés, y Lorenzo se convirtió en su compañero de dramáticas aventuras. Era el único hijo legítimo del capitán, pero tenía hermanos putativos y sospechaba que algunos mestizos y mulatos se le parecían. Una mancha rojo vinosa le cubría la mitad izquierda de la nariz y se extendía hasta el párpado inferior. Los entendidos atribuían la marca a un antojo que persiguió a su madre cuando estuvo embarazada. El muchacho era ocurrente y agresivo. Saltaba la cuerda al derecho y al revés, de costado, con un pie, en cuclillas y caminando hacia atrás. Trepaba los árboles como un gato y llegaba de un envión a las ramas más finas. Cuando su crujido anunciaba que iban a quebrarse, daba una vuelta en el aire y terminaba colgado de otra. Le prestó su cuerda a Francisco para que ensayara los saltos difíciles. Juntos recorrieron las calles brincando el aro que formaban con la soga en movimiento. También le enseñó a subirse rápido al enorme algarrobo cercano a la plaza mayor. Las piruetas aéreas asustaron a unos frailes, que les ordenaron bajar enseguida. Pero los muchachos huyeron por el tejido de ramas jugando a ser invisibles. Los frailes no toleraron tamaña desobediencia y marcharon con enojo macizo hasta lo del capitán Valdés, quien los escuchó y prometió —para calmarlos— reprender a su hijo. Lorenzo escuchó la filípica pero contó después a Francisco que su padre le recomendó no volver a trepar ese algarrobo y, al mismo tiempo, se rió de la cara de los frailes.

El capitán de lanceros Toribio Valdés era un personaje admirado, odiado y temido. Para algunos, impredecible. Cuando joven, en su España natal, mató a cuchilladas al herrero de su aldea porque había mancillado su honor. Contaba con orgullo cuán fornido era el herrero y con cuánta fuerza le hundió el puñal en el vientre y en el pecho hasta que su sangre formó una piscina espesa en la que se derrumbó mientras clamaba por un cura. Cuando llegó el cura, ya no podía hablar y se fue al otro mundo sin confesión. Así pasó ese hombre del calor de su fragua al calor del infierno. Toribio Valdés tuvo la ocasión de quedarse con la herrería, pero jamás iba a cometer el desatino de ponerse a trabajar. Ésa era una degradación de quienes no tenían sangre de hidalgo.

Abandonó su aldea cuando se enteró de que la columna que transitaba por el camino central iba a unirse con regimientos militares. Estaba formada por vagabundos, putas y bufones que deseaban mejorar su suerte en la guerra de Flandes. Se mezcló con la soldadesca, repartió heridas, penetró en el campo enemigo y descubrió su vocación militar. Pronto vistió uniforme y cargó armas rotundas. Después se embarcó para luchar contra los sarracenos. Aprendió a manejar velas, cargar cañones y efectuar abordajes en alta mar. Conoció Venecia y casi llegó a Estambul. Perdió tres dedos de la mano izquierda y uno de la derecha en una prisión del África. Consiguió huir, primero por tierra y luego por mar. Comió carne de víbora y bebió en charcos infectos. Regresó a España condecorado de cicatrices y con las faltriqueras llenas de odio. Se ofreció para viajar al Perú: quería la riqueza que le negó el Oriente. Pero Valdés tuvo que esperar un año. Mientras, mató a dos hombres por nuevas ofensas a su honor (tampoco recordaba esas ofensas, pero no le importaba porque, de todas formas, ya las había limpiado) hasta que un día le llegó la orden y corrió a embarcarse. La nave se balanceó locamente en las tempestades del Atlántico. Cerca de Portobello se produjo el temido naufragio en el que murió la mitad de la tripulación.

Toribio Valdés pudo finalmente llegar a Lima. Buscó el oro que reclamaban sus talegas vacías pero descubrió, asombrado, que no se lo recogía en las calles. Así que pidió ser enviado a expediciones fundacionales o punitivas o lo que fuera, porque daban mejor ganancia. Lo anotaron en una lista de voluntarios y tuvo la ocasión de dirigir acciones contra los pechos calchaquíes y las traicioneras flechas chaqueñas, por lo que el gobernador decidió premiarlo y nombrarlo capitán de lanceros de Córdoba, con casa, lugartenientes, servidumbre, sueldo y privilegios adicionales explícitos y tácitos.

El recién llegado Diego Núñez da Silva lo saludó con una reverencia y le ofreció sus servicios médicos a él, su familia, sus ayudantes militares, los indios y los negros de su propiedad. El capitán de lanceros, que se había puesto botas, calzones de seda, chaleco brillante y espada al cinto para recibirlo, le agradeció la deferencia. Francisco y Lorenzo, que espiaban tras la puerta, sonrieron complacidos.

15

Córdoba tenía siete iglesias. En la plaza mayor se erigía la Catedral y a un costado —como si los poderes no se enfrentasen en la realidad—, el Cabildo. Las numerosas manzanas edificadas en derredor incluían viviendas buenas y fuertes, algunas con pisos altos.

Los cordobeses compensaban su aislamiento con la vanagloria. Se jactaban de su presunto linaje. Era divertido: damas y caballeros de mala muerte competían en la descripción de sus árboles genealógicos. Pretendían ser joyas humanas en medio de este país salpicado de indígenas brutos. Las referencias parecían firmes porque nadie cometía la imprudencia de impugnar al vecino. Reinaba un acuerdo de no reclamar pruebas y los padrones que dieran fe no existían. Tampoco era difícil fraguar un documento apócrifo. La calenturienta ambición aspiraba a formar una corte nobiliaria más resplandeciente que la de Madrid.

Mientras los seglares se llenaban de títulos, los frailes vigorizaban el prestigio de sus órdenes. Tampoco iban a quedar rezagados. Los tres conventos establecidos, con ambientes para la meditación y extensos campos para la explotación agrícola-ganadera, eran los de Santo Domingo, San Francisco y La Merced. En el convento de La Merced se encerró fray Isidro Miranda. Exhibió su larga acción pastoral y fue aceptado. Era bueno que un hombre anciano que predicó, convirtió y enseñó en estas tierras brindase su sabiduría a la orden que tanto hizo por rescatar fieles de los sanguinarios moros y que ahora, en América, sufría alguna desorientación porque no había moros, sino indios.

El convento franciscano, que era el más grande, se estaba preparando para recibir la visita de un exigente supervisor cuya fama de santidad se había extendido hasta los confines del Virreinato. Ese hombre justo solía recorrer las indómitas tribus con un crucifijo en una mano y un desafinado violín en la otra. Se le atribuían milagros. Era tan carniseco que por momentos se hacía invisible; pero tenía una voz poderosa. Se llamaba Francisco Solano. Don Diego lo había visto en la ciudad de La Rioja unos años atrás.

Finalmente se destacaba el sólido convento de Santo Domingo, en el cual vivía fray Bartolomé Delgado, quien había sido distinguido con el título de comisario[7] de la Santa Inquisición. Fray Bartolomé era obeso, calvo y de una edad imprecisa. El hábito dominico, de color blanco y negro, flotaba en torno a su cuerpo globuloso; para confeccionarlo se usó más tela que la requerida por media docena de hermanos. Trataba con dulzura a los vecinos y aparecía en sus casas sin aviso previo. En ocasiones llegaba para el almuerzo y en otras para la cena; también decía los buenos días en la temprana hora del desayuno o las buenas noches cuando ya se iban a acostar. Saludaba con una sonrisa e iba derecho a ubicarse junto a la mesa donde se servía algún plato, postre o simple fruta. Pero su objetivo no se limitaba a calmar la voracidad permanente, sino a generar una amable conversación. Era un artista de las charlas morosas y ocurrentes.

Fray Bartolomé tenía conciencia de su habilidad y no sentía deuda por el vino y los platos que le servían. Además, él no consideraba que hacía esas incansables visitas por ocio o gula, sino para cumplir una escabrosa misión. Integraba la aguerrida orden dominicana que desde los comienzos funcionó como privilegiado instrumento del Santo Oficio. Nada más correcto que introducirse en la privacidad de la gente, en sus patios, comedores, haciendas y hasta en sus dormitorios para captar un indicio sutil de herejía. Las pláticas sobre aventuras, chismes, negocios e historias fantásticas permitían descubrir gustos, inclinaciones y hasta un secreto y orientador ritual.

Francisco lo conoció de súbito. Ahogó un grito de asombro al enfrentar esa mole de carne, más parecida a una montaña que a un ser humano. Había estado jugando a las escondidas con Lorenzo y, mientras su amigo contaba hasta diez apoyado contra la pared del zaguán, corrió a desaparecer en la alfombrada sala de recepción. Entró agitado y se detuvo en seco cuando advirtió gente. En una silla estaba su padre y en la otra, una gigante albinegro. Ambos giraron ante su intrusión inesperada. Francisco levantó las manos para defenderse del gato que se erizaba sobre las rodillas del clérigo. Era un animal grande y nevado. Su padre lo llamó, lo presentó a fray Bartolomé y le preguntó: "¿Qué debes hacer ante un dignatario de la Iglesia?". El muchacho dobló una rodilla, tomó la enorme y fofa mano que se extendía hacia su cara y la besó, mientras espiaba con un ojo las fauces amenazadoras del felino.

—Puedes volver a jugar —autorizó el comisario.

Francisco se demoró en salir para que no lo viese su amigo y escuchó que hablaban de comida. Al fraile le interesaba conocer los ingredientes que se usaban en Lisboa y las especias que se consumían en Potosí. Retribuyó a don Diego con una breve receta que aprendió en Córdoba —de vecinos y viajeros— sobre codornices asadas y patos a la marinera sazonados con pimienta, ajo y azafrán. Después ambos trataron de reconstruir la fórmula de la "comida blanca" que inventó un cocinero de Felipe II. Sabían que era un picadillo de aves cocidas a fuego lento, pero que su salsa especial no tenía una composición exótica, sino leche, azúcar y harina de arroz. Fray Bartolomé elogió la amplia cultura de don Diego, lo cual agradó al pequeño Francisco, porque era una gran verdad.

Más tarde vio que su padre acompañaba al clérigo y su gato hasta la puerta, mientras le decía que pronto lo invitaría a comer junto con su poderoso vecino secular, el capitán de lanceros.

—La medicina necesita tanto el apoyo de la religión como el de las armas— rió al despedirlo.

Fray Bartolomé se alejó con paso reflexivo. Caminaba mirando el suelo, acompañado por el gato blanco que parecía adherido a su sotana. Su mente reconstruía cada palabra del encuentro con este médico portugués, desde las modalidades del saludo inicial hasta las frases de despedida. En la plática sobre manjares fray Bartolomé deslizó hábilmente algunas incompatibilidades y desagrados para hacerlo pisar la trampa: pero no apareció indicio alguno de rechazo al cerdo y los peces sin escamas; tampoco mostró repugnancia por la mezcla de leche con carne. También evaluó la cortesía con que fue recibido y el manejo fluido que tenía de la doctrina católica. Lo impresionó bien su mujer, una cristiana vieja y claramente devota. No dejó de tener en cuenta que Diego Núñez da Silva, desde su llegada a Córdoba, asistía a los oficios religiosos y participaba de las procesiones con su familia íntegra, incluso la pareja de esclavos. Se confesaba, escuchaba misa y comulgaba. Excelente simulador. El comisario no había perdido la oportunidad de echar una mirada a los libros que se alineaban cerca del escritorio.

Cuando llegó a su convento atravesó el claustro y se encerró en su celda. Mojó la pluma y redactó sus impresiones. De vez en cuando, al revisarlas, descubría pistas que él mismo había anotado sin reparar en su significación.

* * *

En la negra y húmeda celda del convento dominicano ubicado en el sur de Chile, donde lo tenían prisionero, Francisco aguarda la etapa siguiente mientras se sopla las ardientes heridas que le han abierto los grillos.

Oye pasos. Vuelve a repetirse el desorden que producen hierros, la llave, la tranca exterior, la puerta que cruje y se abre, la franja de luz. Dos soldados ingresan y se ponen a sus lados, como si temiesen que pudiera huir. Se adelanta un negro que le tiende un cazo de leche tibia. A Francisco le cuesta mover los brazos agarrotados de frío. Trata de recibir el cazo sin temblar. Sus cadenas hacen ruido. Bebe, y el cálido líquido le acaricia la garganta y se expande por sus músculos como una bendición.

Esta vez no hay palabras. Se retira el negro, luego los soldados y otra vez lo dejan solo, a oscuras.

16

Don Diego creía haberse ganado la confianza del comisario. No era tan ingenuo para considerarse seguro, pero sí más tranquilo.

Solicitó a su mujer que hiciera preparar los mejores platos y ofreciera un esmerado servicio. La comida con fray Bartolomé y el capitán de lanceros Toribio Valdés podía significar el comienzo de un vínculo durable. De esta relación dependía su prestigio en Córdoba, su éxito y, sobre todo, su libertad.

Aldonza se afanó por confeccionar un atractivo menú. Don Diego sugirió que preparase chuletas de cerdo, variedad de hortalizas, budines con leche y que comprase vino. Para la ocasión valía la pena empeñar los ahorros.

La mesa de nogal fue cubierta por un mantel que Aldonza había bordado cuando era soltera. Catalina limpió la vajilla de cerámica y sacó estrellas a las pocas piezas de plata. Distribuyó las fuentes, los saleros y las jarras, las cucharas y los cuchillos. Cada comensal tendría una servilleta de lienzo con labores de punto cruz. Arregló las frutas en un cesto de mimbre y llenó una botija con agua de zarza. El humilde comedor lucía palaciego.

Toribio Valdés apareció con su traje para ocasiones solemnes. ¿Honraba a su flamante vecino médico? ¿Honraba al comisario? No perdía oportunidad para lucir su pompa. Se quitó el empinado sombrero y dibujó un saludo de corte real. Mientras aguardaban al fraile, relató a Diego Núñez algunos pormenores de sus luchas en altamar contra el turco.

Fray Bartolomé ingresó sin tocar la aldaba, como de costumbre. Era un hombre de la Iglesia que sólo podía traer buenaventura: no necesitaba pedir permiso. Enredado en los pliegues de su sotana venía el colosal gato. La gordura del felino hacía juego con la del sacerdote. Alguno podría confundirlo con una oveja.

Diego Núñez da Silva fue a su encuentro. El religioso se detuvo para contemplar la parra, cuyos jugosos racimos ya estaban agotándose.

—Le he separado los mejores —sonrió el anfitrión.

Los tres hombres se sentaron a la mesa. El capitán se dispuso a saborear los manjares mientras el fraile observaba con minuciosidad. El dueño de casa se sentía contento: había reunido en su hogar a dos hombres de poder. En Ibatín había sido más cauteloso, ahora se suponía más hábil. Sin embargo, de la opulenta comida no le quedaría en el recuerdo sino un fragmento breve y doloroso.

—¿Compró esta vajilla a la esposa de Antonio Trelles? —preguntó fray Bartolomé mientras examinaba un cuchillo de plata labrada.

—Parte de la vajilla —contestó sorprendido—. Sólo una pequeña parte.

—¡Ahá! —el fraile escudriñó la pieza por la hoja y por el mango. A don Diego le empezó a brillar la frente.

—¿Cómo lo adivinó? —preguntó con una sonrisa que pretendía ser inocente.

—No lo adiviné —respondió—. Lo sabía.

—¿Lo sabía?

—Claro. ¿No recuerda que soy comisario del Santo Oficio?

—¡Pero por supuesto! —carcajeó.

Antonio Trelles, unos años atrás, había sido detenido en La Rioja por judaizante, y se le efectuó un sonado juicio. Don Diego lo había conocido en Potosí y cuando visitó La Rioja como médico, intentó brindarle ayuda. Grave error: judaizar no merecía clemencia, sino arrepentimiento y condenas ejemplares. Ayudar a un judaizante también era delito. Como lo era condolerse mientras no reconociera su pecado atroz. Un franciscano alto y de mirada desvaída, que hacía sonar de vez en cuando su pequeño violín, lo llevó a un aparte y le aconsejó que si no deseaba correr la misma suerte, no dijese una sola palabra y se marchase enseguida. El Santo Oficio procedía a confiscar todos los bienes del reo y la familia Trelles se hundía en la indigencia. Don Diego había tenido la temeridad de acercarse a su esposa y comprarle parte de la vajilla por casi todo el dinero que llevaba encima. Era lo único que podía hacer para aliviar su desamparo.

Fray Bartolomé cambió de tema y se dispuso a gozar del almuerzo. El anfitrión, en cambio, tragó piedras.

* * *

¿Es día o noche? Nuevamente los pasos en el corredor, los hierros, la llave, la tranca, la puerta crujiente, la franja de luz, los soldados que irrumpen con odio.

Por entre los soldados se define la presencia albinegra de un fraile.

Francisco despega sus párpados cubiertos de legaña. Reconoce a Fray Urueña, el bondadoso clérigo que lo había recibido cálidamente en esta ciudad chilena de Concepción.

Trata de incorporarse, pero le cuesta. Su cuerpo es un fardo de dolores.

Los soldados se apartan. Un sirviente instala dos sillas y sale. Tras él se retiran los soldados. Dejan una lámpara en el suelo y cierran la puerta. Sólo permanece el fraile. Ahora hay suficiente luz.

—Buenos días.

¿El dominico le sonríe? Puede ser? Ocurren milagros en el fondo de las mazmorras?

17

La negra Catalina corrió por las calles. Alzaba su falda con ambas manos. Francisco la reconoció desde lo alto del algarrobo y le transmitió su sorpresa a Lorenzo. ¿Qué le pasaba a Catalina? Pese a su agitación pudo trasmitirle que venía a buscarlo por orden de la señora Aldonza; no sabía para qué. Su rostro traducía miedo.

—¿Qué pasa? —insistió Francisco.

Ella no lo podía entender: había gente.

—¿Gente? ¿Qué gente?

Regresaron corriendo.

En la entrada de su casa se había apostado un soldado con lanza de acero y adarga en forma de corazón. Intentó cerrarles el paso, pero evaluó su insignificancia y miró hacia atrás. En el patio había unas diez personas, de las cuales tres o cuatro eran clérigos. Ante la puerta de la sala de recepción estaba parado otro soldado armado. Aldonza, flanqueada por Isabel y Felipa, deambulaba con el mentón hundido en el pecho y retorcía un pañuelo blanco. Francisco recibió el largo y estremecido abrazo de su madre. Pudo entonces enterarse de que fray Bartolomé Delgado y el capitán Toribio Valdés habían ingresado solemnemente "para arrestar al licenciado Diego Núñez da Silva en nombre de la Inquisición". Los acompañaba un séquito de soldados del Rey y familiares del Santo Oficio. Como se acostumbraba, debían efectuar el trámite en presencia del notario. Se encerraron en el salón de recibo.

—Lo van a llevar —sollozaba Aldonza—; lo van a llevar.

Francisco pretendió acercarse a su padre, acompañarlo, escuchar qué le preguntaban. El soldado que bloqueaba la puerta no accedió. Nadie, ni siquiera los integrantes del cortejo podían entrar. El Santo Oficio prefería el secreto. Volvió junto al trío de mujeres que rondaban decaídas el aljibe, desgranando las cuentas de sus rosarios. Lorenzo se sacudió el pelo de la cara y trató de obtener una explicación más precisa. Francisco, con un nudo en la garganta, miraba a los severos familiares que hablaban en tono adusto, tal como se supone que deben hacerlo personas de alta misión y comprobada pureza de sangre. Atrapó de la asordinada conversación algunas palabras fuertes: marranos, ley caduca de Moisés, epidemia, brujería, judiada, asesinos de Cristo, sabat, raza maldita, purificación por el fuego, embaucadores, cristianos nuevos.

Marchó al segundo patio donde vio a Catalina sentada sobre un fardo de ropa sucia. Lloraba. El llanto de la esclava agudizó el miedo de Francisco por su padre. Fue hacia el fondo y se introdujo en el escondite que le había confiado Marcos Brizuela. Era una gruta perfecta, allí podía yacer tendido y pensar. Quizá tras unos días cambiara de opinión fray Bartolomé y entonces su padre podría salir sin amenazas. O quizá debía escapar a caballo durante la noche. El capitán Valdés tenía el más veloz de la ciudad; Lorenzo lo ayudaría a conseguirlo. Regresó donde Catalina. Le envolvió la cara regordeta con sus manos y la obligó a mirarlo. Ella tenía los ojos enrojecidos.

—¡Vamos a salvarlo! —dijo el pequeño Francisco.

Le susurró que preparase ropa y juntara comida para un viaje. Volvió al escondite y lo limpió. Cuando fue a reunirse con su madre, el interrogatorio continuaba.

—¿Dónde está Diego?

—Fue a buscar a fray Isidro —contestó Felipa.

—¿De qué acusan a papá? —volvió a preguntar Isabel.

Aldonza se quebró de nuevo en llanto. Estrujaba el pañuelo contra sus órbitas. Lo que sabía o sospechaba no podía ser dicho.

—¿Cuántas veces preguntarás las mismas cosas? —reprochó Felipa con tanto dolor que apenas pudo terminar la frase.

Se movió el soldado que protegía el acceso al salón. Los familiares se aproximaron, ansiosos por enterarse: tendrían el privilegio de ser los primeros y harían correr la noticia por la ciudad. Pero aún faltaba: el soldado cruzó la lanza y retornaron al corrillo.

Diego llegó tenso y frustrado. Sus ojos llameaban.

—No quiere venir —dijo a su madre.

—¿No quiere?...

—Insiste en que es inútil. Que sería peor.

—¿Fray Isidro no quiere venir? —repitió Isabel, tan incrédula como el resto.

—No es familiar, ni siquiera dominico. Su intervención complicaría las cosas.

—Nos abandona... —tembló Isabel.

—Es prudente —justificó Aldonza—. Ve mejor que nosotros.

—¡Sí! ¡Ve mejor con sus ojos de diablo! ¿Qué pueden ver los ojos del diablo, ah? —exclamó Diego.

—¡Hijo!

—¡Es un cobarde! ¡Un traidor!

El soldado frente a la puerta cambió de posición. Los familiares se desplazaron nuevamente hacia él. También el pequeño Francisco. Apareció el gato blanco y, pegado a su lomo, la gigantesca figura de fray Bartolomé. Su rostro se había puesto severo. Después emergió don Diego con signos de un aluvional cansancio. Finalmente el capitán de lanceros y el familiar que cumplía las funciones de notario.

Francisco corrió hacia su padre. La lanza lo detuvo en seco. Se levantó un murmullo. Fray Bartolomé pidió al soldado que retirase la lanza y permitiera al muchacho abrazar la cintura de don Diego. A continuación, con exagerada lentitud informó que el licenciado Núñez da Silva había sido acusado de judaísmo y que el Santo Oficio le ordenó a él (fray Bartolomé) efectuar la investigación sobre sus bienes (el interrogatorio) en presencia del señor notario, quien labró el acta legal. Su resultado lo facultaba ahora a él (fray Bartolomé Delgado, comisario de la Inquisición) a entregar el reo (Núñez da Silva) al brazo seglar (capitán de lanceros Toribio Valdés) para que dispusiera su inmediato traslado a Lima, capital del Virreinato, donde sería juzgado por el alto Tribunal del Santo Oficio.

Aldonza explotó en un sollozo que no pudo silenciar ni metiéndose el pañuelo en la boca. Sus hijas pretendieron consolarla, pero lloraban también. Los familiares balbucearon una oración mientras Francisquito los miraba como si fuesen espectros de la pesadilla en que se había convertido el mundo. El joven Diego, en cambio, permanecía rígido, con los puños crispados.

Aldonza, con desesperación y miedo, arrastró sus pies hacia su marido. Pero no se dirigió a él, sino que se desplomó de rodillas ante el comisario del Santo Oficio. Fray Bartolomé apoyó su ancha mano sobre la cabeza de la mujer, como si estuviese impartiéndole una bendición, balbuceó unas palabras en latín y le dijo en voz baja que el licenciado iría a Lima por unos meses, que debían aceptar la justicia divina, que si don Diego expresaba un arrepentimiento sincero y los jueces advertían que era real, sería reconciliado y volvería pronto. Esto era definitivo, era la voluntad de Dios.

El capitán Valdés ordenó al soldado que no se apartase del reo por ninguna causa.

Francisco ardía por avisarle que lo esperaba un seguro escondite y que, con ayuda de Catalina, le había provisto vituallas. Podía descansar unas horas, comer y, durante la noche, fugar en el mejor caballo de la ciudad. No era una fantasía, ya estaba casi todo listo. Pero no se le despegaba el soldado. Tampoco se marchaban los huraños familiares.

A Fray Bartolomé le trajeron papel y pluma. Un ayudante le sostenía el tintero mientras se desplazaba por la casa seguido por el reo. Sus obligaciones incluían el prolijo inventario. Exigió a don Diego que le entregase todo el dinero en efectivo. También exigió que le entregase las joyas. El comisario exploró el comedor y entró en los dormitorios. Don Diego no pronunciaba un vocablo y Aldonza no cesaba de llorar. Francisco no se despegaba de su padre: tenía que explicarle el plan de fuga, era decisivo.

En el dormitorio fray Bartolomé ordenó abrir los cofres y exponer su contenido sobre la alfombra. Salieron frazadas, cubrecamas, fundas. Y un estuche de brocato.

—¿Qué es eso?

—Un recuerdo de mi familia.

—A ver.

El médico deshizo el nudo, abrió el estuche y sacó la llave de hierro. Fray Bartolomé la sopesó en su mano, la miró a la luz y la devolvió.

—Está bien.

Francisco adelantó su mano y recibió de su padre la reliquia; lo recorrió una corriente de fuego. Era parte de una cadena heroica. Se encargó de guardarla con amor en el estuche y dar vueltas al hilo de cáñamo. Hizo un buen nudo. Mientras, su padre lo contemplaba con infinita gratitud. Francisco aprovechó entonces una distracción del comisario para susurrarle su proyecto. Fray Bartolomé lo vio y pidió que viniese el capitán Valdés. El niño temió haber sido escuchado.

El capitán hizo sonar sus tacos de autoridad.

—He concluido la primera parte del inventario —dijo—. Puede llevarse al reo.

—Papá... —susurró Francisco—. ¡Escapemos ahora!

—No hay escapatoria —le contestó al oído, apretándole cariñosamente los hombros.

—Sí que la hay…

—Sería peor.

Le irritaba esa súbita resignación; era desconocida, inaceptable. A su padre le sobraba valentía para entregarse de esa forma. Salieron al patio. Llegaron otros soldados y lo empujaron hacia la calle, donde la falta de respeto fue una cuchillada. Francisco, con la garganta más anudada que antes y los nervios más exaltados que nunca, se abrió paso con los codos e intentó protegerlo, pero un oficial lo apartó con rudeza y arrojó al piso.

Acudían infinitos curiosos: era el espectáculo del barrio, así como los condenados a la picota eran el espectáculo de la plaza mayor. Se habían apostado decenas de caballos y mulas. Era evidente que el operativo había sido preparado con antelación, sin esperar los resultados del interrogatorio. La deportación de Núñez da Silva —lo sabrían más adelante— había sido dispuesta cuando aún vivía en Ibatín.

Le ordenaron a don Diego montar una mula. Antes de hacerlo miró el interior de la casa a través de la puerta abierta: Aldonza y sus hijas permanecían inmóviles junto al aljibe, como estatuas de un cementerio. Dijo que quería despedirse de ellas. Los soldados no lo escuchaban, no querían escucharlo. La rabia subió a la cabeza de Francisco y provocó que dos soldados desenvainasen sus puñales. Fray Bartolomé reclamó serenidad:

—Aguarden.

Caminó hacia el interior y habló con las mujeres. Seguramente les explicó que podían despedirse de un hereje porque los unía el lazo de sangre. Lo escucharon con asombro, bajaron la cabeza y caminaron avergonzadas detrás de él. A Francisco se le presentó entonces una imagen absurda: ese doloroso trío de mujeres vestidas de negro, pálidas, impotentes, eran las tres Marías de la Pasión. Se desplazaban con intenso sufrimiento hacia Cristo detenido, escarnecido y rodeado de soldados. Cristo era su padre a quien estas mujeres amaban y, sin embargo, no podían ayudar. Los soldados no lo entenderían y permitieron con burlas que el reo las abrazara. Después se estrechó con Diego, su maduro hijo mayor. Miró a Francisquito, lo alzó y apretó muy fuerte.

Partieron. El médico en el centro y un oficial de cada lado. Esta marcha al paso tenía mucho de exhibición. Recorrerían las principales calles para que sirviese de escarmiento. La noticia ya había incendiado cada recoveco de la ciudad. Córdoba entera salió a los zaguanes, las puertas, la calzada. Era importante que se verificase la dureza del Santo Oficio, y que se recordara que su largo brazo podía llegar a los más lejanos territorios.

Las figuras se empequeñecieron en la distancia. Doblaron una esquina. Su desaparición trastornó a Francisco, quien saltó a uno de los caballos sujetos al palenque de su casa y lo hizo disparar. Fue tan raudo que no alcanzaron a detenerlo. Recorrió al galope las calles y los alcanzó en pocos minutos. Su padre, atónito, detuvo la cabalgadura. Los oficiales empuñaron sus armas.

—¡Papá, papá!

El caballo deshizo la ordenada formación.

—¡Fuera! —le gritaron.

Con los brazos extendidos pretendió abrazar de nuevo a su padre, pero le golpearon en las rodillas, manotearon una rienda, luego un estribo, y casi consiguieron derribarlo. Finalmente logró ponerse al lado de su padre. Se apretaron las muñecas, se miraron con intensidad desesperada.

Un enojado y cruel golpe de adarga los separó.

—¡Fuera de aquí!

Los oficiales rodearon al médico, como antes.

—Voy contigo... voy contigo —imploraba el muchacho.

Se reordenó la formación. Su padre giraba para mirarlo con el corazón deshecho mientras lo obligaban a seguir avanzando. Francisco no se dio por vencido y los seguía a poca distancia.

Llegaron al límite de la ciudad. El jefe del grupo dio una vuelta y enfrentó al muchacho con el ceño contraído. Le habló en tono cortante.

—Se acabó, pendejo. Ahora regresas a tu casa.

Su respuesta fue bajar los ojos y permanecer callado. Pero sin señales de obediencia. Su padre intervino:

—Vuelve, Francisquito. Vuelve... Cuida a tu madre y a tus hermanos.

Lo recorrió un temblor. Su padre hablaba en serio. Era la voz irrefutable; estaba otra vez entero, como siempre. Francisco alzó la mirada y lo vio a la distancia. Vio como marchaba tranquilo. Vio cuando levantaba su mano derecha, suavemente, para saludarlo por última vez. Vio como luego espoleaba su mula para dar fin a la despedida y se alejaba al trote. Los soldados apuraron sus cabalgaduras tras de él. Vio que parecía el jefe, no un prisionero.

Se quedó inmóvil durante un largo rato, después miró hacia la serranía azul que su padre tanto admiraba y regresó al paso, triste e impotente. ¿Qué le harían? ¿Qué le harían en Lima? ¿Qué le harían antes de llegar a Lima? Había oído decir que los prisioneros eran maltratados en el viaje para que allí no ofrecieran resistencia.

Desmontó en medio del alborotado gentío que aún bloqueaba la puerta de su casa. Lo regañaron por haber salido al galope. El dueño del caballo le quiso arrancar una oreja, pero se liberó a puntapiés. Lo insultaron. Entonces torció hacia lo de Lorenzo. Su amigo parecía raro. ¿Qué le pasaba? Se acercó y él empezó a alejarse.

—¡Lorenzo!

No le contestó. ¿Por qué lo esquivaba? ¿Tenía vergüenza de su propio padre, el capitán? ¿Se sentía culpable por el penoso destino que le había impuesto a don Diego?

—¡Lorenzo!

Lorenzo se detuvo.

—Tu padre... —empezó Francisco.

Lorenzo le echó una mirada desconocida hasta entonces. Contenía desdén, era horrible. Su mancha facial brillaba como un carbón encendido. Se acercó desafiante y lo escupió:

—¡Judío!

Francisco quedó paralizado. No podía ordenar esa realidad hecha pedazos, monstruosa: el padre de Lorenzo acababa de arrestar al suyo y ahora Lorenzo lo insultaba. Las lenguas de fuego que le subían y bajaban desde hacía horas lo envolvieron por completo. Sintió los ímpetus de un tigre hambriento y se arrojó sobre su mal amigo. Lo derribó y empezó a darle puñetazos y patadas. Lorenzo devolvió cabezazos y mordiscos. Rodaron, se apretaron, empujaron, hirieron. Entre los jadeos se insultaban. Ambos percibieron la sangre en sus labios y comenzaron a desprenderse. Se miraron con asombro, porque estaban maltrechos, sin respiración. Se incorporaron despacio, con la guardia alerta. Era posible otro ataque. Pero acabaron por alejarse mientras gruñían y se echaban miradas de odio.

Secándose la cara lastimada con el brazo, Francisco hizo un rodeo y penetró en su casa por los fondos. Separó los arbustos y se introdujo en el escondite. "Aquí debería haberse refugiado papá." Se tendió en la fresca penumbra. El olor a tierra era confortable. Pero seguía sintiéndose oprimido, porque en su cabeza no cesaban de repetirse las espantosas escenas del día. Dio vueltas como en la cama cuando no podía dormirse.

Se sentó y al rato decidió salir; ningún sitio, ni siquiera el escondite le ofrecía consuelo. Desde el corral lo observaron dos mulas con sus grandes ojos almendrados. Entonces tomó conciencia de que no podía caminar por el intenso dolor en una rodilla.

Diego lo miró de arriba abajo.

—¡Francisquito!

Su ropa desgarrada, los moretones de la frente y la sangre en su mejilla impresionaban. Su hermano se acercó para ayudarlo. Francisquito tenía unas ganas locas de llorar a los gritos, pero lo asfixiaba la vergüenza. No podía explicarle. Una garra de cuervo le rompía la garganta. Diego le pasó las manos debajo de las axilas, lo levantó y lo apoyó sobre su pecho.

* * *

Fray Urueña se sienta en una silla e invita a Francisco a ocupar la otra. Francisco no lo puede creer; su aparición es angelical.

El fraile acaricia la cruz que le cuelga sobre el pecho y parece dolerle el estropicio en que se ha transformado el amable y culto doctor.

—He venido a consolarlo —murmura con dulzura. Fray Urueña solía visitarlo en su casa. A veces se quedaba a comer. Contaba anécdotas sobre médicos, cirujanos y (en voz baja) sobre ciertos curas. Francisco le corregía el latín y el fraile simulaba enojarse, después prometía mejorarlo y a la vez siguiente repetía el error. Juntos recorrieron los bellos alrededores del grandioso río Bío-Bío.

—¿Cómo está mi mujer? ¿Y mi hija? —sus preguntas no ocultan ansiedad.

El clérigo mantiene los ojos bajos. Responde:

—Están bien.

—¿Las han... las han asustado? ¿Las han...?

—Están bien.

—¿Qué harán conmigo?

Por primera vez se tocan sus pupilas. Fray Urueña parece sincero:

—Créame: no me está permitido suministrar información.

Permanecen en silencio. En el corredor se oyen los ruidos apagados de los oficiales que hacen guardia, atentos a la probable (¿probable?) agresión del prisionero hambriento y engrillado.

18

Por la casa se expandió un clima de duelo. Por más que Aldonza era cristiana vieja y lo podía atestiguar con holgura, se había unido en matrimonio a un cristiano nuevo que ahora iba a ser juzgado por el Santo Oficio. Sus cuatro hijos portaban sangre abyecta.

La vivienda fue rápidamente desmantelada. Fray Bartolomé dirigió con minucia el despojo. Todo reo de la Inquisición insumía gastos —explicó—: viaje, alimentación, vestimenta, y en Lima debía pagarse el mantenimiento de la cárcel, la fabricación y reparación de los instrumentos de tortura, el salario de los verdugos y el costo de los cirios. ¿De dónde saldrían los recursos? De los mismos reos, lógicamente. Eran los generadores del Mal y quienes obligaban a que el Santo Oficio trabajase sin descanso. Por eso se les confiscaban los bienes. El dinero sobrante sería restituido al final del juicio. "El Santo Oficio no se estableció para acumular riquezas, sino para cuidar la pureza de la fe."

En el primer día el comisario se llevó los restos de dinero. En el segundo día escogió las piezas de plata y cerámica de la vajilla (inclusive las que pertenecieron al malhadado Trelles) y sólo perdonó jarras, fuentes y platos de barro y latón. En el tercer día seleccionó las imágenes religiosas, varias fundas, cojines y las sillas con apoyabrazos. Después dejó tranquila a la familia durante una semana porque no conseguía compradores de lo ya confiscado. Reapareció para ver los libros pero, curiosamente, no vino a llevárselos, sino a ordenarle a Aldonza que los ocultara en un arcón y lo cerrase con candado.

—Ah —recomendó—, previamente envuélvelos con una frazada para que no se filtre su pestilencia.

Asociaba los libros con el destino del licenciado Núñez da Silva. "Introdujeron ideas perversas en su espíritu. Le arruinaron la lógica. Sus páginas no transmiten la palabra del Señor, sino las trampas del demonio."

Aldonza lo escuchaba con atención y esperanza. Era la autoridad que le había arrancado el marido y tal vez se lo podía restituir; era quien determinaría el futuro de sus hijos. La magnitud del daño infligido expresaba la magnitud de su poder. Aldonza había sido enseñada a inclinarse ante el poder. Se inclinaba, pues, ante las palabras del fraile comisario que, los últimos días, empezó a reiterar su propósito de brindar ayuda. Extendía los índices y pontificaba:

—Así, derecho, es el camino de la fe.

Revolvía los gordos dedos en el aire:

—Así, retorcidas e inestables, las divagaciones de la herejía.

Aldonza esperaba que su buena y sumisa conducta sería apreciada por el comisario y que éste informaría positivamente al Tribunal de Lima para que el juicio fuera misericordioso con su marido. Por eso, en vez de una, usó dos frazadas para envolver los libros. Les tenía odio y, sin embargo, los tocaba con amor. Cada uno de ellos había acompañado durante muchas horas a su marido. "No destilarán más pestilencia", murmuraba. Cerró el cofre con un golpe rudo.

—Nadie los leerá. Nunca me gustaron.

Fray Isidro propuso reanudar las lecciones, como una forma de distracción y consuelo. Diego se resistió. Los demás dudaron.

—Hablé sobre esto con fray Bartolomé —explicó—. No hay objeciones.

Diego se levantó enojado. No disimuló una mueca de repugnancia.

—Ayudarán —continuó el fraile como si no lo hubiera advertido— a mantener el camino de la fe. Él supervisará las lecciones y diariamente repasaremos el catecismo.

—El camino derecho —se burló Francisco extendiendo los índices.

—Si fray Bartolomé pide, entonces lo haremos —decidió Aldonza.

A la tarde siguiente se sentaron en torno a la mesa. Traslucían decaimiento; era difícil interesarse. Fray Isidro pasaba de un tema a otro con la expectativa de mejorar al ánimo de sus alumnos, pero no lo lograba. Entonces propuso leer una historia edificante de *El conde Lucanor*.

—Tráenos ese libro —pidió a Felipa.

—No hay más libros en esta casa —replico Aldonza, molesta.

—¿Cómo?...

—No existen ya para nosotros.

El fraile se rascó las muñecas bajo las anchas mangas.

—¿No lo sabía? —se extrañó Felipa—. ¿No se lo dijo fray Bartolomé?

—¿No se lo dijo el "santo comisario"? —ironizó Diego.

—Si alguien me da algún dinero por ellos —dijo Aldonza con rabia—, los vendo. Los vendo toditos. Al instante.

Pero, ¿quién iba a gastar dinero en esos inservibles y peligrosos volúmenes? Estaban encerrados con candado y destinados a pudrirse por haber traído la desgracia a esta familia.

Francisco opinaba diferente. Su tristeza lo empujaba a visitar el arcón. Era un reencuentro con su padre. Cuando no había testigos cerca, se sentaba en el piso a contemplarlo. Adentro latía una vida inmortal. Lo expresaba el tenue resplandor que emitía la madera pintada. En su interior se comunicaban entre sí seres mitológicos formados por letras. Seguro que el gordo Plinio relataba parte de su *Historia naturalis* al sensible Horacio y el inspirado rey David cantaba sus salmos al arcipreste de Hita. Su madre no podía entender eso, fray Isidro se hubiese escandalizado y Diego le habría hecho burla.

* * *

Fray Urueña desgrana una oración. Francisco lo mira con ternura: lástima que pronto deberá partir y él quedará nuevamente solo en la maloliente celda, mordido por los grillos de acero. Acaban de evocar los pocos meses que lleva de residencia en la ciudad. Había viajado hacia el Sur desde Santiago de Chile con su esposa Isabel Otáñez y su hijita Alba Elena. Fue un trayecto parecido al que realizó su familia desde el oasis de Ibatín hasta la luminosa Córdoba cuando él ni había cumplido los nueve años de edad. Su padre entonces (como él hace poco), presintió el largo brazo del Santo Oficio rozándole la nuca.

—El Santo Oficio vela por nuestro bien —insiste el fraile—. Yo quiero ayudarlo a usted. Hablaremos todo el tiempo que sea necesario.

Francisco no contesta. Le brillan los ojos.

—Usted es un hombre erudito. No puede engañarse. Algo enturbia su corazón. Lo vengo a ayudar; de veras.

Francisco mueve las manos. Resuenan las cadenas herrumbradas.

—Dígame qué le pasa —lo alienta el dominico—. Trataré de comprenderlo.

Para el cautivo esas palabras son una caricia. El primer gesto afectuoso desde que lo arrancaron de su casa. Pero decide esperar unos minutos aún antes de hablar. Sabe que ha empezado una intrincada guerra.

19

Una sombra se expandió sobre la mesa de algarrobo. Los cinco estudiantes y el maestro se sobresaltaron ante la súbita aparición de fray Bartolomé. La clase continuó bajo su vigilancia.

A su término la desmejorada Aldonza ofreció chocolate y pastel de higos al comisario. Diego se excusó, levantó sus útiles y partió. Más tarde lo hicieron sus hermanas Isabel y Felipa. El comisario no pareció incomodarse; acariciaba a su gato y mantenía la sonrisa. Francisco prefirió quedarse para escuchar la conversación de su madre con ambos hombres. Se deslizó al piso y simuló concentrarse en un mapa.

—¿Siguen bien guardados? —preguntó fray Bartolomé entre los ruidosos sorbos de su chocolate.

—Guardados como usted me indicó.

—Son libros peligrosos... —insistió con la boca llena de pastel—. Son demasiados.

—Mi marido decía —comentó Aldonza tímida— que eran pocos. Que eran una insignificancia con relación a las bibliotecas de Lima, Madrid y Roma.

—¡Bueno, bueno! —rió mientras le saltaban las migas de sus labios—. Esas comparaciones son deducción por el absurdo. Aquí no estamos en Madrid ni en Roma. Vivimos en una tierra miserable llena de infieles y de pecado. Nadie posee una biblioteca. ¡Es una excentricidad!

Lo mismo había dicho el pequeño y duro fray Antonio Luque en Ibatín. Aldonza bajó sus ojos hinchados de tanto llorar.

—Es una colección que evoca a otras colecciones —fray Bartolomé sacudió las migas de la sotana y elevó las cejas—. Es cierto. Pese a todo... —se interrumpió, mordió otro pedazo y bebió enseguida el chocolate para mojarlo dentro de su boca.

—Pese a todo... —fray Isidro le recordó el hilo del pensamiento interrumpido.

—Ah —se sacudió nuevamente las migas—. Decía que, pese a todo, es una colección valiosa.

Aldonza parpadeó. Francisco levantó la cabeza del colorido mapa y giró hacia la mole albinegra.

—¿Valiosa?

—Sí, hija.

—La vendo ya, padre. Usted sabe que la vendo.

Llamó al gato dándose unas palmadas sobre la rodilla. El felino abrió sus ojos estridentes, encorvó su lomo y de un brinco se instaló sobre el regazo del fraile.

—No hay que precipitarse —acarició el abundante pelo del animal.

—No quiero esa biblioteca más en casa —protestó Aldonza—. Temo que nos haga daño, que nos acarree más desgracias. Tiene veneno, usted lo dijo.

—Si la vendes... podrías envenenar a quien la compre —estiró la gorda cola del felino.

Aldonza mordió sus labios. Un mechón de cabello resbaló a su mejilla, que escondió rápidamente bajo el pañolón negro.

—Necesitamos dinero, padre —su voz imploraba—. Tengo que alimentar a mi familia. Estoy sola con cuatro hijos. Por eso sugería venderla.

—Ya encontraremos la forma —vació el tazón de chocolate, lamió con placer su borde interno y lo depositó sobre la mesa.

—No veo esa forma, no la imagino —Aldonza secó la transpiración de su frente con el dorso de la mano.

—Por ahora no menciones los libros. ¿Están guardados en un arcón?

—Sí, sí.

El fraile le acercó su cabezota y susurró:

—Hay que mantenerlos ocultos hasta que llegue el momento.

Aldonza no entendía qué momento. Él agregó:

—El momento de venderlos, o entregarlos, o canjearlos, o donarlos. Sin que afecte a nadie.

—Más nos valdría tener unas monedas —se lamentó ella.

—¿Cuántas?... ¿Quién te dará cinco, quién diez, quién veinte? ¿Sabes negociar? Yo te ayudaré a negociar.

Se dirigió intempestivamente a fray Isidro:

—¿Está usted de acuerdo?

El fraile se sorprendió y sus ojos de terror, como ocurría en esos momentos, se desprendieron de la cabeza y giraron en el aire.

—¡Claro que sí!

La mujer levantó el tazón vacío y lo llevó a la cocina. Necesitaba realizar algún movimiento: este comisario era desconcertante. En la cocina se pellizcó los brazos para castigar su falta de compostura hasta que el dolor espiritual se convirtió en lágrimas baratas de dolor físico. Era más fácil controlar el dolor físico. Retornó mejorada.

El comisario esperó que volviera a sentarse y unió las cejas para transmitirle una profunda revelación.

—Aldonza: he venido para reconfortar tu alma.

Ella se encogió como un animalito ante la fuerza del cazador.

—Siempre fui una devota católica…

—No lo dudo. Pero el Señor ha decidido ponerte a prueba. Elige hombres y mujeres para que den testimonio. Y cada uno de los elegidos debe sentirse halagado. No olvides que eres cristiana vieja, tu sangre está libre de antepasados impuros —rastrilló con la mirada a fray Isidro quien, instantáneamente, simuló concentrarse en su crucifijo de madera—. Y bien, querida hija… Dios ama y exige a los justos, a los mejores.

Ella apoyó los codos sobre la mesa y el mentón sobre los puños. Su rostro emanaba congoja. Fray Bartolomé insistió:

—¿No comprendes? Es fácil: sólo los mejores pueden extremar la fidelidad y la obediencia; sólo los mejores, con su sufrimiento, aumentan la gloria del Señor. Los pecadores e indignos desconocen el sufrimiento, incluso cometen la blasfemia de escamotearlo. Dios te ha elegido, querida Aldonza. Y entonces te ha ocurrido… lo que sabemos.

Ella empezó a lagrimear. Fray Bartolomé emitió un largo suspiro, calzó sus manazas sobre las rodillas y se puso de pie. El gato resbaló al suelo y caminó insolente sobre el mapa de Francisco, quien tuvo ganas de arrancarle los pelos del bigote. Fray Isidro y Aldonza también se incorporaron. Los religiosos partieron juntos y la casa volvió a hundirse en el vacío.

* * *

83

Francisco procura tocar la mano del bondadoso fray Urueña, pero las cadenas convierten su intención en un desmesurado esfuerzo.

—*¿Qué desea decir?* —*lo estimula el clérigo.*

—*Un sacerdote está preparado para guardar secretos, ¿verdad?*

—*Así es, hijo.*

—*Si alguien se lo pide, ¿está más obligado aún?*

—*El secreto de la confesión es inviolable* —*recita.*

—*Antes de confiarme del todo* —*dice Francisco lentamente*—, *le pregunto si usted guardará el secreto que le voy a transmitir.*

El clérigo mueve la cruz entre sus dedos.

—*Soy sacerdote y estoy obligado a cumplir con los mandatos del Señor.*

Francisco vuelve a suspirar. En el fondo de su atribulada alma no le cree. Pero la guerra exige seguir adelante. Estira las piernas engrilladas y sube las manos a su pecho. Levanta la cabeza y empieza a descorrer el pesado velo.

Fray Urueña abre la boca y grandes, muy grandes, los ojos.

20

Los libros permanecieron seis meses en el baúl, inviolados. Seis meses. Francisco los contó en el almanaque de la iglesia.

Una mañana llegó el sirviente de fray Bartolomé para anunciar que esa tarde les rendiría una visita. Extraño, porque jamás anunciaba sus visitas. Pero esta vez lo hizo porque iría acompañado por un bachiller recién llegado de Lima. En la casa brotó un haz de optimismo. Por fin tendrían noticias de don Diego. Era indudable que traía algo, si no, ¿por qué un bachiller se correría hasta la vivienda desfondada de esta familia impura?

Fray Bartolomé, con su gato rondando la sotana, trazó un gesto y el esperado bachiller atravesó el zaguán. Se detuvo un instante para contemplar el patio, la parra, el aljibe y cerciorarse sobre la ubicación de la sala de recibo que habitualmente está a la derecha. Cubría su cabeza con un sombrero de Segovia, usaba calzas de paño fino y le colgaba una amplia capa azabache. Sin saludar ni enterarse de quienes lo miraban con expectación, fue a la sala y se sentó. Sus ojos recorrieron con aburrimiento las paredes ondulantes donde antes colgaron espejos e imágenes. No se incorporó para saludar a Aldonza: se limitó a mover la cabeza. Ella, consternada, ofreció servirle algo, pero el bachiller pidió secamente que le mostrara los libros.

—¿Los libros?

—Sí, los libros que usted vende. Fray Bartolomé me habló de ellos. El sacerdote puso el gato sobre la falda y, mientras le acariciaba la pelambre, hizo un gesto de aprobación. Su mirada parecía decir "apúrate mujer, he traído el comprador que tanto anhelabas". Pero Aldonza pretendía noticias de su marido. ¿Lo habían juzgado? ¿Volvería pronto? Sus hijos se arracimaron en la puerta, ansiosos también. Lima quedaba tan lejos, "y usted viene de allí".

El caballero se rascó la nuca y dijo que no estaba enterado sobre la suerte de su marido; por ende, nada tenía que informar. Aldonza, cruzando los dedos, le rogó que no se molestase: no pedía informes, sino alguna noticia. El caballero agregó que no había venido a Córdoba a traer el correo, que ella sufría una ridícula confusión. Sólo podía decirle —y lo dijo desdeñosamente— que se había comentado en Lima sobre el ingreso a las cárceles secretas de la Inquisición de un médico portugués traído del Sur: "puede que sea el hombre". Fray Bartolomé movió su cabezota y le agradeció tan importante y amable servicio. Después se dirigió a la desfigurada mujer para insistirle que hiciera traer el cofre con los libros: "Sí, hija, el cofre con los libros. Vamos a mostrarlos".

Diego llamó a Luis y entre ambos transportaron el pesado arcón. Aldonza se ocupó de buscar la llave y accionarla en el candado. Miró al fraile. No se animaba a levantar la tapa: era un sarcófago lleno de pestilencias. Fray Bartolomé se impacientó. "Abre de una vez." Ella lo hizo torpemente, con miedo a que saltara veneno o que apareciese la zarpa del diablo. El caballero vio adentro, asombrado, una mortaja de color tierra. Luis y Diego introdujeron sus brazos y la extrajeron con su macizo contenido. Fray Bartolomé desplegó las frazadas y la estancia se iluminó.

El arrogante bachiller evaluó el colorido de los volúmenes, torció la cabeza hacia uno y otro lado como quien examina joyas y extendió su mano hacia el libro más próximo. Lo levantó, calculó su peso, observó la tapa y contratapa y dejó correr las hojas. Eligió otro, leyó un párrafo, pasó un dedo por su lomo, releyó el título y lo depositó a un costado de la pila. Alzó el siguiente y procedió de la misma forma.

Fray Bartolomé se distendió: había conseguido un buen cliente.

85

Acariciaba al felino y se preguntaba si el bachiller consideraría más importante el título, el autor, el estado del libro, la calidad de la impresión o la perversidad de los párrafos atrapados al azar. Y también cuánto dinero ofrecería.

Diego volvió al racimo de hermanos que espiaba desde la puerta. En la sala imperaba un silencio que el erudito caballero venido de Lima violaba al deslizar las páginas entre sus dedos. Aldonza, parada cerca, observaba la operación con malestar. Hurgaban la intimidad de su marido ausente: le tocaban los ojos, los dientes, la nuca, la nariz. Cuando depositó el último volumen, el forastero empezó a separar algunos hasta quedarse con seis.

—¿Qué decidió? —preguntó el fraile.

—Hablaremos —se puso de pie.

Hizo una ligera reverencia y enfiló hacia la puerta. Bartolomé Delgado caminó ligerito para no quedarse muy atrás. El bachiller llevaba bajo su brazo seis volúmenes. Los compraba, parecía.

El salón quedó desocupado. Así debía sentirse una ciudad cuando se alejaba el invasor: con el miedo aún circulando en el aire, pero con la feliz certeza de que ya se fue. Francisco se aproximó al brillante montículo. Reconoció algunos libros por su tamaño y su color. Volvían a respirar. Se sentó a su lado. No intentó abrirlos. Los quería acariciar, acariciar a su padre. Aldonza lo dejó hacer.

* * *

Francisco explica al atónito fray Urueña que había decidido asumir plenamente su fe y que desde hacía años la practicaba en secreto. De esta forma satisfacía las demandas de su conciencia.

—*¡Tengo la sensación viva de Dios!* —*exclama.*

El dominico ruega a los santos que le provean argumentos para refutar la demoníaca exaltación de este hereje: tenía que desgarrarle las tinieblas que se aprovecharon de su alma.

—*Dice usted* —*lo interrumpe el fraile*— *que tiene la sensación viva de Dios.*

—*Sí.*

—*Sin embargo, usted lo niega.*

—*¿Lo niego?*

—*Niega a Dios. Niega a Nuestro Señor Jesucristo.*

Francisco Maldonado da Silva deja caer los brazos. Retumban escandalosas sus cadenas.

—Este hombre no ha entendido nada —suspira para sí—. He hablado a un muñeco.

21

No supieron cuánto dinero pagó el elegante bachiller por los seis libros; no era dinero para la familia, sino para "sufragar los gastos del reo". Iría derecho a la tesorería del Santo Oficio. El fraile elogió el pastel de almendras y salió parsimoniosamente con su albo felino pegado a la sotana. Diego murmuró entre dientes:

—Lo quiero matar... Algún día lo voy a matar.

—Yo también —dijo Francisco.

—Hijos, hijos —rogó Aldonza.

Diego palmeó a su hermano.

—Vámonos de aquí —hizo señas a Luis—. Trae la mula y una talega.

—¿Adónde vamos? —preguntó Francisco.

—Donde matan —susurró.

Tomaron la calle del río. Contra el cielo duro se elevaba la doble hilera de olivares que hicieron plantar los jesuitas a poco de radicarse en Córdoba. Un buey arrastraba el cilíndrico carro del aguatero. Atrás, con los bultos de ropa recién lavada sobre su cabeza, caminaba un grupo de esclavas; lo hacían a buen ritmo; sus pies se arreglaban para mantener inmóvil el cráneo y su carga fragante. Luis, rengueando, les sonrió con su boca deforme. Cada vez que Francisco había preguntado por el origen de esa deformación, el negro se había limitado a contestar: "me hicieron comer brasas".

La calle diluía sus bordes. Entre las huellas se formaban pequeños matorrales. Avistaron el río. Alfombras de berro se extendían por los remansos. Del otro lado ascendían plantaciones de maíz. Doblaron hacia el camino del Este que seguía el curso de las aguas. Allí Luis cumplió un rito que traía del África; entregó las riendas de la mula a Diego y saltó sobre una pierna hasta la orilla; tenía mucha fuerza y equilibrio con ese miembro; el otro le servía de minusválido acompañante. Francisco miró fascinado como elegía una piedra ancha y se arrodillaba. Arrancó briznas de hierba, se frotó con ellas la cabeza, las pasó por ambos hombros y las deshizo sobre el agua formando una medialuna. Después introdujo las manos en cuenco y bebió. Arrojó unas gotas hacia atrás. Farfulló palabras que le enseñaron en la infancia. No sabía su significado, pero traían buena suerte (parecía una imitación del bautismo que en la época de Cristo se efectuaba en el Jordán). Recuperó las riendas de la mula y prosiguieron la marcha. Las gotas de su nuca tardaron en secarse, porque de a poco le introducían la buena suerte en su sacrificado cuerpo.

Oyeron un lejano rumor, como ruidos de combate. El sendero viboreaba hacia una construcción rústica sobre el arco de una loma. Vaharadas malolientes anunciaban la proximidad de la meta. Emprendieron el ascenso. La mula protestó y Luis timoneó del cabestro. El animal olía peligro, se resistía. Con fuertes palmadas en la grupa el negro consiguió que avanzara. Aparecieron varios negros anunciando que, próximas a unos sauces, aguardaban las carretas. Bueyes y caballos pastaban a su alrededor. La atmósfera hedía: excrementos, orina y olor de carne cruda. Un vapor sanguíneo brotaba al otro lado de la construcción rectangular. El sendero concluía en un portón desvencijado. Diego ya conocía el lugar y prefirió que Francisco fuera hacia donde se realizaban las transacciones.

El matadero funcionaba sobre una especie de meseta donde hombres con el torso sudado y largos puñales se ocupaban de carnear. Poderosos ganchos esperaban a las reses chorreantes y entre las grandes ruedas olfateaban los perros con esperanzas de conseguir una ración. Un hidalgo miserable —como ahora también lo eran Diego y Francisco— los ahuyentaba a pedradas: eran sus hambrientos competidores.

Un vehículo inició la partida; los esclavos habían terminado de llenarlo y azuzaron a los bueyes. Un hato de intestinos resbaló por su abertura posterior, desenrollándose como una serpiente rojiza; los perros saltaron sobre la entraña y la rompieron a tarascones. El hidalgo los agredió con un bastón largo: no toleraba verlos comer.

En el potrero el desorden de cerdos y vacas se mezclaba con las risotadas de los carniceros. También rió Francisco cuando uno de esos hombres cayó en el barro al escapársele un lechón. El lechón huyó a un potrero vacío creyendo que así se salvaba. El hombre, un mestizo barrigón, se levantó bramando y emprendió su caza, pero el cerdo volvió a zafar. Manchas de légamo le cubrieron la cara y el pecho. Blasfemó mientras lo amenazaba con su cuchillo. El animal corría despavorido hacia un lado y otro buscando la salida. El mestizo lo fue cercando y atrapó nuevamente: pero nuevamente se escabulló. Para el carnicero ya no era un trabajo sino una venganza. Negros, mestizos, mulatos y los pocos españoles que estaban allí se amontonaron para ver el espectáculo inmundo. El carnicero se jugaba la honra con un puerco. Era el remedo de una corrida de toros. Se le acercaba con sigilo y luego lo corría a los gritos. Le descargó una cuchillada al costado y otra al garrón. Brotó una cinta carmesí sobre el cuero negro. El animal consiguió voltear nuevamente a su agresor y siguió corriendo en tres patas. El improvisado público ovacionaba al cerdo. El redondo abdomen del mestizo estaba cubierto de barro y de sangre; su boca chorreaba espuma. Blandió el cuchillo en el aire y, ciego de ira, embistió contra su enemigo. Un cabezazo del animal le hizo volar el cuchillo. El hombre rodó y se incorporó enseguida como un monstruo que emerge del pantano. Sacudió la cabeza crenchuda para quitarse la mugre de los ojos, recuperó el arma y volvió a saltar sobre la bestia. La abrazó con sus piernas y empezó a propinarle puñetazos y cuchilladas. La hoja entraba y salía entre los chorros de sangre. Le tironeó de las orejas y consiguió abrirle un profundo tajo en la garganta. El cerdo se encorvó y cayó, mientras el carnicero se desplomaba a su lado. El cuello del animal era un cráter que escupía lava roja. Francisco sintió pena por la víctima. El embadurnado carnicero se incorporó dolorido, levantó los brazos y profirió un rugido triunfal. Luego, inclinado sobre el cuerpo aún caliente, se dispuso a gozar de su trabajo y venganza. Lo arrastró y colgó, lo abrió por el medio y extrajo las vísceras. Le cortó la cabeza y la puso sobre la suya, como una corona.

—¡Marrano! —le gritaron festivamente desde la empalizada.

—¡Marrano! —gritó también Francisco, contagiado por la brutal comedia.

Al mestizo le brillaban los dientes tras el revoque de excremento. Haciendo pasos de danza se desplazó ante el público que vitoreaba obscenidades. Amenazó arrojar la cabeza del lechón a la cara de un negro, después se dirigió a un mulato, luego la puso sobre sus genitales y finalmente la tiró con fuerza al otro lado de la empalizada. La concentración se volcó sobre ella como si fuera una pelota. Francisco advirtió que no estaban a su lado ni Diego ni Luis. Tampoco en el amontonamiento que se disputaba la inservible cabeza. El hidalgo miserable venía corriendo con las manos llenas de piedras para lastimar a los perros. Un español le gritaba a un grupo de esclavos "holgazanes de mierda", exigiéndoles que completaran el cargamento de su carreta.

Diego apareció a su lado y dijo:

—Nos vamos.

Se alejaron del matadero. Atravesaron el portón ruinoso y empezaron a descender hacia el río.

—¿Y Luis? —preguntó Francisco.

Diego cruzó sus labios con un índice. Caminaba a largas y presurosas zancadas. Francisco lo seguía al trote.

—¿Y la mula?

Diego insistió en que se apurase y no hablara.

Al rato oyeron los insultos.

—¡Marranos! ¡Marranos!

—¡A correr! —ordenó Diego.

Se apartaron del camino. Los matorrales ofrecían buena cobertura. Penetraron en la vegetación que les arañaba los brazos y la cabeza. Oyeron las voces amenazantes a pocos metros. Refulgían unos cuchillos. "¡Marranos, marranos!" Permanecieron en cuclillas, envueltos por las zarzas, hasta que los perseguidores se fueron. El alivio les llegó suavemente, como un despertar. Los pájaros cantaban cerca y uno de ellos revoloteaba encima.

—¿Qué pasó? ¿Por qué nos perseguían?

Su hermano le palmeó un hombro, suspiró y sonrió. Abrieron la cortina de arbustos y regresaron al camino.

—Corramos —dijo Diego.

—¿Por qué?

—Para alcanzar a Luis.

A los pocos minutos divisaron la mula y el negro que rengueaba a su lado. Luis los vio acercarse, pero no detuvo la marcha. Era preciso llegar cuanto antes. Diego le hizo una señal de aprobación: la mula transportaba una talega henchida de carne. Fue un operativo exitoso.

—Una pequeña compensación —dijo mientras evaluaba la cantidad de comida robada—. No equivale ni a uno de los candelabros que nos expropió el comisario.

90

—Yo lo quiero matar —dijo Francisco y, contrayendo la frente, enfatizó—: En serio.

—¿Al comisario? —Diego sacudió la cabeza—. Yo también lo quiero matar, estrangular, apuñalar. Pero, ¿quién puede matar a semejante cerdo? Es el rey de los cerdos. En todo sentido.

—Es un marrano.

—Francisquito.

—¿Qué?

—No vuelvas a decir marrano.

—¿Por qué?

—Dile puerco, cerdo, chancho o hijo de Satanás. No digas marrano.

Quedó perplejo.

—Marranos —explicó oscureciéndose—, nos llaman a nosotros. Marrano le dicen a nuestro padre.

* * *

—¡*Cómo supone que niego a Dios!* —*exclama Francisco*—. *¿No le acabo de explicar cuánto me esmero en estudiar Su palabra y obedecerle?*

—*Usted lo niega, hijo, lo niega* —*se desespera el fraile, asfixiado por el encierro de la celda y los argumentos del cautivo.*

—*Recuerde el evangelio de San Mateo, por favor* —*insiste Francisco*—. *Ahí Jesús afirma: "No todo el que dijere, ¡Señor, Señor! entrará en el reino de los cielos, sino aquel que hiciere la voluntad de mi Padre". Yo hago la voluntad del Padre. Y por eso me castiga la Inquisición.*

Fray Urueña se seca la frente. Es muy difícil doblegar a Lucifer. "Este hombre terminará en la hoguera", piensa.

<h1 style="text-align:center">22</h1>

El capitán de lanceros se dirigió con paso firme a la casa de los Núñez da Silva acompañado por fray Bartolomé. Su actitud acusadora se olía de lejos. Ingresó hostilmente, sin pedir permiso. El clérigo, bamboleándose, traía su pesado felino en brazos. Se sentaron en la sala y exigieron la comparecencia de la familia. Aldonza, como de costumbre, ofreció servirles unos dulces. Valdés, muy enojado, dijo que no: los traía un asunto grave. Diego transmitió a Francisco una señal tranquilizadora: sabía de qué se trataba.

—Hay actos piadosos y actos aberrantes —empezó el fraile con ronca severidad. Entre sus párpados abultados le ardían las pupilas.

El capitán asintió.

—Los actos aberrantes pueden ser corregidos con los piadosos. En cambio... —interpuso un silencio abrasador—, ¿qué se puede esperar de quienes cometen actos aberrantes mientras sobre ellos flota la sospecha del pecado?

La desamparada familia parecía un conjunto de animalitos que iban a ser degollados.

—El capitán Valdés ha recibido una denuncia de hurto —dijo el fraile con desagrado.

El capitán volvió a asentir.

—Han hurtado quienes son deudores. ¿Acaso han olvidado tan rápido que ahora el Santo Oficio gasta tiempo y esfuerzo para recuperar el alma de un hereje? ¿Así retribuyen a las autoridades y a los dignatarios que en Lima y aquí se ocupan de preservar la fe?

El capitán frunció la boca y las cejas: estaba concentrado y satisfecho. "Así se habla", pensó.

—Este hurto, este acto aberrante...

Isabel murmuró "qué hurto", pero Aldonza le pidió que no interrumpiera al fraile.

—Este hurto, este acto aberrante —repitió—, es una prueba de los malos hábitos que se han enseñoreado en esta familia. Presumíamos que, excepto él —no mencionaba a don Diego por su nombre—, los demás estaban a salvo de malas acciones.

Hizo una pausa y se ocupó de acariciar la pelambre del gato. Después volvió a levantar sus llameantes ojos.

—¡Pero no es así! Por lo tanto —descendió el tono—, he dispuesto que se interrumpan las lecciones de fray Isidro en esta casa. Sólo aportan erudición vacía, no los hace mejores. El alma, para perfeccionarse, necesita otro tipo de ejercicios.

El capitán cambió levemente de posición en la silla. Pensó que este fraile tenía una lengua de oro.

—Diego y Francisco —prosiguió— vendrán al convento de Santo Domingo. Allí les enseñaremos a ser buenos. En cuanto a la educación de las mujeres, ya me ocuparé.

El castigo desconcertaba. El capitán también parecía asombrado: ¿qué clase de penitencia para un ataque a la propiedad era este simple cambio de escuela y de docentes? ¿Bromeaba el comisario?

—Para cubrir parte de los gastos que ocasionará la nueva enseñanza —explicó sin ablandar el colérico ceño—, deben ofrecer a mi convento una contribución.

—¡Ya no tenemos nada para ofrecer! —protestó Diego.

—¡Cállate, imprudente! —reaccionó el comisario—. Siempre hay ofrendas cuando lo desea el corazón. Si no alcanzan las materiales, se donan las espirituales.

—Sí —Aldonza quiso amortiguar el despropósito de su hijo.

El fraile le dedicó un destello de ternura, para enseguida volver a su papel de inquisidor.

—Aquí aún existen objetos materiales valiosos.

Diego apretó los puños y farfulló bajito: "Nos quieres seguir exprimiendo, hijo de puta".

Fray Bartolomé se dirigió a la rendida Aldonza:

—Haz traer la caja con instrumentos de tu marido.

La caja de instrumentos médico-quirúrgicos de don Diego contenía escoplos, valvas, cuchillos, sierras, punzones y lancetas, algunos de acero y otros de plata. Luis se había encargado de lavarlos, afilarlos y reacomodarlos. Lo hacía con mucho entusiasmo porque sólo el límite infranqueable de su raza había impedido que estudiase y ejerciera su vocación de médico. Hervía las piezas, las lustraba y, antes de ubicarlas en su sitio, se divertía jugando a ser "el licenciado": alzaba la lanceta como una pluma y abría la vena de un imaginario apopléjico; o empuñaba un escoplo y hacía saltar la punta de flecha clavada en el hombro de otro imaginario paciente. También dibujaba fintas con el bisturí para espantar a Francisco cuando el muchacho quería usar una sierra o un punzón. Don Diego había comprado los instrumentos en Potosí. Tras su arresto, Luis fue quien debía guardarlos hasta que regresara de Lima.

Aldonza le ordenó que trajese la venerada petaca pero el esclavo parecía no entender. Aldonza repitió la orden. Sonaba increíble porque desde meses atrás nadie se lo había pedido. El negro se inclinó y salió de la estancia con su paso quebrado; cruzó el patio de las uvas y se dirigió al cuarto de la servidumbre. En ese momento Francisco deseó que huyera y se refugiase en su escondite, que desobedeciera a su sometida madre y a ese gordo que inclusive malvendió seis libros (o los bienvendió en su oscuro provecho) y que ahora pretendía apropiarse del instrumental. Sus colmillos de tigre voraz querían otro pedazo de su padre. Ojalá que Luis no regresara o que escondiese el cofre y dijera que no lo encontraba, que vinieron unos ladrones. Su ilusión, empero, se derritió. Luis regresó con el pesado cofre sobre un hombro. Cuando pisaba con su pierna débil parecía que iba a caerse.

Fray Bartolomé indicó depositarlo sobre la mesa.

—Ábrelo —pidió secamente a Aldonza.

Ella miró a Luis:

—¿Tienes la llave?

—No.

—¿Cómo? ¿No tienes la llave?

—No, la tiene el licenciado.

—¿Dices que el licenciado se llevó la llave?

—Sí, señora.

Fray Bartolomé apartó a la mujer y al negro, aferró el candado y lo quiso arrancar. Lo retorció. Tironeó sin éxito. Con enojo ordenó a Luis que intentase abrirlo. El negro avanzó encogido entre el sacerdote y el soldado. También tironeó y retorció.

—¿Qué pasa? —rezongó el fraile—. ¿Acaso nunca lo has abierto?

—No, padre. Sólo lo hacía el licenciado.

—¿No eras acaso el encargado de limpiar y afilar los instrumentos? —la sospecha le deformaba la boca.

—Sí, padre. Pero a la caja sólo la abría y la cerraba el licenciado.

—¡Explícame cómo la abría él, pues! —chilló; un temblor fino se extendía por sus brazos.

—Así —introdujo una llave imaginaria.

—Déjeme a mí —ordenó el capitán Valdés.

Sacó a Luis de un empujón. El guerrero adoptó una posición elegante y efectuó movimientos delicados; pretendía crear un vínculo amistoso con el candado testarudo. Le habló en tono convincente. Pero a los segundos ya lo forzaba con ira. Descargó un golpe sobre la madera. Descargó otro golpe más recio y su melena le tapó la cara. Empezó a sudar. Olvidó que lo observaba una familia y el poderoso comisario del Santo Oficio. Sacaba la lengua, se contraía y maldecía. Fray Bartolomé le rogó que no se exaltase tanto. El capitán la emprendió contra todas las cerraduras y sus cochinas madres y nombró un santo y se cagó en las once mil vírgenes. Las palabras de sosiego que le oponía el comisario surtían un efecto paradójico y avivaban el resentimiento del capitán quien, fuera de sí, levantó la petaca sobre su cabeza y la arrojó al piso. El gato salvó por milagro su cola. Su maullido se mezcló al pavor generalizado. El capitán saltó sobre la resistente petaca y le zapateó encima ayudándose con improperios a los genitales de la vaca, la yegua y la lora. El fraile sudaba al oírlo pero no podía detenerlo. El pequeño Francisco pensó que el capitán no era distinto del carnicero que había perseguido al lechón, solo le faltaba un cuchillo en la mano. El zapateo fue tan despiadado que sus botas consiguieron hundir la tapa. Pegó un alarido de triunfo igual al del carnicero. Faltaba que se coronara con la cabeza de la víctima.

—¡Levántala! —ordenó jadeante a Luis.

El esclavo levantó el bloque herido y lo ubicó sobre la mesa, en el mismo sitio donde lo había instalado antes de su violación. Toribio Valdés quebró los fragmentos de la tapa. El viejo arcón era estragado delante de la familia horrorizada. El capitán, con los dientes apretados, labró un irregular orificio. Introdujo la mano con una sonrisa y palpó furtivamente. Su cara pasó de la alegría a la sorpresa. Extrajo su puño y lo abrió: contenía una piedra. La miró estupefacto, la entregó al fraile. El fraile la hizo girar entre sus dedos, la aproximó a la luz del candelabro y la depositó sobre la mesa. El capitán sacó una segunda piedra. Una tercera. Una cuarta. Cada vez más de prisa. Se las pasaba al comisario que las miraba con enojo creciente y las amontonaba junto al cofre destruido. El capitán extrajo todas las piedras mientras reeditaba su catálogo de maldiciones en el que incorporó a los santos patronos del Tucumán. Fray Bartolomé, Aldonza y sus hijos se persignaban tras cada blasfemia. Valdés levantó la petaca vacía, la agitó, la dio vuelta y la sacudió con tanto odio que casi se le cayó de las manos. Del boquete salió un chorro de arena residual.

Fray Bartolomé echó una mirada de arsénico a Luis, mirada que significó para el capitán un permiso. Saltó sobre el esclavo y le martilló la cabeza con sus puños mientras le gritaba obscenidades. Luis se dobló, cayó al suelo y se cubrió con los brazos. Diego y Francisco se abalanzaron sobre el agresor para frenar su huracán de golpes. El encono de Valdés iba a derrumbar el mundo. El esclavo consiguió escabullirse por entre las piernas escupiendo sangre. El capitán corrió tras él y pudo atraparlo. Cayeron en el patio, cerca del aljibe. Se repetía la escena del matadero. Luis tenía el rostro herido y lloraba. Fray Bartolomé intervino con energía y ordenó sosiego al capitán:

—¡Basta! ¡Voy a interrogarlo!

—¿Interrogarlo? —el capitán lo arrastró hasta la galería y lo ató a una columna. Descolgó el rebenque de su cinto y comenzó a propinarle azotes.

—¡Uno! —rugió.

El negro se quebró contra la columna. En su espalda se iluminó una raya roja.

—¡Dos!

—Déjeme interrogarlo —insistió el fraile.

—¡Tres!... Para que diga la verdad.

—¡No le pegue! —rogó Aldonza con las manos en plegaria.

—¡Cuatro!

—¡Ya está bueno! —imploró el fraile—. Dirá la verdad.

—¡Para que la diga rapidito!... ¡Cinco!

—¡Basta, basta! —chilló Felipa tapándose las orejas.

Luis resbaló junto a la columna y yacía en una posición incomprensible. Gotas de sangre crecían sobre la negra piel de su espalda. Era un ovillo de dolor.

Fray Bartolomé pidió a Francisco que le acercara una silla. Iba a iniciar el interrogatorio. Un inquisidor debía estar sentado. "Para qué se va a sentar aquí" —pensó el muchacho— si es más lógico desatar al pobre Luis e interrogarlo en la sala." Pero el sacerdote tenía sus razones: consideraba eficaz hacerle las preguntas en el mismo patíbulo, sin liberarlo siquiera de la columna, sin permitir que su cuerpo saliese de la posición antinatural a que fue reducido por los golpes y la ligadura de sus manos. Francisco le entregó la silla con manifiesta congoja. El fraile acercó sus labios a la cabeza contusa y le susurró una fórmula ritual. Lo interrogó en voz baja, casi en atmósfera de confesión. El negro gemía y repetía "no sé, no sé".

Catalina, temblando, aguardaba detrás de Aldonza. Sus dedos sostenían una palangana llena de agua tibia con hierbas balsámicas.

Quería devorar el tiempo para acercarse a su marido y reducirle el sufrimiento. Fray Bartolomé resopló, tenía la cara congestionada y los párpados violáceos. Dirigió a Valdés una mirada de derrota:

—Debo suponer que se llevó el instrumental.

—¿Quién? ¿Núñez da Silva?

Asintió mientras con esfuerzo se ponía de pie. Estiró los pliegues de su sotana y autorizó al hijo mayor que desatase al esclavo.

—¿Cree que lo llevó a Lima, entonces? —el capitán no se rendía.

—Así parece —rascó su abultada nuca—. Pero... ¿cómo no nos dimos cuenta? ¿Por qué no lo dijo?

—¿Por qué? —exclamó el capitán—: ¡para cagarse en nosotros!

Catalina se arrodilló y lavó con infinito amor la cabeza y el torso pegoteados de sangre. Después puso ungüento a las heridas. Felipa e Isabel se acercaron, conmovidas y solidarias. El negro gemía con los ojos entrecerrados. Francisco le acarició el brazo fuerte. El negro le devolvió una triste sonrisa de gratitud. Lo levantaron y, sostenido entre todos, llegó hasta su cuarto en el fondo de la casa. Se recostó sobre un colchón de heno. Su espalda era un pizarrón entrecruzado por líneas de púrpura.

Francisco quería brindarle alguna reparación adicional por semejante castigo, tan injusto. Fue en busca de una bandeja, una de las pocas que les dejó el prolijo saqueo de la Inquisición. La llenó con frutas y regresó al pequeño cuarto. Se acuclilló y se la mostró. Le brotaron nuevas lágrimas al negro que balbuceó: "Como al licenciado".

—Sí, Luis, como a papá. A él le gustaba que yo le sirviera esto cuando regresaba del trabajo.

—Le gustaba... —confirmó roncamente.

Al rato preguntó por "ellos". Francisco le aseguró que la casa había quedado momentáneamente libre del paquidérmico fraile y el violento capitán.

* * *

Fray Urueña se levanta extenuado.

—Hijo —une las manos, implora—: no se deje arrastrar por el demonio. No se deje engañar por sus tramposos argumentos. Le ruego por su bien —el fracaso le ha secado la boca.

—Sólo escucho a Dios y a mi conciencia.

—He venido a consolarlo. Pero, sobre todo, he venido a prestarle mi ayuda. No se aferre a su sordera —insiste, pálido, afónico. Corre la silla y se dirige hacia la puerta. Pide que le abran.

Francisco frunce el ceño.

—No olvide su promesa —le advierte.

El clérigo parpadea, se turba.

—Prometió guardar en secreto mis palabras —le recuerda Francisco.

Fray Urueña levanta el brazo y dibuja la señal de la cruz. Cruje la puerta, un sirviente retira las sillas, un soldado se lleva la lámpara.

23

Fray Bartolomé había asegurado que se ocuparía personalmente de la educación de las mujeres. "Ocuparse" era imponer su decisión.

Iba por las tardes a conversar con Aldonza. Gustaba de su chocolate con pastel de frutas. Catalina debía arreglárselas para conseguir los ingredientes en lo de algún vecino, especialmente la harina. El fraile se sentaba en el salón semivacío.

—¿Cómo puede entrar al salón? —pensaba Francisco con irrefrenable odio—: él en persona ha ordenado descolgar espejos e imágenes, retirar cojines y butacas, vender arcones y candelabros.

—¿Qué desea quitarnos ahora? —murmuraba Diego cada vez que lo veía cruzar la puerta con el enorme gato alrededor de sus sandalias.

Aldonza desmejoraba. Podía soportar grandes padecimientos físicos, pero no resistía un avasallamiento moral tan profundo. Le habían arrancado el marido que antes de los esponsales le había dicho que era cristiano nuevo, pero jamás confesó haber judaizado. ¿Era cierto que judaizaba o era falsa la acusación? En caso de que, en efecto, hubiera cometido herejía, ¿cómo debía comportarse ella en tanto esposa y madre católica?

Cuando venía fray Bartolomé, Diego se escabullía de inmediato; su sola proximidad le causaba repulsión. Francisco, en cambio, procedía a la inversa: trataba de aproximarse. En este comisario gordo, amable y severo habitaba algo misterioso que Francisco necesitaba descubrir. Al menos, era quien mejor le podría informar sobre la suerte corrida por su padre. Porque en Córdoba, desde el obispo para abajo, sobre ese asunto respondían siempre "no sé". Su padre fue a Lima y allí estaba siendo juzgado. ¿Por cuánto tiempo? "No sé, no sé". El comisario no podía decir "no sé": era comisario.

Ingresaba balanceando su abdomen y la bola blanca de su gato. Aldonza, como siempre, le ofrecía algo de comer en prueba de sumisión. Con sus gruesos dedos quebraba el trozo de pastel frutado. Lo llevaba a la boca tirando la cabeza hacia atrás para que no se le escaparan las migas y se chupaba los dedos. Enseguida bebía el chocolate porque le gustaba mezclar con su lengua el pastel y el líquido. Se le inflaban alternativamente las mejillas como si practicase buches. Mientras masticaba y deglutía se le escapaban algunos ronquidos de placer. Su sotana hedía a transpiración y su ovino gato, a orina.

Cuando terminaba, Aldonza le ofrecía otra vuelta.

—Más tarde —decía a veces, mientras controlaba su puntual eructo.

Y proseguía el monólogo sobre sus temas preferidos: cocina y fe. Completamente olvidado de las privaciones que ella sufría, le contaba a la acongojada mujer sobre combinaciones estrambóticas de carnes, salsas, hortalizas y especias. Mientras, Francisco mantenía alerta las orejas y hacía dibujos en el suelo.

¿Para qué venía tan seguido? Diego, unos días antes había dicho: para saquearnos.

—Para comer —se indignaba Felipa.

—Vengo para evitar que reaparezca la herejía en esta casa —dijo fray Bartolomé esa tarde, enfáticamente, como si se hubiera enterado de las calumnias que estallaban en su ausencia.

Aldonza lo miraba con esforzada esperanza y se imponía creerle cada palabra.

—¿Supones, hija, que no me dolió sacarlo de aquí? —preguntó sin mencionar el nombre de don Diego—. ¿Crees que no me afectó enviarlo detenido a otra ciudad? ¿No sufrí cuando tuve que confiscar algunos bienes? —se respaldó en la crujiente silla y apoyó sus manazas sobre el abdomen globuloso—. Lo hice por Cristo. Lo hice padeciendo, hija, pero lo hice con firme convicción.

A Francisco le sobrevino una arcada cuando su nariz tocó inadvertidamente la sotana y se enrolló junto al gato. El animal no lo rechazó. La manaza del comisario descendió a sus cabellos broncíneos y le frotó suavemente el cráneo. Surtía un efecto adormecedor. Comprendió por qué su gato se la pasaba durmiendo. Pero Francisco no quería dormir: quería lapidarlo a preguntas. Lo haría esa misma tarde.Y, mientras esperaba el instante adecuado como una fiera al acecho, se iba enterando sobre el destino de Felipa e Isabel.

—¿Te das cuenta, hija? —repetía el fraile—. Es lo mejor para ellas, para ti y para todos.

—¿De dónde saco la dote, padre?

—Ya veremos, ya veremos. Primero, lo primero: ¿estás decidida?

Aldonza retorció sus dedos. Fray Bartolomé se inclinó y le palmeó irreverentemente las rodillas, mientras con la mano izquierda seguía revolviendo los cabellos de Francisco. En ese gesto había algo de excesiva confianza que asustó al muchacho.

—Recuerda que las acecha el peligro —añadió—. Su padre está procesado por la Inquisición y...

—¿Qué le harán a papá? —irrumpió Francisco retirando su cabeza de la mano hipnotizadora.

El fraile quedó inmóvil: sus dedos, su lengua, su respiración. Sólo giraron sus ojos, que lo buscaron asombrados.

—¿Qué le harán a papá? —volvió a preguntar.

El hombre cruzó los dedos sobre la cordillera de su abdomen.

—Te lo explicaré en otro momento. Ahora estoy hablando con tu madre.

—Es que...

—Anda, Francisco. Vete a jugar —rogó Aldonza.

—Quiero saber —insistió.

—En otro momento —la voz del fraile se tornó cavernaria.

—Anda, Francisco.

El muchacho bajó más la cabeza. Se adhería al piso. Esta vez no obedecerá.

—Está bien —consintió el fraile—. Que se quede, pero que no interrumpa.

Tocó al felino con la punta del zapato. El animal abrió sus ojos de oro y de un brinco se instaló sobre su caliente regazo. Lo acarició ampliamente: todo su amor táctil era ahora para él.

—¿Comprendes? —siguió hablándole a Aldonza—. Tus hijas están en peligro. Usemos la palabra "peligro" porque es la correcta.

Por muy devotas que sean, por limpia que sea tu sangre, ellas portan la contaminación judía. No es tu caso: nadie cuestiona tu legitimidad de cristiana vieja. Pero los hijos que engendraste con él, sí son cuestionables.

—¿De dónde saco la dote, padre? —volvió a preguntar, angustiada.

—El otro peligro es ése, precisamente: el de la pobreza. ¿Qué puedes hacer con estas niñas si apenas consigues dinero para subsistir?

—Dios, Dios...

—Y el tercer peligro, ¡para qué enfatizarlo!, es la tentación de la carne.

La mujer trituraba su rosario.

—Y bien, estoy decidida —exclamó—. Pero... ¿y la dote?

—De eso empezaremos a conversar mañana. Por hoy es suficiente con haber tomado la decisión. Es una gran decisión, propia de una buena madre.

Se levantó haciendo crujir el universo, como de costumbre. Francisco se prendió a su negra sotana.

—Cuénteme de papá.

—¿Qué quieres saber? No hay nada para contar todavía.

—¿Qué le hacen?

—¿Qué supones que le hacen?

—Nadie me cuenta, nadie me explica. ¿Por qué no regresa? ¿Cuándo volverá?

El fraile lo miró con imprevista ternura y apoyó los kilos de su manaza sobre el hombro del muchacho.

—Tu padre ha cometido herejía. ¿Sabes qué es herejía?

Sacudió la cabeza.

—Tu padre ha traicionado la verdadera fe, y la ha cambiado por la ley muerta de Moisés. ¿Sabes qué es la ley muerta de Moisés?

Negó de nuevo. La manaza imperativa le hacía doler el hombro.

—Mejor que no lo sepas. ¡Mejor que no lo sepas nunca! Y que jamás te apartes del buen camino —resopló.

—Pero... ¿qué le harán?

Se acarició la doble papada. Inspiró hondo.

—Tratarán de hacerle retornar a la verdadera fe. Eso harán.

Se dirigió hacia la puerta. Aldonza lo seguía como alma en pena. Francisco corrió a su lado, tropezó con el felino y le pisó la cola.

—¡Retornará! —gritó con el falsete que le producía la inminencia del llanto—. ¡Retornará aquí y retornara a la verdadera fe! ¡Estoy seguro!

Aldonza se persignó.

—¡Retornará! —siguió repitiendo mientras le tironeaba la sotana.

El fraile alzó su gato y murmuró:

—Eso... únicamente lo sabe el Señor.

Francisco pataleó brevemente y corrió hacia el fondo, hacia su inexpugnable escondite.

* * *

El notario Antonio Aguilar extiende un papel y unta la pluma, mientras el comisario Martín de Salvatierra escucha con atención.

Fray Urueña cumple con su deber de testificar la penosa conversación que mantuvo con el doctor Francisco Maldonado da Silva, palabra por palabra. Si bien ha fracasado en su propósito de enmendarlo, puede ofrecer al Santo Oficio un cúmulo de datos terroríficos y concluir que ese hombre es un rebelde pertinaz.

24

El sollozo prolongado de un perro durante la noche no habría tenido especial significación si Aldonza no lo hubiera asociado a la repentina desfloración del duraznero. "Anuncia desgracia." Sus hijos trataron de quitarle dramatismo: era un perro de la vecindad al que pisó un caballo.

—Anuncia desgracia —insistió Aldonza junto al rosado tapiz que rodeaba al frutal desnudo. Una breve ráfaga de primavera le había arrancado todos los pétalos.

Francisco pensó que la única desgracia que podía presagiar era la muerte de su padre. Diego le pidió a Aldonza que se alejara del duraznero. Ella alzó su mirada oscurecida y dijo que la torturaba una espantosa premonición.

—Debes partir, hijo… Aunque me duela en el alma, eres tú quien ahora debe alejarse de Córdoba cuanto antes.

Diego torció la boca.

—¿Partir?

—Sí, antes de que nos arrepintamos.

—No entiendo. Adónde. Cuándo.

Ella tendió sus brazos temblorosos y lo abrigó como a un niño.

Diego pensó que el sufrimiento enseña incluso a leer el futuro. Su madre tenía razones para preocuparse, aunque no supiese toda la verdad. Barruntó irse por unos meses a La Rioja, junto a la cordillera de los Andes.

Fray Isidro llegó de imprevisto. Aldonza, alarmada, suponía que también él había recibido las premoniciones, pero dijo que no: había sentido la necesidad de visitarlos nomás porque los extrañaba y porque sabía que estaban tristes.

Por la tarde ingresó fray Bartolomé bamboleando sus dos esferas: el abdomen y el gato. Aldonza lo recibió con sus habituales manifestaciones de sumisa obediencia. En pocos minutos los dedos del fraile roían el trozo de pastel y sus labios voraces sorbían el chocolate. Ella comentó su penoso sentimiento. El comisario dijo no haber oído el sollozo prolongado de un perro ni le interesaban los supersticiosos signos de un árbol en flor. En cambio pidió hablar con su hijo Diego. A su madre se le cayó la bandeja con el resto de pastel.

—¿Diego?

Francisco dibujaba otro mapa a los pies del clérigo y se ofreció para ir en su busca. Recorrió el segundo patio, miró en la huerta y preguntó a los esclavos. No estaba. Pensó: "Qué suerte".

—No está —informó al comisario.

Aldonza ya había empezado a pellizcar su rosario. Fray Isidro apretó los dientes, acarició el crucifijo y dijo para sí: "Gracias, Señor, por salvarlo".

Fray Bartolomé mudó de aspecto. Sus redondeces no expresaban bonhomía, sino malestar.

—Si huye, será peor —murmuró.

La mujer estuvo a punto de caer de rodillas. Alcanzó a tartamudear:

—¿Huir? ¿Por qué va a huir?

—El capitán Valdés aguarda en la calle —el índice del comisario señaló hacia el zaguán—. Si no se presenta enseguida, lo traerá por la fuerza.

Aldonza rompió a llorar y Francisco corrió hacia el fondo. El capitán Valdés y un par de auxiliares irrumpieron en el patio y se apostaron ante las puertas. Se reconstruyó bruscamente la atmósfera de un año atrás, cuando arrestaron a don Diego.

Fray Bartolomé se puso severísimo; el capitán prepotente, y la familia aterrada. Tras los esbirros hicieron su aparición los lúgubres familiares: habían sido informados e invitados a presenciar la edificante tarea. Los únicos que no se habían enterado eran el reo y sus parientes. Igual que un año atrás. El Santo Oficio hacía culto y gimnasia del secreto. También de la insensibilidad, cuando estaba en juego la pureza de la fe. No importaba la desesperación de Aldonza ni verla abrazada a las sandalias del comisario. No conmovía la ausencia del jefe de la familia ni la ruina en que se había convertido esta vivienda. Se metieron en las habitaciones para buscar a Diego. Tiraron del mantel para escudriñar bajo la mesa, abrieron los pocos arcones que quedaban, corrieron las camas sin colchón, revisaron la cocina desmantelada y dieron vuelta el cuarto de los esclavos. Finalmente lo encontraron en el corral, desde donde intentaba escaparse a la casa vecina. Hubo un rabioso forcejeo. El acusado se negaba a comparecer y gritaba que lo soltasen. Cuatro hombres lo trajeron a la rastra al primer patio —donde esperaba fray Bartolomé—. Diego se sacudía como una embarcación en el mar. Daba tirones hacia los costados y hacia arriba, pero no lograba zafarse. El capitán le puso la daga en el cuello.

—¡Te vas a comportar con decencia, marrano apestoso!

El joven se aquietó. Lo bajaron. Se enderezó, corrió el pelo de la frente y estiró su camisa desgarrada.

—Acércate —ordenó fray Bartolomé desde su silla.

El joven miró en torno. Avanzó dos pasos, lento. Después trepidó un relámpago. Empujó a un familiar contra el capitán Valdés, pateó la tibia de un ayudante y desapareció en la calle. Montó un caballo y voló a galope tendido. Cuando salieron tras él, sólo quedaba la nube de polvo. Los soldados chocaron entre sí, corrieron en busca de sus cabalgaduras e iniciaron una desordenada persecución. Resonaban los cascos y las maldiciones. "Este reptil las pagará caro", repetía el capitán.

Fray Bartolomé abandonó la casa con majestuosa ira, seguido por el cortejo de familiares. Aldonza se derrumbó en la silla que poco antes había ocupado el fraile. Francisco se deslizó hacia el fondo y, tras verificar que nadie lo vigilaba, ingresó en su escondite. "Aquí podría refugiarse en caso de regresar." Se tendió en la tierra fresca. Imaginó que su hermano galopaba hacia el matadero y allí, mezclado con la multitud de animales, carretas y esclavos, cambiaba de cabalgadura. Imaginó a los perseguidores que, al reconocer a su caballo sin jinete, pensaban que intentaba despistarlos huyendo a pie y se dedicaban a registrar el hediondo paraje: se metían en los potreros, golpeaban a los peones, resbalaban en la grasa y la sangre. Mientras, su hermano ganaba leguas en dirección a Buenos Aires.

Antes de oscurecer Catalina ofreció la frugal cena. Francisco acarició la mano de su madre y le quiso transmitir que no era tanta la desgracia: Diego ha logrado escapar, galopa rumbo al océano. Pero esa noche no logró dormirse. Cuando por fin lo venció la fatiga, fue sobresaltado por el estrépito. Se acercaban extraños resplandores y chocaban hierros. Saltó de la cama y encontró a su hermano sucio y tembloroso entre guardias que lo maniataban junto al aljibe. Las lámparas develaron hematomas en su rostro y una estría sanguinolenta en su camisa rota. Lo empujaron hacia la sala de recibo mientras uno de los oficiales mandaba buscar a fray Bartolomé. Aldonza se precipitó hacia su hijo, pero la detuvieron antes de que cruzara la puerta; cayó de rodillas.

La espera se prolongó una eternidad. Aldonza rogó que a su hijo al menos le permitieran beber agua. Francisco fue al aljibe, llenó una jarra y se la quiso acercar a los labios sin pedir permiso. Un familiar le arrebató la jarra y volcó el contenido a los pies del prisionero.

Se produjo un rumor e ingresó el comisario con su soñoliento felino. El familiar que tironeaba la oreja del insolente Francisco siguió al fraile. Fray Bartolomé se acomodó ampulosamente en el vacío salón, estiró los pliegues de su sotana, enderezó la cruz de su pecho y ordenó que acercaran al reo. El notario ordenó el tintero, las plumas y el papel.

—Identifíquese —pidió.

El joven balbuceó su nombre.

—Profesión.

El joven vio que el comisario se elevaba en el aire como un globo inmenso. Se restregó los ojos, mareado.

—Profesión —insistió el fraile.

—No sé.

—Patrimonio. Diga cuáles son sus bienes.

Diego bajó la cabeza. "Bienes." Esa palabra tenía un sonido extraño. "Bienes." "Bien." "El Bien y el Mal..." "Mis bienes." El cansancio lo embotaba.

El comisario enumeró con los dedos de la mano izquierda:

—Dinero.

Negó.

Tierras. Objetos de plata. Caballos. Mulas. Esclavos. Objetos de oro.

El notario hacía correr la sonora pluma. Diego, de pie y con cuerdas alrededor del cuerpo, se movía como un olmo en el viento. Fray Bartolomé empuñó la cruz y la acercó a su nariz hasta obligarlo a levantar la vista.

—¿Has judaizado?

Diego movió la cabeza negativamente. Al comisario no le alcanzaba.

—¡Contesta! ¿Has judaizado?

—No... no. Soy católico devoto —tembló su voz—. Usted sabe que soy un católico devoto.

Fray Bartolomé devolvió la cruz a su pecho.

—De todas formas —dijo reprimiendo un bostezo—, serás sometido al juicio de la Inquisición. Te llevarán a Chile y allí serás embarcado hacia Lima.

El ahogado llanto de Aldonza fue el único sonido que siguió a sus palabras. Había concluido la audiencia. El notario terminó rápidamente el acta legal mientras los esbirros tironeaban los brazos vencidos de Diego. Los familiares hicieron una doble fila de honor al redondo comisario y levantaron sus lámparas.

Las pocas horas que restaban de la noche sólo sirvieron para incrementar el desasosiego. A la mañana siguiente el primogénito de Núñez da Silva partiría a reencontrarse con su padre (o con el cadáver de su padre) y fray Bartolomé regresaría con un pergamino en la mano para volver a registrar el patrimonio de esta impenitente familia. Terminaría por llevarse hasta los harapos.

Francisco recién pudo dormirse cuando despuntaba el amanecer. Sus ovillados pensamientos habían sido atravesados por una idea cortante como un sable: "¿Cuándo llegará mi turno?". Acababa de cumplir diez años de edad.

* * *

La secuencia conocida: pasos, tranca, llave, crujido, alfombra de luz. Entran varios soldados.
—¡Levántese! —le ordenan.
Su cuerpo está débil, cribado de dolor.
Le abren los grilletes. Los herrumbrados anillos se llevan fragmentos de piel y gotas de pus. Sus muñecas y tobillos se asombran por la inesperada libertad. Pero le atan una soga a la cintura. Larga, gruesa, firme.
—¡Caminando!
—¿Adónde me llevan?
—¡Caminando, he dicho!
Tambaleándose, avanza hacia la puerta. Dos soldados le aferran los brazos: lo sostienen y dirigen. Ingresa en el corredor. Por fin pasará algo diferente.

25

Iban seguido a la iglesia. Aldonza caminaba con paso culpable, sostenida por una hija de cada lado. Francisco zigzagueaba inquieto adelante o detrás, a veces parecía el guía, a veces el perro. La gente procuraba evitarlos. Irradiaban melancolía y desgracia. Así de solas debieron sentirse las tres Marías cuando crucificaron a Cristo, seguía pensando el muchacho. "Cristo fue despreciado como mi padre y mi hermano; quienes lo amaban fueron despreciados también. Aquellos que mataron a Cristo y estos que nos quitan ahora el saludo se parecen en la maldad."

A Francisco le gustaban los sermones de fray Santiago de la Cruz, director espiritual del convento dominico, porque no enfatizaba las amenazas. No asustaba con castigos del infierno ni se dedicaba a explicarlos con morbosa minucia como la mayoría de los clérigos. Prefería extenderse sobre el amor. Subyugaron a Francisco sus explicaciones sobre las finezas de Cristo. El director espiritual levantaba las amplias mangas de su hábito y apoyaba los dedos sobre la baranda de madera. Brindaba minutos de placer, no de paliza. "Aunque hoy no es Jueves Santo —explicaba—, en el que se pronuncia el sermón del Mandato, voy a referirme a él porque debería estar presente en todos los sermones. Recuerden que en la ceremonia del lavatorio, cuando Cristo se arrodilló y lavó los pies de sus discípulos, incluso los de Judas Iscariote, dijo: 'Un mandato nuevo os doy: que os améis los unos a los otros, así como yo os he amado'."

Con ejemplos sencillos demostraba que el amor no es sólo una fórmula. "Es cristiano cabal quien ama a los otros." "Al final de su vida, Cristo nos ofreció una síntesis de su misión, porque amándonos los unos a los otros, lo amamos a Él. De ahí que toda imitación de Cristo debe comenzar por el ejercicio del amor a nuestra madre y a nuestro hijo, a nuestro hermano y a nuestro padre, a nuestro pariente, a nuestro vecino, a los pobres, a los santos y a los culpables. Cada humano está señalado por Su dedo como el destinatario de nuestro cariño", por primera vez levantó su índice. "No hacerlo es enturbiar el éxito de su divina misión."

En el altar colgaba Jesús. De la corona de espinas descendían los hilos de sangre. Hilos de sangre que bajaban de los clavos que fijaban sus manos y sus pies, una cinta de sangre caía del costado que atravesó la lanza: también brotaba sangre de sus rodillas y de varias partes de su cuerpo flagelado locamente. Sufrió para la felicidad de los hombres. "Sufrió por nosotros, por mi padre y por mi hermano Diego", pensó Francisco. "Si de imitación de Cristo se trata, nosotros lo imitamos sufriendo ahora."

26

Francisco debía presentarse a diario en el convento de Santo Domingo, escuchar misa, efectuar trabajos de penitencia y estudiar el catecismo. En horas de la tarde volvía a su casa. Por el camino recogía los frutos que se asomaban por las tapias. Hacía compañía a su madre y hermanas, que bordaban en silencio. Para quebrar la atmósfera de duelo les contaba sus peripecias, el arte de los cuzqueños Agustín y Tobías, que tallaban relieves maravillosos para un nuevo altar o los beneficios de uno u otro sacramento, según le explicaron en la clase.

Después salía a dar una vuelta con la única mula que les dejaron, vieja y mañosa. Partía hacia el río y desde allí tomaba el rumbo de la serranía azul. El atardecer calentaba los colores. Las aves revoloteaban cerca de su cabeza y le transmitían mensajes. Brotaban fragancias de la creciente quietud. Los cascos de la mula sonaban amortiguados. Mirando hacia atrás, veía la aglomeración de casas junto al río de bordes arenosos.

Desmontó porque la mula parecía herida. Sangraba la pata anterior derecha. Le abrió los pelos y el animal se asustó. Lo acarició y, tomándolo de las riendas lo llevó de regreso. Se había alejado bastante. En el extremo del camino aparecieron dos hombres y otra mula. Venían apurados. Era obvio que querían llegar a Córdoba antes de la noche. Reconoció el color de los franciscanos. Uno era esbelto y avanzaba adelante. Lo seguía quien tiraba del animal: giboso y con una barba que apenas dejaba asomar la nariz. Dieron alcance a Francisco y le preguntaron cuánto faltaba para llegar a la ciudad.

—Ya están en Córdoba: basta atravesar ese recodo y la verán.

El fraile alto caminaba veloz; movía sus brazos como remos y tenía mirada de loco. En su manchado hábito se adivinaba el polvo de un largo trayecto.

—¿Vienen de lejos? —preguntó Francisco.

—De La Rioja.

Trató de adaptar su marcha a la de los apurados frailes. Les dijo que no conocía La Rioja, pero que su padre había estado allí. El flaco recibió con una leve sonrisa el comentario y preguntó quién era su padre. Le contó que era médico y se llamaba Diego Núñez da Silva.

—¿Diego Núñez da Silva?

Se acercó a Francisco y lo rodeó con su brazo tentacular.

—Conocí a tu padre... Lo conocí y hablamos de medicina, entre otros asuntos. Necesitamos médicos en estas tierras, ¿sabes? Yo no pude continuar mi formación porque me enviaron al convento de Montilla y después al convento de Loreto. A tu padre le impresionaron mis relatos sobre la peste bubónica en España. ¿Sabes qué es la peste bubónica?

Francisco negó con la cabeza.

El fraile le explicó, entonces, mientras seguían andando. Era evidente que le gustaba charlar: hacía mucho que no hablaba sino con su asistente. Doblaron y la menguante luminosidad mostró un puñado de torres junto a la cinta nacarada del río. Las cigarras desataron una estridencia de bienvenida. Los viajeros se detuvieron un instante para mirar el paisaje. El fraile esquelético respiraba por la boca, sonreía y dejaba que la brisa le meciera la barba.

Francisco tomó la delantera para orientarlos entre las sombras crecientes. De pronto oyó un sonido limpio, maravilloso. Era la melodía de un ángel, nunca había escuchado algo así. Miró hacia atrás y vio al fraile alto con un objeto que sostenía contra su cuello mientras lo frotaba con una vara. Francisco tropezó contra la mula, porque esa música no dejaba caminar normalmente. Era como una mariposa gigante que derramaba oro y zafiro. Tuvo ganas de saltar. La fina vara subía y bajaba con delicadeza mientras los dedos de la mano izquierda apretaban alternativamente las cuerdas.

El asistente advirtió el embeleso del muchacho y deslizó a su oído:

—-Es un santo. Así expresa las gracias al Señor.

Al llegar a los extramuros dejó de tocar su rabel y lo guardó en uno de los bultos que cargaba la mula.

—¿Podrías indicarnos dónde queda el convento franciscano?

—Sí. Queda cerca de mi casa.

—Soy visitador custodial de conventos. Dile a tu padre que me gustaría verlo mañana. Dile mi nombre: Francisco Solano.

El joven tragó saliva. ¿Cómo iba a decirle que a su padre lo arrestaron por judaizante?

—¿Qué pasa, muchacho?

Francisco bajó la cabeza.

El fraile se arrodilló. ¡Se arrodilló delante del mocito! Apoyó su mano cerrada bajo el mentón y con suavidad le levantó la mirada.

—¿Qué le ha ocurrido a tu padre?

Le dolía la garganta, pero consiguió decirle que no estaba, que lo habían llevado a Lima.

—Comprendo… —murmuró.

Se levantó pensativo, escrudiñó el cielo estrellado, después a su asistente y ordenó que siguieran la marcha. Ingresaron en la calle real. Francisco volvió a sentir la mano ligera y cálida sobre su hombro. Era el signo de un milagro. Quería abrazarle las rodillas.

Ante la puerta del convento el fraile del rabel se despidió con esas palabras:

—Mañana bendeciré tu casa. Ve con Dios.

Francisco montó su mula y, a pesar de la pata herida, la obligó a galopar el corto trecho que faltaba. Entró alborotado, buscó a su madre y se arrojó a sus pies. Apoyó las manos sobre su regazo y le dijo: "Mañana nos visitará un ángel".

Aldonza había oído hablar del fraile que tocaba un violín de tres cuerdas y a quien le atribuían prodigios, pero no creía que se dignase visitarlos. "¿Por qué nos brindaría su tiempo y su bendición? La nuestra es una casa maldita."

Al mediodía siguiente regresó Catalina muy excitada, con la ropa recién lavada en el río, y contó que sólo se hablaba del santo violinista que acababa de llegar. Las fantásticas versiones coincidían: embelesaba con su música, entendía a los animales y realizaba milagros. Las mangas de su hábito eran más anchas de lo común porque dio de comer a una caravana hambrienta después de introducirlas en el río y sacarlas llenas de peces; las mangas quedaron anchas como testimonio de aquel portento. Tantas maravillas encantaron a Francisco.

Al final de la jornada se presentó fray Andrés: era el acompañante del violinista. El muchacho pudo reconocerlo por su joroba (había sido prolijamente afeitado por el barbero del convento). Como su superior aún no había puesto fin a su trabajo —explicó— le parecía justo allegarse para prevenirles. Aldonza le convidó torta y una taza de chocolate. El fraile elogió su sabor y preguntó si eran todos de la familia.

—Sí, todos —respondió la madre.

—Quedamos poquitos —agregó Felipa.

Fray Andrés asintió: estaba enterado. Este tipo de noticias se comunican enseguida. El cuadro de una madre con tres hijos, dos esclavos, una casa vacía y la agobiante incertidumbre sobre el destino de su esposo e hijo mayor debía producir un efecto catastrófico. Comió la torta inclinado sobre la bandeja, lo cual incrementaba la fealdad de su giba. Era obvio que no le interesaba el cuerpo, sino Francisco Solano. Empezó a hablar de él y no cesó de hacerlo hasta que cerró la noche. Por cierto que era atrapante. Parecía la bella historia de un libro. Pero no era una historia fantástica: Francisco Solano existía y este deforme Andrés era la prueba.

Aldonza le ofreció más pastel. Pero Felipa, discretamente, retiró la bandeja: no sea que llegue Francisco Solano y queden tan sólo las migas.

Cuando cruzó la puerta de la casa todos se pusieron de pie. El hombre avanzó rápido hacia la madre. Era una figura borrosa en el tizne del crepúsculo. Los bendijo y se sentó. La capucha caía tras su nuca y la alargada y huesuda cabeza brilló con el resplandor de las bujías que Catalina instaló respetuosamente a su lado.

27

Esa noche Aldonza se sintió impulsada a contarle sobre el arresto de su esposo contradiciendo las advertencias de silencio que ella misma, por la mañana, había hecho a su hijo.

Francisco Solano generaba confianza a pesar de su sequedad de carnes. Narró que una vez, mientras caminaba por territorio de indios, quedó extenuado. Le construyeron una especie de silla y fue transportado en andas. "Yo viajaba casi dormido —rió— y por momentos me sentía un farsante que imitaba al Papa. ¡Horrible pecado de soberbia, desde luego!, pero los dejé hacer porque la ayuda que me proporcionaban, y que yo necesitaba de veras, les hacía bien. Estaban contentísimos, se sentían fuertes y generosos. Si yo, por cuidar mi virtud, hubiese rechazado esa espontánea ofrenda, habría sido un egoísta. Paradójico, ¿no es cierto?"

Al finalizar la elemental cena los sorprendió.

—Mis hermanos esperan que esta noche duerma en el convento. Lo han arreglado estupendamente. Pero no iré. Deberían tenerlo siempre bello, no sólo para una inspección. Tampoco les explicaré el motivo: dejaré que lo deduzcan solitos.

—¿Dónde pasaremos la noche, entonces? —preguntó Andrés.

—Tú en el convento. Yo, si esta familia accede, preferiría dormir aquí.

—¿Aquí?

—Sí. En esta casa. Deseo hacerles compañía y testimoniarles mi cariño.

—¡Es un honor que no merecemos! —exclamó Aldonza, perpleja—. Le prepararemos el mejor cuarto.

—No, no —movió la alta cabeza—. ¿Quieres echarme? Sólo necesito que me presten un canasto. Dormiré bajo algún árbol, al aire libre.

—Padre...

Extendió sus brazos en cruz, con resignación: "De cuando en cuando me concedo el placer de dormir incómodamente".

Despidió a fray Andrés.

Catalina limpió la mesa y Aldonza fue en busca de un canasto. Regresó con tres, para que el fraile eligiese. Pero Francisco Solano le pidió que los dejara a un lado, que renovase las velas agotadas y se sentara con él y sus tres hijos a conversar. Formaron una nerviosa ronda, porque su tranquila cordialidad no le borraba el carácter de respetadísimo ministro de la Iglesia. Era difícil entender su calidez por esta familia en desgracia, a menos que se la mirase con el anteojo de las paradojas, a las que se mostraba propenso.

Las ranas empezaron a repicar y las luciérnagas se asomaron en los rincones oscuros. La única disonancia —disruptiva, inquietante— era la tos de Aldonza.

El fraile contó sobre su encuentro en La Rioja. Lo llamó por su nombre, dijo "licenciado Diego Núñez da Silva". Les habló del sonado juicio a Antonio Trelles, que empezó porque intentaba ejercer la medicina sin el respaldo de una certificación y culminó en el delito (no del todo probado) de judaizante. Parte de su vajilla la adquirió don Diego a un elevado precio para ayudar a su desamparada mujer. "Esto revela —señaló— que don Diego tiene un corazón noble."

Sus palabras desencadenaron en Aldonza una nueva andanada de tos. Se atragantó con lágrimas y flema; era lo más reconfortante que había escuchado jamás. Isabel y Felipa fueron a su lado, la abrazaron y secaron las mejillas. Francisco se sintió muy infeliz, con tan bello padre lejos, quizá mutilado por las torturas o quizás ahorcado en una picota de Lima.

Francisco Solano levantó su mano grande y la apoyó sobre la cabeza de la mujer. Balbuceó una oración y dijo que debía seguir teniendo esperanzas. Y que no sintiera descalificación por el hecho de haberse casado con un cristiano nuevo. "Todos, los nuevos y los viejos, somos hijos del Señor. Esta diferencia es desafortunada. Fíjense: los apóstoles fueron cristianos nuevos. Los receptores de las santas Epístolas fueron todos cristianos nuevos. ¿Y quién más cristiano nuevo que San Pablo mismo?" El clérigo se arrellanó en la silla y, mientras jugaba con el largo cordón de su hábito, habló sobre la reciente y peligrosa división: "Antes se decía cristianos, moros y judíos. Pero desde que se produjeron conversiones masivas sólo quedan los cristianos. Estos cristianos pueden ser santos o pecadores, pero no buenos por viejos y malos por nuevos. Es —siguió explicando sin exaltarse— una forma grave de impedir que quienes se incorporan a la fe de Cristo gocen de la misma dignidad que quienes ya pertenecían a ella. Los indios que se bautizan, ¿qué son sino cristianos nuevos? La bendita aceptación de nuestra fe implicaría una nueva forma de condena; sería absurdo."

—¿Los indios son cristianos nuevos como nuestro padre? —preguntó Isabel atónita.

—¿Y qué otra cosa pueden ser?

Movió las manos y con ellas las anchísimas mangas. Francisco tuvo la fugaz impresión de que iban a salirle algunos de los peces que recogió en el río. Habló de los cristianos nuevos que deberían ser imitados con humildad por muchos viejos, como Juan de Ávila, Luis de León, Juan de la Cruz y Pablo Santamaría. Provienen de familias judías llenas de rabinos. "En La Rioja, mi vicario era también cristiano nuevo. Me prestó mucha ayuda, aunque era un pecador insistente. Todos los días cometía una falta menor. ¡Todos los días! ¡Qué hombre! Yo le suplicaba y lo reprendía y hasta amenazaba. Inútil. Llegué a pensar, y creo que pensé correctamente, que el Señor utilizaba a este vicario para demostrar que yo no era tan persuasivo como dicen por ahí."

—Fray Bartolomé Delgado lo arrestará a usted —descerrajó Francisco.

—¿Por qué? —se asombró el fraile.

—Porque usted critica a los que persiguen cristianos nuevos. Usted defiende a los cristianos nuevos.

—Pero no a los herejes —levantó la voz y un destello marcial le iluminó la cara.

Se produjo un silencio incómodo.

—No a los herejes —repitió el fraile, bajando al tono habitual.

114

—¿Mi padre es hereje? —titubeó Felipa.

—No lo sé. Lo determinará el Tribunal del Santo Oficio.

—Usted dijo que tenía un corazón noble.

—Lo dije. Pero la herejía es otra cosa. La herejía es un ataque a Dios y una alianza con el demonio. Es gravísima.

—Nos dijo que no tuviéramos vergüenza —intervino medrosamente Isabel.

—Lo dije y lo reitero. No tengan vergüenza y sean fuertes para evitar la tentación. Si el licenciado Diego Núñez da Silva ha pecado, lo sabremos. Puede arrepentirse. Si no cometió algo atroz, lo van a reconciliar.

—¿Qué quiere decir? —preguntó Francisco.

—Perdonar, tras alguna penitencia adecuada.

—Entonces nuestra madre y nosotros podremos salir tranquilos a la calle.

—Pueden salir ahora.

—No —replicó Francisco—, no podemos porque le dicen cosas feas.

—Hijo, cállate —protestó Aldonza con el puño en la boca, frenando otro acceso de tos.

—Ni ella ni mis hermanas se animan a salir —añadió Francisco—. Es humillante caminar hasta la iglesia, ir a misa.

—¡Ridículo! —exclamó el fraile.

—Es verdad —insistió Francisco—. ¿Qué pasó la última vez?

—Nos apedrearon con cáscaras —contó Felipa.

* * *

Una fresca y húmeda quietud le besa la cara. Varias mulas y soldados aguardan en la puerta del convento. Los brazos que aferran a Francisco lo ayudan a montar. Oye que dicen "sargento", "equipaje para la prisión", "Santiago".

¿Lo llevan a Santiago de Chile? Un oficial pronuncia "Maldonado da Silva". Resuena "Silva".

"Silva"—evoca Francisco—, del linaje de Hasdai y Samuel Hanaguid.

A la madrugada se produjo un griterío. Francisco Solano no había exagerado cuando anunció que compartiría su desayuno con los pájaros del amanecer. Desmenuzó la torta en migajas y atrajo sobre sí una bandada hambrienta. Catalina, experta ya en atrapar avecillas para enriquecer el caldero, se abalanzó sobre ese fantástico amontonamiento con su red de cáñamo, lo cual horrorizó al fraile. La negra creyó que usaba esas migas para atraerlas y que debía ayudarlo a cazarlas. Francisco Solano la empujó y Catalina supuso que estaba enojado porque ella había atrapado escasas piezas: se lanzó con renovada energía contra otro conjunto de pájaros que picoteaban acelerados. El fraile le gritó que se alejara y ella replicó a los gritos que hacía cuanto podía.

No quedaba más torta para el desayuno e Isabel le ofreció frutas. Comió unos higos blancos y partió hacia el convento. Quería llegar para la misa. Antes de irse comentó que en unos días seguiría viaje hacia el Paraguay. Ofreció venir a buscarlos para la misa de la mañana siguiente.

—¿Venir a buscarnos?

Sí, aclaró, para caminar juntos hasta la iglesia. De esa forma enseñaría a los malos cristianos cómo se debe tratar a quienes atraviesan por una situación difícil. Aldonza volvió a toser.

Por la tarde apareció fray Isidro: se había enterado de la visita del franciscano. Se había enterado la ciudad, exageró.

—Nos explicó por qué no le gusta que nos llamen cristianos nuevos —Francisco le espetó a quemarropa.

—Tu madre no lo es.

—Mi padre sí lo es, y yo también, y mis tres hermanos —prosiguió Francisco enfáticamente—. Nos demostró que es un nombre para identificar a los judíos.

—Puede ser —sus ojos protruidos buscaron otro interlocutor para zafar del asedio.

—¿Qué son los judíos? —planteó Francisco a continuación.

Se echó atrás con sorpresa y algo de susto. Pasó los dedos por su rala cabellera blanca y después circuló el dedo mayor por el borde de la tonsura.

—¿Para qué lo quieres saber?

—Porque me han dicho judío, marrano judío.

—¿Quién te lo ha dicho?

—Yo le pregunto qué significa, y usted me pregunta quién me lo ha dicho.

—No puedo responderte. Más adelante lo sabrás.

—¡Necesito saberlo ahora! Por favor...

—La impaciencia no es una...

—¡Qué impaciencia, padre!

—¿Qué quieres saber?

—¿Es verdad que adoran una cabeza de cerdo?

—¡Cómo! ¡Eso es un disparate! Dime, ¿quién te ha dicho semejante disparate?

—Lorenzo.

—¿El hijo del capitán?

—Sí.

—No adoran una cabeza de cerdo. No adoran ningún animal, ninguna imagen.

—Lorenzo dice que sí. ¿Por qué los judíos no comen cerdo, entonces?

—Porque sus leyes lo prohíben. Una cosa no tiene relación con la otra.

—¿Por qué los judíos son unos marranos, entonces?

—¡Una cosa no tiene relación con la otra! ¡Te lo acabo de afirmar!

—¿Por qué me gritan marrano judío?

Apretó sus hombros con ambos brazos y lo zamarreó:

—Hablan así los cristianos ignorantes e irresponsables.

—Usted no me dice la verdad.

—¡La verdad!... ¡Es tan complicado explicarte! Mira: tu padre es cristiano nuevo, y eso desagrada a los viejos.

—¿Quiere decir que es judío?

—Quieren seguir identificándolo como judío. ¿No te lo dijo Francisco Solano?

—Fue judío, entonces. O ¿es judío?

—Sus antepasados fueron judíos.

—No comían cerdo.

—No. Pero no adoraban eso que te han dicho. No adoraban imagen alguna.

—¿En qué creen, entonces?

117

—Sólo en Dios.

—¿Por qué son distintos de nosotros?

La aparición de Felipa le permitió librarse de este diálogo. La joven dijo que su madre se sentía mal y le rogaba que fuese a verla. El clérigo, antes de encaminarse al aposento de Aldonza, le ordenó a Francisco que rezara diez Padrenuestros y diez Avemarías: "Te confortarán".

Francisco Solano cumplió su promesa. Vino al día siguiente con su giboso ayudante para acompañarlos a misa.

Aldonza parecía más pequeña y encorvada con el negro pañolón que le ocultaba el cabello, la frente y parte de las mejillas; sólo dejaba ver las ojeras azules. El fraile pidió que marchara a su derecha. Esa sola distinción le provocó nuevos ahogos. Isabel se colocaría a su izquierda. El pequeño Francisco, adelante; y Felipa, atrás. Siguiendo a Felipa, como cierre del conjunto, iría su ayudante Andrés. Dibujaban una cruz. Una cruz humana que iba a la iglesia con espíritu exhibicionista. En el centro sobresalía la huesuda cabeza del fraile, lo cual provocó rumores en cadena. Porque esta lección de solidaridad sólo fue entendida por algunos.

* * *

Martín de Salvatierra espía al pequeño grupo de hombres desde una ventana apenas entreabierta en el ancho muro del convento dominico. En el centro, debidamente atado con una soga, viaja el reo. Tiene la barba y el pelo desmadejados. Su arresto, interrogatorio, testificaciones y organización del traslado se han cumplido con disciplinada eficacia.

—El Señor lo ayude a reencontrar la verdad —ruega—. Que el largo viaje a Santiago de Chile opere en su alma como el camino de Damasco en el alma del Apóstol.

29

El destino de Isabel y Felipa fue resuelto por fray Bartolomé de la forma que él quería. Consideraba imprescindible que se incorporasen al grupo de novicias que constituiría el núcleo del inminente convento de monjas. El obispo Trejo y Sanabria tenía la firme decisión de inaugurarlo a la brevedad. Convenía ayudar al obispo y, en su calidad de comisario, se anotaba un triunfo al conseguir que la descendencia de un hereje se comprometiera con la verdadera fe. Las normas exigían que las futuras esposas de Cristo se acercasen al himeneo celestial con una dote. ¿Cómo obtener esa suma si su patrimonio había sido confiscado y enviado a Lima? Vino en su ayuda la Divina Providencia. En efecto, Juan José Brizuela, dueño de la casa donde aún habitaban Aldonza y sus hijos, acababa de ser arrestado en Santiago de Chile. El inmueble debía ser pagado por don Diego con lo que esperaba obtener vendiendo su residencia de Ibatín. Pero esta residencia ya había sido enajenada a buen precio, gracias a la intervención del implacable familiar Antonio Luque: el dinero viajó íntegro, a lomo de mula y bien custodiado, hacia la tesorería inquisitorial. Núñez da Silva no estaba en condiciones, pues, de cumplir su obligación. El arresto de Brizuela en Chile imponía vender a terceros su propiedad de Córdoba, porque los gastos del juicio requerían ese dinero. Y aquí fray Bartolomé Delgado hizo un alarde de habilidad: se dirigió al encomendero Hernando Toro y Navarra, cuya creciente riqueza no armonizaba con la mesticia de su vivienda y le propuso una ventajosa operación en nombre del Santo Oficio: le vendía la casa de Brizuela a un bajo precio si donaba al futuro convento de monjas la dote de Isabel y Felipa Maldonado. No le resultó difícil llegar a un acuerdo y se ocupó de transmitir, con su gato y su sonrisa, la buena nueva a las afligidas mujeres.

Aldonza cruzó los dedos, aturdida, y preguntó a la Virgen dónde irían a vivir ella y Francisquito.

—Por lo menos —consoló a su hijo con interrupciones de tos—, tus hermanas quedan a salvo. Tendrán comida, techo y dignidad.

Se fijó la fecha en que debían presentarse en lo de Leonor Tejeda, la viuda que donó sus bienes y su residencia para construir el primer convento de monjas bajo la advocación de Santa Catalina. Debían llevar todas sus pertenencias. En el nuevo hogar se les indicaría qué uso darles: las ropas serán zurcidas, reformadas, quedarán para uso diario o serán donadas a los menesterosos.

Isabel y Felipa revisaron los pocos arcones que les habían dejado y armaron su reducido ajuar. La negra Catalina las ayudó a coser y remendar los defectos. Tampoco esta esclava sabía a dónde iría a parar. Junto con Luis preparó un almuerzo de despedida. Recorrió el vecindario e incorporó a su canasta cuanta fruta, hortaliza o grano se presentaba en el camino. Luis se las arregló para llenar una botija de vino rojo en el convento de los mercedarios con la necesaria complicidad de fray Isidro. Aldonza, luchando contra la debilidad que la tironeaba hacia el lecho, sacó el único mantel bordado que le quedaba y no fue vendido gracias a un manchón. Felipa e Isabel distribuyeron los restos de la vajilla: un plato de cerámica y tres de lata, cuatro jarras con los bordes torcidos, tres cuchillos mellados, el salero y una fuente de barro. Aldonza recogió las flores de las papas sembradas en el huerto y las instaló en el centro de la mesa.

Durante la triste comida Felipa hizo bromas sobre las flores que puso su madre: las comparó con jacintos. Isabel se rió de la fuente de barro que viajaba repetidamente al caldero para traer nuevas raciones. Francisco simuló degollarse con el cuchillo cuyas melladuras sólo hacían cosquillas. Aldonza comió lento, interferida por la tos, y sonrió a las estúpidas ocurrencias de sus hijos. Esa tarde debían presentarse en lo de Leonor Tejeda.

Isabel y Felipa acomodaron los fardos sobre sus cabezas, como las esclavas. Emprendieron la marcha hacia su nuevo hogar acompañadas por la madre y Francisco. En la calle las sombras de las paredes de adobe se estiraban como charcos de tinta. Algunos viandantes giraban para contemplar a esa mujer que parecía viuda y a sus hijos de sangre abyecta. Murmuraban, pero ya no agredían. Era sabido que las muchachas iban hacia el noviciado: estaban limpiándose de la herejía cometida por su padre. Francisco los miraba de soslayo y captaba las expresiones de odio, lástima, aprobación y desprecio. Cada vecino se sentía autorizado —y obligado— a opinar sobre los parientes de un marrano.

Los recibió una monja de cara arrugada. Había venido de Castilla por equivocación y la mandaron a esta casona para ayudar a Leonor Tejeda en la organización del convento. Tenía la virtud de pasar inadvertida y quizá, con este recato, pretendía mostrar cómo debe comportarse una esposa de Cristo. Miró al conjunto con ojitos de ratón y los invitó a pasar. A Francisco le ordenó quedarse afuera.

—Hombres aquí, no.

Vestía una amplia túnica negra con mangas terminadas en punta. Su níveo escapulario era la muestra de su obsesiva pulcritud. Una correa azabache le rodeaba la cintura y de su cuello colgaba un rosario de madera clara. La cofia almidonada temblaba sobre su cabeza. Achicharrada, encorvada y casi ciega, emitía un extraño vigor. Caminó adelante por el corto zaguán y dobló a la izquierda cuando llegaron a las galerías del primer patio. Un par de novicias preguntó si necesitaba algo.

—Luz —respondió secamente e indicó a sus visitantes que tomaran asiento en un banco de algarrobo. Trajeron el candelabro.

—Para ellas —dijo—: yo veo mejor en la oscuridad.

Isabel y Felipa depositaron sus bultos a los pies y cruzaron las manos. Aldonza tosió y se disculpó.

—Estas niñas —comentó la monja— han sido distinguidas por la Iglesia. No me gusta halagar en vano, pero quiero que sientan gratitud.

—La sentimos —confirmó Aldonza—, la sentimos.

—Fray Bartolomé me habló de las virtudes de estas niñas.

—Es un hombre santo… —apoyó Aldonza.

—Y me dijo que ya fue pagada su dote.

—Gracias a Nuestro Señor y la Santísima Virgen.

—Ahora estas niñas deberán aprender a vivir en el sagrado retiro de los claustros.

La noche caía dulcemente. Algunas bujías se iban encendiendo en las austeras celdas monacales. Se expandía un cálido olor de resinas y madreselvas.

—Puedes despedirte de tus hijas.

Isabel y Felipa permanecían tiesas entre su madre y la monja, entre su mundo conocido y el mundo por descubrir. Se desprenderían del pasado que, a pesar de sus amarguras, les dio amor y cuotas de felicidad; ingresaban en un futuro enaltecido pero secamente reglamentado. Atrás quedaban su infancia y los ensueños que incluían algún caballero apuesto, magnífico. Adelante las aguardaba el disciplinado servicio de Dios. Con angustia miraron la oscura vegetación del patio donde se insinuaban macizos de flores; durante años mirarán este patio y las mismas flores. Se volverán a sentar en este banco de algarrobo y evocarán este instante. También miraron a las pocas novicias que se desplazaban sin ruido, como fantasmas. Ellas harán lo mismo.

Aldonza tendió sus manos y tocó las de sus hijas. Las acarició.

Después empezó a toser flema, a toser lágrimas y, sin dejar de toser, las abrazó fuerte, les sobó la espalda, la nuca y los brazos y repitió entre ahogos y explosiones "Que Dios las bendiga". Felipa, con las mejillas empapadas, pidió a la monja que les permitieran despedirse de su hermano. Asintió y las condujo de regreso a la puerta. Corrió un chirriante pasador y abrió. Una lista de luz externa invadió el piso. Afuera, acuclillado contra la rugosa pared, estaba Francisco, que se incorporó como resorte y abrazó a sus hermanas. Nunca las había sentido tan propias. Tampoco había imaginado que dolería tanto la separación. ¿También perdía a Isabel y Felipa? ¿Se le caerían todos los miembros de su familia como caen los dedos de un leproso? Necesitaba estamparlas en su cuerpo. Pero se despegaron, trémulas y asustadas.

Aldonza y Francisco regresaron con piedras en los zapatos. Ella murmuraba Avemarías. Francisco se acordaba del más grande hijo de puta del mundo y su asqueroso gato, que hizo añicos su familia. Al reingresar en la casa vacía la sintió más vacía y se recostó sobre una estera. Miró el cielo a través de la ventana de su pelada habitación. Intentó leer los astros. Otra vez quiso captar su alfabeto misterioso. Quizá los astros que no parpadeaban eran las vocales. Venus podría representar la A y Júpiter la E, por ejemplo. Las estrellas serían las consonantes. Había demasiadas consonantes. "No, creo que por ahí no resuelvo el enigma." Los sabios de la Antigüedad contemplaron el cielo iluminado como a un cuerpo vivo. Las constelaciones se articulan y construyen figuras, pensó. Al mismo tiempo, pedazos de esas figuras son parte de otras, se superponen. Como si debajo de la piel que se diseca aparecieran los músculos y debajo de ellos los huesos y dentro de los huesos la médula. El esplendor está dado por la exhibición simultánea de todos los planos: un cuerpo vivo que, además de su envoltorio, deja ver las entrañas. "¿Habría que leerlo como al Tratado de anatomía de papá?"

Sus esfuerzos cargados de rabia imploraban el mensaje de aliento que no podía obtener. Su interrogatorio a las estrellas prosiguió en las noches siguientes. En los años siguientes.

30

Hernando Toro y Navarra, el encomendero que adquirió la propiedad de Juan José Brizuela y donó la dote de Isabel y Felipa, fue a tomar posesión del inmueble en una mañana de invierno. Calzaba botas sucias, pero vestía camisola de seda, chaleco de terciopelo azul y un sombrero de alas anchas. El contraste mostraba su origen de labriego y su reciente fortuna. No sabía leer pero resolvía en un instante cualquier operación aritmética. Castigaba con deleite a sus indios y se condolía por los enfermos. Toro y Navarra era fuerte y bruto.

Recorrió la casa. Ordenó que la limpiasen de recuerdos. Una escuadrilla retiró los últimos arcones, muebles y objetos en un santiamén; los amontonaron en el embarrado tabuco de los esclavos. Toro y Navarra volvió a mirar los aposentos libres de extraños y vio a la mujer con su hijo sentada sobre un tronco bajo el parral desnudo. Pronto ingresaron los muebles de su anterior residencia, que parecían nuevos en comparación con los trastos barridos hacia el fondo.

Fray Bartolomé había tenido que interceder ante el encomendero para que dejara a la madre y su hijo seguir viviendo unos meses en la casa, por lo menos hasta el fin del invierno. El ricachón les asignó lugar en el cuarto de la servidumbre. Luis y Catalina, en cambio, no pudieron quedarse y fueron añadidos a la legión que laboraba la gigantesca huerta de los dominicos.

El frío y las lluvias obligaban a mantener encendidos los braseros y secar la ropa dentro de los cuartos. La tos crónica de Aldonza se incrementaba. Francisco iba diariamente al convento para efectuar sus trabajos de penitencia; antes de regresar junto a su madre conseguía esconder bajo su ropa frutas, queso, pan y fiambre. No vaya a creerse que era muy hábil para robar: ocurría que algunos frailes miraban hacia las nubes cuando cargaba las provisiones.

La tos de Aldonza, lacerante, retumbaba como un mal augurio. De noche Francisco se tapaba las orejas para no oírla. La imaginaba sentada en la oscuridad, con las venas del cuello ingurgitadas y el rostro cianótico. Una madrugada ella despertó con un dolor agudo en el costado del tórax: parecía haber sido herida por una faca. Francisco la ayudó a revisar su jergón, pero no había sino hedor de muerte. Ella dijo:

—No es la faca: es el llamado de la muerte.

El muchacho corrió en busca de ayuda. Vino la esposa de Toro y Navarra, quien tuvo un gesto de inusual misericordia. Se asustó y mandó llamar a un médico. Le pusieron paños fríos en la cabeza. El médico tomó asiento en una banqueta y con parsimonia tomó el pulso, miró las pupilas, rozó las mejillas de la enferma y pidió que volcaran la orina de la bacinilla en un frasco de vidrio para examinarla a contraluz. Recomendó ventosas diarias, caldo de verduras y la aplicación de sanguijuelas para extraerle la sangre mala. Francisco ofreció buscar cuanto hiciera menester: las verduras para la sopa, las sanguijuelas y quien aplicase con maestría las ventosas. Voló hacia el convento y regresó con buenas noticias.

Instalaron a la vera de Aldonza, sobre una mesita, doce semiesferas de vidrio grueso y un hisopo. Le indicaron que se acostara boca abajo y le desnudaron la espalda. Una vecina experta iba a efectuarle el tratamiento. Con la izquierda sostenía la concavidad de la semiesfera y con la derecha le introducía el fuego azul del hisopo. Antes que la viboreante llama se extinguiese, la mujer aplicaba la boca del vidrio contra la piel. Aldonza respondía con un quejido de sorpresa y dolor quemante. Le cubrió toda la espalda con esos artefactos que succionaban su carne. A través del vidrio se comprobaba que la piel era tironeada con fuerza: abría sus poros, se ponía roja, sudaba. La cubrieron con una sábana limpia. Era necesario que esos vidrios calientes trabajasen por lo menos diez minutos. El vacío de su interior "chupaba" la enfermedad. Al cabo de diez minutos la hábil vecina empezó a mover cada vidrio hacia los lados hasta despegar un punto del borde; la ventosa sorbía aire y se desprendía. En un instante sacó las doce semiesferas y la espalda de Aldonza quedó marcada por doce bubones cuya circunferencia negra contrastaba con el interior escarlata. Se puso de lado, trabajosamente.

—Dentro de un rato se sentirá mejor —pronosticó la vecina.

Las aplicaciones se repitieron a diario. También la sangría mediante sanguijuelas. La señora de Toro y Navarra le hacía una visita por las tardes. Dos de sus esclavas se ocupaban de prepararle la comida.

Francisco, al regresar del convento, la encontró levantada, cubierta por un largo camisón de estameña. Aprovechaba la recuperación incipiente para efectuar unos arreglos. Pero cuando descubrió la finalidad de esos arreglos, Francisco sufrió un desgarro: había terminado de coser su mortaja. La depositó prolijamente doblada junto a su cabecera. Sobre la mortaja puso el cinturón de seda que había usado en el casamiento. Arriba, como un pisapapeles, instaló el crucifijo que le regaló su madre ya muerta. Ella contemplaba la lúgubre pila con satisfacción, casi con esperanza. Pidió a Francisco que la ayudase a recostarse. Había adelgazado mucho y estaba vieja. Cada movimiento exacerbaba su dolor. Los quejidos se le escapaban contra su voluntad.

—Hijo: quiero confesarme.

Salió en busca de un sacerdote. Esquivando charcos, fue a lo de fray Bartolomé. No podría explicar por qué sus pasos lo llevaban hacia allí. Iba al convento dominico con los ojos cerrados. Atravesó el portal gris, cruzó en diagonal el destemplado claustro y se plantó frente al enorme comisario. Lo encontró junto a la puerta de su celda con el ovino gato sobre las rodillas, leyendo un informe.

—Padre...

El clérigo lo miró a través de las cejas, molesto por la interrupción, y no se movió hasta que el muchacho le informó sobre la urgencia. Tardó aún varios segundos en reaccionar, como si no hubiera entendido.

Después abandonó los papeles y levantó su cuerpo pesado.

—Vamos —dijo.

Nunca marchó tan de prisa. Su abdomen se movía locamente y de su doble papada salían vagidos estertorosos. El gato corría unos metros junto a su pie derecho y alternaba otros metros junto al izquierdo. Su apuro por llegar junto a la moribunda disminuyó la hostilidad de Francisco hacia ambos. Miraba de reojo el cuello del gato y decidió que en ese momento no lo degollaría; tampoco le cortaría la papada a fray Bartolomé. Exhalaban cierta inexplicable bondad. Pero al instalarse junto a la enferma, ocurrió algo impresionante.

—Gracias por venir, padre —murmuro Aldonza con su débil voz—. No quiero que se enoje, pero me confesaré con fray Isidro.

—Estoy preparado para recibir tu confesión, hija —resistió el comisario con el asombro pintado en su abultada cabeza.

Ella negó con una sonrisa triste.

Fray Bartolomé se puso pálido y un temblor fino le sacudió la papada. La faca que días atrás penetró en el tórax de Aldonza se estaba clavando en el corazón del fraile.

"Bien, mamá —festejó Francisco con los labios cerrados— era la respuesta que alguna vez quería escuchar de una santa como tú." Y corrió otra vez, pero en busca del fraile con ojos saltones y espíritu cobarde.

Isidro no se sobresaltó: estaba resignado a esperar la calamidad siguiente, como eslabones de una cadena. Sin decir una palabra recogió la vestimenta ritual y el sagrado óleo. Presentía que Aldonza necesitaba algo más que una confesión. Su marcha contrastó con la de fray Bartolomé. Fue casi solemne. Fray Isidro asumía la potestad de su sagrado rol, mientras fray Bartolomé había perdido las formas por su arrogancia. Isidro se sentía limpio y en paz; Bartolomé, turbio y con culpa. Isidro se comportaba en esa terrible oportunidad como a don Diego le hubiese gustado.

Ingresó en la habitación calefaccionada por el humeante brasero y los vapores de las hierbas. Hizo la señal de la cruz y quedó a solas con la enferma. Fray Bartolomé fue invitado por el dueño de casa a tomar asiento en el salón de recibo que tenía muebles nuevos y lujosos. Hacia demasiado frío para permanecer afuera.

Francisco pasó a otro cuarto, vecino al de su madre, donde una esclava planchaba ropa. Se acurrucó en el suelo. La negra vació la ceniza de la plancha de hierro y la llenó con carbones; aseguró el cierre de la ventanita y después balanceó vigorosamente el pesado artefacto para que se calentara su base. Asperjó la ropa y le aplicó la plancha. Con su mano izquierda estiraba la tela y con la derecha borraba las arrugas. De vez en cuando miraba al afligido muchacho. Afuera, los árboles desnudos recibían una garúa helada.

Reapareció fray Isidro con sus ojos enrojecidos por las lágrimas. Caminó despacio bajo las agujas de la llovizna, los brazos colgantes, encorvado. Francisco se envolvió con una arpillera y fue a su encuentro. Se tomaron de las manos y se abrazaron en la gélida intemperie.

Después ingresó en el cuarto y se acercó a su madre. El cuerpo estaba cubierto con una frazada y emitía quietud. De cuarzo eran sus flacas mejillas. En su frente, repentinamente liberada de los surcos que expresaban el sufrimiento, relucía la cruz del óleo sagrado. Ella ya no respondería; y tampoco tendría accesos de tos. Se había convertido en un pedazo de eternidad. Francisco avanzó cautelosamente, con miedo de cometer una profanación. Se arrodilló junto a ella. La miró transido de puntadas. Sus dedos caminaron vacilantes hacia la mano querida e inmóvil. La tocó, la apretó. Entonces empezó a llorar con una mezcla de quejido animal y de asfixia. Le rodeó la cara con las manos, aún tibia de fiebre, y le besó la frente, las mejillas fláccidas, la nariz, los labios, el mentón. Era atroz comprobar que estaba muerta.

LIBRO SEGUNDO

Éxodo

El trayecto de la perplejidad

31

Cuando murió Aldonza, Lorenzo Valdés concurrió al velatorio y caminó detrás de Francisco bajo la llovizna hasta el cementerio. Lo abrazó y lagrimearon juntos. Volvían a ser amigos.

A la semana siguiente fue a buscarlo al convento de Santo Domingo, donde lo autorizaron a quedarse a vivir. Lorenzo atribuía a un entrenamiento precoz su agilidad para montar caballos, trepar árboles y caminar sobre cuerdas.

—Hay que empezar por someter mulas para poder someter indios —repetía la sentencia de su padre.

Se había acostumbrado a visitar el fragoroso potrero para sobar dos o tres bestias y lucirse ante la peonada. Invitó a Francisco para que lo viese. Los potreros condensaban ensañamiento y valor. Eran una buena escuela para los hombres que debían enfrentar la adversidad de este continente salvaje. El capitán de lanceros celebraba la fiereza de su hijo. "¡Monte, pegue y domestique! así se hace un buen soldado."

Lorenzo conocía mestizos y algunos caballeros españoles sin dinero que se dedicaban a amansar mulas chúcaras por una reducida paga. Pidió que le facilitasen un lazo y se introdujo audaz en el potrero. Los animales, provistos de extraordinaria sensibilidad, registraron la intrusión y empezaron a dar corcoveos. Una sísmica ondulación recorrió la masa gris. Algunos empezaron a correr, otros giraban en redondo y empujaban a los vecinos. Los cascos levantaban polvo mezclado con estiércol. Lorenzo corrió tras los más briosos. Del oleaje se elevaban sus gritos y el lazo en continuo revoleo.

131

Finalmente echó la cuerda y una mula humeante cayó de hocico. El animal tironeó convulsivamente y arrastró a Lorenzo. Varios peones acudieron en su ayuda y consiguieron abatirla. El jumento pataleó e intentó morder. Le ataron las patas mientras otros le sujetaban la cabeza con un acial y le ponían una venda en los ojos. La bestia dio cabezazos contra el suelo lastimándose las órbitas y los dientes. Le fijaron otro cabestro al pie y la dejaron en libertad aparente. Se incorporó con un furioso bramido. De su cabeza goteaba sangre. Parecía decidida a tomarse venganza, pero como estaba atada por dos cabestros, los movimientos la trabaron. Aumentó su desesperación, giraba curvando el lomo y emitía trompetazos.

El hijo del capitán saltó a su montura. La bestia se sintió ultrajada y removió locamente las vértebras. El jinete se inclinó sobre la nuca del animal y le agarró las orejas como si fuesen un manubrio. Sus piernas se adhirieron al sudado abdomen; no iba a disminuir la intensidad del abrazo por ninguna razón. La mula ofendida tronaba, giraba en redondo y lanzaba coces contra sus escurridizos enemigos. Su lucha estéril la decidió por la huida en línea recta. Esto ocurría siempre. Lorenzo estaba preparado, con las piernas ceñidas en torno a la panza y las manos a punto de arrancarle las orejas. El animal partió como un disparo, pero los peones que sujetaban el cabestro lo sabían y frenaron de golpe la intentona. El pique y la repentina oposición de la rienda quebraron su pescuezo. Quedó aturdida. Entonces arremetió contra los peones como si fuese un toro. Lorenzo le clavó las espuelas. Una, dos, seis, diez veces seguidas. Con máxima ira, hasta que le hizo brotar sangre. La acémila perdió la orientación y se doblaba en bruscos arcos para sacarse la máquina que la lastimaba sin piedad. Lorenzo no se desprendió: gozaba de esta guerra.

Francisco observaba con inquietud. Pegado a la cerca de troncos, acompañaba con sacudidas a su amigo en ese coito singular. Lorenzo era despedido al aire y volvía a clavarse sobre la mula que no cesaba sus corcoveos. Le retorcía las orejas y le vociferaba obscenidades. La mula, envuelta en una campana de polvo y sudor, iba a caer agotada, pero antes recibió más golpes aún.

Cuando parecía al borde del colapso le quitaron la venda de los ojos. El diestro jinete soltó las orejas —milagrosamente pegadas aún a su cráneo—. Coposa de espuma, la mula dio vueltas, borracha. Finalmente Lorenzo la condujo hasta el capataz para que comprobase si estaba sometida.

—Bien sobada —reconoció, haciéndole una caricia sobre la húmeda crin. Era la primera caricia que este animal recibía en su vida. El jinete hizo un gesto de triunfo y desmontó. Merecía descansar un rato antes de la siguiente doma. Caminó hasta la cerca, trepó entre las ranuras y se sentó junto a Francisco. Estaba agitado y respiraba por la boca como un perro al desprenderse de la hembra. Recogió las rodillas y se abrazó a las piernas. Francisco lo admiraba contradictoriamente, porque no le tentaba la doma.

—¡Vamos! No te animas —rió Lorenzo—. Ya lo harás. Es fácil.

Mientras, continuaba la faena. Era un placer viril que no parecía trabajo. Por eso no había indios. No les permitían participar porque se los consideraba lentos y torpes. Cuando alguno conseguía una mula chúcara a bajo precio —flaca, de vasos débiles o enferma— la llevaba a su choza y amansaba con un método muy diferente del español. En lugar de una sangrienta paliza, la amarraba a un tronco en la parte más seca del patio. Y allí la dejaba durante veinticuatro horas sin darle de comer ni beber. Después le tocaba el lomo para verificar si estaba mansa. En caso de que aún evidenciara brío la dejaba otras veinticuatro horas en las mismas condiciones. Si le preguntaban por qué procedía de esta forma, contestaba:

—Quiere descansar.

A Francisco no le atraían las pasiones de Lorenzo, pero celebraba su arrojo. Hablar con él y verlo actuar le producía un bienestar inexplicable. Su propia pasión, en cambio, que iba en aumento, era por algo al parecer más criticable que una doma: los libros. Lo desconcertaba que en el convento, donde le ofrecieron techo y comida, se los retacearan. Los representantes locales de la Inquisición no estaban tranquilos sobre la pureza de fe que imperaba en su corazón.

Tras insistentes ruegos, Francisco pudo obtener permiso para leer el devocionario. Y en lugar de gozarlo morosamente y a razón de unas pocas páginas diarias, lo ingirió en medio mes. El reencuentro con la letra escrita le proporcionó horas de olvidada dicha. Podía abstraerse de su desvalimiento. Algunas frases lo hacían sonreír, algunas lagrimear. Cuando terminó fue a pedir otra obra, pero se la negaron. Empezó de nuevo el devocionario a partir de la primera página y tuvo tiempo de darle cinco repasos hasta que fray Santiago de la Cruz, algo más confiado por la buena siembra ya cumplida, le entregó una apologética biografía de Santo Domingo, el fundador de la orden a la que pertenecía el convento. Domingo Guzmán nació en España —"como mis antepasados", enlazó Francisco— y la orden dominicana fue, desde el comienzo, perseguidora de la sucia herejía albigense y por eso la distinguieron como el brazo fuerte de la Inquisición. Domingo Guzmán recorrió muchos países y llegó hasta la lejana Dinamarca: fue un predicador subyugante. Ponía en práctica lo que decía. Desnudos los pies, enfundado en una gastada túnica y comiendo mendrugos, abría los corazones con súplicas y cierta humillación. Murió a los cincuenta y un años, consumido por las fatigas de su ministerio.

Francisco transmitió al director espiritual algunos comentarios entusiastas sobre el santo. De la Cruz no se dejó impresionar (la educación también era una doma, pero sutil).

—Léelo otra vez.

El muchacho acarició las tapas del volumen y volvió a sumergirse en esa historia ejemplar. Cada uno de los viajes y sermones de Santo Domingo tenían un fin concreto: convertir, santificar. Lo hizo para las gentes de su tiempo, pero también para los que vinieran después. Lo hizo para que él, Francisco Maldonado da Silva, aprendiera y reflexionara y se adhiriese con más fuerza a nuestro Señor Jesucristo. "Para que yo, Francisco, tampoco me extraviase."

El director espiritual consideró oportuno ofrecerle otra obra: la vida de San Agustín. Este legendario doctor de la Iglesia nació en África, en el año 430. El cristianismo recién emergía en medio de la multitud infiel. Su madre fue nada menos que Santa Mónica y su padre, un pagano. Cabría decir, entonces, que este insigne Padre de la Iglesia fue un cristiano nuevo, pensó Francisco. En su juventud recorrió ávidamente todo el albañal de los pecados. "Yo trataba de satisfacer el ardor que sentía por las más groseras voluptuosidades", reconocía en sus *Confesiones*. Luego, tras muchas lecturas y búsquedas se convirtió. Era ya un experto en filosofía. Lo designaron obispo de Hipona y al poco andar asombró por su inesperada virtud. Pero más asombró por sus escritos, que se convirtieron en un torrente. Produjo libros de religión, tratados de filosofía, obras de crítica, derecho e historia; escribió a reyes, pontífices y obispos; refutó las herejías con brillo inigualable. Finalmente completó esa joya de las

Confesiones que Francisco hubiera deseado leer en su totalidad, no sólo en los escasos fragmentos que regalaba la biografía. Sintió ganas de emularlo, de escribir tratados y epístolas.

El director espiritual no le formuló más exigencias: había ganado su confianza, ya estaba "bien domado". "Como las mulas del potrero", habría añadido el muchacho.

Al día siguiente, con mirada cómplice, le extendió otro libro: era una síntesis de la vida y obra de Santo Tomás de Aquino. Lo ponía en relación con un coloso. Francisco se incendió de emoción. Ni siquiera pudo expresar su agradecimiento. Santiago de La Cruz no actuaba con arbitrariedad: regulaba sabiamente su formación. Cuando Francisco le devolvió el volumen sobre Santo Tomás recitándole algunos de su apotegmas, el director espiritual abrió las manos.

—Ya no tengo más que ofrecerte.

—¿Nada más?

—No tengo más libros —se disculpó.

A Francisco se le ocurrió decirle algo, pero no se atrevía aún. Podía interpretarlo mal. Hacía meses que anhelaba leerlo. Era un premio que tal vez no merecía. El libro estaba en la capilla conventual. Pero no, "mejor me callo". Era mucho.

—En la capilla conventual —susurró sin reconocerse la voz.

—¿Qué pasa allí?

—En la capilla… —empezó a transpirar.

—Habla de una vez.

—Hay una Biblia.

—Sí. En efecto. Y ¿qué?

—Desearía leerla. Desearía…

—Es demasiado para ti —lo miró de soslayo.

—Un ratito por día —imploró Francisco—. Las partes que usted me indique.

—¡Sólo las partes que yo te indique! —exclamó, pero arrepintiéndose en el acto.

—Prometo.

—Nada de espiar en el Cantar de los Cantares, ni en Ruth, ni en Sodoma y Gomorra.

—Las partes que usted me indique —ratificó Francisco.

—Bien. Para hacerlo fácil, leerás sólo el Nuevo Testamento.

—¿Íntegro?

—Sí. Pero ni una página del Antiguo.

Horas más tarde se produjo un encuentro de amor. El muchacho tomó posesión del enorme volumen que se conservaba en la capilla. Abrió la robusta tapa y se extasió ante las hojas enjoyadas con viñetas. Ingresaba en un jardín familiar. Leía y contemplaba. Las letras formaban un paisaje con arroyos y collados. Saboreó los cuatro Evangelios, los Hechos de los Apóstoles, las Epístolas y el Apocalipsis. Su anhelo de saber se potenciaba con una incontenible necesidad de creer.

En sus plegarias rogaba a Nuestro Señor Jesucristo, a su Inmaculada Madre y a los santos cuyas vidas estudió y admiraba (Domingo, Agustín, Tomás), que le ayudaran a impregnarse de la verdadera fe. Pero, sobre todo, rogaba que le ayudasen a diluirle las gotas del veneno que mencionaban algunos familiares de la Inquisición, por si era cierto que su padre se las hubiera inyectado en el alma.

Cuando el director espiritual se habituó a encontrarlo sumergido en los versículos del Nuevo Testamento y tuvo suficientes pruebas de su obediencia, disminuyó la vigilancia. El joven lector no violó su compromiso. Aprendió de memoria la genealogía de Jesús según Mateo y según Lucas y muchas de las frases que pronunció Nuestro Señor en sus años de prédica. Era capaz de señalar los datos que figuraban en un Evangelio y no eran mencionados en otro, así como una docena de las imágenes terroríficas que describía el Apocalipsis. De las Epístolas escritas por San Pablo le impresionaba, y gustaba especialmente, la dirigida a los Romanos. La leyó varias veces, pero recién unos quince años más tarde pudo entender la razón de ese entusiasmo.

No violó su compromiso por temor a represalias. Sería intolerable que lo privasen de la porción secreta. A medida que memorizaba el Nuevo Testamento y que su relectura se convertía en verificación de lo recordado, aumentaba su ansia por zambullirse en el voluminoso Antiguo Testamento, pero no lo haría sin autorización. Se lo dijo a Santiago de La Cruz.

—Sólo para reforzar mi fe en el cumplimiento de la promesa divina —suplicó.

—El Antiguo Testamento contiene la ley muerta de Moisés —dijo el director espiritual con mirada penetrante.

—Pero también la promesa del Mesías —remarcó Francisco.

—Que no reconocen los infieles.

—Porque seguramente no saben leer.

De La Cruz sonrió.

—Leen con otros ojos.

—Sí, ojos de infieles.

Sonrió nuevamente. Palmeó a Francisco y levantó su índice de autoridad.

—Acepto, pero con una condición.

—Dígame.

—Cada duda que aparezca, la conversarás conmigo.

—Es un privilegio —se ruborizó de alegría.

—Es un deber.

El joven besó la mano del director espiritual y corrió a la capilla. El recoleto ámbito estaba más hermoso que nunca. Los cirios elevaban sus llamas quietas hacia las imágenes policromadas. Francisco besó el lomo repujado del grueso volumen. Acarició la primera hoja y, fascinado, leyó:

"En el principio Dios creó el cielo y la tierra. La tierra era soledad y caos..."

32

Santiago de La Cruz comprobó que la lectura del Antiguo Testamento no perturbaba las creencias de Francisco. Las dudas que planteaba ponían de manifiesto su inteligencia aguda, pero no quebrantos de la fe: la destemplanza de Moisés, por ejemplo, o el erotismo de Sansón, la locura de Saúl, los pecados de David, las transgresiones de Salomón, la poca eficacia de los sermones proféticos eran anuncios de los errores que cometerían los judíos en contra de Jesucristo. Asimilaba rápidamente los capítulos más áridos (incluso las aburridas genealogías y las interminables prescripciones del Levítico y el Deuteronomio), pero no señalaba versículos que contradijeran los dogmas. Por el contrario, se alegraba al reconocer prefiguraciones de Cristo o profecías concretas sobre la llegada de su reino. El talento inusual de este joven lo animó a dar un paso también inusual: presentarlo al obispo de la Gobernación, que estaba pasando una temporada en Córdoba.

El obispo Fernando Trejo y Sanabria era un franciscano obsesionado por el desarrollo de la enseñanza. Pretendía crear un Colegio de Estudios Mayores cuya docencia estuviera a cargo de presbíteros jesuitas. Quería otorgar títulos de magisterio, bachillerato, licenciatura y hasta doctorado. Era criollo, amaba a los indios y soñaba con el despropósito de erigir una Universidad en estas tierras.[8]

Francisco contempló arrobado a Su Ilustrísima. Había tenido la expectativa de encontrarse con un ser gigantesco, de atronadora voz y gestos amenazadores. En cambio lo recibía un hombre de estatura mediana, cara seca, manos pequeñas y un raído hábito gris. Era un cirio afectuoso cuya llama ardía con fuerza, pero se consumía rápido. Su enfermizo aspecto revelaba que no tenía mucho tiempo entre los vivos, por eso lo quemaba la urgencia de brindar un multitudinario sacramento de confirmación a los habitantes de Córdoba.

Francisco retornó maravillado al convento, con ganas de prepararse para semejante ocasión. Su director espiritual lo ayudaría.

Santiago de la Cruz aceptó el desafío y dispuso que a partir de entonces el joven durmiera en una celda vecina a la suya. Había suficiente espacio para una estera de junco, la petaca de cuero donde guardaba sus míseras pertenencias, una mesa y una silla. Su director lo quería próximo de día y de noche. Pretendía convertirlo en doctrinero, porque su amor por la lectura debía traducirse en un trabajo útil.

Comenzó poniendo énfasis en el valor de los signos sensibles. Se sentó junto a Francisco cerca del aljibe. Un esclavo, no lejos, asperjaba el macizo de flores.

—Signo es aquello que nos recuerda algo —explicó—. Por ejemplo el olivo es signo de paz, el hábito que llevo puesto es signo de sacerdocio, una huella es signo de que alguien pisó ahí. Sensible quiere decir que se registra con los sentidos: la vista, el olfato, el oído, el tacto o el gusto.

Levantó su mano derecha y la acercó a la cara de Francisco. Francisco percibió que temblaba ligeramente. Le rozó la mejilla con la punta de los dedos.

—Tacto... —murmuró—. Sientes que te toco.

A Francisco lo asaltó un estremecimiento desconocido y alejó la cara. Santiago esbozó una sonrisa.

—No sólo sientes —agregó—. Este contacto transmite algo, dice algo. Es una señal, un signo. Se refiere a nuestro vínculo.

138

La voz del director se puso ronca. Miró con intensidad a su discípulo y se incorporó. Francisco se levantó también.

—Quédate —dijo.

El joven lo observó alejarse hacia su celda. Cerró la puerta tras de sí. Al rato oyó el silbido del látigo. Francisco contó los golpes: cuatro, seis, siete. Al silbido de la disciplina se agregaba una apagada exclamación. ¿Por qué fue a castigarse en ese momento? ¿Merecía esos golpes por haberse equivocado en la definición de los signos? ¿Pero se había equivocado, acaso? Sintió un vago temor. ¿Debía seguir aguardando en ese lugar?

Reapareció el fraile. Estaba pálido, pero distendido. Le indicó sentarse en el suelo, mientras él lo hacía sobre el banco para tenerlo de frente. O más distante.

—Cuando irrumpe un mal pensamiento —aclaró— estamos en pecado. Eso me ha ocurrido.

A Francisco lo conmovió su sinceridad y modestia.

—También deberías flagelarte antes de la confirmación —le advirtió; su repentina calma no lo hacía menos severo.

El joven se preguntó qué mal pensamiento habría tenido. Algo hormigueaba en el corazón del fraile; quizá le preocupaba el hecho de brindar demasiada atención al hijo de un hereje; quizá —y esto sería lo peor— "se fue a castigar por mis pecados, por los malos pensamientos que yo tengo y que sólo él intuye".

—Me prepararé debidamente para la confirmación —prometió—. Ayunaré y me flagelaré.

—Son las buenas disposiciones del cuerpo. Correcto. Pero no olvides las del espíritu: oración, recogimiento y afirmación de la doctrina.

—Así lo haré.

—Debes prepararte para recibir la confirmación como se prepararon los apóstoles para recibir al Espíritu Santo. Por miedo a los judíos que mataron al Señor y también querían matar a todos sus discípulos —enfatizó adrede Santiago de La Cruz—, los apóstoles se encerraron en Jerusalén. Rezaron y ayunaron. Sabían cuanto les enseñó Jesús, pero no eran aún sus valientes soldados. En Pentecostés, cuando descendió sobre ellos el Espíritu Santo, se transformaron en una milicia imbatible. Anunciaron con orgullo su condición de cristianos y se lanzaron a predicar.

Francisco sonrió ante palabras tan sonoras, pero en su cabeza retumbaba la frase "los judíos que mataron al Señor y también querían matar a todos sus discípulos". Hubiera querido preguntarle con el giro que usó su padre ante Diego si él, Francisco, mató al Señor y quería matar a todos los cristianos; o si acaso los primeros discípulos no eran todos judíos. Pero mantuvo la sonrisa. Y siguió escuchando la lección.

Volvió a repetirse en otras oportunidades la desconcertante secuencia. El director espiritual se aproximaba al joven con trato afectuoso, lo miraba tiernamente, le tomaba una mano, le apretaba un hombro, le pasaba los dedos por sus cabellos cobrizos. Le enseñaba las verdades de la fe con voz cálida. Era el predicador subyugante que penetraba en su pecho como una lanza. Pero de repente lo sacudía un rayo invisible, se alejaba unos pasos a fin respirar hondo (a eso se limitó la vez siguiente) o se aislaba en su celda para aplicarse los azotes. Regresaba con el aspecto mudado, limpio de los malos pensamientos que habían invadido su mente.

Francisco oraba, comía poco, casi no salía del convento. También ayudaba en la huerta, limpiaba la sacristía, descansaba a la sombra de la higuera central o permanecía tendido sobre su estera. Repasaba sus conocimientos por el sistema de preguntas y respuestas; se había propuesto tener asimilado el catecismo íntegro. Si lo lograba antes de la confirmación, Dios lo premiaría.

—¿Qué son los sacramentos? —se preguntaba en la intimidad de su celda.

—Son signos sensibles y eficaces de la gracia instituidos por Nuestro Señor Jesucristo para santificar nuestras almas —respondía.

—¿Cuántos son los sacramentos? —continuaba preguntándose.

—Siete, como los días de la semana.

—Nómbralos —se recomendaba a sí mismo—. Cada uno es importantísimo.

—Bautismo, confirmación, eucaristía, confesión, extremaunción, sacerdocio y matrimonio.

—¿De cuántos elementos consta cada sacramento?

—Dos.

—¿Cuáles?

—Materia y forma. Materia es la cosa sensible que se emplea: óleo, vino, agua. Forma son las palabras que se usan al aplicar la materia.

—¿Cuáles son las materias de cada sacramento?

—Del bautismo, el agua natural —enumeraba con los dedos—. De la confirmación, el santo crisma. De la eucaristía, el pan y el vino. De la confesión, los pecados y la penitencia. De la extremaunción, el óleo.

—¿Cuál es el efecto principal de los sacramentos? —se preguntó elevando la voz.

—La gracia divina que fluye hacia el creyente —respondió con aplomo.

Santiago de La Cruz penetró en la celda y quiso desconcertarlo con otra pregunta.

—¿Sabes qué es la gracia santificante?

Francisco levantó las cejas. Antes de que pudiese responder, el clérigo reiteró su definición conocida:

—Es el don sobrenatural que nos hace amigos de Dios.

Plegó la sotana sobre sus rodillas y se sentó junto al muchacho. Prosiguió con dulzura.

—Comúnmente decimos que estamos en amistad o en gracia con una persona cuando existe un vínculo de amor; damos y esperamos ayuda, confiamos. Entre tú y yo ahora existe amistad. En cambio, si hubiese odio, insultos, riña, diríamos que hay enemistad o que uno cayó en desgracia frente al otro. Bien, lo mismo acontece con el Señor. Cuando los mortales cumplimos con sus mandatos, estamos en amistad y en gracia con Él; si pecamos, entramos en desgracia y enemistad. Recuerda que Jesús dice en el Evangelio de San Mateo: "No todo aquel que dijere 'Señor, Señor' entrará en el reino de los cielos, sino aquel que hiciere la voluntad de mi Padre".

Francisco sintió deseos de preguntarle por qué Jesús se refería constantemente al Padre y los cristianos ignoraban su ejemplo refiriéndose sólo a Jesús, excepto en la oración del Padrenuestro. A veces Francisco quería pensar en el Padre, pero le surgía el temor de estar cometiendo pecado, porque eso equivalía a rozar la ley muerta de Moisés —como habían señalado enfáticamente fray Bartolomé e incluso el mismo Santiago.

Con el rostro severo tras haberse infligido los habituales azotes, Santiago agregó una hora más tarde:

—No confundas la gracia santificante con las gracias actuales —su voz era metálica y sus ojos, duros—. La gracia santificante es permanente, es un auxilio sobrenatural que ilumina nuestro espíritu y supone la amistad con Dios. La gracia actual, en cambio, es transitoria: es el auxilio para practicar una virtud o para vencer una tentación. Yo acabo de recibir la gracia actual con unos azotes para romper el pensamiento pecaminoso que vino a mi mente. Pero en ningún momento he perdido la gracia santificante que recibí en el bautismo.

—Sí —parpadeó el joven.

Santiago lo miró con un destello rabioso.

—Repasa ahora todo lo que te he enseñado acerca de la confirmación. Estamos sobre la fecha. No quiero que defraudes a nuestro obispo.

—Bueno.

—Nada de "bueno" —lo apuró—. Dime ya mismo: ¿qué es el sacramento de la confirmación?

Francisco trató de no inmutarse ante la gratuita hostilidad.

—Es un sacramento que imprime en nuestra alma el carácter de soldados de Cristo.

—¿Cuál es su materia?

—El santo crisma, una mezcla de óleo y bálsamo.

—¿Por qué el óleo?

—Se difunde suavemente y penetra en el cuerpo dejando una marca duradera; vigoriza los miembros. Los antiguos luchadores se ungían para fortalecerse —agregó con la esperanza de apaciguar a Santiago.

—¿Por qué el bálsamo?

—Es un líquido fragante que preserva de la corrupción. Los antiguos "embalsamaban" los cadáveres.

—¿Cuál es la forma de este sacramento?

—Las palabras que pronuncia el obispo: "Yo te signo con la señal de la cruz y te confirmo con el crisma de la salud".

Francisco cayó de rodillas y elevó sus ojos al techo. Rogó a Nuestro Señor Jesucristo que le ayudase a recibir este sacramento con devoción y reverencia para convertirse en su valeroso soldado. Y que le diera fuerzas para que nunca lo tentasen las malditas herejías.

Santiago de La Cruz movió afirmativamente la cabeza. Dijo "amén" y salió.

33

—¡Se muere fray Bartolomé Delgado! ¡Se muere! —un negro atravesó el patio en busca de auxilio. La servidumbre brotó como ranas después de la lluvia. Eran negros y mulatos que se cruzaban sin rumbo. Los sacerdotes tampoco sabían qué hacer. Lo encontraron en el umbral de su celda, tendido boca arriba y respirando dificultosamente. Tenía la cara más roja e hinchada que de costumbre.

Santiago de La Cruz palmeó los mofletes caídos.

—¡Padre Bartolomé!

Sólo obtuvo estertores. Le levantó el borde de la sotana y le secó la espuma de la boca. Le puso la cabeza de lado para que su respiración se aliviara.

—Llamen al cirujano Paredes.

Varios negros partieron a la carrera.

Francisco se acuclilló junto al inmenso comisario. Su gato entristecido le lamía la sien. Francisco apreció la lealtad del felino, pero no sentía pena por este hombre.

Alrededor del globuloso cuerpo se alzaron las plegarias. Si no ayudaban las fuerzas divinas, pronto dejaría de vivir. Pero Santiago de La Cruz no se limitó a la oración; algo debía hacer mientras llegaba Tomás Paredes. Supuso que convenía levantarle la cabeza con unas almohadas.

—¿Qué hará el cirujano? —preguntó Francisco.

—Una sangría, seguramente; es lo primero que se hace en estos casos.

—No encontramos a Paredes —informó un negro con los pulmones en la boca.

—¿Cómo?

—Partió hacia una hacienda —informó otro negro, también agitado y sudoroso. Los clérigos se miraron vacilantes. Francisco pensó: "Si estuviese papá". El gato lanzó un maullido: intuía la catástrofe. Santiago observó la impotencia de sus hermanos y exclamó:

—Yo haré la sangría. Tráiganme un cuchillo de punta.

Esta decisión interrumpió las letanías. Uno de los frailes gritó a un esclavo que trajera el cuchillo y un recipiente. Otro arremangó el gordo brazo de fray Bartolomé e instaló por debajo del codo la

143

fuente de plata donde gotearía la sangre. Santiago de La Cruz arrimó una silla y se dispuso a abrirle la vena. El brazo de fray Bartolomé era elefantiásico. En el pliegue húmedo del codo se extendían líneas de suciedad y no había traza de vena. El director espiritual calculó dónde encontraría el vaso y atravesó la piel. El enfermo se estremeció; su inconsciencia no era profunda y este signo generó optimismo. Pero la herida no fue acertada porque apenas brotaron unas gotas de sangre. Fray Santiago probó de nuevo. Ya tenía más coraje y clavó el acero con poca delicadeza. Buscó la vena huidiza por debajo de la piel, pero fallando siempre. Transpiraba.

Ensayó por tercera vez. No sólo evidenciaba temeridad, sino cólera: el vaso sanguíneo debía ser gordo como el resto de ese cuerpo monumental, pero ofrecía demasiada resistencia. El cuchillo se introdujo por lo menos cinco centímetros tajeando a diestra y siniestra; cortó fibras musculares y tocó el hueso. Pero no consiguió perforar la vena. La sangre que brotaba de la herida era miserable. Santiago de La Cruz farfulló palabras que seguramente eran una oración, aunque sonaban a insultos. Agotado, devolvió el cuchillo.

—Imposible.

Francisco deseaba intervenir. Había observado sangrar a su madre, pero temía que Santiago se ofendiese y desplazara su irritación sobre él. El sucio codo-tenía una incisión irregular bordeada por un manchón escarlata. El recipiente apenas había recibido unas gotas miserables. El enfermo inspiró hondo y expulsó un estertor alarmante.

—¿Me deja probar?

Santiago de La Cruz lo miró con sorpresa. Después miró el rostro congestionado de fray Bartolomé e indicó que le pasaran el cuchillo. Francisco pidió agua y un corto lazo. Lavó el tobillo y ligó fuertemente unos centímetros por arriba. Había observado que así procedía el cirujano cuando sangraba a la debilitada Aldonza. Acarició con los pulpejos las diversas opciones y eligió la vena que sentía más ancha. Introdujo la punta del acero y le imprimió un giro. Un rotundo hilo de sangre oscura empezó a caer sonoramente en la palangana. Alrededor de Francisco estallaron como pompas los suspiros de alivio. El Señor había operado un milagro por intermedio de este huérfano. La sangre mala que estaba envenenando a fray Bartolomé salía en un chorro continuo. Su cabeza pronto se descongestionaría.

—¡Tomás Paredes!

El cirujano ingresó al trote. Francisco se apartó con cuidado, sin soltar el pie bajo sangría. Paredes se acercó.

—¿Tú has hecho la incisión?

Examinó la herida desde un lado y desde el lado opuesto. Después miró el recipiente, lo movió un poco para estudiar la densidad de la sangre y el color de los bordes.

—¡Mm…! ¿Quién te ha enseñado? ¿Tu padre?

—Lo he visto hacer.

—Muy bien —sonrió—. Muy bien, de veras.

Fray Bartolomé parpadeó: una mariposa le sacudía las pestañas. Sus mejillas parecían menos oscuras.

—Es suficiente —evaluó el cirujano.

Abolló un trozo de venda y la aplicó sobre la herida del gordo tobillo.

—Sosténganlo así. Volveré para controlar y hacerle el vendaje definitivo. Miren, ya está despertando. ¡A ver, padre! ¡Abra grande los ojos! ¡Abra grande, le digo!

Dirigiéndose a Santiago de La Cruz, impartió las instrucciones adicionales:

—Preparen caldo de verdura con un sapo hervido. La piel del sapo tiene muchas sustancias benéficas. Que beba diez cucharadas ahora y otras tantas a la noche.

Una hora más tarde Francisco estaba nuevamente atornillado a su banco y repetía las preguntas y respuestas que debía saber de memoria un creyente próximo a recibir el sacramento de la confirmación.

34

El director espiritual le entregó una cuerda con nudos prolijamente enrollada. Le prestaba su látigo personal como demostración de paternal aprecio. La cuerda de color excremento tenía manchas oscuras: restos de la sangre que testimoniaban el brío de los azotes. Francisco debía aplicarse una severa disciplina esa noche para ingresar puro en la iglesia al día siguiente. Toda Córdoba se agitaba con la inminencia de la confirmación masiva.

Ya estaban llegando caravanas de los poblados circunvecinos. En los accesos de la ciudad y también en la plaza mayor acampaban indios, mestizos, mulatos, negros y zambos, tanto mujeres como varones, traídos por caciques, curas y doctrineros. Reinaba un clima de feria. Circulaban estandartes de órdenes religiosas que reeditaban el fervor de las procesiones. Los catequistas convocaban a su gente para contarla, vigilarla y reiterarle la enseñanza. Pese a su heterogeneidad, eran una réplica de los apóstoles antes de Pentecostés: temerosos, ingenuos, miserables.

Francisco también esperaba en esa noche de vísperas. Las dudas que a menudo estremecían su pecho serían borradas cuando la materia del santo crisma y las palabras del obispo lo llenasen de gracia. Se aisló en su celda y encendió el pabilo. Empujó hacia un lado la mesa y la silla, enrolló la estera. Necesitaba espacio para hacerse saltar las impurezas. Se desnudó el torso. Tomó el látigo y, mientras lo desenrollaba, rezó un Padrenuestro. Pensó en sus pecados, deseos, imprudencias, destemplanzas. Acudió a su mente el rostro de su padre, la llave de hierro y la biblioteca perdida: ahí estaba Satanás con sus tentadores disfraces. Aferró la empuñadura y se aplicó un azote en la espalda. Se encorvó. "¡Aguántala, demonio!" —exclamó sonriente. Para darse fuerza rezó otro Padrenuestro y desafió a Satanás. "¡Preséntate de nuevo con tus trampas!" Vio la enigmática grabación de la llave española. Se descerrajó otro golpe. Su piel agredida abrió los poros. Le faltaba aire y palabras. Esas imágenes queridas le debilitaban el impulso. Tenía que humillarse, merecer el castigo. "¡Pecador! ¡Miserable!" Se dio el tercer golpe pero más blando que los anteriores. Caminó en el rectángulo de su celda con los ojos y el látigo caídos. Se reconocía cobarde, vicioso. Repetía "vicioso, vicioso". No era suficiente, no se enardecía bastante. "Cobarde." Tampoco. "Indigno, hijo de hereje, eso, hijo de hereje, marrano inmundo, eso, marrano inmundo." "¡Judío de mierda!" Y se aplicó un fuerte latigazo. "¡Judío de mierda! ¡Apóstata! ¡Asesino de Dios!" Otro latigazo. Y otro. Y otro más. Consiguió desatar la locura y la íntima ferocidad. Silbaba la cuerda y su boca escupía injurias. Los hombros y la espalda se cruzaron de rayas.

De súbito chirrió la puerta e ingresó Santiago de La Cruz. Encontró a su discípulo desencajado, con el pelo revuelto; chorreaba sudor; de su diestra colgaba el látigo. Esa figura que irrumpía en su celda —pensó Francisco— podía ser Cristo o Satanás. Su flagelación convocaba a cualquiera de los dos. Uno para aprobar el sacrificio, el otro para interrumpirlo. En ambos casos correspondía proseguir: más grande la ofrenda al Señor, más grande la desobediencia al demonio.

"¡Judío de mierda!" y se dobló con un latigazo formidable. "¡Marrano apóstata!" Otro golpe.

Santiago de La Cruz crispó sus puños. Se le cortaron los frenos. Abrió su boca, los ojos, los brazos, se quitó la sotana y se abalanzó sobre el muchacho semidesnudo, profusamente mojado y doliente. Lo abrazó con fuerza.

—¡Basta! —dijo—. Basta ya.

Francisco dejó hacer. Sus pulmones gemían, desgarrados. Miraba alucinadamente hacia el techo como si desde allí le gorjearan los pájaros.

—Mi querido ángel... —susurró el director espiritual acariciándole los brazos y el cuello. Adhirió su torso desnudo al del joven. Aproximó sus labios a la boca agitada y la besó.

Francisco se contrajo. ¿Era Cristo que lo amaba, lo besaba, le frotaba el cuerpo? Un hacha le partió la cabeza. Agarró con ambas manos los pelos del director espiritual y lo apartó violento. Una hoguera estalló en las órbitas de Francisco. Juntó las últimas fuerzas y lo golpeó aullando. La espalda del fraile se hundió en el muro y extendió las manos para defenderse. Rogó con palabras roncas e incomprensibles. Francisco alzó el látigo y se dispuso a abrirle la cara. Pero demoró un instante, el instante suficiente para percibir el desquicio de la situación. Frente a él, abochornado por la lascivia y la impotencia no estaba el diablo, sino su director espiritual, que también respiraba agitadamente, también evidenciaba horror y clavaba las uñas al adobe: se le había deshecho el juicio por la más inicua de las tentaciones. De pronto el fraile arrancó la cuerda a Francisco y se aplicó un azote brutal. Enseguida otro. Por encima de su cabeza, contra el hombro izquierdo, contra el hombro derecho, alrededor de la cintura, frenéticamente, con odio, murmurando insultos contra sí mismo. Era una tormenta de golpes rudos que no parecía disciplina, sino masacre. Lloraba, quebrado de dolor, y proseguía. Ansiaba destruirse, romper su cuerpo en fragmentos, convertirse en polvo. Francisco contemplaba estupefacto, porque su flagelación había sido una caricia en relación con esta otra.

Al director se le doblaron las rodillas. Estaba borracho, rebotaba contra los muros. Pero seguía propinándose fatigados latigazos y murmurando injurias. Inspiró hondo, hizo un esfuerzo y se dio el golpe de gracia. Entonces se derrumbó.

Su discípulo permaneció adosado a un rincón. Le vinieron náuseas. El cuerpo de quien pronunciaba hermosos sermones y era su respetado director espiritual yacía tendido como un cadáver mordido por las fieras. Sus heridas eran boquetes por donde le salían las pestilencias del alma.

Respiraba en forma agitada y superficial porque su tórax agrietado no podía expandirse. Con estertores cavernosos rogó a Francisco:

—Ve a mi celda y trae la salmuera y el vinagre.

Francisco supuso que estaba delirando. El fraile reiteró sus palabras y, ante la indecisión del joven, agregó en tono lóbrego: "Es una orden".

Cuando regresó con un frasco en cada mano, encontró al director de pie, sosteniéndose trabajosamente sobre el borde de la mesa, el torso chorreando sangre.

—Pon salmuera y vinagre sobre mis heridas —pidió con voz agotada—. Haz lo que te pido aunque caiga desmayado.

Su alumno frunció el entrecejo.

—Necesito más castigo —una puntada le cortó la respiración; se llevó una mano a las costillas—. Ayúdame.

Francisco procuró sostenerlo.

—No: ayúdame a sufrir más, a purificarme... Primero la salmuera, después el vinagre —se inclinó para exhibir el rayado bermellón de su espalda.

La salmuera desencadenó un incendio. Crujieron sus dientes para ahogar el aullido. Trepidó. Se pellizcó los brazos.

—¡Más! ¡Más! —imploraba.

Francisco vació los frascos. Santiago de La Cruz sacudió la cabeza, fuera de sí.

35

Columnas de hombres y mujeres descalzos, vestidos con sayales o mantas de colores, ingresaron en la iglesia profusamente iluminada. Penetraron también niños mayores de siete años. Curas, doctrineros, encomenderos y notables oficiarían de padrinos. Circulaban los estandartes para orientar la ubicación de las columnas según su procedencia. A la izquierda de la nave se aglomeraban las mujeres y a la derecha los varones. Estaban encendidas todas las luces: los cirios del altar, las velas de la araña pendiente de una soga de esparto, las antorchas del coro, los faroles e innumerables candiles de los muros. El olor a sebo derretido se mezclaba con las humaredas del incienso.

El recinto se llenó de gente, olores y calor como si se hubiesen amontonado animales en lugar de personas. Más que un cenáculo, la iglesia parecía el arca de Noé. Hedían a pasto y estiércol, a chancho y a buey, a mula y a chivo, a orina y a mierda de perro. Revoloteaban piojos, chinches y pulgas. Éste era el pueblo de verdad, oprimido, desorientado, en busca de salvación y consuelo. Algunos adolescentes chorreaban mocos y lagrimeaban pus. Era el universo en un establo, que seguramente agradaba al Señor.

Apareció el obispo. Su figura impresionó a los fieles, porque llevaba puestos los ornamentos pontificales: roquete, estola y capa pluvial. Su cabeza estaba coronada por la mitra. En su mano derecha aferraba el alto báculo, señal de su autoridad. Los hombres y mujeres se empujaron para ver esa presencia deslumbrante, parecida a los santos de las hornacinas. Trejo y Sanabria explicó el rito que iba a celebrar. Su voz consolidaba las enseñanzas que venían impartiendo los curas y los doctrineros. Extendió sus manos y todos sabían que eso significaba la invocación al Espíritu Santo para que vertiera los siete dones. Luego se acercó a los confirmados dispuestos en hileras irregulares. Sostenía en una mano el recipiente de plata con el santo crisma. Introducía el dedo pulgar en el líquido y dibujaba en la frente de cada uno la cruz mientras pronunciaba las palabras sacramentales.

Francisco sintió el contacto del dedo y la imposición de la marca. Cuando la capa pluvial lo rozó, sintió un estremecimiento, como si hubiese sido la sagrada túnica de Cristo. En su cabeza había sido instalada la materia del sacramento (óleo y bálsamo) y el obispo pronunció las palabras de la forma. Ambos elementos se juntaban para operar su transformación: le fluía la gracia divina y quedaba investido como soldado de la Santa Iglesia. En sus oídos resonaba la fórmula que le aseguraba la concurrencia del Padre, del Hijo y del Espíritu Santo. El obispo, el padrino y el confirmado anudaban una trinidad de hombres al servicio de la Santísima Trinidad que creó el mundo. El obispo aplicó entonces al joven una bofetada en la mejilla: era el símbolo de la disposición que debía tener para soportar las afrentas dirigidas al Señor. Lo miró a los ojos, le sonrió y saludó como Jesús a sus discípulos: "La paz sea contigo". El confirmado bajó la cabeza y se concentró en su deseada emoción.

Al cabo de casi una hora, tras haber confirmado a todos los presentes, el prelado regresó al altar y rezó en nombre de la feligresía. Por último se dirigió a la multitud que llenaba la iglesia. Estaba pálido, a punto de caer.

—El Señor os bendiga desde Sión, para que veáis los bienes de Jerusalén por todos los días de vuestra vida y poseáis la vida eterna. Amén.

Invitó a rezar conjuntamente el Credo, el Padrenuestro y el Avemaría. Del coro se levantó la llamarada de un motete. Las voces acompañadas por arpa y guitarra dibujaron una melodía que pronto fue acompañada por la misma melodía en otro tono. Se entretejió el contrapunto como un torrente. Las cabezas giraron para descubrir el origen de esa música que retumbaba en las bóvedas. Francisco juntó las manos y se arrodilló en el compacto y oloroso bosque de piernas y sandalias. Rogó que los dones del Espíritu Santo lo colmaran de fortaleza para no desviarse del camino recto. Que no se avergonzara de su catolicismo y sí de las herejías cometidas por su padre y su hermano. Recordó las palabras de Jesús en el Evangelio de Lucas: "Quien se avergonzare de mí y de mis palabras, también me avergonzaré yo de él en el día del juicio".

36

Lorenzo confesó que tenía deseos de viajar. Estaba harto de vivir rodeado de tierra, montes y salinas monótonas. Deseaba conocer el mar, por ejemplo, con sus gigantescas espumas y participar en los combates de abordaje. Deseaba luchar contra las cimitarras de los turcos y los sables de los holandeses. Tenía demasiada agilidad y brío para seguir masticando aburrimiento entre los brutos indios de Córdoba. "Son insoportables: obedientes y lerdos de inteligencia; han olvidado el arte de la guerra; son como las mulas después de la doma: sólo sirven para llevar una carga." Prefería a los calchaquíes o a los temibles nómades del Chaco: contra ellos podía ejercitar el puñal y el arcabuz. También le gustaría conocer la feria de mulas de Salta.

—Es la asamblea más grande del mundo, me aseguró papá. En el valle se reúnen medio millón de animales. Ni que fueran hormigas.

Lorenzo desbordaba entusiasmo. En vez de llenarse con los pensamientos de los libros o los frailes, coleccionaba la información de los viajeros. Sabía que en la puna, junto a los cerros nevados, circula un canal del infierno por donde corre el agua calentada en el centro de la tierra. Cerca de allí reluce la maravillosa Potosí, edificada con plata maciza. Y luego la capital del Virreinato: Ciudad de los Reyes,[9] donde los nobles y sus hermosas mujeres se pasean en carruajes de oro. Enseguida el Callao, su puerto. ¡El mar! En el muelle cabecean galeones, fragatas, carabelas y chalupas. "Embarcaré rumbo al istmo de Panamá y luego seguiré hacia España. ¡Y a tierra de infieles! Mataré moros con la técnica de matar indios."

Lorenzo Valdés exultaba con sus proyectos.

—Me tienes que acompañar, Francisco.

37

Isabel y Felipa continuaban en la residencia de doña Leonor. Pronto sería realidad el monasterio que llevaría el santo nombre de Catalina de Siena. Francisco tenía que comunicarles su propósito, porque equivalía a dejarlas más solas aún.

Las actividades seguían el estricto modelo de los conventos españoles. Se ajustaban al antiguo horario romano, por su resonancia mística. Comenzaban sus actividades al amanecer con los rezos de la prima. Después oían misa. A las ocho tomaban el desayuno. Seguían los rezos de la tercia, al cabo de los cuales empezaban los trabajos en la sala de labor. Cosían, bordaban, hilaban y tejían. También aquí era preciso frenar las palabras y asordinar la voz, aunque se cruzaban guiños y ahogadas risitas por cualquier incidente. A las doce se pronunciaban los rezos de la sexta y pasaban a almorzar. Mientras sonaban las cucharas y cuchillos, las orejas debían absorber la lectura de un texto sagrado. A las tres había que rezar nuevamente: era la nona. Hacían la siesta y luego recibían el catecismo hasta el final de la tarde. A las siete rezaban las vísperas. Luego consumían la frugal cena, pronunciaban los rezos de la noche y, ¡a dormir! Los viernes eran distintos porque se examinaban las faltas cometidas y se dictaban las penitencias; las pupilas debían humillarse y denunciar públicamente sus deseos mórbidos. También debían enumerar las faltas menores, como distracción en la catequesis o fastidio en la costura.

Santiago de La Cruz arregló la visita, que no era fácil de obtener. Francisco las sintió penosamente crecidas y distantes. Isabel se parecía cada vez más a su madre: baja, tímida y de ojos color miel. Felipa era la versión femenina del padre: la nariz le había crecido, así como la estatura; trasuntaba cierta dureza y una exagerada seriedad. Ambas infundían respeto. Hizo fuerza y de un tirón les contó que se proponía viajar a Lima para estudiar medicina en la Universidad de San Marcos. Dejó pasar unos segundos y añadió que posiblemente no las volvería a ver en años. Las muchachas contemplaron a su hermano con neutralidad y lo invitaron a sentarse en un poyo de la galería.

Entre los sucesivos bloques de silencio intercalaron comentarios sobre la vida en el futuro monasterio para evitar acercarse a los temas dolorosos: soledad, resentimiento, miedos, humillación. Ellas desgranaban las cuentas del rosario y él se pasaba los dedos por su cabellera. Cuando se agotó el tiempo de visita se pusieron de pie. Francisco quería absorber sus imágenes. Sabía que dentro de poco extrañaría este momento. Ellas bajaron los párpados con el pudor que exigía su nueva condición. Felipa había perdido casi toda su graciosa impertinencia. No obstante, manifestó un irritante pensamiento.

—Cuídate de no hacer lo mismo que papá —le advirtió.

Se miraron con mezcla de cariño y sospecha. La maldición que había caído sobre su familia les produjo sombra en los rostros. No dijeron más. A los tres se les congestionaron los párpados. Francisco las abrazó largamente y partió sin volver la cabeza. Cuando llegó a su celda untó la pluma y escribió en un billete: "Apenas consiga dinero, las traeré conmigo".

También se despidió de fray Bartolomé. El obeso comisario se había recuperado de la apoplejía. Estaba sometido a una alimentación asquerosa que aseguraba la desintoxicación de su colosal organismo. El fraile tragaba las medicinas apretándose la nariz. Pidió a Francisco que le contase sobre su proyecto, cuándo se le ocurrió, quién le hizo sugerencias, cómo lo llevaría a cabo. Usaba un tono amistoso y quería ayudarlo de veras, pero no podía evitar su estilo persecutorio. Francisco, a su vez, lograba responder con certeza aunque su anhelo tenía contornos brumosos. Dijo que había utilizado con buen arte el cuchillo de punta para efectuar una sangría y le gustaba ayudar a los enfermos. Suponía que quien solo prefiere las armas, tiene vocación de soldado; y quien prefiere ayudar a los enfermos, vocación de sacerdote. Pero quien une ambas tendencias, vocación de médico. Por eso quería estudiar en la Ciudad de los Reyes.

Fray Bartolomé frunció los gruesos labios porque no lo convencía el razonamiento. "De todas formas —concedió— te inspira un propósito útil. Lo que importa —agregó con repentina solemnidad— es la salud de tu espíritu. No quiero más herejes en tu familia".

Francisco bajó la cabeza, agraviado.

—Cuando llegues a Lima irás al convento dominico. Preguntarás por fray Manuel Montes. Te brindará ayuda cuando le digas quién eres y quién te envía. Él te llevará a la Universidad.

Francisco seguía cabizbajo.

—¿Lo harás? —preguntó el comisario.

—Sí, por supuesto.

Le asió una mano. La piel del fraile, aunque gorda, estaba fría. El gato emitió un agudísimo maullido, que sonó como eco. Luego fray Bartolomé levantó su propia diestra y cruzó el aire.

—Te bendigo en nombre del Padre y del Hijo y del Espíritu Santo.

El fraile se distendió en su sillón. Había procedido adecuadamente, con calidad y firmeza paternal. El joven, empero, no se marchaba. Siguió de pie, en silencio, con la mirada fija en un punto invisible del suelo. Algo quedaba pendiente.

—¿Qué ocurre? —se incomodó el sacerdote.

—Necesito su autorización.

—Ya la tienes.

—No es para mi viaje.

Fray Bartolomé frunció de nuevo la boca: ¿para qué, entonces?

—Para despedirme de fray Isidro.

Se le nubló el entrecejo. Su cara se transformó en un pozo. Tamborileó sobre el apoyabrazos y negó con la cabeza.

El joven presentía esa contestación. Fray Isidro Miranda había sido recluido en el convento de La Merced desde que un espíritu maligno le invadió el cerebro. Mantenía largas conversaciones con obispos difuntos y acusaba de judíos a casi todo el clero de la Gobernación. Lo encerraron en su celda y sólo lo visitaba el superior de la orden.

—No —afirmó fray Bartolomé—. No puedes.

Francisco dio media vuelta y se alejó lentamente. aún esperaba algo.

—Francisco...

Se le aceleró el corazón.

—Ven —dijo el comisario.

Retornó junto al convaleciente y escuchó su pronóstico:

—Encontrarás lo que buscas.

—No entiendo.

—Si entiendes: encontrarás a tu padre.

Fue como si una mano abierta le hubiese abofeteado el rostro. La mirada fosforescente del gato permanecía inmóvil. La mirada seria del comisario también. El pecho de Francisco, en cambio, era un tambor desenfrenado.

—Yo...

—Está en el puerto del Callao. Allí lo encontrarás.

—¿Cómo lo sabe?

—Ahora puedes partir. Que el Señor te bendiga —cerró los ojos y cerró el diálogo.

38

En vísperas del viaje llenó la petaca de cuero con sus bártulos. Ató en el costado izquierdo del cinto la honda que le había fabricado Luis con una vejiga y en el derecho una bolsita con las monedas que había ahorrado en esos años de trabajo conventual. Usó una camisa de brin para envolver el grueso libro que Santiago de La Cruz decidió regalarle a último momento, tras una meditación penosa. Francisco no pudo creer en sus ojos: se trataba de una Biblia. Menos bella y casi desprovista de viñetas artísticas, pero una Biblia completa que empezaba en el Génesis y concluía en el Apocalipsis, que contenía el Cantar de los Cantares y las Epístolas de San Pablo, todos los profetas y todos los evangelios, la historia de los patriarcas y Los Hechos de los apóstoles.

Se tendió sobre la estera para dormir unas horas. Se preguntó si llegaría sano y salvo a Lima. La primera parte del trayecto le era conocida, porque consistía en recorrer en sentido inverso el territorio que desenrolló con su familia nueve años atrás. Pero un crujido interrumpió sus divagaciones: eran las ratas, que se aprovechaban de la noche. El siguiente crujido ya no fue habitual. Francisco abrió los ojos y descubrió una silueta en el vano. Se incorporó de golpe y buscó la yesca.

—¿Quién es?

—¡Shttt!... —la silueta se aproximó despacio. Su torpe movimiento lateral era elocuente.

—¡Luis!

El negro se acuclilló. Sin hacer ruido descolgó de su hombro una pesada talega.

—¿Cómo has llegado hasta aquí?

—No tenía otra forma de verlo —cuchicheó—. Salté la tapia. Es peligroso, lo sé.

—Me alegro de que hayas venido. ¿Sabes que parto hacia Lima?

—Por eso estoy aquí.

Francisco le apretó el antebrazo:

—¡Gracias!

Se miraron en la oscuridad. El negro tenía olor a tierra.

—¿Te tratan bien, Luis?

—Soy un esclavo, niño.

—¿Me extrañabas?

—Sí. Por eso estoy aquí —repitió.

—Gracias de nuevo.

—Y también porque tengo esto para el licenciado.

—¿Mi padre?

—¿No dice que viaja a Lima?

—Sí. Pero... ¿encontraré acaso a mi padre?

—Lo encontrará.

—¡Ojalá! —se corrió para dejarle más espacio—. ¿Cómo lo sabes tú?

—Soy hijo de brujo.

—Eras muy pequeño cuando te cazaron.

—Como usted era de pequeño cuando cazaron al licenciado.

—No lo cazaron: lo arrestaron. Y lo llevaron al Tribunal de Lima.

—¿Hay diferencia?

Intercambiaron un resplandor. En esa celda arropada de silencio los dos cuerpos se oyeron los latidos. Unos treinta años atrás el padre del negro Luis, hechicero de su tribu, había sido fulminado por un rayo misterioso y cayó de espaldas. La máscara estridente que le cubría quedó mirando el cielo y no respondió a las sacudidas desesperadas de su hijo. Los cazadores ataron al pequeño y lo golpearon hasta fundir su resistencia. Después le pusieron una pesada coyunda de madera que lo unió a otros negros. Lo hicieron caminar en una larga hilera de la que era imposible fugar. Llovían los azotes. No le daban alimento ni le permitieron aliviarse las llagas de los pies. Prendían fuego a las aldeas africanas vaciadas de gente. Cuando un negro intentaba huir, lo tumbaban y con un cuchillo largo le cortaban la cabeza. Al tierno Luis lo encerraron en un barracón junto al puerto donde esperaban a los navíos negreros. Le pusieron grilletes en los tobillos. Algunos prisioneros murieron. Cada tres días los sacaban a tomar aire y comer harina; los obligaban a sentarse en círculo bajo el silbido perpetuo del látigo. Luego, en la travesía, las carnes de Luis se ulceraron por efecto de los grillos. En la hediondez de las bodegas despertó con un cadáver sobre el hombro. Los cautivos permanecían agarrotados, con el mentón pegado a las rodillas. El cargamento llegaba reducido por las muertes en alta mar. Luis dejó de pensar y de sentir. Lo hicieron caminar nuevamente por tierra. Prosiguieron las coyundas, los grilletes, el atroz silbido del látigo y el pequeño decidió morir. Como otras víctimas, se negó a ingerir el agua sucia y la harina. Entonces le quemaron los labios con carbones encendidos. Y lo amenazaron con hacerle comer esos carbones si no tragaba la harina. En Potosí, tras cierta recuperación, logró escapar; pero estaba tan débil que enseguida lo alcanzaron; con una espada le cortaron profundamente un muslo. No lo decapitaron porque su cuerpo joven tenía valor. Lo cosieron y retuvieron hasta que alguien se decidiese a pagar algo por esa mercadería fallada. Lo compró el licenciado Diego Núñez da Silva junto con una negra tuerta y también débil; los hizo bautizar con el nombre de Luis y Catalina, los transformó en marido y mujer y los consagró a su modesta servidumbre.

Francisco le tocó el hombro:

—¿Qué has traído para mi padre?

El negro giró la cabeza hacia los lados con innecesaria precaución. Susurró bajito:

—Sus instrumentos de brujo.

—¿Sus instrumentos? ¿No los había llevado a Lima?

—No. Yo los escondí para que no los robasen. A un brujo no se le debe robar el poder: ni la máscara, ni los cascabeles, ni las pieles de lagarto, ni las pinturas, ni la lanza.

Arrimó la talega y lo hizo palpar sobre la tela de yute. Francisco reconoció pinzas, lancetas, tubos, tijeras, sierras, cánulas. Desató el nudo e introdujo la mano. Acarició las herramientas de plata.

—¡Increíble, Luis!

—¡Shttt!... que pueden oír los frailes.

—Casi te arrancaban el secreto —sonrió Francisco.

—¿Cuando me golpeó el capitán?

—Casi te hizo confesar.

—Pero no confesé.

—Eres un valiente, un digno hijo de brujo. Mi padre estará orgulloso de ti.

—Gracias, niño. Pero... toque mejor los instrumentos. Toque.

Francisco palpó con atención.

—¡El estuche!

—¡Ahá!

—El estuche con la llave española. ¡También la guardaste! Luis: eres una maravilla, un ángel. Estoy impresionado.

El negro acarició la rústica talega. Después murmuró:

—Quiero viajar con usted.

Francisco se conmovió hasta el tuétano:

—Me gustaría que me acompañases, pero temo que no sea posible. No tolerarán tu huida. Te buscarán y castigarán. Yo no puedo comprarte ni mantenerte. Luis: nos harían retornar a los dos. Y también se quedarán con los instrumentos.

El negro cambió de posición: apoyó la espalda contra la pared y recogió las piernas como en su ominoso viaje marino. Se rascó vigorosamente la nuca. Transpiró cólera.

—Quiero volar como un ave, pero no puedo. Quiero trabajar de brujo con el licenciado.

Francisco le apretó nuevamente el antebrazo. La noche fue cruzada por el grito de una lechuza y para los indios la lechuza traía bendición. A Francisco se le ocurrió una idea.

—Escucha, Luis. Fui a despedirme de mis hermanas. ¿Sabes qué he decidido?

El negro forzó sus ojos en la oscuridad.

—He decidido que apenas consiga dinero, las reuniré conmigo.

—¿En Lima?

—Sí. Volveré a unificar la familia.

—¿Están contentas, ellas?

—No conocen mi plan. No me atreví a decirlo. Pero ahora lo sabes tú.

El esclavo asintió. Volvió a rascarse y estiró las piernas.

—También entérate de esto.

Luis levantó la cabeza.

—Te compraré. A ti y a Catalina. Y vendrás con mis hermanas. Nos reuniremos todos.

El negro permaneció inmóvil, incrédulo. Después se arrojó hacia adelante y abrazó torpemente al hijo de su antiguo amo. Francisco le acarició la grasienta cabellera. Al cabo de unos minutos se incorporaron y se apretaron las manos hasta hacerse doler. El joven abrió su petaca e introdujo la talega de yute con el tesoro que devolvería a su padre.

39

Antes que despuntara el amanecer salió del convento que lo había hospedado durante siete años. Atravesó el rústico portón y caminó por la calle solitaria con su petaca al hombro. El aire fresco y picante le insufló entusiasmo. Llegó a la explanada donde una veintena de carretas se iban encolumnando de a poco mientras las tropillas de mulas eran arriadas hacia el camino. Los peones ocupaban su lugar en la parte delantera de los vehículos bajo la luz que colgaba de la picana. Los bueyes se movían lento, obedeciendo puntadas y gritos. Los esclavos introducían las cargas por la abertura posterior de los gigantescos tubos mientras los capataces, con faroles en la mano, supervisaban el laberinto de gente y animales. También controlaban los pértigos, la lubricación de las mazas y la ubicación de los pasajeros.

Francisco reconoció al oficial que últimamente aparecía tras los pasos de Lorenzo. Se desplazaba por la excitada multitud tratando de pescar al hijo de su superior: iba a recordarle que no tenía permiso de viaje. Francisco en cambio pagó, subió a una carreta y esperó que arrancase.

Al cabo de media hora se vocearon las órdenes de partida. La torre sobre ruedas recibió un enérgico tirón y empezó a bambolearse. La caravana enfiló hacia el Norte. Los postillones cabalgaban adelante, indicando el camino que sus ojos adivinaban en la oscuridad. En la carreta de Francisco viajaba un matrimonio proveniente de Buenos Aires con dos pequeñas hijas; iban a la ciudad del Cuzco; el hombre parecía padre de la mujer. De su amigo Lorenzo Valdés, ni señas.

El oficial permaneció en la explanada hasta que salió la última tropilla. Después fue a su casa, bebió un tazón de chocolate y se dirigió a la residencia del capitán. Caminó a paso tranquilo, le agradaba el fresco del alba y estaba satisfecho de su labor: su tenaz presencia desalentaba al díscolo joven. Golpeó la aldaba de hierro. Una luminosidad nacarada se elevaba en el horizonte. El sirviente lo hizo pasar al salón. Al rato ingresó el capitán de lanceros, ante quien se puso de pie.

—Sin novedades, mi capitán.

—¡Chá!

Valdés lo invitó a sentarse. Ordenó al criado que sirviese chocolate para ambos. El oficial no se atrevió a decirle que acababa de beber en su casa.

—Así que… ¡todo en orden! —repitió Valdés.

—En efecto. Controlé la partida de la caravana semanal. Su señor hijo no estaba.

—¡Ahá!

—No partió.

—¡Ahá! ¿Está usted seguro?

—Sí, mi capitán.

—Usted lo viene controlando desde hace un mes.

—En efecto.

—Sírvase el chocolate.

—Sí. Gracias mi capitán.

—Bebe sin ganas. ¿No le gusta?

—Me gusta, mi capitán —ingirió un sorbo largo y ruidoso, a la obediencia también había que mostrarla.

—Así que no partió…

—En efecto.

—¡Ahá! Pero no es así. Mi hijo partió.

—¿Cómo dice, mi capitán?

—Que partió. Delante de sus taponadas narices.

—He supervisado carreta por carreta, palpé los bultos, miré las tropillas.

—¡Ahá!

—No estaba su señor hijo, mi capitán.

—Tampoco está aquí.

—Habrá huido a caballo. ¡Corro a alcanzarlo con mis hombres!

—Termine su chocolate —lo detuvo con un gesto—. No hace falta.

—¡Se ha burlado de nosotros!

—De usted.

—De… de…

—Usted le seguía los pasos y él se las arregló para convencerlo de que viajaría en esta caravana. Fue un buen anzuelo la partida de Francisco, ¿no? A usted lo engañó con arte. Quiero decirle, oficial, que Lorenzo se fue hace rato, no sé cómo, pero se fue. Tuvo la amabilidad de dejarme una respetuosa esquela. Es un muchacho hábil.

—Me ha confundido. Sí, es hábil.

—Y usted no lo es.

El oficial tosió y unas gotas de chocolate cayeron sobre las botas del capitán de lanceros.

Valdés lo miró con sorna. Estaba orgulloso de su hijo, pero debía preocuparlo la ineficacia de sus subordinados.

40

Los jóvenes amigos se reunieron varias leguas al norte de Córdoba. El capataz de la caravana aceptó que Lorenzo se incorporase a la carreta donde viajaba Francisco y también que atase las riendas de su caballo al vehículo.

Se presentó a los otros pasajeros. Las niñas se llamaban Juana y Mónica. Su madre, de unos veinticinco años, se llamaba María Elena Santillán. El maduro padre, José Ignacio Sevilla.

—Sevilla no es un apellido portugués —dijo Lorenzo tras escucharlo hablar.

—Mis lejanos antepasados fueron españoles —reconoció el hombre y pidió a Francisco que le alcanzara una cesta con naranjas, más interesado en cambiar de tema que en comerlas.

Mónica abrazó el cuello de su madre y le preguntó al oído por qué ese mozo tenía una mancha vinosa entre la mejilla y la nariz.

—¡Porque mi mamá quería comer ciruelas cuando me tenía en la panza! —contestó el mismo Lorenzo, mientras jugaba con hacerle cosquillas en el ombligo.

—¿Hasta dónde viajan? —preguntó la mujer.

—Yo, al Cuzco, o a Guamanga —respondió Lorenzo—. Ha empezado una gran rebelión indígena en forma de epidemia. La llaman "enfermedad del canto". Es un retorno a la idolatría: los indios rompen cruces, sacan los cadáveres de los cementerios, asesinan a los curas y se cambian los nombres. Debemos proceder a frenarlos. Yo integraré las milicias de exterminio.

—¡Pero eso ocurrió hace mucho! —exclamó Sevilla.

—¿Hace mucho?

—Claro. Unos predicadores indios anunciaron el regreso de las *huacas*, los antiguos dioses de la naturaleza, y azuzaron a levantarse contra las autoridades. Pero fueron sofocados. ¿Quién te dio una información tan atrasada?

—Unos corregidores.

—Habrás entendido mal. Eso ha concluido.

—¿No se sublevan los indios?

—Sí, se sublevan. También son idólatras en muchos casos. Pero no se trata ahora de una rebelión masiva. Lamento defraudarte. No tendrás contra quién hacer la guerra.

—Entonces iré a Portobello —se exaltó el hijo del capitán—, después navegaré hacia España y seguiré las tropas que marchan a Flandes, como hizo mi padre, o lucharé contra los turcos en el Mediterráneo, o contra los moros en África.

—¿Tienes con qué pagarte los trayectos?

—¿Pagar? ¡Me pagarán a mí! Y si no, mendigaré un poco y robaré a los infieles. ¿Cómo hace un buen guerrero?

Sevilla reprodujo su expresión resignada.

—¿Y tú, Francisco?

—Voy a Lima. Quiero ser médico.

—Ah. Estudiarás allí. Es otro tipo de aventuras, entonces.

—Sí.

—Hacen falta médicos en todas partes. Los pocos que circulan por el Virreinato provienen de España o Portugal.

—Su padre ha sido médico —aclaró Lorenzo.

—¿Sí? ¿Cómo se llamaba?

—Se llama… —corrigió Francisco—. Es Diego Núñez da Silva.

—¿Diego Núñez da Silva?

—¿Lo conoce?

Se frotó la aleta derecha de la nariz. Un súbito ardor frenaba su respuesta.

—¿Lo conoce? —insistió.

—Nos encontramos hace años. Y alguien que también viaja en esta caravana se alegrará mucho de conversar contigo.

41

Luego de atravesar las salinas se esforzaron por alcanzar un paraje relativamente acogedor: árboles calvos ofrecían un simulacro de frescura. Se construyó el rodeo habitual, se encerraron las tropillas en un corral de espinos, los esclavos pusieron a asar las reses recién carneadas.

María Elena condujo a sus hijitas hacia el matorral donde se juntaban las mujeres, Lorenzo quiso estirar sus músculos trepándose a los árboles y Sevilla aprovechó para asir el brazo de Francisco y llevarlo donde su amigo portugués.

Estaba cerca del fogón: era un hombre de mediana estatura. Vestía una flotante camisa gris y amplios pantalones de brin; un cinto reluciente sostenía la escarcela de cuero y un cuchillo envainado. Le colgaba de la nuca una gruesa cruz de plata. Su rostro era vivaz: las cejas espesas amortiguaban el impacto de sus ojos redondos y penetrantes. La nariz arremangada, empero, le confería un toque amistoso a su cabeza rotunda.

—Aquí está —dijo Sevilla.

—Me alegra conocerte —saludó; y se volvió hacia el peón que asaba su trozo de carne—. Te he dicho que le saques esos bubones.

El negro agarró con la mano el borde de la res por sobre las brasas, casi quemándose, y recortó cuidadosamente las tumefacciones y los ganglios.

—No se dan cuenta de que sin esa porquería tiene mejor sabor.

Se alejó de la gente que venía a reservar sus porciones. Sevilla y Francisco lo siguieron. Cuando se cercioró de que no había extraños escuchando, empezó a hablar.

—¿Así que eres el hijo menor de Diego Núñez da Silva?

—Sí. Y usted, ¿quién es?

—¿Quién soy? —se asomaron los dientes en la amarga sonrisa—. Soy Diego López. Y como provengo de Lisboa, me dicen Diego López de Lisboa.

—Mi padre también nació en Lisboa.

—Así es.

—¿Lo conoce?

—Más de lo que supondrías —terció José Ignacio.

Francisco le dirigió una mirada interrogante.

—¿Quieres saber? —preguntó Diego López mientras recogía una vara seca.

Asintió.

—Tu padre y yo —lo miró fijo, dudó un instante—, nos conocimos allá, en Lisboa.

—¿En Lisboa?

Removió la hojarasca con su vara como si prefiriese remover hojas secas a recuerdos vivos.

—Entonces... —titubeó Francisco.

José Ignacio Sevilla meneó la cabeza:

—Es inútil —suspiró—. Mi amigo prefiere olvidar.

—¿Prefiero? —se encrespó López—. ¿Crees que "prefiero"? ¿O "debo"?

—Ya lo hemos discutido mucho.

—Pero aún no te has convencido.

—La memoria no se borra con la voluntad.

—Pero hay que poner voluntad para borrarla.

—¿Lo has logrado?

López quebró la vara y miró hacia el cielo.

—¡Válgame Dios!

—Ya ves... —José Ignacio endulzó el tono—. Por ese camino no llegarás al puerto.

—Es, sin embargo, el mejor camino. Ojalá los alquimistas descubran el filtro de la amnesia. Entonces uno podría optar.

—Vuelvo a mi tesis: "prefieres" olvidar pero no olvidas, porque entonces dejarías de ser el mismo.

Francisco los escuchaba. Procuraba descifrar el sentido oculto del raro debate. Percibía que tras los vocablos había dolor y miedo.

—Opino tan diferente —añadió José Ignacio Sevilla—, que antes de partir acabé mi décima crónica.

—Felicitaciones —exclamó López irónico—. Espero que esas crónicas no te aporten tragedia.

—Todo lo que nos ocurre merece perdurar —se dirigió a Francisco—. Escribiendo crónicas aprendí historia. La historia es una de las ciencias más antiguas. Los griegos le inventaron una musa especial. La historia insufla significado y valor. La amo.

—La historia es un lastre inútil. Peor: un lastre mortífero —gruñó López.

Retornaron al fogón. Desenvainaron sus cuchillos y recogieron buenos pedazos de carne. Eligieron una hogaza de pan, la bota de vino y se apartaron hacia la sombrilla de un tala.

42

El joven Francisco fue conducido a un impresionante túnel del tiempo, a un trayecto ahíto de perplejidad. Aunque tenía dieciocho años, se sintió viejísimo. Recordó que en el ya borroso patio de los naranjos le contaron de un libro árabe que se llamaba *Las mil y una noches* y consistía en una sucesión de relatos que una mujer narraba al califa a lo largo de mil noches. José Ignacio Sevilla y Diego López de Lisboa hicieron algo parecido: a lo largo de quince siestas evocaron y discutieron delante suyo, como si fuese el privilegiado califa, otra sucesión de relatos que eran sus heridas, su desconocida dignidad y su terror encubierto. Ellos integraban una fláccida red de individuos en permanente fuga. Estaban irrigados por sangre abyecta y debían esmerarse para conseguir el aprecio de los hombres. No bastaba parecer cristianos: debían borrar las impurezas de su origen. Pero, ¿cuál era ese origen tan execrable?

Sevilla y López lo conocían bien.

—Nuestro origen no es sólo español. Es español y judío. El término "judío" es la cifra del mal —acotó López.

Francisco sintió el vértigo que también enloquecía a esos hombres. Una mezcla de odio, amor, culpa. Los judíos españoles —de donde él mismo provenía— eran un desaguisado. Abrió orejas de poseso para beber la más triste de las historias: la de los judíos en España. José Ignacio Sevilla, pese a todo, la amaba. Diego López de Lisboa la aborrecía.

Quizá los judíos llegaron a España en los bajeles del rey Salomón y bautizaron Sefarad al nuevo país, que en hebreo significa "tierras del fin" o "tierra de conejos". Plantaron bíblicos retoños: viña, olivo, higuera y granado. España les ofrecía una réplica de la tierra que llevaban en el espíritu: los ríos evocaban al Jordán; las altas montañas, al Hermón nevado, los páramos al desierto de los profetas. Vivieron en paz con los nativos y cuando se estableció el cristianismo no hubo enfrentamientos: las semillas se regocijaban por igual con una bendición en hebreo o en latín. Los siglos de bienaventuranza recién fueron lastimados por el Tercer Concilio de Toledo, que lanzó una ofensiva general antijudía: prohibió los casamientos mixtos y, si estas uniones se llegaban a producir, sus frutos debían ser llevados forzosamente a la pila bautismal. Los judíos no podían ejercer funciones públicas. Tampoco enterrar a sus muertos entonando salmos que escuchasen los vecinos.

Sin embargo, estas medidas no fueron acatadas: predominó la disposición tolerante del pueblo sobre la severidad de los sacerdotes. Los reyes visigodos bascularon arbitrariamente: algunos honraban y otros perseguían. Uno de ellos, por ejemplo, declaró que los judíos de España eran esclavos a perpetuidad...

En el año 711 una pequeña hueste árabe cruzó exitosamente el estrecho de Gibraltar y en pocos años casi toda la península pasó a depender del flamante califato de Córdoba. La ciudad capital se tornó magnificente: su corte atrajo a filósofos, poetas, médicos y matemáticos; nacieron parques con estanques apacibles y palacios llenos de fuentes. Durante tres siglos imperó un clima de fraternidad. En esa atmósfera aparecieron los príncipes judíos en España.

—¿Príncipes judíos? —tartajeó Francisco.

El primer príncipe judío de España se llamó Hasdai. Muchas familias pretenden derivar de su linaje, también los de apellido Silva. Los Silva provenían de Córdoba, y seguramente de Hasdai (Francisco evocó la oxidada llave de hierro). El brillante Hasdai vivió poco antes del primer milenio. Dominaba árabe, hebreo y latín, era médico y diplomático. El emperador de Alemania aseguró que jamás conoció un hombre más sutil. El emperador de Bizancio, por otra parte, le envió valiosos regalos, entre los que figuraba el libro de Dioscórides, a quien Plinio citaba, y que era la base de la farmacología. Hasdai lo vertió al árabe. Y en todo el califato empezaron a florecer los estudios sobre el poder curativo de las hierbas. A esto había que agregar el portentoso descubrimiento que se realizó gracias al vínculo de Hasdai con la corte bizantina: en Oriente se había constituido un reino judío, el primer reino judío independiente desde la catástrofe provocada por las legiones de Roma. Su sola existencia probaba que no existía una maldición eterna contra Israel. Hasdai envió varias misiones, algunas de las cuales consiguieron entablar el anhelado vínculo.

Francisco pidió que repitiesen el relato. No lo podía creer.

Más adelante, cuando el califato se fragmentó en un mosaico de pequeños reinos, surgió otro Hasdai: Samuel Hanaguid. Hanaguid significa "el príncipe". También nació en Córdoba y también varias familias —los Silva incluidos— provienen de su linaje. Dominaba matemáticas y filosofía; hablaba y escribía siete idiomas. El visir de Granada solicitó sus servicios, lo convirtió en su secretario y años después, en su lecho de muerte, recomendó que ocupara su lugar. Era la primera vez que un judío escalaba tan alto en el palacio de la Alhambra. Gobernó durante treinta años. Formó una vasta biblioteca y se dio tiempo para enseñar en un colegio propio.

Francisco reconoció las obsesiones de estos príncipes: eran las de su familia, de su padre, de él mismo. Samuel Hanaguid escribió poemas, tratados y se inmortalizó en la piedra como el autor judío del Patio de los Leones que hasta hoy ilumina el corazón de la Alhambra.

En Córdoba, de donde provenían los Silva, nació también un

príncipe que ya no sólo pertenecía a un Estado, sino a la humanidad: Maimónides. Fue el más grande de los filósofos de su tiempo, ante quien se inclinaron los doctores de la Iglesia.

—¡Un judío ante quien se inclinaron los doctores de la Iglesia! —retumbó en el aire.

Lo apodaron *Aquila magna, Doctor fidelis y Gloria orientis et lux occidentis*. Sin él no hubiera sido posible Santo Tomás de Aquino ni su *Summa Theologica*. Fue el médico personal de Saladino y también el médico que solicitó Ricardo Corazón de León. Eran tiempos de maravilla. Lamentablemente, crecieron las rencillas entre los reinos musulmanes e irrumpieron hordas de fanáticos. Un predicador afirmó que los judíos habían prometido a Mahoma que si al final del quinto siglo después de la Hégira no llegaba el Mesías, se convertirían al Islam. El delirante se dirigió a las comunidades judías para exigir que cumplieran con el juramento de sus antepasados. Tampoco los musulmanes podían tolerar la supervivencia de los judíos, pese a los frutos de su convivencia anterior.

¿Qué ocurría, mientras tanto, en los reinos cristianos del norte de España?

—Cuando empezaron las persecuciones islámicas, los judíos se desplazaron a los reinos cristianos del Norte, por lógica, así como antes habían huido de ellos.

—Ningún refugio es definitivo en la Tierra —suspiró Diego López; y sus ojos redondos esparcieron tristeza—. Los refugios son transitorios. Peor: son ilusorios. La solución es abandonar los refugios.

Sevilla y Francisco presintieron lúgubres palabras.

—Abandonar los refugios... —carraspeó—. La solución, entonces, si existe, es dejar de ser judío. Definitivamente.

43

Prosiguieron la marcha hacia el Norte, hacia Santiago del Estero. Luego cruzarían por la hermosa Ibatín. Francisco reconocía la ruta que nueve años atrás había fatigado como un niño protegido y dichoso.

Contempló a las hijitas de Sevilla, adormiladas junto a su joven madre y las consideró tan protegidas y dichosas como él lo había sido en aquel tiempo. Es decir, precariamente protegidas. Ignoraban que su padre era un judío secreto, un hombre que podía ser arrestado y quemado vivo. En ese caso no contarían más con su protección ni con recursos porque la Inquisición les confiscaría el patrimonio íntegro.

Inspiró hondo para deshacer su malestar. ¿Era justo retacear la verdad a la propia familia? Su padre no dijo a su madre que era judaizante. Claro, si lo hubiera dicho, quizás Aldonza no habría accedido a casarse con él. Entonces él hubiera estado condenado a permanecer solo, a sufrir con más intensidad su condición de hombre maldito.

El matrimonio de su padre y el de Sevilla eran, paradójicamente, matrimonios mixtos... entre cristianos. Cristianos nuevos que se casaban con cristianas viejas. En los esponsales sólo una parte sabía cabalmente la verdad (la otra permanecía engañada u optaba por negar la realidad, con la esperanza de que no tuviera derivaciones enojosas). El consentimiento mutuo, por lo tanto, resultaba imposible: en realidad se casaban dos hombres con una mujer. Los dos hombres estaban fundidos como la máscara y el rostro: la máscara mostraba un cristiano y el rostro ocultaba un judío.

¿No existía solución? Diego López de Lisboa, harto de padecer, encontró la única y terrible: "Dejar de ser judíos. Definitivamente". Francisco pensó que si su padre hubiera optado por ese lógico camino cuando desembarcó en América, no habría mantenido sus equivocadas creencias y no habría sido arrestado. Él, Francisco, gozaría de toda su familia. Quizá su madre no hubiera muerto tan joven. No habrían perdido sus bienes ni habrían tenido que ponerse bajo la denigrante tutela de fray Bartolomé. Él, Francisco, no estaría ahora viajando a Lima.

Su padre había insistido, desde que fundó su excéntrica academia, que el conocimiento era poder. Tenía muchos conocimientos y había leído más libros que muchos sabihondos del Virreinato. No obstante, en el momento decisivo, no sirvieron sus conocimientos. Nadie siquiera advirtió que tenía poder.

Mientras esto pensaba se dibujó ante Francisco el rostro de Jesús. Aflojó su espalda contra las estacas de la carreta y murmuró porciones del catecismo. Una idea quería emerger, pero la aplastaba con otras, hasta que se abrió. ¡Había un paralelo entre Jesús y su padre! Jesús era Dios, tenía todo el poder. Pero los soldados de Roma no lo creían y se burlaban desafiándole a que lo demostrase. Cristo permaneció callado, como su padre. Lo golpearon, empujaron, ofendieron. ¿Dónde se ocultaba su dignidad, dónde sus rayos y su fuerza? Si era capaz de destruir y reconstruir el Templo en tres días, ¿por qué no expulsaba de un soplo a sus verdugos? Era un simple hombre débil. Y los malvados aprovechaban para pegarle y divertirse a su costa. No advertían que tras su debilidad se escondía una fuerza infinita. No advertían que el dolor, precisamente, lo hacía grato a los ojos del Padre.

Francisco se tapó la cara. Necesitaba aislarse dentro de la carreta. ¡Qué confusión! ¿No será el dolor tan profundo de los judíos a lo largo del tiempo la misteriosa virtud que los torna inmortales? ¿No será el judaísmo una forma de imitar y actualizar la pasión de Cristo? Meneó la cabeza horrorizado.

44

El indio José Yaru que José Ignacio Sevilla contrató en el Cuzco se comportaba como los demás cargadores, pero su rostro y ciertas actitudes evidenciaban una sutil diferencia. Igual que los otros, era obediente, silencioso y se movía como un fantasma. Podía instalarse a las espaldas de alguien y seguirlo por un trecho largo sin ser advertido, pero desaparecía de a ratos. En una ocasión la caravana partió sin él; reapareció en la siguiente posta. Cuando se le hacían preguntas, sus respuestas eran tan parcas y evasivas que quitaban los deseos de seguir hablándole. Sus facciones denotaban tensión, una profunda tensión que disimulaba con su aparente indolencia y estupidez.

Los indios cargadores no eran esclavos, aunque lo parecían. Su trabajo estaba mal remunerado y era duro. Como los otros, seguía a la caravana de a pie; dormía a la intemperie; se mantenía a prudencial distancia de los españoles y los negros. No le molestaban los gritos o reproches: era la forma natural de recibir indicaciones, era el trato que le correspondía. ¿Estaba resignado a perpetuidad? Provenía de las alturas del Cuzco. Allí, tocando las nubes, habían reinado los incas. El Cuzco fue la capital de un vasto imperio, el nudo magnético hacia el que afluían los territorios que después formaron el Virreinato del Perú. El gran Inca fue hijo del sol; y como al astro, no podían mirarlo de frente. Su reinado fue corto e intenso. Los indios vibraban al oír sus referencias. José, sin embargo, cuando le preguntaban qué pensaba sobre el imperio incaico, sobre el pueblo incaico y sobre las costumbres de los incas, respondía invariablemente: "No pienso".

Sevilla supo que uno de sus hermanos se convirtió en talentoso pintor de iglesias. Reproducía los castigos que infligieron los judíos al Señor Jesucristo. Pero los judíos usaban ropas de españoles; en varias ocasiones llegó a pintarles una cruz de oro en el pecho. También supo Sevilla de una tía a la que juzgaron por hechicera debido a que ocultaba huacas y canopas[10] a las que alimentaba con chicha y harina de maíz.

José Ignacio Sevilla conoció a José Yaru en el Cuzco, precisamente. Lo contrató para que trasladase sus fardos de una tienda a otra en el callejón de los mercaderes. Era cumplidor y eficiente. Cuando le canceló el contrato porque regresaba a Buenos Aires, el indio bajó la dura cabeza, juntó las manos sobre el vientre y le espetó a quemarropa que lo llevase consigo.

—¿Por qué? —se asombró Sevilla.

—Porque tengo guerra familiar.

—¿Quieres huir?

—Tengo guerra familiar.

Sevilla no pudo sonsacarle más información. ¿Qué significaba "guerra familiar"? ¿Lo perseguía su suegro?, ¿lo quería matar un cuñado?, ¿cometió bigamia?, ¿lo repudiaban sus parientes? Necesitaba escapar. Sevilla tuvo lástima de él y también calculó que a cambio de este favor ganaba un buen ayudante. Se hacía cargo de un fugitivo, ciertamente; pero que no huía por causa de la religión, que era lo grave, sino por robo, asesinato o adulterio. Quizá nunca lo supiera. No lo vinculó con su tía hechicera, que era un expediente cerrado ya. A su hermano lo consideraban propiedad de la Iglesia. Trató de perforarle la empecinada cabeza. Como no descubrió inconvenientes serios, Sevilla dijo que sí.

José Yaru nunca se quitaba las pulseras de cuero. De vez en cuando entonaba un canto fúnebre. Su melodía era como una cinta que ondulaba hacia alguna montaña.

—Tengo nostalgias de altura —se justificaba.

Los demás indios solían escucharlo en silencio. Durante las pausas se formaban rondas de cargadores. Aunque José era igual a los otros, parecía convertirse en el centro del grupo, como si portara una dignidad que sólo sus hermanos reconocían.

45

Diego López de Lisboa viajaba en otra carreta. No lo acompañaban miembros de su familia esta vez. Tenía cuatro hijos brillantes, de los cuales uno, Antonio, despuntaba como polígrafo.

"No puedo reprender a Antonio", cavilaba con amargura durante sus conversaciones con Francisco. "Lleva más lejos que nadie mi decisión de desarraigo: no acepta llamarse López y menos Lisboa. Quiere dejar de ser judío. Repudia mi herencia y, paradójicamente, la recibe porque lo principal de mi herencia es acabar con el lastre del judaísmo. Tan lejos corre que se inventó una historia de su nacimiento: asegura que vio la luz en Valladolid, aunque allí no estuvo jamás. ¿Por qué voy a reprocharle? Tendrá más libertad y seguridad que yo, porque yo, lamentablemente, estoy infectado por un núcleo judío que sólo morirá cuando repose bajo tierra. Lo mismo pasa con Diego Núñez da Silva: su núcleo judío fue detectado por los imanes de la Inquisición y ahora purga en Lima la condena.

"¿Ya te dije que nos conocimos en Lisboa? Éramos jóvenes y podíamos correr más rápido que nuestros perseguidores. Compartimos el horror. Después aprendimos a compartir la incertidumbre que producía la cambiante conducta de los monarcas; por momentos las autoridades se tornaban benévolas y generaban expectativas de convivencia, por momentos las arrasaba una tempestad de odio.

"Cuando los reyes de España firmaron el Edicto de Expulsión en 1492 —recordaba López—, cien mil judíos emigraron hacia Portugal, porque casi todos soñaban regresar pronto a sus hogares españoles. Pero los sueños no se cumplieron. Vencidos los plazos de permanencia, muchos debieron embarcarse y sufrir nuevas desventuras; algunos fueron incluso vendidos como esclavos. Cuando la Inquisición logró instalarse también en Portugal, se hizo evidente que ya no volvería la paz. Millares de individuos intentaron huir del país que por momentos parecía tenderles algún afecto.

"Acordé con Diego fugar al Brasil después que mis padres fueron quemados en un Auto de Fe. No podíamos seguir en esa ciudad. Él me ayudó a soportar días y noches de fiebre, de locura. Intenté clavarme una daga porque no me podía sacar la visión de los cuerpos que se carbonizaban. Dejé de comer y beber hasta perder el sentido. Al cabo de unos meses insomnes de terror viajamos al Nuevo Continente, donde se radicaban muchos perseguidos: la distancia del poder central facilitaba la erección de comunidades libres y podríamos olvidar. Y renacer. Pero nuestra información no era completa: esa libertad ya había provocado visitas inquisitoriales y empezó la represión también aquí. No encontramos un Brasil apacible. No. Diego, tras evaluar las opciones, eligió arriesgarse hacia el Oeste, hacia la legendaria Potosí. Yo, en cambio, consideré más segura la recientemente fundada Buenos Aires porque estaba más alejada que ninguna otra población de los implacables centros del poder inquisitorial.

"Resultaba paradójico: él, médico y sin ambiciones económicas, fue hacia el más febril centro de enriquecimiento que funcionaba en el Nuevo Mundo. Yo, un comerciante que reconocía el valor del dinero, fui hacia la chata Buenos Aires. Él llegó a Potosí y luego se fue a ejercer su medicina en Ibatín. Yo hice incursiones en Córdoba para iniciar el comercio con frutos del país. En Córdoba, hacia el año 1600, apareció mi viejo amigo de infortunios con su familia. Me enteré de que estaba mal, que huía de la Inquisición. Ahí estabas tú, Francisco.

"Yo, en cambio, estaba bien. Había comprado una pequeña embarcación que bauticé San Benito; exportaba harina a San Salvador de Bahía, Brasil, y allí cargaba aceitunas, papel y vino. La secreta comunidad judía de San Salvador era una confiable contraparte. Hice dinero. Y para evitar el zarpazo de la Inquisición empecé a buscar quien me vendiese un certificado de limpieza de sangre. En Córdoba proliferan los títulos apócrifos; hay verdaderos artistas de la fal-

172

sificación y un gran respeto por su obra. Contra el escepticismo que a veces me asaltaba pude conseguir un certificado tan bello que parecía una reliquia. A pesar del escudo que significaba ese pergamino sobrecargado con el lacre de los sellos y la firma de notables, había considerado riesgoso mantener mi principal domicilio en Buenos Aires: la joven ciudad se estaba llenando de judíos provenientes del Brasil. Me trasladé pues a Córdoba, donde rápidamente, gracias a mi locuacidad, dinero e iniciativas, fui designado regidor del Cabildo. Arribé entonces a la dolorosa conclusión de que no tenía sentido cultivar en secreto mis convicciones, sino que debía abandonarlas para siempre: con ellas no resucitaré a mis padres ni daré felicidad a mis hijos. Externamente soy católico, de mi nuca cuelga una cadena de plata con una maciza cruz, asisto a los oficios religiosos y me confieso. Debo corregir mi interior, no el exterior. Mi imagen es la adecuada, no las nostalgias. Estoy cansado de huir. Si pudiese, estudiaría teología y me haría sacerdote como Pablo de Santamaría, que fue rabino y se convirtió en uno de los más ardientes abogados de la Iglesia. El martirologio judío ya no tiene sentido: no interesa a los hombres ni conmueve a Dios. ¿Para qué continuarlo?"

46

Sevilla, en cambio, seguía contando al emocionado Francisco la historia de los judíos españoles. Los ásperos reinos cristianos del norte de España decidieron favorecer a los judíos cuando los Estados musulmanes del Sur empezaron a perseguirlos. La acogida, empero, no condujo a la formación de un vínculo cordial entre la Iglesia y la sinagoga. La Iglesia necesitaba aún consolidarse y la presencia de quienes fueron el pueblo elegido cuestionaba la solidez de algunas tradiciones. Empezó a difundirse entonces el gusto por una especie muy peligrosa de torneos: las controversias teológicas. A los cristianos no les interesaba, en el fondo, convencer judíos (podían convertirlos a la fuerza y masivamente): eran los mismos cristianos quienes necesitaban convencerse. Por eso se convocaba a teólogos de ambas religiones para discusiones públicas que ayudarían a clarificar la verdad. En la práctica, si los cristianos no vencían en la argumentación, se desencadenaba una borrasca que incluía asaltos a las juderías.

Uno de esos afamados polemistas del bando judío provenía del Sur. Decía descender del legendario príncipe Hasdai, el magnífico Samuel Hanaguid y de otras familias cordobesas pletóricas de sabios y artistas. Se llamaba Elías Haséfer, que quiere decir Elías "El Libro". El Libro, obviamente, era la Sagrada Escritura. (Posiblemente Séfer se convirtió en Silva, como gustan afirmar los judíos de este apellido.) El torneo se desarrolló en Castilla con gran pompa. Acudieron príncipes, nobles y caballeros. Por parte de la Iglesia asistieron el obispo, superiores de las órdenes religiosas, doctores en teología y eruditos. Elías Haséfer tenía derecho a consultar una gruesa Biblia que pusieron a su disposición, pero asombró a la audiencia vertiendo de memoria largas parrafadas de versículos. Las razones de la Iglesia y las de la sinagoga chocaron como espadas. Cada parte hacía estallar relumbrones y la primera sesión acabó en un empate. La segunda y la tercera dieron ventaja a los teólogos cristianos, quienes apabullaron a Elías con inesperados argumentos. Los caballeros empezaron a golpear sus escudos en señal de alegría. En la cuarta sesión Elías Haséfer, aparentemente debilitado, remontó cada uno de los argumentos con una especie de catapulta y convirtió a sus adversarios en pasmarotes ridículos. Los caballeros ya no querían golpear sus escudos, sino desenvainar las espadas. En la quinta sesión hubo un empate poco claro y en la sexta Elías Haséfer volvió a triunfar. En voz baja consultó el rey al obispo. Se convocó a una séptima sesión, pero el monarca no autorizó el debate. La sesión estaba destinada a premiar el desempeño de los adversarios. Aclaró que se trataba de una diversión, no de un juicio: la verdad de la Iglesia no era objeto de dudas, ni requería la derrota de un sofista judío. A continuación el rey entregó regalos a todos los participantes. Cuando tendió una primorosa arqueta a Elías Haséfer, exclamó: "¡Lástima que no seas abogado de Cristo!". Esta explosión era, obviamente, otro regalo, quizá más valioso. Pero al día siguiente los judíos de Castilla tuvieron que velar a Elías Haséfer, asesinado a pocos metros de su casa.

Esas tragedias no impidieron que de las aljamas surgieran astrónomos, traductores, matemáticos, poetas y médicos tan brillantes como los que antaño produjeron los Estados del Islam, contó Sevilla. Varios ascensos luminosos, no obstante, acabaron en caídas. Un ejemplo fue el de Samuel Abulafia, que llegó a ser un príncipe tan grande como Hasdai. Fue ministro de Pedro el Cruel, rey de Castilla. Su vida excepcional es un modelo que exalta y aterroriza, por eso los judíos siguen recordándolo con ambivalencia. Hubieran preferido olvidarlo. Más aún, que nunca hubiese existido. Abulafia resolvió la asfixia financiera del reino y se ganó el favor de los poderosos. Construyó la famosa sinagoga de El Tránsito, que aún existe en Toledo, con hermosas inscripciones hebreas en torno del Arca. Su residencia fue conocida como "El palacio del judío". Las intrigas políticas lo debilitaron. Su lealtad al rey no sólo produjo admiración, sino odio. Sus rivales se desquitaron con ataques al barrio judío. En una de esas furiosas agresiones cayeron muertas cerca de mil doscientas personas con niños incluidos. Finalmente consiguieron desgastar la confianza del monarca. Pedro el Cruel sucumbió a las calumnias y ordenó encarcelar y torturar a quien fuera su querido ministro. Los verdugos se regodearon con el cuerpo del príncipe, quien murió durante los tormentos.

En la patética historia, tampoco este hecho fue definitorio. Igual que en la lejana época de los visigodos, el pueblo tenía más vocación para la tolerancia que para el desdén. Los españoles tardaron más que el resto de Europa en incorporar su odio. Tanto era así que las aljamas gozaron de autonomía y los manuscritos de esa época reflejaban cierto optimismo. El pensamiento filosófico y moral produjo obras notables: en el siglo XIII vio la luz en la España cristiana, precisamente, uno de los libros que más desconcierto genera en los hombres, llamado *Zohar* o *Libro del esplendor*. Es el núcleo de la Cábala.

—¿Has oído hablar de los cabalistas, Francisco?

A Francisco no le resultó desconocida esa palabra: la había escuchado por primera vez cuando su hermano estaba tendido en su lecho con una herida en el tobillo y su padre le efectuaba la abismal revelación. En la empuñadura de la vieja llave española había una grabación. No eran tres pétalos ni tres llamitas: era la letra inicial de la palabra *Shem*, que significa Nombre. Los cabalistas atribuyen al Nombre un infinito poder, manipulan letras y acceden a la profundidad de los misterios.

Recién en el siglo XIV ("hace muy poco", subrayó Sevilla, "en relación con la extendida historia de los judíos españoles"), se impuso claramente la intolerancia. Ganaron terreno los fanáticos y su crueldad. Cuando se producían epidemias se acusaba a los judíos. A veces ni era necesario formular la acusación: el populacho corría directamente hacia las aljamas para matar y robar. Surgieron frailes que urgían exterminar a los infieles de adentro; se ponían a la cabeza de turbas excitadas, entraban a saco en las sinagogas, profanaban el altar y entronizaban una imagen. La conversión era vivida por los judíos como una ofensa adicional. Pero algunos conversos, por obra del terror, se mutaron en extremistas del cristianismo para borrar las marcas de origen. Un caso notable fue Pablo de Santamaría, el ex rabino que Diego López de Lisboa admiraba, cuyo nombre escandalosamente hebraico había sido Salomón Halevi. Los Levi descendían de la bíblica tribu consagrada al sacerdocio. El converso se zambulló en los estudios teológicos y consiguió que lo nombrasen archidiácono y canónigo de la catedral de Sevilla. No conforme, ascendió a obispo de Cartagena y arzobispo de Burgos. En esta ciudad compuso una obra incendiaria: *Scrutinio Scripturarum*. Lo empezaron a llamar el Burguense y su manual pasó a ser utilizado en las controversias para pulverizar los argumentos judíos.

—Hay copias del *Scrutinio* en Buenos Aires, en Córdoba, en Santiago. Y por supuesto que hay varias copias en Potosí, el Cuzco y Lima —intervino López—. Para los familiares y comisarios equivale a una espada —carraspeó, como lo hacía cada vez que le asaltaba la tristeza—. Y, ciertamente, es una filosa espada.

En ese año de conversiones masivas el populacho invadió la aljama[11] de Sevilla y mató cuatro mil hombres, mujeres y niños; las sinagogas fueron derribadas o transformadas en iglesias. Meses después se prendió fuego al barrio judío de Córdoba; en sus calles quedaron tendidos unos mil cadáveres. Enseguida se propagaron los asesinatos a la bella Toledo y de allí a setenta localidades de Castilla. Luego aparecieron múltiples crímenes en Valencia, Barcelona, Gaona, Lérida.

Francisco escuchaba, absorbía, trepidaba.

47

Desde cierta altura los viajeros pudieron apreciar la bonita Salta, erigida sobre terreno cenagoso y rodeada por aguas, como si se tratase de un chato castillo. Hernando de Lerma la fundó sobre agua como los aztecas a México. Había soñado levantar una urbe tan grandiosa como aquélla. En torno a la ciudad se extendían los potreros que reunían más mulas que ninguna otra parte del mundo.

La caravana llegó al final de su viaje, porque las carretas no podían seguir hacia el Norte: eran pesados animales que sólo recorrían caminos llanos: desde la pampeana Buenos Aires junto al Río de la Plata, el más ancho del planeta, hasta la remota Salta, en el pórtico del Altiplano.

López permanecería en Salta, en lo de un proveedor amigo, para ampliar sus transacciones comerciales. Luego regresaría a Córdoba. Llamó a Francisco.

—Quiero despedirme —su nariz respingada se había sonrosado—. Quizá llegues a conocer a mi hijo Antonio, si vuelves a Córdoba.

—O si él va a Lima.

—¿Te quedarás en Lima?

—Estudiaré medicina. Después... Dios proveerá.

—Presiento que Antonio también irá a Lima —se sentó sobre unos fardos—. Cuando abraces a tu padre —recomendó mientras se pasaba el pañuelo por la nuca y la frente— le contarás que hemos hablado mucho y que yo estoy de acuerdo con él.

La cara de Francisco se convirtió en pregunta.

—Sí, de acuerdo con él —aclaró—. Me han llegado noticias de que ha renunciado al judaísmo. Definitivamente. Hizo lo correcto.

—¿Está seguro?

—La Inquisición le impuso una condena leve. Solo procede así con los arrepentidos de verdad —suspiró—. ¿Ves? Tanto sufrimiento para nada. Ya ni es historia, sólo carnicería.

—¿Se puede poner fin a la historia?

—Los teólogos demuestran que el pueblo judío existió, y fue elegido, para anunciar y preparar la venida de Cristo. Una vez cumplida esa misión, terminó su historia. Su supervivencia agrava el plan divino.

—Pero la realidad...

—La realidad debe someterse a la teología, que es la verdad —volvió a pasarse el pañuelo por el rostro y lo metió en su bolsillo—. No justifico la obstinación de José Ignacio, por ejemplo, que prefiere un camino imposible.

—No es obstinación —Sevilla apareció junto a ellos y los miró con lástima—. No es obstinación, querido amigo: es convicción.

—¿Estabas escuchando? —se irritó López.

—Sólo la última parte, no te preocupes. Además, creo que no has dicho algo nuevo. Sólo que, me parece, lo has dicho con más énfasis.

—Porque ya no dudo.

—Lamento desengañarte: sigues dudando, por eso necesitas del énfasis.

López volvió a frotarse con el pañuelo.

—Los nuestros son tiempos de prueba —lo consoló Sevilla.

48

Francisco advirtió que en Salta algunas personas rodeaban sus cuellos con pañuelos y creyó que era una coquetería local. El desengaño lo contrarió. Lorenzo, en cambio, se puso a reír porque el bocio endémico de esa gente le parecía cómico: una bola instalada delante de la garganta. A Francisco le disgustó que se burlase de una enfermedad. Lorenzo no pensaba en enfermedades; esa gente era monstruosa, y algunos monstruos existen para divertir a quienes no lo son. De todas maneras no le interesaban los portadores de bocio sino las mujeres salteñas, cuya hermosura lo excitó. Usaban el pelo suelto y boscoso, otras lo ataban en relucientes trenzas; su tez era suave y miraban con desparpajo.

Buscó y encontró el prostíbulo donde pudo meter sus dedos entre las espesas cabelleras y regodearse con la bella tez. Así lo contó. Pero en realidad se acostó con una mestiza regenteada por una vieja maligna que casi le robó la escarcela mientras se revolcaba en el sucio jergón. Satisfecha la urgencia, Lorenzo volvió a concentrarse en su objetivo más próximo: conseguir mulas, y gratis. "Los botines de guerra sólo cuestan sudor y valentía, no dinero." Dijo a Francisco que él sólo necesitaba una noche para proveerse de una media docena. A la mañana siguiente ya podrían emprender el viaje hacia Jujuy. Si Francisco no tenía ganas de arriesgarse, que lo esperase en el camino.

—Estuviste demasiado tiempo con los frailes para saber robar —le dio un cariñoso golpe de puño en el hombro.

Por el amplio valle de Lerma se sucedían los potreros llenos de animales listos para la subasta. Eran corrales construidos con troncos y ramazones de los bosquecillos circundantes. Algunas mulas díscolas hacían excavaciones para burlar el cerco y debían ser trasladadas a potreros reforzados; otras eran mañosas y agitaban a las vecinas. Montado en su caballo rubio, Lorenzo parecía un rico mercader dispuesto a efectuar transacciones honestas. Recorrió los límites de varios potreros, se detuvo a escuchar las negociaciones de los comerciantes e hizo preguntas a los arrieros despistados, se mezcló con otros jinetes, examinó atajos y esperó que la noche encapotada borrase los contrastes. Una fina garúa —anunciadora de las próximas lluvias de temporada contribuyó a facilitarle la tarea.

Los Sevilla y Francisco partieron al alborecer. Pretendían llegar a Jujuy esa misma tarde. Convenía segmentar el trayecto con cierta precisión para no quedar a la intemperie: se avecinaba mal tiempo. José Ignacio había contratado una recua de mulas con varios cargadores y el indio José Yaru continuaba de ayudante. Llovió media hora cuando ya estaban lejos de Salta. Los equipajes fueron cubiertos con lonas y los viajeros se subieron los ponchos a la cabeza. Los indios descalzos tironeaban el cabestro de los animales. Era preciso avanzar de todos modos. Estos chaparrones serían en adelante una visita frecuente. Al cesar la lluvia el camino quedó salpicado de vidrios y una fragancia intensa se elevó hasta las nubes por entre cuyos escarmenados vellones se presentaba de nuevo el cielo azul.

Luego divisaron a Lorenzo, que descendía trabajosamente de un monte arrastrando tres mulas. No había logrado un pingüe botín.

49

Abundaba tanto la piedra suelta que las mulas y el caballo de Lorenzo ya no podían trotar. La Puna producía dolor en el estómago, mareos y fatiga. A cada rato bebían agua o sorbían un poco de caldo con ají. De tanto en tanto caminaban junto a las cabalgaduras para que no se empacasen.

Sólo el indio José Yaru tenía aspecto saludable a pesar de su permanente hosquedad; estas tierras eran su patria y esta atmósfera le sentaba bien. Marchaba al encuentro de sí mismo; una progresiva armonía acomodaba su relación con el mundo. Su bienestar se asociaba a hechos terribles —pero también grandiosos— que no podía comunicar a nadie.

Francisco miraba con atención el paisaje espectral. Estaban más cerca del cielo y quizá de Dios. Por aquí había venido su padre cuando era joven, escapando de Portugal y del Brasil. Lo imaginaba llegando del Este, a través de selvas feroces, y encontrándose de súbito en esta meseta elevadísima y árida rumbo a la legendaria Potosí. Ya entonces se decía que a estos cerros en solo diez años los españoles les habían ordeñado más metales preciosos que los indios en dos mil. Decenas de millares de indios fueron enterrados en las minas por el sistema de la mita.[12]

Francisco penetró en las legendarias y bulliciosas calles de Potosí. Los muros no eran de plata ni las tejas de oro. Pero circulaban carruajes fastuosos, los hombres y las mujeres usaban ropas coloridas. Los ricos destinaban algo de sus ganancias a la vanagloria y el grueso a los arcones. Predominaban dos entretenimientos: los prostíbulos y los titiriteros. A los primeros los condenaba la Iglesia y a los segundos, la Inquisición.

Casi todos los sermones se dedicaban al pecado de la carne. Los sacerdotes insistían que en los lenocinios se regodeaba Satanás. Desde el púlpito miraban con reproche a los varones irresponsables y a las mujeres desvergonzadas —porque todos concurrían a los servicios, incluidas las administradoras del burdel.

La Inquisición, en cambio, concentraba sus ataques contra los titiriteros. Sostenía que era arte maligno hacer hablar a los muñecos.

Las mentes débiles confundían la materia inerte con el espíritu y podían creer en el poder de una imagen profana. Hacía poco toda la región había sido conmovida por una plaga: la enfermedad del canto. Miles de indios se habían entregado a canciones y danzas esotéricas porque se les inculcó el regreso de las huacas, ridículos dioses de la naturaleza: lagos, montañas, piedras, árboles. Peor aún, se les inculcó que los dioses ya no permanecían en los objetos, sino que saltaban a la boca de los indios y se introducían en sus entrañas para hacerlos danzar frenéticamente durante días y noches. Sus inmundos predicadores decían que las huacas retornaban para combatir a Cristo. La enfermedad del canto —*Taki Onkoy*— convulsionó la montaña. Hubo que mandar expediciones para reprimirla. Se descubrió un gran número de hechiceros, hechiceras y curacas[13] comprometidos.

Pero la Inquisición no se ocupaba únicamente de la idolatría. Los titiriteros eran, sobre todo, unos insolentes que pretendían hacer reír a costa de los dignatarios. En forma oblicua se referían a los pecadillos de un corregidor, los sobornos de un juez, las desventuras de un alguacil o las tentaciones de un sacerdote. ¡Espantoso! Estas historias debilitaban la fe. En consecuencia, la Inquisición prohibió los títeres, pero algunos temerarios los siguieron cultivando en absoluto secreto.

Lorenzo no se iba a perder tanto jolgorio. Un buen guerrero necesita divertirse. Sus virtudes empiezan con un beso a la cruz y una reverencia a la espada, pero el buen ánimo requiere culos, tetas, vino y risas. Así lo decía su padre ante la redonda jeta de fray Bartolomé. Nadie lo iba a desmentir. El soldado tiene un oficio duro y merece una rotunda paga. La paga se la cobra en las tabernas y los burdeles cuando reina la paz, en el pillaje y las violaciones cuando arde la guerra. Es simple, conocido. Y está consagrado por la costumbre.

Arrastró a Francisco. El lupanar no se distinguía de las casas vecinas, aunque parecía más bajo y oscuro. Estaba en un extremo de la agitada ciudad. La puerta de color verde tenía por aldaba la cabecita de un monstruo que sacaba la lengua. Fueron conducidos al salón por una mestiza e invitados a sentarse. Encontraron a unos hombres ocupados en recibir las caricias de varias mujeres. Reían bajito mientras jugaban con las manos. Una mulata ofrecía copitas de pisco. Francisco y Lorenzo empezaron a beber. Enseguida se les acercaron dos mujeres. La de tez perlada depositó suavemente su mano sobre la de Francisco; era tierna y embriagadora. Francisco

fue recorrido por una corriente de hormigas. Tras las pestañas oscuras lo miraban ojos húmedos. Sus mejillas avivadas por el carmín
eran tersas como un prado. La boca pintada balbuceaba turbulen-
cias. Le hizo beber otra copita y reconoció al novato, un ejemplar
poco frecuente. La divertía seducirlo.

Lorenzo, en cambio, rodeó la cintura de su compañera y le preguntó a quemarropa dónde podían estar solos. Ella lo guió hacia el
patio que conducía a los aposentos con jergones.

Se acercó a Francisco otra mujer, muy gorda y desdentada. La en-
volvía una nube de lavanda. El muchacho temió que viniera a reem-
plazar a la joven que le había tocado la mano. La vieja sonrió y su
fruncida boca se convirtió en un espantoso círculo negro. Francisco
se echó hacia atrás. Ella le masajeó la nuca.

—Hijito —lo tranquilizó—: vengo a cobrarte. Quiero que la pa-
ses bien. ¿Te gusta nuestra hermosa Babel?

Miró a la joven y asintió. La gorda extendió su mano cargada de
anillos y pulseras. El muchacho hurgó en su escarcela mientras la
prostituta y la vieja administradora lo observaban con atención.
Unas fuertes carcajadas estallaron en el extremo opuesto de la sala y
un hombre enfundado en jubón de seda azul corrió tras dos mujeres
que huían hacia el patio.

—¿Me quieres correr? —susurró la muchacha.

—¿Cómo es eso?

—Me corres y… cuando me agarras… ¡me agarras!

—¿Te agarro?

—Sí —entrecerró los párpados violetas con gesto de vencida—.
Haces conmigo lo que quieres. Lo que te gustaría hacerme.

Francisco la miró alelado.

—¿Qué te gustaría hacerme? —preguntó Babel.

Francisco encogió los hombros y estiró las comisuras labiales.

—¿Qué te gustaría? Vamos, dime —acercó su mejilla ardiente—. Te gustaría… ¿tocarme la cara? ¿Te gustaría tocarme el cuello? Mira —levantó su cabeza y estiró su garganta de nieve.

Él estaba contraído. Un temblor le recorría el abdomen. Tenía
los pies fríos y las manos transpiradas.

—¿Te gustaría meter los dedos por debajo de mi falda? Si me
atrapas, soy tuya. Es el trato.

—No quiero correrte —le salió una voz áspera.

182

—¿Acariciarme?

Francisco la miró con desconfianza, excitación y rabia. Rabia contra sí mismo. Ella volvió a tocarle la mano. Sus dedos dibujaron suaves espirales sobre el dorso y luego se aventuraron hacia la palma. Le hizo cosquillas. Francisco rió apenas y ella aprovechó para trasladarle la mano vacilante a su cuello desnudo.

—Toca —invitó.

Los pulpejos anhelantes de Francisco se extraviaron en la cálida lisura de pétalo y, dirigidos por la gentil Babel, recorrieron su nuca, sus hombros y resbalaron cautelosamente hacia la maravilla de los senos. La cabeza de Francisco se inflamó. Necesitaba poseer, comprimir, besar, derramar. Abrazó con torpeza a Babel y le mordió los labios de ciruela caliente. Ella introdujo sus manos bajo la camisa de Francisco y hurgó bajo las calzas. Comprobó que había eyaculado.

Se soltaron lentamente. Francisco estaba avergonzado. La marea que lo ahogaba se descomprimió rápido. Ella insinuó incorporarse, pero él la retuvo.

—¿Qué quieres ahora? —se arregló el cabello—. ¿Qué quieres? ¿Otra vez? Tendrás que pagar de nuevo a doña Úrsula.

Como si doña Úrsula hubiese estado presenciando el episodio, apareció con su voluminosa mano estirada. Francisco no hesitó. Ya estaba más tranquilo y pudo imitar a Lorenzo.

—Vamos a un sitio donde estemos solos —ordenó.

La turgente Babel lo condujo hacia un pequeño cuarto. Allí, iluminado por bujías, tuvo por fin acceso en plenitud al vibrante cuerpo de una mujer.

Tendidos sobre el jergón de lana, ella le preguntó si había sido virgen.

—¿Te da orgullo haberme quitado la virginidad?

—¡Yo no te quité nada! —rió—. Tú la perdiste, en todo caso.

—¿Por qué te bautizaron Babel?

—No es mi nombre, sino mi apodo.

—¿Y a qué se debe tan raro apodo?

—Conozco palabras de muchas lenguas. Las aprendo enseguida: quechua, tonocoté, kakán —empezó a vestirse.

50

José Yaru pidió permiso para destinar una de las dos jornadas que permanecerían en Potosí a visitar unos parientes que desde hacía años vinieron del Cuzco. Muchos indios habían sido traídos mediante la persuasión o la fuerza para servir en las minas de plata. Algunos eran obligados a trabajar también durante la noche. Los rebeldes fueron trasquilados, azotados y sometidos a rigurosa prisión no sólo para devolverlos amansados a las galerías subterráneas, sino para mantener activo el terror de los demás.

La fuerza de trabajo que devoraba las minas pidió más indios a las encomiendas y comunidades próximas. Debían empacar sus rústicas pilchas, recoger su única vicuña, despedirse de los vecinos en una borrachera triste y emprender el camino de la esclavitud. Eran recibidos como ganado al que se examinaba y redistribuía. Los hombres —y niños vigorosos— eran empujados hacia los socavones y el resto hacia un barrio marginal formado por cabañas diminutas, apenas agujeros en el terraplén: reserva que de vez en cuando visitaban los doctrineros para enseñarles a ser buenos católicos.

José Yaru conocía el sitio. Sus pies tocaban el pedregullo familiar que los conquistadores habían convertido en infierno. Ni un árbol, ni una planta. Tan sólo algunos cardones se erguían como candelabros. No se veían varones sino los domingos, cuando todos debían escuchar misa. Las mujeres se deslizaban como almas en pena: cuidaban los escasos y angostos corrales, golpeaban el mortero y destilaban la chicha. No levantaron la cabeza cuando José Yaru pasó junto a ellas por la callejuela serpenteante. Nada ocurría ni podía ocurrir que cambiase su destino. Esperaban el regreso fugaz de sus hombres, una alegría breve como el paso de un cometa. Los niños crecían en contra de su voluntad, porque cuando desarrollasen los músculos reemplazarían a sus padres y formarían las nuevas legiones de mitayos que consumirían las minas.

Las puertas de los chamizos eran tan bajas que debía atravesárselas gateando. No tenían más protección que una cortina de totora. José apartó las fibras y miró hacia el interior. El olor rancio se extendió por su cuerpo como una promesa y se acuclilló contra la pared.

El breve espacio que tenía frente a sí, hasta la pared de la choza vecina, estaba punteado por las negras bolitas excrementicias de las cabras. Al rato se asomó la cabeza de una vieja. Se arrastró fuera de la chata cabaña y se sentó junto al indio. No hablaron. Al cabo de varios minutos ella se frotó la cara negruzca y arrugada como una pasa de uva. José continuaba estático; esperaba. Ella entonces introdujo su mano seca en los pliegues de su falda y extrajo un bulto blanco. Era un pañolón que desató lentamente sobre las rodillas, dejando al descubierto unos vellones de lana negra. Murmuró unas palabras y separó los vellones hasta que apareció una piedra ovalada.

José torció su mirada hacia la piedra con embeleso. La hechicera hizo girar el objeto como si fuese una sacerdotisa manipulando la hostia consagrada. Después estiró su mano izquierda hacia atrás y empuñó una bota llena de chicha. Cerró un ojo para hacer puntería y vertió líquido sobre la piedra.

—Ya le he dado de comer —fue lo primero que dijo—. Ahora necesita chicha. Mira cómo la bebe, cómo le gusta.

José asintió con respetuosa gravedad.

—La encontré para ti. Me la pediste —rodeó con los vellones a la piedra y después envolvió el conjunto con el pañuelo blanco—. Yo no olvido los pedidos. La alimenté bien... Me ha hablado.

Permanecieron en silencio. Silbaba el aire en ese laberinto miserable. Unos niños chorreando mocos cruzaron como sombras.

—¿Qué te ha dicho? —preguntó José, al rato.

—Que ha llegado la mita de las huacas. Las huacas resucitan de a miles. Vencerán a los cristianos y nos devolverán la libertad.

Volvieron a pasar los niños. Esta vez se detuvieron un instante, contemplaron las figuras inmóviles, apoyadas contra la pared, y el bulto blanco que la vieja sostenía con ambas manos.

—¿Le preguntaste por qué no han triunfado todavía? —insistió José.

Ella giró la cabeza con aire de reproche.

—Porque no acabaron de instalarse en el cuerpo de todos nosotros —dijo—. Cuando cada uno de nosotros tenga una huaca adentro, seremos invencibles.

—¿Qué debo hacer? —estiró el mentón hacia la piedra envuelta.

—Alimentarla con maíz y chicha —le entregó el bulto—. Servirla. En el Cuzco la entregarás al curaca Mateo Poma. Es una hua-

185

ca poderosa y quiere meterse en el cuerpo de Poma. La huaca te agradecerá este servicio.

José apretó cariñosamente la deidad y la deslizó bajo sus ropas. Era el vehículo de una fuerza inconmensurable. Las huacas retornaban para enderezar el mundo. José y la hechicera permanecieron quietos hasta que el atardecer desplegó su poncho sobre las colinas. Allí dormían muchas huacas; del otro lado había más lomas y picos y alucinantes quebradas. Había arroyos y ríos; había lágrimas. Cada una era una huaca. Todas mantenían vínculos de parentesco con alguna de las dos grandes: Titicaca o Pachacámac. Todas las huacas habían estado vivas. Hasta que unos siglos atrás se impusieron los incas, establecieron el culto único del Sol y abolieron la adoración de las huacas. En aquel tiempo remoto, ¿fueron vencidas o se dejaron vencer? Dicen los hechiceros que se dejaron vencer para no perjudicar a los hombres. Decidieron entregarse a un sueño más profundo que el de los lagartos. Parecían muertas pero no lo estaban porque cada huaca es un dios inmortal. Los incas fracasaron cuando los abandonó el Sol. Entonces llegaron hombres blancos montados en caballos y subieron a las cumbres. Mataron al Inca y derribaron los altares; impusieron su dominio y exigieron que todos obedecieran a un nuevo dios: Jesucristo. Ordenaron perder la memoria, que los indios cambiasen sus nombres tradicionales por los feos nombres españoles, que enterrasen sus muertos junto a las iglesias en vez de guardarlos con semillas de maíz en confortables tinajas y que se arrodillasen ante un muñeco clavado en un palo. Los conquistadores pusieron el mundo al revés, trajeron enfermedades, mataron gente, ofendieron y violaron. Tanto dolor penetró en el sueño de las huacas y las hizo despertar. La desolación les produjo ira. Cada una se ocupó de resucitar a la siguiente para auxiliar al pueblo tiranizado.

Su primera manifestación se produjo en la región de Ayacucho, cerca de las criminales minas de Huancavélica. Sus predicadores irrumpieron en los obispados del Cuzco y de Lima, e informaron sobre los rituales que debían realizar ante la inminencia del cambio. Instruían que "no creyesen en el Dios de los cristianos ni en sus mandamientos, que no adorasen las cruces ni las imágenes, que no entraran en las iglesias y no se confesaran con los clérigos". También les ordenaban "purificarse con los ayunos tradicionales y privarse de comer sal y ají, no copular con sus mujeres y sólo beber chicha destemplada". Debían estar fuertes para el gran combate. Decían que "el Dios de los cristianos era poderoso por haber hecho a Castilla y a los españoles, y haber apoyado al marqués Pizarro cuando entró en Cajamarca y sujetó este reino, pero las huacas eran también poderosas por haber hecho esta tierra y a los indios y a las cosas que aquí se criaban y porque tuvieron la paciencia de esperar dormidas hasta este momento en que darán batalla y vencerán". Un predicador potente fue Juan Carlos Chocne. Prometió en nombre de las huacas "que les iría bien, tendrían salud sus hijos y sus sementeras". Pero quienes permanecieran dudosos y sometidos "se morirán y andarán sus cabezas por el suelo y los pies arriba". "Otros se tornarán guanacos, venados y vicuñas y se despeñarán de las montañas." Muchas huacas empezaron a manifestarse en hombres y mujeres que de súbito emitían sonidos en falsete o gruñían mientras otros se entregaban a danzas interminables. Centenares de bocas entonaban cánticos que no eran de este tiempo ni el de los incas, sino que provenían del tiempo en que las huacas sostenían la armonía del universo. Era el *Taky Onkoy*, la enfermedad del canto.

Los hombres blancos se encolerizaron. Lo que parecía otra idiota costumbre de los aborígenes implicaba una revuelta y la denunciaron con una palabra terrible: "¡idolatría!". Para ellos la resurrección de las huacas se reducía a un culto asqueroso. No quisieron ni enterarse de las hondas emociones que activaban. Sólo sabían qué hacer: ¡extirpar! La enfermedad del canto era una plaga. Los indios no sólo renegaban de la fe verdadera, sino que pretendían recuperar sus raíces preincaicas. Estaban alterados por una ilusión tan ridícula que sólo podía alimentar Satanás. Empezó entonces una persecución despiadada. El visitador eclesiástico Cristóbal de Albornoz emprendió una guerra sin misericordia: volteó hechiceros, curacas y predicadores. Juan Chocne, junto a otros insignes acusados, fue remitido al Cuzco, donde le aplicaron el tormento del potro.

Los derrotados predicadores dejaron de hablar con verdad: pidieron perdón y dijeron que habían mentido. Muchos fueron condenados a trabajar de por vida en la construcción de iglesias. Los castigos incluían ofensas: se los emplumaba, trasquilaba y abucheaba en público. La represión hizo escarmentar a miles de indígenas y quedó prohibido cualquier rito que evocase el culto de las huacas.

El Dios de los cristianos restableció su orden injusto. Pero no para siempre. José Yaru estaba seguro de que las huacas no habían sido derrotadas: protagonizaron apenas una escaramuza de advertencia. La renovada crueldad de los tiranos será doblemente castigada. En el Virreinato cada indio siguió "conversando" en secreto con la realidad invisible. Dentro de su apariencia baladí, las huacas escondían una maravillosa fuerza. En los valles y las montañas, en la costa y en la Puna se preparaba la gran batalla. José había tenido que huir de las redadas que tendían los extirpadores de idolatrías. Su viaje al Sur resultó providencial, porque su guerra familiar era la guerra de la familia indígena de esta porción del mundo contra la familia usurpadora que llegó de ultramar.

51

La pesadilla de Francisco reprodujo el deambular de frailes en el convento dominico de Córdoba. Santiago de La Cruz le ofrecía una cadena para azotarse, pero al tender la mano advertía que era una lanceta, con la que de inmediato le abría una vena al apoplético fray Bartolomé; a continuación los gritos de su entorno informaban que estaba muerto. Sintió miedo y dijo "yo no lo maté". El monstruoso gato lo miraba fijo con sus ojos amarillos; refunfuñó, expuso sus dientes y le iba a saltar encima cuando la regordeta mano de doña Úrsula le masajeó la nuca. Dio un violento giro y despertó. A su alrededor dormían otros hombres. En la alcoba colectiva del mesón resonaban sibilancias y toses; el aire frío apenas morigeraba el olor de las flatulencias. Por una claraboya penetraba la claridad del amanecer. Aún tenía pegados los fragmentos del sueño y las imágenes se abrieron al terso rostro de Babel. Se frotó las órbitas: iría de nuevo a tocarla y poseerla. Acomodó su miembro erecto y se incorporó irritado.

—Debo confesarme —arregló su camisa y se abrochó el cinto—. Sí, debo confesarme.

Empujó la puerta y Lorenzo despegó un ojo.

—¿Adónde vas?

—Vuelvo en un rato.

Se lavó en el fuentón que recogía agua de lluvia y salió a las calles que desde temprano se mostraban pletóricas de urgencia y codicia. Potosí era Sodoma, Gomorra y Nínive juntas. Los sirvientes negros ya habían iniciado su faena. Algunos carruajes iban en busca de un funcionario o un encomendero. La aurora quitaba el hollín de los elegantes edificios y un viento áspero, frío, hacía rodar guijarros.

Entró en la primera iglesia. Lo reconfortó el clima de amparo y la fragancia del incienso. La abrigada casa de Dios producía una instantánea armonía. Se arrodilló y persignó en el extremo de la crujía. Al frente se elevaba el altar mayor con la resplandeciente custodia del Santísimo Sacramento. Un retablo laminado en oro y plata era seguido por una sillería de caoba que culminaba en voluminosos ambones. El templo era más imponente y lujoso que lo que parecía desde el exterior. Su techo estaba colorido por un artesonado cuyas piezas ensamblaban sin clavo alguno, como las carretas que se fabricaban en Ibatín.

Rezó un Padrenuestro. Después buscó el confesionario. Una mujer sollozaba de rodillas mientras el clérigo, oculto en la discreta cabina, absorbía los yerros humanos y la perdonaba en nombre de la Santísima Trinidad. Aguardó que ella terminase y cuando la vio hacer la señal de la cruz, fue a su lugar. Estaba ensimismado. Necesitaba la voz del sacerdote y su absolución. Avanzó cabizbajo, se dispuso a caer de rodillas.

—¡Francisco Maldonado da Silva! —oyó su nombre en la nuca.

Era una voz seca y rotunda. Le impactó como un puma sobre la espalda. La voz no venía del confesionario. En la media luz reconoció al pequeño y enérgico sacerdote.

—¡Fray Antonio Luque!

El superior de los mercedarios de Ibatín y temido familiar de la Inquisición lo miró con ojos glaciales.

—Me reconoció... —dijo Francisco al cabo de unos segundos, con forzada sonrisa, tras balbucear otros sonidos que no se transformaron en palabras.

—Eres igual a tu padre.

—Sin tanta barba —se la tocó haciendo un mohín. El encuentro le producía una emoción ambivalente.

—¿Qué haces aquí? —espetó a quemarropa.

—Vengo a confesarme.

189

—Ya me di cuenta. Pregunto qué haces en Potosí.

—Estoy de paso.

—Viajas a Lima, ¿no?

—Sí.

—¿Buscas a tu padre?

—Sí.

El duro sacerdote escondió sus manos en las anchas mangas del hábito. Su cara no era gentil. Recorrió varias veces el cuerpo de Francisco desde su cobriza cabellera hasta sus gastadas botas. Con estos brochazos oculares conseguía inhibir a sus interlocutores, especialmente si eran más altos que él. No le habló ni facilitó que dijese otra frase. Al rato, con voz tan asordinada que el joven debió inclinarse para escuchar, le volcó su hiel.

—Estoy enterado de tu viaje. En Lima encontrarás a tu padre y al Tribunal de la Inquisición.

Hizo otra pausa. A pesar del frío que reinaba en Potosí, el sudor corría por la cabeza de Francisco.

—Hubieras debido permanecer en el convento de Córdoba.

—Quiero estudiar medicina —explicó en falsete.

Fray Antonio Luque contrajo las cejas.

—Como tu padre.

—No es el único médico —se aclaró la garganta.

—Médico como tu padre —frunció las cejas—. Y posiblemente serás otras cosas más como él... ¿Judaízas, ya?

La intempestiva acusación le golpeó la boca del estómago. Movió la cabeza. No sabía qué contestar a un religioso cuando se permitía arremeterlo tan injustamente.

—He... venido a confesarme. Soy buen cristiano. ¿Por qué me ofende?

—No puedes confesarte.

—¿Cómo dice?

—No puedes confesarte. Estás impuro.

Francisco supuso que el amargo fraile lo vio entrar en el lenocinio.

—He venido a purificarme. Por eso quiero la absolución del sacramento —imploró.

—Estás impuro: ¡tu sangre es impura!

El joven sintió otro golpe en la boca del estómago.

190

—¿Entiendes lo que te digo? —prosiguió impertérrito—. Eres hijo de cristiano nuevo. Estás sucio de judaísmo.

—¡Mi madre era cristiana vieja! —protestó.

—Era... está muerta —continuó en tono bajo, monocorde, humillante—. No te quedaste cerca de su tumba: viajas hacia tu padre, hacia el reo de la Inquisición.

—Soy cristiano, estoy bautizado. También recibí la confirmación. Creo en Nuestro Señor Jesucristo y su Santísima Madre y todos los Santos de la Iglesia. ¡Quiero salvar mi alma! No me cierre el camino de la salvación. Soy cristiano y quiero seguir cristiano —dijo atropelladamente, con los labios secos.

—Los que tienen la sangre impura como tú, tu padre y tu hermano, deben hacer más penitencia y actos de virtud que los de sangre pura. Además, al alejarte del convento has revelado tu escasa disposición al sacrificio por la fe. Tengo motivos, entonces, para desconfiar. Y para exigirte que antes de beneficiarte con el sacramento de la confesión, me digas toda la verdad sobre tus propósitos. Yo quiero tu bien.

Francisco retorció sus dedos; no encontraba la forma de reaccionar ante un hombre que se excedía en las atribuciones de su investidura. Era obvio que no tenía derecho a vedarle la divina absolución, pero le sobraba poder. Tenía el poder de alterar sus planes, retenerlo en Potosí, calumniarlo. Y mandarlo de regreso a Ibatín o Córdoba. No había más alternativa que inclinar la cerviz.

52

Francisco pudo finalmente arrodillarse ante el confesionario y descargar su pecado de fornicación. Fue absuelto en el nombre del Padre y el Hijo y el Espíritu Santo. La penitencia de oraciones que le impuso el cura local no fue gravosa, sino gratificante. Resonaba en sus oídos la frase: "Anda, y no vuelvas a pecar".

Pero quedó en su alma la acusadora imagen de fray Antonio Luque. En sus ojos de acero había relampagueado un desdén inconmovible por su padre, su hermano y seguramente su descendencia. Francisco se preguntaba qué podía hacer para que Dios y sus ministros lo quisieran. Con qué sacrificios lograría que nunca más le volvieran a recordar su origen. ¿Lo perseguirá Antonio Luque por toda la Tierra recordándole su condición abominable? Así como había venido a encontrarlo en esta iglesia de Potosí, ¿podría aparecer luego en Lima? ¿Volvería a mirarlo con desprecio y exigirle más degradación que a cualquier otro mortal?

Le contó su vicisitud a Sevilla, quien le explicó tranquilamente que no se sentía agobiado por el desprecio de Antonio Luque y muchos que procedían igual: eran fanáticos que actuaban como las bestias: pura agresión e irracionalidad. Su esposa María Elena —bello nombre como ella misma lo era— sabía de estas convicciones. Francisco se enteró entonces de que esta mujer también judaizaba. Era cristiana nueva y se casó con José Ignacio para conservar su fe. Las dos hijas aún no tenían edad suficiente para enterarse de la riesgosa dualidad.

Al alejarse de Potosí, Lorenzo cabalgó entre las mulas de don José Ignacio y su amigo Francisco: parecía un gentilhombre custodiado por escuderos. No lo afectaban problemas de identidad o de pureza, todo era simple para él. Se curtía para las grandes aventuras; ahora esperaba divertirse a lo grande en los baños termales de Chuquisaca.

Los indios lules caminaban descalzos junto a las mulas y corrían a buen ritmo cuando éstas podían trotar; invocaban en silencio a sus dioses cuando el Dios cristiano les retaceaba el aire. Mantenían abiertas las orejas para escuchar órdenes, porque la obediencia les garantizaba su precario bienestar. Marchaba entre ellos José Yaru, que no les hablaba porque casi nunca afluían palabras a su boca; y porque le indignaba que fueran tan sometidos. Bajo su miserable túnica transportaba la huaca que entregará en el Cuzco al curaca Mateo Poma. La piedra envuelta en lana, firmemente adherida a su piel, le trasmitía una fuerza sobrenatural. José Yaru podía comprobar cuán cierta era la resurrección de las antiguas y queridas deidades: dormía mejor, se cansaba menos, tenía apetito, le sobraba vigor para cargar bultos, empujar mulas y correr kilómetros entre los cerros almenados como castillos que algún día le volverían a pertenecer.

53

Tras veinticinco leguas de marcha llegaron a la pequeña ciudad de Chuquisaca. A instancias de Lorenzo se alojaron en su famosa casa de baños. Allí había corrales, paja y cuartos provistos de catres y buena lumbre.

Las aguas que llegaban calientes desde el infierno tenían paradójicas virtudes. Aliviaban el reumatismo, la gota, el asma, la obesidad, la colitis y el acné. Continuamente afluían hombres y mujeres necesitados del generoso tratamiento. Potosí proveía una clientela permanente. También venían de la ciudad de La Plata, de Oruro y La Paz. Las caravanas de mercaderes, soldados y holgazanes que recorrían el Altiplano entre Cuzco y Lima hacían aquí su posta obligada.

Los baños eran amplios cuartos de piedra iluminados por antorchas languidecentes. Vestidos con ropa basta y descartable, los huéspedes descendían a los piletones por una ancha escalera. El agua sulfurosa provocaba una entusiasta sensación. El vapor enmascaraba los rostros. Los enfermos y los sanos que se sumergían lanzaban gemidos de placer. Los minerales salutíferos entraban en la respiración y en los poros. Los cuerpos gozaban estremecidos.

Los varones y las mujeres mantenían una prudente distancia con sus túnicas mojadas y adheridas al cuerpo, pero casi todas las vergas se ponían duras. Estaba permitido el ingreso simultáneo de indias, mulatas y mestizas. Entre los copos de vapor y pizarra se producían acercamientos lascivos. Los cuerpos lubricados se solviantaban por un hambre repentina. Las exclamaciones, los llamados y las obscenidades rebotaban en las paredes cómplices. La promiscuidad era un atractivo inconfesable e irresistible. Hasta los clérigos solían enfermarse para justificar una temporada de cura en esta sentina. Lorenzo celebró cuatro coitos en una tarde. Pero todos se cuidaban de ocultar el pecado para que el furor inquisitorial no cerrara los baños, aunque ya habían caído en la mira de algún familiar.

En las mesas del enorme comedero los visitantes escribían sus nombres con la punta del cuchillo. Algunos no lo hacían por frívolos, sino para dejar noticias de su paso a un pariente extraviado con el que no se podían encontrar.

Sevilla y Francisco prefirieron continuar el viaje a la madrugada siguiente. Les esperaba una jornada difícil: atravesar el alevoso río Pilcomayo.

54

Bajaron al caudaloso torrente por una cuesta. A los lados se extendía una apolillada alfombra de rancheríos con sementeras de cebada. Un baquiano tuerto, contra el óbolo de rutina, los guió hacia el vado. Anunció que, de todas formas, era peligroso atravesar y aconsejó proveerse de más ayuda. Unos mestizos permanecían acuclillados en las márgenes a la espera de la demanda que formulasen los viajeros. Sevilla se acercó a la oreja de Francisco.

—Ellos mismos se ocupan de hacer pozos en el vado para que se hundan las mulas. Así tienen ganancia asegurada. Ya los conozco.

—¿Hará lo que propone el baquiano?

—¿Pedir más ayuda? Por supuesto. Dependemos de ellos. Una mula arrastrada por el río costará más que arrojarles un puñado de monedas a cinco o seis de esos gandules.

Francisco palpó su equipaje, reconoció las piezas del instrumental y tiró del freno para que la mula entrase en el río.

55

La ciudad de La Plata[14] hizo honor a su nombre. Los recibió engalanada de banderas, porque siempre había excusas para celebrar. Sus grandes residencias eran magníficentes. La casa del presidente de la Real Audiencia era una construcción rematada por tejas y un argentado almenar. Casi todos los edificios lucían grandes y suntuosos, como correspondía a gente con poder.

El clima se tornó más benigno. Por las calles paseaban hermosas mujeres escoltadas por sirvientas negras. Los entogados miembros de la Real Audiencia se reconocían por sus capas lujosas y los saludos que recibían a su paso. Además, había muchos hombres eruditos.

—Diego López de Lisboa —contó Sevilla— tiene ganas de venir aquí para cursar estudios teológicos.

—¿Eso dijo?

—¿No te acuerdas? Quiere consolidar su fe cristiana para borrar sus raíces. Pero no lo conseguirá. Es una marca indeleble.

—¿Una maldición?

—Bueno... Ni Job ni Jeremías llamaron maldición a las pruebas del Altísimo.

La catedral abundaba en espejos interiores. Anchas cantoneras de plata rodeaban el altar mayor. Candeleros altísimos iluminaban a día la espaciosa nave. Francisco rogó al Señor que abreviara su viaje: ya soñaba con Lima y el reencuentro con su padre.

Siguieron hacia Oruro, donde se fundían las barras de plata. Lorenzo trató de seducir a varias mujeres coquetas. No tuvo éxito, aunque le aseguraron que eran ligeras para ocultarse con un hombre y más rápidas aún para atarlo en matrimonio.

Ascendieron a La Paz. En el camino unas indias envueltas en sus ponchos de colores les vendieron huevos helados. Francisco se enteró de que los indígenas no supieron antes de la conquista española que los huevos eran comestibles, y aún se resistían a ingerirlos. También vieron grupos de mujeres examinando coladores en los arroyos: buscaban pepitas de oro que luego entregaban a sus amos. La cosecha era insignificante. La Paz, sin embargo, lucía como una población rica, cuyas viviendas sobrecargaban la decoración. Circulaban el terciopelo y las alhajas.

La caravana avanzó otro tramo. Los viajeros se internaron en la pampa de Pacages, donde las columnas de mitayos eran reunidas antes de ser conducidas a las minas de Potosí. Era una multitud triste y variopinta. Cada indio llevaba a su mujer y sus hijos. Los condenados formaban grupos identificados por un pabellón: era la bandera que debían seguir, el emblema de su trágico destino. Cargaban bultos en sus espaldas y arrastraban unos pocos carneros y vicuñas.

Sevilla ordenó detener la marcha. Atrás se había quedado el indio José Yaru convertido en estatua. Miraba a esa muchedumbre prisionera y resignada con profunda desazón. No podía acercarse ni huir; el solo espectáculo era un tormento. Sevilla fue en su busca mientras Francisco pensaba en él con pena, con inefable solidaridad.

56

Llegaron al lago Titicaca. Estaban en el techo del mundo. Densos cañaverales marcaban el límite de las aguas. El lago era vasto como un mar. A su espejante superficie la surcaban balsitas de totora que construían los indios desde tiempos inmemoriales. Hacia la orilla se comprimían largos festones de limo, como algodón mojado.

José Yaru venía teniendo actitudes bizarras. Una noche se levantó sigiloso y fue a un claro; se sentó sobre las rodillas y quedó mirando la luna; el frío le endurecía las crenchas. Con una mano acariciaba un bulto atado al pecho. Lorenzo comentó la excentricidad a Francisco.

—¿Lo hace todas las noches? ¿Adora la luna?

Demoraba el acatamiento de las órdenes y se mantenía separado de todos, incluso de los indios lules.

Francisco lo vio alejarse hacia el cañaveral que rodeaba el lago. El indio miraba con demasiada preocupación en torno suyo. ¿Había robado alguna cosa? Lo siguió en puntillas y fue testigo de una escena alarmante. Se acuclilló, introdujo los dedos bajo su manchada túnica y extrajo un lío blanco. Lo desató, abrió un vellón oscuro y tomó delicadamente la piedra de su interior. Después la frotó con harina de maíz y le vertió chicha. Murmuró unas palabras. Extendió el pañuelo blanco sobre la hierba mojada, deshizo el vellón y encima colocó la piedra. La contempló un largo rato, tan quieto como si él mismo fuese otra piedra. Entonces el mineral le habló en falsete. Resonaban palabras en quechua que lo hicieron sacudirse como si operaran resortes. Temblaron su cabeza, sus hombros y sus piernas. Después retornó el sosiego. Al cabo de un rato José Yaru escondió la piedra en el vellón y el vellón en el pañuelo. Ató el bulto a su pecho y lo disimuló con la túnica.

Este acto de hechicería estremeció a Francisco. Vio algo abominable y comprometedor. Era preferible partir, ignorar el episodio. Pero ya era tarde. José Yaru saltó como un felino y lo derribó. El indio estaba transfigurado. Tenía la ferocidad de un calchaquí: los hombros inmensos, la cabeza ingurgitada.

—Es idolatría... —balbuceó Francisco mientras trataba de romper su abrazo bestial—. Es peligroso... Te quemarán vivo.

José le apretó la garganta con ambas manos. Comprimía para ahorcarlo. Sus dedos encallecidos se hundieron hasta los huesos. Quería matar. De repente lo soltó y retrocedió unos pasos. En su cara se había pintado el miedo. Miedo a que descubriesen el crimen y le arrebataran el lío atado a su pecho. Retrocedió más.

—Va... ¿a denunciarme?

—Es idolatría, José —insistió Francisco mientras se masajeaba el cuello—. Pero no te voy a denunciar.

El indio no podía vencer su desconfianza.

—No te voy a denunciar, quédate tranquilo —repitió—. Pero no vuelvas a cometer pecado.

57

Una de las últimas etapas incluía la cordillera de Vilcanota. Sevilla previno que su travesía iba a resultar difícil. En efecto, desde que ingresaron en sus abisales vericuetos la lluvia alternó con el granizo. Una nevada nocturna cubrió de leche todo el paisaje. Pudieron orientarse por los contornos de las montañas. Los arroyos arrastraban pedazos de hielo; el viento lastimaba la piel. Se refugiaron en una cabaña. El fuego y la sopa caliente los reconfortó. Los puesteros sabían cuánto valía en ese paraje un caldero hirviendo habas, coles y carne de oveja. María Elena y sus hijas usaban tanto abrigo que parecían fardos.

Los ascensos y descensos del camino los introdujeron finalmente en un clima tibio. Hicieron escala en un par de postas y llegaron al pueblo de Combapeta, que era famoso por sus habitantes longevos y un fantasmagórico color añil. Muchos tenían más de cien años. Reían con todos los dientes y caminaban sin bastón. Esta maravilla anunciaba la siguiente: el Cuzco, capital del otrora fabuloso imperio incaico.

El sol quebraba sus rayos contra las torres de la antigua capital del imperio. El paisaje era mágico. Los arroyos habían sido transformados en acequias. Los sembradíos se extendían en geométricas terrazas sostenidas por alineamientos de pircas. Breves hileras de indios confluían desde los alrededores aportando alimentos sobre el lomo de llamas. Desde lejos se advertía que era una ciudad vieja, con personalidad e historia.

Avanzaron por el zigzagueante camino hasta penetrar en las callejuelas que en otros tiempos se habían estremecido con el paso del Inca y sus cortejos majestuosos. Cruzaron varias plazuelas enmarcadas por viviendas de frentes calizos y techos sonrosados de tejas. Entre las casas alternaban establos con corderos, llamas, cerdos y gallinas. Llegaron a la plaza mayor y su grandiosa catedral. Decenas de mestizos construían un tablado delante del pórtico para la gran Fiesta de Dios.

Sevilla había propuesto que Francisco y Lorenzo se alojaran también en la espaciosa residencia de su amigo Gaspar Chávez, quien era el propietario del obraje que proveía telas a numerosos comerciantes de la región. Chávez no tendría inconveniente en hospedarlos por unos días. También los indios lules y José Yaru encontrarían suficiente lugar para dormir y comer en sus galpones. José Yaru estaba más tenso que nunca: debía transferir la huaca.

Chávez usaba un sombrero de fieltro azul que no se quitaba para comer ni dormir. Se lo encasquetó al empezar su calvicie, decía riéndose de sí mismo: hasta aprendió a bañarse con el sombrero puesto. Le faltaban dos incisivos inferiores y al hablar se le escapaba la lengua por la ranura. Este desagradable rasgo se compensaba con su ruidosa amabilidad. Recibió a los Sevilla con exclamaciones que se oyeron en muchos metros a la redonda. Besó a las niñas y dijo que, por supuesto, los dos jóvenes podían vivir en su casa todo el tiempo que desearan permanecer en el Cuzco.

—Supongo que están interesados en la Fiesta de Dios —asomó su lengua entre los dientes.

—Sí —respondió Lorenzo.

—¡Es magnífica! Una fiesta de Dios, de la Iglesia y los buenos cristianos —enfatizó Chávez con movimientos linguales que parecían obscenos.

198

—¿Hace mucho que lo conoce? —preguntó después Francisco, en un aparte, a José Ignacio Sevilla.

—¿A Gaspar? A ver... —calculó—. ¿Cuántos años tiene tu hermano Diego? ¿Cerca de veintiocho, ya?

—Sí.

—Entonces, hace unos treinta que conocí a Gaspar Chávez. Un buen manojo de tiempo, ¿verdad?

—¿Aquí, en el Cuzco?

—Cerca de aquí, en la montaña. Tu padre fue testigo de nuestro encuentro.

—Cuénteme.

Sevilla sonrió.

—¿Quieres más historias? —hizo un guiño cómplice—. Fíjate —le puso las manos en los hombros—: el apellido Chávez tiene un origen particular. Su sonido y ortografía lo disimulan, pero no demasiado. Proviene de la palabra Shabat, "sábado".

—¿Es judío?

—¡Shtt! Para los demás es un buen cristiano. ¿No acaba de elogiar la Fiesta de Dios?

Francisco lo miró de costado.

—Va a misa —enumeró—, se confiesa, carga las andas en las procesiones, aporta sustanciosos óbolos a las órdenes religiosas. ¿Qué más puedes pedirle?

El obraje de Gaspar Chávez se había extendido a las casas vecinas. Eran colmenas enhebradas por patios y traspatios llenos de corredores cubiertos, de tal forma que la lluvia no molestase el trabajo de los indios y mestizos conchabados, ni se arruinasen los centenares de telares en permanente acción. Entre los telares ardían fogoncillos para calentar el ambiente durante los inviernos.

Pero el trabajo no sólo era por contrato o compulsión: también para cumplir penas. Francisco se enteró de que las autoridades convinieron con los obrajes de la zona que éstos incorporasen ladrones y otros delincuentes: de esta manera se ganaban el sustento y reducían los gastos de vigilancia. Les ataban los tobillos con argollas de hierro y, si observaban buena conducta, recibían mejor ración y podían ascender a trabajador voluntario.

El fuerte olor de la lana y los orines eran amortiguados por los esclavos que circulaban entre los telares con escobas, ceniza y cubos de agua. Pero ni el agua, ni la ceniza, ni las escobas podían eliminar un olor más intenso: el de la sorda cólera que se transmitía a los carretes, a las agujas, a las tinturas y a los géneros, cólera que recorrería el Virreinato.

La Fiesta de Dios, mientras, venía preparándose desde semanas antes con procesiones y oficios en las iglesias. Los indios recibían más catequesis, las campanas repicaban ansiosas, los sacerdotes llevaban a los fieles a los cementerios. En el barrio de los artesanos se apuraban nuevas cruces, oriflamas y pendones mientras en los barrios marginales se fermentaba chicha y pintaban máscaras.

La impaciencia se dilataba en el pecho de José Yaru: debía encontrar al curaca Mateo Poma y le informaron que, lamentablemente, había partido hacia Guamanga. Pero que retornaría para la Fiesta de Dios. Era preocupante: le sonaba a mal augurio.

Las multitudes empezaron a concentrarse en la plaza central del Cuzco. Las columnas de fieles presididas por pabellones se enroscaban como culebras. Sonaron de nuevo las campanas con insistencia y muchos cayeron de rodillas. Empezaba el desfile de las órdenes religiosas: primero los dominicos y después los mercedarios, franciscanos, jesuitas, agustinos y las monjas; cada una con sus insignias. A corta distancia avanzaron comisarios y familiares del Santo Oficio de la Inquisición con los cirios llameantes. Tras los eclesiásticos se encolumnaron el Cabildo secular y la nobleza con sus vistosos trajes. Los hidalgos caminaban detrás, arrogantes, y cerraban la procesión.

Estallaba la Fiesta.

Un redoble de campanas consiguió desgarrar las nubes y una cascada de sol bañó el pórtico de la catedral. En ese milagroso instante apareció el obispo engrandecido por la mitra y la casulla, con la sagrada custodia en sus brazos. Lo cubría un palio sostenido por los eclesiásticos y seculares más dignos de la ciudad. Entre ellos marchaba Gaspar Chávez con rostro serio y la calva reluciente (no era cierto que jamás se quitaba el sombrero). Los monaguillos incensaban a ritmo parejo entre las filas mientras desde los balcones les arrojaban flores y asperjaban con aguas aromáticas. De a trechos el obispo se detenía para que se arrodillasen en torno a la sagrada custodia y la adoraran. Sobre el oleaje de devotos flotaban las letanías.

Esta primera parte ocultaba el contraste de la siguiente. La secuencia exigía varias horas de contención antes de soltar las amarras. El obispo retornó a la catedral con mayestática lentitud. Fueron guardada la custodia, enrollado el palio y puestas a buen cubierto las cruces.

José Yaru fatigaba sus anhelantes ojos para descubrir al curaca Mateo Poma; su huaca volvió a hablarle: sobrevendría una catástrofe si enseguida no pasaba al cuerpo del curaca; incluso provocó dolores en las piernas de José como advertencia de huesos que se romperían.

Sevilla había presenciado esta Fiesta en otra de sus visitas al Cuzco. Dijo a Francisco que se preparase para un espectáculo pagano.

—Y tolerado por la Iglesia —susurró con fastidio—. Son incomprensibles concesiones para "salvar el alma" de los indígenas. Llaman Fiesta de Dios a un rito local, que es el carozo. La procesión que vimos y otros detalles superficiales son un envoltorio, apenas. Ya verás.

El ulular de nuevas columnas que confluían desde los alrededores sobre la plaza mayor anunció el desenfreno. Entre los hidalgos, los nobles y los clérigos se introdujeron indios saltarines empaquetados de adornos. Los cubrían lienzos coloridos, láminas relucientes y abalorios. La gente les abría paso: anunciaban un incontenible regocijo.

—¿Qué los pone tan contentos?

—No Dios, precisamente —Sevilla se rascó una oreja—, sino dioses. Sus dioses.

—¿Idolatría?

—Representarán la lucha del Bien contra el Mal. Esto lo vienen haciendo desde antes que naciera Cristóbal Colón. Pero ahora no tienen más alternativa que representar al Bien con el arcángel Gabriel y el Mal con el Diablo. Es tan indígena esta fiesta que incluyen una mujer del Diablo porque en su culto primitivo no hay poder sobrenatural sin el concurso de lo femenino. La llaman Chinasupay.

Una tromba de monstruos rodó hacia el centro de la plaza. Estallaron gritos cuando se manifestó entre los disfraces una máscara enorme con cuernos ondulantes, ojos saltarines y boca entreabierta por el desmesurado tamaño de los dientes. De su cabeza salían víboras bicéfalas y lagartos. Estaba envuelto por una lujosa capa bordada. Era el Diablo, al que la población festejó, especialmente cuando amenazaba atrapar a quienes tenía cerca. A su lado daba saltitos la Chinasupay, vestida de india y con un tridente en la mano.

El griterío aumentó en el instante en que una obesa serpiente de bailarines disfrazados con estridencia penetró hasta el centro. Con giros sincronizados despejaron el frente del palco donde se habían instalado las autoridades civiles y religiosas del Cuzco. La multitud cedió un amplio semicírculo y los actores formaron ronda para el saludo inicial. Acompañándose por cajas, erkes, quenas y sikus[15] dieron rítmicos pasos hasta formar una espiral en cuyo centro vibraba el Infierno. Rodeados por este ovillo retozaban el Diablo, la China-supay y los dioses del placer. Sus contorsiones eran apasionadas y sensuales. Los indios que inundaban la plaza los imitaban desde sus sitios de amontonamiento con un alborozo cercano al trance.

De pronto surgió del palco la esbelta figura del arcángel Gabriel envuelto en túnicas blancas. Se lanzó a la plaza y arremetió contra el cerco que protegía a los demonios. Los danzarines cerraron su paso audaz y el arcángel, bruscamente frenado, pasó a ser víctima de tentaciones. Uno tras otro, los ruidosos pecados capitales intentaron seducirlo. Lo hacían con ademanes, contorsiones, gritos, expectativa. Pero el arcángel los fue derrotando en sucesivas luchas danzadas. Finalmente rompió el muro y espantó al Diablo y sus secuaces. Los danzarines levantaron en hombros al arcángel y formaron una estrella de cinco puntas. Instrumentos y voces se anudaron para acompañar la danza del triunfo. Los ponchos ondularon como alas de cóndor. Pero el Diablo, irredimible, volvió para atacarlo por atrás; el arcángel giró en redondo y lo volteó con un certero golpe de espada. El Diablo rodó acrobáticamente y, cercano al palco, se quitó la mitológica máscara; aceptaba su fracaso y recibió una ovación.

El Diablo era el curaca Mateo Poma.

José Yaru lo había reconocido por la cicatriz blanca que le cruzaba el cuello. Se abrió paso entre la multitud y lo abrazó.

Esa noche, mientras se desarrollaba la tradicional borrachera en torno a los fogones, el curaca recibió a José Yaru en la puerta de su choza. A su lado yacían los conejos que le habían traído sus fieles como tributo, condimentados con pasta de maíz y sebo de llama, tal como prescribían los viejos hechiceros, y regados con chicha. José extrajo el lío blanco y lo abrió. La piedra pasó solemnemente a las manos de Mateo Poma, quien le frotó harina y vertió chicha.

—¿Qué te dijo? —preguntó a José.

—Que debía encontrarte enseguida y anunciarte que las huacas vienen en gran número para quebrar los huesos de los cristianos.

Las llamas del fogón daban bruscas pinceladas sobre sus reconcentrados rostros. Mateo Poma se acarició la cicatriz del cuello; también presentía la inminencia de un terremoto.

* * *

Esa noche los visitadores eclesiásticos y sus ayudantes armados completaron la redada. Entre los atrapados que serían sometidos a interrogatorio, tortura y condena por prácticas de idolatría figuraban el curaca Mateo Poma y el indio José Yaru. Algunos, sometidos al potro, terminaron con los huesos quebrados. Era el fin de la rebelión.

Mientras, los fuegos artificiales desparramaban víboras de color e iluminaban los ojos extasiados de los fieles. Era el fin de la fiesta.

58

—En siete días llegarás a Lima —aseguró José Ignacio, que se quedaba en el Cuzco.

—Ya quisiera estar allí —suspiró Francisco—. El viaje se me ha hecho largo.

—Te comprendo. Pero ahora la ruta no ofrece dificultades serias. Hasta Guamanga continuará el trajín de ganado. Encontrarás cuestas, quebradas y algunos cañaverales barrosos, pero, como te dije, no son obstáculos importantes. Atravesarás el hermoso puente de Abancay, de un solo arco, que construyeron los primeros conquistadores para facilitar el tránsito con esta parte del Virreinato. Ah, después verás algo divertido.

—¿Qué?

—Divertido y loco. Un cerro aislado donde se construye una iglesia a la Virgen. ¿Te das cuenta? Una iglesia solitaria en medio del desierto. Sin fieles. Por lo general se instala primero una población y después se levanta el templo. O ambos a la vez, pero no a la inversa. ¿La razón de esta extravagancia? Dicen que un peregrino fue por allí con la sagrada imagen y su peso aumentó de golpe. Supuso que se trataba de un milagro: que la imagen deseaba quedarse. Y empezaron a construir una iglesia en pleno yermo.

Francisco meneó la cabeza.

—Y bien. De Guamanga a Lima ya no tendrás otras paradas curiosas. Eso sí: te crecerá la impaciencia.

—Ya ha crecido bastante.

Apretó las manos ásperas de Sevilla y contempló largamente su rostro de viejo sabio. Por un instante creyó ver el océano en sus pupilas. Después fue a despedirse de María Elena y sus hijas.

Las pequeñas cambiaron bromas sobre las peripecias del viaje. Mónica recordó las salinas cercanas a Córdoba y Juana quiso hablar sobre la impresionante concentración de mulas en Salta. Mónica se burló de su hermana porque confundió pavos con cuervos. Y Juana se desquitó recordándole su miedo a quemarse en los baños de Chuquisaca. Mónica dijo que ya no le molestaba la mancha facial de Lorenzo y Juana se atrevió a tocar el brazo de Francisco y confesarle que lo extrañaría. La súbita ternura fue como un relámpago. Francisco se inclinó hacia las pequeñas y las besó. Sus mejillas eran las de Felipa e Isabel.

La esposa de Sevilla lo guió hacia un aparte.

—Me dijo José Ignacio que estás impaciente por llegar a Lima. Quiero transmitirte esperanzas —sonreía como tantos años atrás lo hizo Aldonza—. Encontrarás a tu padre. Y juntos podrán orar al Señor.

—Muchas gracias, de veras.

—Cuando estén juntos, recuérdanos.

—Lo haré. Seguro que lo haré.

—Somos hermanos, sabes.

Francisco le devolvió el gesto cómplice.

—Hermanos en la historia, en el sacrificio y en la fe —lo miró con intensidad—."Escucha Israel —añadió en tono de plegaria—: el Señor, nuestro Dios, el Señor es único."

—Lo dijo mi padre hace mucho, cuando terminó de curarle una herida a mi hermano.

—Esas palabras son el emblema de nuestra fortaleza. Nos sostienen, Francisco. Nos sostienen como los gigantescos elefantes que míticamente sostenían el mundo.

59

Durante el trayecto final Lorenzo y Francisco evocaron a José Yaru. Lorenzo cabalgaba en su corcel rubio y Francisco en una mula; las acémilas restantes llevaban el equipaje. Atravesaban una planicie cercada por el muro lila de los cerros.

—Lo descuartizarán —pronosticó Lorenzo sin inmutarse—. A menos que tenga la lucidez de arrepentirse e implorar perdón de rodillas y con lágrimas sinceras.

—Puede ser, han arrestado a mucha gente; aunque no matarán a todos.

—José es un indio pertinaz, tiene arraigada la idolatría. A él lo castigarán fuerte.

—¿Cómo lo sabes? —Francisco se sintió molesto.

—¿No se levantaba de noche a mirar la luna?

—¿Eso es idolatría?

—¡Qué, si no! Le hablaba, yo lo vi.

—Hablaba a una piedra.

—¿Sí? ¡Peor, entonces!

—¿Cómo peor?

—La luna, por lo menos, tiene encanto, misterio. Una piedra… —Lorenzo torció la boca con repugnancia.

—O una madera, o un lago. El universo.

—Sí, ellos ven dioses por todas partes. Creen en cualquier cosa. Son brutos, ignorantes. Y no quieren aprender.

—O les enseñan mal.

—También —reconoció Lorenzo—. Los clérigos juntan a los indios y les hacen repetir la doctrina. ¡Bah! Repiten sin entender. Imagínate: ni yo entiendo toda la doctrina, ¿qué esperan de estos pasmarotes? Cuando uno de sus lenguaraces les explica, ¡vaya a saber qué les dice! Los clérigos se tranquilizan oyéndolos repetir palabras o viéndolos persignarse: quieren suponer que ya están evangelizados. Quieren suponer, es más cómodo. Porque no deben ser tan idiotas para tragarse el cuento.

—¿Qué cuento?

—Que ya están evangelizados. Los indios fueron idólatras y siguen idólatras. Lo único que extirpará su idolatría, lo único, escúchame bien, es el potro, la horca y los azotes.

—Hace años que empezó la extirpación de idolatrías con todo eso —Francisco tenía un rechazo visceral por ese método.

—Así es.

—Y no las extirparon.

—No del todo. Pero hay menos que antes.

—No estoy seguro —replicó Francisco.

Lorenzo aflojó sus manos sobre el pomo de la montura.

—¿No?

—Creo, Lorenzo que esta idolatría obstinada y que la famosa plaga del Taky Onkoy tiene una razón más profunda que la ignorancia de los indios.

—El Diablo.

—No se trata de la maldad, solamente.

—¿Qué, entonces?

—No lo sé, o no puedo explicarlo.

—La idolatría no tiene profundidad, Francisco. Hace creer en lo superficial, en lo que reciben los ojos o el oído. Es un engaño del demonio.

—¿Sabes? Aunque siento asco por la idolatría, esta idolatría de los indios no me subleva. Diría que... me conmueve.

—¿Estás loco? ¿Qué hace mejor a la idolatría de los indios?

—No es mejor. Expresa algo.

—Que son unos brutos.

—Fíjate. La abandonaron por el dios Sol que impusieron los incas. Luego abandonaron el dios Sol por Nuestro Señor Jesucristo que impusimos los cristianos. Ahora abandonan al Dios de los cristianos para retornar al principio —discurría con esfuerzo, eligiendo cada palabra, inseguro.

—¿A dónde quieres llegar?

—No lo sé... —encogió los hombros—. Quizás a que esos dioses realzan su identidad, su raíz. Son los dioses de ellos, no los impuestos por otros.

—¿Una piedra realza la identidad? —rió Lorenzo.

—Muchas piedras y las montañas y los árboles. Toda la tierra que conocen y sus antepasados y sus padecimientos. Necesitan expresarse a través de una religión propia. La creencia en esos dioses absurdos les insufla algo así como… importancia. Son dioses que los protegen y los respetan a ellos. Nuestro Señor Jesucristo, en cambio, respeta y beneficia a los cristianos solamente. ¿Por qué lo van a querer, entonces?

—Tus ideas son ridículas. Confunden y molestan.

—No las tengo del todo claras aún.

—Mejor que las olvides —Lorenzo estiró el rebenque y lo hundió en las costillas de Francisco— ¡Eh, proyecto de fraile! Mejor que las olvides, en serio. Piensa en otra cosa. Piensa en las mujeres. Ahora que nos acercamos a Lima, ¡ni se te ocurra hilvanar estas herejías en voz alta!

Desde una loma pudieron ver la recta banda azul del océano Pacífico. Ambos sabían que empezaba su aventura mayor.

LIBRO TERCERO

Levítico

La Ciudad de los Reyes

60

Lorenzo Valdés y Francisco Maldonado da Silva ingresaron a Lima por el Sur y se toparon con la guardia de caballería, montada sobre altos corceles con chapetones de metal dorado sobre los relucientes arneses. Levantaban globos de tierra en su avance hacia la Plaza de Armas. El colorido desfile con las alabardas verticales y el estandarte desplegado provocaba la atención de las gentes que, no por habituadas, dejaban de admirar su lujo y apostura. Las calesas de dos ruedas, tiradas por una mula, se apartaban hacia las calles adyacentes o se introducían en un portal cuando advertían la proximidad de la tropa. Les dijeron que la guardia de caballería iba en busca del virrey Montesclaros para escoltar su paseo y nada podía estorbarla. Vieron que recorría la estruendosa calle de los Espaderos y decidieron seguirla; total, de esa manera irían conociendo la ciudad. Fraguas y martillos enderezaban hojas de acero y moldeaban empuñaduras artísticas que se exponían sobre panoplias con forma de escudo. Infanzones e hidalgos, que gozaban la evaluación de esta mercadería, se corrieron de mala gana para dejar paso a la guardia del virrey. Los enjaezados corceles torcieron al callejón de los Petateros. Aquí se elevaban pirámides de cofres, arcones, arquetas y petacas. La guardia penetró luego en la espaciosa calle de los Mercaderes, atiborrada de tiendas con géneros, especias, vinos, zapatos, botas de cordobán, tinturas, joyas, menaje, aceite, cirios, monturas y sombreros. Los esclavos corrieron apresuradamente los tablones de exhibición para que no los voltease la espuela de un soldado. Lorenzo aprovechó el caos para meter en su bolsillo un mazo de naipes.

Por último la guardia iluminó la colosal Plaza de Armas. Al frente se alzaba el Palacio Virreinal cuyas líneas sobrias disimulaban el lujo interior. A un lado estaba la Catedral, en el sitio de la primitiva iglesia que mandó construir el fundador de Lima. Al otro lado, el Cabildo. El poder político, religioso y municipal se tocaban, se empujaban, rivalizaban. El mismo despliegue que en Ibatín, Santiago, Córdoba y Salta.

La Plaza deslumbró a Lorenzo y Francisco. No sólo servía para efectuar procesiones y corridas de toros como en las otras ciudades, sino para los Autos de Fe. "Aquí fue reconciliado mi padre."

—¡Quisiera ser contratado por la guardia de caballería! —suspiró Lorenzo mientras palpaba los hurtados naipes.

"No quisiera llegar al Callao, donde ahora está", pensó Francisco.

Tras ellos, la rueda de una calesa mordió el borde de la acequia que corría por el centro de la calle, y volcó. El carruaje siguiente intentó esquivarla, pero enganchó su estribo de bronce y quedó cruzada. Enseguida se produjo un amontonamiento de carruajes y berlinas. Dos oficiales se abrieron paso con las armas en alto. De las ventanas asomaron rostros coléricos y algunos puños. Varios hidalgos corrieron para observar de cerca el desarrollo del incidente. Su elegancia era sorprendente; vestían calzones rematados en la rodilla con una charretera de tres dedos de ancho; usaban zapatos de doble suela para protegerse mejor de la humedad; de un ojal del chaleco pendía una cadena de oro con un escarbadientes también de oro.

Francisco preguntó por el convento de Santo Domingo. Allí debía encontrar a fray Manuel Montes, tal como le había indicado en Córdoba el comisario Bartolomé Delgado.

En pocos minutos llegaron a la iglesia, pegada al convento. Entraron con el recogimiento que exige un lugar santo. El altar relucía y en su extremo opuesto se elevaba el coro de cedro tallado. Francisco se persignó y rezó. Luego caminó en puntas de pie hacia una puerta lateral y movió la tranca sin hacer ruido. Entonces lo asaltó una selva de luces: donde imaginó que estaría el patio brillaban zafiros y rubíes sobre paneles de oro. Parpadeó enceguecido. En el centro del claustro se levantaban palmeras entre macizos de flores azules, amarillas y rojas. Avanzó con miedo de romper un hechizo, se acercó a la pared y acarició la fresca superficie. Los azulejos estaban fechados en Sevilla, recién los habían traído y colocado.

Lorenzo Valdés se abalanzó sobre el tesoro y hurgó con las uñas: tal vez pudiera extraer algunas de las gemas que parecían disimularse bajo la capa vidriada. Decepcionado, exigió a su amigo que volvieran a la Plaza Mayor: era más divertido.

—Ya encontrarás a tu fraile.

No apareció ningún sacerdote y Francisco prefirió seguirlo hacia la calle, que los envolvió con ruidos.

Cruzaron el flamante puente de piedra, llegaron a la Alameda refrescada con árboles y fuentes y contemplaron el majestuoso paseo del virrey Montesclaros con su corte de nobles, pajes e hidalgos que competían por estar cerca suyo y dirigirle algunas palabras. Después bajaron hasta el río Rímac y bebieron junto a sus cabalgaduras. El virrey, de regreso al Palacio, se detuvo junto a los torreones del puente para leer su nombre y títulos grabados sobre la piedra. Luego su mirada descendió hacia unos aguateros, las negras lavanderas y los dos amigos junto al Rímac.

Lorenzo Valdés lo advirtió. En voz baja proclamó su alegría:

—¡Me ha visto! ¡El virrey se ha fijado en mí!

Ya se sintió parte de la milicia real. Su futuro estaba asegurado.

61

Lo angustiaba llegar al Callao, aunque su extenso viaje tenía ese puerto como meta: allí estaba su padre. Lo angustiaba encontrarse con fray Manuel Montes, pero había prometido hacerlo. No quería pasar ante el temible palacio del Santo Oficio, aunque la curiosidad lo devoraba. Por fin decidió afrontar los tres desafíos.

Lorenzo le deseó suerte. Le regaló una mula, porque las dos restantes y el hermoso caballo le alcanzaban para presentarse con dignidad ante el jefe de la milicia. Entendía que la mirada que le había deparado el virrey desde el puente ya era su certificado de admisión: iba a extirpar idolatrías, luchar contra incursiones piratas o domesticar indios alzados. Desarrollaría una brillante carrera militar.

Se dieron un abrazo y Francisco, arrastrando la mula, fue hacia el lugar que había tratado de imaginar en sus pesadillas: el palacio de la Inquisición.

Caminó por la arteria que seguramente habían recorrido su padre y su hermano cuando los llevaron a la cárcel. Era una calle activa donde no quedaban rastros de cautivos. Sobre el lomo de la mula estaban bien atadas las alforjas con el instrumental, el estuche y la Biblia. Al dar vuelta la esquina el jumento se detuvo y Francisco sintió el mismo choque. La fachada era imponente. Bajo la elevada imagen religiosa centellaba el apotegma *Domine Exurge et judica Causa Tuam* (Levántate, Señor, y defiende tu causa). Un par de columnas salomónicas hacían guardia de honor a las labradas hojas de la puerta monumental. Por ahí entraban y salían los dignatarios y su temible poder. Un ala negra batió la puerta, que se entreabrió para permitirle penetrar raudamente. La hoja volvió a cerrarse. En torno a Francisco el aire se había tensado: había visto nada menos que al famoso inquisidor Gaitán. Francisco se asustó y llevó automáticamente su mano al lomo de la mula: ¡habían desaparecido el instrumental y el estuche! Palpó de nuevo, aflojó una correa, metió la mano. No. Allí estaban. Su frente se cubrió de gotas y su corazón le golpeaba las costillas.

El palacio se extendía mediante una larguísima y siniestra muralla. Ahí dentro debían estar las salas de tortura y los infinitos calabozos.

Oprimido, retornó al convento. Cruzó la iglesia y entró en el luminoso claustro. Los azulejos ardían. Ahora encontró a fray Manuel Montes, que lo recibió con sobria amabilidad. ¿Lo estaba esperando? Su tez evocaba una máscara de muerto. Los ojos escondidos en la profundidad de las órbitas parecían cubiertos por una película también blanquecina. Había algo de momia en su conformación. ¿Por qué fray Bartolomé le ordenó presentarse ante un clérigo tan seco y desagradable?

Fray Manuel, sin formular preguntas, guió a su joven huésped hasta una celda vacía de gente y de objetos: ni jergón, ni estera, ni banco, ni mesa. Era un tugurio angosto con una ventanilla en lo alto. Quedaba en los fondos.

El religioso entró primero y se quedó mirando el piso de tierra apisonada como si contase las baldosas que no existían. Después, con una lentitud que aumentaba la opresión, recorrió cada una de las cuatro paredes cuyo adobe se encogía de vergüenza. ¿Qué buscaba? Por último examinó el techo de cañas bajo las cuales se cruzaban unas vigas.

—Dormirás aquí —dijo sin emoción; la voz era fúnebre como el rostro—. Dentro de tres días, irás al Callao —hizo una pausa y lo miró de frente por primera vez—. Y dentro de media hora cenarás en el refectorio.

Francisco depositó sus bultos sobre el piso y fue a lavarse. ¿Por qué debía aguardar tres días aún para reunirse con su padre? Camino de la fuente descubrió el pasillo que conducía al hospital del convento. Tenía buena reputación, según oyó decir en Chuquisaca y el Cuzco. Su padre había deseado instalar uno en Potosí, para los indios, pero no obtuvo respaldo. Éste, en cambio, se destinaba a los frailes y, especialmente, a los prelados y hombres importantes de Lima. Se deslizó tímidamente por el pasillo que desembocaba en un traspatio alrededor del cual se alineaban las habitaciones de los pacientes. Vio la botica: un cuarto lleno de botellas, frascos, vasijas, cacharros y tubos. Sobre una mesa se tocaban un balancín con alto astil y un reloj de arena. Al costado viboreaban las serpentinas del atanor.

Sintió que alguien respiraba a su lado. ¿Una alucinación? Era un negro vestido con el hábito de la orden, que lo miraba con ojos mansos. ¿Podía un fraile dominico ser negro? ¿Tan distintas eran las normas en Lima? La alucinación habló con amabilidad. Preguntó si podía servirle en algo.

—N... no. Estaba recorriendo... Pernoctaré en una celda, por indicación de fray Manuel.

—Está bien, hijo.

No era negro, sino mulato. Y vestía el hábito de los terciarios, el nivel inferior de la orden, con gastada túnica blanca, escapulario y manto negros, pero sin la capucha de los sacerdotes. Su raíz africana impedía convertirlo en un fraile regular, seguramente.

—¿Necesitas algún remedio? —insistió.

—No, de veras. Sólo deseaba conocer el hospital. Nunca vi uno.

—Oh, es muy simple. Creo que todos los hospitales son iguales. Yo soy el barbero de éste.

—¿Sí? También quiero ser barbero, o cirujano, o médico.

—¡Enhorabuena! Necesitamos médicos y cirujanos piadosos. Hay muchos charlatanes, ¿sabes? Y producen gran daño —sus ojos emitían un fuerte brillo—. ¿Estudias?

—Quiero empezar.

—Enhorabuena, hijo. Enhorabuena.

—Fray Manuel me ordenó concurrir al refectorio. Discúlpeme, voy a prepararme.

—Muy bien. Debes hacerlo.

Francisco regresó a su celda y extrajo la ropa que había lavado en el camino. Se cambió y fue a cenar.

Buscó a Manuel Montes y al mulato. Otro fraile le indicó dónde ubicarse, como si le hubiesen reservado lugar. ¿Toda la orden estaba enterada de su presencia? Decenas de ojos confluyeron en él. ¿Por qué lo miraban con tanta seriedad? ¿Acaso ya lo acusaban de algo?

Conocía el ritual de un refectorio. Lo había incorporado en el convento dominico de Córdoba. Pero esta sala lucía más suntuosa. Aquí los bancos eran de madera labrada y el piso estaba embaldosado. Había también más clérigos. Grandes antorchas iluminaban la sala. Los religiosos permanecían de pie junto a las mesas con la capucha sobre el rostro y las manos escondidas bajo el escapulario. Un fraile pronunció el *Benedicte*. Otro cantó el *Edente pauperes*. Todos tomaron asiento.

Mientras un religioso leía en latín desde un púlpito, los sirvientes se desplazaban en silencio con las bandejas llenas. Traían cazos con mondongo humeante. Las cucharas de los comensales empezaron a moverse después de la bendición y una plegaria especial por el restablecimiento del prior de la orden, padre Lucas Albarracín.

La palabra de Dios descendía monótonamente y era interferida por el sorber de las bocas hambrientas. Francisco oteaba a los lados y advertía que los frailes seguían espiándolo.

Identificó a fray Montes. No al mulato, quien ingresó después con una bandeja. Era miembro de la orden, pero también oficiaba de sirviente. Lo llamaban hermano Martín.

62

Después del servicio de completas Francisco regresó al desolado cubo. Consiguió una vela, desplazó hacia un ángulo su equipaje y se tendió junto a la pared. La húmeda rugosidad aminoraba el desamparo que sufría. Sintió el adobe del muro como el lomo de una mula: resistente y confiable. El grosor de un metro, ¿lo separaba de otra celda? ¿Dormía allí algún criado? Se preguntó a qué se debía el misterioso aislamiento en que preferían mantenerlo durante la noche y por qué lo retenían en aquella ciudad otro poco aún, como si no fuesen bastante los años que había vivido lejos de su padre o los meses que le había llevado viajar hasta allí.

Le pareció oír los ronquidos del criado que dormía al otro lado del muro. La oscuridad era levemente clareada por el estrecho ventanuco. Unos sapos croaban cerca del aljibe. Aumentaron los ronquidos, que no eran de una, sino de varias personas. El ancho muro se había transformado en una lámina que transmitía y agrandaba los ruidos. Ya no sonaban rítmicos ni apacibles, sino en torrente. Evocó las crecidas del río del Tejar, en Ibatín.

Pero no eran ronquidos, sino ratas. Ratas que corrían por las cañas, las vigas, el muro, el piso, las piernas y el cuello de Francisco. Desencadenaban un estrépito de alud. Querían explorar el territorio invadido por el joven.

Francisco se movió despacio, porque no convenía declararles la guerra. Quería convencerlas de que lo aceptasen como vecino. Las ratas alternaban las caricias de sus cuerpos aterciopelados, que disparaban por el pecho del intruso, con los fugaces pellizcos de sus uñitas. De vez en cuando se detenían y, al girar bruscamente, lo abofeteaban con su larga cola. Apretando los dientes, dejó que lo recorrieran e identificaran. Tras horas de insomnio y resistencia lo venció el sopor.

Las demás noches fueron más tranquilas.

Fray Manuel lo hizo confesar antes de su partida hacia el puerto. Quería saber qué había tocado con las manos. Francisco no lo entendió y contestó:

—Ratas.

El cadavérico fraile permaneció en silencio. Sus largas pausas hacían doler. Después formuló un pedido, extrañamente gentil:

—Reza por la salud de nuestro prior.

<h1 style="text-align:center">63</h1>

Francisco atravesó la población portuaria del Callao sin detenerse, pero mirando con ansiedad: cualquier espalda podía ser la de su padre. Los carruajes transportaban cestas desbordantes de pescado cuyas escamas plateadas enardecían la codicia de los aventureros. Junto al muelle se bamboleaban varios galones con el velamen enrollado. Galpones chatos se alineaban en la costa.

Nunca estuvo tan cerca del mar. El aire fresco y salobre lo exaltó. Esa superficie azul que se extendía hasta la recta línea del horizonte era de una majestad sobrecogedora. No muy lejos se elevaba el lomo de una isla. Entre esa isla y la costa se desplazaban chalupas y botes de pescadores. Había llegado al punto donde embarcan y desembarcan desde virreyes hasta negros angoleños, desde el sebo de las velas hasta los metales preciosos de las minas. Por aquí iban y venían riquezas y ambiciones. Era el portón magno que unía al Virreinato del Perú con el resto del mundo.

Caminó hacia el Sur, porque quería tocar el agua. Las olas se desenrollaban como alfombras sobre la arena que aparecía más allá del muelle. Bandadas de aves descendían a la resaca. Ingresó en la playa y sus pies se hundieron gozosos en la blanda superficie. Era una sensación inédita. Se dirigió al ondulado festón de espuma e introdujo un pie en el agua fría. Tocaba algo que posiblemente besó las costas de España, China, Tierra Santa, Angola. Se arremangó el pantalón de brin, avanzó más y se mojó la cara y la nuca. Lamió las gotas saladas. Un pescador le hizo señas desde su inestable embarcación como si lo saludase en nombre de los fabulosos habitantes submarinos.

Giró y tuvo acceso a un paisaje diferente: ahí estaba el Callao visto desde el agua y el Sur; era un conjunto de poliedros pegados a un vasto muelle en una punta y a la iglesia mayor en la otra. Ahí tenía que estar su padre, porque así lo dispuso la Inquisición y así lo había confirmado Manuel Montes. Eran tan intensas sus ganas de verlo que no se atrevía a preguntar por él. Temía una horrible sorpresa: era un reconciliado del Santo Oficio y los reconciliados, aunque se acogiesen al perdón, cargaban el estigma de un crimen que nada ni nadie podía borrar. Seguramente vestía el sambenito, ese escapulario infamante que llegaba hasta las rodillas y vociferaba su condición repudiable. Quienes eran humillados con esta prenda debían usarla a perpetuidad para que los fieles los discriminasen. Y tras su muerte, el sambenito era colgado junto a la puerta de la iglesia con el nombre del antiguo portador escrito en letras gigantes, así su descendencia sufría también la debida mortificación.

Regresó al muelle, cruzó el calidoscopio de embarques y se detuvo junto a un par de cañones. Sus órbitas contraídas recorrieron a la multitud en movimiento. ¿Por qué lo buscaba en la calle si su lugar de trabajo era el hospital?

Francisco tenía conciencia de que daba un voluntario rodeo porque sentía miedo de descubrir a su padre.

Sentado en un rincón del puerto un mendigo desgranaba sus mendrugos bajo una corona de moscas. A su ropa la cubría el espantable sambenito. Los sucios cabellos blancos caían desordenados sobre las mejillas punteadas de cicatrices y verrugas. ¿Eso era lo que quedaba de su padre? Se acercó lentamente al escombro. El hombre estaba aislado por una frontera invisible que sólo cruzaban las moscas. Francisco se detuvo a un par de metros. El mendigo lo miró con indiferencia. No podía ser su padre: no eran los ojos, ni la nariz, ni los labios, ni las orejas, ni los pómulos que recordaba. Dio media vuelta. "Debo prepararme —reflexionó—: tal vez lo hayan devastado como a este infeliz."

Arrastró la mula. Se internó en la callejuela del Este. Los excrementos lo obligaron a cruzar varias veces las acequias. Divisó una iglesia y el convento. Allí, tras la ondulada tapia, debía funcionar el hospital del Callao. Su pulso aumentó la velocidad.

Tuvo que repetir el nombre de su padre al sirviente que hacía inexplicable guardia ante la puerta. El sirviente se dirigió a un hombre de espalda doblada, quien vino al encuentro de la visita. Se inclinaba mucho hacia la izquierda y la derecha, como si le fallasen los pies. A medida que la luz exterior clarificaba su imagen, Francisco

219

pudo reconocerlo. Parecía que los años hubiesen prensado su estatura, encanecido los cabellos y la barba, arrugado su piel, afilado sus pómulos. Se miraron perplejos.

Tembló el labio del hombre al musitar: "¿Francisco?" Para convencerse, necesitó repetir el nombre. Francisco le besó el rostro con la mirada, pero veía también el pintarrajeado sambenito que hacía escarnio de su dignidad. Se tomaron de las manos. El joven percibió que eran las de antes, pero huesudas, débiles. Permanecieron como dos árboles en el centro de una tormenta que aullaba recuerdos, preguntas, júbilo y pavor. Cada uno sintió chicotazos de una emoción fuera de dique. Aguantaron con estoicismo el borbotón de palabras y llanto que pujaba por derramarse. Diego Núñez da Silva por fin dio un paso y abrazó a su hijo. Rompió la cautela que se había prometido mantener para no mancharlo con su sambenito. Después lo invitó a sentarse en el poyo de piedra.

Se siguieron mirando a hurtadillas. El padre, mareado de sensaciones, gozaba la apostura del hijo: su breve barba cobriza, los ojos profundos e inteligentes, sus hombros viriles. Era la réplica de sus años mozos. Querría preguntarle por Francisquito, el niño curioso, travieso y osado que escuchaba con embeleso sus historias y sacaba de quicio al maestro Isidro Miranda.

Francisco observó a través de la refracción que producían sus lágrimas las secuelas del sufrimiento de su padre. ¿Qué restaba de aquel hombre poderoso y culto? Sólo las cicatrices del tormento y una abismal degradación.

64

El Virrey movió la cabeza y su barbero le infligió un rasguño en la mejilla. Pidió asustadas disculpas y con algodón detuvo la sangre. Después repasó con la navaja el corte de las patillas y puso esmero en la barbita afinada que descendía como una cinta desde el labio inferior. Usó tijeras, peine y clara de huevo perfumada para estirarle los bigotes, imprimiendo a sus extremos un optimista giro hacia arriba.

Su ayudante de cámara le presentó la ropa. Su Excelencia la miró de soslayo, sin moverse, para que el barbero no reincidiera. Aprobó los guantes de gamuza, los zapatos de pana, el chaleco de terciopelo y la camisa de seda. Usaría, como siempre en estas recorridas, el sombrero de alta copa, la golilla forrada con tafetán y una reluciente capa azabache. Luego regresaría al Palacio para agregarse los atributos de su investidura, porque debía recibir al Inquisidor Andrés Juan Gaitán, que parecía malhumorado. Este hombre era como una astilla bajo la uña. "Actuaré con prudencia", pensó.

El marqués de Montesclaros, virrey del Perú, provenía de la mejor nobleza de Castilla la Nueva. Tenía suficientes títulos para demoler a cualquier adversario. Pero en estas tierras salvajes abundaban quienes hacían zancadillas a su gestión e intentaban cuestionar los usufructos que con pleno derecho obtenía del poder. A los treinta y dos años de edad Felipe III lo había nombrado virrey de México, país que gobernó durante cuatro años, tras los cuales fue designado virrey del Perú. El soberano solía llamarlo con simpatía "mi pariente".

* * *

El virreinato del Perú es enorme, piensa el Virrey, porque se inicia en las calderas del Ecuador y se diluye en el Polo sur, ahíto de misterio. Ingresé en Lima el 21 de diciembre de 1607, fecha que tengo bien grabada porque al día siguiente presenté el juramento de estilo y tuve un choque que arriesgó el éxito de toda mi gestión. Había que elegir los alcaldes ordinarios y las fiestas de recibimiento que me ofrecieron encubrían su anhelo de impedir los cambios que yo quería hacer. Estaban acostumbrados a timar virreyes y les agrié las expectativas. Fue la primera lección. Les di la segunda cuando examiné las Cajas Reales y descubrí su apabullante desorden. Los pícaros y los negligentes trataron de confundirme con explicaciones sibilinas, pero los espanté al decirles que ese mal tenía un remedio llamado Tribunal de Cuentas. Varios dignatarios susurraron "¡Vade retro, Satanás!". Después puse en funciones el Tribunal del Consulado, que mis antecesores no habían conseguido poner en marcha. La oposición venía de los encomenderos, que sobornaban a regidores y oidores para que no creciera la influencia de los comerciantes.

Atribuyen a mi juventud que sea expeditivo. Error. No se trata de años, sino de asumir la autoridad. En Perú yo represento al Rey: no sólo tengo el

derecho sino la obligación de actuar como si fuese el soberano, como si él en
persona estuviese aquí. Pero me limitan las intrigas palaciegas. Las derro-
to con mi axioma de que nadie es más útil que el despensero; por lo tanto, me
he propuesto ser el despensero del Rey: tapo a su Majestad con gruesas sumas,
al extremo de que sus agónicas rentas dependan cada vez más de mis envíos.
En sólo ocho armadas le remití diez millones de pesos oro.

También atribuyen a mi juventud los pecados de la carne. Como si no
los tuvieran los seniles que, además de inducir al vicio, dejan insatisfechas
a las mujeres. En Lima abundan las damas atractivas que hacen lo nece-
sario para deslizarse hasta mis aposentos. Y eso les da envidia. También en-
vidian mis dotes poéticas. Son la hez de la miseria humana. Nada me per-
donan, los bribones. Ya he oído que impulsan un juicio de residencia[16] *para*
cuando termine mi mandato. Me aborrecen por las obras buenas.

* * *

El paje lo ayudó a vestirse. Tras la puerta hacían guardia los ala-
barderos y esperaban varios dignatarios. Todo estaba dispuesto para
una nueva visita al flamante puente de piedra, una de sus obras más
costosas y queridas.

Mientras, cerca del Palacio, el inquisidor Gaitán ultimaba su estrategia de la entrevista que un par de horas después mantendría con
el Virrey.

La comitiva oficial, precedida por una brillante guardia, se desplazó hacia el puente tendido sobre el Rímac. Unía el casco de la capital con el barrio de San Lázaro. El torrente que dividía Lima tenía
un bello nombre: "río que canta". Sus aguas rodaban sobre piedra y
desiguales alfombras de arena. Proveían nutrición a los alrededores
secos. Pero dificultaban las conexiones con los valles del Norte y
mantenían relativamente aislados importantes sectores de la ciudad.
El marqués de Montesclaros se había propuesto construir una obra
que resistiera la corrosión del tiempo. "Que sea una estrofa inmortal." Había oído sobre un maestro de cantería que vivía en Quito y
edificaba obras admirables. Le previnieron, sin embargo, que no
existían recursos para efectuar un gasto de esa envergadura. El marqués reflexionó y, antes de que sus interlocutores acabasen de enumerar los escollos, se dirigió a su ayudante de la derecha: "Pida al
Cabildo que mande venir a ese iluminado alarife". Se dirigió a su

ayudante de la izquierda: "Obtendremos los recursos de nuevos impuestos, porque no voy a tocar una moneda del Rey".

El puente se abría con un airoso arco. Desde su sólida altura se podía escuchar el canto del Rímac. El pretil de ambos lados era suficientemente grueso para detener las embestidas de los carruajes sin control. En el extremo que desembocaba sobre el barrio de San Lázaro se elevaban dos torreones, donde fueron grabadas las inscripciones alusivas a la ejecución de la obra. El Virrey se detuvo a leerlas con atención, no fuera a ser que una mano traviesa hubiera distorsionado su nombre u olvidado alguno de sus títulos más sonoros.

Sus acompañantes creyeron que concluía la visita, pero el marqués prefirió seguir caminando. Necesitaba más distensión antes de su entrevista con el amargo Gaitán. Siguió, pues, hacia la Alameda. Era el hermoso paseo que había mandado construir con el puente. (Los clérigos austeros deploraban que gastase una fortuna en mejorar el paisaje de este mundo.) La corte virreinal, los ministros, los oficiales y soldados de la milicia, así como las damas de Lima, se habituaron a pasear por esa Alameda. El solaz y la conversación facilitaban los cruces de miradas, las miradas creaban sutiles códigos y los códigos solían concluir en inolvidables transgresiones. Las malas lenguas decían que construyó la Alameda para "censar y cazar" a las mujeres de Lima.

Finalmente ordenó regresar a Palacio. Saludó otra vez a los esbeltos torreones del puente y miró hacia el río. Hasta sus márgenes descendían los aguateros y las negras lavanderas. También algunos jinetes, para dar de beber a sus cabalgaduras. Entre éstos apenas vio a dos jóvenes que llegaban del Sur, uno montado en corcel rubio y el otro en mula.

65

Es penoso discutir con estos cuervos, piensa el Virrey mientras se acomoda en su sillón para soportar la pelea inminente. Nada les alcanza. Si pudieran, acapararían todo el poder del reino y de la Iglesia. Desde el comienzo se los llenó de prerrogativas. Ahora ya no es posible frenarlos. Además, exigen que todos sus funcionarios, esclavos y sirvientes respondan únicamente al Santo Oficio. Como si los barberos pretendieran ser juzgados por los barberos y las putas por las putas.

Varios de mis predecesores rogaron al Rey que pusiera límites a su prepotencia, pero fue en vano. Con intrigas y terror obtuvieron una cédula real tras otra en su exclusivo beneficio. Lejos de Lima, los familiares de la Inquisición se exceden más aún. Tanto es así que el arzobispo pidió moderación a los inquisidores en la defensa de sus familiares violentos e imprudentes. Inútil. El Santo Oficio es una cofradía donde basta ser miembro de ella para coronarse ángel.

De ahí la necesidad de las concordias, una suerte de emplasto jurídico que pondría límites a estas fieras. Pretenden superioridad en lo civil y en lo eclesiástico; pretenden funcionar como hermanos mayores de la Audiencia; pretenden aplastar al Virrey bajo la suela.

Por la concordia de 1610 los negros del Santo Oficio ya no pueden ir armados y los inquisidores, aunque tienen aún derecho a enterarse sobre la salida de los correos, no pueden vedar su partida. Tampoco pueden prohibir que los obispos trasladen a los religiosos sin su consentimiento. Y se les bloquea, además, su intervención en los asuntos universitarios. Son progresos.

* * *

El marqués vio la irritante efigie del inquisidor Andrés Juan Gaitán en el vano de la puerta. Su rostro parecía una calavera apenas forrada por piel tirante y pálida, que contrastaba con la túnica negra de la investidura. Se le acercó despacio. Hasta en el andar proclamaba soberbia.

Pronunciaron los saludos de estilo y se ubicaron frente a frente. Eran adversarios manifiestos que no podían expresar el monto de su desconfianza y antipatía. Las ponzoñosas cargas de hostilidad debían intercambiarse con envoltorios de terciopelo.

—Fue usted muy gentil al difundir la concordia con tambores y atabales —dijo el Inquisidor.

—Todo lo que atañe al Santo Oficio es de primera importancia —retrucó, cínico, el Virrey.

—Distribuyó, además, copias entre particulares...

—El pueblo debe estar informado.

224

—Sin embargo, la concordia tiene muchos puntos que merecen corrección, Excelencia.

—Todo es perfectible, desde luego.

—Por eso he venido. Presumo que reconoce cuánto necesita del Santo Oficio la salud del Virreinato.

—Presume usted bien.

—Las idolatrías siguen alterando el alma de los indios; y las herejías, el alma de los blancos —Gaitán hizo una pausa antes de seguir—. Tenemos noticias sobre el continuo ingreso de judaizantes: no hay portugués que se exima de sospechas. También abunda la bigamia y crece el amancebamiento. Circulan libros llenos de inmundicias. ¡Hasta se infiltran los luteranos!

—¡Que catálogo! Es atroz. Y exacto, además —concedió el Virrey.

—De esto tenemos que hablar.

—Lo escucho con devoción.

—Excelencia, vayamos al grano: es peligroso mellar la autoridad del Santo Oficio.

—¡Quién se atrevería!

—La última concordia, usted sabe...

—Sí, es un documento tibio.

—Quiere decir ¿poco duro con el Santo Oficio?

—¡No quise decir eso, válgame el Señor! Quise decir que no modifica la situación previa en grado significativo, para bien del Santo Oficio, y para bien del Virreinato, obviamente.

—Algunos oficiales reales creen que esta concordia los faculta para apresar a los oficiales de la Inquisición. Ya se han producido hechos aberrantes, en los que se evidenció resentimiento y crueldad.

—No estaba enterado —protestó el Virrey.

—¡Olvidan que atentar contra los miembros del Santo Oficio es como atentar contra la Santa Sede! Es un sacrilegio.

—Por supuesto. ¡Castigaré a quienes cometieron ese atropello imperdonable!

—Me complace tan viril reacción.

—Es mi deber.

—Gracias, Excelencia —estiró los pliegues de su túnica y acomodó la pesada cruz que llevaba al pecho—. Tengo otra queja, si me permite.

—Adelante, ilústreme.

—La concordia nos prohíbe dar licencias para salir del Perú; nos quita esa prerrogativa.

—En efecto.

—Es un error muy grave.

—Si usted lo dice... Pero, ¿qué puedo hacer yo? Es la voluntad del Rey —estiró los labios enigmáticamente.

—La licencia que otorgábamos para viajar nos permitía descubrir a los herejes fugitivos. Cuando alguien solicitaba una licencia en el Santo Oficio, buscábamos su nombre en el registro de testificaciones. Y si existía una denuncia, ese reo no escapaba.

—Tiene razón. Y es lamentable que se haya privado al Santo Oficio de un instrumento tan eficaz. Yo, sin embargo, no puedo modificar ese artículo —concluyó con repentina firmeza.

El Inquisidor le clavó las pupilas envenenadas durante un largo segundo. Después bajó los párpados y con forzada amabilidad replicó:

—A mi juicio, puede... En todo caso, volveremos a conversar. Ahora quiero formularle otra queja: la concordia prohíbe que tengamos negros o mulatos armados.

—Efectivamente.

—No se debe anular este privilegio. La Inquisición funciona en Lima desde hace cuarenta años. ¡Qué es eso de desarmar al Santo Oficio!

—Me asombra usted.

Los ojos de Gaitán eran moharras de acero.

—Me asombra usted —repitió el virrey—. Y me entristece: ¿quién sería tan puerco de intentar vejar al Santo Oficio?

—Esto debe ser corregido, entonces.

—Pero los negros armados a veces cometen tropelías. Son un peligro real.

—No cuando acompañan a funcionarios —replicó el Inquisidor.

—Reconozco que en esas condiciones disminuye el peligro, sí.

—Le pido un decreto de excepción, entonces.

—¿Un decreto de excepción?

—Que los negros puedan llevar armas cuando acompañan a los inquisidores, al fiscal y al alguacil mayor del Santo Oficio.

—Lo pensaré.

Gaitán acarició su cruz. No le satisfizo la respuesta.

—¿Puedo solicitar a Su Excelencia un plazo?

226

—No le doy un plazo, sino mi promesa de contestarle a la brevedad.

El Inquisidor advirtió que la audiencia llegaba a su fin. "Este maldito poeta metido a Virrey —pensó— quiere tener la última palabra y sacarme de aquí sin un compromiso. Pues no me iré antes de refregarle un recordatorio a su carita de malviviente."

El marqués de Montesclaros se incorporó. Era la señal inequívoca. El Inquisidor debía hacer lo mismo y despedirse, según las normas del protocolo. Pero el Inquisidor pareció víctima de una súbita ceguera: ni lo vio ni se movió, abstraído en la cruz que ocupaba la superficie de su pecho. Competían el poder del César y el poder de Dios. Andrés Juan Gaitán, representante de Dios, era casi Dios. Con tono de ultratumba le descerrajó el debido discurso. Habló sentado, como si gozara de la cátedra, a un Virrey que se había puesto de pie, crispado y prisionero.

—Desde la fundación de la Iglesia —se dirigió a sus dedos ocupados en acariciar la cruz—, el castigo de la herejía estuvo a cargo de sacerdotes. Para que no hubiera descuidos, el Papa Inocencio III creó el Tribunal de la Inquisición. Gran Papa, gran santo. Y para que la Inquisición no padeciera vallas en su tarea sublime, tanto los Papas como los reyes la han eximido del poder civil e incluso eclesiástico común. Sus miembros gozaron de prerrogativas. Prerrogativas, privilegios e inmunidades, para que la tarea redundase en el aumento de la fe. Como los asuntos relativos a la fe pertenecen en última instancia al Papa, la jurisdicción principal del Santo Oficio es eclesiástica. La jurisdicción civil, en cambio, y la de un Virrey, y la de una Audiencia por extensión, están por debajo de aquélla. Por debajo, bien por debajo, así como la tierra está debajo del cielo.

Elevó lento su mirada y simuló sorprenderse. Como si no hubiera advertido que le estaba faltando el respeto al Virrey. Hizo una reverencia disfrutando su pequeña victoria. Giró y caminó con majestad hacia la puerta.

El marqués se quedó masticando la agresiva frase: "Todas las prerrogativas…, todas las prerrogativas…"

66

El tabuco de Diego quedaba a la vuelta del hospital portuario. A Francisco le costó disimular la pena que sentía por aquel hombre vencido que adoptaba, incomprensiblemente, una marcha bamboleante y grotesca. Le dolía su sonrisa, de perpetua disculpa. Era una lastimosa reproducción del médico que años atrás pisó firme en Ibatín. Sus manos terrosas colgaban como trapos. Miraba el suelo, desconfiado de su vista. Se detuvo frente a una puerta formada por listones que unían dos travesaños.

—Aquí es —murmuró avergonzado.

Empujó. No tenía llave, ni candado, ni tranca y uno de los tres goznes estaba roto. Al hijo lo abochornó el agujero que era la vivienda de su padre. De repente se iluminó el portal de Ibatín y el patio de naranjos; el color pastel era revuelto con círculos azulinos. La intensidad de la alucinación le produjo un mareo. Avanzó en el oscuro rectángulo y olió la humedad. A medida que se esfumaba el relumbre de Ibatín, pudo divisar las paredes de adobe parcialmente encaladas, el piso de tierra y el techo cañizo por donde se filtraba la eterna nubosidad del Callao.

—Nunca llueve —justificó Diego.

Francisco vio sus objetos, pocos y ruinosos. Una mesa sobre la que se apilaban papeles, libros, una jarra de latón y un cazo de barro. Un estante con más libros. Un jergón de paja. Dos bancos, uno adherido a la mesa; y el otro, a la pared. En el fondo se tocaban un cofre y una alacena sin puertas. Varios clavos fijados en el muro eran los percheros. Se quitó el sambenito y lo colgó de uno de esos clavos.

Abrió los brazos huesudos: "Estás en tu casa", quería decir. Una casa lúgubre, testimonio de su caída. Corrió el segundo banco hasta la mesa. Después abrió el cofre: buscaba elementos que mejorasen la fisonomía del recinto y expresaran su alegría por la llegada del hijo. A éste, en cambio, la preocupación del padre por darle la bienvenida le resultaba intolerable. Enfatizaba su decadencia.

Descargó su equipaje, que la mula atada al palenque exterior agradeció con un estremecimiento. Lo instaló en el centro del cuarto. El golpe sordo llamó la atención de Diego. Su mirada pretendía decir: "¿Qué traes?". Francisco sacó las ropas, la gruesa Biblia y una talega. Lo invitó a que se acercara. No entendió. Que se acercara, que abriese la talega. "¿Un regalo?", supuso, conmovido. Sí, habría querido explicarle Francisco, pero sus labios no podían emitir sonido, es un regalo que viene de Córdoba; me lo entregó tu fiel esclavo Luis antes de mi partida y lo he vigilado como un tesoro de rey a lo largo del viaje.

Diego se inclinó, palpó el rústico saco e inmediatamente refulgieron sus ojos con la intensidad de otros tiempos. Sus dedos abrieron el nudo y extrajo un escoplo; lo frotó contra la manga y lo acercó a la luz. Una sonrisa que por fin no era disculpa llenó su cara. Lo dejó sobre la mesa como si fuera de cristal. Halló una cánula, también la frotó e hizo chispear junto a la luz. Recogió, acarició y saludó cada pieza, como si fuesen individuos que merecían ternura. Tragaba saliva mezclada con silenciosas lágrimas. Apareció el estuche de brocato y lo agitó para oír la respuesta de la llave española. Meneó la cabeza con una expresión de gratitud.

Entonces Francisco le contó de Luis. Correspondía narrarle el prodigio: cómo escondió las piezas, cómo soportó el castigo del capitán Toribio Valdés y el interrogatorio del comisario. Pero se detuvo cuando iba a describir sus escapadas al matadero para calmar el hambre de la familia con sus hurtos. Aún no podía descender al pozo de la tragedia familiar, era insoportable.

—Vi al virrey, ¿sabes? Estaba cruzando el puente de piedra. Lorenzo insistía en que Su Excelencia lo miró desde arriba; y que esa mirada era una invitación concreta para incorporarse a su cuerpo de oficiales.

Nada dijo de su fugaz pasaje frente al palacio inquisitorial ni de la aparición del inquisidor Gaitán. Lorenzo era un buen amigo —volvió a hablar de él para diferenciarlo de su padre, el capitán de lanceros—. Creo que hará carrera, que oiremos de sus hazañas.

Luego rememoró otras peripecias del viaje. Mencionó personas que su padre conocía: Gaspar Chávez, José Ignacio Sevilla y Diego López de Lisboa. Ante sus nombres, a Diego le tembló el mentón y bajó los párpados. No hizo comentarios. No hizo comentarios sobre nada. Se limitaba a escuchar con interés. A menudo se retorcía los dedos. Durante horas, en su húmedo tabuco resonaba el monólogo de Francisco. Parecía lo mejor, lo tolerable. El hijo se encontró hablando del convento dominicano de Córdoba.

—Me despedí de fray Bartolomé —dijo—, a quien efectué una sangría. Sí, una sangría...

Y se dispersó contando la hazaña, porque era duro narrar otras cosas, como el triste fin de Isidro Miranda, encerrado en su celda por demente. En forma salteada le contó de sus lecturas, la confirmación y el aprecio que le había brindado el formidable obispo Trejo y Sanabria. Después no pudo resistir y habló de sus hermanas. "Estaban bien" (repetía expresiones de su madre), bajo el amparo de un monasterio.

Los párpados de Diego se empezaron a levantar con más frecuencia. Pero su mirada transmitía pesadumbre. Un dolor intenso y misterioso paralizaba su lengua. No podía contar. No podía preguntar. Pero agradecía el relato, fragmentado y zigzagueante como agua de una fuente amarga. Quería saber de Aldonza, lo decían sus ojos. Quería saber, porque ya le enteraron de su muerte en forma abstracta, como a su familia la habían enterado de sus tormentos y su reconciliación. Francisco aún no podía hablar de su madre. Reconstruyó, en cambio la mágica visita de fray Francisco Solano.

—¡Fue una aparición! —exclamó—. Lo acompañaba su giboso ayudante, durmió en un canasto y... ¡criticó la denominación de "cristiano nuevo", papá!

Se esforzó por recordar la brillante argumentación del fraile contra esa calificación discriminatoria. Aseguró que era un santo, que realizó milagros vistos por miles de personas. Y era un santo porque, además de los milagros, desafió a la chusma acompañándolos a la iglesia por la calle invadida de curiosos. Contó sobre el pintoresco vicario que tuvo en La Rioja y a quien acusaron de judaizante.

—Y el aprecio que tuvo por tu gesto, papá, cuando compraste la vajilla del procesado Antonio Trelles.

Otra vez izó los ojos, estremecido. Pero tampoco habló.

Por fin Francisco consiguió narrarle las atrocidades que habían padecido tras su arresto y el de Diego. Entonces se atrevió y entró a saco en la dolorosa profundidad. Le contó los horrores. Lloró, puteó, blasfemó, tosió. Hasta que su convulsión empezó a serenarse. Enjugó sus mejillas con la manga e hizo la demorada pregunta:

—Papá, ¿qué sabes de Diego?

El padre hundió la cabeza entre los hombros y se llevó una mano al pecho. Esa pregunta había sido una estocada al corazón. Se tapó el rostro contraído. Y empezó a llorar, al principio con sacudidas aisladas, vergonzantes, luego con gemidos y más adelante con el fragor de un animal desollado.

Era la primera vez que Francisco lo veía así, tan deshecho y no supo qué hacer con sus palabras, sus dedos, sus piernas. ¿Qué le habría pasado a Diego? ¿Murió? ¿Perdió la razón? ¿Lo encerraron nuevamente? La cordillera derrumbándose no le habría producido más angustia que ver a su padre roto en cascajos. Tímidamente le apoyó la mano en la espalda húmeda. Era un saco lleno de sufrimiento. Se apaciguó apenas y le devolvió la caricia.

—Partió... —dijo con voz arenosa, entre hipos—. Después de cumplir la penitencia en un convento, pidió autorización para irse del Perú... Se la... se la concedieron. Embarcó hacia Panamá. Evitó despedirse... Vaya a saber dónde estará ahora... Vaya a saber... qué es de su castigada vida. No sé más... Jamás escribió... O no me entregan lo que escribe.

Apoyó los puños sobre las rodillas y se irguió con extrema dificultad. Se balanceó hasta el brasero, donde estaba a punto de hervir el agua. Sin mirar a su hijo, por la vergüenza, pidió que le alcanzara tasajo, coles y ají.

Mientras cocinaba dijo que había velas en la alacena, una manta en el cofre y pan de la mañana en un cesto junto al anaquel. Francisco no se dio cuenta en ese momento de que habían empezado el diálogo. Elemental y exangüe, pero diálogo al fin.

67

¡Hipócritas!, maldice por lo bajo el virrey. El inquisidor Gaitán dedicó su sermón a condenar la vanidad y la soberbia mirándome fijo. Citó el capítulo VI de San Mateo: "Cuando ores no seas como los hipócritas, pues ellos aman orar en las sinagogas y en las calles, en pie, para ser vistos por los hombres; de cierto os digo que ya tienen su pago". ¿Quiénes son los que gustan de exhibirse ante los hombres y recibir sus honores sino los inquisidores mismos?

A poco de mi llegada ya tuve que soportar sus pretensiones. En el primer domingo de Cuaresma se iba a leer el edicto de fe en la iglesia mayor, tal como era la costumbre. Los alcaldes, en un gesto de obsecuencia, fueron a buscar

y escoltar a los inquisidores a la sede del Santo Oficio en vez de ir a sus res-
pectivas casas. ¡Qué estupidez! ¿Para qué se les ocurrió innovar? Los inqui-
sidores se sintieron agraviados por el inconsulto cambio de protocolo y, al orga-
nizarse el cortejo, no permitieron que los alcaldes se pusieran a su lado: les
ordenaron pasar adelante como funcionarios inferiores que abren paso y anun-
cian a los superiores. Los alcaldes se sorprendieron por la dureza del trato y,
con palabras respetuosas, expresaron que debían conservar sus lugares en ra-
zón de su investidura. Los inquisidores les contestaron con odio, los insultaron
y amenazaron. Los alcaldes tuvieron miedo, pero creían que aún estaban en
condiciones de llegar a un acuerdo. Los inquisidores se manifestaron más ofen-
didos aún y mandaron encarcelarlos con cadenas. Los alcaldes, azorados, aban-
donaron la comitiva antes de ser prendidos y corrieron a mi Palacio. Yo les
brindé protección, desde luego, pero la cosa no terminaba ahí, por cierto.

Escribí al Santo Oficio (con halagos y cortesías de introducción, ya que
si entre hipócritas estamos...) diciéndoles que, a mi juicio, los alcaldes, al
defender su jurisdicción y preeminencias, no habían cometido desacato. En
cambio (no podía frenar mi gozo de hundirles la espada), dije que ellos sí se
habían excedido al mandar prenderlos, porque uno de los alcaldes era caba-
llero de Calatrava. Como solución les proponía olvidar el caso.

El inquisidor Verdugo (acertado apellido para un hombre tan piadoso)
contestó al día siguiente relampagueando cólera. Pero con fina ironía (ya
que seguíamos estando entre hipócritas...) elogió mis esfuerzos por fortalecer
la autoridad del Santo Oficio, a la cual yo estaba obligado (también me
hundió la espada) como particular, como Virrey, y para cumplir la volun-
tad de Su Majestad (de paso me recordaba que soy un subordinado). Verdu-
go calificaba el hecho (de no haber ido los alcaldes a buscarlos a sus respec-
tivas residencias) como gravísimo y escandaloso. Según su punto de vista, tal
actitud revelaba subversión contra la autoridad del Santo Oficio, deseos de
obstruir su sagrada obra y un mal disimulado odio. Su comportamiento tu-
vo el agravante de humillarlos públicamente por abandonar la comitiva sin
autorización. En consecuencia —concluía su carta—, yo debía limitarme a
permitir que el Santo Oficio hiciera lo suyo (encarcelarlos).

La insolencia del inquisidor me puso los pelos de punta y, sin calcular el
riesgo que significaba para mi cargo y mi vida, le respondí sin las corteses men-
tiras de estilo. Dije que no podía consentir que se metiera en mi jurisdicción
porque aquí, en Lima, el representante de su Majestad era yo. También le di-
je, con todas las letras, que en este caso era difícil separar lo esencial de lo ge-
nerado por el amor propio. Le volví a clavar la espada pero hasta el mango (y

se la revolví en las tripas), expresándole que era posible amar y respetar al Santo Oficio aunque no se acompañe a los ilustrísimos inquisidores desde el zaguán de su casa para un acto tan ordinario como la lectura de un edicto de fe. Y que me parecía una exageración calificar la conducta de los alcaldes como desacato, escándalo público, oposición y odio al Santo Oficio por una causa tan baladí. Propuse remitir el asunto a Su Majestad.

El inquisidor tardó en contestar esta vez y evaluó cada palabra. Escribió que el caso de los alcaldes pertenecía al Santo Oficio (el muy perro tenía como norma no ceder nunca) y que si yo hubiese permitido su arresto, todo estaría solucionado. Que gustosamente pondría la causa en mis manos, pero se lo impedían sus obligaciones.

Consulté con la real Audiencia, naturalmente, y algunos oidores opinaron que no había razón para ceder. Fue entonces cuando tuve noticias de los cargos que los perros iban a levantar en mi contra, fabricando calumnias que llegarían oblicuamente a la Suprema de Sevilla. Decidí aflojar (contra mis convicciones y sentimientos), no vaya a ser que una estulticia de protocolo se convirtiese en mi irrefrenable desgracia. Sentí tanto asco que escribí al Rey: dije que estos venerables padres (me esforzaba por mantener las formas) eran muy celosos de su jurisdicción; tras las críticas de protocolo se escondía un celo en ascuas por el espacio de poder. No sólo competían conmigo, sino también con la Iglesia. Me alivió enterarme poco después de que el arzobispo de Lima pensaba igual. Escribió —¡el arzobispo, no yo!— que los inquisidores pretendían gozar de las mismas preeminencias que el Virrey.

¡Menos mal que el arzobispo se llama Lobo Guerrero! No es un hombre que se acobarde. Pero uno de los inquisidores se llama Francisco Verdugo... ¿Qué ha pretendido Dios de mí al ponerme entre un Lobo Guerrero y un Verdugo? No debe ser simple casualidad.

68

Francisco volvió a instalarse en la celda vacía del convento dominico de Lima. Como de costumbre, Fray Manuel Montes lo acompañó, entró primero y corroboró la ausencia de objetos. Ignoraba las ratas.

—Dormirás aquí —dijo fríamente como si fuese la primera vez.

Luego las ratas saludaron con su precipitación de torrente.

A la madrugada pasó el hermano Martín. Los contornos de los árboles recién empezaban a mostrarse. No lo saludó, lo cual era extraño en él; algo grave ocurría. Francisco se deslizó hacia el hospital. Vio la botica abierta e inspiró su picante fragancia. Volvió el hermano Martín a la carrera y tropezó con fray Manuel, quien avanzaba con paso rígido. Martín cayó de rodillas y le besó la mano. El fraile la retiró bruscamente. Martín le besó los pies y el fraile retrocedió.

—¡No me toques!

—¡Soy un mulato pecador! —dijo Martín a punto de quebrarse en un sollozo.

—¿Qué has hecho?

—El prior Lucas se ha enojado porque traje a un indio al hospital.

Fray Manuel permaneció callado, los ojos perdidos en lontananza. Después se curvó para que no lo alcanzaran los dedos implorantes del mulato y se escabulló a la capilla. Francisco se acercó a Martín, que yacía tendido boca abajo.

—¿Puedo ayudarte?

—Gracias, hijo.

Le ofreció la mano.

—Gracias. Soy un pecador impenitente —rezongó—. Un pecador inmundo.

—¿Qué ha pasado?

—Desobedecí; eso ha pasado.

—¿Al prior?

—Sí. Para salvar a un indio.

—No entiendo.

—Un indio cubierto de heridas y llagas se desvaneció anoche frente a la puerta. Corrí a levantarlo; estaba vivo, pero exhausto. Sólo gemía. Fui a pedir permiso al prior, que está enfermo también. Lo negó, y me recordó que éste no es un hospital de indios —levantó un pliegue de su túnica y se secó la cara—. No pude dormir, me pareció entender que el Señor, a través de mis sueños, me ordenaba prestar ayuda a ese infeliz. Fui a la puerta. Era la mitad de la noche y ahí estaba, tendido, cubierto de insectos. Las sombras me confundieron, porque vi a Nuestro Señor Jesucristo después de la crucifixión —ahogó el llanto—. Lo cargué sobre mi hombro. Era tan liviano... Lo llevé a mi celda, lo recosté, lo atendí. Pequé miserablemente.

—¿Por qué pecaste?

234

—Desobedecí a mi prior. Introduje al indio y éste no es un lugar para indios. Hay un orden en el mundo.

—¿Qué harás ahora?

—No sé.

—Estás en pecado.

—Sí. Fui a contarle al prior, como corresponde. Recién fui a contarle. Se enojó mucho. Y está muy enfermo. El enojo le hará mal. Tampoco me perdona fray Manuel.

69

La enfermedad del prior se había convertido en un problema de toda la orden. Aunque se alimentaba y bebía —los criados se ocupaban de prepararle guisados nutritivos y escogerle el agua fresca del amanecer—, empeoraba de día en día. A su rápido decaimiento se añadió una acelerada pérdida de la visión.

Francisco se sentía incómodo. Rondaban espectros, todos tenían mal humor, en el refectorio se comía tensamente. A cada rato se efectuaban servicios religiosos extras; y cada uno debía sentirse culpable de la enfermedad. Francisco también. Por si no lo sabía, fray Manuel se lo descerrajó de frente: debía hacer actos de contrición y liberarse de algo feo que habitaba en su sangre abyecta y que había empezado a crecer seguramente desde que reencontró a su padre en el Callao. Francisco se retorció los dedos y rezó mucho.

Nadie se atrevía a mencionar la complicación que ensombrecía el pronóstico. Los frailes debían azotarse para eliminar los pecados que descendían transformados en enfermedad sobre el estragado cuerpo del prior. Se realizaban procesiones nocturnas en torno al claustro bajo la trémula luz de los cirios. Se flagelaban en grupos. Los oscuros látigos giraban sobre las cabezas y golpeaban en los hombros y espaldas hasta hacerlos sangrar. Las rogativas crecían de volumen hasta conmover el cielo. Algunos caían al piso enladrillado y lamían las gotas de sangre, emblema de la derramada por Cristo, hasta que las lenguas se convertían en otra fuente de purificadora hemorragia.

Francisco presenció uno de los solemnes ingresos del doctor Alfonso Cuevas, médico del Virrey y la Virreina. Fue su primer contacto con la alta medicina oficial. Tras el fracaso de los tratamientos que recomendaron varios físicos, cirujanos, herbolarios, especieros y ensalmadores, la orden dominica había decidido solicitar su concurso, previa autorización de su Excelencia. El virrey Montesclaros accedió, por supuesto, y el facultativo empezó a asistirlo. Anunciaba su hora de arribo con antelación para que le preparasen buena luz y una muestra de orina en recipiente de cristal. Los frailes se excitaban, discutían sobre qué candelabros y qué recipientes, quién aguardaría al médico en la puerta de calle, quién en el primer patio, quién ante la celda de fray Lucas y quién dentro de la celda para escuchar sus palabras. El convento se alborotaba desde que anunciaban su visita. Martín y sus ayudantes corrían con la escoba para limpiar otra vez el cuarto que ya había sido limpiado.

El doctor Cuevas llegaba en su carroza, como era habitual. Un criado le abría la portezuela y otro lo ayudaba a descender. Vestía calzón de paño negro a media pierna y zapatos con gruesas hebillas de bronce. Sobre su aterciopelado chaleco relucía una cadena de plata con sellos dorados. Se quitaba la capa y el sombrero, que recogía un fraile haciendo reverencias. Atravesaba el claustro como un ángel de la victoria. Francisco corrió tras los frailes y, a través de hombros y cabezas, pudo atrapar fragmentos de su embriagadora tarea.

Tras examinar el aspecto y olor del paciente, estudió su orina y se dispuso a formular su impresión. Esta vez —señaló con el ceño nublado— reconocía que fray Lucas Albarracín estaba decididamente grave.

Los sacerdotes rumorearon su alarma. Martín se mordió los labios y oprimió el brazo de Francisco un par de veces.

Según la *Articella* de Galeno, el *Canon* de Avicena y las opiniones de Pablo de Egina —agregó el facultativo—, Lucas Albarracín acumulaba síntomas que exigían más oraciones que sangrías, lo cual era una indirecta alusión al mal pronóstico. Dijo que se habían acumulado cinco trastornos que empezaban con la letra "p": tenía una "penta-pe". Enumeró y tradujo para su audiencia: *prurito* o picazón, *poliuria pálida* o meadas frecuentes e incoloras, *polidipsia* o sed, *pérdida de peso* lo entendían sin traducción, y *polifagia* o hambre exagerada. Además, había desaparecido el pulso que late sobre el dorso del pie. Hizo otra pausa y citó a Hipócrates, Alberto Magno y Duns

Scoto. En conclusión, debía proveerse calor a la pierna. Si el pulso no retornaba en un tiempo prudencial, habría que tomar medidas heroicas. Explicó entonces, con renovadas citas de los clásicos, que las medidas heroicas tenían muchas veces el premio de una completa curación. No dijo aún cuál sería la medida heroica. Extrajo su perfumado pañuelo, rozó elegantemente su boca y su nariz e indicó el régimen alimenticio: tisanas, verduras y caldo de gallina.

Recuperó su sombrero y su capa. Caminó por entre el enjambre de sacerdotes hacia la puerta con más apostura que al llegar. Parecía un general romano después del triunfo. Los frailes sonreían contentos y reiteraban sus gracias al Señor. No hicieron preguntas, porque significaría insolencia. En cambio rebotaba el vocablo esperanzado "curará", "curará". Con semejante doctor el Demonio se retorcía como una cucaracha en el brasero.

Francisco también sintió alivio. Cuevas tenía habilidad para apaciguar el entorno, aunque la salud del enfermo no acusara modificación. Poco después Cuevas ordenaría la medida heroica y Francisco tendría acceso a la ferocidad de un acto quirúrgico en la Ciudad de los Reyes, a metros de la Universidad de San Marcos, en este mismo antiguo convento de Lima.

70

No olvidaré, se regodea Montesclaros, la pulseada que tuve con los inquisidores Verdugo y Gaitán con motivo del último Auto de Fe.

Los recursos del Tribunal y de los reos eran escasos para desplegar la pompa que tanto les gusta. Entre los reos había miserables de variada naturaleza y unos pocos valiosos; recuerdo a un médico portugués que arrestaron en la lejana Córdoba, apoyado sobre muletas y que, a pedido mío, fue enviado después de la reconciliación a trabajar en el hospital del Callao para aliviar nuestra crónica carencia de facultativos.

Los inquisidores habían decidido realizar el Auto de Fe en la catedral. Yo sabía que, de esa forma, pretendían obtener otra ganancia, esta vez a costa del obispo Lobo Guerrero. Me dije que no les daría el gusto. Ellos, con hipócrita buena disposición, quisieron torcer mi voluntad. Los muy viles pro-

pusieron que si me sentía incómodo en la catedral no me molestase en concurrir... Mi mirada llena de cinabrio cerró la entrevista. Entonces llamaron a mi confesor y le exigieron que me persuadiera. ¡Son increíbles!

Claro. Los Autos de Fe implican un acontecimiento que combina miedo y diversión. El pueblo es convocado mediante pregones e invitaciones especiales. Pero antes de comenzar, las autoridades civiles y eclesiásticas, ¡deben ir en busca de los inquisidores! (aquí empieza la pública genuflexión que tanto aman), para después marchar en procesión hacia la Plaza Mayor. Debe caminar el Virrey junto a ellos (segunda genuflexión, porque significa que su poder es igual al mío). Delante va el estandarte de la fe llevado por el fiscal del Santo Oficio (tercera genuflexión). Siguen la Audiencia, los Cabildos y la Universidad. Una vez llegados a la Plaza todos escalamos el tablado, donde también se sigue un riguroso protocolo. El Virrey y los inquisidores nos sentamos juntos en la grada más alta bajo un dosel, igualándose nuevamente (cuarta genuflexión). A los lados y delante se distribuyen las demás autoridades, con la misma secuencia que en la procesión. En las gradas inferiores se ubican los religiosos de las órdenes, es decir, muy por debajo de los inquisidores y demás funcionarios del Santo Oficio (quinta genuflexión). Por último, frente al tablado oficial se sitúa a los penitentes, que serán el gran bocado. Cerrando la circunferencia se extienden las gradas para el resto de la multitudinaria concurrencia.

Cuando me explicaron este ceremonial por primera vez y concurrí a uno de ellos en España, estaba lejos de sospechar cuántos conflictos de preferencia y etiqueta pican como ronchas a cada funcionario: se desesperan por ganar un centímetro de ventaja. Esto ocurre en Madrid, México, Lima o cualquier otra parte donde se celebre un Auto de Fe. Algunas pretensiones tocan el cielo de ridículas.

Todos mis antecesores sufrieron el desparpajo de los inquisidores y éstos siempre se han quejado de que los virreyes les querían socavar la autoridad. ¿Cuáles son las estúpidas cuestiones en conflicto? Que si los inquisidores deben estar a la derecha o a la izquierda del Virrey... Que si deben ser iguales o distintas sus almohadas... Y otras sandeces parecidas porque son, en la oculta raíz, símbolos del poder.

Bien; como me opuse a que el Auto de Fe se realizase en la catedral, donde salía más barato, los sinvergüenzas me pidieron ayuda económica. Les demostré (con artilugios) que estaba más pobre que ellos. Entonces, furibundos, amenazaron con suspender el Auto. Está bien —dije—, suspéndanlo (¡qué lo iban a suspender!).

Por fin aceptaron hacer un Auto más modesto. Hubo pregones e invita-

ciones. La gente se volcó a las calles. Los reos fueron debidamente prepara-
dos con sus infamantes corozas, sambenitos y cirios verdes. Pero se sucedían
las idas y venidas de funcionarios entre mi Palacio y el de la Inquisición,
porque los bellacos temían otra de mis jugarretas. Era obvio que les estaba
doblegando la insolencia. Recién al mediodía se puso en marcha la comiti-
va hacia el Tribunal. Antes, ya se había hecho desfilar a los reos ante las
puertas del Palacio para que mi mujer los pudiese ver desde la celosía de una
ventana. La ceremonia se cumpliría de acuerdo con mi voluntad, aunque
Gaitán y Verdugo triturasen sus muelas. Hasta habían aceptado que sólo
yo, el Virrey, gozase de almohadones bajo las botas.

Pero eran falsos y no se dieron por vencidos. Mis espías pudieron leer la
carta que escribieron a la Suprema de Sevilla. Allí decían que no pudieron
dilatar más la celebración del Auto de Fe porque los relajados tenían mala
salud y se podían morir antes de la ejecución, lo cual quitaría fuerza alec-
cionadora a todo el proceso. Tampoco podían romper conmigo. Escribieron que
soy colérico y tenaz (¡no les pude agradecer el elogio!) y su enfrentamiento,
de seguir, podía derivar en disturbio y escándalo. Dijeron que las cosas iban
mal en el Virreinato por mi culpa. Que había que poner remedio urgente por-
que mi brazo acá es poderoso y la Suprema de Sevilla, aunque más podero-
sa que yo, estaba lejos.

71

Fray Manuel anunció que Francisco había sido aceptado en la
Universidad de San Marcos. Su voz monocorde no entró en detalles.
Era la misma voz que en el confesionario, mediante esporádicas puñaladas, le extraía el tuétano de los pecados y lograba hacerle expresar una desesperada adhesión a la religión verdadera. Añadió que durante sus estudios alternaría entre Lima y el Callao: seguiría los
cursos en Lima y podría entrenarse en el hospital del Callao, junto
a su padre. Conmovido ante tanta generosidad, bien escondida bajo la apariencia de cadáver, Francisco imitó a Martín: cayó de rodillas y le tomó la mano para besarla. Su piel era fría y blanduzca como la de un reptil. La retiró espantado.

—¡No me toques! —reprochó.

—Quiero expresarle mi felicidad.

—Reza, entonces.

Se limpió en el hábito la nerviosa mano que había sido rozada. Francisco fue a la Universidad con excitación. Se abría un mundo deslumbrante. Existía una biblioteca con todos los libros que había conocido en Ibatín y Córdoba y muchísimos cuya existencia ni sospechaba. Por sus claustros circulaban respetados eruditos en ciencia natural, filosofía, álgebra, dibujo, historia, teología, gramática. Flotaban los espíritus de Aristóteles, Guy de Chauliac, Tomás de Aquino, Avenzoar. Y existían remembranzas de las viejas Universidades de Bolonia, Padua y Montpellier. Referencias salpicadas unían a esta casa de estudios con las famosas escuelas médicas de Salerno, Salamanca, Córdoba, Valladolid, Alcalá de Henares y Toledo. Desde la cátedra se leían durante hora y media los textos que, de cuando en cuando, el profesor glosaba con elegancia. Algunos nombres sonaban familiares y Francisco se exaltaba: Plinio, Dioscórides, Galeno, Avicena, Maimónides, Albucasis, Herófilo.

Supo que Albucasis, el cirujano más grande de España, también fue cordobés de nacimiento, y reunió sus experiencias en una enciclopedia de treinta libros que pronto fue traducida del árabe al griego y del griego al latín. Lo estremeció el reencuentro con Plinio, de quien sólo había captado sus narraciones fantásticas; era más que eso: era un empíreo de sabiduría. El pensamiento saltaba por encima de las barreras: los egregios padres y santos de la Iglesia alternaban con las audaces ideas de moros, judíos y paganos.

A las clases no sólo asistían estudiantes, sino doctores, licenciados, bachilleres, clérigos y nobles. La lectura de los grandes textos constituía un acontecimiento solemne. En silencio los estudiantes escuchaban las frases que goteaban el oro de la verdad.

72

Es odioso reconocerlo, resopla el iracundo inquisidor Gaitán, pero negarlo sería mentir. Los obispos del Virreinato no tienen simpatía por el Santo Oficio. Desde el comienzo nuestras relaciones fueron tensas. Y no por cul-

pa del Santo Oficio, que llegó a estas tierras salvajes para poner orden en las costumbres disolutas y defender la fe.

El Señor, que lee en el interior de las almas, sabe que fui justo al haberme indignado con el primer arzobispo de Lima, Jerónimo de Loaysa, porque no nos acogió amorosamente. Había publicado un edicto nombrándose inquisidor ordinario, sin poderes. Quería retrotraer la guerra por la fe a los tiempos primitivos en los que aún no se había creado el Tribunal del Santo Oficio y eran ellos, los prelados, quienes se encargaban de perseguir las herejías. Con ese gesto evidenció que competía con nosotros y deseaba marginarnos.

También fui justo al no perdonar a otro obispo, el del Cuzco, Sebastián de Lartaun, quien manifestó públicamente que le pertenecían los asuntos del Santo Oficio... Me hubiera gustado ponerle una antorcha en la lengua. Fue tan provocador que había mandado prender a uno de nuestros comisarios y lo encerró en una mazmorra. ¿Puede haber algo más perjudicial? El Santo Oficio, para cumplir su sagrada misión, necesita colaboradores eficientes. Los comisarios, distribuidos por todas partes, deben trabajar sin clemencia para atrapar a esos excrementos del demonio que son los herejes. Pero como son clérigos, los obispos aducen que también les deben obediencia a ellos, no solo al Santo Oficio.

Como si no fuera bastante calamidad, sufrimos la disimulada antipatía de las órdenes religiosas... Muchas veces les hemos encomendado tareas. ¿Y qué dicen sus superiores? Que no los habíamos consultado y, por ende, producimos confusión. Pero, ¿cómo los vamos a consultar si las misiones nuestras, para ser eficientes, necesitan permanecer en secreto?

Las injurias no tienen límite. De ahí que muchas veces procedemos con violencia. Es el único lenguaje que entienden. El Santo Oficio es la mejor arma de Nuestro Señor Jesucristo y no vamos a permitir que se la ignore, margine o estropee.

73

"¿Es mi padre otra vez un sincero cristiano?", se preguntaba Francisco. "¿Ha abandonado definitivamente sus prácticas judaizantes? ¿Acepta vestir el sambenito como una merecida sanción?" En sus plegarias rogaba que así fuera. Había sufrido demasiado y necesitaba paz. Asistía a misa en ayunas para recibir en mejores condiciones la comunión. En la iglesia se arrodillaba, persignaba y permanecía solo. Su sambenito facilitaba el aislamiento, porque los demás fieles se apartaban de él, como si hediera. Era un réprobo que se consumía a causa de sus pasadas faltas. Quizás en las alturas recibían con dulce sonrisa su dolor, pero en la tierra incrementaba el desprecio de los vecinos. Los soldados de Roma soltaron carcajadas cuando Jesucristo cayó bajo el peso de la cruz y los parroquianos del Callao hubieran reído en pleno ofertorio si a Diego le hubiese caído una viga sobre la nuca.

También asistía a las procesiones. No llevaba las andas (se lo hubiesen prohibido) ni se acercaba a las sagradas imágenes, para evitar los empellones de rechazo. Se instalaba en la periferia de la multitud, aislado siempre, y movía los labios. Los familiares del Santo Oficio, que desde escondidos ángulos se encargaban de vigilarlo, no habrían podido formular críticas a su conducta.

Pasaba casi todo el día en el hospital. No lo cansaba examinar pacientes, controlar sus medicinas, cambiar vendajes, consolar desesperados, anotar observaciones clínicas. Sus enfermos eran los únicos que lo recibían con amabilidad. El sambenito no los mal disponía, era la ropa del doctor. Su presencia daba esperanzas. Muchas veces se sentaba junto a un enfermo grave y lo acompañaba en sus oraciones.

Luego Francisco reconocería que le debió gran parte de su formación médica. Lo acompañaba y asistía en sus recorridas incesantes. A Diego le gustaba repetir un aforismo de Hipócrates que nadie acataba: usar los propios ojos. Y daba un cómico ejemplo. Aristóteles sostuvo (vaya uno a saber por qué razón) que las mujeres tenían menos dientes que los varones. La Biblia, por su lado, cuenta que Adán perdió una costilla cuando el Señor creó a Eva. En consecuencia, las mujeres tienen menos dientes según Aristóteles, y los varones menos costillas según la Biblia. A partir de este pseudo dogma surgieron discursos elegantes sobre la sublime compensación de dientes por costillas... A nadie se le ocurrió contar las costillas y los dientes de varios hombres y mujeres sanos. Si lo hubieran hecho sabrían que el defecto de Adán no es hereditario y que la boca examinada por Aristóteles no ha sido la de una mujer intacta.

Conversando sobre el mismo tema, dijo Diego a su hijo que al hechicero nunca se le ocurre que una herida cura sola. Supone que debe mediar el tratamiento y, cuando las cosas marchan mal, debe encontrar al enemigo responsable: un espíritu u otro hechicero. Quienes leen correctamente a Hipócrates y observan con atención, en cambio, se enteran de que muchas heridas, para curar más rápido, sólo necesitan que se las deje en paz. Esto se aprende en la clínica.

Mucho después le habló del juramento hipocrático. El hijo no sospechó a dónde quería llegar. Era el más antiguo, dijo, el que impone dignidad a nuestra profesión. Pero no es el más correcto. Existía otro, preferido por él, que recitaba de cuando en cuando. Le aseguró que conmovía, que despertaba, que disponía a emprender la tarea diaria con fuerza y lucidez. Hizo un silencio largo. Necesitaba preparar a su hijo. Éste preguntó a cuál juramento se refería. Alzó sus profundos ojos repentinamente agrandados, y dijo con solemnidad:

—Maimónides.[17]

Si había pretendido estremecer a Francisco, lo logró. Aunque hablaban de medicina, elípticamente había puesto entre ellos a un judío.

Esa noche buscó unas hojas manuscritas en latín. Era la famosa oración. En lugar del nombre Maimónides —que podía suscitar inconvenientes—, decía *Doctor fidelis, Gloria orientis et lux occidentis.*

Mientras Francisco leía, su padre no retiró la mirada de su cabeza.

74

Caminaron por la orilla del mar, alejándose del Callao y su ruidoso puerto. Ambos querían desprenderse de la vigilancia ubicua que los aherrojaba día y noche. En el hospital no podían hablar porque un barbero, el boticario, un fraile, un sirviente, podrían malinterpretarlos y pronunciar la frase que operaría como delación. Entonces se hubiera puesto en movimiento la maquinaria que conduce hacia un miembro del Santo Oficio. La delación era una virtud; y don Diego era un penitenciado, un sospechoso vitalicio. El Tribunal apreciaría a quien se acercase para contar que dijo esto o aquello. Su vivienda tampoco era segura: en las casas de los penitenciados se instalaban orejas invisibles de gran poder.

Francisco conocía la playa del Sur, aquí había venido antes de reencontrarse con su padre; había necesitado hacerle una reverencia al océano e impregnarse de eternidad antes de poner a prueba su fortaleza.

Las olas se desenrollaban como alfombras. Su límite era una línea ondulada, inestable. ¿Otro alfabeto de Dios? Quizás ese trazo móvil era el relato maravilloso de la vida que transcurre en las profundidades. ¿No sería la inconmensurable losa azul de la superficie marina el cielo de otra humanidad que respira agua y recibe el hundimiento de los barcos como blandas caídas de meteoritos?

Diego Núñez da Silva caminaba con esfuerzo. Sus pies habían quedado dañados definitivamente.

Llegaron hasta los acantilados: una muralla de rocas y canela construida por las olas durante milenios. Se quitó el sambenito y lo enrolló hasta convertirlo en un cilindro delgado. Desprovisto de esa prensa humillante pareció más alto. El puerto se convirtió en una cresta distante que, por momentos, desaparecía tras las anfractuosidades. Estaban de veras solos y libres. Sólo oían el rodar de las aguas y los chillidos de las gaviotas. El cielo eternamente encapotado era una gruesa lámina de cinc. El viento le abrió la camisa a don Diego, que disfrutó su amistoso masaje en torno al cuello. También le abrió tules íntimos. Entonces, mientras seguían alejándose, pudo hablar de su miedo al dolor físico. Nadie lo escuchaba, sino Dios, Francisco y la naturaleza.

—Desde niño me ha aterrado el dolor, ¿sabes? Crecí escondiéndome en sótanos y tejados cuando asaltaban el barrio judío de Lisboa. Sufrí palizas en la Universidad; presencié un Auto de Fe. Envolví mi cabeza con mantas para no escuchar el clamor de quienes eran quemados vivos.

Disminuyeron la marcha, porque los recuerdos agitaban su respiración. Abrió grande la boca y después, sonriéndole apenas a Francisco, se impuso concluir la dramática historia.

—Apenas pude sostener a mi amigo López de Lisboa cuando ejecutaron a sus padres. ¿Había consuelo? Yo había estudiado medicina para matar el dolor en los otros, con la secreta ilusión de que así eliminaría el mío, tan agudo.

De súbito recordó el instante en que los inquisidores ordenaron enviarlo a la cámara de torturas. Era su primera referencia frontal sobre el tema. Francisco se tensó. Don Diego, como si hubiera logrado atravesar el muro que le impedía expresarse, siguió narrando.

—Hasta ese momento la vida en prisión había sido relativamente tranquila. Pero cuando oí acerca de la tortura, imaginé golpes, quemaduras, retortijones, calambres y puntadas. Transpiré, se me nubló la vista, me sentí desamparado e indefenso. Los inquisidores exigían nombres, delaciones. No bastaba arrepentirse, volver a ser un buen cristiano y cargar para siempre el estigma de una falta; debía aportar, como ofrenda insoslayable, el nombre de otros judaizantes. La Inquisición no cumple su sagrada misión limitándose a enmendar a los extraviados: tiene que aprovechar cada extraviado para atrapar a muchos más. Así depura la fe.

El majestuoso paisaje contrastaba con la lúgubre evocación. Era un marco demasiado bello para una pintura demasiado oprimente. Rememoró la noche atroz.

—Me revolcaba en la celda como un niño. Gemía, temblaba. Nunca había descendido a tanta indignidad. Esperaba que vinieran a buscarme. Cada ruido me sobresaltaba. Me quebré estas uñas arañando los muros. Tiritaba de frío. ¡Ah, qué espantoso! A la madrugada sonaron las trancas; era el sonido que aguardaba minuto tras minuto. Los esbirros me palparon el sayal, como si hubieran visto cuando me oriné y vomité encima. Me entregaron otro. Yo no tenía fuerzas ni para preguntar. Dejé que me arrastrasen por los pasillos siniestros hasta una cámara vasta, iluminada por antorchas. El resplandor sacaba brillo a extraños aparatos. A la vera de cada uno había una mesa y una silla. Eran escritorios donde un notario de la Inquisición tomaba nota de cada palabra que se pronunciase. El acto cruel estaba revestido de minuciosa legalidad y obediencia a una pautada secuencia. Todo organizado a la perfección. Los funcionarios procedían de acuerdo con normas.

Francisco le aferró el antebrazo para transmitirle su aflicción y, al mismo tiempo, alentarlo a continuar hablando: debía sacarse esos bloques de oprobio. Don Diego le devolvió la viril caricia.

—La luz reverberaba en el sudor de los verdugos —evocó cabizbajo—, mientras los cuerpos de los pecadores se retorcían como lagartijas. Pero había un diabólico orden que asignaba un notario, un verdugo y algunos ayudantes para cada reo. Oí aullidos entre las sombras. Y entre los aullidos y el pánico se filtraba una voz imperiosa reclamando a las víctimas que hablasen, que hablasen, que hablasen; si no les aumentaría la intensidad. Decía "intensidad" a secas. Pero se refería a la intensidad del feroz descoyuntamiento, de los vergazos, del suplicio del agua, de las mancuernas con púas.

—Yo tenía los ojos velados por el terror y sólo captaba parcialidades, sólo las captaba —decía— porque aún no se dedicaban a mí, aunque me dejaban ver y oír para ablandarme. Unos hombres destrozaban a otros con parsimonia.

Se detuvo para inhalar bocanadas de aire. Francisco lo miraba como a un prodigio sobrecogedor: la misma cara que en Ibatín había narrado historias edificantes, aquí desovillaba una descripción del infierno.

—De súbito percibí una seña —continuó—. Se me heló la sangre. Rogué y caí de rodillas. Con entusiasmo me quitaron el sayal. Mi desnudez y vergüenza aumentaron mi parálisis. Me tendieron sobre un tablón. Alguien me tomó el pulso, me tocó la frente mojada. Era el médico. La Inquisición usa médicos para controlar las torturas. Lo miré y en mi mirada corría la súplica al colega, al esculapio que estudió a Hipócrates e hizo suyo el mandato de *Primun non noscere*. Pero este médico cumplía la tarea que le habían encargado y no se impresionaba por mi castañeteo. Dijo con indiferencia: "Pueden empezar".

Tosió.

—Me habían instalado en el potro de descoyuntamiento. Ataron mis muñecas y tobillos a cuerdas que se conectaban a un timón. El notario, un fraile dominico, untó la pluma en el tintero y aguardó los nombres que yo debía aportar. El verdugo empuñó el timón y lo hizo girar. Sentí el tironeo asesino. Aullé: me arrancaban los brazos y hachaban las ingles. Se detuvo la tracción, pero sin ceder. Los tendones del pecho eran brasas. Que diga los nombres. No pude hablar. Otra vuelta de timón y me desmayé.

"En el calabozo fui atendido por un barbero, quien me aplicó paños húmedos en las articulaciones desgarradas y me hizo una sangría. Se me formaron vastos hematomas. La Inquisición era paciente y aguardó a que me recuperase para seguir con otros tormentos.

"Supuse que me someterían a la garrucha, porque era peor que el potro. Atan los brazos a la espalda y enganchan las muñecas a una polea; de la ligadura en las muñecas izan todo el cuerpo en esa forma antinatural. Los hombros se quiebran y sus tendones se van cortando de uno en uno con rapidez. Si la contextura física es resistente, cargan pesas a los tobillos. Y si aun así el reo continúa pertinaz, lo dejan caer de golpe. Calculé que no saldría vivo de esta prueba. El verdugo, sin embargo, había preparado otro tormento.

Francisco le preguntó si no quería dejar ahí.

—No, sigo. Me acostaron sobre el nefando tablón, me ataron las extremidades y el cuello con ásperas correas y me metieron un embudo en la boca que me produjo arcadas; rellenaron su alrededor con trapos. Aumentaron las arcadas y no podía respirar. Pero eso era el principio. El notario untó su pluma y aguardó. Era excepcional que alguien no se persuadiera de confesar en estas condiciones. Al método lo llamaban cariñosamente "cantar en el ansia". El verdugo empezó a vaciar un barril de agua en el embudo. Yo tragaba, me ahogaba, tosía, tragaba de nuevo, sentía que por fin llegaba la muerte. El médico ordenó interrumpir la prueba. Sacó la larga tela que taponaba mi boca, me dio vuelta y me golpeó brutalmente en la espalda. La consecuente congestión pulmonar duró semanas. Traté de conseguir un veneno para suicidarme...

Francisco volvió a comprimirle el antebrazo.

—Llegó el día del oprobio, hijo mío —levantó la cabeza hacia el colchón de nubes como si pidiera a Dios que también lo escuchara—. Tirité toda la noche. No existía clemencia. Yo era una oveja en el matadero. A la madrugada los esbirros hicieron sonar las trancas y me ofrecieron un sayal limpio: había vuelto a orinar y vomitarme encima. ¿Qué me esperaba ahora? ¿El cepo y los vergazos? ¿Las mancuernas? ¿Cilicios? ¿Más potro, más garrucha, más suplicio del agua? Me tendieron sobre otra mesa. Me ataron las extremidades en cruz: abiertos los brazos y juntas las piernas. Así mataron a Jesucristo, pensé, sólo que a Él lo pusieron vertical y a mí me mantenían acostado. Los pies sobresalían en el aire; aún no entendía para qué. El dominico untó la pluma y reiteró que esperaba los nombres. En mi cabeza revoloteaban las personas que no podía entregar. Quería espantarlos para que no se enganchasen a mi campanilla y aflorasen a mi lengua. Mencionarlos era condenarlos para siempre. Pensé en animales: decía puma, víbora, pájaro, mirlo, gallina, vicuña, cordero, para que no dejasen espacio al nombre de una futura víctima. Pero me aterré: un hombre en Potosí se llamaba Cordero y quizá ni era cristiano nuevo. Cometería un crimen. Entonces empecé a llamar con exasperación a los grandes ya fallecidos: Celso, Pitágoras, Heró-filo, Ptolomeo, Virgilio, Demóstenes, Filón, Marco Aurelio, Zenón, Vesalio, Euclides, Horacio. Mientras fluía ese torrente, el dominico acercó la oreja para atrapar la valiosa delación... Me engrasaron los pies con manteca de cerdo. Después instalaron por debajo, casi to-cándome los talones, un brasero desbordante. El calor, incrementa-do por la manteca, atravesó mi piel. Intenté recoger las piernas, pe-ro no pude. Éste era el tormento que me haría hablar: una quemadura lenta, penetrante, insoportable.

”—Los nombres —reclamaba el inquisidor.

”—Homero, Suetonio, Lucanor, Eurípides... —contestaba de-sesperado. El verdugo pantallaba las brasas. La manteca encandecía mis pies y goteaba ruidosamente.

”—Los nombres.

”—David, Mateo, Salomón, Lucas, Juan, Marcos, San Agustín, San Pablo —y acudieron a mi mente desequilibrada los animales que prefería evitar: hormiga, rata, sapo, luciérnaga, perdiz, quir-quincho.

”—Los nombres...

”El dolor me atravesaba el hueso. La quemadura lenta era peor que el potro, la garrucha, el cepo y el agua. 'Has caminado el sendero del pecado', dijo un fraile. 'Si no hablas, no podrás caminar siquiera el de la virtud.' Me desmayé y me concedieron varias semanas para curarme. La Inquisición tiene tiempo: es hija dilecta de la Iglesia y participa de su inmortalidad. Pero la curación no fue satisfactoria. El fuego produ-jo lesiones irreversibles. Ya ves: camino igual que un pato —estiró los índices hacia sus botas—. Cuando me aplicaban ungüentos seguían el reclamo de nombres, de día y de noche. Yo tenía la esperanza de que mis heridas se infectaran y entonces terminaría mi suplicio. No espe-raba el golpe artero que cambiaría ese rumbo.

Desenrolló el sambenito y lo tendió como una alfombra sobre la arena. Se sentó con las piernas recogidas y Francisco lo imitó. Tras una pausa, entró en el cubo más doloroso de sus recuerdos.

—Me visitó mi abogado defensor, que era un funcionario del San-to Oficio y cuya tarea consistía en convencer a los prisioneros de que sólo había un camino para recuperar la libertad: someterse. Hasta ese momento pude evitar que mis labios me traicionaran. Pese al terror y al desamparo, no mencioné los rostros que acudían a mis duerme-vela: Gaspar Chávez, José Ignacio Sevilla, Diego López de Lisboa, Juan José Brizuela. El abogado me informó que Brizuela ya había sido arrestado en Chile y se comportó con más virtud: reveló nombres. Y uno de esos nombres era Diego, mi hijo. Te aseguro, Francisco, que nunca sentí un golpe más atroz. Quedé atontado.

Contrajo el rostro y sacudió la espalda doblada. Francisco se levantó, se quitó la capa y rodeó con ella los hombros anchos de su padre. ¡Cómo lo quería! ¡Cuánto le dolía enterarse de sus sufrimientos! Su padre le agradeció con unas palmaditas en la mano, después se frotó las órbitas mojadas.

—En la siguiente sesión fui acostado nuevamente para el suplicio del fuego —prosiguió en voz muy baja, casi inaudible—. La manteca en los pies me produjo una convulsión. Me pareció que enloquecía. El inquisidor fue preciso esta vez:

"—Tu hijo Diego ha judaizado; lo sabemos. Testifícalo —susurró a mi oreja.

"—¡Es un pobre retardado! —mentí—. Es un inocente.

"—¿Ha judaizado?

"—Ni sabe qué es judaizar, es un tonto —seguí mintiendo; en ese instante no se me ocurría otro recurso.

"—¿Ha judaizado? Testifica esto con un sí —su boca enrojecía mi oreja.

"—No sabe nada —sollocé.

"—¿Ha judaizado?

"—Es como si no hubiera, porque ¡es tonto! —grité—. ¡Es inocente! ¡Es idiota!

"—Entonces ha judaizado. Retiren el brasero.

"La pluma del notario rasgó en el papel las frases confirmatorias. El inquisidor sabía que bastaba una ranura para que se abriera el torrente. Yo había testificado en contra de mi propio hijo, también pecador. Trataría de salvarlo, por supuesto, pero en mi discurso torpe aparecían los datos que transformaban la sospecha en certeza.

"No podía sentirme más destruido. La brusca suspensión de la tortura no me aportó alivio, sino pavor. Era la prueba de que habían conseguido lo que se proponían, y que yo había condenado al pobre Diego. Perdí entonces las últimas amarras: era una basura que flotaba en el abismo. No había ya nada que hacer, ni defender, ni rescatar. Nada. El Santo Oficio, en cambio, aprovechaba en ese momento su infinita ventaja: la basura que era yo obtendría la misericordia de algo real y poderoso si me entregaba en sus brazos. Debía cancelar toda resistencia y toda discreción: debía confesar hasta las heces.

—¿Lo… hiciste? —dudó Francisco.

Don Diego se mantuvo tieso unos segundos y luego, avergonzado, asintió.

—Lo hice —inhaló una profunda bocanada de aire—. Yo era cadáver. Mi alma se había despegado, enloquecida, y vaya a saber por dónde penaba. Confesé que había instruido a Diego en el judaísmo. Confesé la verdad: que se había herido un tobillo y aproveché el clima íntimo para explicarle quiénes éramos. Conté que Diego se sorprendió, se asustó, no era fácil aceptar que uno desciende de judíos.

”—¿Qué más? —me preguntaron.

”—Le prometí enseñarle nuestra historia, tradiciones, festividades. Lo hice en Ibatín y continué enseñándole en Córdoba.

”—¿Qué más?

Don Diego se inclinó hacia adelante y borró con la mano los dibujos que fue haciendo en la arena mientras reconstruía su viaje al infierno.

—Lo que ahora no puedo borrar —cambió de tono y meneó la cabeza blanca— es aquel lejano momento: cuando en la penumbra, en Ibatín, expliqué por primera vez al pobre Diego que teníamos sangre judía. ¡Qué cara puso! Creo que lo asaltó la premonición de su tragedia. Hace tantos años… Estábamos solos en su cuarto…

Francisco recorrió con mucha lástima los pliegues de ese rostro cortajeado de arrugas.

—No, papá. No estaban solos.

Su padre se sobresaltó.

—¿Qué quieres decir?

—Yo fui testigo.

—Pero… —tartajeó— ¡eras muy pequeño!

—Y curioso. Los espié desde las sombras.

—¡Francisquito!… —se le anudó la garganta al evocar la criatura que había sido—. Me ofrecías la bandeja de bronce con higos y granadas. Me reclamabas cuentos e historias —se quitó la capa que Francisco había puesto en sus hombros y se la devolvió—. Toma: estás desabrigado.

—Quédatela; por favor, papá.

Recordaron la tarde en que abrió el estuche forrado en terciopelo rojo y les explicó el maravilloso significado de la llave española. Recordaron las clases en el patio de los naranjos. El viaje a Córdoba y el robo del cofre con libros en medio de las salinas. Recordaron el escaso tiempo que vivieron juntos en Córdoba, en la casa que les había dejado la familia de Juan José Brizuela. Y después recordaron los brutales arrestos.

—Me ilusioné, Francisco. La desesperación hace que uno se mienta a sí mismo —lamentó su padre—. En la mazmorra, después de confesar, es decir entregarme a los "clementes" brazos del Santo Oficio, supuse que el pobre Diego y yo recuperaríamos la libertad. Actué como indicaba mi abogado "defensor". Imploré misericordia con lágrimas abundantes, como les gusta a los inquisidores. Expresé mi arrepentimiento de todas las formas posibles. Abjuré repetidas veces de mi inmundo pecado. Insistí en que deseaba vivir y morir en la fe católica, definitivamente. Rogué ser admitido a reconciliación. Y, a cada rato, pedía por mi hijo, a quien llevé por la mala senda, aprovechándome de su corta edad y su débil entendimiento. Quería vivir para enmendarlo, enseñarle a comportarse como buen católico y ser merecedor de la gracia divina. Dije e hice todo eso, Francisco. Nunca me quebré tanto.

Volvió a dibujar signos en la arena.

—Por fin me comunicaron que también había abjurado mi hijo. Pero ambos debíamos aguardar el Auto de Fe para recuperar la libertad. Nuestro mantenimiento en la cárcel no era problemático porque se pagaba con los bienes que me habían confiscado. Yo caminaba con ayuda de muletas. No me dejaron ver a Diego. A pesar de mi mansedumbre, con frecuencia volvían a lastimar mis muñecas y mis tobillos con los grilletes de hierro, para recordarme que seguía preso y que mi falta había sido muy grave.

Congestionado por el malestar, Francisco se levantó, caminó hasta el borde del mar y se arremangó los pantalones. Avanzó en el agua hasta que le llegó a las rodillas. Se lavó la cara y permaneció absorto en la rectitud del horizonte. Las gotas salobres y frías resbalaban por su piel. No sólo había escuchado el deseado relato de su padre, sino que lo sufría como si él, en ese momento, estuviera siendo descuartizado por los instrumentos de la tortura. Regresó despacio junto al envejecido médico, le arregló la capa sobre los hombros y volvió a sentarse a su lado.

—¿Cómo fue el Auto de Fe, papá?

Don Diego arrojó un trozo de conchilla hacia el festón de espuma y se reconcentró. Faltaba expulsar ese hueso de su garganta.

—El día anterior al Auto de Fe vienen a leerte la sentencia. Recibí en mi mazmorra a oficiales y clérigos que hacían cortejo al Inquisidor, quien traía en la mano grandes pliegos. El abogado me hundió su codo para recordarme que debía caer de rodillas y agradecer la clemencia del justo Tribunal. Las horas que faltaban para el Auto debían consagrarse a la oración; para eso me acompañó un piadoso y vigilante dominico. Parecía un velatorio. Antes del amanecer sonaron hierros, gritos, tacos y escudos. Me pusieron este sambenito —lo acarició—. ¡Fíjate: una prenda tan ordinaria que reúne tanto desprecio! Apenas un escapulario de lana, ancho como el cuerpo, que llega sólo hasta las rodillas; su cortedad lo diferencia del que usan los frailes, claro. Su color amarillo debe relacionarse con algo feo y sucio, porque evoca la condición judía. Felizmente carece de pinturas en forma de llamas, debido a que yo no había sido condenado a la hoguera. Cuando reunieron a los penitenciados para llevarlos al Auto de Fe, vi a tu hermano Diego con otro sambenito igual. ¿Te imaginas mi turbación? Lo miré con ganas de abrazarlo, besarlo, y pedirle perdón. ¡Necesitaba pedirle perdón! Pero Diego no quería mi perdón… Desvió sus ojos; la cárcel y la tortura lo habían alejado para siempre. Le pusieron una vela verde en la mano y procedieron de la misma forma conmigo. Nos ordenaron avanzar por los macabros corredores. Pegado a mi hombro caminaba el fraile dominico, insistiendo en sus plegarias. Yo no dejé de mirar a Diego, quien huía de mí con rabia, susto y vergüenza.

Se interrumpió. Las brasas del recuerdo le secaban los pulmones y necesitaba inspirar grandes bocanadas de aire.

—Cruzamos las altas puertas del Santo Oficio rumbo a la plaza de la Inquisición. Fuimos recibidos en la calle con hiriente júbilo. Éramos monstruos que poníamos color a la rutina. En torno desfilaban caballeros y órdenes religiosas con gran boato. Estaban las compañías armadas del Virrey; hacían ruido los arcabuceros; delante de la Audiencia iban los maceros de la Corona; entre los funcionarios caminaban los pajes. Nos hicieron caminar delante del Palacio, como animales exóticos, para que nos disfrutara la Virreina oculta tras las celosías. No sé por qué el acto se demoraba mucho y los condenados desfallecíamos. Parece que se había producido un enredo de protocolo. Finalmente fuimos conducidos al patíbulo. Éramos criaturas lamentables, atrozmente cómicas. En la cabeza llevábamos un cucurucho de cartón pintado y en la mano una vela verde. De pie, atravesados por las miradas despreciativas de la muchedumbre, debíamos escuchar los largos sermones. Y tras los sermones, las pormenorizadas sentencias. Cada reo era tratado en forma separada. Los relajados pasaban al brazo secular para que éste les diera muerte con horca y luego hoguera, o directamente hoguera. Los penitenciados éramos castigados públicamente: algunos con azotes, otros con diversas condenas: salvábamos la vida gracias al arrepentimiento. Yo fui penado a confiscación de bienes, sambenito, castigos espirituales y cárcel por seis años. La sentencia de mi hijo fue menor: confiscación de bienes, hábito por un año, penitencias espirituales y seis meses de reclusión absoluta en un monasterio para su reeducación. Luego me avisaron que, por pedido del virrey Montesclaros y la bondad de los ilustrísimos inquisidores, debía radicarme en el Callao y trabajar en su hospital. De esta forma, querido Francisco —hizo una irónica mueca—, recuperé mi libertad y me hicieron volver a la religión del amor.

75

En el convento de Lima crecía la atmósfera sepulcral. La dolencia del prior Lucas Albarracín alteraba todas las actividades. El doctor Alfonso Cuevas, tras otro exordio florido, había pronunciado la horrible palabra "gangrena". Se aproximaba el instante de la medida heroica a la que había hecho referencia en visitas anteriores. Se multiplicaron las preces, letanías, misas y flagelaciones para que el cielo le devolviera la salud.

El hermano Martín aparecía ojeroso y más flaco. Tomó como responsabilidad personal el padecimiento del prior. Concurría seguido a su cuarto, cambiaba el agua que había cambiado recién y renovaba las hierbas del calderilla que ni habían alcanzado a hervir. Iba y venía con la esperanza de que su agotamiento fuese bien visto por el Señor y entonces concediera el esperado milagro. Ayunaba. Atendía después a cada uno de los pacientes y se encerraba en su celda para flagelarse con la energía de un potro. Sobre sus heridas se ponía una tela áspera, rodeaba su cintura con el cilicio y volvía a correr hacia el lecho de fray Lucas.

El doctor Cuevas pidió que se realizara una sesión capitular de la orden porque urgía tomar la decisión. Había que amputar la pierna gangrenada antes de que el mal se extendiese al muslo y acabara con su vida. Los frailes sollozaron y se golpearon el pecho con sentidos mea culpa. El doctor trajo a un cirujano de toga larga que revisó al enfermo y coincidió en la perentoriedad del acto quirúrgico. Prometió ocuparse de proveer dos cirujanos de toga corta para realizar la amputación.

El hermano Martín prestaba varios servicios y estaba alerta a la menor solicitud para lanzarse como un rayo. La celda del superior —donde se efectuaría el tratamiento— fue provista de jofainas, braseros anchos, vendas, ungüentos, aceite, hojas de malva, ají molido y botijas llenas de aguardiente. Francisco ayudaba a Martín: iba a entrar de lleno en la cirugía mayor de su tiempo.

Sobre una pequeña mesa cubierta con mantel blanco ordenaron el instrumental: bisturí, serrucho, escoplo, martillo, pinzas y agujas. A un costado pusieron media docena de cauterizadores, que eran largas espátulas de acero con mango de madera.

El doctor Cuevas se excusó de asistir a la operación porque, como médico, no quería interferir al cirujano de toga larga. Éste ordenó que, desde las vísperas, se hiciera beber al enfermo un vaso de aguardiente cada media hora. Varios frailes se ofrecieron para velar junto al prior y, atentos a un reloj de arena, suministrarle la bebida.

Nunca el sacerdote había bebido tanto. Al principio le ardió la garganta y emitió débiles protestas. Después empezó a reconocer que le gustaba y sonrió. Los frailes reconocieron en esa sonrisa un signo del Señor y dieron gracias ante la inminencia del milagro. El padre Lucas pidió más aguardiente antes de cumplirse la estricta media hora. Le recordaron la indicación del cirujano. El superior dijo "me cago en el cirujano" y exigió ser complacido. Los frailes se asustaron ante la ominosa alternativa de cometer pecado de desobediencia o pecado de negligencia. Uno sostuvo, con lógica, que era peor la de-

254

sobediencia porque se efectuaba contra el superior de la orden, en cambio la negligencia sólo contra un cirujano. Tanto le satisfizo su propio razonamiento que se encaminó a la botija para satisfacer el incipiente vicio del enfermo. Otro lo detuvo de la manga. Dijo que en este caso era peor el pecado de negligencia porque podía costar una vida. Lucas Albarracín se incorporó en el lecho como si hubiera recuperado diez años; tenía la nariz roja, los ojos brillantes y les gritó que dejaran de hablar estupideces y llenasen de una vez el vaso. Entre los clérigos hubo forcejeos y, mientras uno mostraba desesperado el reloj, otro le alcanzaba el aguardiente. El prior agarró el vaso con mano temblorosa, lo bebió de golpe, eructó y lanzó una horrible blasfemia. Los frailes se santiguaron, golpearon sus pechos y exigieron al diablo que se fuera del convento.

A la mañana llegaron el cirujano de toga larga, los dos de toga corta y un séquito de barberos menores. El padre Lucas apenas podía abrir los ojos y murmurar monosílabos. Alzaron su cuerpo liviano, un frágil envoltorio con dos litros de aguardiente. Lo depositaron sobre la corta mesa de operaciones y sus piernas quedaron colgantes. El cirujano de toga larga indicó que acercaran el respaldo de una silla para apoyar ahí el talón. De esta forma, la extremidad gangrenada quedaba en el aire y bien expuesta.

Los frailes elevaron el volumen de sus plegarias. Tenían que llegar al cielo antes que el bisturí al hueso. Aún era posible un milagro. Martín y Francisco se ocuparon de mantener los cauterizadores hundidos entre las brasas.

Con un trapo húmedo le lavaron la pierna enferma y luego la secaron. Era el último gesto amable. El cirujano de toga larga autorizó el comienzo de la secuencia. Los de toga corta se instalaron uno de cada lado. Echaron una ojeada al instrumental y se persignaron. El de la derecha instaló un torniquete bajo la rodilla y lo apretó hasta que el enfermo, desde sus vapores alcohólicos, emitió un gruñido. Los barberos se ocuparon de aprisionarle la otra pierna, los brazos, la cabeza y el pecho. A pesar de su mayúscula borrachera, era previsible una reacción.

El resplandeciente bisturí penetró en la carne y anilló la pierna. El corte fue neto y decidido. Unos haces musculares, empero, se resistían en separarse. Hubo que mover la hoja como si estuviese cortando un trozo duro de asado. El padre Albarracín gritó: "¡La puta madre!". El cirujano continuó su labor mientras las plegarias subían para interferir las palabrotas. Chorreó abundantemente sangre en la palangana colocada debajo y cuyo control estaba a cargo del segundo barbero.

—¡Cauterizadores! —ordenó el cirujano de la izquierda.

Martín sacó el acero al rojo, casi blanco ya, y lo entregó al cirujano, quien lo introdujo en el interior de la herida. El contacto del fuego con la sangre produjo chirrido y humareda. El padre Albarracín pegó un brinco que casi volteó a los ayudantes y se lanzó a blasfemar.

—¡Serrucho!

El cirujano de la izquierda continuó ahora el trabajo. Introdujo la hoja en la herida y realizó enérgicos movimientos de vaivén. En cuatro aserradas seccionó el envejecido hueso. El otro cirujano se quedó en el aire con la parte inferior de la chorreante pierna.

—¡Cauterizador!

Francisco le alcanzó el siguiente, que de inmediato fue aplicado sobre la herida. El prior bramó un estertoroso "¡Carajo!" y perdió el conocimiento.

—Otro cauterizador.

Martín entregó el tercero mientras Francisco revolvía en el fondo de las brasas a los restantes. La celda parecía un asador lleno de humo. El cirujano de toga larga levantó un candelabro y miró por entre las nubes el muñón cauterizado. Opinó que ya se podía vendar.

Un coro de preces agradeció el feliz término del acto quirúrgico, que se había realizado en apenas seis minutos. Le cubrieron la herida rojinegra con aceite mientras uno de los barberos le hacía inhalar polvo de ají para que recuperase el conocimiento.

Por la tarde llegó en su carroza el doctor Alfonso Cuevas. Avanzó con mayor solemnidad aún, como si los problemas graves incrementasen geométricamente su importancia. Examinó al enfermo, que aún no había recuperado la conciencia. Su aliento exhalaba nubes de alcohol. El pulso radial era rápido y difícil. Una transpiración fría y dulce refrescaba su cuerpo, lo cual indicaba que no tendría fiebre como suele ocurrir tras una operación. La herida no manchó el vendaje, lo cual demostraba que la cauterización había sido exitosa. Pidió ver su orina. "No ha orinado", respondieron los frailes. Entonces el doctor Cuevas se levantó, echó una última mirada y dijo que el mal no se escapó por la herida. Había quedado en el cuerpo del prior.

Estallaron exclamaciones de sorpresa.

Martín, arrodillándose, preguntó qué se haría con el pedazo de

256

pierna amputada. El facultativo extrajo su perfumado pañuelo, rozó su nariz y dijo con desagrado: "Enterrarla, pues. ¿Qué otra cosa querría hacer?" Después habló sobre las complicaciones del postoperatorio e indicó varios brebajes que debían ser suministrados con cucharita, cuidadosamente, evitando que se ahogara al tragar.

Martín sufría mucho. ¿Dónde enterraría el trozo de extremidad? La había envuelto como a una reliquia. Si el superior era un santo, ese pie tendría poderes milagrosos. Pero era un santo que estaba vivo: no podía atribuir más poderes a una porción que al conjunto. Apretó el pie amputado contra su pecho como si fuera un bebé y lo depositó junto a la imagen del Señor Jesucristo que tenía en su celda, con la esperanza de recibir alguna orientación.

Después llegaron el cirujano de toga larga y los dos de toga corta. Examinaron el vendaje y se miraron con satisfacción. La intervención quirúrgica fue rápida, perfecta. Hicieron un buen trabajo. Sólo cabía esperar que el paciente recuperase la conciencia y empezara a comer. El cirujano de toga larga preguntó por la pierna amputada. Martín tembló, unió las manos y cayó de rodillas.

—Lo he guardado como reliquia —dijo.

Los cirujanos volvieron a mirarse. Comprendieron que, ante semejante destino, mal caería su pretensión de llevarlo a casa para los ejercicios de disección anatómica. La Iglesia no aprecia este arte necrófilo. Los concilios de Reims, Londres, Letrán, Montpellier y Tours prohibieron en forma terminante el ejercicio de la medicina y cirugía por parte del clero, así como la disección de cadáveres en cualquier circunstancia porque *Ecclesia abhorret a sanguine*.

Lucas Albarracín no recuperó la conciencia. Pasó de la borrachera a la muerte. Su rostro tenía la sonrisa que se manifestó por primera vez en vísperas de su operación, cuando disfrutaba el aguardiente.

76

De regreso al Callao, abrió la puerta sin llave ni tranca de la vivienda paterna y depositó sobre el jergón su alforja con enseres. Contenía una muda y los *Aforismos* de Hipócrates. El cuarto estaba en orden, tal como lo había dejado días atrás. El clavo ruginoso donde su padre colgaba el sambenito se mostraba impúdicamente desnudo.

—Lo encontraré en el hospital —pensó.

La muerte de fray Lucas le activó el miedo por la salud de su propio padre. No podía tolerar el apergaminamiento de su piel, la fea redondez de su espalda, la astenia de su voz. Y esa marcha vacilante que le dejaron los tormentos. Quería comentarle el triste final del prior y, sobre todo, discutir la operación brutal. ¿La habría recomendado? ¿Habría usado la misma técnica?

Lo encontró en el hospital, efectivamente. Lo alivió observarlo junto a un enfermo, examinando su tórax. Se había convertido en un viejito prematuro, encogido por los sufrimientos. Quería abrazarlo, decirle que lo amaba y anhelaba recoger toda su sapiencia, toda su bondad. Permaneció de pie a su lado hasta que él advirtió su presencia. Se sonrieron, cambiaron unas palmadas en los brazos y fueron a un aparte. Francisco le contó su reciente experiencia.

—¿Hubieras indicado la amputación?

—No sé —rascó su cabellera—. ¿No dice Hipócrates *Primum non noscere?*

—¿No lo hubiera matado el proceso gangrenoso, de todas formas?

—*Primun non noscere…* Por tu descripción, Francisco, el superior ya estaba muy débil. No podía soportar una ingesta de aguardiente y menos que le amputaran una pierna.

Advirtió que su padre también estaba débil. ¿Era comparable su aspecto enfermizo con la agonía del superior?

—Pero había que ayudarlo —insistió el joven—. Algo había que hacer.

Don Diego plegó la comisura de sus párpados.

—El buen médico debe reconocer sus limitaciones. Cuidado con los éxitos imposibles, porque los paga el enfermo. A veces, lo único que cabe hacer, porque algo hay que hacer, es ayudarlo a bien morir.

—No me parece un buen consejo, papá.

—Yo opinaba lo mismo a tus años.

El hospital era un edificio oscuro, con ventanas estrechas y polvorientas. Sus paredes habían sido levantadas con adobe y calicanto. El techo se reducía a un entramado de cañas largas unidas mediante hojas de palmera. Constaba de tres salas donde se alineaban jergones y esteras. Podía albergar muchos enfermos, especialmente heridos. El Callao era el puerto principal del Virreinato y recibía tripulaciones agotadas. También abundaban las víctimas de peleas protagonizadas por mercaderes, negros, hidalgos y algún noble. Cuando desembarcaban los restos de un naufragio, ni el vestíbulo quedaba libre: se acostaban dos o tres pacientes en cada jergón y se cubría con paja el pasillo para los restantes. Esas jornadas eran agotadoras y exigían el concurso de frailes y monjas para brindar consuelo, distribuir raciones y sacar los cadáveres. Aquí Francisco adquirió su formación práctica.

El consumido don Diego se acuclilló ante un hombre de mediana edad que tenía el rostro desfigurado por una quemadura. Lo examinó de cerca, prolijamente.

—Está mejor.

El hombre sonrió agradecido.

—Le aplicaré otra capa de ungüento —miró hacia su bandeja con varios cazos llenos de sustancias verdes, amarillas, rojas y marfileñas. Eligió la última. Parecía cebolla. La depositó suavemente sobre las llagas húmedas.

—¿Es cebolla? —cuchicheó Francisco.

—¡Ajá!

—¿No se curaría más rápido espontáneamente? —guiñó.

—En este caso gana la cebolla. ¿Te cuento? —se incorporó con ayuda de su hijo y marchó hacia otro enfermo—: Ambrosio Paré fue cirujano de guerra. Lo llamaron para atender a un quemado grave y corrió a buscar los ungüentos de rutina. En el camino tropezó con una de las prostitutas que marchan tras los ejércitos. Ella dijo que las quemaduras se curan mejor con cebolla picada. Paré, abierto a toda información, ensayó el método...

Se interrumpió; estaba agitado. Inspiró hondo cuatro o cinco veces y prosiguió.

—El resultado fue satisfactorio. Pero, aquí viene lo interesante para ti —levantó el dedo índice—. Otro hombre habría dicho "la cebolla cura todas las quemaduras". Él, en cambio, antes de afirmar semejante cosa, se preguntó, igual que tú ahora: "¿No se habría curado la herida con mayor rapidez sin la cebolla?". Ahí tienes al médico verdadero: se hace preguntas, investiga siempre. ¿Qué hizo, entonces? Probar otra vez. ¿Cómo? Pues cuando se le presentó un soldado con el rostro quemado bilateralmente, le aplicó cebolla en una mejilla y a la opuesta dejó sin tocar. Comprobó que la tratada curó más rápido.

Se sentó junto a otro herido. Necesitaba descansar. Mientras recuperaba el aliento contempló al paciente, que volaba de fiebre. Un barbero bizco y greñudo le aplicaba paños mojados en la cabeza, el pecho y los muslos. Un disparo de arcabuz le había desgarrado el brazo izquierdo. Las balas tenían el tamaño de una nuez y producían heridas grandes y deshilachadas. Don Diego quitó el paño. Apareció el cráter bermellón con un reborde azulino; ampollas doradas estaban a punto de romperse; pequeñas lombrices danzaban en el interior de la herida. Con una pinza fue extrayéndolas una por una y las arrojó al brasero. El paciente emitía sonidos inconexos; su delirio febril había aumentado.

—Debería cauterizar con aceite de saúco hirviendo —reprochó el barbero.

Don Diego negó con la cabeza. Examinó los cazos de su bandeja y eligió yema de huevo seca, que espolvoreó en el centro del boquete. Después roció con aceite de rosas y trementina.

—Esto es mejor.

El barbero gruñó, disconforme.

—Siga con los paños frescos. Y trate de hacerle beber mucha agua. Dentro de un rato vendré con el nitrato de plata para hacerle una aplicación.

Fueron hacia la botica en busca del producto. Cuando estuvieron lejos del barbero, reconoció que ese herido evolucionaba mal. Pero no usaría el aceite de saúco abrasante. Entraron en la botica y pidió nitrato de plata. El boticario era un hombre calvo de barba en abanico; usaba mandil de herrero. Dijo que se sentaran y esperasen. Estaba preparando un frasco de teriaca,[18] porque se habían terminado sus reservas en el Callao y también en Lima.

—Apúrese, entonces —ironizó don Diego.

Francisco se acomodó en un banco y aflojó la espalda. Inhaló el escándalo de olores que vociferan en una botica y se sintió repentinamente feliz. Su padre parecía haber recuperado algo de fuerza y humor. Ocurría cuando funcionaba como médico, evocaba a Paré y Vesalio (aún no reconocidos por la Universidad, pero tolerados por la Inquisición) o se burlaba de la teriaca.

—Es una mistificación estúpida —dijo.

—Cállese, incrédulo —chistó el boticario mientras estrujaba en el mortero la carne de víbora.

—No se olvide que debe agregarle ¡sesenta y tres ingredientes!

—Ya los tengo preparados.

—Que no vayan a ser sesenta y cuatro ni sesenta y uno —sonrió—. Fallaría.

—Quisiera verlo a usted con un veneno en el estómago. Quisiera verlo si no correría a pedirme la teriaca.

—Seguro que correría... para vomitar el veneno.

—Usted es un ignorante presuntuoso.

—¡Claro que sí! —carcajeó—. Si soy presuntuoso, debo por fuerza ser ignorante. ¿Conoce usted algún presuntuoso sabio?

—¿De qué está compuesta la teriaca, papá?

—Ya oíste —intervino el boticario mientras se secaba la calva—: carne de víbora y sesenta y tres ingredientes. ¿Te los nombro?

—Creo que no vale la pena —terció don Diego—: basta con poner un poco de lo que hay en cada frasco. Y si no llegas a las sesenta y tres sustancias agregas una hoja de lechuga, granos de maíz y orina de perro, ¡cualquier cosa!

—Usted se burla porque es un incrédulo. Ojalá lo envenenen. ¡Suplicará por la teriaca! —Su barba en abanico se elevaba como la cola de los pavos. Llenó un perol con nitrato de plata.

—Tome. Y váyase. Así trabajo tranquilo.

Regresaron donde el herido por bala de arcabuz. El barbero bizco y rudo le seguía aplicando trapos mojados. Continuaba la fiebre. Don Diego levantó el apósito.

—Haré las aplicaciones. Son muy efectivas.

—No mejorará sin la cauterización —murmuró el barbero con disgusto.

Don Diego tomó el hisopo como una pluma de escribir y lo untó en el frasco. Pintó la herida desde el centro húmedo hacia los bordes inflamados e irregulares. El paciente proseguía emitiendo broncos quejidos, sin noticias del tratamiento que le efectuaban. Alrededor sonaban los pedidos de ayuda. Bastaba que se atendiera con esmero a uno para que los restantes empezaran a desesperarse. El médico le hablaba a su hijo mientras movía el hisopo con destreza. No era un pecado reconocer que este procedimiento fue inventado por los moros, quienes también descubrieron las propiedades benéficas del alcohol y el bicloruro de mercurio.

—¿Lo sabía usted? —se dirigió al barbero.

—No soy hombre de letras —se excusó altivo y partió.

77

El pecado cubre al mundo como las tinieblas cubrían el abismo antes de la Creación, murmura rabioso el inquisidor Gaitán. Los hombres que deberían combatirlo con más energía son los que con más irresponsabilidad se entregan a sus brazos.

El Virrey, por ejemplo, representante del monarca que Dios ha ungido, es un azote. Ni siquiera me envió una carta de agradecimiento cuando accedí a regañadientes que el médico portugués Diego Núñez da Silva abreviara sus años de cárcel para ser afectado a su hospital en el Callao. Es, además, un poeta morboso y hedonista que no deja pasar un día sin provocarnos disgustos. ¿Qué autoridad moral tiene? Ya ha maculado la virtud de muchas damas y ofendido la integridad de varios caballeros. Favorece en demasía a parientes y paniaguados. Es verdad que no es original en esta materia, porque todos los virreyes fueron corruptos. Todos. En consecuencia, no me temblará la mano cuando firme mi denuncia. Tengo pruebas bien documentadas.

Este indomable pecador ha nombrado maestres en la Armada del Mar del Sur a varios de sus ridículos criados. A su favorito Luis Simón de Llorca lo designó maestre del galeón Santa María, capitana de la Armada; este Llorca es un ladrón que dejó fuera de registro novecientas piezas de mercaderías, en complicidad con su benefactor. Ocurrió algo más grave con su criado Martín de Santjust, que trajo mil novecientas barras de plata y mucha mercadería fuera de registro; tardó dos años en pagar los fletes, que fueron menos de los debidos. En la misma línea de corrupción se condujo otro de sus criados, Luis Antonio Valdivieso, que escondió bajo el pañol de la pólvora embarques ilegales fabulosos.

Además, cedió la plaza para ferias y mulas a su sobrino, quien agradece el favor con un porcentaje de las ganancias. Ha donado tierras fértiles para que sus parientes gocen de rentas. ¡No tiene límites!

262

Estas iniquidades podrían ser extirpadas por el Santo Oficio. Pero se lo bloquea desde el lado civil y el lado eclesiástico. Se lo bloquea porque se le teme. Y se le teme porque golpea con la espada en el centro del pecado.

Si por lo menos los hombres de la Iglesia no interfiriesen con sus saboteadores escrúpulos. Si ellos, que han sido instruidos en la fe, ayudaran a facilitarnos la tarea. ¡Oh, Santísima Virgen, cuántos pecados cometen tus presuntos servidores y cuánta resistencia oponen a nuestra justa actividad!

78

El duelo por la muerte del prior incrementó la inseguridad de Francisco. Su albergue en la celda de las ratas y su continuidad en la Universidad de San Marcos dependían de fray Manuel Montes, quien no actuaba sino bajo el consentimiento de oscuros superiores que nunca daban la cara. Cuando Francisco atravesaba el portón del convento —ya no tenía que entrar por la pared lateral de la iglesia ni cruzar el claustro azulejado— para llegar a su tabuco, lo asaltaba la expectativa de que un fraile lo detuviese con ojos despreciativos e informara que se acabó la hospitalidad; ni celda, ni estudios de medicina: ¡a la calle! Sin embargo, proseguía sus clases, aprendía junto al hermano Martín en el convento y practicaba con su padre en el hospital.

Martín lo trataba con estima. En una oportunidad, mientras curaban las picaduras que dejaron casi paralítico a un fraile, el mulato reconoció que Francisco jamás se había quejado de su celda. La usaban para penitencia; tras su muro posterior se solía enterrar basura.

—Yo tengo sangre de negro, tú de judío —explicó resignado.

Francisco no atinó a comentar la descarnada observación. No se le ocurría nada pertinente. Martín lo acarició con sus ojos mansos.

—Es una carga que nos impuso el Señor para probar nuestra virtud.

En otra ocasión atendieron juntos a un encomendero atacado por la misteriosa enfermedad que postró al mismo conquistador Pizarro. Tenía el cuerpo y la cara deformados por tumoraciones que aparecían de súbito. Eran verrugas grandes como higos. Aunque brotaban en cualquier parte, visible o púdica, la mayor cantidad se localizaba en el rostro. Las tumoraciones colgaban de la nariz, la frente, el mentón, las orejas. Algunas crecían más que otras y llegaban al tamaño de un huevo. Dolían y sangraban; se infectaban.

—Este encomendero reconoce su maldad con los indios —susurró Martín—. Ahora promete ser bueno con ellos y no retacearles la paga.

Francisco lo ayudó a pinchar los abscesos, avivar los bordes infectados y cubrirlos con estiércol de palomero.

—Algunos médicos opinan que se curarían más rápido dejándolas evolucionar espontáneamente —aportó Francisco sin mencionar a su padre.

—He oído eso —reconoció Martín—. Pero aquí nos ordenan usar polvos, ungüentos y emplastos. Yo no tengo autoridad para redargüir. Soy un mulato.

—Podríamos ensayar.

—Sería desobedecer.

—Pero los enfermos se beneficiarían... No creo que se trate de desobediencia.

—Qué, si no.

Martín introdujo los pulgares en su boca, los lamió y después los deslizó por las pústulas del encomendero. La saliva era un fluido lleno de virtudes curativas que utilizó Jesús en sus milagros.

—Con la saliva sería suficiente —insistió Francisco.

Martín lo miró fijo.

—Te tienta la desobediencia, ¿eh?

Más tarde, aguardando cerca de la botica, Martín agregó:

—¡Cuidado!, no malogres tus méritos. Quizá moleste más al Señor tu desobediencia que los lamentos del encomendero. Tal vez quiere que con los ungüentos sufra unos días adicionales para ablandarle el corazón...

—A veces me pregunto si al Señor le agrada que calle siempre, que me humille y tema.

—Tu modestia es grata, no tengo dudas. El Señor te hizo nacer con sangre abyecta para que lo recuerdes. Así procedió conmigo también; es un privilegio, si lo miras con atención. Tenemos una marca que nos muestra en forma inequívoca el camino: ser inferiores, sumisos. Así nos quiere.

Francisco se acarició la corta barba. Eran tan complejos los caminos del Señor.

—Has sido amado por tu padre terrenal. Lo tienes cerca, en el Callao, hablas con él —dijo Martín—. Yo, en cambio, recibí precozmente su justo desprecio. Era un gentilhombre castellano a quien mi madre, una negra africana, le dio un par de mulatos. No quiso reconocernos, por supuesto, y nos abandonó. Su desprecio me indujo a volcar nuestro amor en el Padre Eterno. Desde otro punto de vista, Francisco, te llevo ventaja. Porque el gentilhombre regresó cuando cumplí ocho años, parece que le habían hablado bien de mí y resolvió ubicarme en una escuela. Pero después me abandonó de nuevo. El Señor me ayudó, como siempre. Y acabé convirtiéndome en barbero. Cuando adulto sentí el llamado de los claustros y fui aceptado en esta orden —le puso la mano sobre la rodilla—. Mi destino es recto y claro. ¿Tengo derecho a reclamar nuevos indicios? Soy un perro mulato, un ser horrible y, no obstante, tengo el privilegio mayúsculo de vivir en una casa de Dios, servir a sus ministros y tratar a sus enfermos. Creo que el Señor me ha favorecido más que a ti, porque mi bajeza se reconoce por el solo color de la piel. Pero tú también tienes ventajas. Debes aprender a descubrirlas.

—Nunca lo había pensado así.

—Me emociona lo que dices. Me alegra ayudarte.

—Eres muy bueno, Martín.

—Sólo para gloria del Señor.

—Y eres piadoso.

—Para gloria del Señor.

79

En el tiznado caldero hervía el agua con papas, choclos, coles, tasajo, ají, cebolla y porotos. Padre e hijo contemplaban la cocción en la relativa intimidad de esa vivienda: orejas invisibles escuchaban en los muros.

Don Diego había tenido una jornada cansadora por el arribo de un galeón con su tripulación atacada por una enfermedad que producía hemorragias digestivas, gingivales y hasta del aparato respiratorio. Pudo conseguir pulmones secos de zorro, que se estiman ideales para combatir las obstrucciones y mandó poner telas de araña en las encías para frenar las hemorragias. También ordenó algo más importante: hacerles ingerir una buena dieta porque estaban consumidos por la inanición.

Francisco, en cambio, traía noticias más inquietantes. El Virrey había efectuado una visita a la Universidad acompañado por su corte y su guardia. Quería informarse sobre la marcha de esa casa de estudios y rendirle su homenaje. Se enfatizó esto último porque la Universidad de San Marcos ya era "una joya de las Indias Occidentales" y "ponía alas al espíritu ilustrado".

Joaquín del Pilar era un amable condiscípulo que había presenciado otra visita.

—Me advirtió que vería las luces de los fuegos artificiales en pleno día —contó Francisco—. Según él, no se trataba de una amenazante inspección por parte de la autoridad civil ni un informe de las autoridades académicas. No estaba en el centro de interés el conocimiento ni la forma de transmitirlo. Tampoco interesaba la capacitación profesional ni el enriquecimiento de la biblioteca. Era una visita a la Universidad que no se relacionaba con la Universidad. ¿Con qué entonces?, le pregunté. Mi compañero respondió: con el espectáculo.

Don Diego introdujo el cucharón y llenó dos cazos con sabroso puchero.

Joaquín del Pilar era algo mayor que Francisco y estaba a punto de presentar los trabajos públicos que le reportarían el título de licenciado en Medicina. Este examen teórico debía ser precedido por otro en filosofía natural, que ya había aprobado. La ceremonia se cumpliría con solemnidad en la iglesia, frente al altar de Nuestra Señora La Antigua, patrona de los grados académicos. Francisco recogió esta información con mezcla de esperanza y miedo: ¿podría él —hijo de penitenciado— concluir sus estudios, testimoniar los conocimientos prácticos que de veras estaba adquiriendo, rendir exitosamente las pruebas de filosofía natural que amaba y, por último, concitar la atención del cuerpo académico en su examen de graduación?

—Es otro espectáculo —le aseguró Joaquín—. Y yo lo tomo así, para estar más tranquilo —agregó—, y porque es verdad. Fíjate —enumeró con los dedos—: los Autos de Fe son un espectáculo; las procesiones, otro espectáculo; la asunción del Virrey, lo mismo; la

266

asunción del Arzobispo, y así sucesivamente. Todos espectáculos. También la elección del rector de la Universidad. Como te das cuenta, puro espectáculo también, porque tras la elección se pronuncia un discurso que dura varias horas, plagado de repeticiones, exageraciones, golpes de efecto, promesas, amenazas y elogios desaforados.

"Yo seré el protagonista de mi graduación —agregó Joaquín— así como tú, Francisco, de la tuya. Pero en realidad somos muñecos de un espectáculo que funcionaría igual sin nosotros. Ya te dije la secuencia. Jurarás ante el altar de Nuestra Señora La Antigua. Habrá un alto dosel con insignias de la Universidad y la Corona. El rector se sentará en una silla de garboso respaldo frente al altar. Deberás ir en busca del decano y acompañarlo a la iglesia, así como los alcaldes buscan a los inquisidores para los edictos de fe. Cuando todo esté pronto, empezará la ceremonia, perdón, el espectáculo. Te abrirán textos al azar, especialmente los de Galeno y Avicena. Deberás leer un párrafo y comentarlo. Demostrar en bello latín que los conoces, los aceptas y los amas, delante de un público que pasará horas de diversión escuchándote o esperando que caigas en una trampa.

—Espectáculo… —masticó don Diego.

—¿No has pasado por lo mismo, papá?

—Sí, claro que sí. Es el modelo de graduación que se repite en todas partes. Creo que proviene de Salamanca. Tal vez sea más acertado decir "representación" o… —buscó la palabra— "apariencia".

—¿Por qué?

—Y, porque se parece a un juego de naipes. Unos timan a otros.

—No entiendo.

—Pompa, discursos, ceremonial… para ganar. Ganar espacios de poder, Francisco. Cada uno de esos "espectáculos", desde la graduación a un Auto de Fe, son la arena donde se lucen los toreros para diferenciarse de los toros.

—Pero en la graduación se trata de evaluar a un futuro licenciado.

—La graduación se realiza para dar un título, es verdad, y el Auto de Fe para castigar a varios pecadores. Siempre hay un objetivo manifiesto —llenó otro cazo para Francisco—. Pero ocurre que ese objetivo se usa para desencadenar una parafernalia que tiene como finalidad oculta otra cosa: el poder de los que están, o aspiran a estar arriba, no un recién graduado ni un pecador. Son hipócritas.

—¿Adhieren públicamente a Galeno y aceptan a Vesalio?

—Por ejemplo.

—O expresan un amor inexistente por el Virrey, papá. Eso lo escuché. Fue impresionante.

—Cuéntame.

—Joaquín me confió antes de empezar el acto, que el rector detesta al Virrey.

—Siempre hubo tensión entre los virreyes y los clérigos.

—Sin embargo, papá, el rector pronunció un discurso rimbombante con ridículas poesías, además.

—Dicen que el marqués es poeta.

—Si es un buen versificador, se habrá aburrido.

—¿Tan pobres eran los poemas del rector?

—Sólo espuma.

—Espectáculo, querrás decir.

Francisco arremolinó la frente al recordar una presencia:

—¿Sabes quién integraba la guardia personal del marqués Montesclaros?

—No.

—Lorenzo Valdés.

—¿Tu compañero de viaje?

—Y ambicioso hijo de capitán. Increíble. Cambiamos miradas todo el tiempo. Ascendió rápido.

—Debe ser bueno para las armas.

—¡Y le sentaba el uniforme!

—¿Quiénes más hablaron? —preguntó al rato don Diego mientras retiraba el caldero de las brasas.

—El maestro de Artes, el protomédico y el inquisidor Gaitán.

—Dijiste...

—El inquisidor Gaitán.

A su padre lo cubrió una sombra.

—¿Qué dijo?

Francisco también se perturbó.

—Fue breve. Exaltó las virtudes éticas y creadoras.

—¡Ajá! Virtudes éticas y creadoras... —se arrastró hacia el jergón. Su hijo lo ayudó a recostarse. La jornada había sido agotadora.

—¿Sabes? Conocí al padre de tu condiscípulo —murmuró mientras abría el libro para su lectura de la noche.

—¿Al padre de Joaquín?

—Rezamos a cuatro mil metros de altura, en Potosí.

—¡No me digas! ¡La sorpresa que le voy a dar! ¿También es... fue... judío?

—Murió cuando Joaquín era pequeño.

80

La tarde se destempló. Aprovecharon para aislarse en la playa; allí no había orejas hostiles. El mar estaba picado y elevaba crestas hasta la lejanía parda. Las gaviotas revoloteaban, indiferentes al tiempo de otoño. Era un sitio ideal para las confesiones, como lo habían comprobado dolorosamente pocos días atrás. A ambos les urgía comunicarse en los temas que no podían tocar bajo amenaza de delación.

—El mar, sin embargo —dijo don Diego—, no es un sitio propicio para las revelaciones. Ni siquiera cuando se abrió ante la vara de Moisés.

Francisco lo escuchó tenso, porque esa referencia le traía recuerdos de Ibatín.

—Moisés partió el Mar Rojo y el pueblo fue testigo de un milagro impresionante —agregó—, pero la Revelación ocurrió más tarde, en el desierto y en la montaña.

—El desierto inspira la espiritualidad —glosó Francisco, mirándolo—. También hacia allí fue Jesús, después de su bautismo.

—Yo también fui al desierto— confesó de golpe.

El joven detuvo la marcha. Se midieron junto al mar, donde no suelen ocurrir las revelaciones: pero estaba a punto de producirse una.

—¿Cuál desierto?

—Lo mencioné la otra noche. Está a cuatro mil metros de altura. Es una réplica del Sinaí —se cubrió la cabeza con la manta; parecía un profeta—. ¿Sabes quién nos guiaba?

Su hijo procuró atar cabos.

—Imaginas correctamente —asintió—. Pero deberías conocer toda la historia para entender ese decisivo peregrinaje —extendió su mano hacia el horizonte—. Yo venía de Portugal, un país que po-

269

día haber funcionado como refugio piadoso, y que fue convertido por los fanáticos en un campo de batalla. Hasta presencié el Auto de Fe donde condenaron a los padres de un amigo, a quien conoces.

—¿Diego López de Lisboa?

Su padre contrajo el rostro. La evocación aún dolía como un cuchillo en la garganta.

—Huimos al Brasil. No éramos originales —forzó una sonrisa—, porque no permitían viajar a destinos que no estuviesen gobernados por la corona. Nos odiaban y, ¡qué curioso!, nos retenían.

—¡Para exterminarlos! —interpretó Francisco (dijo "exterminarlos", en tercera persona, marcando que no se incluía entre los judíos).

Su padre levantó las cejas.

—Tal cual… También lo sabes. Exterminarnos, como a insectos —tosió—. Estaban borrachos de odio.

—López de Lisboa se atrevió a narrarme su viaje al Brasil y la decepción que tuvieron al llegar.

—Dices bien, hijo: "se atrevió". El miedo, cuando se instala, se arraiga.

—Aborrece su pasado.

—Es horrible… Quiere olvidar.

—Quiere ser un buen católico.

Su padre frunció los párpados. ¿Francisco le hacía un reproche?

Había cesado la garúa. Una claridad que no podía manifestarse a pleno pujaba entre el acolchado de nubes amoratadas. Brochazos ocres se multiplicaban en los acantilados color canela. Ambos se arrebujaron.

—Te contaba —inspiró una bocanada de aire salitroso— que caminé hacia las cumbres, hacia la proximidad con Dios. Tuve sensaciones potentes. A medida que subía aumentaba mi fuerza. El duro cielo azul me estimuló a sonreír después de años; yo había dejado de sonreír en Lisboa.

—¿Ibas solo?

—No. Íbamos en grupo. A varios… recordé en la cámara de torturas.

Francisco tragó saliva.

Su padre se interrumpió. Una piedra ancha lo invitó a sentarse. Levantó una ostra y dibujó sobre la arena algo que enseguida borró con el pie. Luego dibujó la letra *shin,* igual a la que resplandecía en la empuñadura de la venerada llave española.

—Peregrinamos al desierto para leer la Biblia —prosiguió—, porque en el desierto fue entregada la palabra de Dios. Fuimos para entender esa palabra. Estudiarla. Amarla. Éramos una docena de personas que habíamos sido convertidos a la fuerza... La idea fue gestada por Carlos del Pilar, el padre de tu condiscípulo. Conoces a varios de mis audaces compañeros: Juan José Brizuela, José Ignacio Sevilla, Gaspar Chávez; y también Antonio Trelles, que se radicó en La Rioja.

—La mayoría terminó en la cárcel.

Don Diego volvió a fruncir los párpados. ¿Otro reproche?

—Trelles —carraspeó— fue arrestado en La Rioja y Juan José Brizuela en Chile, Gaspar Chávez, lo has visto, regentea un próspero obraje en el Cuzco y José Ignacio Sevilla se ha instalado en Buenos Aires o, tal vez, como te ha insinuado en el viaje, decida quedarse en el Cuzco.

—Papá: ¿para qué fueron al desierto? ¿Hay algo que no me has dicho todavía?

Borró la letra *shin* y arrojó la ostra a un amontonamiento de aves. Francisco temió que volviera enmudecer.

—Estábamos embotados de dolor, hijo —apartó la manta que rodeaba su cuello—. Cada uno traía su equipaje de muertos y de afrentas. Las Indias Occidentales no proveían paz, como había supuesto nuestra ilusión: a cada rato hay choques contra conversos, contra indios, contra negros, contra holandeses. Además, chocan los indios entre sí, los católicos entre sí, los mestizos con los indios y los mulatos con los mestizos. Las autoridades ajustician y transgreden para un lado y para el otro con demasiada ligereza. Nada es estable. Carlos del Pilar nos incitaba a buscar en el silencio de las altas cumbres la luz del Señor.

—Eso no era pecaminoso.

—¿Pecaminoso, dices? Claro que no, pero algunos denuncian como signo de herejía leer las Sagradas Escrituras sin la debida orientación de la Iglesia.

—¿Lo confesaste a la Inquisición?

—Sí. Pero no quedaron satisfechos. Ya te dije que exigían los nombres de todos los que viajaron conmigo.

Al cabo de un silencio pesado, don Diego miró rectamente a los ojos de su hijo y le descerrajó la dura pregunta:

—Vayamos al grano. ¿Qué es para ti judaizar, Francisco?

Tras un instante de reflexión, el joven le contestó sin anestesia.

—Ofender a Nuestro Señor y a la Iglesia católica. Es un crimen.

—Tu acusación me parece... vaga —replicó tranquilo su padre.

—¿Vaga? Judaizar es efectuar ritos inmundos.

—¿Qué ritos?

—Agraviantes para Nuestro Señor.

—Así se dice, en efecto. Pero, ¿cuáles son esos ritos? Precísalos.

—Ya me explicaron que no adoran una cabeza de cerdo.

—Te has puesto muy nervioso... —le tomó una mano—. Pero cuando yo judaizaba —acentuó el carácter pasado—, nunca agravié a Jesucristo ni a su Iglesia.

—Me tranquiliza.

—¿Sabes en qué consisten esos abominables ritos? Respetar el sábado vistiendo camisa limpia, encendiendo luces y dedicando la jornada al estudio. Otro rito es celebrar la liberación de Egipto bajo la guía de Moisés. Ayunar en septiembre para que Dios perdone nuestros pecados. Leer la Biblia. Además, el judaísmo es una religión que exalta la importancia del prójimo; por eso se reúnen entre varios para rezar, estudiar, pensar. Por eso fuimos en grupo al desierto.

—¿También confesaste esto último?

—A medias. Cada palabra podía convertirse en un agravante. Pero cuando me enteré de que habían arrestado a Diego se derrumbaron mis prevenciones y me abrí como una sandía. Les hablé con la esperanza de que premiarían mi honestidad, mi transparencia. El notario rompía plumas en su precipitación, para que no se le escapase una sola de mis palabras.

Miraba hacia la lejanía, agobiado.

—¿Sabes cómo terminó mi confesión?

—Dando nombres...

La tez de su padre se tornó cadavérica.

—Sí. Los inquisidores no se ablandaron. Mis compañeros y yo habíamos judaizado, realmente. Y mi desesperación no les llegaba ni a la cera de los oídos. Con lágrimas confesé que después leí la obra edificante de Dionisio Cartujano, que me instruí con ella y que, gracias a ella, retorné a la religión católica. Aseguré que nunca volví a judaizar.

272

Francisco lo observó en silencio. Sus ojos preguntaban: "¿Dijiste la verdad, acaso?".

Tras la cortina de nubes, un semicírculo de azogue penetró en el océano. El viento tenue empujaba el cabello sobre la nariz y exigía abandonar la playa. Decidieron regresar.

—Sevilla, Chávez y López de Lisboa sienten mucha gratitud por ti —comentó Francisco.

—A ellos no los denuncié, felizmente —suspiró.

La pincelada del atardecer daba carácter espectral a los caminantes.

—Estoy al final de mi vida y quiero recomendarte algo —le puso la mano en el hombro—: ¡no repitas mi trayectoria!

Después añadió otras palabras. El viento las estiraba como un elástico.

—Mi final es peor aún. Lo estás viendo. Que no sea el tuyo.

Francisco se quitó el pliegue de la manta que el viento le subía a la boca.

—No quieres que judaíce. ¿Es eso?

—No quiero que sufras.

Advirtió la ambivalencia de su padre. ¿Qué es lo que realmente quería decir?

Entraron en las callejuelas del Callao. Junto a la puerta de su casa los esperaba un negro provisto de linterna. Había amarrado un galeón de Valparaíso con algunos enfermos —dijo—. El doctor debía ir inmediatamente al hospital. Entre los viajeros venía un comisario de Córdoba, fray Bartolomé Delgado.

81

En la lejana Córdoba el delirio de Isidro Miranda había podido ser ocultado por más de un lustro en el convento de La Merced, donde el viejo clérigo de ojos saltones había sido encerrado. Pero trozos de ese delirio se escapaban como lagartijas. Sus locuras sobre judaizantes infiltrados en el clero asustaron a todas las órdenes religiosas. Las denuncias al principio fueron consideradas falsas, aunque peligrosas.

El comisario local, fray Bartolomé Delgado, había decidido haccrlo cxorcizar. Tenía que sacar el demonio de su cuerpo. Fray Isidro había dejado de ser el sumiso hombre de otros tiempos, para erigirse en llameante espantajo que escupía barbaridades. El comisario convocó a un dominico de gran reputación y pidió que actuase de inmediato: si para arrancar a Satanás de sus entrañas era preciso arrancarle también la lengua y hasta sus inservibles testículos, que procediera sin contemplaciones.

El exorcista era un hombre de fornida complexión y voz potente. Se encerró con el desdentado Isidro en una celda y le blandió la cruz delante de los ojos saltones como si fuese la espada del Cid Campeador. Pronunció fórmulas y ordenó al diablo que abandonase su cuerpo. Satán debió haber sentido el golpe porque fray Isidro empezó a correr en redondo. Sus piernas se tornaron increíblemente ágiles, como las del Maligno. Huía de la voz atronadora, pero sin dejar de hablar. Ambos compitieron en el volumen de los gritos y la velocidad de la carrera. La cruz del exorcista perseguía la flaca nuca de Isidro como si le descargara hachazos. El demonio se aprovechaba de las últimas energías del viejo, obligándolo a resistirse. Pero al final se derrumbó. Entonces el hercúleo exorcista estrujó, tironeó, cortajeó y arrancó del castigado cuerpo al demonio tenaz: lo oprimió sobre la mesa asperjada con agua bendita y lo encegueció con el resplandor de la cruz.

Fray Bartolomé recibió un prolijo informe del operativo. "Acabamos con la pesadilla", suspiró aliviado.

No obstante, la ponzoña que ya había derramado el enclenque Isidro fue registrada por las antenas del Tribunal inquisitorial. En Lima se consideró que el asunto no era tan simple y puso en duda la demonización del viejo fraile.

Entonces toda la historia sufrió un vuelco.

Uno de los inquisidores —se insiste que Andrés Juan Gaitán— interpretó como verosímiles las denuncias del escuchimizado fraile. Resultaba absurdo que un hombre perspicaz como Bartolomé Delgado hubiera perdido el tiempo haciéndolo callar con un exorcismo, en vez de convocar a un notario y registrar su información.

La orden partió enseguida. Ambos frailes —el destrozado Isidro y el atónito Bartolomé— debían viajar a Lima y someterse a juicio. Uno daría cuenta de los judaizantes que decía conocer y el otro de su gravísima actitud encubridora.

Bartolomé Delgado sufrió varios desvanecimientos en su viaje al puerto chileno de Valparaíso, donde debía embarcar. No lograba conciliar su nueva situación de arrestado con su carácter de funcionario del Santo Oficio. Le costaba reconocer en los oficiales que lo vigilaban día y noche una autoridad superior a la suya. Le asaltaban chuchos de frío en días calurosos. Su otrora turgente papada se convirtió en un pingajo. Durante el cruce de la cordillera de los Andes había muerto de frío su ovino gato. Lo enterró en la nieve y durante llorosas jornadas alucinó sus ojos de oro entre las cumbres tapizadas de hielo.

Isidro Miranda llegó al puerto colgado de su mula, como si fuese un esqueleto que arrastraba la montura. Cuando el galeón estuvo en alta mar pidió a su compañero de infortunio que le diese la extremaunción. El ex comisario se estremeció y, con arcadas y visión trémula, se puso la estola, preparó el óleo sagrado y dijo las palabras sacramentales. El consumido maestro y delator, sintió la cruz sobre su frente y voló al otro mundo. Pero sus ojos no pudieron ser cerrados: seguían emitiendo llamas como bolas de color.

El capitán de la nave ordenó arrojar el cadáver al mar. Fray Bartolomé recuperó entonces su lucidez y previó que el Santo Oficio no toleraría un segundo despilfarro. El primero había sido no indagar el nombre de los judaizantes que deliraba Isidro; el segundo sería perder el cuerpo de Isidro. Si la Inquisición decidía que este finado merecía la hoguera, no perdonaría que lo hubiera regalado a los peces: su cadáver debería sufrir la depuración del fuego en un Auto de Fe. Por consiguiente, el comisario enfrentó al capitán y logró que vaciaran un cofre para guardar los restos del finado.

A los pocos días empezó el temido proceso biológico. Una fetidez insoportable salía por las ranuras del cofre. Lo envolvieron con mantas. El capitán insistió en que no podrían conservarlo hasta el término del viaje. Lo cubrieron con cebollas. Inútil. El olor se expandía a todos los rincones. Decidieron ponerlo en el ángulo de la bodega por cuyo ojo de buey se vaciaban las bacinas, para que los excrementos amortiguaran la hediondez del cadáver.

Una noche la tripulación fue despertada por una explosión. Crujían maderas como si la nave hubiese encallado. El cofre reventaba por la presión del cadáver descompuesto. El capitán, furioso, ordenó arrojarlo inmediatamente al mar. El comisario lo agarró con ambas manos, quebrado por las náuseas, y amenazó con la hoguera a quien se atreviese a cometer semejante crimen. Acordaron ponerlo en cubierta, atado al palo mayor. Su podredumbre sería arrancada por el viento.

Las mantas que cubrían el cofre se abrieron como banderas. Voló la tapa. El cuerpo del otrora enteco sacerdote se elevó como la barriga de un gigante. Sus ojos enormes eran braseros que espantaban a las nubes. La nave recorría el Pacífico como si estuviese sostenida por un inverosímil monstruo adherido al palo mayor. En el puerto del Callao hicieron falta cincuenta cargadores para descenderlo.

Fray Bartolomé partió enseguida a Lima escoltado por oficiales de la Inquisición. Varios bueyes, en cambio, arrastraron la montaña pestilente en que se había transformado Isidro Miranda.

82

En el convento hubo consternación. No sólo se lamentaba el fallecimiento del prior, sino que se hablaba sobre el inesperado arresto de Bartolomé Delgado y el inexplicable crecimiento *post mortem* de Isidro Miranda. El hecho trastornó en particular a fray Manuel Montes, quien se convirtió en un definitivo muñeco de cera. Permanecía inmóvil en la galería azulejada; y sus ojos ausentes (los labios no se movían) reiteraban una frase enigmática: "Han tocado el Mal". Francisco le preguntó si podía ayudarlo. No contestó. Ni siquiera pareció reconocerlo. Francisco se enteró de que era medio hermano de fray Bartolomé.

El cadáver de Isidro Miranda fue inhumado en una fosa gigantesca. El Santo Oficio apreció los esfuerzos para ponerlo a su disposición. Si había cometido herejía, los huesos serían oportunamente desenterrados para que la hoguera los castigase. Era su destino casi seguro; la monstruosa deformación no podía ser sino obra del demonio. Aunque en vida fue un ser pequeño y frágil, tenía ojos desproporcionados: signo turbador. Según versiones, Satanás engañó al exorcista, porque jamás salió del viejo cuerpo, ni huyó en forma de ráfaga ni se metió en el aljibe. El Maligno se quedó tranquilo en la sangre del fraile. Por eso, cuando expiró en alta mar, todo el cuerpo se transformó en un caldero de pestilencia, una guarida de Belcebú. Sus vísceras hinchadas albergaron el aquelarre. Su carne no se sometió a las leyes de la muerte, sino a los caprichos de las bestias.

A Francisco lo sorprendió enterarse del parentesco que unía al obeso comisario de Córdoba con fray Manuel. Ahora podía entender la delegación de su severa paternidad postiza: Bartolomé quiso que fuera vigilado de cerca y, al mismo tiempo, ayudado. Manuel aceptó su pedido y lo cumplió a conciencia. Ni uno fue tan malo ni el otro tan frío.

El convento aún permanecía en duelo. La muerte del prior había empapado de amargura todos los rincones. Se activaron los sentimientos de culpa y a toda hora se oían los chicotazos de las flagelaciones. El bueno de Martín estaba más ojeroso y acelerado que dos semanas atrás.

Fray Manuel deambulaba como Lázaro antes de sacarse las telarañas de ultratumba. Seguía repitiendo "Han tocado el Mal".

"¿Qué querría decir?", se preguntó Francisco. En la biblioteca encontró a Joaquín del Pilar. Leía y tomaba apuntes. Lo acompañaban gruesos volúmenes de Galeno y Avicena. No era un sitio para conversar y, menos aún, contarle que sus padres se habían conocido. Le hizo un saludo con la mano y se dirigió hacia los cargados anaqueles en busca de la *Summa Theologica*.

Mientras recorría las letras doradas de los lomos con creciente deseo de zambullirse en sus contenidos, leyó *Pablo de Santamaría, El burguense*. Empezó a jadear. ¿Ésta era la famosa obra del rabino Salomón Halevi que se bautizó durante las matanzas de 1391, cambió su nombre, vistió los hábitos y ascendió a arzobispo de Burgos? ¿Éste era el texto que funcionaba como su espada invencible? Lo copiaban con ahínco los amanuenses de España y se distribuía por todas las ciudades para quebrar el espinazo de los pocos judíos que aún quedaban. La inteligencia que había estado al servicio de la sinagoga se transformó en una inteligencia al servicio de la Iglesia. Francisco releyó el título. Era el célebre libro, indudablemente: *Scrutinio Scripturarum* (Examen de las Escrituras). Miró a Joaquín. Tuvo un acceso de vergüenza. Sacó el volumen, lo apoyó sobre la mesa y se puso a leerlo. Estaba escrito en elegante latín. Polemizaban dos personajes: Saulo y Pablo. Uno (judío) representaba la sinagoga, el otro (cristiano) la Iglesia. Uno defendía la ley de Moisés, el otro la de Jesucristo. Cada uno argumentaba con erudición. Saulo era el viejo que se resistía a ver la luz del Evangelio y Pablo el joven que la derramaba a chorros.

Francisco olvidó que las horas corrían, hasta que una mano se apoyó en su hombro. Era Joaquín: hacía señas de que estaban por cerrar. Levantó el libro y lo devolvió al anaquel que compartía con San Agustín, Santo Tomás, Duns Scoto y Alberto Magno. El denso texto lo había mareado. Cada página era un torrente de citas. Sólo un hombre que había recorrido muchas veces la Sagrada Escritura podía hacer tantas acrobacias con los versículos. El autor la había estudiado a fondo como rabino y luego, otra vez, como canónigo y obispo. Nadie podía ser más ducho. Los argumentos y las refutaciones eran brillantes. Francisco tenía que seguir hasta el final. Algo se acomodaba en su interior, porque en el *Scrutinio* siempre triunfaba el joven Pablo. Sus razones eran más fuertes. Pero su éxito sobre el apabullado Saulo no daba tranquilidad al joven.

Fue con Joaquín a la taberna de la vuelta. Allí se reunían los estudiantes. El bullicio retumbaba en los muros pintarrajeados con caricaturas e inscripciones. En un rincón humeaban los calderos. Circulaban negros y mulatos de ambos sexos con bandejas. Distribuían jarras de vino, botijas con aguardiente y cazuelas de guisado. En torno a las mesas se hablaba a los gritos y se cantaba. Algunos estiraban la mano para pellizcar a las mulatas y hacerles volcar las fuentes. El tabernero, rubicundo y sudado, impartía órdenes desde el mostrador. Al reconocerlos, los estudiantes les hicieron lugar. En el estrecho banco se palmearon y empujaron como niños. Necesitaban desentumecerse de tantas clases y lecturas.

Francisco atrapó un pedazo de pan y lo devoró antes de que llegara el guiso. Un compañero se burló de su hambre y otro le hundió el codo en el estómago. Bebió vino, le devolvió el codazo y amenazó con estamparle la cazuela en la jeta. Cantaron. Se lastimó la boca mientras bebía, porque un condiscípulo hizo caer a una mulata encima del grupo. El tabernero se acercó con los puños en alto. La mulata se reincorporó trabajosamente mientras varios le manoseaban las tetas. Joaquín ordenó otra vuelta de aguardiente.

Una hora más tarde Francisco se encaminó solo y algo mareado hacia el convento. El bullicio de la taberna y los efectos del alcohol giraban en su cabeza con el grotesco fin de Isidro Miranda, el arresto de

Bartolomé Delgado y la ardiente disputa del judío Saulo con el católico Pablo. Una acequia de aguas servidas serpenteaba por el centro de la calle con brillo de espejos rotos. Exhalaba un olor inconfundible, casi el rasgo identificatorio de la orgullosa Ciudad de los Reyes. Para que la gruesa penumbra no le hiciera trampas, Francisco marchó rozando los muros de adobe encalado. Llegó al portón del convento y se apoyó en su jamba. El cielo seguía cubierto por la eterna tapa de nubes.

Atravesó un corredor. Poco después quedaba espantado.

83

Fray Manuel Montes, ahíto de culpa por su compulsiva masturbación, arrastró hacia su celda el brasero que sirvió para calentar los cauterizadores quirúrgicos. Lo llenó de tizones incandescentes hasta que se transformó en un fantástico recipiente lleno de rubíes. Emitían una luz sanguínea y mágica. Rezó a la imagen que sacralizaba su cubículo. Levantó las manos y mostró sus palmas a la Virgen. No pensaba en Bartolomé, su medio hermano arrestado por el Santo Oficio: pensaba en sus propios horribles pecados. Volvió a decir: "Han tocado el Mal. Estas manos han tocado el Mal".

Se incorporó, tragó las lágrimas y caminó tres pasos hasta el brasero. Se arrodilló nuevamente. La luz púrpura pincelaba su rostro huesudo. Esa lumbre fascinaba, mareaba. La ceniza afelpaba los carbones que se iban desgranando lentamente en guijarros vivos como ojos. Otra vez levantó las manos y con violenta decisión las aplastó sobre las brasas.

El chamuscamiento de carne asada rebotó en los muros. Por entre los dedos abiertos se elevaron culebras de humo. Fray Manuel tiritaba: "Han tocado el Mal". El dolor insoportable lo estimuló a hundir más aún sus falanges y destrozarlas con el filo de los carbones ardientes. Le chorreaba el sudor. Una mueca de placer deformaba su rostro seco. Entraba en un espasmo convulsivo. Aún pudo sumergir más las extremidades entre los rubíes despiadados. Pegó un grito de victoria y cayó desvanecido.

Las quemaduras le habían llegado al hueso y consumieron articulaciones, nervios, venas. Le quedaban dos muñones desprolijos.

Cundió la alarma. Lo trasladaron al hospital. Despertaron a Martín, al boticario, a los sirvientes, a todos los frailes. Entre las sombras chocaban los cuerpos apurados. Unos buscaban a otros farfullando plegarias y mea culpas. Martín le aplicó los primeros cuidados. El corazón latía débilmente; podía morir.

Francisco fue llevado enseguida junto a su benefactor. El cuadro era horripilante. De los flacos antebrazos salían dos ovillos negros con trozos de mica. Martín insistía en que era un santo.

—Lástima que no podrá usar sus manos para otras obras de caridad —replicó Francisco con repugnancia.

—¡Es un santo, es un santo! —repetía Martín mientras se esmeraba por mantener en el aire los muñones y cubrirlos con sustancias emolientes.

—Un loco —replicaba Francisco, descompuesto.

—No —porfiaba Martín—. Es una ofrenda del cuerpo para la purificación del alma.

—Si no se desmayaba hubiera seguido con los antebrazos, con los hombros, con la cabeza. Absurdo.

Martín lo miró azorado.

—¡Qué dices, judío imbécil! ¡Este santo fraile puede estar oyéndote!

—Está casi muerto.

—Dios lo bendijo con el desmayo oportuno, ¿no te das cuenta? —por primera vez en sus ojos relampagueó la cólera—. Cállate ya. Y ayúdame a vendarlo.

Francisco desenrolló la tela y dio vueltas en torno a la mano quemada. Trabajaron en tenso silencio. Después acomodaron el cuerpo de tal forma que su cabeza quedase algo elevada.

Martín miró fijamente a Francisco. Lagrimeaba. La luz temblorosa hacía reverberar su transpiración.

—¿Qué te pasa?

Martín se mordió los labios.

—Te pido que me perdones. No tengo derecho a ofenderte.

—Está bien.

—Perdóname.

—Te perdono.

—Gracias. Soy un perro mulato. Un pecador irredimible... —frenaba su inminente sollozo—. No tienes culpa por tu sangre judía. Ni la proximidad de un santo como fray Manuel aleja mi tendencia al mal.

—No seas tan duro contigo.

Martín le apretó la muñeca. Su rostro se apasionó:

—Ven a flagelarme —le propuso.

—¿Cómo?

—Ven. ¡Te lo suplico! Debes castigar mi destemplanza. Por mis pecados murió el padre Albarracín. Por mis pecados se quemó fray Manuel.

Francisco apartó su muñeca. En su cerebro se mezclaban el vino de la taberna, el *Scrutinio Scripturarum*, la metamorfosis de Isidro Miranda y el autocastigo de fray Manuel. Ahora Martín le pedía que se transformase en verdugo. Se pasó la manga por la frente y salió al patio betuminoso. Una multitud de ojos lo detuvo: eran los frailes que se agrupaban para rezar ante la celda de Manuel. Intentó abrirse paso, pero no lo dejaron avanzar.

Súbitamente las tenazas mordieron su estómago. Una cinta de fuego le subió a la garganta y su vómito salpicó los hábitos que lo rodeaban.

84

Las ratas de la celda se habían acostumbrado a Francisco. Corrían por los tirantes y los muros para confirmar la posesión del territorio. Se columpiaban del techo cañizo o atravesaban como un relámpago el piso de tierra, pero no les importaba el cuerpo del estudiante. Incluso evitaban cruzar por encima de sus piernas o su cara, como al principio.

No eran los roedores, por lo tanto, quienes esa noche le impidieron dormir. Por el entramado de su fatiga colaban los cataclismos recientes. Las extremidades carbonizadas de Manuel Montes aún emitían humo; sus dedos eran garras negras con incrustaciones de sangre y marfil que salían de un cuerpo exánime al que rodeaba un coro de frailes plañideros. Entre las sotanas aparecían dos personajes artificiales con mantos antiguos cuyas bocas se movían como las de los muñecos articulados:

evocaban las Sagradas Escrituras con amplio conocimiento, pero falta de lógica. Polemizaban. Mejor dicho, teatralizaban una polémica: Saulo —viejo y caduco— decía exactamente aquello que Pablo —joven e inteligente— podía refutar. Y cuando Pablo se dispersaba en un argumento débil, su adversario senil le ayudaba con otro para que volviese a darle golpes en la cabeza. El decrépito Saulo se esforzaba por perder con tantas ganas como el brillante Pablo por triunfar. Del *Scrutinio Scripturarum*, Francisco retornaba al pobre fray Manuel. ¿Y si se moría? ¿Quién sería su tutor ante las autoridades universitarias?

Mientras su cuerpo giraba en los vellones de un sueño escurridizo, en el ventanuco se fue instalando una luminiscencia opaca. Estaba en el centro de la noche y Francisco quedó prendido al cuadro como Moisés a la zarza ardiente. De ahí tenía que llegar una revelación. Entonces oyó la sibilancia de un vergazo y el subsiguiente quejido. No eran palabras, como las que escuchó Moisés, sino expresiones de una azotaina. Los golpes se sucedían a ritmo parejo.

El bueno de Martín se hacía propinar la tercera tanda de golpes cerca de Francisco para que no hubiera dudas sobre el pecado que intentaba limpiar. Lo había insultado con la palabra "judío", y debía pagar la ofensa. Francisco, acorralado, se tapaba las orejas para huir. Pero su cabeza rebotaba contra las manos carbonizadas de fray Manuel y la engañosa polémica de Saulo y Pablo.

Francisco supo que Martín se sometía a una flagelación sistemática quincenal, además de las que se propinaba en los interregnos. Cuando terminaban las completas y el convento se recogía, se encerraba a rezar. Progresivamente su cuerpo y su alma se dividían en muchos pedazos, todos vivos y ardientes. Los ojos enrojecidos del mulato se convertían en botones extasiados; sus músculos, en cuerdas tensas. Desnudaba su torso, corría hacia el muro la parihuela que usaba de lecho y también servía en el convento para trasladar los cadáveres, descolgaba una cadena con ganchos de acero. Su mente pasaba a ser varios personajes. La penumbra, el aislamiento y los torbellinos interiores producían una fragmentación fantástica. Su brazo empuñaba la cadena y se transformaba en su padre. El brazo castigaba con rabia al engendro que pretendía ser un hijo. Le gritaba: "¡Perro mulato!". Descargaba con ira sobre los hombros oscuros su decepción profunda. En vez de un descendiente blanco le apareció esta cucaracha. "¡Negro ridículo! ¡Idiota! ¡Asqueroso!" Las injurias fortalecían el brazo. Martín era Martín (doblegado y sufriente), pero al mismo tiempo era su padre (maravilloso y resentido). Sus hombros pertenecían a un réprobo; su brazo, a un noble. De su boca salían los insultos y la sonrisa del poder. De su llagada espalda la sangre de un negro despreciable. Por varios minutos su cerebro y su brazo funcionaban como el gentilhombre Juan de Porres, a quien el rey de España había distinguido con una misión en las Indias.

También se convertía en el rudo negrero que cazaba piezas humanas en el África y les impedía la fuga aplastándolos con zurras. Como ésta. Tenía que destruir el peligroso amor por la libertad y pisotear los ímpetus de rebeldía. Martín captaba esos rescoldos en su interior. Había que apagarlos a vergazo limpio. "¡Toma, negro desobediente! ¡Aguántate ésta, negro bandido!" Era un monstruo que debía lamer las sandalias de quienes estaban arriba. Su piel se abría en tajos y las gotas de sangre salpicaban las paredes.

Cuando el brazo robusto de su padre y de los negreros conseguían tumbarlo, cesaba la paliza. Martín jadeaba en el suelo. Los salvajes que habitaban su cuerpo quedaban heridos. Y su alma se aliviaba. Tras recobrar aliento se agarraba de la mesa o la parihuela y trepaba sobre sus rodillas hasta incorporarse. Colgaba la cadena y cubría sus hombros lastimados son una sarga gruesa. Salía al patio, donde el aire fresco de la noche le regalaba una caricia. Junto al aljibe las ranas hacían vibrar castañuelas. Martín se arrastraba entre las tinieblas hacia la sala capitular. Podía hacer el camino con los ojos cerrados. Abría la puerta, sigilosamente: no despertaría a los frailes, que estaban lejos. Se arrodillaba ante la imagen de Cristo y descansaba.

En su mente se ordenaban trabajosamente fragmentos en ignición. Su brazo también podía ser el de los soldados que flagelaron la divina piel. Imitar a Jesús es bueno y purificador. *Imitatio Christi*: actuar con impotencia, dejarse maltratar. Llenaba su alma con el ejemplo supremo de Nuestro Señor y retornaba a su celda. Sus ojos en trance volvían a refulgir. Arrancaba la tela de sus hombros y hacía saltar los coágulos. Empuñaba la cadena y reiniciaba la disciplina. A los insultos anteriores solía añadir, con dolor intensísimo, "¡Bastardo hijo de puta!". De pronto Martín era su madre. Caía de rodillas. La cadena se enrollaba en su cuello; luego giraba en el aire y de nuevo laceraba los hombros. La negra panameña que fue arrastrada por el gentilhombre y parió un mulato gritaba ahogada: "¡Mi-

sericordia, Señor! ¡Misericordia!". Tuvo el privilegio de ser fecundada por un elegido del Rey y largó al mundo un feto de tinta. Martín también era su raza: los negros cazados en tierras remotas y ata-
dos como animales, sometidos al hambre, la sed y luego hundidos
en la bodega irrespirable de los barcos. Allí morían, entre los excrementos y las lombrices que se pegoteaban a sus heridas. Y entonces
se los arrojaba al mar. Sus cadáveres formaron un tapiz submarino
entre África y las Indias. Martín gritaba "¡Misericordia Señor! ¡Misericordia!" desde su desamparo abismal. No había un fray Bartolomé de las Casas que pleitease por ellos. Ni siquiera un hombre milagroso como Francisco Solano les dedicó un sermón. Bajo la lluvia
de cadenazos era Cristo y Cristo era una multitud de negros desva-
lidos, y la multitud de negros giraba mareada en la celda clamando
piedad. Tanto dolor tenía que rozar, aunque más no fuera, un pel-
daño del trono celeste.

El brazo severo se debilitaba. Sin aire y sin fuerzas, se abandona-
ba boca abajo sobre la parihuela: era un cadáver como los que tras-
portaba sobre esos duros travesaños. Se adormecía por unas horas.

La flagelación sistemática, empero —lo supo el horrorizado
Francisco—, incluía cada tanto una tercera etapa.

Cuando la misteriosa luminosidad se fijaba a su ventanuco, una
aguja le atravesaba el entrecejo. Descendía del vehículo fúnebre, y
recogía unas varas de membrillo y se asomaba a la puerta para verificar la ausencia de curiosos. La atmósfera ya estaba fría y los contornos parecían revestidos por un musgo de escarcha. Recorría los
vericuetos familiares del convento rumbo al muro. Por una de sus
fallas hacía pasar al indio que había contratado. Era un hombre bajo, de espaldas anchas y rostro taciturno. Pertenecía a la otra multitud despreciada. Martín, un siervo del Señor, le ofrecía el símbolo
de un desquite. Quien representaba a los extranjeros, al Rey y a Jesucristo (en orden ascendente) permitiría ser castigado por quien representaba a los nativos, el Inca destronado y la idolatría extirpada.
Un inferior indio recordaría al superior clérigo que no debe vana-
gloriarse, y que el ofendido puede ofender. Se miraban fugazmente,
cubiertos por la película de estaño que pintaba la luna. En una ceremonia cargada de un significado atroz, procedía a entregarle las
varas de membrillo como un general rinde su espada. El indio recibía el arma en silencio, rígido como una imagen de iglesia. Martín

284

desnudaba su torso y levantaba un brazo. Era la señal. Entonces el indio se convertía en el representante de millones.

Eso estaba ocurriendo ahora. Francisco se revolcaba en el piso, irritado por la secuencia de azotes que zumbaba tan cerca. Sus nervios se retorcían al oír los quejidos. Se paró, dio vueltas en torno a las paredes húmedas, pateó una rata con tanta ira que la aplastó en las cañas del techo. Su chillido convulsionó a las demás y Francisco salió corriendo. Los bloques negros de plantas y muros no le impidieron llegar en un instante al improvisado cadalso. Martín yacía de bruces sobre la tierra y el indio seguía descargando golpes con regularidad.

—¡Basta! —gritó.

El indio se asustó y retrocedió unos pasos. Francisco le hizo soltar las varas y ordenó que se fuese. Tras una corta vacilación se esfumó por la grieta del muro. El mulato, entre nubes de una semiconciencia, farfullaba:

—Más, más...

—Soy yo, Francisco.

Interrumpió la retahíla. No lo conectaba con el indio. Se esforzó en unirlos. Giró la cabeza y se avergonzó.

—Cúbreme —dijo.

Le tendió el sucio hábito sobre la espalda florecida de sangre.

Después pidió que lo ayudase a ponerse de pie. Sus miembros se doblaban como hojas de lechuga. Francisco lo cargó sobre su espalda. A medida que lo aproximaba a su celda Martín recuperaba las energías. Empezó a caminar. Abrió la puerta, trepó a su lecho fúnebre y se tendió boca abajo.

—Gracias.

Francisco le alcanzó una jarra de agua.

—Perdóname —agregó con voz apenas audible—. No tenía derecho a ofenderte.

—Ya te he perdonado.

—Yo tenía... bien merecida... esta flagelación.

Al amanecer el hermano Martín apareció con entusiasmo en el hospital. Su rostro no traslucía los ejercicios nocturnos. Era un lirio despojado de máculas.[19]

85

—¿Te has dado cuenta, Francisco —dijo su padre—, de que me las arreglo para permanecer menos tiempo en el hospital?

—Solamente cuando estoy yo, supongo.

—Supones bien —se acomodó el sambenito que el viento del mar empujaba hacia un hombro.

—Estas caminatas benefician tu salud.

Don Diego sonrió melancólico.

—Recuerdo de salud, querrás decir.

—Estás mejor que cuando vine.

—Sólo en apariencia. No sirve engañarse. Mis bronquios han envejecido demasiado.

—Mientras permanezca en el Callao, haremos este paseo por la playa todos los días. Te pondrás fuerte, papá.

Cuando estuvieron lejos de espías, Francisco entró a saco:

—En la Universidad encontré un libro importante —hacía rato que ardía por compartir su turbación.

—¿Sí? —los ojos endrinos del padre se iluminaron—. ¿Cuál?

—El *Scrutinio Scripturarum*.

—Ah —volvió a ensombrecerse.

—¿Lo conoces?

—¡Por supuesto!

—¿Sabes que me parece falso? —aventuró un calificativo.

Su padre cerró los ojos. ¿Le había entrado arena? Empezó a restregarse.

—Sentémonos aquí —propuso.

—¿Has escuchado? —reclamó Francisco.

—Que te pareció falso... —tendió el sambenito como una alfombra. Sus articulaciones dolían.

—Saulo, el judío que defiende la ley de Moisés —contó—, se deja ganar como un idiota. Desde la primera página está condenado a perder. Sólo habla para que el joven y católico Pablo le salte encima y lo refute.

—Tendrá más razón Pablo.

—Pablo tampoco me convence. No escucha —Francisco se enardecía——. No es un diálogo. Todo está escrito para demostrar que la Iglesia es gloriosa y la sinagoga un anacronismo.

—La Iglesia valora mucho esta obra. Se ha distribuido por doquier.

—Porque le rinde pleitesía —se llevó la mano a la boca al advertir la temeridad de sus palabras—. No la defiende con las armas de la verdad, papá.

Don Diego intuyó que su hijo se deslizaba hacia una pendiente.

—¿Cuáles son las armas de la verdad? —su respiración también se agitaba.

Francisco miró hacia el acantilado ocre con salteadas guedejas verdes y hacia el norte y el sur de la playa vacía. Nadie lo escuchaba y podía seguir abriendo sus dudas, su fastidio y su rebelión.

—¿La verdad? —sus órbitas refulgían—. Responder si a partir de Jesucristo vivimos realmente en los tiempos mesiánicos que anunciaron los profetas. La Biblia asegura que los judíos dejarían de sufrir persecución tras la llegada del Mesías y ahora no sólo la sufren, sino que ni tienen derecho a existir.

Su padre lo miró con susto.

Francisco le apretó su arrugada mano.

—Papá. Dímelo de una vez...

Las olas se desenrollaban sobre la arena con un rumor caudaloso y dibujaban a su término una larga serpiente de espuma.

—No quiero que sufras lo que yo he sufrido —respondió quedamente.

—Ya lo dijiste. Pero el sufrimiento es misterioso, depende cómo lo sientas.

—Yo no creo en la ley de Moisés —afirmó de súbito don Diego.

Francisco abrió grande los ojos, azorado.

—No es verdad...

Su padre se mordía los labios. Masticaba vocablos y pensamientos.

—No creo en lo que no existe —añadió.

—¿Dices que no existe la ley de Moisés?

—Es un invento de los cristianos —agregó—. Desde su visión cristocéntrica han armado algo equivalente para los judíos. Pero para los judíos sólo existe la ley de Dios. Moisés la ha transmitido, no es el autor de ella. Por eso los judíos no adoran a Moisés, ni lo consideran infalible, ni absolutamente santo. Lo aman y respetan como gran líder, le dicen *Moshé Rabenu*, "nuestro maestro"; pero él también fue castigado cuando desobedeció. En la Pascua judía, cuando se narra la liberación de Egipto, Moisés no es mencionado nunca. Quien libera es Dios.

—En esa ley crees, entonces —Francisco lo encerró para aclarar sus dudas de una santa vez.

—En la ley de Dios.

—¿Eso es la horrible inmundicia que llaman judaizar?

Lo miró de frente.

—En efecto, hijo: respetar la ley de Dios escrita en las Sagradas Escrituras.

El fragor del mar contribuía a la soledad del ambiente. Francisco estudió la leñosa cara y los dedos sarmentosos que jugaban con un blanquecino montículo. Eran el rostro y las manos de un hombre justo. Sintió arrebato.

—Quiero que me instruyas, papá. Quiero convertir mi espíritu en una fortaleza. Quiero ser el que soy, a imagen y semejanza del Todopoderoso.

El viejo médico sonrió.

—Lee la Biblia.

—Sabes que lo vengo haciendo desde mi infancia.

—Por eso me entiendes enseguida.

Francisco se sentó junto a su padre, también de cara al océano. Sus hombros se tocaban. Sentían un íntimo regocijo por la explicitación de la alianza. Al padre le encendía un inefable orgullo: la calidad de su simiente. Al hijo le embargaba una intensa emoción: la integridad de su ascendencia. Por fin consiguieron transmitirse el secreto tenaz. Por fin se confiaban por entero.

—Ahora no estoy solo, papá —extendió sus manos hacia adelante, hacia el índigo con resplandores de plata; luego hacia arriba, hacia las gaviotas que navegaban sobre ondas invisibles—. Pertenezco a una familia llena de poetas, príncipes y santos. Mi familia es innumerable.

—Perteneces a la antigua Casa de Israel, a la sufrida Casa de Israel, que es también la Casa de Jesús, de Pablo, de los apóstoles.

—Mi sangre abyecta es igual a la de ellos. Tan digna como la de ellos.

—La misma sangre de Jesús, de Pablo, de los apóstoles. Eso no lo pueden digerir. No lo quieren ver. Trazan una frontera alucinada entre los judíos a quienes veneran olvidándose que son judíos, y los judíos a quienes deprecian y exterminan.

—El *Scrutinio* pretende agrandar esa frontera —Francisco no podía quitarse la acidia del libelo—. Saulo y Pablo son pintados próximos, pero muy distintos. El apóstol San Pablo había sido el rabino Saulo antes de la conversión, como Pablo de Santamaría había sido el judío Salomón Halevi. Halevi se olvidó de su origen; su ambición lo llevó a la indignidad, papá.

—Su miedo, hijo... —corrigió—. El miedo es peor que la muerte. Yo he tenido ese miedo.

El joven asintió con pena. Era el punto más doloroso.

—Por miedo abjuré, lloré, mentí, confesé —murmuró el padre—. Se desintegró mi persona... Decía lo que me ordenaban.

—Papá, por favor, dime: ¿en algún momento volviste a la fe católica?

Abrió las manos, repentinamente sorprendido. Se mesó la barba.

—Preguntas si volví... Pero, ¿alguna vez estuve en ella? Para los católicos, basta recibir el bautismo. Por eso lo fuerzan. El proselitismo así es fácil. Pero quien es bautizado contra su voluntad no cree con el corazón. Es como si te pidiesen que jures lealtad a alguien pero otro lo hace por ti; luego te llaman traidor por no ser leal a quien jamás juraste lealtad... Una incongruencia que haría sonreír, si no fuese trágica.

—¿El bautismo no derrama la gracia?

—La gracia llega con la fe. Hijo: muchas veces he deseado tener fe en los dogmas de la Iglesia para dejar de ser un perseguido. Me has visto en los servicios y las procesiones, y no siempre concurro para simular. Me concentro, escucho, rezo, trato de sentir. Pero sólo veo una ceremonia ajena.

—¿Dejarías de ser judío, papá?

—¡Claro que sí! Como tantos. Como millones, hartos de ser la escoria del mundo. Pero también tendría que dejar de ser quien soy. Olvidar a mis padres, mi pasado, la llave de hierro.

—No es sólo la religión, entonces.

—Es algo más profundo.

—¿Qué?

—No lo consigo atrapar. Quizá la historia. O el destino común. Los judíos somos el pueblo de la Escritura, del libro. La historia es libro, letra escrita... ¡Qué paradoja! ¿no? Ningún otro pueblo ha cultivado tanto la historia y, al mismo tiempo, es tan obstinadamente castigado por ella.

Al rato, murmuró:

—No es fácil ser judío como no es fácil el camino de la virtud. Ni siquiera eso: no está permitido ser judío.

—¿Entonces?

—O te conviertes de corazón...

—El corazón no responde a la voluntad —lo interrumpió Francisco—, lo acabas de reconocer.

—O simulas. Es lo que hago.

—Representación, apariencia. Somos iguales o peores que ellos —meneó la cabeza, apenado—. Qué triste, qué indigno, papá.

—Nos obligan a ser falsos.

—Aceptamos ser falsos.

—Efectivamente.

—¿No hay otra posibilidad?

—No hay. Somos reos de una prisión indestructible. No hay alternativa.

Llegaba el momento de marcharse. La grisácea cortina de nubes inflamaba el horizonte. Empezó a refrescar y las olas avanzaron sobre la arena.

—Me cuesta resignarme —musitó Francisco—. Presiento que existe otro camino, muy estrecho, muy difícil. Presiento que romperé los muros de la prisión.

86

Un nuevo adversario del Santo Oficio se yergue cautelosamente, barrunta en su adusta cámara el inquisidor Andrés Juan Gaitán. Es más peligroso porque une a su vigor una devastadora habilidad política. Nació para defender la religión verdadera del asalto protestante, pero maniobra para quedarse con todo el poder de la Iglesia. Es la Compañía de Jesús.

Desarrolla una ambivalencia sutil, agresividad y piedad. Los jesuitas, en el corto lapso de su existencia, ya se han colocado a la par de las otras ór-

denes religiosas. No conformes con tanto éxito, suelen informar descaradamente sobre debilidades e incompetencia de los dominicos, franciscanos, mercedarios y agustinos para, en forma indirecta, demostrar que son los mejores. Su falta de modestia les ha permitido avanzar en todos los terrenos. Han encandilado a Roma y a Madrid. Su próximo objetivo, que abordarán con retorcidas estrategias, es el Santo Oficio. Debo conversar sobre este punto con mis colegas. Pero también con ellos (¡hasta qué punto han avanzado en su penetración!) debo hacerlo con prudencia. No vayan a suponer que me mueven intereses espurios.

Una muestra del retorcido método que usan para ganar espacio es su política con los indios. Insisten en las técnicas piadosas y aseguran que evangelizan más rápido y mejor. Son unos pícaros: en primer término, carecen de originalidad porque desde fray Bartolomé de las Casas en adelante, muchos sacerdotes ya han pleiteado en favor de los naturales. En segundo término, su objetivo no se reduce a la evangelización, sino que ansían aprovecharla en beneficio de su poder. Las reducciones de indios que empiezan a construir lo evidencian: quieren formar verdaderas repúblicas bajo su jurisdicción exclusiva. Con el argumento de que los encomenderos son crueles y voraces, han excluido otras presencias. ¡Son encomenderos con sotana! Y muy ambiciosos.

Ahora efectúan un cierre de pinzas contra Lima: tanto el Virrey, el arzobispo y la Inquisición deberemos inclinarnos ante ellos. Lo digo por lo siguiente: de un lado crecerá la república jesuítica del Paraguay con millares de indios guaraníes a su servicio; del otro, la república jesuítica de Chile con millares de indios araucanos. Ambos bloques nos asfixiarán. Esto, tan evidente como el sol, no se ve por la intensidad de su misma evidencia. Los jesuitas tienen la gazmoñería de presentar sus éxitos corporativos como victorias de la fe. Y logran ser creídos.

Que pretenden socavar la autoridad del Santo Oficio va de suyo. Quitan importancia a la vigilancia de los cristianos nuevos, opinan que las prácticas judaizantes no conmoverán a la Iglesia e insisten en la prioridad de la evangelización indígena.

Pero el Santo Oficio no se ocupa de evangelizar, sino de impedir que se inoculen venenos en la fe. A esto ellos no le dan importancia. Son unos demonios.

87

¿Quién no sabía que a la cínica guerra entre diversas jurisdicciones del Virreinato —poder civil, poder eclesiástico, Santo Oficio, órdenes religiosas— se agregaba una lucha dentro mismo de cada jurisdicción? La consigna, saludable pero impotente, ordenaba uniformar esa variedad de tendencias bajo la autoridad del Rey y la fe en Cristo. Pero el arzobispo metía la nariz en todas partes y el Cabildo de Lima, cuya labor era estrictamente municipal, pretendía husmear en la intimidad de los conventos, las cárceles de la Inquisición y los negocios del Virrey. La Audiencia, encargada de la justicia, se veía interferida, sobornada y burlada y, en consecuencia, estimulada a devolver atenciones cometiendo a su vez interferencias, sobornos y mofas. Incluso la Universidad de San Marcos, orgullo del Virreinato, era prisionera y provocadora de conflictos.

Esta lucha constante fue interrumpida de golpe.

El autor del inesperado milagro no fue un protagonista local, sino un protestante holandés. Se llamaba Joris van Spilbergen (nombre que, en español, se simplificaba como Jorge Spilberg). Estaba a punto de invadir el Perú y provocar un Apocalipsis.

Francisco no podía dar crédito a la leyenda que se propagó sobre su inteligencia y crueldad. Era descrito como un heraldo del demonio.

Su padre recibió instrucciones de evacuar los enfermos crónicos del hospital a fin de que hubiera espacio para recibir los heridos de la batalla inminente. Francisco, Joaquín del Pilar y demás estudiantes, bachilleres, licenciados y doctores de Lima fueron emplazados para dirigirse al Callao y colaborar en la defensa. Joris van Spilbergen era un pirata dispuesto a convertir en cenizas la Ciudad de los Reyes.

Una súbita solidaridad sopló como viento nuevo. Españoles, criollos, indios, mestizos, negros, mulatos, zambos, seglares, nobles, artesanos, labradores, mercaderes y eclesiásticos marginaron sus rencillas para unirse contra del enemigo común.

Holanda, luego de haber sostenido cuarenta y dos años de lucha para conquistar su independencia, no cerró su conflicto con España.

Las cláusulas del acuerdo sólo se respetaron en Europa, no en ultramar, donde los holandeses intentaron ganar tierras y fortunas. La guerra prosiguió en las Molucas, los archipiélagos vecinos y ahora parecía extenderse a las Indias Occidentales. Esto último ya era intolerable para España.

En efecto, los holandeses habían decidido explotar la ruta al Asia por el Estrecho de Magallanes. Sin rodeos formaron una escuadra con abundante tripulación y la confiaron al maduro almirante Joris van Spilbergen. Sus buques atravesaron el Atlántico sin inconvenientes, arribaron a las costas del Brasil y luego prosiguieron hacia el Sur: tenían que cruzar el Estrecho antes de que empezaran los vientos invernales. La aventura era altamente peligrosa y una de las naves desertó. El Almirante dijo: "Tenemos la orden de pasar por el Estrecho de Magallanes y yo no tengo otro camino. Que nuestras naves no se separen". La escuadrilla ingresó en el laberinto de hielo. Los canales eran blancos sepulcros donde los silbidos anunciaban la muerte. Las olas rompían contra los muros de mármol y los aludes de espuma ocultaban el zigzagueante camino. Las naves podían quebrarse contra los bloques helados o encallar entre las rocas. La ruta era embustera, porque un día creyeron que estaban nuevamente a la entrada del Estrecho. Por fin se reunieron los cinco maltratados buques en la Bahía de Cordes, tras esquivar marejadas y corrientes que podían haberlos hundido.

Mientras, espías españoles destacados en Holanda se habían enterado de esta misión intrusiva e hicieron la denuncia a Madrid. El marqués de Montesclaros prefirió designar jefe de la flota virreinal a su sobrino Rodrigo de Mendoza. Era un hombre joven y valiente, aunque sin experiencia. Su nepotismo no cedía ni siquiera ante una amenaza de esta envergadura.

Los holandeses apuntaron hacia el Norte manteniendo la costa chilena a la vista. Llegaron a Valparaíso y cundió el pánico. Spilbergen bajó a tierra con doscientos hombres y una pieza de artillería. Los españoles incendiaron sus casas mientras los holandeses hacían fuego. Hubo más destrozos y gritos que víctimas. Durante la bruma del anochecer, tras un satisfactorio abastecimiento, el invasor decidió reembarcarse para embestir cuanto antes las fortificaciones del Callao. Lima era el codiciado objetivo que mandaba galeones desbordantes de oro y plata a los puertos españoles.

El sobrino del Virrey escogió interferir en alta mar a los raqueros protestantes. Iba a sorprenderlos; además, tenía motivos para no confiar en la defensa terrestre, cuyas tropas estaban mejor preparadas para un desfile de carnaval que para una batalla en serio.

La vigilia se cargó de tensión. Más de dos mil hombres fueron apostados con arcabuces, espadas y cuchillos para repeler el desembarco.

A Francisco le entregaron una lanza y una adarga. Aferró un arma con cada mano y se sintió ridículo. Igual que él, la mayoría de los vecinos no sabía usar con destreza ni la una ni la otra. Los oficiales encargados de la artillería estaban peor, porque recién se enteraban del deterioro que se había apoderado de los cañones. La desesperación provocó tanta ira que algunas piezas fueron destrozadas a patadas.

Los sirvientes instalaron antorchas hasta los puestos más lejanos para hacer creer a los filibusteros que había más gente que la real. Los clérigos, muy nerviosos, recorrían los grupos y echaban bendiciones; tanto habían calumniado a los protestantes que lo menos que les esperaba era ser comidos vivos por ellos, apenas desembarcasen. Los soldados debían distribuirse a lo largo de la costa y controlar a los vecinos para que no hubieran deserciones. Un jefe montado daba órdenes cortantes; era Lorenzo Valdés.

El frío calaba los huesos y mucha gente no sabía qué hacer. Sobre algunas fogatas hervían calderos con sopa. A su calorcito se aproximaban los inexpertos defensores y comentaban las noticias. El sobrino del Virrey era un mozalbete irresponsable para unos y un brazo implacable para otros.

—Será devorado por el holandés —aseguró un hombre mientras sorbía ruidosamente el caldo de su jarra.

—No es verdad. ¡Capará al holandés y le meterá las bolas en la boca! —replicó otro.

—De acuerdo —apoyó un tercero mientras tendía su jarra al negro que hundía el cucharón en el caldero—. Los piratas no se atreverán a pisar tierra. Miren todas las antorchas encendidas. Saben que somos millares de soldados.

El vecino escéptico largó una carcajada:

—¿Millares de soldados? Unos pocos, no más. Somos millares de vecinos sin entrenamiento. Eso somos.

—¿No será usted portugués? —se enojó el joven.

—No. ¿A qué se debe la insinuación? ¿Acaso pronuncio mal el castellano?

Francisco se sintió incómodo. Su padre era el médico portugués que hacía abnegada guardia y atendería a estos hijos de puta en caso necesario.

—Los portugueses se alegran con las provocaciones de Holanda.

—¡Yo no me alegro, jovencito! —reprochó con énfasis—. Ni soy portugués. Además, le ruego que no sea bruto y no confunda.

—No le permito...

—Es usted demasiado pequeño para darme permisos. Le decía que no confunda —lo apuntó con su jarra; los ojos chisporroteaban—: una cosa son los portugueses y otra los judíos portugueses —acentuó la palabra judío.

El corro se silenció ante la autoridad del hombre. Sólo llegaban las voces de otros grupos y relinchos de caballos.

—Los judíos portugueses son quienes se alegran —aclaró al rato—. Los protestantes son sus amigos en el odio a nuestra fe.

Francisco no pudo seguir bebiendo su ración. Quería arrojársela a la cara.

—Todos los portugueses son judíos —afirmó alguien.

—No todos.

—Yo no conozco uno solo que no lo sea.

Francisco giró hacia los cascos que se aproximaban. Era Lorenzo. Le hizo señas.

—¡A desconcentrarse! ¡Vamos! —rezongó el apuesto jinete—. ¡Cada uno a su lugar!

Los hombres se hicieron llenar nuevamente las jarras y se dispersaron por las murallas.

—¿Cómo estás? —se alegró Lorenzo al verle la lanza y el escudo apenas iluminados por la fogata.

—Mal —Francisco forzó una sonrisa.

—¿Tienes miedo, acaso?

—Estaría mejor aprontando instrumentos en el hospital que con estas ridículas armas.

—Es verdad que no te sientan —rió.

—Pero órdenes son órdenes.

—Así es —acarició la cerviz de su caballo—. Un médico también debe empuñarlas. ¿Acaso tu padre no hacía guardia en Ibatín?

—Es cierto.

—Tú haces guardia en el Callao —se acomodó el morrión—. A propósito: ¿cómo está él?

Francisco bajó la cabeza. Lorenzo se arrepintió de la pregunta.

—Discúlpame.

—Nada que disculpar... Está decaído y enfermo. Permanece en el hospital. Es su puesto. Atenderá los heridos.

—Si los hay.

—¿No crees?

—Mira la línea de antorchas. ¿Supones que unos pocos piratas desembarcarán para hacerse carnear por miles de soldados?

—No son todos soldados.

—Los holandeses no lo saben —tironeó las riendas—. ¡Adiós, Francisco!

—Adiós.

Francisco caminó hacia la muralla y se sentó en el paramento. Apoyó las armas contra el muro, aflojó su cinto y se acurrucó bajo el sombrero y la manta.

Debería dormir un poco. Empezaba a revolotear una nueva acusación: "portugués". Hasta entonces era necesario demostrar que no se tenía la abyecta sangre de judío, ahora había que agregar que no se tenía la sospechosa nacionalidad de portugués. Historia de nunca acabar.

* * *

La espera llegó a su fin.

A la tarde del día siguiente se irguieron tras la línea del horizonte los temidos velámenes: parecían colmillos. Aprovechaban el viento en popa para acercarse rápido al Callao. Spilbergen —asesorado por el diablo— sabía de la fatiga e inexperiencia de los defensores. Sus cuatrocientos corsarios alcanzaban para romper las barreras, vencer a los pocos buenos soldados y levantarse un botín sin precedentes.

Rodrigo de Mendoza saltó a su nave y ordenó atacarlos en el mar. Se precipitó contra los intrusos. Mientras, en tierra se desencadenó la pavura. Los oficiales recorrían al galope los puestos de guardia y empujaban a los remisos. Los artilleros transpiraban en la infecunda reparación de los cañones. Los negros eran corridos hacia la playa para que sus pechos sirviesen de primera oposición al desembarco. Francisco se apostó junto a otros defensores provistos de adargas y puñales.

El choque de naves estalló a la altura del Cerro Azul. El recíproco bombardeo levantó una humareda enorme. Por entre los globos cenicientos relampagueaba el fuego de los cañonazos. Muchos hombres caían al agua. Desde tierra no se podía brindar ninguna ayuda; ni siquiera se podían diferenciar las banderas en medio de las espumas cargadas de tizne. Sin embargo, era evidente que la batalla se iba aproximando al puerto a medida que caía la tarde. Las explosiones sonaban con intensidad creciente y se podían oler las nubes de pólvora.

Mendoza, sucio de hollín y de sangre, creyó adivinar la maniobra de Spilbergen: aprovechaba la penumbra del ocaso para llegar a la costa. Ordenó perseguirlo resueltamente. Le disparó varios cañonazos, pero la naciente oscuridad impidió advertir su trágico error: no estaba atacando a la nave del holandés, sino a una de sus propias galeras, que se hundía en medio de una vocinglería espantosa.

Spilbergen, más experimentado, se dedicaba a recoger a sus hombres y apuntaba la proa hacia el refugio que ya había acondicionado en una anfractuosidad de la isla San Lorenzo para curar sus heridos y hacer las reparaciones de la escuadrilla.

Sucedió una tregua.

Pero las naves holandesas volvieron a romper la quietud tres días después. En acelerado avance, produjeron una conmoción indescriptible. Varios clérigos alzaron imágenes de santos, las cargaron en andas y trasladaron a la orilla del mar para que desde allí brindasen mejor ayuda. Se distribuyeron las últimas armas y a Francisco le entregaron esta vez un arcabuz.

—Yo tenía adarga y lanza —dijo.

—¡Tome esto y no proteste, carajo! —el fastidiado oficial lo empujó hacia la muralla mientras tendía otro arcabuz al vecino siguiente.

Los soldados golpeaban con el plano de sus espadas a los negros e indios que se resistían a alinearse en la playa para ofrecer sus pechos. El almirante de la flota no alcanzó siquiera el muelle cuando un bombazo estruendoso desmoronó la esquina de San Francisco. Otro proyectil pasó por encima de la población y desbarató chamizos marginales. El pánico se generalizó. Ya era tarde para detenerlo en el mar. Las rogativas, bendiciones y confesiones se elevaban con más fuerza que las nubes de pólvora.

Spilbergen, empero, no había planificado librar una batalla terrestre: era desproporcionado el número de hombres. Se despidió con una risotada, como buen engendro de Satanás.

Abrumado por la derrota, el Virrey extrajo enseñanzas de este suceso: dispuso perfeccionar su grotesca armada y corregir la artillería; la guerra no sólo debía librarse contra los competidores internos, sino contra los enemigos de España que ahora mostraban sus verdaderas ambiciones.

Gaitán fue más lejos. Opinaba que la incursión de los holandeses no sólo respondía a la codicia de su comercio y el odio a la Iglesia, sino a la solicitud de los marranos portugueses: convencían a los protestantes (holandeses, ingleses, alemanes) para que vinieran a perturbar el orden de estas tierras. ¿Acaso los holandeses no habían atacado el Brasil y, tras algunos éxitos, permitieron que los judíos reabrieran sus sinagogas? Era una conspiración de proporciones, obviamente. Por lo tanto, no alcanzaba con repeler los ataques esporádicos ni —como pretendía el ineficiente Virrey— con mejorar la flota y la artillería: era urgente descubrir, perseguir y exterminar al enemigo interior.

—El enemigo interior se llama marrano —dijo Gaitán.

88

¡Buena me la hicieron!, cavila Montesclaros meses después en el galeón que lo lleva de regreso a España. Mientras yo repelía a Spilberg, Felipe III designaba mi sucesor. ¡Qué injusticia! Es el premio a los funcionarios leales. Se lo debo al Santo Oficio, que me venía saboteando desde el primer día.

Mi sucesor se llama Francisco de Borja y Aragón, conde de Mayalde. ¡Qué personaje! Su familia está plagada de escándalos y uniones ilícitas, que incluyen moros y judíos. Esa familia había tenido la fortuna de producir un hombre como San Francisco Borja, cuya santidad encubría las máculas. Mi sucesor vendió sus testículos para casarse con la hija del cuarto príncipe de Esquilache y apropiarse del inmerecido título. Ahora el muy bribón se hace llamar "príncipe de Esquilache".

Se me hace que este príncipe de utilería gestionó su designación para venir a divertirse en el Perú, y llenar sus cofres, sin pensar en los conflictos aquí reinantes. De su cinto cuelga un reluciente espadín, pero su mano debe temblar ante el contacto de una espada. Supe que cuando Spilberg y sus navíos ya estaban lejos, él y su séquito de ochenta y cuatro criados permanecía escondido en Guayaquil a la espera de más seguridades. No quería entrar en Lima antes de que estuviesen listas las defensas que yo mismo había empezado.

Quienes me acusan de nepotismo deberían observarlo también a él. Dicen que además me imita, que es poeta. Se ufana de dominar el estilo humorístico. Es de los que piensan que hacer reír a un hombre equivale a desarmarlo y hacer reír a una mujer es ponerla al borde de la cama. Imbécil.

Apenas desembarcó en el Callao, un autor local imaginativo y obsecuente quiso ganar su favor enalteciendo su linaje. Se llama Pedro Mejía de Ovando y tituló a su obra La Ovandina. Como el nuevo Virrey no se mostró dispuesto a una importante retribución, el interesado poeta se desquitó deslizando en su linaje el nombre de unos moros y judíos. Esta denuncia encrespó a los inquisidores Francisco Verdugo y Andrés Juan Gaitán, que de inmediato prohibieron el texto. Fue un primer tropezón y seguro que tendrá más y mejores.

Le parecieron adecuadas las defensas que yo había comenzado, pero le disgustaron sus costos. Quería hacer buena letra con Madrid remitiéndole más fondos que los muchos que yo mandé, reservándose para sí una gorda porción. Pero el mantenimiento del ejército y la escuadra exigía muchos pesos, porque el casco de los barcos y su velamen se deteriora por la humedad del aire y la salinidad de las aguas. El pánico que desencadenó el ataque holandés se había traducido en una emigración a ciudades interiores.

¿Para qué seguir pensando en este príncipe de Esquilache que pronto será ahogado por los problemas? El Santo Oficio le hará la vida imposible, como a mí. Debo ocuparme del juicio de residencia que me espera en Madrid. Son unos ingratos de mierda, nunca les parecieron suficientes mis favores.

Por suerte los juicios de residencia se reducen a la angustia del juicio en sí. El fallo y las consecuencias se demoran, se diluyen y se olvidan. Basta con tener buenos amigos en la corrupta corte.

89

La taberna vecina a la universidad trepidaba risas, aguardiente y guisados picantes. Lorenzo Valdés, Joaquín del Pilar y Francisco solían encontrarse allí. Lorenzo gustaba pellizcar las nalgas de las negras que recorrían las mesas con sus fuentes humeantes y les pedía a sus amigos que no fueran afeminados, que hicieran algo peor. Después empujó a Francisco hasta un penumbroso aparte. Ambos sostenían sus jarras con aguardiente.

—Te aviso —lo miró desasosegado—, que vienen tiempos difíciles para los portugueses.

Francisco le sostuvo la mirada. Sus pupilas refulgieron entre las sombras y el humo.

—Yo soy criollo: nací en Tucumán.

—¡No te hagas el distraído! —Lorenzo se entristeció de golpe—. Ocurre algo feo —le tomó el brazo.

—Estoy dispuesto a escucharte.

—Creo, Francisco —tragó saliva—, que en Lima te cerrarán las puertas. Tu padre...

—Ya lo sé —interrumpió.

—Pronto conseguirás el título de bachiller. Es lo que pretendías ganar aquí. A partir de entonces...

—¿Qué?

—¡Te vas donde no te jodan! Eso deberías hacer.

—¿Existe ese lugar? —su rostro se convirtió en una mueca.

—Lima es un puterío. ¿O no?

—¿Ya no te gusta?

Lorenzo le apretó más fuerte el brazo.

—Cuando atacó Spilberg no te sentías cómodo con una lanza. ¿Vas a sentirte cómodo con las sospechas y calumnias? Aquí la intriga es el pan cotidiano.

—Yo no tengo manchas. Ni participo de intrigas.

—¿A mí me quieres convencer? Yo no soy tu enemigo —movió su acusatorio índice en derredor—. En cambio, muchos de los que hoy beben junto con nosotros, mañana festejarán tu condena.

—¿Debo irme de esta ciudad? —le subía la rabia—. ¿Debo huir esta noche?

—Me preocupa todo lo que se dice de los portugueses: que invitaron a Spilberg, que son traidores y entregadores, que todos son marranos.

Francisco vació su jarra.

—¿A dónde ir? —frunció el entrecejo—. ¿A Córdoba?

—¿Volverías a Córdoba?

—No.

—Estoy de acuerdo.

—¿A Panamá? ¿México? ¿La Habana? ¿Cartagena? ¿Madrid?

—No tienes que decidirlo en este momento.

—¿Existe un lugar propicio? ¿Conoces alguna remota arcadia?

Lorenzo apretó los labios y lo palmeó con afecto.

—Debe existir.

—En Plinio...

—¿Dónde?

—En los libros de Plinio. Allí hay monstruos con pies para atrás y dientes en el abdomen.

Lorenzo rió.

—Dicen que los han visto en el Sur —recordaba—, en el país de Arauco.

—¡Qué imaginación!

—En serio. El jesuita Luis de Valdivia tiene embelesado al nuevo Virrey con sus relatos sobre Chile —Lorenzo levantó su propia jarra de aguardiente—. ¿Ves? Ahí tienes un excelente lugar.

Francisco Maldonado da Silva sintió que algo importante se articulaba en su espíritu. ¿Sería Chile el escenario de su plenitud?

LIBRO CUARTO

Números

Chile, la breve arcadia

90

Papá me enseñó más medicina que los empingorotados profesores de la universidad. Releíamos los clásicos y nos divertíamos con las recetas indígenas que, a menudo, deparaban resultados asombrosos. Me entusiasmó con los descubrimientos de un examen clínico atento y demostró la importancia de seguir la evolución de cada enfermo tomando apuntes. No olvidaré su analogía entre el cuerpo humano y un templo. Dijo que el profesional debe aproximarse al cuerpo con devoción. En sus apretadas dimensiones contiene tantos enigmas que no alcanzan los sabios del universo para descifrarlos. Esa máquina formada por huesos, nervios, músculos y humores es la sede visible de un espíritu con el que está misteriosamente entrelazado. Los desajustes de la máquina se proyectan en el espíritu y viceversa. Así como un templo está construido con materiales que se encuentran en todos los edificios, un cuerpo está formado por los elementos que dan vida a un animal o una planta. Pero contiene algo que no existe en el animal o la planta. Dañarlo es profanarlo. El cuerpo es y refleja al mismo tiempo un misterio insondable. No existen dos cuerpos idénticos, así como no existen dos personas idénticas. Aunque los parecidos son infinitos, infinitas también son las diferencias. Un buen médico detecta las semejanzas para ver en uno lo aprendido en otro; pero no debe olvidar que cada ser humano tiene una cuota de singularidad que es necesario reconocer y respetar. Cada hombre es único. Cuidar su integridad es un cántico de gratitud. Torturarlo, matarlo, es una blasfemia. Es entrar a saco en un templo, derribar el altar, ensuciar el piso, voltear las paredes y permitir que lo rapiñen las alimañas. Es mofarse de Dios.

Las pláticas sobre medicina concluían con frecuencia en temas judíos. Me hizo conocer las opiniones de Filón de Alejandría y Maimónides sobre las normas dietéticas que tratan de respetar los judíos cuando no son objeto de persecución. Me enseñó el alfabeto hebreo sobre hojas de papel que luego quemaba. También me enseñó las festividades y su significado.

Desde el viernes a la tarde nos preparábamos para recibir el sábado: era un secreto que compartíamos en jubilosa complicidad porque para nosotros era la fiesta. En el arcón teníamos ropa limpia que arrugábamos para disimular, por si irrumpía un delator, y un mantel blanco con una vieja mancha. Preparábamos comidas diferentes sobre la base de codorniz, pato o gallina bien sazonados, guarniciones de habas, cebolla cocida, aceitunas y calabazas, y postres de frutas secas o un buen budín. La vivienda no era distinta en apariencia, pero se cargaba de dignidad. El sábado —repetía mi padre— es una reina que visita el hogar de cada judío: ingresa con sus tules, invisibles gemas, perfume de valles florecidos y melodías de arpa. El candelabro emite energía al convertirse sus brazos en altas antorchas. Durante seis días uno es el despreciado judío que huye, se esconde o disfraza para sobrevivir. En el día sábado se eleva a príncipe. Descansa como Dios ha descansado, celebra como Dios ha celebrado.

Si un familiar de la Inquisición hubiera volteado la puerta, nada diferente habrían visto sus ojos: el padre y el hijo comían a la mesa con la vajilla habitual y tenían abiertos unos libros, como también era habitual. Esa apariencia cotidiana encubría la realidad: el padre y el hijo gozaban una fiesta porque habían pronunciado la bendición en voz baja —para que no la escuchasen las orejas de los muros—, comían con la elegancia de un banquete, sentían sus corazones felices y comentaban la Sagrada Escritura que el Señor había entregado al pie del Sinaí.

La noche del sábado era una gloria. Íntima, secreta, calma y brillante. Antes de levantarnos papá solía recomendarme que no ignorase mi circunstancia. Éramos marranos, es decir, carne de verdugos. Al día siguiente deberíamos seguir escondidos bajo el disfraz. Tenía pues la obligación de cuidarme, para que el templo que era mi cuerpo no fuese profanado.

306

En esas noches de apacible alegría analizamos el extraño privilegio —y las obligaciones— que entrañaba recibir directamente la Palabra infalible. Reflexionamos sobre la envidia y específicamente sobre el miedo enorme que producía la posesión de esa Palabra. Era como dominar el rayo. Esa Palabra fue enseñada a los judíos en forma sistemática desde los antiguos tiempos de Ezra, el escriba. Semanalmente se leía una porción, de tal suerte que a la vuelta del año se completaba su lectura. Pero no sólo la leía el sacerdote: los mismos fieles ascendían al tabernáculo, sacaban los rollos sagrados, los abrían, contemplaban la pareja letra en caracteres hebreos y pronunciaban las frases resonantes.

—Por eso creé la academia de los naranjos en Ibatín. El estudio es nuestra obsesión.

Nos divertíamos haciendo acrobacias con los versículos: uno decía de memoria algunos y el otro los ubicaba en el libro correspondiente. A mi padre le gustaba recitar los Salmos. Yo prefería los profetas, porque son un catálogo de las virtudes y miserias humanas.

—No repitas, Francisco, mi trayectoria atroz —insistía a menudo.

Durante las últimas semanas de vida guardó cama. Le dolían los pies y empeoró su afección pulmonar: nunca se había recuperado completamente del tormento del agua. Se extinguía lentamente. Una tarde su mano temblorosa acarició el estuche forrado en brocato y dijo:

—Esta llave simboliza la esperanza del retorno... Tal vez simboliza algo más fuerte aún: la esperanza, simplemente.

Besó el estuche y me lo entregó. Después su índice recorrió los vagos anaqueles en penumbra. Con sus ahorros había seguido comprando libros sin cesar. Había formado otra respetable biblioteca cuyas dimensiones no eran inferiores a la que le expropiaron en Córdoba. Recuperó varios de sus autores queridos. Ahí estaban Hipócrates, Galeno, Horacio, Plinio, Vesalio, Cicerón. Incorporó, además, el *Tesoro de la verdadera cirugía*, *Antidotario general*, *Drogas y medicinas de las Indias Orientales*, *Diez privilegios para mujeres preñadas* y un diccionario médico. Junto a ellos se alineaban tratados sobre leyes, virtudes de las piedras, historia, teología cristiana. Un largo tramo lo ocupaban obras de literatura, entre las cuales se destacaban las *Comedias* de Lope de Vega.

—Son tuyos —dijo.

Finalmente apuntó hacia el *Scrutinio Scripturarum* de Pablo de Santamaría.

—Lo compré para ti, para que te des el gusto de refutarlo. Pero hazlo mentalmente, no lo escribas. Eso podría llevarte a la hoguera.

Empeoró su respiración. Le acomodé las almohadas y agregué las mías. No se aliviaba: su piel se tornó cianótica. Los labios y la lengua estaban secos. Le ofrecí cucharaditas de agua. Hasta sus conjuntivas se iban oscureciendo.

Se moría sin remedio. Apretó mi mano: era evidente que lo desesperaba la asfixia. Quería decirme algo. Aproximé mi oreja a sus labios índigos. Mencionó a Diego, Felipa, Isabel. Yo le prometí que me ocuparía de buscarlos; mis hermanas seguían en el monasterio de Córdoba y seguramente estaban bien.

Fui a renovar las hierbas que hervían en el caldero. En realidad fui a secarme las lágrimas para que no viese mi quebranto.

Con el poco aire que le restaba, alcanzó a sonreír. Sonrisa extraña y profunda. Inspiró para cada palabra, que desgranó solemne:

—¿Recuerdas?... *Shemá Israel, Adonai... Elohenu... Adonai Ejad.*

Se rindió tras el esfuerzo. Cerró los ojos. Le mojé los labios y la lengua. Lo apantallé. Su agonía era un suplicio.

Tanteó el borde de su lecho hasta encontrar mi mano y la acarició.

—Cuídate... hijo mío.

Fueron sus últimas palabras. Su cabeza estaba azul y sus párpados hinchados. La respiración acelerada cesó. La mirada quedó fija; parecía asombrada por el objeto que colgaba junto a la puerta. Era el infamante sambenito.

Cerré sus ojos y quité algunas almohadas. Su piel empezó a clarear; parecía dormir. Solté el llanto. En absoluta intimidad, sin freno alguno, pude sacudirme, hipar, emitir quejidos y bañarme en un río de lágrimas. Después, cuando el desahogo me alivió, susurré:

—Ahora te puedes distender, papá. Ya no te perseguirán espías ni verdugos. Dios sabe que fuiste bueno. Dios sabe que Diego Núñez da Silva ha sido un justo de Israel.

Me lavé la cara y di unas vueltas por la habitación. Papá había muerto como judío, pero debía simular lo contrario. Era preciso efectuar un velatorio y enterrarlo como exige el disfraz. Sería muy sospechoso que no se hubiera confesado antes de morir, ni hubiera recibido el óleo de la extremaunción. Él había muerto, pero no la farsa a la que estaba condenado.

Dejé su cabeza descubierta, arreglé las cobijas como si estuviese durmiendo y salí en busca de un sacerdote. Mi dolor, en cambio, no requería imposibles afeites: las lágrimas que se derraman por un padre muerto no se diferencian de las que fluyen por un padre agónico. Al cura le impresionó mi cara. Dije que mi padre sufría un intenso dolor cardíaco y le imploré que se apurase. Lo hice correr por las calles negras. El sacerdote, agitado, gritaba palabras de consuelo.

Cuando enfrentó el cadáver me miró perplejo y yo volví a llorar, esta vez sin ningún pudor. Las siguientes ceremonias funcionaron bien, bajo la mirada atenta de algunos testigos: un par de barberos, el inflexible boticario del hospital, el frustrado sacerdote y dos sepultureros.

* * *

El ayudante de sargento Jerónimo Espinosa tiene presente la orden que le impartieron en Concepción cuando le confiaron el prisionero: deberá introducirse en Santiago de Chile durante la noche cerrada para que la presencia del reo —hombre muy conocido en la ciudad— no generase tumulto.

Aguarda, pues, la densificación de las tinieblas. En una hora se habrá liberado de esta complicada misión.

Francisco Maldonado da Silva cabalga a su lado. Es un inusual prisionero. Su increíble apostura produce malestar.

91

Mi padre apareció en mis sueños con su denigrante sambenito; marchaba a los tumbos y arrastraba los pies quemados. A menudo se cruzaban fragmentos de Ibatín y de Córdoba, y otra vez se reproducía su arresto brutal, la rapiña de fray Bartolomé, escoltado por el gato ovino, y los azotes al heroico Luis.

El único ante quien podía confiarme en esos días era Joaquín del

Pilar. Me escuchaba con paciencia; unas semanas después propuso aliviar mi duelo visitando a gente que sufría en grado superlativo.

—El dolor de los otros calmará el tuyo. Además, un buen médico debe mirar de cerca a los más castigados del mundo.

Relató entonces que su familia también había contado con una pareja de negros. Joaquín los quería mucho porque se ocuparon de jugar con él y brindarle amparo cuando su padre murió precozmente. Un día la negra se hizo un profundo corte en el dedo mientras cocinaba y no sintió dolor. Ese privilegio fue su condena: diagnosticaron que tenía lepra. El Protomedicato la mandó investigar y descubrió que su marido ya había contraído la enfermedad, aunque la guardaba en secreto. Ambos fueron exiliados enseguida. No se los consideró portadores de una peste, sino la peste misma. Fueron empujados a punta de lanza hacia el barrio infame. Los leprosos debían quedar aislados en un sector de Lima, el más miserable, hasta morir. Ni sus cadáveres saldrían de allí.

Me propuso ayudarlo con las amputaciones y las curaciones con hierbas medicinales, alcohol y nitrato de plata.

—En ese barrio vive Hipócrates —afirmó—. No en las aburridas lecturas.

Mi pesadumbre era tan fuerte que no tenía ánimo para aceptar ni rechazar. Me dejé llevar de la mano.

Cruzamos el puente de piedra con sus orgullosos torreones. En lugar de encaminarnos hacia la fragante Alameda, torcimos hacia el reducto de leprosos establecido en el barrio de San Lázaro. Desde lejos se percibía el angustiante olor. A medida que entrábamos advertí que todos eran negros. Padecían la más antigua de las enfermedades: eran una macabra muestra de la cólera divina.

—¿Sabes por qué son ellos los castigados? —preguntó Joaquín.

—El obispo Trejo y Sanabria me explicó hace mucho que Noé maldijo a los descendientes de su atrevido hijo Cam.

—El negro Cam... —musitó Joaquín—. "Que su simiente sirva a la de Sem y Jafet." De ahí la legitimidad de la esclavitud, claro. Eso también lo escuché en varios sermones.

—Es la explicación que tranquiliza la conciencia de los traficantes de esclavos.

—¿No la consideras válida, acaso?

—La Biblia está llena de maldiciones y bendiciones —titubeé—. A veces se contradicen.

—A veces se las acomoda a lo que conviene. Pero, ¿no era suficiente plaga la esclavitud para, encima, descargarles la lepra? Te pregunto sin segundas intenciones, porque no tengo la respuesta.

—Yo tampoco, Joaquín. Dios es todopoderoso y nuestro pequeño cerebro apenas registra las experiencias de una corta vida.

—¿Sientes la hediondez? —inspiró sonoro—. Es como el infierno. ¿Te animas a seguir?

—Me animo —dije con indiferencia—. Podríamos contagiarnos, además.

—Hace medio siglo que aparecieron los leprosos y se los amontona en esta pocilga. Es curioso que hasta ahora ningún blanco haya contraído la enfermedad.

—Alguna vez podría ocurrir.

—No ha ocurrido: en Lima es una enfermedad de los negros. Es el único honor que se les ha concedido en exclusividad.

El amontonamiento de chamizos apenas dejaba lugar para estrechas callejuelas por donde corrían acequias sucias. Unos niños aparentemente sanos se precipitaron hacia nosotros. Éramos una visita infrecuente. De los huecos laterales se asomaron hombres y mujeres envueltos en túnicas que alguna vez fueron blancas. Con ellas denunciaban, como exigía la ley, su condición de leprosos. Una negra corrió tras el niño que pretendía agarrar mi jubón, sacó su mano de la túnica y le atrapó el cuello: le faltaban dos dedos y tenía manchas calcáreas. Percibió mi mirada de asombro y desapareció enseguida. Después nos cruzó un hombre sin nariz.

De las paredes nacían figuras espectrales. Algunas columnas de humo delataban calderos y hornos de pan.

Seguimos avanzando hacia la capilla. Mi abatimiento empezó a ser perforado por la consternación. Aparecían miembros reducidos a muñones, heridas infectadas con piojos, carne podrida que dejaba al aire los huesos. Empujé a Joaquín para evitar que lo golpease un enano sin piernas que se desplazaba veloz sobre una tabla con rodillos. De un lado y de otro se asomaban tules que apenas disimulaban la pérdida de ojos, dedos, orejas y mentón. Los antebrazos eran objeto de amputaciones espontáneas que ignoraban la presunta unidad del cuerpo.

Estos muñecos desarmables formaban familias y tenían hijos sanos (por un tiempo). Sus almas necesitaban alimento, como los demás. Los sacerdotes, empero, no encontraban forma de brindarles la debida dedicación. De tanto en tanto, protegidos con cruces y rosarios, los más valientes se aventuraban hasta la capilla mientras unos monaguillos se encargaban de empujar con un bastón a los irresponsables que pretendían tocarles el hábito.

—También ha venido el hermano Martín de Porres —comentó Joaquín.

—Sé que lo han reprendido todas las veces. Le han dicho que puede llevar el contagio al hospital.

—Ha seguido viniendo de todos modos. Donde hay sufrimiento, aparece.

—Es una alma excepcional —dije.

Joaquín encontró al esclavo que alegró su niñez. Estaba sentado sobre una piedra junto a su chabola. Parecía anclado en la podredumbre. No tenía manos ni pies. Su cara exhibía un horrible agujero en el sitio de la nariz. Levantó los ojos al oír su nombre y se iluminó con una sonrisa desdentada. Tendió los muñones hacia Joaquín. Mi condiscípulo asió el izquierdo, que tenía una llaga verdosa.

—¡Se te ha vuelto a infectar! —lamentó.

Alrededor de la llaga se extendía una piel dura y agrietada como madera. Joaquín abrió su petaca para empezar la curación.

En el fondo de la callejuela se produjo una gritería. De súbito un torrente de leprosos, agitando sus túnicas mugrientas, se abalanzó hacia nosotros, perseguidos por oficiales montados. Rengos y ciegos se nos venían encima como árboles desgajados. La polvareda apenas disimulaba los brazos de los oficiales que golpeaban sin escrúpulos mientras sus cabalgaduras empujaban y pisoteaban.

Nos aplastamos contra la ondulada pared de la chabola. Dos negros sin túnica saltaron por sobre los leprosos despavoridos. Era evidente que la policía trataba de alcanzarlos. Los ágiles fugitivos nos vieron e intercambiaron una mirada. Al instante sentí el aliento de uno de ellos sobre mi mejilla y un puñal en la garganta. Nos convirtieron en rehenes. Los jinetes se detuvieron a pocos metros, irritadísimos. Todos chillaban. Las maldiciones de los oficiales quedaron interferidas por las amenazas de nuestros captores. El puñal me lastimaba.

—¡Suelten las dagas, asesinos! —exigió un soldado.

—¡Váyanse, váyanse! —replicaron jadeantes los negros.

Uno de los oficiales era Lorenzo Valdés. Supe más tarde que venían persiguiéndolos desde el puente, donde acuchillaron a un gentilhombre. Pretendieron desaparecer entre los leprosos. Ambos eran fuertes. En su nerviosismo mi captor no advertía que la punta de su daga me estaba cortando la piel. Todo ocurría vertiginosamente, un silbido hirió mi oído y al instante sentí un golpe seco. El brazo del negro se aflojó. Me di vuelta y mi oreja chocó con la lanza que le perforó el cráneo. Se derrumbó lentamente. De su cabellera crespa fluía sangre con materia cerebral. El captor de Joaquín quedó paralizado de terror y le quitaron fácilmente el arma.

Lorenzo se apeó.

—¿Estás bien? —pasó un dedo por las gotas de sangre que resbalaban por mi cuello.

—Sí, gracias.

El uniforme aumentaba su imponencia. Hasta la mancha vinosa de su cara parecía haber disminuido.

—¿Qué hacías aquí?

—Ya soy médico, no te olvides —expliqué con una mueca.

Me palmeó con afecto.

—Estos asesinos pretendieron esconderse entre los leprosos —hizo una seña a los soldados para que apartaran el cadáver.

—No era mala idea.

—Creían que no nos atreveríamos a meternos...

—No te conocían.

Volvió a palmearme.

—Francisco —se arrimó a mi oreja—: sé que partes a Santiago de Chile.

—No te faltan espías, ¿eh?

—Gracias a Dios... y a mis escrúpulos.

—¿Te parece un buen sitio para mí?

Sonrió.

—Mientras no te arriesgues entre los indios araucanos. Los calchaquíes que asustaban a Ibatín son ángeles en comparación.

—Me refiero a la ciudad de Santiago.

—Dicen que es hermosa. Y que sus mujeres son hermosas.

—Gracias por el dato.

Ahora en serio, Francisco —me puso la mano en el hombro—. Haces bien en partir. El nuevo Virrey, que se hace llamar "príncipe", se entiende de maravillas con el Santo Oficio. Esa buena relación se traducirá en... bueno, ya sabes.

Montó. Su esbelto caballo caracoleó en la sucia callejuela y casi derrumbó la pared de una chabola.

—¡Ten cuidado! —exclamó alejándose al trote.

* * *

Lo llevan al convento de San Agustín. Ya le han reservado una celda provista de grilletes. Francisco no ofrece resistencia. Da la impresión de tener cierto apuro. Dice al monje que le instala los anillos de hierro en pies y manos que está listo para hablar ante las autoridades.

Jerónimo Espinosa es recibido en la sala por fray Alonso de Almeida, calificador[20] del Santo Oficio, en presencia de un notario que arrancaron del lecho y no cesa de bostezar. El calificador ordena al sargento entregar los bienes confiscados. El notario rasga su pluma sobre los largos pliegos: el inventario no suscita objeción alguna. Ahí están 200 pesos, dos camisas, dos calzones, la almohada, el colchón, dos sábanas, el acerico, una frazada, un almofrez y el vestido frailesco sin ojales ni botones que usará durante su encierro.

Jerónimo Espinosa obtiene un recibo con sello y puede regresar a Concepción. Se siente aliviado. No ha contado, por supuesto, que estuvo a punto de perder al cautivo.

92

Al día siguiente de mi arribo a Santiago de Chile fui a visitar su único hospital. Tenía doce camas, algunas sábanas y tan sólo cinco bacines para orinar y defecar que los enfermos compartían. Su instrumental quirúrgico se reducía a tres jeringas y dos cuchillos de punta. Hablé con el barbero Juan Flamenco Rodríguez, quien me estimuló a presentarme para el cargo vacante de cirujano mayor. Dijo que había mucho trabajo y hacía falta un profesional con títulos.

Rodríguez me guió por los sucios recovecos del edificio y protestó ante la botica vacía: "Ni siquiera tenemos un herbolario".

Entrevisté a las autoridades, exhibí mis diplomas de la Universidad de San Marcos, informé sobre experiencias en los hospitales del Callao y Lima, e incluso ofrecí utilizar mi caja de instrumentos. Me recibieron con alivio y no se cansaron de repetir cuán providencial había sido mi llegada. Desde que el gobernador fundó un hospital en esta ciudad y otro en la sureña Concepción, la prioridad que nunca pudo ser satisfecha fue la de un profesional universitario. Yo sería el primer médico legítimo de Chile. Esta afectuosa recepción me dio fuerzas para soportar los desalientos del trámite, que son moneda corriente en todo el Virreinato.

En efecto, a mediados de 1618 tuvo lugar una sesión del Cabildo en la que se fijó por escrito que el hospital de Santiago necesitaba un médico. Se encargó al procurador que empezara a reunir los fondos para afrontar mi sueldo. Pero tuve que esperar ocho meses hasta que se volvió a discutir la "urgencia" y aprobó que sirviese junto al barbero Juan Flamenco Rodríguez. No había llegado el final del trámite, sin embargo: había que esperar la firma del gobernador. Y el gobernador se pasaba la mayor parte del tiempo combatiendo a los indios araucanos en el Sur.

Rodríguez encogió los hombros.

—Sólo cabe esperar.

Después me guiñó:

—Usted no puede atender los enfermos del hospital hasta que el decreto esté en forma, pero puede darme consejos para los casos difíciles.

Comencé a brindar mis servicios a los habitantes de la ciudad. Me respaldaba un diploma coruscante, cargado de sellos y firmas. Las comadres difundieron mis méritos.

Tuve la prudencia de callar críticas a los curanderos, clisteros y ensalmistas que medran con la salud ofreciendo remedios maravillosos. Mi condición de marrano me enseñaba a ejercer el silencio como una técnica esencial.

En agosto de 1619 —¡había transcurrido más de un año!— el gobernador Lope de Ulloa firmó mi designación. ¡Albricias! ¿Podía ya hacerme cargo del hospital?... No, fue la increíble respuesta: era preciso que el documento llegase a Santiago, porque había sido firmado en Concepción. Transcurrido ese lapso, la burocracia necesitaba labrar un acta de nombramiento. Para que esto se cumpliera el expediente circuló por varios escritorios durante cinco meses adicionales. Pensé que convenía olvidar el decreto, el hospital y mi crepuscular entusiasmo.

A mediados de diciembre me anunciaron —¡por fin!— que estaba organizándose el acto de mi juramento. ¿Un acto especial? Sí, especial. Un acto aparatoso. Un espectáculo, como diría Joaquín del Pilar. Fueron convocados el Cabildo, la Justicia y el Regimiento con ropa de etiqueta. Se distribuyeron asientos de alto espaldar, donde los funcionarios tomaron ubicación bajo los estandartes del Rey. Un empingorotado oficial leyó el decreto mediante el cual se ordenaba que se me guardasen "todos los honores, gracias, mercedes, preeminencias, libertades, prerrogativas e inmunidades que por razón de dicho oficio debéis gozar, sin que os falte cosa alguna".

Juan Flamenco Rodríguez se alisó los bigotes, sonrió con malicia y dijo que ya me había reservado algunos casos difíciles.

* * *

En la celda del convento Francisco trata de darse fuerzas invocando los hermosos años que pasó en esta ciudad chilena. Recuerda su llegada en 1617, tras la muerte de su padre y el clima persecutorio que se había desencadenado en Lima después del ataque de los holandeses. Recuerda su primera visita al pequeño hospital, el largo trámite de su designación, el pomposo juramento y la camaradería con Juan Flamenco Rodríguez.

Le molestan los grillos. Desea que lo interroguen, que lo amonesten de una vez. Quiere enfrentarlos. Pero el Santo Oficio es paciente, metódico.

93

Los aldabonazos insistentes amenazaban voltear la puerta. Salté del lecho y avancé con las manos extendidas. La espesa noche desorientaba mis pasos. Abrí y una figura encapuchada, apenas visible, llenaba el vano.

—El obispo está grave —dijo jadeante, sin saludo previo.

—Ya voy —contesté.

Me vestí precipitadamente y recogí la petaca. Lo seguí a largos trancos. Las calles de Santiago estaban desiertas, débilmente plateadas por la luna. Antes de avistar la residencia episcopal vinieron a nuestro encuentro otros dos hombres.

—¡Más rápido! —exigieron.

Empezamos a correr. Un pequeño grupo que sostenía varias lámparas aguardaba ante el portal. Me condujeron con precipitación hasta la alcoba del prelado. Cada diez metros se hallaba un fraile con un cirio encendido.

—¡Hágale una sangría, doctor! Es urgente. Se muere... —suplicó su ayuda de cámara.

Me senté junto al enfermo y pedí más luz. Estaba ante el temible obispo ciego de Santiago de Chile, ex inquisidor de Cartagena. Tenía la piel blanca como la funda de su almohada. Sus escasos cabellos cenicientos se le habían pegado por la transpiración. Le tomé el pulso, que era frío, débil y rápido. Toqué su frente mojada. Tenía los ojos semiabiertos: en el lugar de las pupilas existía una mancha de cal. Este hombre indefenso había sido una colérica hélice dos días atrás, el último domingo, y arrojó llamaradas contra una feligresía encogida de miedo. Durante esa tempestad nadie lo hubiera imaginado en la cama, anémico y casi fulminado por sus propias amenazas.

—Ya ha sangrado mucho —expliqué, tendiendo el mentón hacia el bacín que me mostraba su ayudante de cámara.

—No es sangre de la vena —porfió—. Es mierda.

—Sí, pero es mierda con sangre. Sangre negra. Caga sangre, ¿entiende? Su pulso está apagado y eso desaconseja otra extracción.

—¿Qué hará, entonces?

—Le daremos leche para calmar su estómago. Y pondremos paños fríos sobre su abdomen —el ayudante no entendía; entonces añadí—: En cambio abrigaremos su pecho, brazos y piernas.

—Es un remedio demasiado cauteloso para un cuadro tan serio —gruñó.

—Es verdad —contesté—; pero se hará como yo digo.

El hombre se inclinó ante la firmeza de mi voz y salió a transmitir la orden. El viejo prelado empezó a buscar mi mano por entre los pliegues de la sábana.

—Bien, hijo... —susurró—. Todavía no saben obedecer.

—Están muy preocupados por su salud, Eminencia.

—También yo… estoy harto de sangrías —apenas podía hablar.

—Ha tenido una hemorragia intestinal alta. No se justifica sacarle más sangre ahora.

—¿Cómo es una hemorragia intestinal… alta? —preguntó con esfuerzo.

—Negra, muy negra.

—¿Eliminé sangre negra, muy negra?… Entonces me he purificado. Sangre negra… sangre mala —suspiró.

—Le aconsejo que no se fatigue, Eminencia.

—Más me fatigan… esos imbéciles.

Su rostro era el de un hombre sometido a perpetuas pruebas. Su combada frente estaba partida por un surco en el que confluían las cejas hirsutas. El asombrado Francisco lo había escuchado predicar rojo de furia. Exigía humildad y limosnas a grito pelado. Amenazaba con enfermedades, sequías y catástrofes. Informó que había mandado confeccionar una lista de los que se resistían a entregar el diezmo para maldecirlos en sus oraciones. Era un mortero que convertía a la aterida multitud en algo menos que polvo.

Una chinche picó mi muñeca. La arranqué y aplasté contra el piso. El prelado interpretó los ruidos.

—Acaba de matarme una amiga —dijo.

—Una chinche.

—Una amiga santa.

—Si Su Eminencia no se ofendiera —titubeé—, le diría algo.

—Diga.

—Veo demasiadas chinches por las sábanas. No ayudan a su convalecencia. Usted necesita reposo, distensión.

Parpadearon sus ojos opalescentes. Los labios delgados se movieron sin emitir sonido, porque buscaban una respuesta adecuada.

—No permitiré que las saquen —dijo por fin con voz arenosa—. Muerden mi carne para limpiarme el alma… También… son criaturas de Dios.

—No lo dejan descansar.

—Rompen… mis sueños, ¿entiende? —agregó enojado.

No entendí. Le ayudé a beber la leche y mostré a su ayudante cómo aplicar los paños fríos en el abdomen mientras abrigaban el resto de su cuerpo.

Me despedí respetuoso.

Su evolución fue buena, porque no recidivó la hemorragia. En mis sucesivas visitas advertí que el severo obispo apreciaba mi autoridad profesional. De pronto, una tarde preguntó a quemarropa si estaba dispuesto a casarme. Me sobresaltó: este hombre se ocupaba de todo. Tras mi sorpresa por lo intempestivo de su curiosidad, confesé algo que me agitaba el pecho: estaba muy atraído por la hija del gobernador. Me contempló un largo rato.

—Aprecio su sinceridad, doctor. Pero yo ya lo sabía.

—¿Me ha puesto a prueba, entonces? —sonreí incómodo.

—Siempre estamos a prueba delante del Señor.

—Aún no tuve respuesta de su padre, sin embargo —comenté, sin medir el alcance de mis palabras.

—El gobernador es su padre adoptivo.

—Pero actúa como si fuera el verdadero padre.

—Sí. Infiero que no habrá objeciones. Más aún: le agradará que usted se incorpore a su familia... una vez, claro, que se arreglen las negociaciones por la dote.

—No tengo mucho para ofrecer.

—¡No sea avaro! —empezó a encenderse—. Es usted un buen profesional y ganará mucho. Desde hoy mismo comenzará a volar su limosna, ¡como todo el mundo! —ordenó—. Quiero que su mano sea tan generosa con el dinero como es hábil con las enfermedades.

—Trataré, Eminencia, trataré —me picó otra chinche. La aplasté con una sonora palmada.

—¡No sea el asesino de una santa! —protestó enojado.

—Son virulentas.

—¡Maravillosas! Rompen mis sueños.

—Disculpe, pero no lo entiendo, Eminencia.

Torció la boca. Y formuló una asombrosa interpretación.

—Rompen mis sueños. El sueño es como una cáscara en cuyo interior somos víctimas de Lucifer. Rodamos en su engañosa concavidad, sin punto de apoyo. Nuestra voz no llega a nadie y nuestra fuerza es menor que el soplo del aliento. Dentro de esa cáscara el demonio hace con nosotros lo que su capricho quiere.

—No todos los sueños son pesadillas.

—¿Se refiere a los sueños placenteros? ¡Son los peores! —sus ojos blancos refulgieron como proyectiles de metal.

Guardé silencio.

—Son los peores. El demonio nos engaña y consigue hacernos incurrir en pecado. Dentro de la cáscara nos convertimos en siervos de la tentación... Intervienen, entonces, mis únicas amigas, las únicas que no saben de lujuria: las chinches. Pellizcan mi carne y quiebran la cáscara, rompen el sueño. Me devuelven a la vigilia armada.

—Pueden despertarlo en un momento en que no sueña —me escuché porfiarle.

Movió sus iracundos labios en busca de respuesta.

—¡Siempre se sueña! —exclamó—. El demonio aprovecha nuestro descanso. Cuando aflojamos los músculos y cambiamos las tensiones de defensa por el relajamiento, entonces nos encierra en esa cáscara impermeable y nos corrompe. Incluso nos hace olvidar muchos sueños para que no podamos lavarnos de su mugre. Uno es revolcado en la concupiscencia y luego se levanta creyéndose limpio. Cuando en realidad se está más sucio que un chancho.

—¿Somos culpables de un pecado ajeno a nuestra voluntad?

Sus manos huesudas plegaron el borde de la sábana. El tajo vertical del entrecejo se pronunció.

—Somos culpables de permitir que sobreviva, en nuestro espíritu, la tentación. Y el demonio se aprovecha. Nuestra culpa reside en no combatirla con la debida constancia. Somos pecadores, hijo. La carne es débil —apretó mi mano—. Por eso usted debe casarse pronto.

—Gracias, Eminencia.

—Los sacerdotes, en cambio, tenemos que proseguir nuestra lucha solitaria. El voto de castidad no sólo se cumple con la abstinencia, sino impidiendo que la mujer invada nuestros sentidos.

—¿Es posible?

—El Señor me ha bendecido con la ceguera: por lo menos no las veo más. Pero el demonio las lleva a mis sueños; es horrible —se interrumpió; contrajo la cara, después tanteó mi mano—: Quiero levantarme, doctor. Ya me siento en condiciones.

Antes de que pudiese responderle, su boca me disparó:

—¡Las mujeres son peores que los judíos y los herejes! —chasqueó los labios y paró la oreja: quería mi respuesta.

—¿Usted las quiere excluir del mundo, Eminencia? —completé su pensamiento con súbito malestar. Este hombre me estaba so-

320

metiendo a una hábil investigación. ¿Sospechaba mi origen? ¿Había advertido mi judaísmo? Su abrupta pregunta sobre mi casamiento y su no menos intempestiva referencia a los judíos debían preocuparme.

94

Había visto a la hermosa Isabel Otáñez en la misa del domingo. Estaba en primera fila, junto a sus padres adoptivos. La observé comulgar con devoción. Al finalizar el servicio me paré junto al pasillo central, por donde los dignatarios salían con paso lento y solemne. Lucían sus mejores ropas y en sus rostros se combinaba el sacralizante aroma del incienso con el luciferino anhelo de exhibición. Ella pasó cerca y nuestros ojos se tocaron. Los suyos tenían el nostálgico color de la miel. La seguí sin darme cuenta de que estaba mezclándome con los funcionarios. La delicadeza de su figura me pareció extraordinaria. El codo de un regidor me sacó de la mayestática fila; entonces caminé hacia la nave lateral y traté de alcanzarla en la calle. Estaba rodeada por su familia y varios soberbios cortesanos. Me parecía la mujer más bella de Chile. Quería mirar otra vez sus ojos dulces. Yo había enloquecido como una abeja en las cercanías del néctar, no era responsable de mis actos. Arreglé mi camisa, capa y sombrero, alisé mi breve barbita y ordené los cabellos de mi nuca. Miraba los fragmentos de su cuerpo, que por momentos ocultaba su entorno, y caminé decidido. El sol se refractaba en los bordados y las pedrerías del colorido grupo de mujeres que la rodeaba. Un alabardero me cerró el paso con tanta firmeza que hizo girar varias cabezas. Pero la fortuna quiso que ella me mirase otra vez. El roce de ojos fue más breve, pero intenso. Henchido de absurda esperanza, me alejé despacio.

Dos semanas más tarde apareció un mensajero armado en el hospital. Traía una esquela de don Cristóbal de la Cerda y Sotomayor, gobernador interino de Chile, que se había convertido en mi paciente. Me invitaba a su residencia para una tertulia. Hice girar el papel entre los dedos con cierta incredulidad. Mi nombre estaba bien escrito y el abultado sello identificaba a la más alta autoridad del país. Si bien yo lo había empezado a asistir por sus dolencias, intuí que esta invitación no tenía carácter profesional, sino que implicaba un acercamiento a su hija Isabel. No podía dar crédito a mi buena estrella.

El gobernador había asumido pocos meses atrás. Tenía en su haber diez años de servicios en la magistratura y sus antepasados habían integrado las gloriosas legiones que conquistaron Nueva España. Había estudiado jurisprudencia en la Universidad de Salamanca, donde fue galardonado con el título de Doctor. A pesar de los escasos recursos, llevó adelante obras públicas: edificios para el Cabildo y la Audiencia, una cárcel y un amplio tajamar de piedra sobre el río Mapocho.

Hacia la media tarde llegué a su residencia oficial. En los portones presenté la esquela a un grupo de soldados armados, dos de los cuales me condujeron al interior. Evoqué a mis lejanos ancestros, cuando ingresaban temerosos en el castillo de un rey o un califa para después elevarse a magníficos príncipes. Los atenazaba el miedo por su ilegitimidad: eran plebeyos, eran judíos. Pero brindaron grandes servicios, tenían estudios y buenas intenciones. Algunos, sin embargo, generaron envidia y acabaron mal.

Me guiaron a la sala de recepción en la que ya estaban reunidas varias personas. A medida que me acostumbraba a la penumbra pude distinguir en un extremo a un grupo de mujeres.

El gobernador me recibió con exageradas muestras de afecto, pero no se movió de su butaca, como correspondía a su investidura o comodidad. Una pierna se apoyaba sobre un cojinete de raso y sus dedos acariciaban la terminación de los apoyabrazos como si fuesen frutas. Estaba recién afeitado en torno a un bigote fino y una barbita triangular. Sus ojos pinchaban como agujas y no perdían detalle. Sentí que me examinaba de arriba abajo: calculó mis bienes por la forma de vestir y mi temperamento por la de pararme; después puso atención en mis palabras. No eran falsas las versiones sobre su sagacidad.

Don Cristóbal me presentó a los otros invitados: un teólogo desdentado, un capitán de infantería, un matemático bizco, un gordo notario y un joven mercader cuyo rostro me estremeció. En estas reuniones tomaba contacto con las personalidades de la ciu-

322

dad —dijo— y alimentaba su espíritu. En el extremo del salón estaban su esposa, su radiante hija Isabel y algunas damas. Abrí mis pupilas para devorar la imagen de Isabel y percibir la melodía de sus ojos.

El gobernador pidió que contara sobre mis estudios en San Marcos. Hice un esfuerzo para no mirar al joven mercader y empecé a hablar. Un criado acercó bandejas con tazas de chocolate y varios alfeñiques. Los seis hombres concentraron sus miradas en mi boca. Pensé que formaban un conjunto algo grotesco y sorbí el espeso chocolate para reflexionar sobre lo que diría a continuación.

—La Universidad de San Marcos jerarquiza a la reina de las ciencias —me dirigí al esperpéntico teólogo—. Los conocimientos que provienen de otras vertientes deben conciliarse con el río central, que es el conocimiento de Dios. Durante todos los años de la carrera se amplían y profundizan estos estudios.

El teólogo movió su lengua dentro de la boca vacía: sus mejillas fláccidas se estiraron alternativamente. Pronunció unos conceptos en latín, con fallas en las declinaciones y pésima dicción, para demostrar que no lo sorprendía: él también había estudiado en una universidad.

Después me referí al curso de matemáticas. El hombre bizco pareció animarse. Quiso saber si se acentuaba la atención en el álgebra o la trigonometría. Él había aprendido en Alcalá de Henares.

—También nos dirá algo sobre el arte de los notarios. Aquí tenemos a una figura ilustre —el gobernador señaló cortésmente al caballero rígido que, al sentirse mencionado, forzó una sonrisa y levantó la nariz.

—No tengo palabras para esa profesión.

Se produjo un incómodo silencio. Don Cristóbal movió sus manos pidiendo auxilio. Del grupo de mujeres llegó una asordinada risita. El notario se movió en su silla y corrió la banqueta que tenía enfrente. Parecía acondicionarse para una violenta reacción física.

—¡Qué insinúa, doctor! —exclamó desafiante.

—Que mi carrera no incluyó asuntos de notariado, simplemente.

Volvió a producirse la oculta risita. Yo entonces agregué:

—Estudiamos teología, matemáticas, anatomía, astrología, química, gramática, lógica, herboristería. Pero nada de lo suyo, lo lamento.

—En Santiago tenemos pocos profesionales aún —dijo el gobernador para cambiar de asunto—. Ni siquiera una biblioteca.

—Yo traje muchos libros —comenté.

Me miraron con sorpresa.

—¿Aprobados por el Santo Oficio? —preguntó el teólogo en voz baja, confidencial.

—Por supuesto —respondí sonoramente—. Los compré en Lima —y no dije que en su mayoría los heredé de mi padre.

—¿Muchos? —el matemático aumentó su bizquera.

—Dos baúles, casi doscientos tomos.

—¿Han sido debidamente registrados? —el notario levantó más su nariz.

—¿Qué quiere decir? —esa pregunta me inquietó.

—Me refiero a su paso por la aduana.

—Todas mis pertenencias han sido controladas por la aduana.

—¡Por supuesto! —intervino el gobernador dándose una palmada en el muslo—. ¡Y celebro que esta ciudad se haya enriquecido con su primera biblioteca! Soy un hombre que ama y valora la cultura.

—Si Su Excelencia me permite —carraspeó el notario—, desearía señalar que no se trata de la primera biblioteca. Yo tengo varios libros. También los hay en el convento dominico, franciscano y jesuita.

—Tengo unos cuarenta —comentó el teólogo.

—Yo he llenado una repisa con veinticinco volúmenes —precisó el matemático.

—¡Qué bien! —aplaudió el gobernador—. En mi despacho he reunido sólo diez o quince. Pero son, ¿cómo decir?... colecciones. Una biblioteca, queridos amigos, es por lo menos dos baúles —me guiñó.

Pero su complicidad me puso incómodo. Era demasiado halago para alguien que recién conocía. Provocaba envidia y yo no necesitaba competir en este rubro. Mis libros eran amigos íntimos, no una vanidosa corte para exhibir.

El capitán se llamaba Pedro de Valdivia.

—El mismo nombre del conquistador y fundador —dije maravillado.

—Soy su hijo.

Lo miré con simpatía. Lorenzo Valdés, con los años, se le parecerá.

En cambio, ¿quién era el mercader? Yo lo había visto en alguna parte. Dijo que nos encontraríamos a menudo.

—¿Por qué?

—Proveo la botica del hospital.

—¡Ah! —exclamé aliviado—. Entonces deberá soportar mis pedidos: la botica es un desierto.

El gobernador aplaudió nuevamente.

—¡Así me gusta! ¡Que se ponga orden y virtud en este desquiciado reino!

—No soy responsable de la botica... —el mercader llevó la mano a su pecho—: sólo el proveedor.

—Ya lo sé —dibujó un gesto tranquilizante—. Sólo quería elogiar la actitud del doctor Maldonado da Silva.

—Gracias, Excelencia —giré mis ojos hacia el rincón de las mujeres: ¿mejoraban mis posibilidades con Isabel?

—¡Demostró energía, resolución! Eso nos hace falta.

—Su Excelencia es un hombre decidido y valiente —comentó el capitán Pedro de Valdivia—, por eso valora también la energía en los demás. Lo está demostrando a diario. Desde que usted se instaló entre nosotros pareciera habernos contagiado su fuerza.

—No todos piensan así, mi amigo.

—Son quienes piensan con mezquindad.

—Es cierto —intervino el teólogo; su dicción desdentada impedía entenderlo y, además, intercalaba cortas frases en latín—. Yo encomio la reciente ordenanza de Su Excelencia como justicia de Dios.

—Admiro a Su Excelencia —terció el notario—, pero su justicia no es de Dios: es secular.

—¡De Dios! —gritó el viejo—. La ordenanza contra la servidumbre de los indios es como un jubileo.

—Explíquese —terció el matemático—. No relaciono la ordenanza con Dios ni me suena a jubileo. ¿Es correcto usar la palabra jubileo para entender esta ordenanza?

Un impulso irrefrenable puso en movimiento mi lengua:

—Recordemos qué es el jubileo —dije—: es el mandato divino de restablecer las condiciones originales del universo. Dice el Levítico: "Contarás siete semanas de años, el tiempo equivalente a cuarenta y nueve años. Declararéis santo el año cincuenta y proclamaréis la liberación de todos los habitantes de la tierra. Será para vosotros el año del jubileo. Cada uno recobrará su propiedad, cada uno se reintegrará a su clan".

El teólogo se estremeció.

—¡Poderosa memoria! —celebró don Cristóbal.

—¡Es el jubileo de los indígenas! ¿Se dan cuenta? —se exaltó el teólogo—. Tengo razón.

Me arrepentí en el acto de haber hablado más de lo preciso. La fama de tener la Biblia en mi cabeza no me brindaría seguridad. Un exceso de amor a la Biblia generaba sospechas: para ser buen católico alcanzaba con otras virtudes. Mi padre había insistido que tuviera cuidado.

—Mi ordenanza contra la servidumbre de los indios no es exactamente un jubileo —aclaró el gobernador—. Pretende abolir el servicio personal que ha sido tantas veces condenado por los reyes de España y por la Iglesia. Pero voy a serles sincero, no se asusten: intuyo que fracasará. Soy hombre de leyes y reconozco que existe un abismo entre la letra y los hechos.

—¿Por qué tanto pesimismo?

—Porque en las Indias nos pasamos las leyes por el culo... con perdón de las señoras.

El teólogo intentó amortiguar el exabrupto citando —mal— un apotegma contra la filosofía escéptica de Zenón.

En el penumbroso ángulo Isabel Otáñez sostenía un costurero mientras sus ojos fluían hacia mí. Tenía ganas de cometer la locura de ir derecho hacia ella, hacerle una reverencia profunda y besarle la mano. Dios me contuvo.

Cuando nos levantamos, el silencioso mercader se acercó a mi oreja y susurró su nombre. Quedé paralizado. Miré su rostro severo, conocido y desconocido a la vez. Habían transcurrido casi veinte años.

—Soy Marcos Brizuela, de Córdoba —había dicho, simplemente.

* * *

Está por dormirse con los pesados grilletes en las muñecas y tobillos, cuando lo sobresalta un repentino choque de hierros. Gira una llave, se alza la tranca exterior y cruje la puerta. Aparece una figura encapuchada. Es el co-

nocido calificador del Santo Oficio Alonso de Almeida, que se iluminaba a
sí mismo con un blandón de tres hachas. Francisco conoce a este hombre. Tie-
ne unos cuarenta años, es inteligente y enérgico.
Por fin se activará el esperado combate.

95

Todavía había luz cuando salimos a la espaciosa plaza de armas. Enfrente se elevaba la catedral de tres naves. Los penachos del cerro Santa Lucía tocaban las nubes de carbunclo. Un par de monjas cruzaron a la carrera rumbo al cercano monasterio. Marcos Brizuela estaba hosco, casi nada quedaba del niño tierno y expresivo que conocí en Córdoba. Hicimos una referencia a aquel breve y antiguo encuentro y preguntó sin interés, casi por decir algo, sobre el escondite que me había legado en el fondo de la casa. Evoqué su entrada invisible bajo gordas raíces, la abrigada penumbra y tantas horas de consuelo y fantasía que me deparó. Dije que nunca se lo agradecería bastante. No hizo comentarios. La mayoría de los recuerdos dolían. Él estaba resentido por algo.

—Pudimos habernos encontrado antes —lamenté—. Santiago es una ciudad pequeña.

—Yo supe de tu llegada —replicó sorpresivamente—. Soy regidor del Cabildo.

—¿Te designaron regidor?

Levantó el ala de su sombrero y me miró con frialdad.

—Compré el cargo.

—¿Es mejor que una elección de los vecinos?

—Ni mejor ni peor. Si lo compras, tienes dinero. Si tienes dinero eres respetable.

—¿Qué comercias, Marcos?

—De todo.

—¿...?

—De todo, sí: alimentos, muebles, animales, esclavos, arreos.

—¿Te va bien?

—No me quejo.

Seguimos a lo largo de otra cuadra. Cuando niños habíamos congeniado, ahora nos separaban sospechas. No recordaba haberle infligido un perjuicio, pero él se comportaba como si yo fuese culpable de algo. En la esquina le dije que debía hacer la última visita de la jornada a mis pacientes.

—Voté para que mejorasen la dotación de tu hospital —comentó; ¿me hacía un reproche?

—Gracias. Hay muchas carencias. Es difícil trabajar sin los recursos mínimos.

—También hice sancionar al procurador general por causa de tu sueldo —agregó en el mismo tono helado.

—No sé qué quieres decir.

—El Cabildo le encargó que negocie con los vecinos sus aportes para tu sueldo. El pícaro hizo dos cuentas: una prolija para mostrar y otra paralela para ocultar. Pretendía quedarse con dos tercios de tu remuneración.

—¿Qué dijo cuando lo desenmascaraste?

—¿Qué dijo?… Me ofreció la mitad.

—¡Ladrón!

—Funcionario, simplemente.

Llegamos al punto en que debíamos separarnos. A pocos metros estaba la rústica puerta del hospital; ya habían encendido una lámpara al costado de la jamba. Nuestros rostros se borraban en la carbonilla del *angelus*.

—Desearía verte de nuevo —dije—. Tenemos que hablar sobre varias cosas.

Comprimió las mandíbulas.

—Yo recién me entero de que vives en Santiago —agregué.

—Confieso, Francisco, que preferiría evitarte.

Mi garganta iba a preguntarle la razón, aunque ya la sospechaba. Era horrible.

Tragué saliva. Torcí hacia la izquierda y pasé de largo por la puerta del hospital para darme tiempo a digerir el golpe. Crucé la iglesia de Santo Domingo, luego La Merced y el colegio jesuita. El crepúsculo reconstruía las sombras del maravilloso escondite que me había regalado Marcos.

Regresé al hospital media hora más tarde, cansado y nauseoso. Juan Flamenco Rodríguez me estaba esperando. Controlamos los veinticinco enfermos que llenaban la sala única, doce acostados en camas y el resto sobre esteras en el piso. Cuando terminamos me invitó a cenar. Acepté a regañadientes.

96

Nos sentamos a la mesa. Su mujer hacía dormir a su segundo hijo, de dos años. Una criada nos sirvió quesos, pan, rabanitos, aceitunas, vino y pasas de uva.

—¿Así que te incorporó el gobernador a una tertulia? —Rodríguez probó con su uña el filo del cuchillo—. Es un paciente agradecido —añadió—, pero ten cuidado.

—¿Por qué?

—Es ambicioso. No dudará en usar cualquier recurso que lo empuje para arriba.

—Ya está arriba.

—Sólo es el gobernador interino. Quiere ser gobernador a secas. Y después algo más, Virrey por ejemplo.

—Es un hombre culto y le gusta reunirse con gente ilustrada. No ha sido parco —levanté una feta de queso—. Diría que su exceso de franqueza lo redime de tu descalificación.

—¿Franqueza? ¿En qué? —escanció el vino en sendas jarras.

—Habló de su ordenanza sobre el servicio personal de los indígenas y pronosticó un fracaso. Me pareció sincero.

—No ha dicho algo diferente de lo sabido. Te aseguro que no se le escaparía, en cambio, una palabra sobre los asuntos que le reditúan beneficios.

—¿Tan codicioso es?

—¡Oh! Ni te imaginas. Sólo es pródigo con los bienes públicos: hace construir un enorme tajamar y edificios de los cuales saca tajadas. Pero de su bolsillo no sale un peso. El obispo no consigue arrancarle la limosna que estima correcta. Incluso ha insinuado su amenaza desde el púlpito contra "los pecadores que nos gobiernan".

—¿Cómo reaccionó don Cristóbal?

—Como era de esperar: ni se dio por aludido. Pero empezó a llegar tarde a los oficios. Siempre existen excusas para un gobernador, especialmente cuando se propone irritar. Al obispo, sin embargo, creo que no le molesta tanto la tacañería de don Cristóbal como su habilidad para conseguir regalos que, para colmo, nunca deriva a la Iglesia.

—Me sorprende.

—Todo un arte. Desde que se desempeñaba como oidor de la Audiencia empezó a tejer una metodología según la cual, a cambio de sus favores, se deslizan disimulados obsequios a su faltriquera.

—Pero si hizo pregonar durísimas sanciones contra quienes intenten sobornar a las autoridades.

—Justamente; es un genio. Pregona lo contrario de lo que hace. Oponiéndose a todo favor, ha conseguido que los vecinos empiecen a comprarle cada favor.

—¿Qué más escuchaste?

—Que nunca don Cristóbal "se entera" del soborno: no lo ve, no lo huele, no lo escucha. Es algo que ocurre entre el peticionario lloroso y su honda faltriquera. Ni una palabra, ni un gesto. Si el obsequio fue suficientemente generoso, el donante lo sabrá por el curso de su trámite.

—¡Es una lástima! —exclamé.

—¿Te decepciona? —volvió a escanciar el vino.

—Por supuesto.

—No exageres, Francisco. ¿Acaso en Lima no es peor?

—Quizás. Pero allí no tuve acceso al poder.

—Y bueno, aquí sobresale la figura del gobernador; allí, la del Virrey. Se pueden permitir lo que quieren. El que no aprovecha estas ventajas no se considera honesto, sino idiota. En una sociedad viciada el hombre honesto no es reconocido como el guardián de la virtud, sino como el molesto perro del hortelano que no come ni deja comer.

—Hermoso mundo nos toca vivir...

—Hablemos de algo más interesante: ¿Has visto de nuevo a la hija del gobernador? —Juan se frotó las manos en actitud cómplice.

—A medias.

—¿A medias? Deberías casarte. El matrimonio te hará sonreír con más frecuencia.

—Eres chismoso y te sobra información —le arrimé la nariz—. Dime si ella me aceptaría como marido.

—¡Claro que te aceptaría! —se cubrió un eructo con el puño—. Bueno; no sé si ella... Sí su padre.

—¿Por qué?

—Veamos —arrimó el candelabro—. En primer lugar, Isabel Otáñez no es hija de don Cristóbal, sino su ahijada. Esto tiene puntos a favor y en contra. A favor: no hereda su codicia. En contra: no hereda su fortuna. Te casarías con una mujer pobre.

—Eso no entra en mi evaluación.

—¡Qué desprendido! Pero don Cristóbal te aceptaría. ¿Las razones? Es tu paciente y valora tu cultura. Un buen médico en su familia le brindará beneficios.

—No se me ocurren.

—Yo, por ejemplo, hubiera sido un yerno ideal —estiró los labios—: le hubiera provisto de todos los chismes de la ciudad, de toda la información subterránea. A través de mí podría canalizar consejos a la gente sobre qué obsequiarle para conseguir su favor. También le serviría para convencer a funcionarios reales y eclesiásticos que conviene otorgarle más poder.

—Eso ya ni es falso: es grotesco.

—Añado una profecía: mezquinará la dote de su ahijada y hará que pongas más de lo que tienes.

—Primero deberé conseguir su mano.

—Puedes darla por concedida.

* * *

Alonso de Almeida se toma varios minutos para contemplar al prisionero. Le cuesta reconocer en este hombre sucio y cubierto por una desordenada melena al médico que honraron las autoridades del país. Se habían elogiado sus finos modales y su cultura sacra y profana. Pero seguramente el exceso de lecturas profanas (y algunas heréticas) le trastornó la razón. Es necesario —y posible— arrancarlo de sus sofismas y hacerle ver lo evidente.

Este calificador del Santo Oficio tiene experiencia: cuando enfrenta a un pecador, nada resulta más efectivo que una amonestación severísima. Se dispone, pues, a descargarle un atronador discurso. Ordena cerrar la puerta de la celda, mira los ojos de Francisco y le lanza el primer reproche.

97

Después que le efectué el examen clínico de rutina por dolores en el pecho, don Cristóbal de la Cerda y Sotomayor me invitó a su despacho para catar el vino que le regaló un encomendero. Nos sentamos en butacones enfrentados. Una negra depositó sobre la mesita de nogal dos copas de vidrio grueso y una botija de cerámica.

—Me han traicionado, doctor —dijo intempestivamente.

Lo miré sorprendido.

—¿Me haría el favor de llenar las copas? —agregó—. Este golpe es la causa de mi recaída, lo sé.

Destapé la esbelta botija y se elevó el perfume del vino.

—El Virrey, instigado por los jesuitas, ha designado gobernador a un ridículo viejo octogenario.

—Pero de aquí salieron fuertes apoyos para que usted continuara en el cargo.

—Sí —recibió la copa, miró el vino reluciente, inspiró su aroma—. Todos me apoyaron: los cabildos de Santiago, de Concepción, de Chillán, los jefes del ejército, el prior de los franciscanos, mercedarios, dominicos y agustinos, y hasta nuestro colérico obispo. Pero no sirvió de nada.

—No me explico, entonces.

—Fácil, mi amigo: más fuerza que dignas autoridades y que la razón, tienen Luis de Valdivia y su Compañía de Jesús.

Bebimos un sorbo. Era noble producto de excelente vid.

—Me hizo un buen regalo este encomendero —sonrió don Cristóbal—. Es un pícaro: ahora vendrá a pedirme favores en trueque.

Lo miré fijo y regresó a su tema.

—¿Sabe qué le importa al Virrey? —se frotó la nariz—. Que con los indios continúe la guerra defensiva. ¿Por qué, si es desastrosa? Porque es barata... Yo he informado la verdad y ése fue mi error. No importa la verdad, sino los intereses. Falló mi percepción política. El Virrey no quiere desviar fondos para llevar adelante una ofensiva que controle de una santa vez a los araucanos. Además, el Virrey sabe que el jesuita Luis de Valdivia tiene ardorosos protectores en Madrid.

—¿Y lo reemplazarán a usted por un octogenario?

—Tal cual. Es un viejo cascarrabias que duerme en Lima desde hace medio siglo y a quien el marqués de Montesclaros descalificó a menudo. Pero como está de acuerdo con la guerra defensiva, el nuevo e irresponsable Virrey le ha confiado nada menos que la conducción de este empelotado reino.

—¿Qué será de usted, don Cristóbal?

—Seguiré con mi cargo en la Audiencia. Y me reiré del nuevo gobernador. Veremos cuánto le dura su entusiasmo por la guerra defensiva. Le aconsejaré darse una vueltita por el Sur, recorrer los fuertes devastados y charlar con los vecinos de Concepción, Imperial, Villarica. Se meará de susto... Los araucanos sólo se inclinarán ante la espada. Los jesuitas les predican en su lengua, pero no los convencerán de apaciguarse en reducciones. No son como los guaraníes del Paraguay.

—El enfoque de los jesuitas, sin embargo, me parece elogiable —opiné.

El gobernador levantó las cejas.

Añadí:

—Los indígenas han sido objeto de abusos inenarrables, cualquiera sabe que están resentidos y furiosos. Una evangelización que no les quita sus tierras ni los reduce a servidumbre puede cambiar su concepto de los españoles.

—Me extraña que piense de esa forma.

—¿Por qué?

—Porque usted es un hombre ilustrado, no ingenuo. Los indígenas son salvajes, no nos quieren ni en el recuerdo. No nos quieren. Somos intrusos. Desprecian nuestro orden y prefieren seguir revolcándose en su propia mierda.

—No ven su realidad como mierda, don Cristóbal. Ésa es nuestra opinión.

—¿También la suya?

—En todo caso, no la de ellos. Son puntos diferentes de vista.

—Pero hay una sola verdad. ¿O no?

—Tal vez haya más de una... —en el acto me arrepentí de lo dicho y quise arreglar esa peligrosa afirmación—. Ellos no reconocen nuestro punto de vista como verdadero.

—¡Ah! —se rascó la papada—. Entonces que aprendan.

—Por eso decía que los jesuitas, predicando en su idioma, su-

333

primiendo la servidumbre forzada, impidiendo las ofensivas militares, tal vez consigan hacerles cambiar de postura. Si se les demuestra que el rey de España quiere la paz, ellos terminarán aceptándola. También les conviene. Pero hasta ahora los indios sólo han recibido odio y explotación.

—Habla usted como el padre Valdivia. Suena convincente, pero es falso. Hace una década que empezó esta infantil estrategia. Hubo parlamentos, devolución de prisioneros, pactos, desmantelamiento de nuestras posiciones de avanzada. ¿Qué pasó entonces? Entraron a saco en nuestras ciudades e incendiaron varios fuertes. ¡Son unos ladinos! No quieren la paz: quieren expulsarnos de Chile, hacernos desaparecer.

Eso mismo deseaba la Inquisición de los judíos. Pregunté:

—¿No hay algún punto de encuentro, de armonía?

—O triunfamos nosotros o seguiremos padeciendo el conflicto.

—Pero ellos no pueden hacernos desaparecer —dije.

—Por supuesto. Entonces optan por desangrarnos. Confían en que, a la larga, triunfarán. Por eso hay que someterlos como a los animales chúcaros en la doma.

—¿No se puede evangelizar sin humillar?

—Vea Francisco, los hombres sensibles como usted tienden a confundir. Cuanto antes se aplaste a los indios mejor será para todos —me arrimó la copa para que le escanciara vino—. ¿Sabe qué hacen algunos encomenderos para evitar que se escapen los araucanos conchabados en servicio? Lo sujetan, le ponen un cepo al tobillo y de un hachazo le rebanan todos los dedos del pie.

—¡Es atroz!

—La hemorragia se detiene con un buen hierro al rojo, como usted sabe, lo cual es un excelente golpe de gracia. Estas acciones no serían necesarias si todo el pueblo araucano fuera debidamente vencido.

Bajé los párpados.

Don Cristóbal palmeó mi rodilla.

—Siga ejerciendo la medicina: nunca pretenda ser gobernador.

—Pierda cuidado. ¡Ni en sueños!

Se levantó. Yo lo imité.

—Otra cosa —dijo—. Tengo la leve impresión de que en algunas oportunidades ha querido entablar diálogo con mi ahijada Isabel... —sonrió permisivamente.

334

Me turbó la brusquedad del planteo. Su modo frontal no dejaba espacio para una respuesta esquiva.

—Sí, Excelencia —inspiré hondo—. Es una persona con la que me agradaría conversar.

—Pues bien, yo quería decirle que cuenta con mi autorización. Al fin de cuentas, usted es mi médico, ¿verdad?

* * *

Francisco lo oye boquiabierto. El calificador inquisitorial Alonso de Almeida es enfático. Sus palabras castigan como azotes a un niño desobediente. Le reprocha que devuelva escoria por oro, que produzca decepción y luto. Dios, la Virgen, los Santos y la Santa Iglesia derramaron bendiciones sobre él. Pero en lugar de agradecerlas, las desprecia. Le exige que se doblegue y arrepienta; le exige que doble su arrogante cerviz, que llore y que tiemble.

98

Paseé con Isabel Otáñez a plena luz de la tarde, como merecía una ahijada de familia decente. Nos seguían dos sirvientas negras como garantía de nuestro recato. Bordeamos —a prudente distancia— una porción del cerro Santa Lucía. Por los caminos que roturaban las cabras se podían alcanzar sus escondidas alcobas silvestres, de las cuales no se hablaba en las conversaciones honorables, porque cobijaban los abrazos adúlteros de la severa Santiago de Chile. El entramado verde de esas laderas ocultaba de maravillas a los cuerpos ardientes. Los púlpitos denunciaban esos pecados, tan frecuentes en los laberintos del cerro.

Ella había nacido en Sevilla. Quedó huérfana a los siete años y fue adoptada por don Cristóbal y doña Sebastiana. Me dijo que eran generosos y merecían su incondicional gratitud. Después se ensombreció, al contarme el brutal asalto de que fueron víctimas en el mar Caribe por parte de bucaneros ingleses. El relato la estremecía, pero su conmoción la hizo más fascinante aún.

Yo le narré mi infancia en Ibatín, mi adolescencia en Córdoba, mi juventud en Lima. Nuestros recorridos parecían torrentes que se buscaban. El suyo nació en España y el mío en las Indias. El mío, en realidad, también había nacido en España (generaciones antes), luego se encaminó a Portugal y posteriormente al Brasil. Los torrentes serpentearon por naturalezas encrespadas e hicieron muchos kilómetros para coincidir en esta ciudad.

A ese paseo siguieron otros, cada vez más frecuentes. Sus mejillas suaves evocaban la porcelana y sus ojos eran siempre tiernos, pero se encendían con estrellas cuando la invadía el entusiasmo. Yo no podía dejar pasar veinticuatro horas sin verla y tenía que hacer esfuerzos para no convertirme en una presencia cansadora. Inventaba excusas para ingresar en su residencia e invitarla a pasear de nuevo.

A veces llegábamos hasta los bordes del río Mapocho, cuyas aguas provenían de las nieves que blanqueaban la cercana cordillera. Los reparos de madera en la época de deshielo no habían sido siempre eficaces, de ahí el costoso tajamar que mandó construir don Cristóbal. De sus márgenes salían canales que regaban las chacras de los alrededores. A veces nos alejábamos hasta la apacible vega donde los franciscanos edificaron su amplio convento. Pasábamos junto a huertas pobladas de frutales, cipreses y limoneros. Por los campos adyacentes se extendían breves alfombras de lirios y azucenas. También abundaban los frutillares. Si no se hacía demasiado tarde, Isabel me invitaba a beber chocolate en el salón de su residencia, acompañada por su madre y, a veces también, por don Cristóbal. Mis encuentros con esa bella mujer se tornaron una rutina irrenunciable. Empezaba a sentirme feliz de una forma completamente inédita.

99

Un criado entró corriendo al hospital y me entregó la esquela. Estaba escrita con apuro y la firmaba Marcos Brizuela. Pedía que fuese rápido a su casa porque su madre había sufrido un ataque cerebral.

Me recibieron dos negras que parecían hacer guardia y señalaron mi camino. Apareció una mujer asustada, con un niño en los brazos, que podía ser su esposa. Saludó con un tímido movimiento y apuntó hacia la tercera habitación. En la penumbra distinguí una cama. El hombre sentado a su vera vino a mi encuentro.

—Mamá empeoró de repente —dijo Marcos con voz apagada—. Tal vez puedas hacer algo.

Alcé un blandón y lo apoyé junto a la cabecera. Se iluminó el cuerpo cadavérico de una anciana. Tenía los párpados oscuros y la piel lustrosa; respiraba con ritmo entrecortado. Le tomé el pulso y examiné sus pupilas. El cuadro parecía terminal. Su brazo derecho estaba contraído como consecuencia de una hemiplejia antigua. Con dulzura procuré extenderlo, pero fue inútil. El aire que expulsaba su boca le levantaba la mejilla derecha. Esta mujer repetía su ataque sobre un terreno gravemente afectado.

—¿Qué ha sucedido? —empecé mi anamnesis.

Marcos se paró tras de mí. Enfrente se instaló su recatada esposa.

—Hace mucho que quedó paralítica y casi muda —contó con esfuerzo.

—¿Cuántos años?

Oí que se hinchaba su tórax. Empezó a caminar por la alcoba.

—Dieciocho —respondió su mujer.

Hice el cálculo. Había sido poco antes de instalarse en Chile. Lo dije.

Marcos se detuvo, desdibujado por las sombras. Volvió a hinchar su tórax.

—Fue algo después.

Traté de abrir la mano deformada. Luego continué con otros gestos médicos mientras pensaba. Froté sus sienes, palpé las arterias carótidas, le moví suavemente la cabeza, calculaba la temperatura.

El lento paseo de Marcos se parecía al de un tigre encerrado en una jaula. Se me ocurrió que saltaría sobre mi nuca. La enfermedad de la madre no sólo le producía pesadumbre, sino resentimiento. ¿Por qué me llamó? Podía haberse dirigido a Juan Flamenco Rodríguez. O a los médicos sin título. Su voz hostil se abrió camino entre espinas.

—Quería que la vieras —musitó ronco.

Giré en mi silla. Estaba parado atrás de mí nuevamente y apoyó sus manos con fuerza sobre mis hombros. Descargó su peso. Era el salto del puma, me azoré. Sus dedos comprimieron mi carne.

—Así quedó cuando arrestaron a mi padre.

337

Intenté incorporarme, pero su fuerza era superior a la mía. Le aumentaba el furor, pretendía dañarme.

—Así quedó —volvió a decir con las mandíbulas crispadas, obligándome a mirarla otra vez.

—Fue una apoplejía —con mi derecha palmeé su brazo izquierdo convertido en la garra que mordía mi hombro.

—Y fue consecuencia de la denuncia que hizo el cabrón de tu padre, Francisco —me soltó de golpe y se alejó unos pasos.

—Marcos... —exclamó su esposa.

Mi cabeza trepidó ante la imputación. Me di vuelta para mirarlo. "No puede ser", me decía, con el irrefrenable temor de que sí pudo realmente ser.

—Tras su espantoso arresto tuvo un ataque —siguió—. Apoplejía. O ataque cerebral. O golpe de presión. Como gustan decir ustedes, los médicos... ¡Palabras, palabras! —movía las manos para espantarlas como si fuesen moscas—. Estuvo inconsciente una semana. Le hicieron varias sangrías. Pero quedó inválida. Hemipléjica y muda. ¡Dieciocho años! Consiguió, sí, moverse con ayuda, hablar como un bebé... Mi padre arrestado en Lima y nosotros con mamá destruida aquí —se llevó la mano a la garganta y cesó de hablar.

Su mujer se acercó para tranquilizarlo, pero él la mantuvo separada con un gesto.

—Siento de veras lo que dices, Marcos —murmuré con la boca seca, confundido, avergonzado—. Mi madre también fue destruida por el arresto brutal. No tuvo un ataque de presión: tuvo una tristeza que la llevó a la muerte en sólo tres años.

Marcos levantó el blandón e iluminó nuestras caras. Sus ojos estaban llenos de sangre. El resplandor sacudía brochazos negros y dorados sobre su piel.

—¡Te he maldecido, Francisco! —asomaron sus dientes—. A ti y a tu padre delator. Nosotros los recibimos en Córdoba con los brazos abiertos, les dejamos nuestra casa... Pero tu padre, tu miserable padre...

—¡Marcos! —le apreté las muñecas—. ¡Ambos fueron víctimas!

—Él lo denunció.

—Nunca me lo dijo —sacudí sus muñecas; yo estaba al borde del llanto, porque me lo había dicho y no quise registrarlo.

—¿Te iba a confesar semejante crimen? Los hechos son bastante elocuentes: poco después que arrestaron al delator de tu padre, firmaron la orden de arrestar al mío. ¿Quién, si no él, proporcionó su nombre?

—Mi padre ha muerto ya. Las torturas lo dejaron baldado.

—Suéltame —liberó sus manos y se fue al extremo de la alcoba—. A ver si ahora haces algo por mamá.

Pedí a su mujer que me ayudara a cambiarla de posición. El decúbito lateral mejora la respiración de los enfermos inconscientes. Con un trapo húmedo le limpié la boca. Yo sentía un malestar espeso y demoledor.

Marcos llamó al esclavo que me buscó en el hospital. Le tendió un papel enrollado.

—Entrégalo al visitador Ureta. Recuerda: fray Juan Bautista Ureta. En el convento de La Merced. Dile que venga enseguida para darle la extremaunción a mi madre.

Abrí una vena del pie y dejé salir unos centímetros cúbicos de sangre oscura. Luego comprimí la incisión con un apósito. Lavé el bisturí y la cánula. Cerré mi petaca. Volví a limpiarle la boca; su respiración se había regularizado.

Minutos después Marcos recibía en el patio al visitador Ureta. Le agradeció la deferencia de llegar tan rápido. Era un sacerdote robusto y con profundas ojeras. También ingresaron a la alcoba unos vecinos. El sacerdote depositó un pequeño maletín y acercó su rostro a la enferma. Luego miró sucesivamente a Marcos, a su esposa y a mí. Su mirada tenebrosa se demoró en mí.

—Soy el médico —aclaré.

—No está muerta, pero ¿está consciente? —preguntó a mi oreja.

Marcos y su mujer bajaron los párpados. La crítica del sacerdote era evidente y grave. Se había cometido una terrible negligencia, porque el alma de esta anciana ya no podía efectuar una confesión, no podía comulgar, no podía recibir la preparación adecuada para el viaje eterno. Partiría desamparada.

Tenía que salvar el inconveniente y no decir que la encontré desvanecida y que habían pedido tarde el auxilio de la religión. Decidí mentir para proteger a Marcos.

—Perdió el conocimiento mientras la sangraba. Cuando mandaron por usted, padre, aún hablaba con lucidez.

—¿Hablaba?

Advertí mi grosero error.

—Balbuceaba sonidos, padre, como en los últimos años —agregué—. Estaba consciente.

Extrajo los artículos sagrados y los acomodó sobre una silla, junto a la cama. Calzó la estola en su nuca, abrió el devocionario y empezó a rezar. Los vecinos lo imitaron.

En los muros resonó la plegaria.

—Te absuelvo de tus pecados —untó el pulgar en el óleo y trazó una cruz sobre la frente pálida—. En el nombre del Padre, del Hijo y del Espíritu Santo. Amén.

—Amén —repetimos.

Recogió sus elementos, cerró el maletín y volvió a mirarme. Había una mezcla de curiosidad y desafío en su actitud.

—¿No es usted el doctor Francisco Maldonado da Silva?

—Sí, padre.

Su rostro se ablandó algo.

—¿Me conoce? —pregunté.

—Ahora personalmente. Antes lo conocía por referencias.

Me recorrió un estremecimiento: ¿referencias? ¿Qué decían las referencias? Marcos lo acompañó hasta la puerta de calle con un par de vecinos. Después regresó a la alcoba y me dijo:

—Gracias.

—Está bien, Marcos. He pasado por situaciones parecidas, es muy doloroso.

—Dime cuánto son tus honorarios.

—No hablemos de eso ahora.

—Como quieras —se sentó cerca del lecho—. ¿Qué más podemos hacer? —la miró mordiéndose los labios.

Meneé la cabeza.

—Acompañarla.

—Entiendo. Gracias de nuevo —se tapó el rostro con las manos—. ¡Cuánto ha sufrido! ¡Pobre madre mía!

Me acerqué, le puse la mano en el hombro. Permaneció duro. Después se apartó.

—Puedes irte, Francisco. Ya has cumplido.

Fui en busca de otra silla y me senté a su lado. Le asombró, pero no dijo nada. Los sirvientes renovaron las candelas. Algunos vecinos salían, otros entraban, siempre silenciosos. Al anochecer nos trajeron cazuelas con guisado caliente. Sólo cruzamos palabras que se referían a la enferma: cambiarla de posición, limpiarle la flema de la boca, renovar los paños fríos en su frente. Nos fuimos dormitando. Me sobresaltó un ronco estertor. La alcoba estaba más oscura, habían pasado varias horas. La paciente fue desplazándose en el lecho hacia la posición boca arriba y se ahogaba. Sufrió un paro respiratorio. Acomodé su cabeza de lado y comprimí su tórax hasta restablecer el ritmo. Después volví a ponerla en decúbito lateral. Los sirvientes renovaron de nuevo las candelas. Dormí sentado un tiempo impreciso hasta que me sacudieron el brazo. Entre globos de agua vi a Marcos. Me conecté. Fui hasta ella. Otra vez estaba boca arriba, pero silenciosa. Palpé su pulso y miré sus pupilas. Se había acabado. Extendí con respeto su brazo izquierdo. Enfrente, confuso, Marcos se había puesto de pie. Se movieron nuestros dedos y nuestros labios con vacilación. Y nos abrazamos.

Recién entonces pudo llorar.

* * *

Le dice, por último, que el Santo Oficio de la Inquisición es benigno. Que debe solicitar su misericordia porque se la va a conceder.

Alonso de Almeida se seca la espuma de sus labios sin sacar los ojos del prisionero que sigue inmóvil, sentado en su estrecha cama y apoyado contra la pared. Cree que sus aceradas frases le han perforado el corazón.

Francisco traga saliva y parpadea. Es su turno.

100

La revelación de Marcos me conmovió hondo. Había sido inevitable que mi padre, quebrado por las torturas, cediera ante la demanda de nombres. Los inquisidores no eran ingenuos. Pero me resultaba particularmente doloroso que hubiese denunciado a su amigo Juan José Brizuela, aunque haya silenciado heroicamente a Gaspar Chávez, Diego López de Lisboa, Juan José Ignacio Sevilla y tantos otros. Papá fue un hombre noble, pero no fue santo, ni llegó a mártir. Por sobre todo, fue un abnegado maestro.

Le debo mi condición judía. Supo llenarla de dignidad, supo hacerme ver sus valores.

Amaba la fiesta del sábado. Y la amaba en especial porque estaba prohibido celebrarla. Era una forma de rebelión contra los opresores. Con el sábado fue consolidada desde antiguo la importancia del tiempo, y el derecho al reposo de los seres humanos y también de los animales y de la misma tierra. El sábado da jerarquía a la segmentación del devenir. Papá me había explicado que en hebreo los días de la semana se nombran con números: el domingo es el día uno, el lunes el dos, y así sucesivamente; después del día seis llega la culminación: un ámbito de diferente cualidad, el *Shabat*. Consagra el sistema binario de tensión-relajación, agonismo-antagonismo. Como la vida: inspiración-espiración, sístole-diástole.

Para regodearme con el contraste solía hacer largas caminatas por los alrededores de Santiago. Vestía ropa limpia, pero arrugada, así esquivaba las sospechas de los alertas tentáculos del Santo Oficio. Cargaba la pequeña petaca de urgencias, aunque sin los instrumentos pesados. Que varias personas testimoniasen haberme visto holgazanear un sábado podía conducirme a la cárcel y luego, quizás, a la hoguera. Por eso también modificaba mis itinerarios.

A veces marchaba hacia el Este y entonces murmuraba los Salmos que describen las maravillas de la Creación, porque tenía delante el murallón de la cordillera y la capa de armiño que se extiende por sus cumbres. Otras veces marchaba hacia el Norte, cruzaba las frías aguas del Mapocho y me internaba en bosquecillos de nogales; escogía un tronco caído y me ponía a leer la Sagrada Palabra. En ocasiones elegía la ruta del Oeste, que lleva hacia el mar. También marchaba hacia el inquietante Sur, donde los araucanos cuestionaban los derechos de la conquista: era una buena ocasión para meditar sobre las numerosas guerras de Israel contra tantos pueblos que no aceptaban su derecho a la singularidad.

Dos sábados evité esas caminatas: podía llamar la atención que cada siete días me fuese tan lejos. Decidí explorar el cerro Santa Lucía. La antigua Grecia lo hubiese exaltado porque era un sitio ideal que para que las ninfas fuesen perseguidas por el dios Pan y su cortejo de faunos ardientes. La densa floresta ofrecía escondites seguros para que en libertad navegaran besos, caricias y promesas de la Santiago pecadora. En sus recovecos vibraba una alegría tan invisible como inextirpable. La ventaja de ser allí descubierto consistía en que uno no podía acusar sin reconocerse culpable. No se vagaba por esos aposentos vegetales sin el estímulo de la concupiscencia. Pero era mejor ser reprendido por concupiscente que ser sospechado de apostasía.

Trepé la lenta cuesta. Nadie apareció entre los arbustos ni bajo los árboles oscuros. Podía creerse que el sitio estaba encantado y sus eróticos habitantes se habían transformado en follaje. Ascendí por los vericuetos que recorría una dispersa manada y llegué a la cumbre. Ante mis ojos se extendió la ciudad de Santiago y sus tierras cultivadas. El aire puro me llenó de bienestar. Reconocí la espaciosa plaza central, con el Ayuntamiento y la Catedral de piedra. Ubiqué iglesias, conventos, monasterios, el colegio jesuita, el hospital donde a esa hora debía estar trabajando, la casa de Marcos Brizuela, la del capitán Pedro de Valdivia y la residencia de Isabel. Estaba en la mejor atalaya. Permanecía un rato largo, pensaba con optimismo y agradecía a Dios que allanase mi complicada vida.

Mi vínculo con Isabel progresaba. Yo la quería de verdad y ella empezaba a dar muestras de cariño. Cada vez que iba a visitarla no sólo oía campanillas en mi pecho, sino que veía júbilo en sus ojos, alegría en sus manos y sol en sus labios sonrientes.

También había logrado un viejo sueño: restablecer contacto con mis hermanas en Córdoba, que por fin respondieron a mis cartas. Su orfandad les había instilado tanto miedo que se avergonzaban de mis cartas y se sentían obligadas a mostrarlas al confesor. Y el confesor se tomó varios años antes de autorizarlas a responder. Felipa, que se parecía a papá, que fue rebelde y osada, se convirtió en beata de la Compañía de Jesús. En cambio Isabel, parecida a mamá, dejó el convento y se casó con el capitán Fabián del Espino, un hombre mayor que ella, encomendero y regidor del Cabildo, con quien tuvo una hija llamada Ana. Pero la pobre acababa de enviudar. Esta fúnebre noticia vino acompañada de culpas: afirmaba que no supo atender a su marido como había necesitado su frágil salud. Estaban solas y bajo perpetuo sobresalto. No se me escapó el detalle de que ambas firmaban con el exclusivo apellido "Maldonado", que suena a cristiano viejo. "Silva" quedaba excluido: se asociaba a mi padre, a su linaje judío, al mítico polemista Ha-Séfer. Era evidente que las pobres no se podían recuperar del estigma que había herido de muerte a nuestra familia. En mi última carta las invitaba a reunirse conmigo en Santiago. Les revelé que ésa era una ambición que había empezado a hilvanar la misma noche de nuestra despedida. También pregunté por los negros Luis y Catalina, y les rogaba que averiguasen a quién pertenecían y por cuánto dinero los podía volver a comprar.

Esa jornada inspiré el polen sabático y desanduve el camino rumbo a casa con la esperanza de que pronto tendría armada de nuevo una familia. Aún podía disfrutar un rato de lectura en casa. Antes de aparecer en una de las pecaminosas entradas del cerro, escondido tras los árboles, tuve la precaución de mirar en ambas direcciones. Sólo había unos negros empujando un carro. Fui en línea recta hacia ellos con rapidez; disimularía mejor. Pero antes de alcanzarlos sentí la presencia de una figura corpulenta, que me frenó de golpe. Reconocí sus órbitas de carbón.

—Buenas tardes, fray Ureta —saludé con esfuerzo y apariencia despreocupada.

El visitador se permitió reflexionar unos segundos antes de contestar. Si me vio salir del cerro —pensé—, no podrá conciliar la santificación del sábado con el pecado de la fornicación. Supondrá, obviamente, que me estuve revolcando con alguna mujerzuela. Era preferible esto a que sospechase mi judaísmo. Pero me equivoqué.

101

Al salir de misa, entre los corrillos que se formaban en el atrio de la catedral, descubrí otra vez al imponente Juan Bautista Ureta. Hubiera sido exagerado pensar que venía a buscarme. Sin embargo, para mi asombro, el fraile zigzagueó entre los fieles y acabó instalándose frente a mí. Me recorrió un escalofrío.

—Necesito hablarle —dijo con sequedad.

Endurecí mi espalda: ante la perspectiva de un embate convenía poner en buen balance todos mis huesos.

—Cuando usted quiera —aparenté frialdad.

—¿Podría ser ahora?

—Con mucho gusto.

—Salgamos entonces a caminar —giró la cabeza hacia la familia de Isabel—. ¿Necesita saludar previamente a alguien?

—Sí. Voy a despedirme de don Cristóbal de la Cerda —un exceso de obsecuente docilidad de mi parte hubiera agrandado sus sospechas—. Aguárdeme, por favor.

Presenté mis respetos a doña Sebastiana, su marido y la encantadora Isabel. Me excusé de partir enseguida porque el visitador Ureta me necesitaba. Doña Sebastiana me invitó a pasar por su residencia durante la tarde para probar los dulces que había preparado con frutos del Sur. Isabel percibió mi encubierto nerviosismo y dejó de sonreír; pero se abstuvo de formular preguntas. En medio de ese incordio alcancé a darme cuenta de que ya habíamos empezado a tener una comunicación invisible. La miré con gratitud; "ésta deberá ser la mujer de mi vida".

Fray Ureta conocía el proceso sufrido por mi padre y mi buena conducta en los conventos dominicos de Córdoba y Lima. Estaba al tanto de mi luz y de mi sombra.

—Su padre fue admitido a reconciliación por el Santo Oficio —escupió de entrada—. Fue un hombre afortunado: la vestimenta que le impusieron fue un sambenito con medias aspas,[21] es decir, no tan grave. Pero lo tuvo que usar el resto de su vida.

¿Adónde quería llegar? Este introito me produjo contracción de nuca.

—Su padre abandonó las desviaciones judaizantes —agregó depositando sobre mi cara sus órbitas fuliginosas, con las que parecía comerme.

Advertí que me estaba llevando al cerro Santa Lucía, al mismo lugar donde nos habíamos encontrado el día anterior.

—Las informaciones hacen pensar que su finado padre y usted se han comportado devotamente.

—Gracias. ¿Sólo "pensar"?

Forzó una tos.

—Cuando usted asistió a la madre de Marcos Brizuela... ¿lo tiene presente?

Ladeé la cabeza.

—¿Qué cosa?

—Cuando usted sangró a la madre de Brizuela —acentuó la palabra "sangró"—, olvidó que era más urgente salvar su alma.

—¿Por qué me achaca algo tan injusto?

—Con esa sangría le hizo perder el conocimiento y la privó de la última confesión.

La acusación era tan grave que estuve a punto de deshacerme en explicaciones, pero me habría enredado. Tampoco debía poner en riesgoso aprieto a Marcos y su mujer, porque fueron ellos quienes habían decidido convocar a un médico antes que al sacerdote.

—No sospechaba que mi intervención iba a producir tan lamentable efecto —mentí.

—Nuestra Santa Madre Iglesia es sabia —exclamó—. *Ecclesia abhorret a sanguine*. En sucesivos concilios prohibió que los sacerdotes ejerzamos la medicina, para preservarnos de torpezas como la suya.

—Reconozco que la mía es una penosa profesión —repliqué humilde—. Cada falta nos llena de culpa, padre. No nos descalifique, por favor. Trabajamos con un objeto tan difícil y sensible como el cuerpo humano.

—¡El cuerpo! ¡Los médicos viven obsesionados por el cuerpo! Hasta manosean cadáveres para develar sus arcanos. Es una profesión vil, por algo la aman los moros y los judíos. Descuidan el alma y olvidan que las enfermedades son la directa consecuencia del pecado. A veces pretenden convencernos de que provienen de una alteración exclusivamente corporal, como si fuésemos máquinas.

—Yo no simplifico tanto.

—Pero en los hechos, usted es culpable de que la madre de Brizuela muriese sin confesión —espetó inclemente—. ¿Reconoce o no su horrorosa falta?

—Ya le dije que no fue intencional.

Detuvo la marcha y giró su corpachón hacia mí; tomó el borde de la capa y le hizo dobleces. Me los mostró.

—¿Cuántos son los pliegues?

Quedé perplejo. ¿Adónde me llevaba esa elipsis infantil?

—Tres.

—Extiéndalos.

Encogí los hombros e hice lo que pedía.

—¿Ahora qué ve?

—Ningún doblez, sólo la capa.

346

—¿Qué opina, entonces?

—No lo entiendo, padre.

—¿No? —me invitó a proseguir la marcha—. Hace pocos años, en la ciudad de Concepción, fue arrestado el alférez Juan de Balmaceda. ¿Tampoco oyó hablar de él?... Entonces le cuento. Hallándose una noche en presencia de otros soldados, con algunas copas de más, aseguró que Dios no tenía Hijo. ¡Una barbaridad, una herejía extrema! Los soldados le advirtieron que eso era absurdo. Y para demostrárselo, uno de ellos plegó su capa como yo recién, hizo tres dobleces y pretendió ilustrarlo. Los tres dobleces son las tres personas de la Santísima Trinidad: un solo Dios, la capa; y tres, las personas. Pero el alférez tironeó, deshizo los dobleces y replicó a carcajadas: "¿No ven que los dobleces son una ilusión? Sólo existe la capa".

Marché cabizbajo a su lado mientras buscaba afanoso el comentario que me sacara del laberinto donde quería perderme. Pero antes de que yo hablase pasó a otro tema. Me desestabilizaba.

—Usted desea en matrimonio a Isabel Otáñez —la frontalidad de esas palabras respondía a una estrategia insólita. Me daba en la cabeza como golpes de maza.

—Todavía no he pedido su mano. "Hay un tiempo para nacer y un tiempo para morir" —contesté con el apoyo de Eclesiastés—. "Un tiempo para plantar y un tiempo para arrancar lo plantado."

Sonrió apenas.

—"Un tiempo para callar, y un tiempo para hablar"—agregó—. Conoce usted la Escritura como un teólogo.

—La empecé a estudiar desde chico, en el convento de Córdoba.

—¿Volvemos al tema de su matrimonio?

—Es apresurado hablar de matrimonio, porque aún no he hablado con su padre.

—Y negociado la dote —agregó.

Callé.

—Negociar la dote —insistió—. Además de obtener su consentimiento, claro.

Me daba rabia su intrusión, pero debía contenerme.

—Quisiera que sepa —dijo—, por si no lo sabe, que me une a don Cristóbal una vieja amistad desde cuando éramos estudiantes en Salamanca. Esa amistad se ha fortificado merced a las entusiastas gestiones que realicé ante los superiores de las órdenes religiosas para que apoyaran su continuidad en el cargo. No es un secreto y, además, él mismo se lo contó.

—No, nunca me habló de usted. Lo lamento.

—Elogio entonces la discreción de don Cristóbal, ¡excelente! —bajó el tono de voz para susurrarme una intimidad—. Nos une nuestra crítica a la guerra defensiva.

—Es un asunto delicado.

—No la apoyan ni el obispo, ni las órdenes, ni los capitanes.

—Pero sí la Compañía de Jesús.

—Sólo la Compañía. Hasta el comisario del Santo Oficio ha dejado oír sus reproches. El nuevo y octogenario gobernador ya reconoce que es una estrategia inútil. Verá: don Cristóbal será debidamente reivindicado.

—Ojalá.

—Lo merece. Es un gran hombre y ha realizado admirables tareas, pero ¿sabe usted cuál es la más trascendente de todas? Parpadeé. Hice un repaso de sus construcciones, campañas y decretos. No pude decidirme.

—Su lucha contra la corrupción.

Lo miré asombrado. ¿Adónde me llevaba este hombre?

—¿No opina lo mismo? —gruñó molesto.

—S… sí. Puede ser… —¿ironizaba? ¿Me tendía un cepo?

—Apenas llegó hizo proclamar con atabales que penaría con ferocidad cualquier intento de sobornar criados y parientes. Nadie fue tan enérgico.

Sentí un profundo incordio. Fray Ureta hacía dar vueltas a mis ideas como el viento a una giralda.

—Circulan versiones calumniosas sobre don Cristóbal —añadió—. ¿Sabe usted quiénes las alimentan? Los miserables que escamotean el pago de sus impuestos. A los incumplidos deberes legales responden con inventivas ridículas. Las Indias están plagadas de hombres que se enriquecen por un lado y mezquinan sus contribuciones y limosnas por el otro. ¿No lo denuncia semanalmente nuestro obispo?

Estábamos muy cerca del cerro Santa Lucía. Ya se insinuaban algunas de sus entradas. Las personas se desplazaban a una distancia prudencial, como si la montaña pudiese sacar ganchos para atraparlas.

—Intuyo que usted tendrá dificultades en la negociación de la dote —volvió a meterse en mi privacidad.

Simulé no haber recibido el impacto.

—Don Cristóbal —agregó— ha perdido casi todo su patrimonio a manos de los piratas ingleses. No puede dar lo que quisiera. Ama a su ahijada y, por lo tanto, le dirá que no se halla en condiciones de acceder a su matrimonio porque usted, doctor, es una persona que tampoco tiene suficientes medios para mantener un hogar.

—No es exacto, padre. Gano un sueldo y cobro honorarios por mis servicios a domicilio.

—¿Ah, sí?

—¿Duda de mis palabras?

—No. Sólo que sus palabras se contradicen con el monto de sus limosnas.

—Soy ecuánime.

—Subjetivamente. La objetividad que yo tengo, en cambio, no opina lo mismo. Don Cristóbal no evaluará la seguridad económica de su ahijada sólo por lo que usted diga, si no muestra.

—Las muestras pueden ser falsas.

—Yo, como visitador, necesito que usted me preste ahora dinero, por ejemplo —descerrajó a quemarropa—. Mi orden no puede distraer fondos y tampoco el episcopado. Fíjese que no le pido la sagrada limosna, sino un préstamo.

Mordí mis labios.

—También quisiera reflexionar sobre esto.

—De acuerdo.

Retornamos al centro. No hizo referencias al cerro Santa Lucía ni me acusó de andar fornicando con mujerzuelas pero, ¿a qué se debía ese itinerario? ¿Por qué me llevó hasta el mismo sitio donde me encontró ayer? Mientras nos acercábamos a la iglesia de los mercedarios hizo preguntas sobre el obispo Trejo y Sanabria, Francisco Solano y la Universidad de Lima. Graduaba los efectos. De pronto se acarició las mejillas y, dirigiéndose a las nubes, preguntó con afectada inocencia:

—Ayer fue sábado, ¿no?

* * *

Francisco sabe que pedir misericordia no significa absolución. En todo caso, sería una expresión indirecta de sometimiento. Pero él no ha llegado a este punto de su itinerario vital para retroceder. Está en medio de una guerra de la que no quiso huir: sabe que en ocasiones habló con ligereza y en otras se desplazó con poca velocidad. No es ajeno a las causas de su detención.

El calificador Alonso de Almeida es probablemente sincero. Los azotes de sus palabras están embebidos de angustia; quiere salvarlo pero, ¿salvarlo de qué? Ese buen hombre está seguro de haberlo impresionado y de poder enderezar las principales torceduras de su espíritu. Pero se decepcionará.

102

En el calendario de festividades que me enseñó papá, tiene relevancia el ayuno de septiembre. En ese mes se renueva el año hebreo y luego acontece *Iom Kipur*, el Día del Perdón. La contrición del ayuno desintoxica el cuerpo y el alma. Mediante esa privación fortificamos nuestra voluntad y demostramos a Dios y a nosotros mismos que tenemos energías de reserva. También el ayuno es penitencia: los marranos necesitamos de ella para aliviar nuestro corazón de esa falta horrible a la que nos vemos forzados: mentir al prójimo y negar a Dios. El profeta Jeremías, ante la catástrofe que se abatió sobre Jerusalén, predicó "¡Inclinad vuestras cabezas, pero vivid!". Coincide con el instinto animal, porque cualquier estratagema que permita seguir respirando, vale. Pero desgarra los principios éticos: cada minuto de vida está contaminado de deslealtad. Por eso el cilicio del ayuno contribuye a equilibrarnos. Joaquín del Pilar me mostró que, para *Iom Kipur*, en Lima algunos marranos suelen pasearse por la Alameda después del almuerzo con un escarbadientes en la boca. En realidad ayunan, pero alejan las sospechas, ya que los inquisidores andan en busca de pistas.

Elegí adrede *Iom Kipur* para visitar a Marcos. Aún no abrimos nuestra intimidad, porque un judío debe andar con extremo cuidado. No sabía si su conversión era sincera y, por ende, refractaria a lo que tuviese relación con su antigua fe. Nuestros padres fueron juzgados y reconciliados por el Santo Oficio, obligados a vestir el sambenito infame y murieron en Lima. Marcos se quedó en Santiago y prosperó en el comercio como buen católico. Se casó con Dolores Segovia, tuvo dos hijos y compró una silla de regidor en el Cabildo local. ¿Le quedaban motivaciones para considerarse judío? ¿Ganas de mantener esa despreciada identidad con el estudio, la plegaria y el cultivo de ciertas tradiciones?

Traté de descubrir huellas judías en el tratamiento que suministró al cadáver de su madre. La higiene corporal que exige la Sagrada Escritura —vista por la Inquisición como "rito inmundo"— se extiende al muerto: los judíos lo lavan con agua tibia y lo envuelven, de ser posible, con una mortaja de lino puro. Después del sepelio se lavan las manos y comen huevos duros sin sal, porque el huevo es símbolo de vida. El duelo de los familiares dignifica al fallecido y a sus parientes, ayuda a digerir la pérdida para que aumente el amor y disminuya el lastre. Los parientes cercanos se sientan en el suelo durante siete días y rezan, conversan, comen pescado, huevos y vegetales. Es un ritual funerario lleno de sabiduría. Pero en casa de Marcos no advertí nada de eso. Que yo no lo haya visto, sin embargo, podía ser el éxito de su simulación, no la prueba de su apostasía.

Lo visité, pues, en el Día del Perdón, sin noticias ciertas sobre sus sentimientos profundos. Que estuviese en su casa sin trabajar, tampoco valía como dato: sus tareas eran irregulares y dependían de las mercaderías que llegaban o debía despachar.

—El trabajo es una maldición, Francisco —se excusó Marcos—, una de las primeras condenas. Lo dice categóricamente el Génesis.

—¿Sabes de dónde proviene la palabra "trabajar"? —recordé un descubrimiento lingüístico—. Del latín *tripaliere*; significa torturar.

—¡Clarísimo, entonces!

—Pero nosotros pertenecemos a la clase de los labradores, Marcos.

—No soy agricultor.

—Labradores en sentido de trabajadores —aclaré—: tú comerciante, yo médico. Aunque nos disguste, estamos más cerca de los menestrales, orfebres, artesanos y carpinteros que de los oradores y defensores.[22]

—No dependía de nosotros la elección.

—Podíamos, de haberlo querido, ser oradores. El sacerdote, que es el orador por excelencia, tiene poder sacramental como intermediario entre Cristo y el hombre —lo miré al fondo de los ojos.

—Yo no tuve la necesaria formación para convertirme en sacerdote. Tú, en cambio, viviste en conventos —insinuó.

—No depende tanto de la formación como de la vocación, Marcos. En todo caso, no tienes la vocación de sacerdote.

—¡Aunque sí de intermediario! El sacerdote es un intermediario —rió.

—Tu intermediación no es tan apreciada como la del sacerdote.

—Es verdad. Porque no comercio entre Cristo y los hombres, sino sólo entre los hombres —mantuvo la sonrisa—. Y cobro por ello.

—Todos cobran —avancé más.

—Los sacerdotes no cobran: reciben limosna.

—¿Y los diezmos? —corregí—. Cuando la limosna parece un pago insuficiente, reclaman y amenazan.

—¿Igual que los comerciantes?

—¡Shttt!... —crucé el índice sobre mis labios—. No blasfemes.

Marcos arrimó su butaca a la mía.

—Quisiera tener la elocuencia de nuestro obispo —susurró—: cobraría mejor a mis clientes morosos.

—No blasfemes —advertí de nuevo.

—Peor se han portado los capitulares que enviaron cartas al Virrey y al arzobispo de Lima solicitando la creación de un juzgado de apelaciones en el fuero eclesiástico para defenderse de los dictámenes que lanza con violencia nuestro obispo. ¿Sabías?

—Es un hombre fogoso.

—Fogoso y ciego. "Ciego de furia."

—No te mofes de su enfermedad —contuve la sonrisa—. Además, ¿te puedo confesar una conjetura? Dudo de su ceguera. Tengo la impresión de que la usa para despistar y elegir; sólo ve aquello que le interesa.

Se puso serio al escuchar pasos.

La criada negra me ofreció una bandeja con dulces, un trozo de torta y una jarra de bronce con chocolate líquido.

—Gracias —rechacé la atención.

La criada intentó dejar la bandeja a mi lado, como le enseñaron que debía proceder ante las visitas. Yo insistí en que la retirara.

Marcos me observó con atención. Me ponía a prueba: ese día era

Iom Kipur. Cuando la esclava se marchó, rogué a Marcos con un guiño que no se molestara por mi negativa. Asociaba ese momento, agregué, con el hermoso Salmo 4.

—¿Lo recuerdas? —preguntó.

—"Tú has llenado mi corazón de mayor júbilo que cuando abunda el trigo y vino nuevo" —recité.

La casa se llenó de luz.

—"Me acuesto en paz —agregó—, y enseguida me duermo; porque sólo tú, oh Dios, me das paz y reposo."

Nos miramos.

—Salmo 4 —reiteré—. Es la más bella de las oraciones que puede invocar un justo rodeado de impíos.

—¿Quieres decir que somos dos justos rodeados de impíos?

Nuestros ojos brillaron. Teníamos conciencia de que habíamos recitado un Salmo omitiendo la frase *Gloria patri* que todo católico pronuncia al final. Esa ausencia era una prueba irrefutable, conmovedora. Nos habíamos revelado la intimidad.

Quedamos mirándonos como si nos hubiéramos encontrado después de un largo y penoso viaje.

* * *

—Usted me acaba de decir —responde Francisco midiendo cada palabra— que debemos tenerle miedo al demonio y a sus trampas porque llevan a la perdición. Que debemos tener miedo a los herejes y a los inmundos ritos judíos. Lo ha dicho con profunda certeza. Sin embargo, fray Alonso, créame que por obra de usted y de muchos hombres parecidos a usted, los judíos ahora tenemos miedo a algo más próximo y evidente que el demonio: ustedes, los cristianos.

103

—"¡Bésame con ósculos de tu boca!... Más dulces que el vino son tus amores; suave es el olor de tus perfumes; tu nombre es ungüento derramado."

—Francisco, ¡eres tan cortés, tan poeta!

—*Cantar de los cantares* de Salomón, querida.

—¡Qué hermoso! —exclamó Isabel—. Continúa, continúa.

—"Bellas son tus mejillas entre los pendientes y tu cuello entre los collares" —la acaricié.

—No sé cómo retribuirte —se estremecía.

—Di: "Bolsita de mirra es mi amado, que reposa entre mis pechos".

—Francisco…

—¿No te gustó? Te obsequio otro versículo, es para ti: "Como el lirio entre cardos, así es mi amada entre las doncellas".

—Dime un versículo que yo pueda repetir.

—"Como manzano entre árboles silvestres, así es mi amado entre los jóvenes."

—Me gusta. "Como manzano entre árboles silvestres, así es Francisco, mi amado —sonrió Isabel—, entre los jóvenes."

—Agrega esto: "Su izquierda está bajo mi cabeza, y su diestra me estrecha en abrazo".

—Te amo mucho.

—Di: "Francisco, esposo mío".

—Francisco, esposo mío.

—"¡Qué bella eres amada mía, qué bella eres! Tus ojos son de paloma, a través del velo. Tu melena, cual rebaño de cabras que ondula por las pendientes de Galaad. Como cinta de escarlata tus labios. Tus mejillas, mitades de granada. Como la torre de David es tu cuello, edificada como fortaleza."

—¡Cómo te exaltas! ¡Tiemblo toda!

—"Tus pechos son dos crías mellizas de gacela que pacen entre lirios."

—Oh, querido.

—"¡Qué bella eres, qué encantadora, oh amor, en tus delicias! Tu talle semeja la palmera, tus pechos los racimos."

Isabel acarició mi frente, mi mentón, mi cuello. Permanecimos abrazados en la atmósfera mágica que construían los versículos de Salomón. Una rama de laurel florecido se movía tras el muro, saludando la noche de amor.

Yo había mejorado mi vivienda antes del casamiento. Agrandé la sala de recibo, encalé las paredes del dormitorio y construí dependencias para la servidumbre. Compré sillas, dos alfombras y una ancha alacena. Colgué una imponente araña en el comedor y agregué blandones que produjeran mucha luz. En el patio del fondo aún quedaba medio millar de adobes y carradas de piedra para ampliaciones futuras.

El pedido de mano a don Cristóbal no resultó engorroso porque él separó francamente las aguas. Dijo que me apreciaba como persona, pero que necesitaba asegurarse de que su querida Isabel no iba a sufrir privaciones después del casamiento. Por lo tanto, no objetaba la unión si yo podía garantizarle que mi patrimonio actual y futuros ingresos serían suficientes. Advertí que la sombra de Juan Bautista Ureta revoloteaba como un buitre. Aunque don Cristóbal conocía mi sueldo de ciento cincuenta pesos, que era respetable, y el ingreso de honorarios extras, demoraba su consentimiento por obra del visitador eclesiástico. Mi condición de cristiano nuevo debía ser un obstáculo difícil de remover. Finalmente llegamos a un acuerdo y convocó a un notario para redactarlo. Hacía falta dos testigos: propuso invitar al capitán Pedro de Valdivia, el visitador Juan Bautista Ureta y el capitán Juan Avendaño. Este último era pariente de doña Sebastiana.

El notario escribió un largo documento, lo leyó en voz alta, hubo asentimiento de miradas y lo firmamos con la misma pluma que nos ofrecía con mano segura y nariz arrogante. Empezaba el texto con la fórmula de que "Yo, doctor Francisco Maldonado da Silva, residente en esta ciudad de Santiago de Chile, mediante la gracia y bendición de Dios Nuestro Señor y su bendita y gloriosa Madre, estoy concertado de casarme con doña Isabel Otáñez". Seguía: "para ayuda de la dote, me ha prometido el señor doctor don Cristóbal de la Cerda y Sotomayor, oidor de esta Real Audiencia, la suma de quinientos sesenta y seis pesos de a ocho reales". De ella, sólo doscientos cincuenta pesos fueron entregados en dinero efectivo y el saldo en ropa, géneros y algunos objetos menores de los cuales el notario hizo un morboso detalle: "una ropa de embutido de mujer, valuada en cuarenta y cinco pesos", "seis camisas de mujer con sus pechos labrados, valuadas en cuarenta y cinco pesos", "enaguas de ruán labradas, de ocho pesos", "cuatro sábanas nuevas de ruán, de veinticuatro pesos", "un faldellín de tamanete usado, de ocho pesos", "cuatro paños de mano, de un peso" y así sucesivamente. Don Cristóbal había vencido en la negociación. En el mismo documento se estipulaba que yo hacía una contrapartida de trescientos pesos y me comprometía a incrementar esa suma con otros mil ochocientos para que en caso de que el matrimonio fuera disuelto por muerte u otra razón, ese dinero quedara en manos de Isabel. Se añadía que "doy dicha donación por aceptada y legítimamente manifestada" y lo hacía con todos los requisitos necesarios en favor de mi esposa.

En nuestra casa, luego de recitar los Cantares, contemplé el perfil de mi amada en la penumbra. Se había dormido y un mechón de cabellos se elevaba rítmicamente con su respiración. Su cuerpo tierno y real me estimulaba. Su sola presencia inyectaba optimismo a mi vida. Pensando en ella, en nosotros, compré muebles y repasé los libros de Ruth, Judith y Esther. "Construiré con ella la familia que, andando el tiempo, reparará la que perdí", me decía. "Tendré hijos y gozaré de un entorno incondicional."

La ceremonia del casamiento se había realizado con la austeridad que imponían las circunstancias. Isabel era una cristiana devota y yo respeté debidamente sus sentimientos. Ella ignoraba mi judaísmo y era necesario que jamás se enterase. No cabía el más remoto propósito de hacerla cargar con las definiciones de mi identidad secreta. Esta asimetría era éticamente objetable, desde luego. Pero —como decía Marcos—, aún no apareció la alternativa. Para mantener cierto grado de libertad —¡qué irónico!— tenía que ponerle cadenas a mi libertad: ser concesivo con don Cristóbal, tener cuidado con fray Ureta y ocultarme ante mi esposa.

Seguía los pasos de mi padre, pero estaba determinado a no ser derrotado como él. Era un desafío de cíclope. O de un inconsciente.

104

Felipa e Isabel volvieron a escribirme. Habían analizado mi propuesta de venir a Chile, recabaron consejo y aceptaban viajar. Se permitieron filtrar una palabra estremecedora: ¡me extrañaban! Expresaron su enhorabuena por mi casamiento y enviaban sus cariños a mi flamante esposa.

En otra carta que llegó poco después contaban que habían empezado a organizar la partida. Isabel debía cobrar deudas y vender algunos bienes de su difunto marido. Su hijita Ana saltaba de alegría al saber que atravesaría las montañas más altas del mundo y conocería a su tío Francisco.

Hacia el final de la carta informaban que habían podido comprar a la negra Catalina, quien aún veía con su ojo sano, dejaba muy blanca la ropa y guisaba como en su juventud; la traerían a Chile. Luis, en cambio, había fallecido luego de ser arrestado tras otro intento de fuga; lo acusaron de hechicería y condenaron a doscientos azotes. Murió encharcado de sangre.

Dejé la carta sobre la mesa y me agarré la cabeza con las manos. Ese negro noble y magnífico nunca se había resignado a la esclavitud. Lloré por él, por su reprimida grandeza. Evoqué su bamboleante marcha, sus risotadas de marfil, su coraje, sus sufrimientos. Lo habían matado como a un perro sarnoso, cuando en realidad era hijo de un médico de tribu, y él mismo un ser maravilloso. Los verdugos se creían guardianes de la ley y a la pobre víctima la hacían aparecer como peligro social. El orden imperante era un desorden que bramaba inmoralidad. La muerte de Luis, contada por mis hermanas como un hecho anodino, me hizo temblar. Me sublevó. Pero, ¿contra qué? ¿Contra quién?

Pronuncié *Kadish*[23] por su alma. Las sonoras cadencias podían simbolizar el viento boscoso de su infancia. No fue un cristiano, tampoco fue judío. Creía en dioses que no se irritarían por mi *Kadish*. Fue leal a sus raíces.

* * *

—*¡Mida sus palabras!* —*se horroriza Alonso de Almeida*—. *Está hablándole a un calificador del Santo Oficio. ¡Por Dios y la Virgen! Tengo la obligación de reproducir todo lo que usted dice, letra por letra. ¡Salga de su trance diabólico! ¡Apártese de la locura, por su bien!*

—*No estoy loco.*

—*Escúcheme* —*enternece la voz*—: *el Santo Oficio está esperando que usted se arrepienta y pida misericordia; le otorgará su clemencia. Se la otorgará, le aseguro, porque está en el lugar de Dios.*

357

—¿*De Dios?* —*Francisco apoya su cabeza contra la pared*—. *Hay un solo Dios y es clemente, por cierto. Pero no me consta que haya delegado su espacio ni su poder. No consta en ninguna parte. ¡Eso sí es locura!*

105

Marcos Brizuela apareció en el hospital. Venía por un platero que fracturaron en una riña. Era un mestizo de gran habilidad que le había confeccionado hermosas piezas. Sería una pena que sufriese invalidez porque la ciudad quedaría privada de un gran artista. Esché la historia y lo conduje junto al enfermo, que se emocionó hasta las lágrimas: su visita significaba honor y reconocimiento. Marcos le entregó una escarcela abultada.

—Que no falten remedios ni comida —dijo.

—Gracias, señor, gracias.

Después caminamos hasta la puerta principal.

—La sutura evoluciona bien, por ahora —comenté—. No hay signos de infección.

—Me tranquiliza. Es un alma buena y un talento excepcional.

—Me gustaría conocer las maravillas que fabrica.

Me alejó a un ángulo solitario y miró en derredor.

—Te las mostraré pasado mañana a la noche, Francisco —susurró—. He venido a invitarte, precisamente.

—¿Pasado mañana?

—Vendrás solo, Francisco. Y entrarás con el mayor disimulo.

—Para ver platería…

—Para algo más importante.

Lo miré fijo.

—Para celebrar *Pésaj.*[24]

Le apreté las manos. Mi estremecimiento pasó a su cuerpo. Nos unía una fraterna emoción.

—*Pésaj…* —murmuré.

Esa noche abrí el libro del Éxodo y lo leí de cabo a rabo. No era primavera, como en el hemisferio boreal, sino otoño. El aire apacible contenía la fragancia de los frutos maduros. Una cautelosa frescura rodaba desde la ventana abierta.

A la noche siguiente me puse ropa limpia, sin tomar la precaución de arrugarla porque no era sábado, y saqué del arcón mi capa negra. Anuncié a Isabel que mis obligaciones me iban a demorar. Besé su boca y sus mejillas tenuemente avivadas con carmín. ¡Cómo hubiera deseado compartir con ella esa festividad antigua y tan vigente!

En la recatada calle mis zapatos crujieron sobre las hojas caídas. Me arrebujé en la capa sedosa e hice el imprescindible rodeo. Me aproximé a la residencia de Marcos por la vereda de enfrente. Cuando me cercioré de que nadie me veía crucé la calzada y pasé de largo. No debía golpear la aldaba, sino rozar mis nudillos sobre la madera. La hoja se abrió un poco. Reconocí al esclavo que hacía de mensajero.

—"Saltear"—pronuncié la contraseña.

La puerta giró lo necesario para que me deslizara al interior. El negro restableció la tranca y me guió hasta la sala de recibo. El patio estaba oscuro, apenas alumbrado por un farol colgado en la galería. La sala también permanecía en penumbras: un candelabro de tres velas permitía reconocer la disposición de los muebles. Daba la sensación de una casa donde sus habitantes se habían ido a dormir. El esclavo me ofreció una silla y desapareció, dejándome solo. Del patio llegaba música de chicharras. Esperé ansioso. Las incrustaciones de nácar sobre las decenas de cajoncitos de un bargueño emitían brillos tiernos. Junto a mi silla de roble distinguí un atril con un libro abierto, seguramente traído de un monasterio español. Estiré mis piernas sobre el piso de cerámica.

Al rato se abrió la puerta del comedor. La cabeza de Marcos flotaba sobre los conos del candelabro y pidió que lo siguiera. Entramos en un solitario recinto, donde apenas se divisaban altas sillas en torno a una mesa. Cruzamos otra puerta de dos hojas; ¿era el dormitorio de su difunta madre? Estaba desorientado.

Ninguna señal de gente. Entonces iluminó el suelo y con la punta del zapato levantó el ángulo de una alfombra de lana negra; tenía cosido en el lado inferior un cordón que penetraba en las maderas del piso. Apareció una argolla de hierro. Marcos me entregó el blandón, tiró con fuerza de la argolla y apareció una angosta escalera de piedra rústica que bajaba a la oscura profundidad. Me invitó a descender. Él lo hizo tras de mí, cerró la tapa y tironeó del cordón que extendía la alfombra. Los pabilos del candelabro esmaltaron las botellas y tinajas de la bodega. El lugar era fresco y acogedor; embriagaba el perfume del vino. Volvió a pasarme el blandón. Apoyó sus manos sobre un estante e hizo presión hasta que se produjo un crujido; después empujó con la mano izquierda y un bloque de botellas empezó a girar. Me golpeó la luz del recinto oculto. Quedé estupefacto.

Sobre la mesa cubierta con mantel ardía un voluminoso candelabro de bronce. A su alrededor permanecían de pie varias personas, entre las cuales estaba Dolores Segovia, la esposa de Marcos. De un vistazo capté a todos. Mi corazón se aceleró. A un metro de ella, el matemático bizco que conocí en la tertulia de don Cristóbal hablaba con un hombre de barba cenicienta, vestido de túnica blanca y con cinturón gris. Llevaba un alto báculo; tenía el aspecto de un eremita; nunca lo había visto antes. El último miembro de esta unión clandestina me obligó a restregarme los ojos. Me observaba desde su hierática corpulencia con blanda y amistosa sonrisa: era el visitador eclesiástico Juan Bautista Ureta. Mi cerebro estalló: ¡también él es judío!

Marcos cerró el acceso. El eremita extendió su brazo en círculo: se ubicó en la cabecera y nos invitó a tomar asiento. Las sillas estaban provistas de abultados almohadones. Marcos depositó a la vista de todos un mazo de naipes.

—Podemos empezar —dijo.

—Los naipes permanecerán ahí toda la noche —aclaró el forastero—. Es preferible que nos acusen por jugar ilegalmente y no por festejar la Pascua de los Panes Ázimos.

—No nos descubrirán —tranquilizó Ureta—. Este sitio es inexpugnable.

Dolores hurgó bajo la mesa y extrajo una fuente de plata. Era pesada por el metal y también por los elementos cuidadosamente distribuidos sobre su superficie. La levantó hasta la altura de los ojos y la instaló reverencialmente en la cabecera. Contenía planchas de pan ázimo, un trozo de cordero asado del que asomaba un hueso, conjuntos de hierbas, un huevo duro y un diminuto perol con papilla de color canela.

Marcos extrajo cazuelas y tazones de barro que distribuyó a cada uno.

—Me los entregaron ayer —notificó—. Son nuevitos, como corresponde.

—Y estarán debidamente rotos para la próxima Pascua —rió Dolores.

—Así debe ser —murmuró el extraño mientras acomodaba las láminas de pan cenceño.

Marcos apoyó sus manos sobre el borde de la mesa y se dirigió a cada uno de los presentes con gravedad.

—Hermanos: nos reúne esta noche el *Séder* de *Pésaj*.[25] "Hemos sido esclavos en Egipto y el Señor, con su mano fuerte, nos condujo a la libertad." Los siglos de despotismo fueron compensados con la renovación del Pacto, el obsequio de la Ley y el ingreso a la Tierra Prometida. Hoy —hizo una pausa, ensombreció el tono—, somos esclavos del Santo Oficio y el nuevo faraón encarnado en los inquisidores. Nos agobia algo peor que la construcción de las pirámides: nos agobia su desprecio y su odio. Nuestros antepasados sufrían abusos y castigos, pero podían mostrarse tal como eran. En cambio nosotros debemos ocultar hasta nuestros sentimientos.

Tendió las manos hacia el forastero.

—Alegra nuestra celebración el rabí Gonzalo de Rivas. Es un erudito que ha peregrinado a Tierra Santa y visita las porciones dispersas de Israel. ¡Bienvenido a nuestra casa y a nuestra ciudad, rabí! Usted nos honra y enaltece.

Contemplé a Juan Bautista Ureta con obsesión: resultaba inverosímil tenerlo ahí, con su hábito de mercedario, participando de una ceremonia judía.

El forastero se acarició los rizos de la barba y paseó sus ojos húmedos por nuestros rostros.

—Toda fiesta necesita un tiempo de preparación —dijo—. Marcos se ha encargado de la vajilla de barro nueva y Dolores ha horneado las *matzot*,[26] ha encendido y bendecido las velas. Cada uno de ustedes ha arreglado sus asuntos para poder concurrir y yo he conseguido ajustar mi itinerario para que las dos semanas de mi permanencia en Santiago coincidieran con el *Séder*.

Abrió la botija de vino y vertió sobre los tazones.

—Creo que ahora está todo listo para empezar —levantó su mirada tierna y pareció advertir que necesitábamos más esclarecimiento; repitió la caricia a su barba—. Hermanos: ésta es la festividad viviente más antigua de la humanidad. Muchas otras fiestas han desaparecido, muchas nacieron después. La celebración de *Pésaj* y el desarrollo de este *Séder* tienen tres mil anos. Es notable que un acontecimiento tan lejano se centre en una aspiración tan anhelada como difícil: la libertad. La difícil, anhelada y nunca olvidada libertad. Porque hoy, en 1626, no decimos que hace milenios unos antepasados desconocidos, cuyos restos ya son menos que polvo, padecieron la esclavitud en un remoto país llamado Egipto. Decimos que nosotros fuimos esclavos y que nosotros experimentamos el paso turbulento de la opresión a la libertad. La experiencia no ha terminado, sino que se renueva, porque ahora, bajo otras vestiduras, prosigue la esclavitud y con renovada esperanza debemos soñar con nuestra libertad. Aquel extraordinario suceso nos vigoriza y muestra que en las situaciones más desesperadas, siempre late la perspectiva de una solución.

Miró la bandeja.

—Aquí se ponen varios símbolos: las *matzot* recuerdan el pan de la miseria que prepararon nuestros antepasados sobre las calcinantes piedras del desierto. El trozo de cordero, al animal que se sacrificó para la última y decisiva plaga, y cuya sangre preservó la vida de nuestros primogénitos. Las hierbas amargas nos hacen sentir el sabor que angustia la vida de los oprimidos. La papilla de manzanas, vino, nueces y canela evoca la arcilla que amasaron en Egipto nuestros abuelos —extendió el índice—. Por último, el huevo duro: simboliza el rodar de la vida y la resistencia del pueblo judío, porque mientras más se lo cuece, más se endurece; pero el huevo también es un elemento de luto: comemos huevos después de enterrar a un ser querido y ahora lo hacemos por los egipcios que murieron ahogados en el Mar Rojo; indirectamente, han sido protagonistas de nuestra epopeya. Los judíos, de esta forma, recordamos que no se debe odiar ni a nuestros enemigos, porque todos los hombres son la imagen de Dios.

Señaló el tazón central, un cáliz lleno de vino hasta el borde.

—De esa copa beberá el profeta Elías, que es nuestro simbólico invitado. Un carro de fuego lo trasladó al cielo y ahora, en carro de bruma, se desplaza hasta las cuevas y sótanos donde los judíos celebramos el *Séder*.

Se acomodó en los almohadones de la silla.

—Nos sentamos como príncipes. En esta noche especial somos hombres libres —sonrió y extendió los brazos—. La mesa está blanca y luminosa como un altar. Beberemos vino y compartiremos el pan cenceño. Luego disfrutaremos la comida que nos preparó Dolores.

El rabí Gonzalo de Rivas se puso de pie y nosotros lo imitamos respetuosamente. Levantó su tazón de vino y lo bendijo. Bebió un sorbo y nos ofreció el tazón. Cada uno lo recibió con ambas manos. Después recogió un puñado de legumbres, lo sazonó en un plato hondo con agua salada y lo distribuyó. Partió en dos una plancha de *matzá*, devolvió una mitad a la bandeja y puso entre sus almohadones la otra.

—Este gesto de guardar una porción evoca la angustia del oprimido, que debe privarse de la comida y dejar para más tarde. Es también la sublime enseñanza de que debemos compartir el pan.

Introdujo las manos bajo la bandeja cargada de *matzot* y demás símbolos; la levantó hasta la altura de sus ojos y dijo con voz sonora:

—¡He aquí el pan de la miseria que comieron nuestros antepasados en Egipto! El que tiene hambre que venga y coma, quienquiera que necesite, que venga a festejar *Pésaj*. Ahora estamos aquí, que el año próximo estemos en la tierra de Israel. Ahora somos esclavos, que el año próximo seamos hombres libres.

Depositó la bandeja y se dirigió a Dolores y Marcos, que lo miraban embelesados.

—Sé que los niños no pueden participar. Es peligroso. En Roma y Amsterdam, donde las comunidades judías gozan de algunos derechos, los niños son los principales protagonistas. La ceremonia comienza con la formulación de cuatro preguntas, a cargo del más pequeño. Ellos dan pie a la lectura de la *Hagadá*.[27] Las cuatro preguntas, en esta ocasión, podrían ser dichas por Dolores... La invito, hija, a pronunciarlas.

Dolores se ruborizó y leyó emocionada.

—"¿Por qué esta noche es distinta de las otras noches? Uno: todas las noches comemos pan fermentado o ázimo, pero esta noche solamente el ázimo. Dos: todas las noches comemos diversas verduras pero esta noche solamente hierbas amargas. Tres: todas las noches no sazonamos la comida ni una sola vez y esta noche dos veces. Cuatro: todas las noches comemos sentados o reclinados, pero esta noche comemos todos reclinados."

—Estas ingenuas preguntas —sonrió el rabí—, basadas en la novedad que percibía un niño, nos invitan a responder con transparencia. Se podría decir que ejercitamos la memoria para que el suceso grandioso que marca el nacimiento de nuestro pueblo tenga fuerza de actualidad: fuimos y somos esclavos, ganamos y ganaremos la libertad. Desde hace tres mil años, en esta noche, se narra y asume la formidable epopeya.

Abrió una Biblia.

—No tenemos *Hagadá*. La supliremos leyendo partes del Éxodo.

Su voz se abovedó y, trazando emotivas inflexiones, trajo al presente los días heroicos. La conocida secuencia adquirió carnadura y nos estremeció volver a oír sobre la dureza del faraón, las temibles plagas, el sacrificio del cordero y, finalmente, la multitudinaria partida.

Bebió vino e hizo circular el tazón nuevamente. Después levantó otra plancha de pan ázimo, la quebró y distribuyó. Terminaba la parte solemne.

—Hemos compartido el pan y el vino —explicó—. Así lo hacían ya nuestros antepasados en la tierra de Israel, así lo hacen todas las comunidades judías del mundo en esta noche. Así lo hicieron Jesús y sus discípulos cuando celebraban el *Séder* como nosotros ahora. La Última Cena fue un íntimo *Séder*, igual al nuestro. Jesús presidía la mesa convertida en altar, como lo hago yo. Igual que yo, dio a beber vino y comer el pan ázimo. Pero esto no puede ni siquiera insinuarse ante los nuevos faraones.

Se incorporó.

—Los invito a ponerse de pie. Saborearemos el cordero de la misma forma que nuestros abuelos en el desierto: parados.

—Alguna vez se sentaban —bromeó Juan Bautista Ureta.

—Y alguna vez también consiguieron levadura para el pan —replicó—. Pero evocamos simbólicamente los instantes significativos.

—Discúlpeme, rabí —se excusó Ureta.

—El judaísmo acepta bromas, no se preocupe. La insolencia es parte de nuestra dinámica.

El clima respondía a la descripción que papá me hizo. La evocación no era excesivamente ceremoniosa. No había ornamentos, no se aturdían los sentidos con un espectáculo de colores, sonidos y aromas. Predominaba la calidez de hogar, el contacto humano, la conversación, los manjares. El conductor del oficio no era un pontífice temible que relampaguea en las alturas, sino un padre afectuoso o apenas un hermano mayor, alguien cuyo saber se transforma en generosa fuente. El encanto de esta celebración residía en su potente sencillez.

—Nunca hubiera sospechado que usted es judío —dije a Ureta mientras masticaba la carne asada—. Llegó a meterme miedo.

—Siendo un antipático fraile me oculto mejor. Además, puedo gozar la lectura de la Biblia sin generar presunciones.

—Es difícil ser fraile y ser judío, ¿eh?

Sus grandes órbitas de azabache se aclararon.

—Mi condición de fraile no implica peso, y sí ventajas.

—Pero... ser ministro de una religión en la que no se cree.

—No soy el único: la simulación la padece usted como yo. Algunos judíos consiguieron incorporarse a la orden de Santo Domingo, que es como incorporarse a una sucursal de la Inquisición. Y llegaron a obispos.

Marcos cruzó su mano sobre mi hombro, incorporándose a la charla.

—Te debo una disculpa por la sorpresa —dijo.

—¡Y qué sorpresa!

—¿Sabes? Nunca son suficientes las precauciones. Cuando atendiste a mi madre, yo no sabía si eras el católico que aparentabas o el judío que tengo ahora delante de mí. Llamé a Juan Bautista, un severo visitador eclesiástico, para que mi tardanza en solicitar la extremaunción no generara sospechas. Y para que los vecinos viesen que no la privaba de los óleos. Más tarde Juan Bautista te sometió a presión para cerciorarse de tu integridad; incluso, creo —sonrió—, ¡se le fue la mano! Después me visitaste en fecha de ayuno judío y no comiste; recitamos un salmo y no lo rubricaste con el *Gloria patri*. Esos elementos hubieran sido suficientes para que te invitara a participar de las sesiones de estudio que realizamos de cuando en cuando en este sótano, y con el mazo de naipes a la vista por si nos asalta una inspección. Pero hemos aprendido a ser cautelosos. El Santo Oficio no sólo trabaja con funcionarios visibles: cualquiera puede deslizar una denuncia. Decidí que corriesen otros meses y recién ahora, con franca alegría, te incorporamos a nuestra minúscula comunidad.

—Un visitador eclesiástico como Juan Bautista sirve de filtro —ironicé—. Pero, por favor, ¡no exagere!

—Como fraile mercedario —dijo Ureta—, tengo una experiencia vasta. Mi orden se ha ocupado de arrancarles a los moros por las buenas, las malas o el soborno los rehenes que apresaban. Hoy esa tarea ya es ociosa: las guerras más importantes no se practican contra los musulmanes, sino contra los herejes. Y aquí, en las Indias, nuestra orden parece ebria: no sabe cómo distinguirse. Mi obra de visitador la consuela, porque estimulo sus trabajos de evangelización. Mientras, ayudo a los judíos.

—Admirable.

El rabí Gonzalo de Rivas levantó su báculo.

—No voy a pegarles —rió—. Sólo recordarles que ahora, después de la cena, corresponde leer algunos Salmos y entonar canciones. ¡Estamos de fiesta!

Volvimos a nuestros lugares. Dolores distribuyó nueces y pasas de uva. Marcos renovó las velas y comenzó a dar palmas.

* * *

El agotamiento doblega la paciencia de Almeida. Este prisionero le ha resultado más duro que el cuarzo. Las amonestaciones no lo han perforado ni las súplicas conmovido. Tiene la boca seca y agria por su inverosímil fracaso. Contempla por última vez al reo con lástima y rencor. Piensa que sólo un sufrimiento muy largo conseguirá despejarle el alma.

Golpea la puerta para que los soldados abran. Después se arrastra, apesadumbrado, hacia el cumplimiento de su deber: informar a los inquisidores sobre las atrocidades que ha escuchado en esa larga hora, palabra por palabra.

106

Acompañé a Isabel a los oficios de Semana Santa. Yo debía participar visiblemente porque desde los atrios, las naves y los púlpitos se ejercía metódica vigilancia. Los pocos marranos de la ciudad cumplíamos asistencia irreprochable; era uno de los exámenes más despiadados que se le hacía a nuestra doble condición. Debíamos repetir la farsa de una devoción inexistente, que roe el alma como un ácido, y soportar la acusación por los tormentos de Jesús.[28]

Cada vez que en esa Semana un sacerdote empezaba a evocar la Pasión y Muerte, mi corazón se aceleraba.

El Domingo de Ramos celebra el ingreso de Jesús a Jerusalén y su recepción con hojas de olivo, laurel y palmera. ¿Quiénes le dieron tan afectuosa bienvenida? Yo esperaba que se dijese: "¡Los judíos!". Porque fueron mujeres, niños y hombres de su misma sangre, de su mismo pueblo, quienes lo acogieron con júbilo y amor. Pero mi expectativa se frustraba. Nunca "los judíos" son asociados a un acontecimiento positivo, jamás hacen algo bueno.

En el Jueves Santo esperaba escuchar el Sermón del Mandato. Recordaba al lejano Santiago de La Cruz y sus conmovedoras palabras sobre el "amaos los unos a los otros". Pero las finezas de Cristo no inspiraban tanto como sus dolores físicos. El Bien es aburrido.

Hablaban de la Última Cena sin mencionar —ni por remota alusión— su vínculo con el *Séder* y la Pascua judía. Repetían hasta el agotamiento que en esa oportunidad Jesús hizo circular el cáliz lleno de vino y dijo "Ésta es mi sangre", y distribuyó el pan y dijo "Éste mi cuerpo". Dio a beber el cáliz como el rabí Gonzalo su tazón, y distribuyó un pan que no era sino la *matzá*. En Jueves Santo también se regodeaban con la traición de Judas Iscariote. ¡Cómo se regodeaban! Contaban la anécdota y la cubrían de una vileza incomparable. Era lo más asqueroso de la Creación y contra él se canalizaba un torrentoso odio. No se trataba únicamente de un individuo que vendió a su Maestro por treinta monedas, sino del "judío". Su deslealtad es de judío. Su codicia, de judío. Su hipocresía, de judío. Decir "Judas" es decir "judío". Hasta las tres primeras letras coinciden. La identificación es irrefrenable. En mi oído, cada vez que desde un sermón empezaba a pronunciarse la sílaba "jud", en mi cabeza golpeaba la terminación "ío". Que en vez de "ío" oyera después "as" no disminuía el dolor del impacto.

El Viernes era un día más aplastante aún. Desde "raza maldita" a "cáfila de asesinos", podían escucharse todas las variaciones del desprecio. Y esto se enseñaba generación tras generación como un granizo incesante —de siglos— que penetra la médula de la gente. Los judíos son los enjuiciadores, torturadores, calumniadores y verdugos de Dios. Son un pueblo sin ley, ni luz, ni clemencia. Ávidos de sangre y dinero.

Crueles hasta la locura. Prefirieron a un homicida como Barrabás y ordenaron la crucifixión de Jesús porque les gusta ver sufrir. Si los romanos efectuaron las torturas y le rayaron la divina frente con una corona de espinas, eso ocurrió porque los judíos lo exigieron: "¡Los judíos mataron a Cristo!". Ni Verónica, ni las tres Marías, ni el pequeño Juan, ni los dos ladrones, ni el bondadoso José de Arimatea eran mencionados como judíos. Tampoco el Sábado de Gloria ni la Pascua de Resurrección proveían clemencia. Excepto contadas ocasiones, se pontificaba de tal forma que el sacrificio de Jesús no parecía haberse consumado para salvar a los hombres, sino por imposición de los chacales judíos. Y que su resurrección no era el triunfo sobre la muerte, sino un triunfo sobre los judíos. Cuantos más palos se diera a esa raza de víboras, más gloria se alzaba al trono de Dios.

Y pensar que Jesús fue tan judío como yo. ¿Qué digo? ¡Mucho más judío que yo! Hijo de madre judía, descendiente de decenas de generaciones judías puras, circuncidado judío, educado judío, vivió entre judíos, predicó a judíos y eligió como apóstoles sólo a judíos. Hasta en el cadalso lo elevaron al máximo nivel que puede alcanzar un verdadero judío y es ser nada menos que el Rey de los Judíos. Sólo tanta evidencia podía generar tanta ceguera.

107

Mis hermanas llegaron finalmente a Santiago. Isabel traía a su hijita Ana, y Felipa vestía los hábitos de la Compañía de Jesús. Las acompañaba la negra Catalina, cuyos ensortijados cabellos habían encanecido completamente.

Decidimos hospedarlas en casa. Traían mucha fatiga. Advertí que su equipaje era relativamente escaso. Supuse que Isabel conservaba el producto de las ventas en efectivo.

Con los adobes y piedras que tenía reservados en el fondo construí una habitación adicional. En pocas semanas pude ofrecerles un aposento confortable al que incorporé camas, alfombras, un barguéño, arcones y sillas. Mi mujer colaboró con entusiasmo porque había perdido a su familia cuando pequeña en la España remota y le producía un íntimo júbilo compartir un reencuentro. Además, la hacía feliz verme tan exultante.

Felipa se había transformado en una monja reposada. Sus insolencias de adolescente se habían diluido bajo las negras túnicas de la Compañía. Contó que en el día de la profesión fue acompañada por fray Santiago de La Cruz. La ceremonia fue inolvidable, con música, flores y una procesión alusiva. Hubo muchos invitados, porque la Compañía había crecido en todo el Virreinato del Perú e involucraba a muchos vecinos. Concurrieron el capitán de lanceros Toribio Valdés y un generoso regidor del Cabildo de origen portugués, Diego López de Lisboa.

La escuché sin comentarios. No diría una palabra sobre López de Lisboa hasta que ellas demostraran su capacidad de guardar un secreto. La referencia a ese hombre me produjo una trepidación, y en ellas hubiera desencadenado un terremoto de sólo sospechar lo que yo sabía.

Isabel se había dulcificado. Madre y viuda precoz, reavivaba la ternura de nuestra propia madre. Sus ojos —parecidos también a los de mi mujer— eran húmedos y acariciadores. La pequeña Ana no se desprendía de su mamá.

—Yo me presentaré en el colegio local de la Compañía —anunció Felipa—. Es lo que corresponde.

—Puedes quedarte con nosotros —la invitó mi esposa.

—Gracias. Ustedes son generosos de veras. Pero mi lugar está allí.

Mi mujer asintió.

Un estruendo en la cocina interrumpió nuestra conversación. Caían jarras de latón y estallaban platos de cerámica. Dos gatos se habían introducido entre las tinajas, treparon a un barril, saltaron sobre el horno y, escaldados, se revolcaron sobre la mesa con vajilla.

A mi mujer le importó que se hubiera derramado mucha sal en el piso.

—¡Anuncia desgracia! —se sobresaltó mi hermana y me miró con sus grandes ojos tiernos.

* * *

Las testificaciones reunidas en Concepción y Santiago son bastante comprometedoras para el reo. El prolijo trámite inquisitorial, sin embargo, exige no cometer apresuramientos ni saltear instancias. Todo ese material, los

*bienes confiscados y el reo en persona deben ser embarcados cuanto antes rum
bo a Lima donde el alto Tribunal efectuará su inapelable juicio.
Almeida escucha la decisión y se dispone a implementarla.*

108

Los aldabonazos penetraron en mi sueño como campanas. Isabel me movió el hombro.

—Francisco, Francisco, llaman.

—Llaman, sí... —me levanté y envolví con la capa que había dejado sobre una silla. Los golpes continuaban, insistentes.

—¡Ya voy! —palpé la yesca y aferré a ciegas una bujía; la encendí.

—Rápido... —imploraba una voz tras la puerta, temerosa de incomodarme demasiado.

Abrí y apareció una figura encapuchada e impaciente.

—El obispo... —empezó a decir.

—¿Otra hemorragia? —le iluminé el rostro atribulado; parpadeó, me agarró el brazo.

—Venga enseguida, por favor. ¡Se nos muere!

Me vestí en un santiamén.

—¿Qué pasa? —preguntó Isabel incorporándose.

—El obispo tuvo otra hemorragia.

La pequeña Alba Elena lanzó su llanto.

—La sobresaltamos, ¡pobrecita! —la recogió en brazos y arrulló tiernamente.

Besé a mi hija, acaricié la suave mejilla de mi esposa y disparé hacia la calle.

—¿Cuándo se produjo la hemorragia? —pregunté sin disminuir el trote.

—Ah, recién. Se quejó de dolor en el estómago toda la noche.

—¿Y qué esperaban para venir a buscarme?

No contestó, le faltaba aire.

—¿Qué esperaban? —reproché de nuevo.

—Él no quería.

—¡Nunca quiere! Y me hace llamar después del incendio —torcimos en la esquina, desde donde se veía la casa episcopal. Un par de linternas temblaba ante el vetusto portón.

Recorrí a zancadas las conocidas galerías. En la alcoba ardía un pequeño candelabro. Percibí el olor de la diarrea por entre los vapores medicinales que salían de un caldero.

—Más luz —ordené.

Arrastré una silla hasta el borde de la cama. El prelado se masajeaba el estómago y emitía débiles quejidos.

—Buenas noches.

No me escuchó.

—Buenas noches —repetí.

Se sobresaltó.

—Ah, es usted.

Le tomé el pulso: había perdido demasiada sangre. Cuando llegaron otros candelabros pude verificar la pronunciada anemia de su tez.

—El cielo me manda dolores santificantes—esbozó una sonrisa irónica.

—Traigan un tazón con leche tibia —ordené al ayudante.

—¡¿Leche?! —hizo una mueca—. Me haría vomitar. No la quiero en absoluto. Pronto me reuniré con el Señor —agregó—. Estoy purgando mis pecados. El cielo me ayuda: los enemas del cielo son más eficaces que las de ustedes —carcajeó con malicia, pero se interrumpió de golpe y llevó ambas manos al abdomen—. ¡Ay!...

—Le pondré paños fríos.

—No hace falta —se retorcía.

El ayudante me alcanzó una pequeña bandeja de cobre con el tazón de leche.

—Beba esto.

—¡Puaj!... —se apretaba el estómago.

Lo ayudamos a sentarse. Tragó un par de sorbos con repugnancia. El tercero lo escupió sobre mis zapatos.

—Quiero recibir nuevamente la extremaunción —se recostó vencido.

Su ayudante empezó a sollozar.

—Rápido —balbuceó.

Palpó con su diestra hasta tocar mi rodilla. Le ofrecí mi mano.

—Usted no se vaya —pidió—. Tiene el privilegio de contemplar el tránsito al otro mundo de un pecador que no quería pecar.

Un triste privilegio.

—¿Triste?... ¿El tránsito es triste? Sólo para los pecadores. Los virtuosos gozan este momento... Ya viví demasiado, ahora gozo la llegada de la muerte.

La luz del candelabro acentuaba el tajo vertical de su entrecejo. Este hombre seguía emitiendo autoridad. Hacía poco había estremecido a los fieles con otro sermón. ¿Cómo habrá sido años antes —me pregunté—, cuando ejercía de inquisidor en el Tribunal de Cartagena? Mi pensamiento, misteriosamente, conectó con el suyo. Me recorrió un escalofrío. En efecto, dije que admiraba su coraje. Y él derivó hacia un recuerdo espantoso.

—Los pecadores, cuanto más pecadores, más sufren... ¡Cómo lloraban los marranos de Cartagena!

No di crédito a mis oídos. Este hombre tenía una percepción demoníaca.

—¡Ay!... —suspiró y volvió a masajearse el abdomen—. ¡Cómo lloraban esos malditos!

—¿A cuántos relajó? —me oí preguntar, como si quisiera acompañarlo con otro tipo de úlcera; no se me escapó el peligro de tocar semejante tema.

Abrió sus ojos ciegos y después movió lentamente la cabeza.

—No recuerdo... ¿Relajé a alguno?

Volví a palpar su pulso. Seguía filiforme, vertiginoso.

Me atrapó la mano.

—¿Relajé a alguno? —preguntó ansioso.

—Cálmese, Eminencia.

—Fui débil con los judíos... —se agitó—. Ahí está mi pecado. Fui débil.

—¿Misericordioso?

Sacudió la cabeza.

—La misericordia a veces es traición en los asuntos de la fe. Recuerdo que un judío lloraba. ¡Abjura, entonces!, le imploré. Pero el infeliz no podía abjurar por el desenfreno de su llanto...

Las gotas empezaron a cubrir mi frente.

—Fui un mal inquisidor. Condené poco. ¡Ay!

Ingresó el ayudante con el confesor del obispo. Me levanté.

—¡No se vaya! —oprimió mi mano.

—Está bien —me corrí hacia el muro del extendido aposento.

El sacerdote besó las cruces bordadas en la estola y la colgó de su nuca. Murmuró unas frases y se arrodilló junto a su superior. Le besó el anillo episcopal. Durante varios minutos llegó hasta mis oídos el rumor de un oleaje plagado de monstruos. Este hombre arrebatado, disconforme con su lejana tarea de inquisidor y disconforme con su acción pastoral, se disculpaba ante Dios como un guerrero ante su capitán. No computaba los gestos de amor, sino las carencias de ensañamiento. Cruel destino de un hombre que se equivocó de carrera. Hubiera querido ser matamoros y mataindios; fue, en cambio, un mediocre matajudíos.

El pulgar del sacerdote se hundió en el aceite y trazó una cruz sobre la frente del obispo.

Se estableció un silencio sepulcral. Me acerqué al paciente. Tenía los ojos cerrados. Su respiración era rápida, le faltaba el aire. Volví a sentarme a su lado.

—¿Cómo evoluciona, doctor? —preguntó a mi oído su ayudante.

Giré y también respondí a su oído:

—Mal.

El hombre llevó las manos a la cara y salió a comunicar mi pronóstico. Al rato oí los latigazos de una flagelación.

El obispo despertó de su modorra.

—Ah, usted...

—Sí.

—El cielo me manda nuevos retortijones... ¡Ay! —se contrajo con violencia—. ¡Ay!

—Beba otro poco de leche.

—No... —se aflojó, aunque más pálido y agitado aún—. La leche es para los niños. No me sirve. Además, quiero purificarme.

—Ya hizo bastante —intenté consolarlo y me levanté para llamar a su ayudante.

—¡No se vaya! —atrapó mi ropa—. Por favor.

Volví a sentarme.

—Ustedes, los médicos, sólo piensan en el cuerpo —el reproche lo animó un instante. Curioso temperamento el suyo: me reclamaba como un huérfano y enseguida me atacaba como un gladiador.

—No sólo pensamos en el cuerpo —repliqué.

—Y los judíos...

¡Otra vez los judíos! Me mordí los labios. ¡Qué obsesión! De mi propio estómago subió una llamarada:

—¿Por qué le importan tanto los judíos? —no pude retener la pregunta.

Su rostro enharinado se sobresaltó.

—Hijo... Es como preguntar por qué importa el pecado.

—Usted los asocia al pecado —me escuché discutirle. Era peligrosísimo, pero no podía atar mi lengua.

Asintió mientras se acariciaba el estómago.

—Algunos judíos también pueden ser virtuosos —agregué con insolencia; mi corazón estallaba.

Se contrajo de golpe. Otro retortijón coincidió con su sorpresa.

—¿Qué dice?... ¡Ay!... ¿Virtuosos? —levantó la cabeza; sus pupilas siniestras y ciegas me buscaron—. Los asesinos de Cristo ¿virtuosos?... —cayó su cabeza fatigada.

—Serénese, Eminencia —le acaricié el brazo—. Algunos judíos son malos, pero algunos son buenas personas.

—¿Envenenando nuestra fe?

Las gotas de mi frente ya llegaban a mis labios. Miré en derredor: felizmente no había nadie más en la alcoba.

—¡Ustedes son quienes envenenan la fe! —dije enloquecido—. Los judíos sólo queremos que nos dejen en paz.

El obispo hizo una mueca y la aflojó enseguida como si estuviera por desvanecerse. Sus labios blancos alcanzaron a pronunciar.

—¡Circunciso! ¡Maldito circunciso!

—No lo soy —dije, y agregué por lo bajo—: todavía...

—¡*Vade retro*, Satanás! —susurró mientras movía desesperado la cabeza—. *Vade retro*...

Me sequé el rostro. Acababa de cometer un suicidio. Me denunciaba ante el obispo de Santiago. ¿Había perdido la razón?

Le tomé de nuevo el pulso: más tenue aún. Oí que tras la puerta, en las habitaciones vecinas, en las galerías, en el patio, se aglomeraba gente que entonaba rogativas.

Me puse de pie. Irrumpieron varios clérigos y distinguí al ayudante. Ahora decenas de religiosos serán testigos de mi autodelación. El obispo podía condenarme a muerte en pocos segundos.

—Hay que limpiarlo —dije—. Tuvo otra hemorragia intestinal.

—¿Cómo sigue? —preguntó su ayudante con obstinada sordera: no quería aceptar el pronóstico implícito.

Miré por última vez al obispo. Probablemente no recuperaría el conocimiento. Mi vida dependía ahora de su muerte.

* * *

Lo empujan a la bodega del galeón. La salitrosa humedad de los maderos le recuerda el viaje que había realizado diez años atrás desde el Callao a Chile. En aquella época huía de la caza de portugueses e hijos de portugueses; su equipaje constaba de dos baúles llenos de libros, un diploma y en su corazón latía la expectativa de la libertad. Ahora regresa con grilletes en tobillos y muñecas, su equipaje contiene el producto de la confiscación patrimonial y en su pecho late la expectativa de una guerra.

109

Hice una larga caminata hacia el Este, de cara al portento de la cordillera. Era *Shabat*, vestía ropas limpias y alternaba mis reflexiones con el recitado estimulante de los Salmos. Habían enterrado pomposamente al obispo, pero —me preguntaba— ¿habría hablado antes de morir? Su antiguo papel de inquisidor, ¿no habrá tenido la suficiente potencia para sacarlo de la parálisis y hacerle balbucear la terrible denuncia?

En mi espíritu no planeaba la paz de los años anteriores. Yo sufría un conflicto que no sólo venía de afuera, sino de adentro. La claridad que ahora poseía respecto a muchos temas me ponía frente a definiciones decisivas. Antes flotaba entre nubes, ahora caminaba bajo el sol. Debía reconocer que yo era un soldado que no quería guerrear y, por lo tanto, no vestía bien la armadura ni empuñaba con firmeza la espada. Pero, ¿era cierto que no quería guerrear? ¿O no había reconocido aún la misión que daría sentido a toda mi existencia? Así como un buen católico se vigoriza con la confirmación —porque asume en plenitud su identidad—, un judío debería vigorizarse con la asunción acabada de su pertenencia. Mi condición de marrano era devastadora. ¿Cómo podía sostenerme si de continuo me negaba? ¿Cuánto tiempo los marranos seguiremos siendo marranos? Mis dudas eran la manifestación de mi fragilidad y mi fragilidad un merecido castigo por no atreverme a ser un soldado de mis convicciones. No podía seguir detenido en el mismo lugar. Esto era lo que me disolvía la paz del espíritu.

Entonces regresó a mi mente algo que solía espantar por riesgoso y casi absurdo. En el judío existe un sitio íntimo con el que se rubrica el pacto con Dios. Produce pánico porque está en el centro del cuerpo.

Me senté sobre unas piedras. Alrededor se extendía el campo con aislados bosquecillos de cipreses. A lo lejos ondulaba el follaje de los olivares. La atmósfera perfumada me inspiró el recuerdo de otros versículos, porque la poesía viril de los Salmos exalta los bienes de la Creación. Si llegara a sangrar mucho —me dije—, podré recurrir a la ligadura. La circuncisión fue practicada por Abraham cuando era anciano, casi. Fue practicada por tantas generaciones y no hubo problemas. ¿Me atrevería a realizarla yo mismo en mi propio cuerpo?

Ordené los pasos técnicos como si la tuviese que llevar a cabo en otra persona. Calculé el tiempo que insumiría la sección del prepucio, cortar el frenillo y liberar el glande de los restos membranosos.

Después volví a preguntarme si mi juicio funcionaba bien. Los marranos evitan la circuncisión por razones obvias. No obstante, ha trascendido que en las cárceles secretas se descubrieron judaizantes circuncidados. El obispo había sintetizado su horror y su desdén con la palabra "circunciso", porque tal vez descubrió algunos en Cartagena. Yo, sin embargo, no me sentí disminuido con tal insulto porque sonaba a la inversa: un reconocimiento del antiguo pacto con Dios. Quizá me sentí en falta, porque no era un circunciso de verdad, sino un judío a medias. Quizá me hizo ver como nadie cuál era mi básica carencia.

Si me circuncido —proseguí cavilando— pondré en mi cuerpo una marca indeleble. Las hesitaciones futuras tendrán un punto de referencia que no podré marginar. No habrá dudas sobre mi identidad profunda e irrenunciable. Tendré el mismo cuerpo que adquirió Abraham y luego fue el de Isaac, Jacob, José, Saúl, David y Jesús. Me integraré de forma irreversible a la gran familia de mis gloriosos antepasados. Seré uno de ellos, no uno que dice solamente serlo.

* * *

El viaje desde el sureño puerto de Valparaíso hasta el Callao es más bre-
ve que en sentido inverso porque la corriente submarina que nace en el hela-
do mar Austral empuja las naves hacia el Norte como si soplara continua-
mente las velas desde popa.

Francisco ha escuchado que llegarán en treinta días. No le sueltan los
grilletes ni lo dejan asomarse a cubierta. ¿Temen que huya? ¿Que se arro-
je a las olas para refugiarse en el vientre de un monstruo marino como el pro-
feta Jonás?

110

El sabor de la familia ampliada era intenso (y lo presentí breve).
Mi esposa aparecía ante mis ojos con creciente hermosura: la había
deseado y esperado toda la vida con tanta precisión, que parecía inverosímil haberla encontrado. Me conmovía verla con nuestra hijita Alba Elena en los brazos, haciéndole cosquillas con la nariz. Los
deditos de la criatura se prendían a mi corta barba o procuraban introducirse en mi boca; contraía los ojitos negros y cerraba los labios
en forma de corazón. Catalina llegaba solícita con una bandeja y con
mi hijita compartíamos el agua de zarza; sus dientes minúsculos no
sólo mordían mis dedos, sino daban cuenta de las migas que le arrancaba al pan recién horneado. También sus tías Isabel y Felipa, así como su prima Ana solían jugar con ella. Cuando logró dar los primeros pasos, todos queríamos hacerla repetir la prueba y mi hija
quedaba agotada. Yo elegí su nombre: Alba significa amanecer, comienzo luminoso, pureza, optimismo. Me había casado con una mujer bella e inteligente, en Santiago ganaba prestigio, traje de Córdoba a mis dos hermanas y mi sobrinita, y hasta recuperé a la vieja
Catalina, que era como preservar una reliquia. Reinaba la armonía,
pero toda armonía no es eterna.

Mi hermana Isabel se parecía tanto a mi madre, que su delicadeza y abnegación me impresionaban. La sentía más cerca que nunca. Incluso me resultaba más fácil conversar con ella que con Felipa,
tal vez porque su hábito interponía una barrera. La veía a diario,
compartíamos comidas y hasta los juegos con su hija Ana y con Al-

ba Elena. En una oportunidad me quedé mirándola un largo rato. Se sorprendió.

—¿Qué ocurre, Francisco?

—Nada. Pensaba.

—¿Mirándome? —sonrió—. Ahora debes contarme qué pensabas.

Golpeé el apoyabrazos de la butaca.

—En Córdoba, en Ibatín. En eso pensaba.

Miró hacia abajo. Los recuerdos la perturbaban mucho. Nunca preguntó por mi padre ni por nuestro desaparecido hermano Diego. Lo poco que ella sabía fue porque se lo dije casi a la fuerza.

—Ahora estamos bien —se ensombreció—. Eres generoso, constituimos una familia ejemplar, eres apreciado. No sirve mirar hacia una época llena de desgracias.

Apreté los labios. Vinieron a mi mente Marcos Brizuela y su esposa Dolores: también constituían una hermosa familia, que además se asentaba sobre la verdad de su historia. Eso me estaba prohibido. Nunca intentaría cuestionarle la fe a mi querida esposa cristiana. Pero mis dos hermanas eran hijas de un marrano; nuestro padre, abuelos y tatarabuelos vivieron y murieron como judíos; ellas sí tenían un compromiso, como lo tenía yo.

* * *

Una repentina tempestad zangolotea la nave. Chillan de dolor las cuadernas, los travesaños, los mástiles y una vela es arrancada por los chicotazos del viento. Francisco cae al charco que crece en la bodega. La tripulación corre de un extremo al otro. Las olas arrastran el galeón como un papel. Montañas de agua se derraman sobre cubierta y la barren con fuerza salvaje.

¿Será la voluntad de Dios que no llegue a Lima?, se pregunta Francisco. Vuelve a pensar en el profeta Jonás, su aventura y su grandiosa misión ante los poderosos de Nínive.

Durante varias horas nadie se ocupa de él: para eso está encadenado.

111

Don Cristóbal de la Cerda decidió viajar a Valparaíso para aguardar la llegada de un bergantín con funcionarios del Perú. Permanecería algunas semanas en la hermosa bahía como merecido descanso de su actividad judicial. Lo acompañarían su esposa y un buen surtido de criados. Esperaba darse una panzada con los extraordinarios frutos del mar que se recogían cerca de la costa y gozar de un paisaje incomparable, lejos de expedientes y presiones. Había ganado mucho dinero y necesitaba congraciarse con los personajes que venían de Lima.

En un arranque de afecto soltó una invitación.

—¿Vendrías con nosotros, Isabel?

—Pero, ¿y mi hijita?

—La traes contigo.

—¿Y Francisco?

—Ah, que diga él.

—No puedo abandonar el hospital por tantos días. Gracias, don Cristóbal.

—¿Le disgusta que Isabel nos acompañe?

—De ningún modo. Isabel merece este regalo y Alba Elena disfrutará del mar.

—Sólo unas pocas semanas —aclaró don Cristóbal.

Fue nuestra primera separación: un preludio.

El ex gobernador interino, y ahora respetado oidor, encargó a un hidalgo que le buscase una casa amplia en la ciudad-puerto de Valparaíso. Luego despachó una caravana con alfombras, camas, frazadas, mesas, sillas, cojines, vajilla, candelabros e incluso talegas de harina, maíz, papas, azúcar y sal, decidido a no pasar privaciones y ofrecer una rumbosa bienvenida a los funcionarios que llegaban de un agotador viaje marino.

Partieron por la ruta del Oeste.

Nuestra casa resonó vacía, con un eco parecido al que me aterrorizó cuando dejamos Ibatín. Había muebles, sin embargo. Pero se instaló una ausencia. Las ausencias tienen voz, respiran y asustan. La partida de mi amada Isabel y Alba Elena activó otras partidas que no fueron precisamente alegres. Me encerré en mi dormitorio a leer. Pero mis pensamientos no me dejaban concentrar y confluían raudos hacia la apodíctica resolución. Una energía irrefrenable me ordenaba seguir avanzando: corregir mi cuerpo para armonizar mi alma, cortar mi carne para consolidar mi espíritu. Me dividiré como lo hacía el hermano Martín en sus flagelaciones: mi mano será el cirujano y mis genitales el paciente. Apretaré las mandíbulas para ahogar el dolor, en tanto el bisturí continuará firme. Tal vez una parte mía tienda a desfallecer, pero la otra deberá seguir trabajando hasta el final. La circuncisión es un rito que acusan de bárbaro, porque expresa el gusto judío por la sangre: primero la sangre del prepucio, luego del semejante. La circuncisión —dijo un clérigo— estimula la crueldad; los cristianos no se circuncidan y por eso estimulan el amor. Claro, pensé irónico, por eso nos persiguen, vituperan y queman en hogueras: para castigar debidamente nuestra crueldad. Pero este curso de ideas —reflexioné más tarde— no me gusta porque expresa resentimiento, está alimentado por la actitud de quienes nos odian. Lo que realmente importa y cuenta es la perspectiva de una plena articulación con mis raíces.

Al rato me dije que si vacilaba aún, era porque dudaba. Recordé que en el Libro de los Reyes se insinúa que los judíos quisieron abandonar la circuncisión mucho antes de Cristo y los profetas condenaron esa renuncia como una traición al Pacto. En el Libro de los Macabeos se menciona la orden del tirano Antíoco Epífanes, que prohibió circuncidar a los niños, pero la rebelión del pueblo venció al tirano. Siglos después el emperador Adriano también quiso prohibirla y sufrió como respuesta el levantamiento de Bar Kojba. Centurias más tarde insistió el emperador Justiniano, pero las comunidades dispersas respondieron con una sistemática insubordinación. Cada uno de estos decretos tenía un objetivo más profundo y no explicitado: borrar la distinción judía. No se basaban en un sincero horror a la sangre, porque sus ejércitos abrían ríos de sangre. Se basaban en el horror a los judíos.

¿Por qué, tras decenas y decenas de generaciones, los judíos seguimos naciendo con el prepucio? Volví a preguntarme. Hubiera bastado el heroísmo de los patriarcas; podríamos nacer circuncisos. Busqué nuevas respuestas y esa tarde me gustó una en forma de pregunta: ¿quién dice que la circuncisión, el Pacto y la elección es un puro privilegio? Todo privilegio, si no es espurio, exige una contrapartida. Dios elige a Israel e Israel se sacrifica por Dios. Compromiso de ambas partes: pacto. Además, en el *Séder* de *Pésaj* aprendí algo: cada generación debe comportarse como las que evocamos. Es necesario ser y hacer igual que aquéllas, reeditar la épica: "Somos esclavos en Egipto" y "Somos hombres libres", "Nosotros atravesamos el Mar Rojo", "Nosotros recibimos la Ley". Abraham celebró el Pacto y lo inició. Nosotros lo renovamos, le conferimos actualidad, impulso. Mi circuncisión vale tanto como la de Isaac, Salomón o Isaías.

Abrí mis ropas y accedí a mi intimidad. Estiré el prepucio que vino conmigo para que yo fuera quien lo amputara en un doloroso gesto de compromiso. Estimé la sensibilidad y repasé mentalmente la técnica quirúrgica: me sentaré sobre un grueso paño que se abultará entre mis piernas para recibir los hilos de sangre y, al alcance de mi mano, estarán los instrumentos, las gasas, el polvo cicatrizante, un hilo para eventual ligadura y vendas.

Lo haré esta noche.

Reuní lo necesario en mi alcoba, calcé velas nuevas en los candelabros, llené un botellón con agua de zarza y tragué un vaso de pisco. Cerré la puerta con tranca, ruidosamente: equivalía a comunicar que no quería ser molestado. Distribuí el instrumental sobre la mesa y me desnudé. Puse un trapo grueso sobre la silla. Aproximé los candelabros. Todo estaba dispuesto para empezar.

—Dios mío, Dios de Abraham, Isaac y Jacob —murmuré—: hago esto para renovar el Pacto, para sellar mi lealtad a Ti y a tu pueblo.

Probé el bisturí con la uña: tenía un filo sin melladuras, como exige el Levítico. Con la izquierda estiré el prepucio. El pulgar de esa mano percibía la turgencia del glande. Apreté el instrumento y seccioné cuidadosamente como un escriba que se esmera en trazar una línea perfecta. La hoja descendía por la herida roja bordeando el límite del pulgar: de esta forma evitaba lastimar mi glande. Sentí un dolor muy agudo, pero mi atención se concentraba en el trabajo quirúrgico. Mis dedos quedaron con el prepucio descolgado, lo deposité en un platito y apliqué sobre mi pene sangrante las gasas mojadas en agua tibia. Del anillo bermellón emergían varios puntos hemorrágicos, pero todos débiles; no cabía una ligadura. Comprimí el pene para que aflorase el glande; no lo conseguí. Tal como lo había

381

previsto, se oponía un trozo de frenillo y la transparente membrana. Elegí una tijera de punta y completé la resección.

Yo estaba perfectamente desdoblado: las quejas del paciente no creaban angustia en el médico, sino afán de excelencia. Más dolía, más me aplicaba en hacerlo bien. Con una pinza sostuve la membrana que disecaban los sucesivos golpecitos de tijera. Volvía a secar con gasas húmedas. Sangraba muy poco. Arrojé polvo cicatrizante y enrollé el falo con una venda.

—¡Dios mío, Dios de Abraham, Isaac y Jacob! —volví a murmurar—: por este *Brit Milá*[29] soy un miembro inescindible de Israel. Acéptame en tu grey. Y ampárame.

Bebí otro trago de pisco.

Esa noche me desperté a menudo. El escaso dolor certificaba que lo esencial residía en mi espíritu.

* * *

Fue la única tempestad del trayecto. No hubo naufragio ni pérdidas humanas. Tampoco ataques piratas.

El 22 de julio de 1627 Francisco desembarca en el puerto del Callao. Mira en todas las direcciones y el paisaje familiar le pellizca las entrañas. Viste una túnica áspera y manchada; supone que tiene un aspecto tan miserable como el mendigo coronado de moscas que había confundido con su padre ahí cerca, en la explanada, cuando pisó por primera vez este sitio.

A pocos metros el capitán del galeón hace entrega formal del reo y sus pertenencias a unos oficiales. Ahora lo separa de Lima el trayecto que recorrió tantas veces cuando era estudiante.

112

Pude orinar sin inconvenientes. Sólo molestaba la tensión y un leve prurito. Cambié la venda del pene, que ya no sangraba. Tomé mi desayuno de costumbre y fui al hospital. Al mediodía sentí fatiga y regresé para recostarme por unas horas.

La voz de mi hermana en el patio me sugirió la idea. Esa noche

—la siguiente a mi circuncisión—, la convencí de acompañarme por unos días a los baños que había a unas seis leguas de Santiago. Tanto ella como yo necesitábamos esparcimiento.

Me miró asombrada y repitió sus elogios a mi generosidad.

No había que llevar demasiada ropa —le expliqué—: yo no deseaba competir con la fortuna de mi suegro. La invitaba a un recreo sencillo; quería disfrutar con ella y disfrutar de mi familia original. Los baños no se parecían a los famosos de Chuquisaca. No estaban en la remota puna, sino en una planicie verde con el fondo azul de la cordillera. Las aguas eran termales y una familia española se ocupaba de hospedar a las visitas en su modesta alquería. Una pequeña legión de sirvientes limpiaba los piletones, arreglaba los cuartos y servía las comidas.

Llevé libros, hojas de papel y tinta, y la decisión de hablar descarnadamente con Isabel. Nuestro vínculo no debía seguir atado con hilos finos ni incómodos silencios. La circuncisión, tal como había previsto, aventó mi exceso de cautela. Ahora me sentía fuerte y resuelto, como un buen cristiano luego de la confirmación. Pero que actuaría con inteligencia.

Una tarde, mientras caminábamos por los umbrosos alrededores de la alquería, decidí abordar el asunto que daba sentido a mi vida. Un asunto sensible como antena de mariposa.

—Isabel: nuestro padre…

Ella siguió marchando sin prestarme atención.

—¿Me escuchas? Nuestro padre…

Rozó mi brazo.

—No quiero saber. No me hables de él, Francisco.

—¡Debes saber!

Rechazó con enérgicos movimientos de cabeza.

—En Lima lo acompañé varios años —insistí—. Me dijo cosas importantes.

Sus ojos adquirieron un resplandor trágico. Se parecían terriblemente a los de nuestra madre hacia el final de su existencia.

—¿Te dijo que denunció a Juan José Brizuela? —espetó.

—¿También lo sabes?

—¿Quién no? —estaba enojada.

—Si lo hizo, fue bajo tortura. Le quemaron los pies, casi quedó paralítico.

—Grande fue su pecado.

—No hables así, no eres un familiar del Santo Oficio.

—Por su pecado tuvo que abandonarnos y perdimos a nuestro hermano Diego —empezó a llorar—. Por su pecado murió nuestra madre.

—No tiene la culpa. Sufrió muchísimo.

—¿Quién tiene la culpa? ¿Nosotros? —temblaban las comisuras de sus labios y se empañaron sus mejillas.

—El eje del problema no está ahí —le ofrecí mi pañuelo—. Quiero explicarte.

Se sonó. Hizo un movimiento negativo.

—No me expliques.

—Isabel, ¡necesito tu ayuda! —me brotó el niño que anhelaba el abrigo de su madre y me escuché pronunciando palabras dramáticas—. Isabel, de ti dependerá mi futuro.

Levantó su mirada vidriosa.

—Estoy muy solo... —agregué.

—¿Solo? —su mano me rozó—. No puedo imaginar... —titubeó confundida—. ¿Te llevas mal con tu mujer?

—No, no es eso. Desde que me casé y nació nuestra hija, y luego vinieron ustedes, pareció que se colmaban mis sueños. Sin embargo, hay en mi espíritu algo más profundo, algo que excede a la familia... Un fuego.

Lo intuyó. Su mano tapó mi boca.

—Dios ha sido clemente con nosotros. ¡Basta, Francisco! —le rodaban las lágrimas—. No arruines lo que está bien.

Besé su mano.

—Hermana: no está bien.

—¿Qué ocurre, entonces? ¿Estás enfermo? —se resistía a poner en palabras su intuición.

Nublé las cejas.

—Ah, si fuera eso...

Caminamos silenciosos por el ondulante sendero. Ambos nos habíamos tensado como una cuerda de rabel. Yo necesitaba abrir su mente, quitarle el miedo, descubrirle nuestra pertenencia. Sacarle de cuajo los prejuicios que le envenenaban el alma. Pero ella endurecía sus oídos.

—Nuestro padre fue reconciliado, pero... —insistí.

—¿Vuelves a lo mismo? ¡No quiero saber!

—Nuestro padre no traicionó su verdadera fe, merece admiración.

—Calla, por Dios; calla —levantó las manos para defenderse de mi asalto.

—¡Siempre fue judío!

Se tapó las orejas.

La abracé.

—Isabel, querida. No huyas.

Se encogía.

—¿Qué es lo que temes? —le acaricié la cabeza, la apoyé contra mi pecho—. Si ya lo sabes.

—¡No!… —se sacudió espantada.

—Nuestro padre fue un hombre justo —dije—. Fue víctima de los fanáticos.

Me miró con reproche.

—¿Por qué me hablas así? ¡Somos hermanos! —dijo.

Me sorprendió.

—¡Tratas de arrastrarme al infierno! —se apartó más, yo era su enemigo.

—Isabel, ¿qué dices?

—Te encandila el demonio, Francisco —estaba a punto de salir corriendo.

Le atrapé la muñeca.

—Escúchame. Aquí no hay más demonio que los inquisidores. Yo creo en Dios. Y nuestro padre murió pronunciando su inalterable lealtad a Dios.

—¡Déjame! Te has vuelto loco.

—Me he vuelto plenamente judío, no loco.

Lanzó un grito ahogado. Se tapó de nuevo las orejas. Forcejeó.

—¡Y quiero compartirlo contigo, con alguien de mi familia! —le sacudí los hombros.

—¡Déjame, por favor! —su llanto le quitaba fuerzas.

Volví a abrazarla.

—No tengas miedo. Dios nos ve y nos protege.

—¡Es horrible! —sus palabras se cortaban—. El Santo Oficio persigue a los judíos… Les quita sus bienes. Los quema —golpeó sus puños contra mi pecho—. ¡No piensas en nosotros, en tu esposa, en tu hija!

—A ellas no las quiero involucrar, no tengo derecho.

—¿Por qué a mí?

—Porque perteneces al pueblo de Israel. Tienes la sangre de Débora, Judith, Ester, María.

—No, no.

—He leído la Biblia varias veces. Escúchame, por favor. Allí dice claramente, insistentemente, que no se deben hacer ni adorar imágenes. Quien así procede, ofende a Dios.

—No es cierto.

—También dice la Biblia que Dios es único y nos quieren imponer que Dios es tres.

—Así dice el Evangelio. Y el Evangelio dice la verdad.

—Ni siquiera lo dice el Evangelio, Isabel. ¡Si por lo menos acataran el Evangelio!

Se soltó. Corrió hacia la alquería. Su falda se enredaba en los arbustos.

—¿Acaso son bienaventurados los dulces, porque ellos heredarán la tierra? —la perseguí a los gritos—. ¿Son bienaventurados los afligidos, los misericordiosos, los limpios de corazón, los que tienen hambre y sed de justicia? ¡Escúchame! —jadeaba—: ¿Son acaso bienaventurados los pacificadores? ¿Son bienaventurados los perseguidos como nuestro padre? ¡Niegan al mismo Jesús, Isabel! —la seguí con el índice en alto—. Jesús dijo: "No penséis que he venido a abolir la Ley y los Profetas; no he venido a abolirlos, sino a perfeccionarlos". Y ahora dicen que esa Ley está muerta.

Se detuvo de golpe. Su cara arrasada por las lágrimas era un brasero de reproches.

—Me quieres confundir... —jadeaba también—. Te inspira el diablo. No quiero saber nada, absolutamente nada de la ley muerta de Moisés.

—La ley de Dios, quieres decir. ¿Está muerta la ley de Dios?

—Yo creo en la de Jesucristo.

—¿Cuál? ¿La que dicen que es de Jesucristo? ¿La de las cárceles? ¿La delación contra amigos? ¿Las torturas? ¿Las hogueras?

Reanudó la disparada.

—¿No te das cuenta de que los inquisidores son como los paganos?

Tropezaba. No dejaba de llorar. Yo continuaba hablándole estentóreamente: recitaba versículos, comparaba las profecías con la actualidad.

Mis palabras le caían como látigos. Encogía un hombro, bajaba la cabeza, me ahuyentaba con las manos. Y seguía corriendo. Era una criatura despavorida que necesitaba guarecerse de mi implacable granizada.

Se encerró en su cuarto.

Permanecí ante su puerta, con los pulmones en la boca. Oí su llanto. Esperé que se tranquilizase antes de llamar. Pero no llamé. Salí a dar una vuelta. Fui duro —pensé—, y enfático. No tuve en cuenta su naturaleza delicada, sus temores, ni la fuerza de las enseñanzas que le inculcaron. Fue sometida a un lavado espiritual que borró su amor al padre o que convirtió ese amor en lo contrario. Mi apasionamiento equivocó el camino. Debí actuar con más prudencia, hacer un apacible y largo circunloquio para darle tiempo. Le imponía tragar piedras, y eso requería paciencia.

Caminé con agobio hasta que me envolvió la noche. El cielo estrellado despertó las luciérnagas de la llanura que por doquier guiñaban como invitaciones concupiscentes. ¿Eran un alfabeto? Desde chico me obsesionaba la idea. Atrapé un insecto en mi puño; por entre las ranuras de los dedos filtraba su verdosa luminosidad; sus patitas desesperadas rasparon mi piel. Lo dejé partir para que se reuniese con su multitudinaria familia y prosiguiera la fiesta. No le importaba mi desolación.

Al día siguiente Isabel me esquivó terca y hasta evitó saludarme. Estaba amarilla, demacrada. Después encontré bajo la puerta de mi pieza una hoja que decía secamente: "Quiero volver a Santiago".

* * *

Recién cuando anochece y la ciudad se vacía de gente, los oficiales llevan al prisionero a Lima. Francisco identifica las calles a pesar de la oscuridad. Reconoce enseguida la temible plaza de la Inquisición y el augusto edificio con la frase Domine Exurge et Judica Causa Tuam.

Avanzan hacia un siniestro paredón y se detienen ante el pórtico que vigilan dos soldados: es la vivienda del alcalde cuyos fondos —se sabía— comunican con las cárceles secretas. Le ordenan desmontar. Después le ordenan cruzar el pórtico.

113

Cometí el error de atribuir a mi hermana sentimientos dormidos que sólo latían en mi pecho. No estaba preparada ni siquiera para los más largos circunloquios del mundo. Mis expresiones la golpearon feo y la malherí. A pesar de los años transcurridos, ella no había superado los mazazos que recibió nuestra familia. Nadie le había ayudado a ver en nuestra desgracia otra cosa que un castigo y no toleraba ser castigada de nuevo. Judaizar, para ella, era absurdo y malo: era pactar con el demonio. Por lo tanto, mi boca ya no era mía y las palabras que yo pronunciaba no venían de mi corazón. No podía ser. Después de aquella tarde la descubrí mirándome como a un desconocido. Cuando mis ojos atrapaban los suyos, huían con espanto. No aceptaba volver a dirigirme la palabra.

De vuelta en Santiago descubrí un papel bajo la puerta de mi alcoba. Reconocí su caligrafía y tuve la jubilosa presunción de que me había comprendido un poco y deseaba reanudar el diálogo. De una zancada alcancé la silla y me apoltroné para disfrutar su mensaje. Pero no tardé en decepcionarme: rogaba que abandonase mi locura, que por el amor de Dios me apartara de los ruines pensamientos que enfermaron mi cabeza. En ningún caso iba a creer lo que yo decía.

Traté de analizar su actitud en forma positiva. ¿Y si esa resistencia era la manifestación de una lucha que había empezado en su corazón? Era una mujer sensible y cariñosa; sufrió terribles pérdidas, tenía pavor. Era lógico que empezara por un rechazo, pero tal vez pronto ese rechazo se transformará en leve comprensión y luego en comprensión plena. Preferí suponer que no me habría escrito si mis palabras no hubiesen hecho impacto. Era evidente que algo se había roto en ella. Lo conversado en los baños, aunque en forma atropellada, había operado como las trompetas de Jericó: bastaría que las hiciese sonar de nuevo —me entusiasmé— para que cayeran las murallas.

Unté pues la pluma y comencé a escribir. Debía ser diáfano y preciso: alumbrar cada concepto con un racimo de bujías. Demostrarle que el demonio habitaba en la Inquisición, no en los perseguidos; en quienes silencian y asfixian, no en quienes piensan. Hablé de historias, mártires, sabios, obras bellas. Y la ardiente necesidad de articularnos con nuestras raíces. Le dije que trataba de ser cada vez más coherente: ayunaba, respetaba el sábado y oraba a Dios. Que incluso hacía un año había dejado de confesarme en la Compañía de Jesús —donde encontraba el mejor nivel intelectual— porque me bastaba confiar mis pecados directamente al Señor.

Releí las cinco hojas, corregí algunas frases y las doblé. Estaba satisfecho. Parecía un enamorado que había conseguido verter en un poema la fiebre de su pasión. Salí de mi aposento en busca de mi hermana. La encontré en el patio.

—Toma —le tendí los pliegos—: léelos con atención.

Alzó los ojos enrojecidos por el llanto. No se atrevió a recibir mi carta.

—Es una respuesta meditada —insistí con aparente tranquilidad.

Levanté su mano reticente, le abrí los dedos y los apreté en torno a los papeles.

—Por favor, reflexiona sobre lo que te he escrito. Y contéstame bien. Tómate tres días.

Sus ojos seguían atribulados. Le tuve lástima. Sufría. Y revelaba mucho miedo. Se alejó con la cabeza gacha, los codos adheridos al cuerpo, empequeñecida. Era como mi madre cuando cayó sobre ella el alud del infortunio. La seguí unos pasos, mi mano en el aire, deseoso de brindarle una caricia. Pero empezó a correr hacia el refugio de su cuarto.

Ojalá que se serene —rogué— y lea una y otra vez mis francos conceptos. Ojalá se atreva a dialogar.

Pero volví a equivocarme. Isabel no estaba en condiciones de razonar con calma. La mera perspectiva de poner en cuestión aquello que había sido consagrado por años de adoctrinamiento, la horrorizaba. No importaba qué le dijese, porque cualquier insinuación de rebeldía contra el poder que azotó a nuestra familia la asfixiaba de pánico.

Se encerró —me enteré después, cuando era demasiado tarde— y empezó a llorar. Lloró y lloró sin consuelo. Entre hipos y mocos abrió mi carta. Leyó las primeras frases y, bruscamente, la abolló. No podía tolerar expresiones que sonaban a redondas blasfemias. Siguió llorando hasta la hora de la comida. Se lavó la cara, dio una vuelta por el huerto y trató de disimular su aflicción. Entró a la cocina, ordenó a las criadas que fuesen a buscar hortalizas frescas y, cuando estuvo sola, extrajo de su ropa mi larga carta sin leer y la arrojó al fuego. Las llamas retorcieron los pliegos como extremidades de una efigie, se ennegrecieron y dejaron asomar unos puntitos de sangre. Isabel tuvo la alucinante impresión de haber quemado una pezuña de Belcebú.

No fue suficiente. Estaba aturdida. La pesadumbre le mordía el corazón. Yo le había dicho que de ella dependía mi futuro. Fue una advertencia real, porque había puesto en sus manos mi destino, en sus manos débiles, sin tener conciencia de las consecuencias que tendría ese paso. ¿Por qué lo hice? Pregunta abismal... Era lo mismo que preguntarse ¿por qué Jesús entró en Jerusalén y se mostró públicamente si sabía que los romanos querían prenderlo? ¿Por qué dejó que Judas Iscariote saliera del *Séder* para buscar a los soldados? ¿Había yo hablado con mi hermana para que, indirectamente, me arrestara la Inquisición? ¿La estaba empujando a convertirse en mi Judas Iscariote, en ese eslabón trágico que apura la llegada del combate decisivo? ¿Hice esto para que me llevasen ante los actuales Herodes, Caifás y Pilatos a fin de demostrarles que un judío oprimido reproduce mejor a Jesús que todos los inquisidores juntos?

Isabel rezó, atormentada. Su saber era una brasa ardiente. Le urgía sacársela o compartirla con alguien. Recordaba mi advertencia: "De ti depende mi futuro". Yo ya estaba en brazos de la muerte —para ella—, y arrastraría a los demás. Salió en busca de Felipa. A mitad de camino se detuvo, se estrujó las manos, suspiró y dio media vuelta. Pero antes de llegar a casa volvió a girar. Dio tantas marchas y contramarchas que se sintió al borde del desmayo. Horas después mis dos hermanas sollozaban juntas porque la desgracia había caído nuevamente sobre nuestra condenada familia.

—¿Qué haremos? —suplicaba Isabel.

Felipa se paseó por la celda desgranando su nervioso rosario. Su voz ahogada por las lágrimas, enronquecida, dijo finalmente:

—Hay algo que no puedo eludir.

Isabel la miró temblando.

—Decírselo —anunció Felipa— a mi confesor.

* * *

Francisco echa una última mirada a la calle negra de la poderosa Ciudad de los Reyes, representante de una libertad falsa y esquiva.
Cruza el pórtico y, altivo, desciende a los infiernos.

LIBRO QUINTO

Deuteronomio

Sima y cima

114

Repta un airecillo húmedo y maloliente tras el grueso muro. Cruzan un salón desolado, se introducen en una galería y descienden cuidadosamente varios escalones irregulares. La linterna atrae los pliegues de los revoques y techos, que parecen la piel de un monstruo interminable que respira y acecha. Francisco tropieza y está a punto de caer, porque lo traba la cadena que une los grilletes de sus ulceradas extremidades. Un negro provisto de linterna guía hacia la profundidad. Se pierden en un laberinto tenebroso. ¿Adónde van? El negro se detiene frente a una hoja de madera, abre un candado y levanta la tranca. Un oficial aprieta el brazo del reo y lo obliga a pasar. Cierra la puerta; por sus rendijas se filtra el temblor residual de la linterna. Francisco queda a oscuras y tantea en el vacío hasta que alcanza los muros de adobe y descubre un poyo. Ahora que nadie lo ve, se desploma agotado.

Otra vez solo, pero en la real y escalofriante cárcel del Santo Oficio, en sus vísceras. Sabe que lo harán esperar —como en Concepción, como en Santiago— para que ablande la resistencia. Apela entonces a los Salmos para darse fuerzas.

Conoce mucho del Santo Oficio, pero no sus sorprendentes irregularidades; de ellas no le hablaron con suficiente precisión. Por eso se asombra cuando al término de sólo una hora vuelven a levantar la tranca y se asoma un rostro de bronce con un blandón encendido. ¿Ya lo llevan a la cámara de torturas? ¿Tan pronto? No es el mismo negro de hace un rato, sino ¡una mujer! Ella se aproxima cautelosa y le ilumina la cabeza, las muñecas, los tobillos, sin decir palabra. Apoya el blandón en el piso, sale al corredor y vuelve con un cazo de leche tibia. Francisco estudia su rostro tan parecido al de Catali na años atrás y procura entender este gesto extraordinario.

Bebe y se conforta. La negra se sienta a su lado. Destila olor a cocina, a frito.

—Gracias —susurra el prisionero.

Ella lo mira en silencio. Francisco apunta el mentón hacia la puerta abierta.

—¿Y qué? —la mujer se encoge de hombros—. ¿Quiere escapar?

Francisco asiente.

—No podría —emite un abismal suspiro—. Nadie escapa de aquí.

¿Quién es? ¿Por qué lo asiste? Suena a una absurda aparición, a engaño onírico. Le hace preguntas cuya respuesta no escatima. No tiene poder alguno, se llama María Martínez, la han arrestado por hechicería y, para aliviarle la condena que aún no ha fijado el Tribunal, realiza ciertos trabajos en la casa del alcaide.[30]

¿Qué trabajos? ¿Llevar leche tibia a los reos que ingresan? ¿Demostrarles que no vale la pena intentar una fuga aunque permanezcan abiertas las puertas? ¿Sonsacarles información?

Dibuja una sonrisa triste y desenrolla su historia: la había mandado arrestar el comisario de La Plata por haberse enamorado de una joven viuda a quien visitaba regularmente (¿a todos les cuenta lo mismo?). El comisario admitió que él mismo la hubiese matado de una puñalada porque era intolerable que una mujer se acostase con otra mujer y que eso era peor que las denuncias por leer en el vino y haber clavado siete alfileres en una palomita muerta para que la joven viuda nunca dejase de amarla. Su arresto se efectivizó bajo el cargo de hechicería, que era menos grave: los inquisidores prefieren interrogarla sobre los ritos que efectúa para conseguir la ayuda del diablo. La mujer habla lento y confuso, pero mientras habla se introduce un escarbadientes en la nariz para sacarse gotas de sangre. Lo hace para guardar la sangre en un pañuelo que entrega a la Virgen a fin de que la exima de otras torturas. Cada uno debe arreglarse como puede para no sufrir tanto. Por último cuenta a Francisco que el señor alcaide ha salido por unas horas y le ha encargado recibirlo con algo de leche; no es un hombre malo.

—¿A mí?

—¿No es usted el médico que traen de Chile?

Francisco trata de descifrar el galimatías: después de haber sido

394

arrestado en Concepción y haber pasado por una agotadora serie de amonestaciones, interrogatorios y traslados, ¿lo confían a una negra que también está bajo proceso? Había imaginado que bastaba atravesar los muros de esta sombría casona para encontrarse rodeado de oficiales y verdugos. Hete aquí una laxitud que ni siquiera encontró en las prisiones seculares. ¿Hay locura en el Santo Oficio?

La mujer le pregunta por su crimen.

—¿Crimen? —exclama Francisco—, ninguno.

Su boca desdentada ríe y comenta que todos niegan haber cometido un crimen.

—Yo no niego la causa de mi arresto —replica—, sólo afirmo que no es un crimen.

—¿Bigamia? ¿Homicidio? ¿Título falso?

—Nada de eso. Soy judío.

La mujer se pone de pie y sacude su rústico vestido.

—Sí, judío —él repite en tono un más alto—. Como mi padre y como mi abuelo.

—¿También? ¿Todos?

—Todos.

Se persigna, invoca a Santa Marta y lo mira atónita:

—¿No tiene miedo?

—Sí, tengo miedo, por supuesto que tengo miedo.

—Y, ¿por qué lo dice tan campante?

—Porque eso soy. Y porque creo en el Dios de Israel.

Sus ojos asustados se aproximan con pena; susurra:

—No lo diga así al señor alcaide. Lo mandarán a la hoguera.

—¿Sabe, María? He llegado hasta aquí, precisamente, para decirlo. Necesito decirlo.

—¡Shttt...! —le tapa la boca con su mano regordeta—. El alcaide es clemente, pero puede llegar a ser violento. Si usted dice que es... eso, ¡lo condenará!

Recoge el cazo vacío y el blandón.

—Si llega tranquilo —aclara— y usted le dice... ¡Por favor! ¡No lo diga!

Francisco menea la cabeza, mueve las engrilladas manos y reconoce que esta pobre mujer jamás comprendería. No obstante, su torpe bondad merece que le explique. Hace mucho que no comparte sus ideas y pronto deberá exponerlas ante los inquisidores. Tarde o temprano lo llamarán y querrán enterarse por su boca de aquello que ya figura en los pliegos. ¿Por qué no ensayar con esta mujer?

Francisco le ruega que no se vaya y empieza a contarle; pero el cierre destemplado de una puerta lo interrumpe. María se asoma al corredor y vuelve para prevenirle.

—¡Es el alcaide! ¡Póngase de pie, rápido! —lo ayuda a levantarse, le arregla la cabellera y le estira la sucia camisa.

Ingresa un hombre bajo y robusto seguido por un sirviente con una linterna. Se acerca a Francisco y lo examina de arriba hacia abajo como si quisiera indicarle que la diferencia de altura no le otorga ventajas. Su mirada expresa desprecio. Chasquea los dedos y la mujer sale con el cazo y el blandón. También desaparece el alcaide. De súbito Francisco queda nuevamente solo y a oscuras. La brusquedad de los cambios marea.

No alcanza a acomodar su vista y el sirviente de la linterna ingresa otra vez y le ordena que lo acompañe. Sabe que, tarde o temprano, su cuerpo será sometido a ultrajes para que se rinda; pero su loco anhelo es triunfar con el alma. En consecuencia, que lo lleven y traigan, que lo pongan al frío o al calor; quiere que de una vez llegue la oportunidad de ejercer su defensa. Es ingenuo, es idealista, es todas esas cosas que no se tienen en cuenta en un juicio. Pero ya no puede dar marcha atrás: él mismo cerró caminos más fáciles. Los grilletes tironean hacia abajo y le cuesta incorporarse. Sigue al guardia por el pasillo que ondula al ser tocado por la luz. La cadena es demasiado larga y se enreda en sus pies. El túnel se divide en cruz. El guía dobla hacia la derecha, después de un tramo dobla otra vez y se detiene ante una puerta maciza. Levanta la linterna y golpea la diminuta aldaba. Una voz le ordena pasar. Tras una mesa iluminada ahora por un candelabro está sentado el alcaide que había visto minutos antes.

Francisco permanece de pie y aguarda; el cansancio lo dobla.

El funcionario lee los papeles amontonados sobre la mesa sin pronunciar palabra. Se supone que son los documentos condenatorios labrados en Chile. Se demora en cada hoja, es un funcionario responsable que lee con dificultad. A Francisco le aumenta el dolor de los tobillos y una niebla le invade los ojos. A cada rato el alcaide espía por encima del papel para cerciorarse de que permanece en el mismo sitio. Al rato su voz neutra ordena:

—Identifíquese.

—Francisco Maldonado da Silva.

El funcionario no dice si ha escuchado, continúa sumergido en los pliegos. ¿Es una forma de hacerle saber que tiene poco interés en su nombre? Tarda un rato en hacer la pregunta siguiente.

—¿Conoce la razón de su arresto?

Francisco descarga el peso sobre una sola pierna; no podrá seguir parado; la fatiga de dos meses horribles lo vence.

—Supongo que por judío.

—¿Supone?

Una mueca le tironea la comisura de los labios y replica:

—Yo no soy el autor de mi arresto y no puedo conocer su causa.

El alcaide lleva la mano a su espada porque esa insolencia es inaceptable.

—¿Loco, además? —le increpa enrojecido.

Apoya el peso sobre la otra pierna; un bulto le aplasta los hombros, le oprime la nuca. Los objetos se mueven y diluyen.

—Lo exhorto a decir la verdad —recomienda en tono burocrático.

Francisco balbucea la respuesta:

—Para eso estoy aquí.

La niebla se espesa; no puede evitar la flexión de sus rodillas. Cae desvanecido.

El alcaide se incorpora despacio, rodea el escritorio y se para junto al prisionero. Con la punta del zapato le mueve el hombro; está acostumbrado a recibir cobardes y simuladores. Le hunde el zapato en las costillas e indica al negro que arroje agua sobre la cara desfigurada por el agotamiento.

—¡Muy flojo! —lo desprecia.

Retorna a su silla, se acaricia el mentón y evalúa.

—Llévelo de regreso a la celda y que coma.

115

Un par de esclavos lo visten con una túnica de fraile. Después le ofrecen leche y un trozo de pan recién horneado. Francisco aún navega en su sueño escaso y al comer siente dolor en la mandíbula, la garganta, el esternón.

—Vamos —ordenan.

—¿Adónde me llevan ahora? —el dolor se irradia a todo su cuerpo.

Con una risita cómplice lo empujan al corredor.

¿Es el mismo corredor de horas antes? Ya han conseguido desorientarlo. ¿Empezarán con el potro, tal como hicieron con su padre? Advierte que a su lado camina el alcaide, robusto y severo. ¿Cuándo apareció? Francisco se lleva las manos a las sienes. Se ha turbado su percepción, el cansancio le afecta la lucidez. La cadena se enreda en los tobillos.

—¿Qué le pasa? —reprocha el funcionario.

—¿Adónde me llevan?

—A una audiencia con el Tribunal.

Francisco tropieza de nuevo y es la mano del alcaide la que sujeta su brazo e impide la caída. Ni en su más ingenuo cálculo había presumido tanta aceleración del trámite. ¿Influyen poderes sobrenaturales? Durante meses lo mantuvieron excluido;, los comisarios le hicieron sentir el abandono y la impotencia. Ahora, en el vientre del Santo Oficio, sus autoridades centrales se apuran para verle el rostro y escucharle la voz. ¿Será cierto? Tiene la impresión de cruzar puertas que se abren antes de su llegada y ser observado por hombres silenciosos. Lo ingresan en una sala de relativa suntuosidad, iluminada por altas linternas. Alguien le arrima un escabel de madera y el alcaide le aprieta de nuevo el brazo para forzarlo a sentarse. Necesita aferrarse de su asiento con las manos. ¿Aquí funciona el Tribunal? Lo asalta una arcada.

Delante de él, sobre una tarima, se yerguen tres sillones abaciales forrados de terciopelo verde. Una larga mesa de caoba (¿ahí apoyarán sus manos los jueces?) tiene seis patas torneadas en forma de monstruos marinos (¿qué significan en un sitio donde ningún detalle puede ser arbitrario?). En los extremos de la ancha mesa alumbran sendos candelabros como escoltas del crucifijo que destella en el centro. Francisco ve a un costado de la tarima un Cristo de tamaño casi natural, sombrío, cuyos ojos observan los tobillos del reo; su padre le había contado que era milagroso porque su cabeza se movía para refutar las mentiras de los cautivos o apoyar las acusaciones del fiscal. Lo empieza a recorrer un temblor: sobre la pared derecha hay dos puertas cerradas y supone que por ahí emergen los jueces o se va a la cámara del secreto o la espantosa cámara de las torturas.

La tensión levanta sus párpados. Intenta reconocer los objetos para establecer algún contacto y controlar el miedo. ¿Qué ocultan las cortinas negras del frente? El negro expresa el luto de la Iglesia por las persecuciones que sufre a causa de las malditas herejías y el verde simboliza la esperanza en el arrepentimiento de los pecadores. Los objetos son armas que dispararán contra su cabeza. Se encoge al identificar el blasón del Santo Oficio: desafiante bandera que proclama al dueño del lugar y recuerda a los prisioneros su abominable condición. Lo mira embelesado. Consta de una cruz verde sobre campo negro (el negro y verde se repiten); a la derecha de la cruz se extiende una rama de olivo que promete clemencia a los que se arrepienten; a la izquierda han bordado la gruesa espada que hará justicia con los pertinaces; debajo de la cruz y su guarda de olivo y acero arde una zarza como prueba de la inextinguible sabiduría de la Iglesia, así como del fuego que consumirá a quienes se mantengan en rebelión. Al conjunto lo rodea una frase en latín extraída del Salmo 73: *Exurge, Domine, et judica causa tuam*, la misma que ha leído con aprensión la primera vez que vio el palacio inquisitorial cuando llegó a Lima con dieciocho años de edad y un nudo de conflictos en el alma. No puede retirar los ojos del estandarte: es la monstruosa oreja que escucha a los innumerables acusados y después sale a presidir los Autos de Fe. Por último Francisco aumenta su vértigo al descubrir el famoso techo del que se habla en todo el virreinato: es un conjunto colorido de 33.000 piezas machihembradas, sin un solo clavo, talladas en la noble madera de Nicaragua traída especialmente por mar.

Desde las esquinas de la sala un alguacil lo vigila y se cerciora de que los tenaces grilletes le inmovilizan las extremidades.

Cruje la primera puerta de la derecha e ingresa un hombre pálido con gafas. Es una aparición lúgubre: no habla, no mira, parece no registrar la presencia de Francisco. Se desplaza igual que los muñecos articulados, lentamente, rígidamente. Se detiene junto a la mesa desnuda del costado y, con la parsimonia de un sacerdote junto al altar, la llena de objetos: pluma, tintero, hojas de papel, secantes y un gran libro encuadernado en piel. Después ordena los materiales: el tintero y las plumas a la derecha, los secantes a la izquierda, el gran libro al centro y las hojas apretadas bajo el libro, como si temiese que una ráfaga las pudiera arrancar. Entonces se sienta, sus manos en oración, y queda mirando al verdinegro blasón del Santo Oficio. Quieto como un cadáver.

Al rato vuelve a crujir la puerta y aparecen tres solemnes jueces en fila. El aire se tensa y adquiere olor de muerte. Se desplazan con majestad, a pasos cortos. Desfilan hacia la tarima donde los sillones de alto respaldar se han corrido para hacerles más cómodo el ingreso. Es una procesión sin imágenes ni multitud de fieles, sólo a cargo de tres figuras envueltas en túnicas negras.

El notario se incorpora e inclina la cabeza. La firme mano del alcaide oprime el brazo de Francisco y ahora lo fuerza a levantarse. El ruido de la cadena profana la macabra pompa. Los jueces se paran junto a cada silla, se santiguan y rezan. Luego, al unísono, se sientan. El alcaide tironea nuevamente el brazo de Francisco. El notario gira por primera vez su cabeza hacia la izquierda y sus gafas con infinitos círculos golpean el rostro del alcaide, quien se turba, suelta a Francisco y sale. También salen los alguaciles. En el salón de audiencias sólo permanecen los tres inquisidores, el secretario y el reo. Va a comenzar el juicio.

116

Al reo le molesta la fina trepidación que corre bajo su piel. Ha pensado en este momento, imaginado preguntas y ensayado respuestas, pero su mente ahora se ha blanqueado. Tan sólo presume que lo tratarán con el mismo despecho que a su padre. Le pedirán decir la verdad y cada palabra será registrada prolijamente para usarla en su contra todas las veces que hiciera falta hasta quebrarle la resistencia. De pronto recuerda que su padre le pidió no repetir su trayectoria. Es una inoportuna interferencia, no debería pensar en su padre, sino en cómo desempeñarse ante los gélidos inquisidores. Pero se agranda el indeseable reproche: ha desobedecido el consejo y ahora debe rendir cuentas ante el Tribunal. Pero, a diferencia de su padre, Francisco reconoce que la denuncia en su contra se produjo porque él mismo la buscó cargando a su hermana Isabel con una información que ella no estaba en condiciones de sostener, que él mismo había decidido cancelar su doble identidad y que por esa razón no había aprovechado la posibilidad de huir durante el viaje. Aún queda por ver si será capaz de resistir la severidad del Santo Oficio y demostrarle que no tiene por qué arrepentirse de ser quien es y defender la creencia que lo anima. Sabe, desde luego, que no es más que un mortal y el Santo Oficio desborda experiencias y metodologías para doblegar a los obstinados.

Uno de los jueces limpia sus gafas en la manga del hábito y las calza sobre la montura de la nariz, alisa las finas cintas del bigote y ordena al secretario que anuncie la apertura de la audiencia. Francisco escucha que es día viernes, 23 de julio de 1627. Y que el Tribunal está integrado por los ilustrísimos doctores Juan de Mañozca, Andrés Juan Gaitán y Antonio Castro del Castillo.

Andrés Juan Gaitán —el mismo que elogió al virrey Montesclaros durante su visita a la Universidad— clava sus ojos en los de Francisco y dice con voz monocorde:

—Francisco Maldonado da Silva, usted va a prestar solemne juramento de decir la verdad.

Francisco le devuelve la mirada. Las pupilas brillantes del clérigo y las del desvalido infractor se tocan como un fugaz cruce de aceros. Dos ideologías opuestas se miden. El recalcitrante partidario de la uniformidad sin melladuras y el débil (pero también obstinado) defensor de la libertad de conciencia. El inquisidor odia (ignora que teme) al infractor; el reo teme (ignora que odia) al inquisidor. Ambos van a luchar en el ambiguo rodeo de la verdad.

—Coloque su mano sobre este crucifijo —le ordena.

Las cabezas de los inquisidores, vistas desde el lugar de Francisco, parecen apoyadas sobre la mesa y coronadas por el alto respaldo de las sillas tapizadas de verde. Son tres cabezas sin cuerpo, cenicientas y hoscas. Francisco no se mueve en apariencia, pero el molesto temblor fino le tortura cada dedo.

—Señor —dice tras una inspiración honda—, yo soy judío.

—Es el cargo por el cual lo juzgamos.

—Entonces no puedo jurar en nombre de la cruz.

El notario, que venía describiendo el curso de la audiencia, tira su cabeza hacia atrás y quiebra la pluma.

—¡Es el procedimiento! —replica fastidiado el inquisidor—. Debe atenerse al procedimiento.

—Lo sé.

—Hágalo, entonces.

401

No tiene sentido. Le pido que me comprenda.

—¿Usted nos enseña qué tiene o no sentido? —el atrevimiento de este individuo le crispa la cara—. ¿Pretende pasar por loco?

—No, señor. Pero mi juramento sólo tendrá valor si lo hago por mi creencia, por mi ley.

—Para nosotros no rige ni su ley ni su creencia.

—Pero rigen para mí. Soy judío y sólo puedo jurar por Dios vivo que hizo el cielo y la tierra.

El secretario anota precipitadamente; su letra se agranda e incurre en trazos desparejos. El techo machihembrado cruje: sus miles de piezas articuladas con maestría jamás han escuchado una réplica semejante. A los inquisidores se les desencadenan los latidos del corazón, pero simulan quietud. Con buenos reflejos deciden que este miserable ni siquiera se imagine que los ha tocado.

—¿Pretende imponernos su ley? —la voz de Gaitán se esfuerza por mantener una angosta monotonía—. Esta actitud le perjudicará.

—Si juro por la cruz habré cometido mi primera mentira.

Gaitán se dirige a sus colegas. Hablan en voz baja y les cuesta armonizar los puntos de vista. El reo los observa mientras se conceden tiempo para no equivocarse ante el inopinado insulto. Finalmente Juan de Mañozca se dirige al secretario.

—El reo puede jurar a su modo, pero haga constar la maldita pertinacia.

Por primera vez resuena en el salón el extraño juramento y rechinan las maderas de Nicaragua.

Después Francisco Maldonado da Silva responde al interrogatorio. Ha soportado demasiado la falsedad y ansía mostrarse sin la máscara de la vergüenza, la cobardía y la traición. Traición a Dios, a los demás, a sí mismo.

Los inquisidores se encuentran ante un problema inédito, mezcla de injuria y franqueza. Un caso que no elude la gravedad de las preguntas ni la amenaza de los cargos. No oculta sus pecados, no niega su condición de judío ni sus prácticas abominables, no intenta confundir a los jueces. Lo peor de todo: parece sincero. Reitera que es judío como si tuviese un morboso placer en pronunciar esa palabra llena de resonancias maléficas. Insiste en que es judío como lo fue su padre —penitenciado por este Tribunal— y su abuelo y los ascendientes de una larga genealogía sucia de sangre abyecta. Advierte que su madre, sin embargo, fue cristiana vieja y murió en la fe católica. Narra que lo bautizaron en la remota Ibatín y lo confirmó en Córdoba el obispo Fernando Trejo y Sanabria. Tiene una sólida formación religiosa, que empezó desde niño; fue católico hasta la edad de dieciocho años, en que vino al Callao para reencontrarse con su padre. Aunque se filtraban dudas en su espíritu como consecuencia del maltrato que padeció su familia, confesaba, comulgaba, oía misa y era obediente de todos los actos que debe guardar un buen católico. Pero llegó el instante en que hizo eclosión una poderosa turbulencia: la lectura del *Scrutinio Scripturarum* que escribió el converso Pablo de Santamaría. Ese libro tramposo le causó náuseas: la controversia del joven Pablo y el senil judío Saulo era artificial, mentirosa, y no demostraba el triunfo de la Iglesia, sino su abuso. Entonces pidió a su fallecido padre una intensa enseñanza del judaísmo.

Tras el imponente escritorio Andrés Juan Gaitán y Antonio Castro del Castillo cambian de posición en sus sillas. El torrente de blasfemias resulta más hiriente que una lanza; les cuesta mantener la compostura. Juan de Mañozca decide interrumpirlo y ordena que demuestre su formación católica santiguándose y pronunciando las oraciones de la ley de Nuestro Señor Jesucristo.

Francisco enmudece de golpe. ¿Qué prueba idiota le están pidiendo? ¿La calidad de su aprendizaje se reduce ahora a un examen para analfabetos? ¿Se burlan? ¿No creen en la veracidad de su relato? De pronto conecta otra idea: quieren enterarse si un judío pleno es capaz de llevar a cabo un rito católico sin repugnancia.

—No perjudica a la ley de Dios que me santigüe ni que pronuncie las oraciones católicas —se persigna, dice las plegarias y recita los diez mandamientos.

Los inquisidores miran y escuchan con esforzados rostros neutros. El secretario sigue escribiendo velozmente; ya se le quebró la tercera pluma.

—Continúe —ordena Mañozca.

Francisco queda sin conocer el motivo de una prueba tan elemental, pasa su lengua por los labios y completa la historia de su vida. Se las ofrece generosamente, para quedar igualados: ellos católicos y él judío. Mientras ocultaba su identidad se cercenaba como hombre; ahora que la exhibe, su espalda se endereza. En los intersticios de su cuerpo y su alma ha ingresado una balsámica liviandad. Relata que se ha casado con Isabel Otáñez, natural de Sevilla, cristiana vieja enfatiza esto, para que no insinúen siquiera molestarla—; tienen una hija y esperan el segundo hijo. Describe el sufrimiento que ha ocasionado esta separación y ruega a los ilustrísimos inquisidores que le hagan llegar noticias suyas, y que no confisquen todos sus bienes. Ella es cristiana devota y no tiene por qué sufrir a causa de una fe que ni siquiera conoce.

—¿Con quiénes compartió el secreto de su judaísmo? —pregunta Gaitán.

Es la infaltable cuestión; su padre lo dijo tantas veces: "Piden nombres, exigen nombres; no les basta ver al reo bañado en lágrimas y arrepentido; cada uno debe traer por lo menos a otro". No le sorprende la pregunta ni el tono; se la volverán a formular con porfía y usarán todos los recursos de la voz. Pero él ya ha preparado y fijado la respuesta que usará siempre, despierto o dormido, en la sala de audiencias o la cámara de torturas; dirá (dice) que sólo habló de judaísmo con su padre y con su hermana Isabel. Su padre ya ha muerto y su hermana lo ha denunciado a través del confesor de Felipa.

—¿Con quién más? —insiste el inquisidor.

—Nadie más. Si no hubiera hablado con mi hermana, hoy no estaría aquí.

117

Lo trasladan a otro agujero. Aunque sigue con luchando con un temor difuso que viene y va, está satisfecho con la desafiante conducta que observó durante su primera audiencia con el Tribunal. Su cuerpo se parece al de una aplastada mula que súbitamente se liberó de la carga: mostró quién es a los hombres más temidos del Virreinato. Les ha refregado que ama sus raíces. Ha hecho resonar en la augusta sala el nombre del Dios único y ha enfrentado —desde su debilidad física— la arrogancia del Tribunal. Pocas veces alguien les habrá demostrado que no cuentan con todo el poder. Esto no debería transformarse en soberbia —corrige el posible desliz— porque "yo soy apenas un minúsculo, un indigno siervo del Eterno". Pero es obvio que los inquisidores, acostumbrados a recibir prisioneros asustados que se defienden con la mentira, que se arrojan al suelo y deshacen en lágrimas, deberán estudiar su caso y, tal vez, aproximarse a cierta comprensión. Quizás el resplandor de ángel que existe en cada ser humano (y hasta en el más pérfido) consiga hacerles ver el inalienable derecho que asiste a Francisco.

Mientras su mente gira, no observa hacia dónde lo llevan. ¿Importa? Su mirada se ha replegado y apenas registra que las baldosas pasan a ser cubos de adobe y, por último, tierra apisonada. En los corredores resuenan pasos, hierros, gemidos y aumenta la oscuridad. Los alguaciles habían recibido la orden de saltear la celda de recepción y hundirlo en una mazmorra. Ya ha pasado por las verificaciones que exige la legalidad del Santo Oficio; no es un reo inclasificado, sino un maldito judío con sangre y espíritu infectos. Le corresponde un espacio chico y húmedo, un ergástulo sofocante en el cual se macerarán sus malos pensamientos. Aunque no pueden cambiarle la sangre, por lo menos intentarán lavarle el espíritu.

Lo encierran y refuerzan la puerta con travesaños, llave y tranca. Todo ha sido dispuesto para que entienda que su insubordinación es inútil, y que en las cárceles no le queda el mínimo derecho.

* * *

Los inquisidores se pasan unos a otros los pliegos que redactó el secretario durante la audiencia. Es una síntesis que no reproduce todas las frases infames ni el tono altivo con el que el reo las ha pronunciado. Pero consigna pruebas suficientes para aplicarle una condena severísima. Coincide con los documentos que se labraron en Chile tras cada interrogatorio. También armoniza con la denuncia que había elevado hace casi un año el comisario de Santiago de Chile cuando las hermanas del reo —Isabel y Felipa Maldonado— testificaron sus confesiones. Esta situación, sin embargo, no brindaba pistas sobre su camino al arrepentimiento. Su historia, cultura y aparente coraje pueden servir tanto a la luz como a las tinieblas, pueden ayudarlo a recuperar la verdadera fe o extraviarlo más en sus sofismas. Quizá se avenga a una reconciliación voluntaria, con lágrimas sinceras. O quizás sólo a una reconciliación forzosa, bajo la luz que brinda el suplicio, como fue el caso de su padre. El delito de judaísmo tiene cuatro salidas: dos son compatibles con la vida (reconciliación voluntaria o forzosa). Las otras dos terminan en la muerte y se diferencian entre sí porque el judío que se arrepiente antes de que lo devore la hoguera puede acogerse a la clemencia de un fallecimiento más rápido mediante la horca o el garrote vil.

Gaitán instala un pisapapeles sobre los pliegos y afloja su nuca contra el alto respaldo del sillón. Le irrita que Mañozca y Castro del Castillo hayan aceptado que el reo jurase a su modo. Le han permitido, indirectamente, agraviar la cruz y le han concedido un derecho que aumentará su confusión. No está de acuerdo, para nada. A esta gente hay que recordarle que el Todopoderoso se encuentra de un solo lado y que la verdad no es compatible con sustitutos. ¿Quién es este insolente médico criollo para imponer sus deseos al Tribunal? El Tribunal, al satisfacerlo, le ha regalado un trozo de su propia fuerza, le ha transferido innecesariamente una atribución. ¿Por qué? ¿Para qué? Mañozca y Castro del Castillo tienen menos años de oficio inquisitorial que él y aún no han aprendido a reconocer en estas basuras a moscas con forma humana. Como las moscas, sólo merecen que se las aplaste. Son indignos, ingratos e irracionales. Este médico ha recibido el bautismo y la confirmación, ha sido hospedado en conventos, instruido en la Universidad y ha llevado al lecho a una cristiana vieja, para finalmente arrojar todo como un desperdicio y proclamar con vesánico orgullo su sangre abyecta. Es el colmo del extravío. Incluso tiene la desfachatez de considerarse único responsable de sus actos. Gaitán cree que esto es verdad, que el hombre es un solitario, que no ha cultivado su judaísmo sino con su padre muerto y hablado del tema con su hermana devota. Pero lo inaceptable es que, en vez de aceptar su pequeñez extrema y achicharrarse ante la majestad del Santo Oficio, en vez de temblar, sudar y caer de rodillas, tiene la osadía de impugnar la fe verdadera con su juramento por el Dios de Israel. Ha brindado una muestra irrefutable de su carácter subversivo y la ponzoñosa voluntad de socavar el orden del universo.

Gaitán está cansado. Es quien lee con más atención los informes, contrasta testimonios, evalúa confesiones. Desde hace dos años ha comenzado a pedir licencia para regresar a España, porque el Virreinato del Perú y sus miserias lo han hartado. Pero su solicitud no es satisfecha con celeridad. En España aprecian los servicios que presta con severidad incorruptible y prefieren que siga en su puesto varios años más.

406

118

Le han liberado las muñecas y los tobillos porque está preso en una mazmorra de la que no fugaría ni una araña. La celda es angosta, provista de un poyo donde tendieron el colchón y una arqueta en la que han depositado las pertenencias que lo acompañaron desde Chile. Francisco mira durante horas la ventana alta, pequeña e inaccesible, por la que fluye la nubosa luz de un patio interno. Se aburre con el lento desovillo de las horas y se pregunta si conseguirá vencer las pruebas a que lo someterá el Santo Oficio. Una de esas pruebas consiste precisamente en mantenerlo inactivo durante días y semanas. Los sirvientes negros que le traen la ración de comida le arrojan algunas frases como migajas. Francisco quiere entablar algún diálogo, pero son seres despreciados que se alivian despreciando a quienes están peor. Entre las deshilvanadas expresiones le dejan enterarse de que no podrá leer ni escribir, no podrá comunicarse con otros prisioneros y menos con el exterior. Puede, en cambio, solicitar algunas comodidades que a veces son atendidas ("a veces"): abrigos, comidas, un mueble, más velas. Esos beneficios se pagan con el dinero que le han confiscado. Pero si su dinero se acaba, se acaban los beneficios.

¿Cuánto tiempo lo mantendrán incomunicado? El desafío del aislamiento es arduo. Incrementa la ansiedad y desencadena el alud de la desesperación. Habla consigo mismo hasta el borde de la locura, porque su corazón reclama conectarse, confiar ideas, descargar sentimientos. Ya le había pasado en las celdas de Chile y en la hedionda bodega de la nave: llega un momento en que no se aguanta más y comienza a borrarse la esperanza. Esto busca la Inquisición.

Cuatro jornadas después de la primera audiencia le ordenan ponerse el sayal para la segunda. Recibe la orden con ambivalencia, porque volverá a conectarse. Le cierran los grilletes en sus extremidades ulceradas como si estuviese en condiciones físicas de huir. Lo conducen al augusto salón del Tribunal. Igual que la otra vez, lo acompañan el macizo alcaide y dos negros armados. Se da cuenta de que su prisión actual está en el fondo de la lóbrega fortaleza porque debe recorrer túneles, ascender y descender peldaños, cruzar muchas puertas hasta que penetra en el ámbito donde el hermoso techo de madera machihembrada ofrece una disonancia sarcástica. Ahí están las tres altas sillas forradas de verde, el escritorio de seis patas, los dos candelabros y el crucifijo ante el cual se negó a prestar juramento.

Entra el cadavérico secretario cuyos ojos de vidrio apuntan hacia el pequeño escritorio en el cual deposita su escribanía. Después se sienta, une las manos en oración y mira hacia el verdinegro blasón del Santo Oficio.

Gira una de las puertas laterales y brotan en fila los tres inquisidores. La audiencia es ceremonia y no permite alteraciones al libreto. La secuencia es rígida, siempre igual. Los jueces caminan a pasos cortos, escalan la tarima, las sillas abaciales se corren, quedan parados como alabardas, hacen la señal de la cruz, rezan en voz baja.

Mañozca ordena al reo que diga lo que calló en la audiencia pasada. ¿Supone este giro la aceptación de su informe anterior como cierto? ¿Supone que lo escucharán con mejor disposición? El resplandor de ángel que existe en cada ser —Francisco se da ánimos—, ¿podría inducirlos a reconocer que su calidad de judío no significa ofensa a Dios? Avanzará más —decide—, para mostrarles que su conducta no es arbitraria, sino obediente a los sagrados mandamientos, como pide la Biblia. Confiesa, entonces.

Confiesa que ha guardado los sábados como festividad porque así lo ordena el libro del Éxodo (recita de memoria los versículos pertinentes) y ha evocado a menudo, para infundirse coraje, el cántico que figura en el capítulo XXX del Deuteronomio (también lo recita de memoria). Los inquisidores teclean los apoyabrazos ante el desfogado reconocimiento del delito que hace este hombre, y están impresionados, además, por su dominio del latín y la Sagrada Escritura.

Francisco lee en los rostros secos un asombro apenas esbozado, pero suficiente para saber que ha conseguido atravesarles la dura piel.

El secretario escribe ansioso, resignado a no poder fijar tantas palabras en castellano y latín. Se limita a mencionar que con fluidez pronunció el Salmo "que comienza *ut quid Deus requilisti in finem* y otra oración muy larga que comienza *Domine Deus Omnipotens, Deus patrum nostrorum Abraham, Isaac et Jacob*" y que recitó "otras muchas oraciones que rezaba con intención de judío".

La audiencia se prolonga hasta que los inquisidores juzgan que el reo ha dejado de aportar nuevos elementos. Se levanta la sesión y el alcaide acompaña a Francisco hasta su angosta cueva.

Encerrado y solo, espera durante días, luego semanas, luego meses, que lo vuelvan a convocar. La puerta sólo se abre para ingresarle desabridos alimentos o retirar el bacín. El Santo Oficio tiene paciencia y sabe cómo doblegar a los obstinados. Dejará que la quietud y el vacío hagan su parte.

119

Francisco se esfuerza en no perder la razón. Sabe que todo lo que hagan con él, incluso mantenerlo incomunicado, responde a una estrategia. Su batalla tendrá aspectos sorprendentes, pero siempre será batalla. Debe luchar. Ahora su vida no tiene otro objetivo que ser sujeto del prolongado y cruel combate.

Decide organizar sus jornadas de compacto hastío. Hay una actividad saludable que no le van a poder quitar: el pensamiento. Pero además de actividad, el pensamiento es su única arma. Debe protegerla y cultivarla con pasión. Hará ejercicios de la memoria, la lógica y la retórica. Llenará su vigilia con método, del despuntar del alba hasta el anochecer. Pronunciará oraciones y recitará los queridos ciento cincuenta Salmos. Mantendrá frescos muchos textos bíblicos y de autores grecolatinos. Ensayará respuestas a difíciles preguntas y armará interrogantes provocativos para desarticular los asertos dogmáticos. Hará fluir dentro de su mente el diálogo que le retacean. Se preguntará, responderá, refutará y volverá a preguntar. Por cada audiencia que alguna vez tendrá con los inquisidores, en su espíritu habrán sucedido no menos de cien.

Los inquisidores, mientras, atienden otros asuntos. Francisco Maldonado da Silva los ha llenado de cólera e impotencia. Necesitan descansar de un individuo que los saca de sus andariveles habituales. A su lengua la alimenta el demonio y conviene escucharlo lo menos posible. Quisieran verlo muerto, pero si lo matan sin que se doblegue previamente, habría triunfado el demonio. Tienen que apretar los puños y esforzarse en hacerlo caer de rodillas. Entonces podrán matarlo con alegría triunfal, no antes.

De todas formas, trabajo no les falta. Deben enjuiciar casos de idolatría negra e indígena, problemas con la autoridad civil y enojosos conflictos de jurisdicción con la autoridad eclesiástica. A diario aparecen complicaciones financieras o abusos de protocolo. Se amontonan blasfemias, heréticos visionarios, bigamia, supersticiones groseras y, para colmo de males, delitos del mismo clero: seducción en el confesionario, celebración de la misa por quienes no son sacerdotes ordenados, casos de frailes que han contraído matrimonio o mantienen un vergonzoso amancebamiento. El pecado inunda el campo y la ciudad como río crecido.

Gaitán no logra la paz. Este médico judío—masculla— que blasona su sangre infecta, es un oponente poderoso. No será fácil hacerle pedir misericordia porque no se reconoce culpable. Ha presentado su falta como un mérito. Y lo ha hecho con abundancia de citas favorables a su errada convicción. Está físicamente encadenado, no puede salir ni comunicarse y es casi un muerto. No obstante, se ha expresado como si no tuviese conciencia de que enfrenta un Tribunal que podría condenarlo rápidamente a la hoguera. ¿No se dio cuenta de que el Santo Oficio es capaz de hacer llorar a las piedras? ¿No se lo dijo su padre, acaso? Porque su padre se quebró, habló y denunció. Ofreció muestras de arrepentimiento, se le aceptó en reconciliación y se le impuso una condena leve, demasiado leve, y por eso retornó a los asquerosos ritos. ¡Maldita sea! El Tribunal fue ingenuo en esa oportunidad. Olvidó que, para cumplir con brillo su misión, debe ser siempre algo más exigente que lo que propone la equilibrada lógica. Para que haya orden y reinen Cristo y la Iglesia, más importante que la justicia es la victoria, más importante que la verdad es el poder.

Ahora Gaitán no modificaría esta posición ni aunque se lo rogara la Suprema de Sevilla. La historia demuestra cómo fue preciso endurecerse cada vez más ante las agresiones del diablo. Hace poco, precisamente, discutió el asunto con Castro del Castillo, que aún sueña con los resultados de la mano blanda. Es cierto que las primeras leyes contra los herejes no incluyeron la pena capital; pero debía tenerse en cuenta que entonces no se sabía que eran tan pertinaces y malignos. La Iglesia dejó pasar más de mil años sin castigarlos debidamente y ha demostrado con ello tener una paciencia a la medida de su enorme estatura. Pero también ha comprobado que la tolerancia no lleva al buen carril: al contrario, aumenta las ventajas del Anticristo.

Gaitán le recordó a su clemente colega que fue recién el Papa

Gregorio IX quien, en el siglo XIII, creó la Inquisición Delegada[31] y admitió el principio de la represión violenta para enfrentar las herejías. La bula *Ad extirpanda* de Inocencio II, publicada en el año 1252, superó infundados temores y estableció de manera inequívoca la legalidad de la tortura. Esta disposición no se impuso fácilmente, para daño de la Iglesia. Ni aun ahora, que arden hogueras en Europa y América, se golpea con suficiente energía a sus enemigos. Por eso un hombre como Diego Núñez da Silva —sigue mascullando Gaitán— retornó a la ley muerta de Moisés y confundió a su hijo. De habérselo castigado mejor, incluso de habérselo mandado a la hoguera, hubieran evitado que descarriase otras almas.

120

A los sirvientes negros que traen la comida les llama la atención que el prisionero mantenga fija la mirada en la pared como si leyese un texto. Cuando percibe su presencia gira la cabeza y recibe el cazo humeante.

—Está prohibido leer —le recuerdan a pesar de que no permiten el ingreso de un libro ni un cuaderno.

Francisco asiente mientras acerca la cuchara a su boca. Un esclavo se aproxima a la pared donde supone que están grabadas las oraciones. No descubre signo alguno y pasa los dedos para convencerse de que la vista no lo engaña. Después contempla al prisionero que sorbe lentamente el guiso y tiene la capacidad mágica de captar lo invisible.

—Está prohibido leer —repite—, pero puede pedir otras cosas. —En su tono hay un novedoso respeto.

Francisco eleva las cejas.

—Otra comida, otra frazada, otra silla —dice el negro abriendo las manos.

Francisco vacía el recipiente; por primera vez no se han retirado enseguida: muestra que están fascinados.

—¿Cómo te llamas? —le pregunta a uno.

—Pablo.

—¿Y tú?

—Simón.

—Pablo y Simón —les dice con chata expectativa—: quiero pedir otra cosa.

—Pida.

—Ver al alcaide.

—Puede —le sonríen enigmáticamente.

Francisco observa su partida presurosa, aunque no olvidan cerrar la puerta con llave y con tranca.

Esa tarde, antes de las acostumbradas demoras, cruje la puerta e ingresa el alcaide con un negro armado cubriéndole las espaldas.

—¿Qué sucede?

Francisco está asombrado y duda si hacer la solicitud a quemarropa. Han transcurrido jornadas de pesado silencio en el cual lo ignoraron por completo. En ese interminable lapso ha recitado de memoria libros enteros de la Biblia y ha evocado una buena parte de su biblioteca con el ritmo que le hubieran impuesto en la universidad. El alcaide está parado con las piernas abiertas y lo mira con reproche. Su función de carcelero lo obliga a responder los llamados que siempre cumple en forma hosca, para bien de la disciplina interior. Parece más petiso y barrigón que la primera vez.

—Necesito hablar con los inquisidores —dice Francisco.

—¿Otra audiencia? —se extraña.

* * *

Le cuesta creer que lo ha logrado. Tres días después le ordenan vestir el sayal frailesco, engrillan sus extremidades y lo conducen al temido salón. Uno de los inquisidores indica al secretario que anote el carácter voluntario de la audiencia. Después clavan sus pupilas en Francisco, que ha ensayado su discurso, quiere conmoverles el alma y sacarlos de su hostilidad de granito. Es menos que David y ellos son más que Goliat; no pretende vencerlos, sino humanizarlos.

—Soy judío por dentro y por fuera —les dice con transparencia suicida—, antes sólo por dentro. Seguramente ustedes aprecian mi decisión de no ocultarme tras una máscara —calla unos segundos, evalúa el calibre de las palabras que pronunciará ahora—. Sé que al

412

decir la verdad pongo en riesgo mi vida. Tal vez ya estoy condenado, pero me anima una profunda tranquilidad interior. Sólo quien ha tenido que sobrellevar una identidad doble y ocultar durante años, con miedo y vergüenza, la que considera auténtica, sabe cuánto se sufre. Créanme que no sólo es una carga, sino un garfio que muerde hasta en los sueños.

—Es malo mentir, por cierto —dice Juan de Mañozca en un tono frío—. Y peor cuando se miente para ocultar la apostasía.

A Francisco le brillan los ojos como si la dureza del inquisidor le hiciera saltar lágrimas.

—No he mentido para ocultar la apostasía, sino para ocultar mi fe —eleva involuntariamente la voz—. Para ocultar a mis antepasados, para ocultarme a mí mismo, como si mis sentimientos y mis convicciones y mis preferencias nada valiesen.

—No valen en la medida en que se oponen a la verdad.

—¿La verdad? —repite Francisco.

Suena en el salón un leve eco. El prisionero aprieta los labios para no desbarrancarse en argumentaciones que rebotarían en los oídos del Tribunal. Pese a sus expectativas, el combate resulta más que difícil.

—¿Para qué pidió esta audiencia? —reclama el colérico Gaitán—. No ha confesado nada nuevo.

—Deseaba hacerles notar que no he asumido mi identidad judía en forma ligera, sino con profunda convicción. Durante años he devanado mi conciencia y no he hallado otro camino compatible con la moral —hace una larga pausa.

Los inquisidores dan señales de impaciencia.

—Para ser judío pleno —sigue Francisco en el más tranquilo tono que le permite su corazón— es necesario atravesar una prueba muy dolorosa que fijaron Dios y Abraham en su pacto. El capítulo XVII del Génesis lo establece. ¿Recuerdan, sus Ilustrísimas? —Francisco entorna los párpados y recita de memoria—: "Guardaréis mi Alianza tú y tu descendencia en el transcurso de las generaciones; todo varón entre vosotros será circuncidado y ésta será la señal de la Alianza entre yo y vosotros. Así estará marcada mi Alianza en vuestra carne como una Alianza perpetua"... —abre los ojos—. Les digo esto respetuosamente, para que abandonen el concepto de que he traicionado por capricho o irresponsabilidad una fe en la que ya no creo, por más fuerza que haga, y me divierto con otra. Créanme que para dar un paso tan riesgoso he tenido que soportar el fuego de las dudas, despreciar peligros y sacrificar ventajas sin fin. He tenido que lastimar mi propia carne, hundirme el bisturí y proseguir con las tijeras. He cumplido con lo que Dios me dicta desde el fondo del alma. La fe de mis padres no es menos exigente que la de Cristo: también ordena ayunos y aflicciones. Pero me pone en vibrante contacto con el Eterno y me hace sentir digno. Es por eso que hablé con mi hermana Isabel, sólo con mi hermana Isabel, dulce y comprensiva Isabel como fue dulce mi pobre madre, para que se incorporase a la familia que integramos, una familia que se remonta hasta los prodigiosos tiempos de la Biblia. Pero en mi hermana dominó el pánico sobre el juicio y no pudo comprender que cuando uno alcanza los mandatos profundos, se alcanza la paz de Dios —hace otra pausa, los mira de frente—. Es todo lo que deseaba comunicarles.

Baja la cabeza, fatigado.

Antonio Castro del Castillo entrecruza los dedos sobre el abdomen para mantenerse inmóvil porque lo muerde un retortijón de intestinos. Este médico defiende sus errores de tal forma que lo conmueve. Mira a Gaitán de soslayo, el imperturbable, el intransigente. Hace unos días volvió a recordarle que un buen inquisidor nunca se arrepentirá de haberse excedido por duro y sí por blando. Se masajea con disimulo y reza una Avemaría.

Se levanta la sesión.

Mientras conduce a Francisco de regreso, el alcaide se concentra en la cadena que se enreda en sus tobillos y, repentinamente, decide ayudarlo. Los sirvientes negros se asombran: el petiso funcionario se inclina y la levanta. Jamás ha brindado esta cortesía a un reo. Francisco también se asombra, pero nada dice. Avanzan por los húmedos corredores que la antorcha enciende de rojo macabro. El alcaide lo observa con el rabillo del ojo y comete otra irregularidad: le habla.

—He podido escuchar parte de sus declaraciones. No termino de creerle.

Francisco advierte que ha empalidecido.

—¿Qué cosa no me cree?

El alcaide, como un niño que no consigue romper la fascinación de una historia truculenta, pregunta:

—¿Es verdad que se cortó el prepucio usted mismo?

—Sí, es verdad.

Lanza un silbido que superpone incredulidad y espanto.

—¡Son sanguinarios ustedes, los judíos!

Francisco levanta sus muñecas ulceradas por los grillos y las mueve ante los ojos del alcaide. Pero no las ve: sigue meneando su cabeza y repite "¡qué sanguinarios son!".

121

Después de soportar semejante andanada de proyectiles, los inquisidores concuerdan que Maldonado da Silva es un sujeto hábil, cuyo atrevimiento anticipa una prolongada obstinación. No sólo confiesa con altivez, sino que intenta persuadir a los jueces, es decir corromperlos. Tiene una inteligencia luciferina para construir argumentos que presenta con inocencia tramposa.

Es necesario aplastarlo cuanto antes, igual que a una hormiga, sentencia Gaitán y sus colegas asienten. Porque no se trata únicamente de alguien que ha cambiado una fe por otra como si mudara de camisa, sino de alguien que escupe atrocidades. Lo está haciendo desde el comienzo de su anticruzada, desde Chile y tal vez desde antes. Francisco no sabe, por cierto, que el Tribunal ya ha interrogado a la negra María Martínez. Esa mujer acusada de hechicería presta un buen servicio porque gusta contar sus abominaciones y, de esta forma, estimula el sinceramiento de los cautivos, sinceramiento que luego vomita a la primer pregunta. Las aberraciones que le confió Maldonado da Silva en su primera noche de cárcel en Lima ya engrosan su horrible expediente.

Cuarenta días más tarde es otra vez llevado ante los jueces para redondear el material acusatorio. Están dispuestos a terminar con su inaceptable insolencia.

A Francisco, en cambio, la audiencia lo anima. ¿Qué querrán ahora? Ya les ha contado su vida y les ha reiterado la fuerza de su identidad. Tal vez han empezado a entrever que su judaísmo no es una agresión ¿Será posible? No —se responde para no dejarse arrastrar por el entusiasmo ingenuo—, no tan rápido.

Los inquisidores dicen que quieren saber más. Francisco piensa que la misteriosa condición judía los fascina y espanta a la vez. Entonces les explica que entre el judaísmo y el cristianismo existen más analogías que diferencias, y que el reconocimiento de las analogías puede llevar a una mayor tolerancia de las pocas diferencias. Pero el Tribunal lo interrumpe para indicarle que sólo interesan las diferencias y, de ellas, los aspectos del cristianismo que molestan a un judío.

¿Oyó bien?: "Aspectos que molestan a un judío". ¡Qué extraño! ¿Quieren instruirse los inquisidores? ¿Quieren meterse en la piel de un judío para, desde allí, con otra perspectiva, examinar sus propios dogmas? Esto suena increíble. Pero puede tratarse de una emboscada.

Responde que al judío no le molestan los preceptos del cristianismo: simplemente no los acepta porque transgreden algunos mandamientos: adorar imágenes, no respetar los sábados. Desde el punto de vista judío el cristianismo realiza una tarea encomiable porque acerca millones de seres al Dios único y ha difundido por todo el orbe Su palabra. Es un pensamiento sostenido por muchos sabios y, en especial, por el insigne médico español Maimónides.

Los jueces comprueban que el secretario anota vertiginoso. El reo, lamentablemente, ha esquivado la trampa; necesitan hacerlo blasfemar. Entonces le preguntan sobre el crucial tema del Mesías. Francisco mantiene su franqueza.

—Los judíos aún lo esperamos —confiesa sin rodeos—, porque no se han cumplido las profecías que describen los tiempos mesiánicos. En el cristianismo se acepta algo parecido, porque es obvio que no se han cumplido las profecías de paz universal. Entonces Cristo tendrá una segunda venida que, en última instancia, corresponde a la primera de los judíos. Ya ven, hasta en un tema tan decisivo existen analogías.

—Los milagros de Nuestro Señor ¿no son prueba suficiente de que es el anunciado Mesías?

El reo se dispone a contestar con sinceridad y no advierte que el secretario se pone más tenso porque está a punto de oír la blasfemia que el Tribunal necesita para el cañonazo acusatorio.

—Los milagros no son suficientes, ni siquiera necesarios para demostrar la presencia de Dios —responde con naturalidad, como si estuviese reflexionando sobre un tema baladí—. Recordemos que el milagro implica violentar las leyes del universo; un milagro refuta y quiebra el orden natural.

—¿No hubo milagros en el Antiguo Testamento? —ironiza Castro del Castillo.

El prisionero repasa mentalmente los prodigios anotados en el Pentateuco y los Profetas.

—Sí los hubo, claro que sí, pero no para demostrar la existencia de Dios, sino para resolver necesidades extremas —elige unos pocos ejemplos—: se abrió el Mar Rojo para salvar a Israel de los ejércitos egipcios, cayó maná del cielo y brotó agua de las piedras para que los recién liberados no muriesen de hambre y de sed, pero no para que el pueblo creyera. También pueden hacer milagros las personas expertas en magia. Los profetas, por ejemplo, hablaron, persuadieron y recriminaron con la palabra solamente. Quienes reclaman milagros para creer —calla un instante, anonadado por la increíble metamorfosis que se ha producido, porque de súbito él, un miserable acusado, ocupa el sitio del acusador—, quienes reclaman milagros para creer, indirectamente buscan socavar las leyes del Señor, las leyes con las que creó el mundo y lo puso en funcionamiento.

A Gaitán se le estiran las comisuras de los labios en horrorizada mueca. No obstante, se complace: el reo ha dicho lo suficiente para merecer un castigo atronador. Mañozca agrega un ácido detalle.

—Hemos encontrado entre sus ropas un cuadernillo con las fiestas de Moisés y algunas oraciones.

—Sí —acepta Francisco—. Me las enseñó mi padre.

Es suficiente. La audiencia ha concluido.

El reo es devuelto a su mazmorra, donde pasará otras semanas de sofocante quietud.

Mañozca piensa: ¿No es signo de locura que un hombre aislado y desvalido, desamparado y solo, pretenda resistir el formidable aparato del Santo Oficio? ¿Cómo puede mantenerse altivo ante una institución ahíta de cárceles, aparatos de tortura, funcionarios, dinero, prestigio, conexiones públicas y secretos inexpugnables? Es la organización más temida del Virreinato, del imperio y de toda la cristiandad. Su objetivo apunta a extirpar insubordinaciones, y lo hace sin medias tintas, porque está formada por personalidades que cumplen su tarea a conciencia. No mezquina recursos de ninguna naturaleza, sean materiales o espirituales; valen por igual todos los instrumentos de intriga, calumnia y pánico. El Santo Oficio moviliza cientos de cabezas y millones de brazos, pero tiene un solo cerebro acorazado de insensibilidad. No se conmueve con la desesperación de los hombres porque no está en el lugar de los hombres, sino de Dios. Trabaja sólo para Él. Quien enfrenta al Santo Oficio, enfrenta al Todopoderoso. Este prisionero, en consecuencia, parece irreal, parece una alucinación de pesadilla. Es una criatura que debe ser humillada prolijamente. Debe ser rebajada y saqueada hasta que acepte la purificación que salvará su alma.

Los inquisidores y sus ayudantes redactan una minuciosa acusación contra Maldonado da Silva. Es una pieza de cincuenta y cinco capítulos en la que también han trabajado consultores y abogados del Santo Oficio bajo la supervisión del fiscal. La catapulta tendrá que aplastarlo.

Suponen que el aislamiento, la penumbra y las magras raciones de comida han macerado su cabeza tan dura. Entonces lo convocan de nuevo. Lo llevan al salón de techo machihembrado, envuelto en pesadas cadenas. Lo mantienen de pie, para que el cansancio agregue otra dosis de sufrimiento.

Se le ordena de nuevo, como es norma, jurar por la cruz, lo cual suena a repetición inútil. Pero el Tribunal quiere saber si el reo ha abandonado su testarudez en la cápsula meditativa de la prisión. Lamentablemente, el reo es un reptil que aún insiste en prestar juramento por el Dios de Israel. Luego el secretario procede a la monocorde lectura de la acusación. Tras cada punto lo interroga con la mirada, para que confirme su acuerdo con el contenido.

¿Qué misterioso fluido circula en la sangre de este descarriado que no se alebrona bajo la andanada de cascotes que le arroja la acusación tan detallada? Acepta todos los capítulos y reconoce todas las imputaciones como si fuesen medallas de guerra. ¿Es que tiene la expectativa de recibir un auxilio sobrenatural?

Los jueces se estremecen —de indignación, de sorpresa— cuando este endriago no considera suficientes los cincuenta y cinco estampidos, sino que añade otra insolencia: informa que durante la quietud carcelaria compuso en su mente varias oraciones en verso latino y un romance en honor a la ley del Eterno. Les comunica, además, que en el pasado mes de septiembre cumplió con el ayuno de *Iom Kipur* para que le fueran perdonadas sus faltas.

El edificio de la Inquisición reprime un bufido. ¡Esta mosca, esta basura que enviarán a retorcerse en el fuego no da muestras de arrepentimiento alguno! Se le anuncia, sin embargo, que la legalidad del procedimiento impone brindarle una defensa que estará a cargo de abogados.

—¿Quién los designa? —Francisco aún se permite ironizar.

No le contestan. La audiencia ha concluido. El prisionero aún habla: que sean personas doctas, solicita.

Castro del Castillo, de pie ante su silla abacial, observa al secretario que también anota este pedido. El reo agrega:

—Para que sepan aclarar mis dudas.

Gaitán y Mañozca cruzan una mirada: ¿esa frase es el primer indicio de sensatez que alumbra al reo? ¿Ha empezado a cambiar? ¿Se está doblegando? Casi sonríen.

122

Pero el profundo arrepentimiento que exigen los inquisidores todavía no despunta. La resistencia de Francisco es como una larga cuerda que se pierde en una zona fabulosa, nutrida por sentimientos difíciles de explicitar. Sabe que es una partícula que apenas se distingue de la nada: su boca puede ser amordazada, sus manos paralizadas, su cuerpo destrozado, sus restos inhumados en la misma cárcel y su nombre olvidado para siempre. No obstante, conserva una llama que no se extingue. Es una llama misteriosa, inasible. ¿Qué sueña esa llama? ¿Sueña acaso doblegar la intransigencia de los inquisidores? ¿Obtener la aceptación de sus derechos? "Seguramente no obtendré ningún fruto tangible", reconoce. Pero no se da por vencido, porque existe un área donde no podrán derrotarlo. Una fuerza lo sostiene y alienta, como la energía que bulle en los locos y los santos.

Hace poco la mazmorra le aportó un dato inverosímil. Las ratas habían estado haciendo ruidos familiares al precipitarse por los tirantes del techo, como en el convento de Lima. Pero en su desparramo percibió golpes de otro tipo, que no habían llamado su atención al comienzo. Se preguntó qué eran esos impactos secos y rítmicos, parecidos a los de una música africana. ¿Un negro se divertía raspando los dientes de una quijada como solía hacerlo el bueno de Luis mientras Catalina ondulaba hombros y caderas? A la noche siguiente, cuando se alejaron los guardias y estalló la zarabanda de los roedores, también se reiniciaron esos ritmos. Esta vez los escuchó muy atento y advirtió que no eran ritmos, sino agrupaciones de impactos, separados por un breve silencio: toc-toc-toc. Puños y palmas o un cascote contra el muro. ¿Eran llamadas de los prisioneros? ¿Intentaban comunicarse con él? Sintió el júbilo de la solidaridad: había otros en situación análoga, se podría acabar su desamparo absoluto. Entonces respondió una, dos, tres veces. Los otros ruidos cesaron y hasta pareció que las ratas levantaron sus orejas para enterarse. Aguardó las respuestas que no tardaron en llegar. Pero recibió una andanada de golpes separados entre sí por sorpresivas pausas. ¿Qué significaban las pausas? ¿Qué las series?

—¡Son mensajes en clave! —se dijo.

Los prisioneros se transmitían mensajes con este método. No podían verse, ni hablarse, ni escribirse, pero sí utilizar las vibraciones del aire.

En la remota Ibatín había jugado con Diego a golpear suavemente los muros imitando palabras y canciones. ¿Qué simbolizaban en esta laberíntica cárcel los agrupamientos? ¿A qué se refiere un golpe, a qué dos, a qué cinco?

—Durante años intenté descifrar el alfabeto de las estrellas y de las luciérnagas —se exaltó Francisco—. No imaginé entonces que el Señor me había prodigado un presentimiento de otro sistema que no se compone con la luz de los espacios abiertos, sino con las vibraciones transmitidas por los muros.

Los golpes eran un alfabeto, pues, y debía aprender a leer y escribir en su clave como lo hizo con el latín y el castellano. Si de eso se trataba, un impacto debía equivaler a la letra A, dos a la B, y así sucesivamente. Encendió un pabilo y prestó atención. Recogió un huesito de pollo, se sentó en el piso y empezó a trazar breves rayas con cada serie. Después las contó y tradujo a las letras correspondientes para formar palabras. Era difícil: algunas letras como la S, T, U, requerían muchos golpes y equivocaba la cuenta. Debía ejercitarse. Tampoco aprendió a leer y escribir castellano en un solo día.

Se dispuso a contestar. Vertió su nombre a la clave y, lentamente, transmitió al macabro laberinto su primer mensaje. Los muros difundieron sus tres palabras: Francisco-Maldonado-Silva. Esa noche, decenas de hombres y mujeres tomaron nota de su cautiverio.

123

Cada reo tiene un "abogado defensor", aunque tal título es un equívoco porque su tarea consiste en ayudarlo... a que triunfe la fe verdadera. Es un asalariado de la Inquisición que simula ponerse del lado de la víctima al descubrir algún error secundario de procedimiento jurídico. Su objetivo real es convencerlo de someterse cuanto antes. No obstante, su presencia brinda un puñado de esperanzas.

En el ergástulo de Francisco se celebran ocho largas sesiones. Su abogado defensor es un fraile robusto, mejor constituido para la guerra física que para los enredos de la jurisprudencia. Es un hombre que a las víctimas les causa buena impresión porque aparece como un aliado potente y afectuoso. Sus expresiones refuerzan esta imagen. Francisco no escapa a la ilusión y le entrega su historia, sus temores y esperanzas. En realidad no ha hecho otra cosa desde que lo arrestaron: siempre repite su verdad desnuda y molesta. Además, le habla emocionado de su inocente y amada esposa Isabel, de su hijita Alba Elena y del niño que ya debe haber nacido sin que nunca hubiera podido acunarlo. El abogado parece comprensivo y le promete mejorar su situación. Dice que podría disminuir rápidamente el peso de la condena en marcha si abjura de sus erróneas creencias. Francisco le formula a su vez muchas preguntas que el abogado prefiere marginar cuando tocan aspectos teológicos y morales: su misión —insiste— se limita a brindarle una ayuda concreta.

—Pero depende de usted —concluye—. Depende de su abjuración.

En una oportunidad, Francisco le confía que traicionar su conciencia por algunos beneficios le suena a soborno. En otra dice algo peor:

—Si abjuro, dejaría de ser yo mismo.

El abogado informa leal y puntualmente a los jueces. Mañozca

421

y Castro del Castillo consideran que Maldonado da Silva es un hombre loco pero ilustrado, y deberían hacerlo polemizar con personas eruditas para deshacerle los argumentos.

—El reo no desea enmendarse porque tiene el pecado del orgullo —replica Gaitán.

Mañozca deja pasar unos segundos y replica:

—Debemos evangelizar en el nivel de cada alma, y el alma de este hombre exige ideas fuertes, desarrolladas por eruditos.

—Ni los mejores eruditos —Gaitán lo mira con dureza— conseguirán doblegarlo con argumentos y, menos aún, en una controversia. Es buen polemista, como Lucifer. Terminará por complicarnos.

Castro del Castillo interviene.

—¿Lo considera usted —dice con irrefrenable ironía— tan perspicaz como Lucifer para atribuirle la victoria en una controversia que aún no se ha llevado a cabo?

Gaitán le devuelve una mirada iracunda.

—No se trata de perspicacia, sino de talento y capricho.

—El talento y el capricho diabólicos se quiebran ante la luz del Señor —insiste Mañozca.

Gaitán junta las manos delante de su nariz.

—No sean ingenuos, por Dios. No se somete al diablo —gotean sus palabras como plomo fundido— haciéndole concesiones...

Mañozca y Castro del Castillo se mueven molestos.

—No es una "concesión" haberle permitido jurar por el Dios de Israel o tener como calificadores a gente erudita —Mañozca se justifica también en nombre de su colega.

La discusión no da para más y termina en absoluto secreto. El Tribunal no debe mostrar grietas.

Días más tarde se convoca a personalidades de reconocida formación teológica para que analicen las dudas del reo en presencia de los inquisidores. La decisión recae en cuatro eminencias: Luis de Bilbao, Alonso Briceño, Andrés Hernández y Pedro Ortega.[32]

La sesión es preparada con esmero. Deberá concluir en victoria ejemplar, de la que se hablará por muchas partes y largos años.

Francisco es conducido por el alcaide y dos negros armados —igual que siempre— a la augusta sala. Le ponen el escabel de madera tras las rodillas y el cadavérico secretario repite la ceremonia de acomodar milimétricamente los útiles de su escribanía. Ingresan los cuatro eruditos vistiendo los hábitos de sus respectivas órdenes y se instalan ante las sillas que se habían dispuesto para ellos, dos a la derecha y dos a la izquierda del reo. Tras otro minuto de espera chirría la puerta lateral y el recinto se tensa con la aparición de la breve fila de inquisidores que marchan con su característica majestad hacia la alta tarima, hacen la señal de la cruz y oran en voz baja. Los imitan los eruditos y después el alcaide tironea el brazo del reo para que se siente.

Mañozca toma la palabra para explicar cuán generoso es el Santo Oficio: brinda la ocasión de formular dudas para que dignos teólogos respondan. Como el reo ha insistido en que su errada conducta se basa en la Biblia, este Tribunal le ofrece un ejemplar de la Sagrada Escritura para que pueda efectuar las citas sin deformaciones.

Lo invitan a hablar.

Francisco contempla el pesado ejemplar de la Biblia instalado sobre un atril y levanta sus manos cargadas de grillos hacia las páginas cubiertas de signos. El reencuentro con el texto familiar le sugiere las primeras frases. Dice que el amor que tienen los judíos por los libros —y por este libro en especial—, es el amor a la palabra, a la palabra de Dios. Dios construyó el universo con Su palabra y en el Sinaí se manifestó con palabras, también. Las palabras son más valiosas que las armas y el oro. Dios no puede ser visto, pero puede y debe ser escuchado. Por eso prohibió las imágenes y ordenó acatar su ley, trasmitida con palabras. Quien le obedece integra al mismo tiempo, por añadidura, el orden moral. Quien, por el contrario —agrega provocativamente—, sólo dice adorarlo y hasta grita su fe, pero no cumple con los mandamientos, en los hechos repudia a Dios.

Uno de los eruditos interrumpe la audaz parrafada para recordarle que han venido a resolver sus dudas, no a escuchar una disertación. Entonces Francisco hojea la Biblia y señala los versículos que expresan mandatos, reiteración de mandatos y reproches por violar esos mandatos. Cita el Génesis, Levítico, Deuteronomio, Samuel, Isaías, Jeremías, Amos y Salmos. Lee en su fluido latín y hace un breve comentario a cada uno de los textos. Manifiesta que él ha sido arrestado no por sus faltas, sino por cumplir con la ley de Dios. No le afecta el largo tiempo que destina a su discurso que, por otra parte, lo estimula mejor que un banquete.

Los teólogos escuchan con la tensión de un guerrero en el campo de batalla y urden las respuestas. La mayoría de esas observaciones integran el conocido repertorio de las controversias efectuadas en España entre rabinos y brillantes oradores de la Iglesia. Cuando Francisco cesa, los teólogos determinan tomarse un par de horas para elaborar su respuesta.

El jesuita Andrés Hernández se pone de pie y dice:

—Hijo, usted no puede tener dificultad en reconocer la misericordia de la Iglesia y el Santo Oficio. Ahora le están ofreciendo el privilegio de obtener iluminación por intermedio de cuatro personalidades que han postergado otras obligaciones para venir en su ayuda. Contra las mentiras que lanzan los herejes, puede comprobar que la Inquisición no se ha establecido para el daño, sino para reconciliar al pecador con la fe verdadera. Cada uno de los teólogos que ahora tiene delante —se toca el pecho— está ansioso por verlo alejarse de sus faltas.

—El cuarto concilio Toledano presidido por San Isidro —recuerda a su turno Alonso Briceño— estableció que a nadie se hiciera creer por la fuerza. Pero, ¿qué hacer con quienes han recibido el imborrable sacramento del bautismo, como es su caso? Un bautizado que judaíza no es un judío, sino un mal cristiano: un apóstata. Usted, por lo tanto, aunque sea duro decirlo, ha cometido un acto de traición y por eso se lo juzga.

—Los mandamientos que usted dice obedecer —explica Pedro Ortega con el mejor tono de voz que le permite su feroz aspecto— son el repertorio de una ley muerta, una ley anacrónica. En vez de buscar el camino de la virtud en el Antiguo Testamento, que por algo se llama Antiguo, estudie el Nuevo y las enseñanzas de los padres y doctores de la Iglesia.

Luis de Bilbao toma después la palabra y responde en minucioso orden a los versículos que Francisco señaló como prueba de su razón e inocencia, para hacerle notar que los interpretaba como los caducos sofistas de Atenas.

—Fíjese —concluye—: la mayoría no respalda su derecho a seguir siendo judío, sino que anuncian y prefiguran el nacimiento de Cristo, la erección de su Iglesia y el advenimiento de la nueva ley.

El inquisidor Juan de Mañozca agradece a los calificadores su descollante tarea y se dirige al reo para preguntarle si han quedado resueltas sus dudas. El secretario aprovecha la corta pausa para secarse la transpiración. Francisco se pone de pie.

Reina un silencio de sepulcro y corre un vientecillo cargado de expectativas.

—No —replica tranquilo.

Los muros de la sala vuelven a trepidar.

124

Dos días más tarde es convocado a otra audiencia. Castro del Castillo lo interroga con el tono más dulce que permite su obesa garganta.

—¿Qué motivos le impiden aceptar los errores de una ley muerta? Cuatro extraordinarias personalidades del Virreinato han escuchado su andanada de cuestionamientos y le contestaron con paciencia de ángeles. A las referencias bíblicas le opusieron otras referencias también bíblicas; a las preguntas le devolvieron respuestas. ¿Por qué es tan dura su pertinacia?

—Lamento que los teólogos no me hayan entendido —responde—. Tal vez no he podido expresarme con suficiente claridad por el nerviosismo que produce esta sala.

Horas después de haber sido devuelto a la mazmorra, los negros Simón y Pablo le entregan una pesada Biblia, cuatro pliegos rubricados, pluma, tinta y papel secante. Entra luego el alcaide para informarle que el Tribunal, como muestra adicional de misericordia, le ofrece la posibilidad de redactar sus dificultades en estos pliegos, sin la presión de las miradas ni el agobio de la sala de audiencias. Francisco observa encandilado el precioso volumen sobre su rústica y enclenque mesa y recuerda otra vez la escena del burro mordido por un puma. "Debo resistir como aquel heroico animal." Son los inquisidores quienes ahora empiezan a ablandarse, porque no toleran la firmeza de sus convicciones y necesitan que se arrepienta debido a que esa firmeza les cuestiona el poder. Eso les duele más que la misma Iglesia.

Durante la noche, cuando comienza a funcionar el abovedado correo de los muros, acaricia su ejemplar de la Biblia y comunica a los invisibles compañeros que ya no está solo: lo acompaña la palabra de Dios.

No puede dormir porque las páginas de la Sagrada Escritura lo llenan de energía. Lee hasta agotar su reserva de velas. Entonces llama a los guardias y un sirviente le trae otro par.

—¿Sólo eso? —se escandaliza—: me han encargado escribir y necesito luz.

Al rato llega una caja repleta de velas. Lee hasta el amanecer, sus ojos enrojecidos son una fiesta de palabras. Se tiende a dormir unas horas mientras giran pasajes enteros, ideas, comentarios, preguntas. Es infinito el tesoro de imágenes y propuestas: le será difícil comprimirlos en los cuatro pliegos rubricados aunque escriba con su letra menuda.

En los días sucesivos se entrega al placer de una lectura incesante y escribe poco. Cuando se decide a hacerlo en forma sistemática cierra el volumen y se dirige a los eruditos con una novedosa modalidad. "En vez de plantear interrogantes fríos —les habla como si fuesen una multitudinaria audiencia— que de alguna forma me serán contestados, en vez de mantenerme en el sitio del perplejo que ruega claridad, yo les haré preguntas que incomoden no a sus ideas, pero sí a sus conductas." Francisco sabe que la fe es un regalo de Dios y no depende de uno; por lo tanto, ni podrán quitarle la suya ni corresponde impugnar la de ellos. "Puedo, en cambio, refregarles incoherencia e inmoralidad."

La puerta cerrada, las cuatro gruesas paredes en torno y el silencio espeso convierten su calabozo en una maravillosa campana. Quieto ante la mesa y los papeles, este hombre entra en el trance de la creación. Su quietud es el envoltorio de pensamientos fermentativos. Su mirada brillante contempla los pliegos blancos y su mano flaca y sutil empuña la pluma. Contrae apenas la boca y empieza a dibujar los pequeños signos. A medida que cubre renglones se le pronuncia un músculo entre las cejas. En el texto se dirige a los cuatro eruditos, pero no sólo a ellos, sino al monstruo de la Inquisición. Increíblemente, Dios le ha otorgado el privilegio de poner por escrito sus palabras que, de esta forma, penetrarán más hondo, serán quizá releídas, guardadas y vueltas a leer.

Su alegato empieza con una pregunta que eriza los pelos: "¿Quieren salvar mi alma o quieren someterla? Para salvar mi alma conviene el estudio y el afecto. Para someterla están las cárceles, la incomunicación, las torturas, el desdén y la amenaza de muerte". Más adelante les ensarta otra pregunta: "¿Por qué reclaman la imitación de Cristo si en realidad imitan a los antiguos romanos?". Igual que

426

los romanos, privilegian el poder, usan las armas y aplastan el derecho de los que piensan diferente. Jesús, en cambio, fue físicamente débil, jamás empuñó una arma, jamás mandó torturar ni asesinar. "¿No empezaría la imitación de Cristo por la eliminación de las armas, las torturas y el odio que usan en contra de mí?"

Francisco les recuerda que el Dios único es también llamado Padre por los judíos. Jesús ha rezado al Padre, únicamente al Padre, y ha enseñado el Padrenuestro. Pero los malos cristianos rezan el Padrenuestro al mismo tiempo que ofenden al Padre, porque persiguen a quienes lo adoran con exclusividad. "Si de imitación a Cristo se trata, mucho más lo imito yo, porque rezo al mismo Padre que era el destinatario de sus oraciones", marca en trazos gruesos.

Una arteria late en su sien. Deposita la pluma junto al tintero y relee lo escrito. Reconoce en su tono la insolencia de los profetas. No ha medido las consecuencias graves de ciertas palabras porque le fueron dictadas desde adentro. Ha jurado decir la verdad y le reclaman la verdad. Hela ahí, pues.

Acomoda las luces y reanuda el trabajo. Si alguien tuviera acceso a la estrecha mazmorra descubriría un horno inmóvil que derrama incandescencias por el cañón de la pluma. El semblante contraído, los labios entreabiertos, la respiración levemente acelerada. "El Santo Oficio con investiduras de Ángel Exterminador gusta afirmar que está en el lugar de Dios. Pregunto: ¿reemplaza a Dios? En ese caso: ¿se considera Dios? Equivocación monstruosa: no caben dos Omnipotencias." Le arden las mejillas.

Dibuja un paralelo entre la debilidad de Jesús y el poder del Santo Oficio. Nuevamente aparece la mentira de la imitación a Cristo y agrega peligrosamente: "Cristo es mostrado como un hombre agónico y escarnecido, víctima de los judíos. No lo muestran así para que seamos mansos como Él, sino para vengarlo. ¿Se preguntan los eminentes teólogos por qué el Santo Oficio pretende vengar y salvar al Salvador? Ofrezco mi opinión modesta: porque, sacrílegamente, se coloca encima de Él".

La respiración agitada lo obliga a recostarse. El desfogado pequeño David acaba de proferir su peor insulto al Goliat impresionante.

125

El 15 de noviembre de 1627 entrega los cuatro pliegos, que el Tribunal hace copiar y lee con indignación. Convoca a los teólogos y les ordena preparar una respuesta aplastante. Los teólogos solicitan tomarse más tiempo. Las preguntas y reflexiones han sido inspiradas por el diablo y recién podrán tener lista su refutación a mediados de enero.

—Está bien —concede el desencantado Tribunal.

Francisco, mientras tanto, queda sin Biblia ni papel ni tinta ni pluma. El aislamiento, que resultó fecundo mientras escribía, vuelve a mostrar su horror de pozo estéril. Se esfuerza por mantener viva la segmentación de sus jornadas con las oraciones y la evocación de sus queridos libros, como en los primeros días del arresto. En las noches se comunica con sus hermanos en desgracia mediante la ruidosa clave: ha ganado maestría y ya no necesita contar para reconocer cinco, ocho, diez o quince golpes seguidos porque de inmediato surgen las letras equivalentes. Intercambian nombres, delitos y preguntas sobre familias. Cada mensaje es construido afanosamente, como si su correcta emisión pudiera devolverles la libertad.

Reconoce por sutiles variaciones en la forma de abrir la puerta cuándo sus carceleros van a modificar la sofocante rutina. Una vez traen comida. Otra vez los grillos, la larga cadena y le ordenan vestir el hábito de las audiencias. Entonces lo llevan por túneles, peldaños, puertas, corredores y la oscura sala con su invariable decoración. En las audiencias aparecen los cuatro eruditos, que quieren informarse mejor sobre los huecos de su saber. Uno de ellos, el jesuita Andrés Hernández, no le saca los ojos de encima; son ojos tiernos. También desfilan los tres jueces hacia la tarima, hacen la señal de la cruz, oran y se sientan. Los teólogos se pasan los pliegos de Francisco —que ya han releído hasta la náusea— y preguntan de uno en uno poniéndose de pie. Lo hacen con voz amistosa y apelan de continuo al respaldo de la Sagrada Escritura. El atrevimiento de muchos párrafos les ha convulsionado la inteligencia y los cuatro han invertido más horas de las previstas para montar el arsenal de la necesaria victoria. Esos pliegos emiten un resplandor temible y sus ideas deben ser demolidas como si fuesen los bloques de una fortaleza embrujada.

El secretario anota por espacio de horas, chorreando sudor. Francisco escucha, contrasta, responde y advierte hábiles rodeos.

En enero le descargan un alud de argumentos. En esta ocasión al prisionero le está prohibido contestar. Los cuatro teólogos abundan en citas y dejan atónitos incluso a los jueces.

A su término, cuando Francisco ya parece caerse de agotamiento, el Tribunal les agradece la caudalosa luz que han derramado. Ni siquiera las rocas podrían dejar de ablandarse ante el prodigioso cúmulo de pruebas. Entonces Mañozca pregunta al reo si quedaron satisfechas sus dudas.

Francisco estira los pliegues del sayal y, levantando la mirada, responde que no.

Lo mandan de vuelta a su mazmorra con ganas de que ya fuese una hoguera. La sala trepida cólera. En el lúgubre camino el alcaide también lo reprende, le tironea la cadena, le zarandea el brazo.

—¡Usted es un imbécil! ¿No le alcanzan todos esos argumentos? ¡Han trabajado para usted los hombres más ilustres del Virreinato!

Francisco mira los ladrillos pulidos del suelo para no enredar los pies en la larga cadena.

—¡Ya es hora de pedir clemencia! —sigue el alcaide—. ¿Quiere ser quemado vivo?

No contesta.

—Le aseguro —la voz del alcaide se quiebra—, le aseguro que usted me ha impresionado. Por eso, por su bien, le aconsejo que ¡no siga pertinaz, hombre! Pida clemencia, llore, arrepiéntase. Está a tiempo todavía.

Francisco se detiene y gira hacia el macizo carcelero. Sus ojos inflamados parpadean porque hace mucho que no recibe una muestra de estima.

Sólo murmura: "Gracias".

126

Los inquisidores han quedado tan molestos que se trenzan en una polémica sobre el curso de acción que deben seguir después del fiasco. Gaitán reprocha a sus colegas la gruesa equivocación en que hicieron incurrir al Tribunal. Para ciertos reos —insiste la benevolencia es contraproducente; hombres altivos como Maldonado da Silva sólo razonan cuando se les desgarran las articulaciones o se les queman los pies.

Los teólogos se preguntan a su turno si fallaron en el estilo de las disertaciones, si no formularon bien los argumentos, si no lo confundieron al hablarle entre cuatro. El jesuita Andrés Hernández, que dedica varias horas diarias a su interminable Tratado de Teología, sugiere mantener otra discusión personal con el reo, pero en la intimidad del calabozo.

—Lo asiste el pecado de soberbia —explica— y le cuesta arrepentirse en público: una distendida conversación a solas quebraría su testarudez.

Los inquisidores tardan semanas en acceder a esta solicitud, que suena a exceso de piedad. Lo hacen, pero bajo la condición de que Hernández vaya acompañado por otro padre de la Compañía, quien debe oficiar de testigo y, eventualmente, auxiliarlo ante inesperados sofismas.

Los sirvientes iluminan el ergástulo, renuevan todas las velas y llenan jarras de agua. Retiran el bacín e invitan a Francisco a incorporarse. Ingresan dos sacerdotes.

—Soy Andrés Hernández —le recuerda.

—Soy Diego Santisteban —se presenta el segundo.

Francisco dibuja una sonrisa triste.

—Supongo que yo no necesito presentación.

Hernández lo invita a ocupar una silla junto a la endeble mesa. Su mirada dulce inicia una conversación que no tiene la severidad de una controversia.

—No he venido a polemizar —anuncia—, sino a traerle alivio. Quizá me ha visto en Córdoba, décadas atrás, porque fui a esa ciudad para asistir al obispo Trejo y Sanabria en sus grandes proyectos.

A Francisco lo recorre un remezón.

—¿Qué fue de ese abnegado obispo? —pregunta.

Hernández le cuenta que el incansable Trejo y Sanabria se sentía viejo por entonces. A los cincuenta años se lanzó a su último viaje pastoral y lo trajeron de regreso con la salud definitivamente quebrada. Pero alcanzó a poner los cimientos de la Universidad de Córdoba. Nunca será olvidado. Hernández sabe que ese santo prelado suministró a Francisco el sacramento de la confirmación.

—Usted regocijó a ese buen obispo —dice.

Hernández vierte agua en las jarras y ofrece una al prisionero. Poco a poco se desliza hacia la sólida educación recibida por Francisco.

—El caudal de sus conocimientos y los efectos de la gracia sacramental tienen que haber formado en usted un rico jardín interior. Un jardín —el jesuita se ayuda con las manos— clausurado por ríos infranqueables como los del Edén.

Insiste que en el alma de Francisco existe y florece un jardín grato al Señor. Es necesario llegar de nuevo a él, inhalar su perfume, acariciar sus frutos. Y para ello cruzar los ríos, aunque duela.

—Entonces también caerán los muros de esta celda. La luz, la libertad y la alegría lo inundarán —le brilla el rostro exaltado.

Francisco le agradece tanto elogio.

—En mi interior, efectivamente, existe un jardín grato al Eterno —mueve la cabeza—, pero se nutre de otras fuentes. Sería inútil abrirlo y mostrarlo porque, a pesar de su buena voluntad, padre, la ceguera también existe para el entendimiento. Sólo Dios conoce mi jardín y lo cuidará hasta que llegue la muerte.

Hernández no se da por vencido. Desea ayudarlo. Lo ha impresionado su cultura y también su coraje.

—No es un falso elogio —manifiesta con los ojos empañados—, pero su serena firmeza, doctor, me recuerda a los mártires.

—¿Por qué no reconocerme mártir de Israel? —se le ilumina la cara.

Diego Santisteban roza el hombro de Hernández y le susurra que está equivocando el camino. Hernández advierte que se ha turbado y trata de corregir sus palabras: "A veces el demonio impone la confusión. ¿Cómo calificarlo de mártir si rechaza la cruz? ¿Cómo puede ser mártir quien delinque?"

—Todos los mártires cristianos fueron delincuentes para los paganos —agrega Francisco.

—Eran paganos —replica el jesuita—, no podían conocer la verdad.

—Los protestantes son herejes y por lo tanto delincuentes para los católicos de la misma forma que a la inversa. Todos los herejes que persigue la Inquisición creen en Cristo y juran por la cruz, sin embargo...

—La herejía nació para socavar a la Iglesia y la Iglesia fue creada por Nuestro Señor sobre la persona de Pedro. La inversa no tiene sentido.

—Así hablan los católicos. Pero las guerras de religión demuestran que este argumento no rige del otro lado de la frontera. ¿Por qué unos quieren imponerse a los otros? ¿No confían en la fuerza de la verdad? ¿Siempre deben recurrir a la fuerza del asesinato? ¿La luz necesita el apoyo de las tinieblas?

Hernández se pone de pie, incómodo. No lo enoja la respuesta de Francisco, sino su propia incapacidad de mantener el diálogo dentro de un carril que le permita meterse bajo la piel de su interlocutor. Ocurre lo que pretendía evitar desde el inicio: un enfrentamiento. El enfrentamiento será estéril. Reproduce la forma de las inútiles controversias.

Se sienta, bebe otro sorbo de agua, seca la boca con el dorso de la mano y dice que advierte en Francisco una naturaleza muy sensible. Por lo tanto, desea que reflexionen juntos sobre el maravilloso sacrificio de Nuestro Señor Jesucristo para salvar a la humanidad y sobre la maravillosa eucaristía que lo renueva por todos los tiempos y espacios. Este sacrificio sin par ha eliminado definitivamente el sacrificio de seres humanos, que por ejemplo los indígenas de este continente venían practicando. También el de los animales, que se cumplía de acuerdo con la ley de Moisés. ¿Cómo un espíritu tan delicado no va a reconocer y apreciar este extraordinario avance? Hernández le demuestra que como una fruta está primero verde y después madura, o como el día amanece con rayos tibios y después brinda la luz plena, así la revelación ha seguido dos etapas: el Antiguo Testamento anunció y preparó al Nuevo como el alba al mediodía.

Francisco medita. El hombre habla bien y merece que le corresponda con cordialidad. Pero no debe privarse de la refutación. Entonces responde que, en efecto, ha escuchado en otras oportunidades —también en sermones— marcar diferencias con los antiguos hebreos y con los salvajes. Cristo no admite más sacrificios humanos porque Él se sacrificó en el lugar de todos. Calla dos segundos y articula una parrafada brutalmente irónica.

—Pero si bien los cristianos no comen a un hombre como los caníbales —le clava la mirada—, lo desgarran con suplicios mientras

432

está lleno de vida y en muchos casos lo asan lentamente en la hoguera; sus restos mortales son arrojados a los perros. Este horror se comete y repite en nombre de la piedad, la verdad y el amor divino, ¿no es cierto? Hay una gran diferencia con el salvaje —enfatiza—, porque éste mata primero a su víctima y recién después la come. En cambio ustedes primero la devoran viva, como hacen conmigo...

Diego Santisteban se persigna y aleja hacia la puerta. Hernández lo observa boquiabierto.

—¡Yo lo quiero ayudar! —farfulla impotente.

Francisco contrae el entrecejo y se le hincha un pequeño músculo, como si estuviera escribiendo.

—Discúlpeme —le dice—. Sé que quiere ayudarme, que es sincero. Pero son otros los servicios que necesito.

Santisteban se dirige a los tirantes del techo: "¡Además se propone enseñarnos cómo ayudarle a enderezar su alma!".

—Necesito saber de mi familia —implora.

El jesuita baja la cabeza y junta las manos en oración.

—Me está prohibido informar a los reos.

—Necesito que avisen a mi esposa que estoy vivo, que lucho.

—Está prohibido —repite con el rostro nublado—. Doctor...

—hace la última tentativa—: aunque más no sea que por su esposa, por su familia.

Francisco aguarda la conclusión de la frase. En el clérigo se asoman las lágrimas; sufre, ruega. Su voz le nace en el pecho.

—¡Arrepiéntase!

A Francisco también le asoman las lágrimas. Le gustaría no mortificar a ese hombre. Quisiera abrazarlo.

127

Los folios caratulados Francisco Maldonado da Silva crecen como la cizaña. El secretario del Santo Oficio controla la venenosa documentación. Han pasado cinco años desde que ingresó a las cárceles secretas. Desde el primer día de su arresto en la lejana Concepción de Chile ha ratificado su identidad judía. Los inquisidores, pese a la

433

superabundancia de pruebas, no se deciden a condenarlo y cerrar tan enojoso asunto, porque no se doblega ni siquiera bajando la cabeza. El curso del proceso ha sido inédito. Los cautivos suelen negar las denuncias y construir edificios de embustes. Para demoler las tretas de los acusados el Santo Oficio tiene preparadas las suyas, más eficaces. Si Francisco hubiese negado su culpa, se le habría prometido la libertad a cambio de una confesión. De no haber conseguido por ese medio su confesión, un oficial habría fingido la pertenencia al judaísmo o una herejía cualquiera para hacerlo caer en la trampa. Si las mencionadas tretas no hubiesen logrado modificar la situación se habrían entonces mandado espías para capturar su delito *in fraganti* o se hubiera recurrido a provocadores que lo desconcertasen hasta arrancarle la información. Pero nada de esto ha ocurrido con este hombre. Nunca ha mentido ni ha negado la veracidad de las denuncias. Las ha confirmado y ampliado como si deseara simplificar el trámite. No fue, pues, menester emplear los recursos de la promesa y el fingimiento, el espionaje o la provocación. Se ha expresado con franqueza insólita y, de esta manera, ha quebrado la rutina del procedimiento. Ya lleva cinco años de mazmorra, aislamiento, privación de lectura y el Tribunal no ha conseguido hacerle renunciar a lo que él denomina, con demencial osadía, su derecho y deber de conciencia.

Los inquisidores dejan transcurrir varios meses para que el persuasivo tiempo ablande lo que no han podido los teólogos, pero deciden convocarlo para leerle las acusaciones que formularon en su contra cinco nuevos testigos. Hay que seguir golpeándolo. Está físicamente desmejorado, sus mejillas son piel tensa sobre el hueso agudo, la nariz se le ha afilado y las sienes están cubiertas de ceniza. No le dicen quiénes son los testigos porque la Inquisición jamás lo hace, y porque al cautivo no le concierne más que reconocer su culpa. El secretario lee los cargos como si fuesen pedradas: al terminar cada frase eleva sus redondos anteojos para verificar si el impacto le ha roto de una vez el obstinado cerebro. Francisco escucha decepcionado, porque no advierte nada diferente de lo ya conocido.

El abogado defensor que lo visitaba en su mazmorra y había usado instrumentos jurídicos, teológicos, retóricos y emocionales para hacerlo abjurar, comunica al Tribunal que renuncia a seguir prestando su ayuda a un hombre tan obcecado. La pluma rasga el pliego con nerviosismo porque la situación de un cautivo se agrava de

434

modo dramático cuando hasta los abogados defensores lo abandonan. Gana entonces terreno la postura de Gaitán: aplicarle más aislamiento, menos comida, nada de lectura, mucha oscuridad y suspensión de entrevistas y audiencias hasta que aparezcan claros signos de rectificación. El Tribunal ya está harto de este energúmeno que no advierte su traza miserable, su desamparo absoluto.

Su conducta bizarra, sin embargo, es la que en realidad demora la firma de su muerte por el fuego.

Tras otros siete penosos meses de cárcel Francisco decide efectuar una nueva escaramuza: pide a los sirvientes negros que llamen al alcaide y le manifiesta que desea su salvación, por lo cual solicita le provean un Nuevo Testamento, libros de devoción cristiana y hojas de papel en las cuales redactar sus dificultades. El alcaide, feliz, traslada el pedido. Gaitán olfatea una picardía y se niega. Los otros dos inquisidores aceptan satisfacerlo[33] porque tal vez el Señor ha decidido iluminarle el alma. Votan y Gaitán queda mudo de ira.

Francisco recibe varios libros, pliegos, pluma, tinta y muchas velas: un regalo de príncipe. Acaricia los volúmenes como si fuesen cálidos animalitos, los hojea y se regocija con la animación de letras que hablan. De sus páginas brota una fragancia de campo abierto, de flores silvestres, de bosquecillos. Durante días y noches relee los Evangelios, los Hechos y las Epístolas. Frecuenta hermosos espacios que le sugieren ideas y le aceleran el corazón. Después lee los libros de devoción cristiana y una Crónica que interpreta de manera forzada las hebdómadas de Daniel. Cuando se fatiga de la lectura empieza a escribir. Pero no redacta con prudencia, sino como el gladiador que salta a la arena del circo con la espada en ristre. Llena todos los pliegos concentrando su argumentación en dos aspectos.

Al primero lo expresa de entrada. Dijo San Pablo —anota—: "¿Ha rechazado Dios a su pueblo Israel? ¡De ninguna manera! Porque también yo soy judío, de la descendencia de Abraham, de la tribu de Benjamín. No rechazó Dios a su pueblo a quien de antemano conoció". ¿Tiene el Santo Oficio más poder que el Eterno? ¿Puede el Santo Oficio odiar y exterminar al pueblo que fue bienamado por el Señor?

El segundo pivote de su escrito gira en tono a las hebdómadas de Daniel y es una estocada al esternón. "Cuando a ustedes les conviene —escribe— toman algunos versículos fuera de contexto y los interpretan en forma literal, pero cuando el método los desfavorece, enton-

ces afirman que se trata de un símbolo, una alegoría o una oscura me
táfora. Si las hebdómadas deben interpretarse en forma tan rigurosa y
unilateral, también habrá que hacerlo con algunas afirmaciones de Jesús sobre la inminencia del Fin del Mundo." A continuación cita que
en Mateo X-13,23,39,42 y 49 Jesús lo anuncia para el término de su
siglo; en Mateo XVI-28, Marcos IX-1 y Lucas IX-27 asegura que algunos de sus discípulos "no morirán hasta haber visto al hijo del Hombre viniendo en su Reino". ¿Se ha producido el fin del mundo? Acepta Francisco, sin embargo, que las palabras de Jesús pueden
interpretarse de diversas formas porque su mensaje es muy rico, pero
entonces también se pueden interpretar de diversas formas las hebdómadas de Daniel. Esto prueba que se interpreta para acomodar la Sagrada Escritura a la convicción de uno y no a la inversa. "Dicho más
claro, el objetivo es torcerme la convicción, sea como sea."

Le retiran los pliegos llenados con su prolija letra, los libros, la
pluma y el tintero. El Tribunal entrega el escrito a los calificadores
y deja pasar tres meses antes de convocarlos para la nueva disputa.
En algún momento deberá darse por vencido.

El reo aparece con mayor deterioro físico. Escucha en silencio la
minuciosa contrargumentación. Los cuatro teólogos desmontan sus
frases, las refutan, aplastan y echan a un lado como basura. Francisco se incorpora con dificultad, alza la frente y responde que se mantiene leal a la fe de sus mayores. Un rayo de furiosa impotencia sacude la tarima. En menos de un minuto la augusta sala queda vacía.
Los inquisidores, en su hermético despacho, mastican cólera y dejan
filtrar mutuos reproches.

Tres meses más adelante Francisco intenta repetir la escaramuza. Se
reedita la audiencia, pero sin facilitarle previamente la lectura de libros
ni pliegos a llenar con sus pensamientos falsos. Durante dos horas los
calificadores le demuestran que dominan la teología, la oratoria y su
impaciencia. Lo bañan con una catarata de luz. Pero el prisionero no se
conmueve por la sonoridad de los discursos. A su término vuelve a incorporarse, jura por el Dios único y proclama seguir fiel a sus raíces.

En los meses sucesivos volverá a solicitar nuevas audiencias, pero
ya no le otorgarán audiencias, y tampoco libros, ni pluma, ni velas.

128

El jesuita Andrés Hernández implora a los inquisidores Mañozca y Castro del Castillo que le permitan realizar un último intento. El cautivo es un elevado espíritu que secuestró el diablo y hay que devolverlo a las milicias del Señor.

—El diablo no lo soltará—replica Mañozca.

—¡Qué sabio es el *Manual del Inquisidor*! —exclama el jesuita—. Bernard Guy lo escribió hace más de dos siglos con sabiduría de eternidad.

Mañozca se acaricia la mandíbula ante el giro insólito, propio de la retorcida mentalidad jesuítica.

—Ese *Manual* —afirma Hernández— apoya mi ruego, Ilustrísima. Lo acabo de releer. Dice que "en medio de las dificultades, el inquisidor debe mantener la calma y no caer en la indignación". Este reo puede alterar a cualquier persona, menos a un juez del Santo Oficio. También dice Bernard Guy que el inquisidor "no debe ser insensible hasta el punto de rechazar una prórroga o un alivio de la pena, según las circunstancias y lugares. Debe escuchar, discutir y someter a un diligente examen todas las cosas".

—¿No hemos escuchado y discutido bastante?

Hernández se retira sin éxito. La insistencia de Francisco sin embargo —que transmite el alcaide—, incomoda la conciencia del inquisidor. Mañozca, tras meditarlo, decide aceptar otra vez; aprovecha que sus colegas están de visita en el Cuzco. Convoca a Hernández y a otros dos padres de la Compañía de Jesús para repetir la controversia. El alcaide se asombra de que el irritante judío sea llevado nuevamente al salón.

—¡Usted tiene la protección del diablo! —le dice con novedoso respeto mientras cierra los grillos en torno a sus flacas muñecas.

—La protección de Dios —replica Francisco.

Mañozca lo estudia desde su silla abacial. El encierro y la privación le están minando la salud. ¿Cuántos meses más tardará en doblegarse? Es un mortal. Solicita a Francisco que exponga sus dudas, ya que eso ha estado reclamando desde su celda. Los teólogos adelantan la oreja y pretenden estar bien dispuestos; le sonríen como maestros bondadosos. El alumno apoya sus manos en las rodillas para incorporarse, pero le resulta tan penoso que Hernández solicita se le permita hablar sentado. Mañozca accede con un movimiento de cabeza.

Entonces ocurre algo insólito.

De los labios débiles brota una arenga en verso latino de ática hermosura. El inquisidor y los eruditos enderezan el tronco, perplejos. En la oscuridad y mugre de la mazmorra le habían germinado frases que ahora bordan un manto reluciente, como el que José recibió de su padre Jacob. Igual que el bíblico José, Francisco suscita envidia. Los jesuitas —en particular Andrés Hernández— estaban enterados de su talento, pero no esperaban tan impresionante despliegue. Cuando termina, flota el silencio durante varios minutos, como si los testigos de la pieza no se atreviesen a romper su sortilegio. Las pupilas giran extraviadas, evitando unir la imagen del miserable despojo con las bellas oraciones que seguían magnetizando el aire. Un hombre flaco, lívido, de barba sucia y desmadejada ha conmovido a sus verdugos.

Es Mañozca, finalmente, quien emite un bramido.

—¡Que ahora los padres de la Compañía de Jesús deshagan estos sofismas!

Los tres padres, sucesivamente, se empeñan en destejer la preciosa arenga, también en latín, pero no en verso. A cada idea responden con otra, a cada pregunta ofrecen una respuesta; los libros sagrados y la abundante producción patrística están henchidos de material.

Francisco los escucha con atención oscilante; conoce la mayoría de esas citas y pensamientos. Transcurren tres horas y el inquisidor, fatigado, cree que alcanza para conmover a las mulas. Agradece la contribución de tan afinados teólogos y se dirige al reo. Francisco debe incorporarse sobre sus rodillas herrumbradas, alza la frente y dice con intolerable tranquilidad:

—No han respondido a mis proposiciones.[34]

438

129

El 26 de enero de 1633, a casi seis años de encierro y a cinco días de la duodécima estéril disputa teológica, el Tribunal del Santo Oficio se reúne para finiquitar el caso. Gaitán, Mañozca y Castro del Castillo escuchan la opinión de cuatro consultores,[35] aunque saben de antemano que no aportarían ideas novedosas. Todos los hechos están ya probados, todas las preguntas han sido contestadas. A la paciencia, misericordia y audiencias brindadas, el reo ha devuelto una odiosa obstinación.

Antes del encuentro los funcionarios se confiesan, asisten a misa, comulgan y evocan las pautas que deben seguir en tan grave circunstancia. El *Manual del Inquisidor* de Bernard Guy ordena "que el amor a la verdad y la piedad, que siempre deben habitar en el corazón de un juez, brillen en su mirada, para que sus decisiones no resulten jamás dictadas por la crueldad o por la concupiscencia".

Uno de los consultores pregunta si no se debería agotar la demanda de audiencias que aún pide el reo. Las huesudas manos de Gaitán se aprietan delante de su nariz y replica que nunca se agotará la demanda porque es una treta dilatoria. Los otros inquisidores ahora coinciden: no habrá más gestos benevolentes. El secretario lee la sentencia y los jueces la firman con su rúbrica sonora.

Escueta y brutalmente, dice que el bachiller Francisco Maldonado da Silva es condenado "a relajar a la justicia y brazo seglar y confiscación de bienes". En otras palabras: muerte y expropiación.

130

Pero no queda todo dicho. Las cárceles son un hormiguero en el que, bajo severa vigilancia y aparente inmovilidad, los cautivos ensayan túneles de libertad como lagartijas en las rocas del dolor. El correo de los muros no cesa: durante horas, todas las noches transmite nombres, angustias, ideas. La comunicación es más importante que el aire.

Francisco se entera de que a unos quince metros de distancia un prisionero, mediante un cascote, raspó vigorosamente el adobe hasta abrir la canaleta que une dos mazmorras y asomó los dedos terrosos al otro lado como una invasión celestial. Pudo, entonces, tocar las uñas de su vecino y hablar con él sin jueces ni secretario ni verdugo. Las informaciones les habían parecido caudalosas, pero sólo aliviaban la soledad.

Cuando el alcaide descubrió la infracción hizo silbar el látigo, el potro desgarró y los braseros quemaron. Los esclavos rellenaron los huecos y el impenitente fue conducido a un ergástulo tan lúgubre como una tumba, de la que sólo saldría para ser quemado en la hoguera.

Días después Juan de Mañozca estira los pliegos que un negro armado llevaba de una a otra prisión. "No contienen mensajes", se disculpa el sirviente llorando. Mañozca aproxima la hoja al pabilo y repentinamente el calor descubre las letras escritas con zumo de limones. ¡Negro idiota!... Lo dejan manco en la tortura para que escarmienten los demás. El inquisidor resuelve aumentar la vigilancia de las cárceles. Entonces descubre algo peor: la presunta complicidad del alcaide. Es gravísimo. Se convulsiona la fortaleza; algo así no se tolera. El correo de los golpes brama la noticia.

El alcaide llora como una criatura ante el feroz interrogatorio. Lo recriminan por permitir la perforación de muros y los mensajes con zumo de limones. Lo apuntan con el índice iracundo como si fuese el caño de un arcabuz y le piden explicaciones por una reciente huida. El alcaide empieza a temblar y narra cómo él mismo se ocupó de perseguir y traer de vuelta al joven que se había fugado. Cae de rodillas e insiste en que los delatores mienten para vengarse. Tampoco es cierto que él se haya aprovechado de su inmunidad para tener relaciones carnales con una prisionera y que para eliminar al peligroso testigo lo indujo a huir... Gaitán aprovecha la ocasión para reprocharle la codicia que lo lleva a embolsar sobornos, porque ha comprado haciendas por mayor valor del que cubre su sueldo. El alcaide se orina en los pantalones. Ha cumplido dos décadas de servicios, tiene siete hijos y no lo acompaña la buena salud.[36]

El nuevo alcaide, alto y hosco, asume con bríos, se esmera por descubrir las artimañas insólitas de los prisioneros y encuentra un pedazo de camisa desgarrada y sucia en la talega de su sirviente. La expresión de susto basta para reconocer el delito. El sirviente, aterrorizado, confiesa que se la entregó un reo agonizante para que la arrojara en la calle de los Mercaderes.

—¡Es un mensaje, idiota! ¿A quién debías entregarlo?

El negro no miente, no entiende, está arrepentido.

—En la calle de los Mercaderes —repite como un autómata.

El funcionario extiende el trapo: unos signos han sido marcados con el humo de las velas. Manda azotar al imbécil y entrega la pieza del delito a los inquisidores. Mañozca coincide con Castro del Castillo: es un texto en hebreo. Lo leen con dificultad, de derecha a izquierda, tratando de intuir las vocales ausentes. Se limita a mencionar el nombre del prisionero a quien acababan de torturar; el mensaje consiste en hacer saber a los suyos que continúa vivo. Pero esto lesiona el secreto. De todas formas, brinda un dato fértil: hay en Lima judíos que siguen libres. De los labios de este prisionero deberán brotar nombres. Esos nombres proveerán cautivos, fondos, gloria.

Francisco se entera parcialmente de las vicisitudes que complican su alrededor. El judío limeño que mandó el mensaje con humo de velas deja de responder a los golpes de muro. Unos días más tarde las vibraciones anuncian su muerte. En las mazmorras la muerte no es un dato angustiante porque implica el fin del suplicio. Más altera ser llevado a la cámara del tormento.

Mientras yace en su duro poyo, su mirada se mantiene fija en un clavo de la puerta. Une el travesaño con los tablones verticales y tiene la cabeza salida. "¿Qué me está evocando? —se pregunta—, ¿el perchero de papá en su tabuco del Callao? ¿Me molesta que no sea un clavo enteramente hundido, ni enteramente libre?" Se levanta y lo toca: su gruesa cabeza sobresale casi dos milímetros. Un indio le atribuiría vida; reconocería en el hierro una huaca y pensaría que ella sola, lentamente, va saliendo de su prisión. Francisco prueba de extraerlo y empuja en redondo. Inútil. Durante unos días olvida su intento, pero esa cabeza negra que se asoma lo invita a perseverar. Se ayuda con un cascote. En la vacuidad del tiempo cualquier objetivo adquiere la grandeza del punto de apoyo que reclamaba Arquímedes para mover el mundo. Sacar un clavo ahora es tan importante como vencer a Goliat. Cuando por fin lo consigue, goza un alivio profundo. Un trofeo como éste no debería ser descubierto por los avispados guardias y lo esconde en la lana de su colchón.

441

Al día siguiente empieza a limarlo contra la rugosidad de una piedra. Mientras memoriza parrafadas de los textos amados y compone estrofas, el clavo adquiere la forma de un pequeño cuchillo, con punta y hoja afilada. Francisco ya tiene un arma. "¡Qué extraño! —piensa—. La asfixia de la cárcel ya no me marea ni atonta. Soy una especie de anfibio que puede vivir donde otros perecen. Desde mi pecho fluye una misteriosa esperanza, un inesperado valor."

Hasta aquí ha podido esquivar la redoblada vigilancia del nuevo alcaide, lo cual le insufla más ánimo. Guarda los huesos de su comida, elige uno de pollo y se aplica a cortarlo debidamente con su flamante cuchillito como si practicase el oficio de escultor. Ante sus pupilas nace el elegante cañón de una pluma. Sólo le falta tinta y papel para completar su escribanía clandestina. No será difícil: fabricará tinta diluyendo carbón en agua. Al papel ya lo tiene, es lo más valioso que entra en su celda: pequeñas bolsas de harina. Acaparará cada trozo como si fuese el maná del cielo. Podrá volver a escribir —lo cual anhela con hambre de lobo—, y vulnerará la fortaleza de la Inquisición.

131

El papel es escaso y no debería usar demasiadas palabras. Su texto requiere sobriedad. Francisco urde el riesgoso plan de comunicarse con los judíos de Roma a través de los prisioneros que saldrán de la cárcel para cumplir condenas en un convento. Sabe que en Roma se ha formado una importante comunidad desde la época de los Macabeos, que practica abiertamente su fe y cuenta con la relativa protección de los papas.

Escribe su epístola en latín y efectúa copias que hace llegar a los hombres en vías de excarcelación. Ha persuadido a los negros Simón y Pablo que oficien de correo. Ambos sirvientes se habían impresionado con la historia que les refirió sobre Luis, el hijo del hechicero. Les narró cómo le dieron salvaje caza en su Angola natal, cómo lo maltrataron en los trayectos por tierra y por el océano, y la profunda herida que le infligieron en un muslo cuando intentó fugarse de

Potosí; describió su talento musical, tan hábil que arrancaba sonidos a los dientes de una quijada de mula; por último los hizo lagrimear al contarles la heroica ocultación del instrumental quirúrgico. Pablo y Simón dijeron que habían sufrido una historia parecida. Francisco se asombró cuando una tarde le trajeron, junto con la comida, una quijada de mula y un gajo de olivo. El reo los empuñó como solía hacerlo Luis y en la húmeda mazmorra hizo estallar un ritmo que los negros escucharon con ojos anegados.

La carta de Francisco se intitula *Sinagogae fratrum Iudeorum qui Romae sunt*.[37]

Se presenta a sí mismo como "Eli Nazareo, judío, hijo de Diego Núñez da Silva, maestro de medicina y cirugía, encerrado en la cárcel de la Inquisición de Lima". Los saluda "en el nombre de Dios de Israel, creador del cielo y la tierra, y les desea salud y buena paz". Les dice que aprendió de su padre la ley de Dios otorgada al pueblo por intermedio de Moisés y que, por temor a la represión de los cristianos, aparentó negarla. "En esto como en otros mandamientos, confieso haber pecado neciamente porque sólo a Dios hay que temer y buscar la verdad de su justicia abiertamente, sin miedo a los hombres." Refiere su estudio de la Sagrada Escritura y que sabe de memoria varios profetas, todos los Salmos sin excepción, muchos Proverbios de Salomón y de su hijo Siraj, gran parte del Pentateuco y muchas oraciones compuestas por él mismo en el foso de su mazmorra, tanto en español como en latín.

Les dice que tiene plena conciencia de que su destino carecerá de misericordia si no abjura. "En verdad —escribe—, desde el día que fui apresado me prometí luchar con todas mis fuerzas y utilizar todos los argumentos contra los enemigos de la ley." Colige que lo llevarán a la hoguera, "pues el que abiertamente confiesa ser judío es echado al estrago del fuego, le quitan su hacienda y, si acaso tiene hijos, no se compadecen en absoluto de ellos, sino que quedan en perpetuo oprobio. Y si abjura, también le quitan sus bienes, lo vejan por un tiempo breve o largo con el sambenito e imprimen el estigma en su sangre y en la de sus hijos, de generación en generación".

Hace ya seis años que lo tienen encadenado. Reconoce que sus pensamientos y arengas en las controversias no han dado el resultado que esperaba. "He trabajado como quien lleva su arado por tierra dura y pedregosa y cuya labor, por ende, no produce fruto." Cuenta que otorgó "más de doscientos argumentos orales y escritos, a los cuales aún no han respondido satisfactoriamente, a pesar de que a diario insisto por su solución. Parece que han decidido no responder".

Anuncia su ineluctable fin y redacta frases conmovedoras: "Rueguen por mí al Señor, hermanos queridísimos; rueguen que me otorgue fortaleza para soportar el tormento del fuego. Está cercana mi muerte y no tengo a otro que me ayude, sino a Dios. Espero de Él la vida eterna y la pronta salvación de nuestro oprimido pueblo".

Su epístola, sin embargo, contiene el intenso elixir de apego a la vida: "Elijan para ustedes la vida, amadísimos hermanos", enfatiza en trazo grueso. Les recuerda que integran una vasta comunidad de hombres dignos y que no se debe cancelar la esperanza aunque imperen la injusticia y el tormento. "Guarden la ley para que el Señor nos haga volver a la tierra de nuestros padres, para que nos multipliquemos y para que nos bendiga, como está escrito en el Deuteronomio, capítulo XXX." También les pide mantener la tradición de la solidaridad ("liberen a quienes son llevados a la muerte"), la tradición del estudio ("enseñen a los que son conducidos a la perdición y la destrucción") y la tradición del amor ("amen la misericordia y la justicia, brinden con generosidad ayuda a los pobres y quieran infinitamente a Dios").

Dobla los pliegos. Entrega primero una copia. Si el correo de los muros informa que ha llegado a destino, enviará también la siguiente. Alguna conseguirá atravesar el blindaje de la fortaleza y cruzará el océano. Entonces se sabrá de su pasión y muerte. Su sacrificio no será inútil, porque integrará la cadena trágica y misteriosa que desovillan los justos del mundo.

132

En las deliberaciones del Tribunal crece el deseo por realizar un Auto de Fe. Ya se han reunido suficientes prisioneros con juicios terminados. No conviene seguir manteniéndolos en la cárcel y gastando en su alimentación. Por otra parte, el Auto de Fe es un acontecimiento ejemplarizador que reordena los espíritus: no sólo castiga o hace reflexionar a los pecadores, sino que recuerda a los poderosos, civiles y eclesiásticos que el Santo Oficio vigila, trabaja y condena en serio.

El Auto de Fe, sin embargo, insume costos extraordinarios y los recursos que fluyen a las arcas inquisitoriales apenas cubren sueldos y gastos menores. Las confiscaciones exhaustivas no aportan el caudal suficiente. Pareciera que también en esto metiera su cola el demonio, porque en vez de tentar a los ricos cuyos bienes redundarían en la holgura de la santa misión represora, hace caer individuos pobres: la mayoría de los acusados son humildes frailes inmorales, negras y mulatas hechiceras, luteranos austeros y judíos dedicados a la medicina. Serían más provechosos los mercaderes ricos y algunos encomenderos con vastas propiedades y talegas llenas de oro.

En el proyectado Auto de Fe habría abundantes reconciliados con penas menores como azotes públicos, unos años en las galeras, reeducación en conventos, vestir el sambenito, destierro. Los jueces no lo dicen, pero lo piensan: esas condenas no equivalen a un sismo, son apenas a una flagelación olvidable. Para que la gente se conmueva a fondo conviene el olor a carne chamuscada. El calor y la luz del fuego perforan las malignas armaduras del pecador. La hoguera, aunque se encienda para un solo reptil, impregna de sentido docente a todo el Virreinato.

El sitio donde se clava la gruesa estaca, en cuya base se amontona la leña que procederá a tostar lentamente al reo, se llama en forma indistinta Pedregal o Quemadero. El pueblo le teme y esquiva. Queda al otro lado del Rímac, entre el barrio de San Lázaro lleno de leprosos y el alto cerro. La humareda aleccionadora, cuando sucede, invade toda Lima y los gritos del condenado pican los oídos de inocentes y pecadores. Todos los inquisidores recuerdan que el fuego era uno de los cuatro elementos que distinguió Aristóteles, pero no sabía —porque vivió antes de Cristo— que tenía una cardinal importancia purificadora. Por eso consideran que un Auto de Fe sin hoguera es como una procesión sin santo.

Los calabozos de Lima ya contienen al hombre que justificará por lo menos una hoguera. Es ese judío loco al que se le ofrecieron abundantes oportunidades de rectificación. Tuvo la oportunidad de seguir la trayectoria de su padre y recuperar la libertad con algunas penitencias, por cierto, dada la gravedad de sus infracciones. También pudo haber engañado al Santo Oficio —como su padre— y aprovechar la libertad para retornar a su secreto culto. Pero —esto resulta inexplicable— ha rechazado con tenacidad el camino más lógico. Ha formulado cientos de preguntas que le contestaron teólogos de mucha celebridad. Y al término de las persuasiones, como si se burlase, repetía un demencial derecho a pensar y creer lo que le daba en gana. ¡Exige libertad de pensamiento y de creencia! ¿Existe un grotesco mayor? ¿Se puede pensar cualquier disparate frente a la imponencia de la verdad? ¿Puede aceptarse que cada uno proponga el enfoque que se le ocurra? ¿No llevaría al caos y a una tempestad de abominaciones? ¿Para qué Cristo confirió a Pedro la vicaría? ¿Para qué edificó su Iglesia? ¿Para qué existe la jerarquía eclesiástica? Esquivar el camino de la luz es caer en las tinieblas de la perdición. La libertad de conciencia no sólo implica el riesgo de perder el alma propia, sino de infectar el alma de los otros. Si uno puede creer en lo que se le ocurre, también podría hacerlo el vecino y el vecino siguiente. Estos ejemplos disolutos golpearían como catapultas al templo del Señor. La humanidad entera rodaría a los infiernos.

—Francisco Maldonado da Silva es un enemigo poderoso —advierte Gaitán—, y es preciso eliminarlo cuanto antes.

—Por eso ya lo hemos condenado —recuerda Castro del Castillo.

—Si antes tenía alterado el juicio, ahora lo ha perdido por completo —agrega Mañozca y extiende un pliego escrito en latín con tinta poco firme.

Los jueces examinan la carta a los judíos de Roma. Se pasan uno a otro el rústico papel. Su audacia es otra intolerable provocación. Gaitán desea estrangularlo con sus propias manos, pero acepta que se lo convoque para hacerle confesar tan grave delito.

Francisco —condenado ya a muerte y convertido en un espectro— responde con su habitual y desconcertante franqueza. Sí, ha escrito esa carta.

Los inquisidores vuelven temblar de pasmo. Un pecador tan abyecto no puede ser al mismo tiempo tan valiente. Algo no encaja. Lo único que se confirma es que está poseído por Lucifer; ya no se trata de un ser humano que goza del libre albedrío y la asistencia de la razón.

Mañozca menea la cabeza y con ese gesto reafirma su diagnóstico de locura. Gaitán se muerde los finos y blancos labios: "No debería demorarse el Auto de Fe porque los locos también son espadas del demonio".

* * *

Una opalescencia se instala en el ventanuco. La noche avanzada ha cancelado toda la actividad, incluso el correo de los golpes. Francisco se ha despertado súbitamente y sus ojos quedan prendidos a esa claridad indecisa. Evoca la noche en que se produjo un fenómeno idéntico, cuando el mulato Martín se estaba haciendo castigar por un indio robusto. Pero no oye el silbido de los tallos ni las reprimidas quejas de Martín, sino sandalias etéreas. Vienen sigilosamente por un túnel. Ahora las escucha mejor. Se trata de una sola persona cuya tensión atraviesa el muro, prende el extraño reflejo del ventanuco y le pone redondos los ojos y atento el oído. Las sandalias se detienen junto a la puerta. ¿Quién pretende verlo en esa hora? La tranca sube despacio y una llave penetra milímetro a milímetro en la cerradura. Francisco se sienta en su duro lecho. Por entre las rendijas se filtra el temblor de una vela. Enseguida aparece una figura conocida. Cierra la puerta y deposita el blandón sobre la mesa. Mira a Francisco con piedad, luego acerca una silla.

El jesuita Andrés Hernández estira los pliegues de su hábito negro y habla en voz baja, susurrante casi. Para que no haya una falsa composición de lugar, le aclara que ha conseguido la autorización de Antonio Castro del Castillo para venir a conversar a solas. Ha tenido que insistir mucho ante ese juez: sus permisos no son frecuentes. El bueno de Hernández no se resigna a la pertinacia de Francisco.

—Si usted fuera duro de entendederas —suspira—, si le faltase la lógica, si careciese de ilustración... Nada de eso le impide darse cuenta del foso donde está el horrible destino que le aguarda. Su actitud es de una insolencia infecunda. ¿Acaso no le han satisfecho las repuestas de los teólogos? Fueron bien estudiadas, bien dichas.

Hernández se frota la garganta porque le fatiga el tono susurrado, pero hace un desmedido esfuerzo para comunicarse con el reo y persuadirlo.

Francisco lo escucha con atención. Este sacerdote le desea el bien, por supuesto, y ha tomado el riesgo de venir a su mazmorra para brindarle ayuda. Es afectuoso y transparente. Su presencia y su voz cuchicheada operan como un bálsamo. Es obvio que se esmera por llegar a su corazón, pero no consigue salir de su propia piel. Hernández mira, habla y piensa a Francisco sin ponerse en el lugar de Francisco. Con dulzura y ansiedad (que ocultan la intransigencia de su objetivo), sólo implora que Francisco deje de ser quien es.

—¿No lo ciega el orgullo? —pregunta cautelosamente.

—¿Orgullo?... —repite el vocablo—. No: es algo más valioso. Diría que me sostiene una ambigua dignidad.

El jesuita replica que la dignidad no lo llevaría a ser tan cruel consigo mismo y con su familia: sólo el orgullo produce tanta cerrazón. A Francisco no le asombra semejante argumento y pregunta por su familia, ya que el jesuita la ha mencionado. Hernández se turba y le recuerda que tiene prohibido suministrar información. Francisco dice entonces: "Hablábamos de la crueldad, ¿no?..."

¿Por dónde abordarlo? El clérigo se desespera y le dice que aún puede salvarse.

—Sólo el alma —Francisco completa la oración.

—Si no se arrepiente lo quemarán vivo; si se arrepiente antes de que lean la sentencia, lo quemarán muerto.

—Me matarán igual.

—Son inescrutables los caminos del Señor...

Ambos hombres se miran en la tenue luz del pabilo; sus ojos brillan. El sacerdote no ha sido explícito, pero insinúa que aún se puede evitar la ejecución. Le está ofreciendo la vida a cambio de modificar su creencia. Entonces Francisco une fichas sueltas en forma descarnada: a este bondadoso calificador del Santo Oficio no le importa que siga viviendo, sino que modifique su fe. En otras palabras, le ofrece la vida como un soborno.

El silencio, la quietud y tensa expectativa magnetizan el blindado calabozo. El frío húmedo cala los huesos. Hernández recoge una manta abollada a los pies del lecho y la extiende sobre la espalda de Francisco, luego se aprieta la capucha del hábito en torno al cuello. Francisco se estremece con el gesto paternal; sólo puede retribuirle con su franqueza hiriente. Farfulla un reproche en un tono de gratitud.

—Es violencia moral exigir el cambio de fe. Un hombre es más alto que otro, más inteligente que otro, más sensible que otro, pero todos somos iguales en el derecho a pensar y creer. Si mis convicciones son un crimen contra Dios, sólo a Él corresponde juzgarlo. El Santo Oficio usurpa a Dios y comete atrocidades en su nombre. Para mantener su poder basado en el terror, hasta prefiere que yo finja un cambio de creencia. —Hace una pausa y después enarbola la flagrante contradicción—: El Evangelio dice "amarás a tu enemigo"... ¿Por qué no me aman?

Andrés Hernández junta las manos.

—¡Por favor! —ruega—. ¡Apártese de su mal sueño! ¡Salga de la confusión! Cristo lo ama, ¡retorne a sus brazos! Por favor...

—Cristo no es la Inquisición, sino lo opuesto. Yo estoy más cerca de Cristo que usted, padre.

A Hernández le saltan las lágrimas.

—¿Cómo va a estar cerca de Cristo si lo niega?

—Cristo humano conmueve: es la víctima, el cordero, el amor, la belleza. Cristo Dios en cambio, para mí, para quienes somos objeto de persecución e injusticia en su nombre, es el emblema de un poder voraz que exige delatar hermanos, abandonar la familia, traicionar a los padres, quemar las propias ideas. Cristo humano pereció a manos de la misma máquina que pondrá fin a mis días. A esa máquina ustedes la llaman Cristo Dios.

El jesuita se persigna, reza y pide que le sean perdonadas estas blasfemias. "No sabe lo que dice", parafrasea el Evangelio. Francisco también pide disculpas para formular otro pensamiento. Hernández endereza el torso y aleja el mentón, como si estuviese por recibir un puñetazo.

—¿No está relacionada mi condena a muerte —dice— con la poca confianza que ustedes depositan en su propia fe?

—Es absurdo... Por favor, por piedad, por el cielo... —implora el jesuita—. No se cierre a la luz, a la vida.

Francisco mantiene una calma sobrenatural y desmigaja sus ideas. Le repite que no combate a la Iglesia; ya dijo que ama al cristianismo porque ha desparramado la sagrada Escritura y acercó millones de seres al Dios único. Pero combate por su derecho a la libertad de conciencia. No tiene la culpa de que su libertad sea tomada como una impugnación a la fe, o poca fe, de otros.

Andrés Hernández se seca las mejillas y oprime el crucifijo con ambas manos.

—¡No quiero que lo lleven a la hoguera! ¡Usted es mi hermano! —exclama—. Le he escuchado decir de memoria las Bienaventuranzas con católica emoción. Su obstinación ciega, aunque la atiza el diablo, tiene coraje. Una persona como usted no debería morir.

Francisco levanta sus manos llagadas, calientes, y las apoya sobre las que oprimen el crucifijo.

—No soy yo —la ironía es triste— quien condena.

—Su testarudez lo condena.

—¡El Santo Oficio, padre! El Santo Oficio. Y lo hace en nombre de la cruz, de la Iglesia y de Dios. En nombre de todos ellos. El Santo Oficio, ni siquiera para condenar a muerte asume su exclusiva responsabilidad. Pretende tener las manos limpias, hipócritamente limpias, como Poncio Pilatos.

Hernández se arrodilla frente al reo, le oprime los hombros y lo sacude.

—Se lo pido de rodillas. Me humillo para hacerlo despertar. ¿Qué más necesita para volver al redil?

Francisco cierra los párpados para frenar sus propias lágrimas. ¿Cómo hacerle entender que está más despierto que nunca? El sollozo se abre como un manantial avergonzado. Ambos han llegado al límite de sus fuerzas, pero sus pensamientos no logran confluir. Ambos sienten un desborde de cariño y admiran sus respectivas perseverancias. Se despiden con un gesto que casi es un abrazo. Entonces el resplandor del ventanuco se intensifica, como si hubiera sido testigo de un hecho inverosímil.

133

Con los párpados hinchados Andrés Hernández informa al Tribunal sobre su fracaso y ruega tener misericordia con tan ilustre reo. Mañozca insiste en que ese hombre ha perdido definitivamente la razón, lo cual no modifica la sentencia: será quemado vivo en el próximo Auto de Fe.

Empieza entonces una carrera entre el aparato inquisitorial y su víctima. Encerrado, desarmado y debilitado, Francisco apela a un último recurso para burlarles el espectáculo de su ejecución. ¿Qué puede aún hacer un hombre lastimado y solitario? Ya no vienen a su celda los negros Pablo y Simón ni el nuevo alcaide: sólo interesa como carne para asar en público. Sólo le proveen la colación reglamentaria y, de vez en cuando, retiran el bacín. Nada más. Es un despojo que vendrán a buscar para la humillación culminante.

—Pero se llevarán una sorpresa —masculla Francisco—. ¿Cuánto tarda la preparación de un Auto de Fe? ¿Tres, cuatro, cinco meses? Es un lapso suficiente.

Recibe las pequeñas bolsas con alimentos y sólo guarda el papel, la harina y el agua. Al papel lo recorta para formar hojas de cuaderno. Con la harina y el agua prepara un engrudo mediante el cual adhiere los trozos sobrantes para hacer más hojas. En estos meses se dedicará a escribir. Pero no comerá. El Santo Oficio sabrá que no puede todo, que es terrible pero no omnipotente. Será derrotado parcialmente, pero será derrotado. La carrera de Francisco consiste ahora en morir por propia decisión antes de que ellos lo maten.

Y comienza el ayuno más severo del que se tiene memoria. Ayudará a Dios a despegar su alma de la materia antes de que lo arrastren al fuego. No les dará el gusto de un eventual arrepentimiento (falso, impuesto por el terror), ni gemirá por las quemaduras. Tiene que ganarles de mano a los verdugos. Su pulso se acelera con la loca expectativa de llegar a tiempo en esta competencia final. La desventaja de Francisco, sin embargo, reside en desconocer la fecha del Auto. Su ayuno, por consiguiente, debe ser severo. Durante los primeros cuatro días le acosan los conocidos malestares de ayunos anteriores: mareos, retortijones, puntadas. Después ingresa en un elíseo de liviandad. Se borra el hambre, desaparecen los ruidos del intestino, se esfuman sus dolores, navega hacia otra dimensión.

El pequeño cuchillo que antes fue clavo, y la pluma que antes fue hueso de pollo, lo acompañan en su tarea cotidiana. Durante muchas horas fabrica los materiales de su escribanía y durante otras tantas redacta sus pensamientos. Después los esconde.

La prolongada abstinencia consume su ya magra contextura. Puede mantenerse menos tiempo de pie y debe reducir las horas de trabajo, por el embotamiento. Lo arropa una debilidad suave y relajada. Su decaimiento físico es la contrapartida de su vigor espiritual. La cercanía de la meta sopla a victoria. Día que pasa es día ganado. Cuando vengan a leerle la sentencia y ponerle el sambenito infamante para llevarlo al altar del sacrificio no encontrarán más que sus insensibles restos.

El alcaide descubre un poco tarde la impresionante jugada y corre a descargar su culpa ante los jueces. Está horrorizado. Teme con razón que le apliquen uno de esos castigos que hacen historia. Arguye que el prisionero recibía sus alimentos regularmente y que había dejado de reclamar audiencias. Nada justificaba someterlo a un control especial. ¿Cómo podía sospechar su maldito ardid? ¿Cómo iba a pensar que un judío confeso sería capaz de someterse a una privación semejante, sólo registrada en la vida de los santos? Cuando entró en su mazmorra —cuenta temblando— encontró un esqueleto forrado por piel fina como seda. Yacía tendido, casi muerto. Le habló y le gritó, pero no oía. Le puso la mano en el pecho y, aliviado, reconoció que aún respiraba. Lo dio vuelta y descubrió que su piel estaba rota en varias partes y sustituida por úlceras.

El Tribunal escucha el nervioso informe y exige al alcaide que calcule el tiempo de ese ayuno. El funcionario suma con los dedos, le parece equivocarse, suma de nuevo, se equivoca otra vez, repite la operación y, en tono vacilante, informa:

—Alrededor de ochenta días.[38]

—¡Es un disparate! ¡Salga de aquí!

134

Francisco flota entre los velos de la semiconciencia. La boca apenas articula su negativa a comer. Está cerca de su objetivo, sabe que va a ganar. Le ofrecen pasteles, frutas, guiso, leche, chocolate. El médico ordena moverlo delicadamente para que las zonas escoriadas queden al aire y cicatricen. Hasta el jesuita Andrés Hernández y el franciscano Alonso Briceño son mandados a persuadirlo de que interrumpa su intolerable ayuno.

Otro hecho, sin embargo, imprime un giro a la vida de Francisco y a toda la historia de la Inquisición en Lima. Los oídos del reo, apagados por efecto de la desnutrición, alcanzan a descifrar unas palabras que transmiten los golpes: "complicidad grande", "arrestos masivos", "judíos descubiertos". Por el lúgubre corredor pasan soldados, gente, lamentos y tras los muros se amontonan nuevos adobes, se cavan zanjas, se multiplican las celdas. Una denuncia poco relevante había exhumado un filón de judíos secretos que enfebrece la codicia del Santo Oficio. El hastío de los largos procesos a escasos infelices se ha convulsionado por el arresto de figuras notables. Y ricas.

Gaitán quema la reiterada solicitud que estaba por enviar a España para ser relevado de sus funciones. Los nuevos e impresionante hechos le hicieron cambiar el humor. Ahora prefiere quedarse en Lima, porque nunca sospechó que vendría a sus manos un botín semejante. El Auto de Fe para condenar a unos cuantos frailes, hechiceras, judíos arrepentidos (y tan sólo uno al fuego) se posterga sin fecha. Ahora deberán trabajar duro con la interminable fila de reos que penetra, como una serpiente, en la oscuridad de las cárceles. Cuando se realice el Auto de Fe, serán incorporadas decenas de increíbles pecadores y el masivo acontecimiento estremecerá al mundo.

¿Qué había pasado? Muy simple. Un hombre joven llamado Antonio Cordero, que había residido en Sevilla y trabajaba ahora en la Ciudad de los Reyes para un rico mercader, comentó que no vendía los sábados ni domingos, y tampoco le gustaba el cerdo. Su fanfarronada fue transmitida a un familiar. Los inquisidores olfatearon la presa y resolvieron modificar su rutina por primera vez: secuestraron a Cordero con sigilo y no procedieron a confiscarle los bienes para evitar que la red de amenazados tomase precauciones. El cautivo, tan temerario cuando gozaba de libertad, en la cámara de torturas produjo el mayor desastre que podían esperar sus hermanos, porque delató a su patrón y a dos amigos, que inmediatamente fueron chupados por la lúgubre fortaleza. La secreta comunidad judía de Lima no advirtió el peligro que significaba la desaparición de estas personas, ya que al no producirse las confiscaciones de costumbre, descartaron que estuviese implicado el Santo Oficio. El 11 de agosto de 1635, sin embargo, se desplegó una redada súbita que sacó de sus viviendas a decenas de personas, enlutó a familiares de prestigio y extendió una persecución sistemática hasta los confines del Virreinato.

Es tan grande el entusiasmo de los inquisidores, que parten hacia

España nerviosas cartas con datos y pronósticos hiperbólicos. En una de ellas afirman que "hay tantos judíos, que igualan a las demás naciones", "las cárceles ya están llenas", "andan las gentes como asombradas y no se fían unos de otros, porque cuando menos piensan se hallan sin el amigo o el compañero a quien valoraban tanto", "tratamos de alquilar todas las casas vecinas" al edificio original porque éste ya no da abasto. No disimulan su satisfacción. "No se le ha hecho en estos reinos" a Su Majestad y la Iglesia "mayor servicio que el actual". Subrayan la amenaza que constituyen los judíos: "esta nación perdida se iba arraigando de manera que, como mala hierba, había de ahogar a la cristiandad". Y no dudan en aplicar la rotunda etiqueta: son "una secta infernal, predicadora del ateísmo". También informan que, "cuidadosos siempre en estas materias, escribimos a todo el distrito y encargamos a nuestros comisarios que, con toda brevedad, cuidado y secreto, nos procuren enviar el número cierto de portugueses que cada uno tuviese en su partido, y algunos ya comenzaron a ponerlo en ejecución".

Entre los arrestados figuran tres mujeres. Estiman los jueces que su menor fortaleza física las inducirá a proporcionar otros nombres. En la primera etapa, sin embargo —antes de sustanciar los juicios—, urge atrapar el mayor número de delincuentes. Algunos ya han fugado a la selva o la montaña o tratan de embarcarse clandestinamente.

El correo de los muros transmite reiteradamente un dulce nombre: "Mencia de Luna". "Mencia de Luna, joven-judía-torturada." No ha vuelto a la prisión. Resuena su nombre como un desesperado homenaje. Francisco se esfuerza en contar los golpes, construir palabras, salir de su lechoso sopor. A pocos metros ha sido sacrificada una joven mujer. Sin darse cuenta bebe unas gotas de leche y mastica la carne de una aceituna. En su cerebro magullado nace un pensamiento vacilante; lo rodea una multitud de víctimas y no debe abandonarlas. ¿Qué hacer? Escupe en la mano el hueso de la aceituna y lo contempla extrañado: ¡acaba de romper su ayuno! ¿Por qué torció su resolución de tiempo atrás? Se frota las sienes y abre grandes los ojos como si pudiera leer en el tiznado muro el mensaje que explicaría su cambio repentino. Debe haber una explicación. No lo ha hecho por miedo a la cercana muerte ni por complacer a las súplicas de Hernández y Briceño. Lo ha hecho por la desgracia que barre el Virreinato. Eso es. Su lucha no debe apuntar a la muerte, porque lo que sobrará es muerte. Ahora debe volver a luchar por la vida, por mantener la resistencia. Como lo venía haciendo.

Toma el pan, lo parte y mastica lento. Le duele la boca. Debe recuperar fuerzas para urdir la próxima acción. Es lógico suponer que el Tribunal haya postergado el Auto de Fe hasta sustanciar los nuevos juicios. Ha llegado otro tiempo de acción.

Se admira de volver a sentir energía. El cambio de circunstancia exige un cambio de estrategia. Pero debe pensarla. Primero necesita enterarse sobre la catástrofe que trasmiten los muros. ¿Qué ha sucedido? ¿Qué sucederá? Estuvo junto a la muerte mediante el ayuno, pero ahora, casi como un resucitado, debe prestar ayuda a sus hermanos en desgracia. ¿De qué forma? Se da cuenta de que apenas mueve las extremidades, que su oído oye menos. El muro sigue transmitiendo "joven-judía-torturada". Le llevará tiempo enterarse.

A poca distancia de su mazmorra el notario Juan Benavides examina el cuerpo de Mencia de Luna y redacta su testimonio que guardará junto a los demás libros que fijan para la posteridad la obra sagrada de la Inquisición. Los jueces habían procedido de acuerdo con el reglamento: ella se negaba a delatar a otros judíos y el Tribunal tuvo que cumplir con su deber. El notario no olvidó escribir que los jueces pronunciaron la debida exculpatoria: "Y si en el dicho tormento muriese o fuese lisiada o siguiere efusión de sangre o mutilación de miembros, ¡sea a su culpa y cargo y no al nuestro!". Se esperaba obtener de la joven una abundante información y en la siniestra cámara se reunieron los señores inquisidores, excepto Andrés Juan Gaitán, que aborrece mirar las hembras.

A las nueve de la mañana ordenaron a la indefensa mujer que suministrase nombres, pero ella no contestó. Se la mandó desnudar y con las vergüenzas al aire le repitieron la exigencia. Respondió que no estaba en deuda con la fe. Ocho hombres, de los cuales la mitad eran sacerdotes, contemplaban a esa obstinada criatura que intenta cubrir inútilmente porciones de su cuerpo, que parecía delicada y frágil como una virgen de altar, pero contenía la sangre infecta de Israel. La acostaron sobre el potro y le ataron las cuatro extremidades para iniciar su descuartizamiento. Se resistió como un cabrito asustado, y gritó a los inquisidores que si el dolor la impulsaba a decir alguna cosa, no era válida. El verdugo giró el timón, se tensaron las sogas, crujieron las articulaciones, se desgarraron los delicados músculos y trepidó la piel que las antorchas pincelaban de un rosado angelical. El notario describía lo que sus asombrados ojos registraban y anota también, incómodo, que ella decía una y otra vez "judía soy, judía soy".

Mañozca indicó al verdugo que no avanzara y preguntó: "¿Cómo es judía? ¿Quién le enseñó?". Ella dijo que su madre y su hermana. Mañozca preguntó de nuevo: "¿Cómo se llaman su madre y su hermana?". Ella lloró a los gritos: "¡Jesús, que me muero, miren que me sale mucha sangre!". En sus coyunturas ya se rompían las venas, se formaban grandes hematomas y por las excoriaciones brotaban gruesos hilos rojos.

Castro del Castillo le pidió más nombres, implacablemente; si no, darían otra vuelta al timón. Tenía a flor de esos labios todo un botín. Pero la cara de la mujer se deformó totalmente, no escuchó qué le pedían, ni sabía ya qué había dicho. El verdugo apretó con ganas y el eficiente notario escribió: "Se quejaba diciendo, ay, ay, y se estaba callando, y en este estado, que serían cerca de las diez de la mañana, se quedó desmayada. Se le echó un poco de agua y aunque estuvo un rato de esta suerte, no volvió en sí, por lo cual dichos señores inquisidores dijeron que suspendían el tormento para repetirlo cuando les pareciese. Y los dichos señores salieron de la cámara y yo, el infrascrito notario, me quedé con ella y con los funcionarios que asisten al tormento y que son el alcaide, el verdugo y un negro ayudante".

El informe narra más adelante que le desataron las extremidades y la echaron a un pequeño estrado junto al potro, por si se decidía continuar la sesión. Pero la mujer no volvió en sí, por lo cual los inquisidores indicaron al notario que no se apartase de la víctima. A las once del día "no volvió en sí —añadió su informe—, estaba sin pulso alguno, los ojos quebrados, los labios de la boca cárdenos, el rostro y los pies fríos".

El notario añadió a su certificación que "aunque se le puso la luna de un espejo por tres veces encima del rostro, salía limpio; de suerte que todas las señales de dicha Mencia de Luna era de estar naturalmente muerta, de que doy fe. Y el resto del cuerpo se le iba enfriando, y el lado del corazón no hacía movimiento alguno, aunque le puse la mano sobre él. Todo esto pasó ante mí. Firmado: Juan Benavides, notario".

Vibran con más intensidad los muros con el nombre de la joven. Francisco, junto con los viejos y los nuevos presos rezan por ella.

135

Como siempre, cada nuevo reo es forzado a efectuar delaciones y todo portugués —o individuo que haya residido en Portugal— es irremediablemente sospechoso. De esta forma el número de arrestos se torna incontenible. El Tribunal decide aumentar el número de calabozos. Su éxito lo anima a presentar ante el Rey otra queja por la maldita concordia de 1610: "Nos tienen atadas las manos", protestan "prohibiendo que estorbemos a nadie en su viaje, ni obliguemos a pedir licencia a los que desean hacerlo; pero la necesidad actual nos indica negar el pasaje cuando no media una autorización del Santo Oficio". No titubean en añadir: "Ha de mandar V. A. se corrija y enmiende (la concordia)". Su entusiasmo es manifiesto: "Proseguimos en todas las causas y descubrimos judíos derramados por todas partes. Las cárceles están llenas". La clandestinidad a que los herejes se ven obligados por la persecución resulta simple hipocresía: "Generalmente no se prende a uno —informan con desdén— que no ande cargado de rosarios, reliquias, imágenes, cinta de San Agustín, cordón de San Francisco y otras devociones, y muchos con cilicio y disciplina. Saben todo el catecismo y rezan el rosario y, preguntados cuando ya confiesan su delito por qué lo rezan, responden que para no olvidar las oraciones en el tiempo de necesidad, que es éste de la prisión". No falta en los mensajes de los inquisidores una explícita referencia al actual Virrey quien, a diferencia de sus malignos predecesores, "acude con afecto a cuanto le pedimos"; "se ha de servir V. A.", solicitan, "rendirle las gracias por lo que hace, y en particular por haber dado orden a los soldados del presidio, caballería e infantería para que ronden durante toda la noche la cuadra de la Inquisición".[39]

Entre los apresados de la primera gran redada figura un destacadísimo personaje de Lima. El Santo Oficio había lanzado el zarpazo a las doce y media, cuando las calles hervían de gente. Los oficiales y sus carruajes se distribuyeron estratégicamente y en una hora concluyeron el operativo. "Quedó la ciudad atónita y pasmada", relatan los inquisidores. La más alta autoridad de los judíos limeños fue engrillada al muro de su oscura mazmorra; se trata de don Manuel Bautista Pérez.

Francisco había oído hablar de él en la universidad. Se decía que era un hombre cultísimo y generoso, estimado por eclesiásticos y seglares, quienes lo iban a festejar en agradecimiento por sus donativos. Después se enteró de que le habían ofrecido un homenaje lleno de dedicatorias en presencia del cuerpo docente y los alumnos. Dicho Manuel Bautista Pérez contribuía con sus iniciativas al mejoramiento de la Ciudad de los Reyes y era tenido en gran estima por el Virrey y el Cabildo. Se comportaba como un cristiano devoto: oía misas y sermones, cuidaba las fiestas del Santísimo Sacramento, confesaba y comulgaba. Era un hombre de crédito y moral.

No obstante, el Santo Oficio reunió las delaciones forzadas de treinta testigos y el reo no podría resistirse a tamaño alud de evidencias. Practicaba el judaísmo en secreto y ejercía el liderazgo de su abominable comunidad. Su gente lo calificaba "oráculo de la nación hebrea", otros le decían "rabino". Según las delaciones, efectuaba encuentros en los altos de su casa, presidía oficios religiosos y enseñaba la ley muerta. En su biblioteca se descubrieron libros cristianos que en realidad estaban destinados a encubrir su identidad. Era, según los delatores, "el capitán grande", a quien conocían, respetaban y amaban los otros sesenta y tres arrestados, incluida la difunta Mencia de Luna.

El correo de los muros transmite el nombre de Manuel Bautista Pérez. Su caída en las garras de la Inquisición significa el derrumbe de la última columna que sostiene la esperanza de los prisioneros.

Francisco se apresura en llamar a los guardias y solicita un cambio de dieta para romper su ayuno. El jesuita·Andrés Hernández y el franciscano Alonso Briceño atribuyen la noticia al éxito de su persuasión y elevan un informe que destaca el inicio del tan esperado arrepentimiento. Los inquisidores reciben la noticia sin inmutarse, porque Maldonado da Silva los hartó. Están atareados con los peces gordos que acaban de ingresar en las cárceles.

El anciano rabino es llevado a la cámara de las torturas para romper su negativa a confesar. Camina con paso tan firme que el alcaide no se atreve ni a tironearle la cadena. El verdugo, al chocar con su mirada, desvía la propia para concentrarse en las argollas de los tobillos y muñecas. Sin darle tiempo a darse cuenta de lo que está por hacerle, le desgarra las ingles en el potro. Los inquisidores ordenan interrumpir la sesión de inmediato, porque es una pieza demasiado valiosa. El hombre es devuelto desmayado a su celda y atendido por un médico.

Días después Francisco se entera de que algo grave le ocurre al "capitán grande", pero no le llega la información precisa. En realidad sucedió que Manuel Bautista Pérez había ocultado entre las medias un cuchillo de estuche y, cuando se recuperó de la tortura, intentó matarse. Se infligió seis puñaladas en el vientre y dos en la ingle.

136

Los funcionarios de la Inquisición lograron frustrar su muerte, pero no consiguieron impedir la de otro cautivo llamado Manuel Paz, un hombre de cuarenta años que exhibía larga residencia en Lima. Paz no soportó el cautiverio ni las torturas. En el informe que el notario escribió para la Suprema de Sevilla dice lacónicamente: "se ahorcó de la reja de una ventanilla alta que caía sobre la puerta de su cárcel, de modo extraordinario". Ni el alcaide ni los inquisidores lograron descifrar la técnica que usó para conseguir su propósito. El informe sugería que "se echó de ver que el demonio había obrado en él, porque se ahorcó de una forma que sin ayuda parecía imposible". Gaitán propuso que ante esta prueba, sea relajado en efigie, sus bienes totalmente confiscados y sus huesos arrojados a las llamas cuando tenga lugar el próximo Auto de Fe. Esta iniciativa fue apoyada por los demás inquisidores y la totalidad de los consultores convocados.

A la mazmorra de Francisco entra por primera vez una partida de choclos que había solicitado a cambio del pan. Es asombroso que el exceso de trabajo haya disminuido tanto el nivel de obstáculos y sospechas que reinaban en la fortaleza. Francisco la mira con entusiasmo y, al sentirse libre de espías, con la puerta debidamente cerrada por la tranca exterior, inicia su trabajo. A cada choclo le arranca el envoltorio y lo esconde bajo la cama; deja a la vista las barbas rubias y cocina los granos en la olla que ahora le permiten tener sobre un brasero. Aprecia que va recuperando el apetito y efectúa movimientos con todas las articulaciones, inclusive las de las vértebras. Sobre las lastimaduras del tronco se están formando costras de cica-

459

trización. Pero oye menos y duerme mucho. Se restablece como un pájaro herido que abandonaron en la intemperie.

Mientras, el rabino consigue enviar un mensaje a su cuñado Sebastián Duarte, que también ha caído en prisión, gracias a la ayuda de un sirviente que lo conocía de años atrás. "Todo está perdido" —le dice—, y le recomienda confesar su condición para ahorrarse la tortura. "Toda resistencia no sólo será inútil: aumentará el padecimiento de los cautivos." Sebastián Duarte duda sobre la autenticidad del mensaje, dado el carácter indómito de Pérez; no obstante, prefiere considerarlo verdadero y se aviene a contestar las preguntas de los inquisidores. "Ha caído Jerusalén, no queda piedra sobre piedra, los vientos de la muerte enlutan a Sión", recita las Lamentaciones de Jeremías.

Francisco ata las numerosas hojas de choclo y fabrica una larga cuerda. Ya no se ocupan de él, excepto para traerle la alimentación escasa y a menudo podrida. Durante la noche arrima la quebradiza mesa al muro, instala el escabel sobre la mesa y, sosteniéndose en los soportes a su alcance, llega a un tirante del techo. Su mano izquierda se agarra con fuerza de la madera mientras la otra empuña el diminuto cuchillo de hierro y empieza a roer el adobe en torno a uno de los barrotes de su ventanuco. Se cansa y marea, sabe que no está en condiciones de exagerar. Desciende, acomoda los muebles —aunque es difícil que vengan a esa hora— y dormita un rato. Después reanuda la tarea. El ventanuco da a un patio interno rodeado de celdas. Sobre los techos apenas se distingue la alta muralla exterior.

Por fin consigue mover el barrote. Lo empuja hacia acá, hacia allá y lo hace girar; vuelve a empujarlo y por último lo arranca. Le sonríe como a una desamparada víctima y lo acomoda sobre un tirante. Baja, recoge la soga y prueba en cada nudo para certificar su resistencia. Trepa de nuevo y la ata a uno de los barrotes inmóviles. Asoma la cabeza. Siente el aire fresco de la noche como una loca bienvenida de la libertad. Lentamente, prendido de la cuerda, saca el cuerpo y desciende la alta pared. Su mazmorra parecía estar en un foso, pero la tierra firme del patio semeja un abismo. No entiende el desnivel: es parte de la irracionalidad que impone el Santo Oficio. Llega al suelo y se acuclilla en las sombras, adherido al paramento. Mira en todas las direcciones, cuidadosamente. El aire contiene aromas del Rímac. No ve guardias, ni sirvientes, ni perros, aunque deben estar acechando.

En sus años de cárcel ha conseguido confeccionar un plano imaginario de este laberinto y sabe que han instalado cepos, puertas falsas y corredores con agujeros disimulados que engullen a los que intentan huir. Por eso camina con sigilo, explora las irregularidades de la tierra y aparta unos arbustos. Divisa la huerta que cultivan los esclavos del Santo Oficio. Es un cuadrado en el que respira la vida vegetal, sorda a los suplicios de las prisiones. El olor de las hortalizas embriaga. Acaricia la pulida piel de un tomate, lo oprime suavemente e imagina su color rojo cuando llegue el día; lo arranca, lo muerde y goza su sabrosa carne. ¿Cuánto hace que no toca una planta ni desprende su fruto? Avanza hacia los muros adyacentes. Su imaginación no le ha fallado: encuentra el pasillo por donde ingresan los negros a la huerta. Una languideciente antorcha instalada en el fondo le permite ingresar de nuevo en el laberinto tan odiado. Hacia la izquierda habían abierto un arco en el muro que conduce a las nuevas mazmorras. Francisco se pega al muro y sus manos perciben una vibración: alguien se acerca. Debe apurarse.

Las sucesivas puertas son idénticas y elige una. Muy despacio levanta la tranca. Entra, cierra tras de sí y hace gestos tranquilizadores a los dos presos, que se levantan sobresaltados. Permanece en silencio con el índice cruzándole la boca, hasta cerciorarse de que nadie ha ingresado en el pasillo. Sólo se oyen las ranas del patio. La quietud se hace material, gruesa. Francisco enciende otro pabilo con su yesca. Les habla en voz susurrante y les transmite solidaridad. Los cautivos están pasmados, creen que son objeto de otro ardid del Santo Oficio: esta aparición nocturna pretende engañarlos como la vez anterior, para que confiesen. Y confiesan: uno dice que es bígamo y el otro es un fraile que contrajo matrimonio en secreto. Francisco se decepciona, porque no busca perseguidos de esta naturaleza, sino la gente que mandarán al altar de fuego por lealtad a sus convicciones. Los bendice en nombre de Dios y sale al pasillo tenebroso.

Se arrastra en la dirección opuesta. Prueba en otra mazmorra. Dos hombres se sobresaltan también. Francisco se presenta. Dice llamarse Eli Nazareo, a quien conocían como Francisco Maldonado da Silva. Eli es el nombre del profeta que combatió a los idólatras de Baal y significa "Dios mío" en hebreo; Nazir, Nazareo, es quien se consagra al servicio del Señor.

—Soy un indigno siervo del Dios de Israel —exclama con la autohumillación propia de su tiempo.

Los cautivos se miran entre sí y dudan. ¿Quién no está enterado

461

de los espías y provocadores que contrata el Santo Oficio para quebrar su reticencia? No existen claves ni contraseñas garantizadas: el truco incluye frases en hebreo, referencia a festividades e historias conmovedoras. Francisco insiste en su carácter de prisionero. Su figura provoca un sagrado temor: tiene la barba larga con manchones grises y una cabellera partida al medio que desciende blandamente sobre los hombros. Evoca la imagen de un Jesús avejentado. Es de elevada estatura, quizás exagerada por su delgadez. La nariz fuerte y los ojos penetrantes ayudan al tono persuasivo de su voz. Uno de ellos, finalmente, dice que lo reconoce.

—¿Me reconoce?

Mueve afirmativamente la cabeza. Es un anciano de edad indefinible. Lo invita a sentarse a su lado, sobre la cama revuelta. La piel de su rostro está arrugada como una nuez.

—Me llamo Tomé Cuaresma —se identifica.

—¡Tomé Cuaresma! —Francisco le aprieta las manos secas y frías—. Mi padre...

—Sí, tu padre —levanta los párpados hinchados de dolor—. Tu padre me conocía y te habló de mí, ¿verdad?

En el sector nuevo de las cárceles secretas estos dos hombres consuman su tardío encuentro durante el tramo más profundo de la noche. Tomé Cuaresma es uno de los galenos más populares de Lima, pero Francisco, curiosamente, nunca había podido verlo en persona. Su padre se había referido muchas veces a este profesional incansable, a quien siempre recurrían los nobles. Pero también era el médico que asistía a los judíos secretos de la ciudad.

El viejo le relata su arresto fulminante en la calle, cuando salía de la casa de un paciente. Lo asaltaron como a un ladrón del camino, le enrollaron una soga en torno a las muñecas y lo obligaron a trepar a un carruaje. El alcaide le hizo el interrogatorio de recepción y después lo encerraron en esta mazmorra junto a otra víctima, porque parece que no les alcanzan las celdas individuales.

El otro reo se presenta, a su vez.

—Soy Sebastián Duarte.

—Cuñado del rabino Manuel Bautista Pérez —completa Cuaresma.

—¿De Manuel Bautista Pérez? —se asombra Francisco—. Tengo que verlo, hablar con él.

—Me ha ordenado confesar todo —Sebastián Duarte abre las manos con resignación—. Y pedir clemencia.

Francisco no le cree.

—La confesión no tiene límites —replica molesto—. Quieren datos y nombres y luego más datos y más nombres. El rabino se equivoca, porque pedir clemencia es inútil: aumenta la soberbia de los inquisidores y no disminuye el sufrimiento de las víctimas.

Lo contemplan azorados.

—¿Esto sugirió Pérez? —insiste Francisco—. No puede ser tan ingenuo. Lo habrá hecho bajo el imperio de las torturas... No vale.

—Intentó matarse —lo justifica su cuñado.

—Mi padre pidió clemencia —cuenta Francisco—. Pidió clemencia y fue reconciliado, pero con sanciones y la vestimenta del sambenito. Ténganlo presente: ni la confesión borra nuestra culpa, ni la clemencia nos devuelve la libertad. O nos sometemos a las arbitrariedades del Santo Oficio o le hacemos frente hasta que Dios decida. No existe ya para nosotros otra libertad que la del espíritu. Conservémosla y defendámosla.

Tomé Cuaresma y Sebastián Duarte lo miran escépticos. Es una arenga irreal, pronunciada por un hombre irreal. Francisco les aprieta las manos, pronuncia el *Shemá Israel* y recita versículos del salterio. Los conmina a no rendirse. Con apasionamiento les recuerda cómo luchó Sansón contra los filisteos.

—Si de morir se trata, que a ellos no les resulte ligera nuestra muerte.

Los bendice, apaga la llama y abre la puerta con sigilo.

Se introduce en la celda vecina, donde se repiten el susto de los reos y los gestos tranquilizadores de Francisco. Uno de los cautivos cae de rodillas al confundirlo con Jesús.

—No soy Jesús —sonríe y lo ayuda a levantarse—: soy tu hermano. Soy judío. Mi nombre es Eli Nazareo, siervo del Dios de Israel.

Los alienta a resistir y les recuerda que cada hombre tiene una chispa divina. El Santo Oficio exhibe mucho poder, pero no es todopoderoso.

—Los jueces son hombres y nosotros somos hombres. Somos iguales.

Regresa al corredor, donde la trémula antorcha languidece y se desliza hacia el patio interno. Suficiente por esta vez. Está contento y decide celebrar su exitosa escaramuza con otro tomate. Luego se arrastra hacia el muro y, adherido al paramento, avanza hasta la soga que aún cuelga de su ventanuco. Trepa ayudándose con los pies descalzos y las rodillas que se afirman en los nudos como le enseñó Lorenzo Valdés en su infancia. Antes de penetrar en el ominoso encierro llena sus pulmones con el aire de la noche. Saca el barrote que escondió entre los tirantes y lo reubica en su sitio. Es necesario ocultar las pistas de su acción para volverla a repetir.

No existe documentación que atestigüe el encuentro de Francisco con el capitán grande Manuel Bautista Pérez. Pero llama la atención que Manuel Bautista Pérez mandase mensajes a los cautivos con una orden diferente de la anterior. Ahora les pide resistir y retractarse de las confesiones arrancadas bajo tortura. Su cuñado Sebastián Duarte lee el texto en clave que le entrega un sirviente sobornado y queda atónito al reconocer las mismas palabras que noches atrás pronunció en su celda la fantástica aparición llamada Eli Nazareo: "¡No confesar ni pedir misericordia! ¡Defender nuestra libertad de creencia!".

Eli Nazareo recorre las prisiones como el profeta Elías cuando visita la mesa pascual: casi invisible, como una maravillosa niebla. Si no hubiera discutido, escrito y resistido durante años, si todo su protagonismo se hubiera reducido únicamente a esta temeraria agitación, Francisco Maldonado da Silva habría satisfecho la deuda que tenía con su historia y los principios de solidaridad. La analogía que trazó su padre entre un templo y la persona es puesta en práctica por este hombre que extrae oro de la adversidad.

A los inquisidores les fastidia que varios prisioneros empiecen a revocar sus confesiones porque, dicen, las hicieron bajo extorsión. Deben repetir audiencias, convocar más testigos y movilizar espías que arranquen la verdad escatimada.

Francisco es descubierto al atravesar la huerta. Un sirviente salta sobre él y pide ayuda a los gritos.

—¡Aquí! ¡Vengan! ¡Se escapa! —lo aferra con un brazo y con el otro intenta estrangularlo.

Francisco cae. De inmediato brotan del muro los ojos de otros guardias. Con un esfuerzo sobrehumano el prisionero tironea los tobillos de su oponente, quien lanza una blasfemia y le descarga un puñetazo que se pierde en el vacío oscuro. El reo aprovecha ese error y escabulle hacia los matorrales mientras sus perseguidores chocan entre sí.

—¿Dónde está, carajo?

—¡Por ahí, se fue por ahí!

Francisco arroja un cascote a varios metros, para despistarlos.

—¡Allá va! —se abalanzan en dirección al ruido.

Lanza otro cascote y se apresura hacia la soga. Empieza a escalar, le falta aire, le falta vigor.

—¡Tengo que llegar! —se ordena mientras mira el inalcanzable ventanuco y pone en sus manos y pies el resto de las fuerzas. No lo han reconocido aún.

—¡Quieto! —exclama un guardia colgándose de sus tobillos.

El prisionero ya no puede resistir, abre los dedos y se desploma sobre su captor.

Gaitán, con los puños cerrados sobre la ancha mesa, propone llevarlo inmediatamente a la cámara de torturas con el ansia de hacerlo morir. Pero en el interrogatorio Francisco le deshace el plan. Fiel a su enojosa transparencia, reconoce lo sucedido porque, de todas formas, no podrá continuar su tarea: algunos presos han confesado y el alcaide muestra el barrote desprendido. El secretario labra su acta con el temor que produce la cercanía de los dementes; el largo texto es sintetizado más adelante en el informe que el Tribunal eleva a la Suprema.[40]

137

El alcaide redistribuye prisioneros para desocupar una hermética mazmorra en uno de los fosos que se reserva para castigar a los más perversos. Es tan angosta que no cabe ni mesa ni escabel, sino un poyo donde tienden el sucio colchón de paja y una arqueta en la que comprimen el resto de sus pingajos. En lugar de ventanilla existen tres agujeros por donde sólo pasaría una naranja. La puerta tiene tranca doble, el corredor es vigilado noche y día por los ayudantes del alcaide y un abnegado dominico tiene la obligación de visitarlo semanalmente para quebrarle la perseverancia, vigilar su alimentación y descubrir a tiempo algún nuevo delito en contra del orden y de la fe.

Al prisionero lo sofoca la falta de espacio y la vigilancia perpetua; aunque su olfato ya ha encallecido, se le hace intolerable la nauseabunda humedad que huele a sentina.

Cerca de la fortaleza, el arzobispo Fernando Arias de Ugarte resiste las tentativas de la Inquisición para llevarse a su capellán y mayordomo, sospechoso de haber cultivado la amistad de los principales judíos presos. El arzobispo había residido en La Plata, donde conoció a ese hombre reposado y confiable que luego de enviudar estudió teología, brindó elocuentes pruebas de devoción y se ordenó sacerdote. Es de origen portugués, pero vivió en Buenos Aires y Córdoba, labró una razonable fortuna y desea vivir y morir como buen católico. Se llama Diego López de Lisboa y había viajado en la misma caravana de Francisco hasta la ciudad de Salta. Ya entonces había decidido borrar sus raíces. Pero cuando se produjo la detención masiva de judíos, un grupo de agitadores reclamó en el atrio de la catedral que "arresten a ese judío". El aturdido anciano fue a refugiarse en la residencia episcopal, pero la multitud se concentró ante sus ventanas. "Eche Vuestra Señoría al judío de su casa." El prelado resolvió protegerlo; no obstante, el bufón Burguillos, viendo entrar a Diego López de Lisboa en la iglesia llevándole la falda al arzobispo, se mofó con unas palabras que adquirieron popularidad en Lima: "Aunque te agarres de la cola, la Inquisición te ha de sacar". El prelado pone en riesgo su propia vida y honor al decidir protegerlo. Sabe que los cuatro hijos de Diego López de Lisboa ya han renunciado al comprometedor apellido paterno y firman León Pinelo.[41] No debe agregarle más ofensas.

Mientras, el Tribunal sustancia los juicios que desembocarán en el inevitable Auto de Fe, programado para enero de 1639.

* * *

Meses antes del acontecimiento con el que el Santo Oficio sacudiría al Virreinato, Isabel Otáñez llega a Lima con varias cartas de recomendación y el asustado deseo de entrevistar a los señores jueces. Medrosa, recorre las interminables estaciones de su *via crucis*. Averigua ante la madre superiora de un convento, se entrevista con dos familiares del Santo Oficio, y por último se aventura hacia la plazoleta de la Inquisición. El severo edificio le arroja su aliento helado y ella se paraliza ante la alta puerta.

Vacilante, se dirige a los guardianes y pide audiencia. Muestra las cartas, explica su desamparo. La hacen esperar antes de informarle que deberá volver al día siguiente. Luego al siguiente; y al siguiente; y al siguiente. Hace años que espera, de modo que no la enoja esperar, sino llegar a la conclusión de que todo lo que hace será inútil. Le arrancaron el marido durante la noche, después se llevaron el dinero en efectivo, más tarde las pocas joyas, a continuación algunos muebles. Progresaba su embarazo y estaba desamparada con la pequeña Alba Elena y la fiel esclava Catalina. Sus padres se habían escandalizado o llenado de pavor, imposible saberlo, porque la abandonaron. No querían tener vínculo alguno con alguien contaminada por las herejías y mal vista por la Inquisición. De nada sirvieron sus cartas manchadas por las lágrimas, de nada sirvió que hiciese el sacrificio de ir hasta Santiago arrastrándose de carreta en carreta, porque no aceptaron recibirla. Y tuvo que retornar a la lejana Concepción, amenazada por los indios araucanos.

El teniente Juan Minaya, que arrestó a su esposo, volvió para llevarse otros muebles, dos cofres llenos de libros, el instrumental quirúrgico y los cubiertos de plata.

Cuando nació su hijo varón, dos sacerdotes le recordaron que estaba prohibido tomar contacto con su esposo y que ni se le ocurriese informarle la noticia. Impotente en el remoto sur de Chile, llegó a desear que los feroces indios asaltasen la ciudad, pasaran a degüello sus habitantes y pusieran fin a su desgracia.

No recibía noticias de Lima ni las habría de recibir. El comisario local del Santo Oficio la ayudó a reconocer la granítica realidad de su tragedia: era preciso aceptar el golpe del cielo y acostumbrarse a vivir como un cactus en el yermo. Su marido difícilmente saldría en libertad y, de ocurrir, tendrían que pasar muchos años hasta que lo autorizasen a reunirse con ella. Con el tiempo el comisario se apiadó de la sufrida mujer. Releyó la "Carta de dote" y descubrió que el ex gobernador Cristóbal de la Cerda había tomado sabias precauciones en defensa de su ahijada, porque el dinero que él aportaba para ella, así como el dinero que su futuro marido había entregado en la ocasión, no eran confiscables. Si los recuperaba, desahogaría su apremio económico, estaría en condiciones de criar mejor a sus dos hijos y esperaría con algo de alivio el incierto retorno de su esposo. Pensó que estaba haciendo una acción de caridad y la fue preparando para asentar su reclamo en el único sitio del que obtendría fruto: Lima. Pero era engorroso costearle el pasaje y convencerla de abandonar sus niños por muchos meses. No obstante, lo logró.

En julio de 1638, con casi doce años de angustia, Isabel consigue aproximarse al lugar de pesadilla donde tenían encerrado a su Francisco. Había atravesado las mismas tierras y las mismas aguas tormentosas que su esposo. Si sigue vivo, está a pocos metros de él.

¿La dejarían verlo? ¿Hablarle? ¿Abrazarlo? En su cabeza se activan los idílicos momentos que disfrutaron desde aquella ocasión en que sus miradas se tocaron con mezcla de asombro y ternura. Ahora se conformaría con escucharle la voz a través de una puerta cerrada, leer una hoja de papel con su letra menuda o mirarle un segundo el diamante de las pupilas. Al principio de la separación Isabel fue perseguida por otro tipo de imágenes: eran las del arresto brutal. Pero después comenzaron a predominar las evocaciones agridulces, llenas de nostalgia, cuyos mordiscos no eran menos dolorosos que las pesadillas. Día y noche se preguntaba qué podía hacer para ayudarlo. Y la única respuesta que golpeaba en su pecho era ¡nada! Se lo confirmaban los contados vecinos que no le daban vuelta la cara y su amable confesor. El Santo Oficio está a un nivel donde la voluntad o el deseo de los humanos no llega nunca. Sólo cabe reclamar aquello que legalmente pudiese corresponderle y, rogando a Dios, confiar en los milagros.

Ya es un milagro estar en Lima, tan cerca de Francisco.

Por fin las cartas de recomendación llegan al inquisidor Juan de Mañozca. Se da tiempo para reflexionar y, al cabo de una misa, concluye que debe recibirla en su despacho.

La mujer es conducida por guardias armados. Ya no tiene la belleza de años atrás, pero se advierte que a pesar de sus hebras canosas y sus precoces arrugas, ha sido alguien que producía la codicia de los hombres. En su aturdida cabeza resuenan las frases que venía ensayando desde antes de embarcar en Valparaíso. No puede dar crédito a lo que sucede: en los últimos años la habían hecho sentir esposa y madre despreciable, y ahora un guardia imponente la conduce ante una de las autoridades más temidas del Virreinato. La conduce a ella, se ocupa de ella. Cuando ingresa en el suntuoso salón cae de rodillas, sin saber qué postura adoptar ante la grandiosa presencia. Un alguacil la invita a sentarse y, tras el frío ademán del inquisidor, abre un pliego y con voz débil, asustada, lee la temblorosa solicitud que había escrito y corregido en su nombre el comisario de Concepción.

Dice que es la esposa legítima del doctor Francisco Maldonado da Silva y, "conforme a derecho", ruega le sean restituidos los bienes secuestrados que no pertenecían a su marido, sino a su propia dote, "contenidos en esta escritura que presento con el juramento necesario". "A Vuestra Señoría pido y suplico se sirva hacer según y como tengo pedido, porque soy pobre y estoy padeciendo muchas necesidades sin tener más bienes que los que me pertenecen por dicha dote."

Mañozca disimula con su puño el eructo que le rememora el sabor del chocolate que acaba de beber, y ansioso por sacarse de encima este trámite menor, dicta al secretario que nombra a Manuel de Montealegre "defensor de estos bienes", para su estudio. Isabel, conmovida por la rápida decisión, no puede contener su llanto de sorpresa y gratitud. ¡El juez la ha escuchado! Quiere ayudarla.

En pocos días, con una celeridad inusual, Manuel de Montealegre eleva su dictamen. Pero es negativo: "se ha de denegar lo que pide". Enfatiza que no hay pruebas de que hubiera ingresado el dinero ofrecido como dote y que, por otra parte, aún no ha terminado el juicio principal, es decir, el de Francisco Maldonado da Silva. ¿Con qué dinero se seguirán cubriendo los gastos que aún genera? Mañozca lee el categórico dictamen y lo deposita sobre la mesa con una mueca: Montealegre es un buen funcionario que sabe matar un argumento neblinoso con irrefutable réplica. Pero en verdad, el juicio de Maldonado da Silva ha terminado hace un lustro con su condena a muerte y el dinero de la dote no sólo ha ingresado, sino que ya pertenece al Santo Oficio. El Santo Oficio necesita más dinero que nunca para sus acciones inmediatas; no es tiempo para dilapidarlo con devoluciones cuestionables a mujeres de dudosa fe.

Gaitán se entera de que Mañozca ha ocupado a Montealegre para satisfacer una solicitud de la esposa, nada menos, que del luciferino Maldonado da Silva. En la primera reunión privada del Tribunal le expresa su disgusto. Mañozca no pierde la calma y dice que ha cumplido con sus deberes de cristiana piedad. Su adversario le recuerda que la piedad no debe confundir a un soldado de Cristo. Mañozca replica que no está confundido y que en ese mismo momento decide otorgar otra audiencia a dicha Isabel Otáñez para resolver su pedido "de acuerdo a derecho". "¡Hay derechos que dañan a la Iglesia!", chilla Gaitán.

De ese modo, pues, gracias a que Mañozca necesita contradecir al áspero Gaitán, la frágil Isabel puede entrevistarlo de nuevo. El inquisidor no le dice que su causa terminará mal, sino que la cita para dos meses más tarde. En el interregno Mañozca convence a Castro del Castillo para que algunos escasos bienes "se vendan en pública almoneda en la dicha ciudad de Concepción de Chile y de su procedido se lleve la doña Isabel Otáñez doscientos pesos para que use en sus alimentos y los de sus hijos; además, se le entregue la casa en depósito para que vivan en ella". Ambos inquisidores se juramentan mantener esta decisión aunque Gaitán les grite que son traidores a la fe.

En la última audiencia Isabel permanece de rodillas, inmóvil, ante la tarima descomunal. El resultado de su gestión ha sido pobrísimo. Regresará con mucho menos que lo que el comisario de Concepción había calculado en repetidos ejercicios aritméticos. Pero tampoco ha podido aún expresar lo más importante. Mañozca y Castro del Castillo se retiran antes que ella se anime a hablar. El secretario la mira con desdén mientras recoge sus papeles y le ordena con voz gélida que regrese a Chile, ya nada la retiene en Lima. Isabel lo mira a los ojos y en su cabeza repican las mismas frases de hace años, pero con más fuerza que nunca. Aquí saben, aquí pueden, aquí son árbitros de bienes y vidas. Se muerde los labios mientras llora sin consuelo, incapaz de decir lo que soñó decir, pero resulta tan difícil en este lugar. Junta las manos en oración y por fin implora como se implora a Dios y a los Santos que le regale una palabra, una sola, una sola y piadosa palabra sobre el estado de su marido.

La cara del secretario es cruzada por un viento oscuro. Lentamente, como si su cuello fuese una rueda dentada, gira hacia el alguacil y le transmite una seña. Enseguida desaparece como por arte de magia. Isabel se siente perdida, no sabe a quién dirigirse, la rodea el vacío. De pronto un garfio la iza y lleva a la calle, como si fuese una bolsa de basura. Sus pies no tocan el suelo, sus manos se agitan como alas heridas. Recorre como un trasto las huidizas baldosas, que parecen infinitas. En su imaginación reaparece el buen comisario para recordarle que no debe ofender al Tribunal preguntando por el reo. Ha cometido un error que puede significarle perder lo poco que ha logrado. Las baldosas corren hacia atrás y, de súbito, empiezan a hablarle. Dicen algo terrible y maravilloso: sobre ellas caminó Francisco, sobre ellas ha hecho oír su voz desafiante, sobre ellas demostró que es un héroe y un sabio. Le dicen que a sólo veinte metros de distancia, a sólo pocos pasos, en su estrecha mazmorra subterránea, consumido y avejentado, prepara febril la última embestida. Sigue vivo y más enérgico que nunca.

En la plazoleta nadie la asiste porque es riesgoso acercarse a quienes salen llorando del palacio de la Inquisición. Sus pies ciegos la conducen hacia la cercana Plaza de Armas. Choca con hidalgos, mercaderes, sirvientes y carruajes que le reclaman se fije por dónde camina. La súbita ampliación del espacio la sobrecoge. Está derrotada. No sabe —lo sabrá años después— que está mirando hacia el ángulo donde pronto se erigirán las tribunas del Auto de Fe más impresionante de la historia.

Lorenzo Valdés irrumpe a la cabeza de su regimiento. Ha engrosado su cintura, pero no ha perdido elegancia sobre el espigado corcel que reluce medallones y lentejuelas. En su camino se cruza Isabel, temulenta. La observa con inexplicable interés. Es hermosa aun bajo sus túnicas de luto. Si no fuera por la tristeza que irradian sus hinchados ojos, Lorenzo averiguaría cómo se llama y dónde vive. Tironea las riendas y la hace esquivar por el sonoro regimiento como si le ofreciera una colectiva reverencia. La mujer contempla sin entender.

138

El Tribunal confirma la fecha del Auto de Fe. Nunca se habrá llevado a cabo en la Ciudad de los Reyes una ceremonia tan grandiosa. Se esperan y desean efectos aleccionadores hasta los confines del Virreinato. Los procesos están concluidos, sólo falta obtener algunos arrepentimientos de individuos que igualmente morirán, lo cual será una ganancia adicional para la fe verdadera. Pero, además de estas razones, los inquisidores necesitan mediante el Auto que se frene en el Virreinato —terror mediante— el desquicio económico que se ha desatado como secuela inesperada.

Los mismos jueces ya han escrito a la Suprema que "con los prisioneros que se hicieron, comenzaron gran cantidad de demandas" y son muchísimos los pleitos que iniciaron los acreedores de los cautivos. La confiscación masiva ha interrumpido el fluir económico en Lima y sus alrededores. "Está la tierra lastimada —reconocen— y ahora, con tanta prisión y secuestro de bienes de hombres cuyo crédito atravesaba todo el Virreinato, parece que se acaba el mundo", porque los acreedores saben que con el tiempo, el secreto inquisitorial y la muerte de testigos, sus derechos van a empeorar. "Y aunque nuestro negocio es la fe", subrayan, la cantidad de riqueza confiscada y la cantidad de reclamos en aumento obliga a descomprimir la tensión atendiendo varias causas "desde las tres de la tarde hasta la noche". "Hemos ido pagando y pagamos muchas deudas (de los reos), porque de otra suerte se destruía el comercio y hacía un daño irreparable." La Audiencia coincide con el Santo Oficio, pero en términos más rotundos[42] aún.

Un duro castigo a los reos aplacará la codicia de los acreedores —esperan los jueces. Se alegrarán al verlos sufrir y temerán que alguna vez ellos mismos puedan ocupar tan horrible sitio.

Los preparativos del Auto son muchos y enrevesados. La primera diligencia que exige el protocolo es dar aviso al conde de Chinchón, virrey del Perú. Se encomienda la honrosa tarea al fiscal del Santo Oficio, quien se apersona al Palacio y con ceremoniosa gravedad le informa que tendrá lugar el próximo 23 de enero de 1639, en la central Plaza de Armas, "para exaltación de nuestra santa fe católica y extirpación de las herejías". El Virrey envía pronta respuesta al Tribunal estimando el aviso con muestras de "particular placer por ver acabada tan deseada obra". El mismo recado se cumple ante la Real Audiencia, los Cabildos (eclesiástico y secular), la Universidad de San Marcos, los demás Tribunales y el Consulado. Antes de publicarse la convocatoria a los habitantes de la ciudad los inquisidores encierran a todos los negros que sirven en el Santo Oficio para que no se enteren y avisen a los reos,[43] lo cual podría generar tumulto.

No obstante, dicho pregón se demora por un estúpido incidente. Se había decidido guarnecer las puertas de la capilla interna con
clavazones de bronce. El ruido de los martillos, mazas y remaches se
expandió por el laberinto de cárceles como anuncio de una construcción excepcional. El correo de los muros lo asocia con la erección del
patíbulo. Los reos entran en estado de agitación, algunos revocan sus
confesiones y otros, desesperados, testifican en contra de cristianos
viejos con la esperanza de provocar un perdón general ante el aluvión de sospechosos. El Tribunal, no obstante, decide mantener la
fecha del Auto y consumar todas las condenas. Trabaja hasta avan-
zadas horas de la noche.

139

Un fraile, tapándose la nariz con la gruesa manga del hábito,
concurre al hediondo calabozo de Francisco para insistirle que doblegue su testarudez. Luego informa a los jueces que el reo implora
otra audiencia con los padres calificadores de la Compañía de Jesús.
Pareciera que la inminencia del fin le hubiese ablandado el corazón.
    —¿Promete abjurar? —pregunta Castro del Castillo.
El dominico transmite que al reo lo acosan varias dudas y tiene
la esperanza de que si se las resuelven, volverá a la auténtica fe.
    —Una treta dilatoria —sentencia Gaitán—. Lo mismo de
siempre.
No se hace lugar al pedido, pero el fraile retorna con la insistencia del prisionero. Castro del Castillo revisa las actas y anuncia que
de acordársela, sería la disputa número trece, una exageración que
prueba cuánta paciencia se ha tenido con él.
    —Buen número para que se produzca algo distinto —fuerza una
sonrisa el cansado fraile.
El tribunal se toma unos días y con dos votos a favor y uno en contra, decide convocar por última vez a los doctos calificadores de la Compañía, Andrés Hernández en primer lugar. La sesión se efectúa en la
adusta sala cuyo techo de 33.000 piezas machihembradas ha cobijado
hace poco a Isabel Otáñez, aterida de congoja. El reo es traído por el

alcaide y la guardia de sirvientes negros. Los flacos tobillos y muñecas del prisionero están debidamente engrillados. Es un Cristo que desciende de la cruz, casi ciego, los labios blancos, nariz filosa y una cabellera de tristeza pluvial. Pareciera haberse consumido su altivez.

Lo hacen sentar y luego ponerse de pie. Ya sabe: como en las oportunidades anteriores, debe prestar juramento. La expectativa y la curiosidad proveen un clima extraordinario. Vuelve a desencantar porque jura igual que el primer día, igual que en los días siguientes. Gaitán barre con una mirada a los otros inquisidores, que han accedido a este previsible desafío. Mañozca, irritado también, lo invita a expresar sus dudas. Los jesuitas avanzan sus cabezas para escucharlo mejor.

Francisco inspira hondo, tiene que hacer esfuerzos para que la voz brote con suficiente sonoridad. Pero su tono ingenuo, casi servil, contradice la acidez del contenido. De entrada formula una pregunta pavorosa.

—¿No es arrogante e inútil la pretensión de imponer una sola verdad?

Su debilidad física imprime dulzura a la expresión, pero los vocablos hacen temblar la sala.

—¿No se estará manifestando la gran Verdad —continúa—, Verdad que excede al cerebro humano, por verdades parciales que apenas logramos aprehender? ¿No será la gran Verdad tan rica y misteriosa que sólo nos es permitido un abordaje minúsculo? Y ese abordaje minúsculo, ¿no se cumple acaso a partir de nuestras diversas raíces y creencias? ¿No será que existen diversas raíces y creencias para que, precisamente, seamos más modestos y reconozcamos que sólo nos es dado ver y sentir tan sólo una parte? ¿No será que nuestras convicciones, aunque opuestas, sólo se resuelven en el infinito del Ser Supremo, que está mucho más allá de nuestra percepción? ¿Qué beneficio brindan ustedes a la gran Verdad, entonces, si quieren convertir a la parte minúscula que reconocen y aman, en el todo que no pueden alcanzar?

Los jueces y teólogos oscilan entre rechazar sus palabras como nueva herejía o considerarlas producto de una severa perturbación de la lógica.

—En el corazón de cada hombre —agrega Francisco en tono amable— late la chispa divina que ningún hombre, excepto Dios mismo, tiene derecho a impugnar. Si vale la fe de ustedes, también vale la mía.

La audiencia está escandalizada y se esmera en disimular su disgusto. ¿Cómo puede existir más de una verdad? Es un sofisma, una locura. Estas ideas no responden a una inspiración del cielo, sino del diablo.

—Pregunto si es de buen cristiano, ya que me exigen ser cristiano, castigarse mutuamente, desgarrar familias, humillar al prójimo y delatar parientes y amigos. Esto ya lo padeció Jesús, que fue delatado y atormentado. Repetir su pasión en otros, ¿no significa inutilizar la del mismo Jesús? Si su sacrificio no canceló semejantes inútiles sacrificios, ¿qué cambia? ¿Qué inaugura? Seguir persiguiendo, ofendiendo y matando hombres como Jesús fue perseguido, ofendido y asesinado, ¿no es reducirlo a un caso más de la infinita cadena de hombres que son víctimas de hombres?

Gaitán tamborilea sobre el apoyabrazos de su silla y tiene deseos de interrumpir la sesión. Este basilisco que pronto será cenizas mancha la sede de la Inquisición con groserías inaceptables. Hasta Castro del Castillo piensa lo mismo cuando el reo escupe:

—¿Dónde está el Anticristo? ¿Acaso ustedes no lo ven? —sus párpados de carbón dejan salir un brillo que agujerea a los presentes mientras sus labios esbozan una sonrisa enigmática—. ¿No lo ven? ¡Estos grilletes! —levanta las muñecas ulceradas—, ¿me los ha puesto Jesús?

Mañozca murmura: "Está definitivamente loco". Francisco se dirige al jesuita Hernández.

—¿La razón es un derecho natural? ¿El pensamiento y la conciencia son derechos naturales? ¿El cuidado de mi cuerpo es un derecho natural?

El teólogo asiente.

—Sin embargo… —se interrumpe como si hubiera perdido la ilación—, sin embargo —repite—, el cuerpo, mi cuerpo, es maltratado y será destruido. ¿No debería el cristiano, más que el judío, respetar el cuerpo? Para un cristiano Dios se hizo cuerpo porque cree en el misterio de la Encarnación. El cristianismo, en este sentido, es la más "humana" de las religiones. Pero ¡qué paradoja!: sus fieles, en lugar de valorarlo y quererlo como a su mismo Dios, lo odian y atacan. Yo no creo en la Encarnación, pero creo que el Único está en nuestras vidas —y Francisco cita a su padre—: "Dañar un cuerpo es ofender a Dios".

—¡Limítese a formular sus dudas! —exclama Gaitán, lívido de indignación.

Francisco introduce la mano bajo sus ropas y les inflige una sorpresa.

Extrae dos libros. Los tres inquisidores, los tres jesuitas y el secretario abren grandes los ojos. ¿Dónde los robó? Entonces se enteran, atónitos, de que no fueron robados, sino escritos en su estrecha mazmorra. El secretario los recibe con mano trémula, como si tocase objetos creados por la magia de Luzbel. Son dos volúmenes en cuartilla cuyas hojas han sido labradas artísticamente con trozos pegados entre sí. Cada página está llena de palabras menudas y parejas como letras de molde. El secretario eleva los libros hacia la mano impaciente de los inquisidores. Después regresa a su silla y escribe azorado que el reo "sacó de la faltriquera dos libros escritos de su mano, en cuartillas, y las hojas de muchos remiendos de papelitos que juntaba sin saberse de dónde, y los pegaba con tanta sutileza y primor que parecían hojas enteras, y los escribía con tinta que hacía de carbón". Se seca la frente y añade: "El uno tenía ciento tres hojas y el otro más de cien". Consigna la estrafalaria firma del autor: "Eli Nazareo, judío indigno del Dios de Israel, conocido por el nombre Silva".

Los alarmantes volúmenes pasan de mano en mano.

—Ahí están mis dudas —dice Francisco—. Y mi modesta ciencia. Quien eso ha escrito tiene chispa divina, no menos que ustedes.

—¡O chispa de Satanás! —replica Castro del Castillo, aturdido por la audacia.

Los inquisidores invitan a los jesuitas a que hablen. Pero les cuesta hablar. Tras vacilaciones y tartamudeos, desarrollan dispersas parrafadas. La inverosímil audiencia se extiende por tres horas y media. Los teólogos procuran deshacer las mentirosas afirmaciones de Francisco y, según aprecian los jueces, consiguen demostrar otra vez cuál es el camino de la luz: sólo una mente caprichosa y maligna puede negarse a reconocer la verdad, la única verdad.

Mañozca se dirige a Francisco para que conteste si está dispuesto a arrepentirse, pero antes debe volver a prestar juramento. Automáticamente le señala el crucifijo de la mesa.

El reo se incorpora con un asordinado crujir de articulaciones gastadas. Entonces pronuncia las frases que provocan una exclamación de pasmo y horror del auditorio.

—¿Jurar por la cruz? ¿Por qué no jurar entonces por el potro, o las mancuernas con púas, o el brasero que destruye los pies? Cualquier instrumento de tortura daría lo mismo… La cruz fue un instrumento de tortura, sus Ilustrísimas. ¿O ha tenido otro objeto? Con la cruz asesinaron a Jesús y a muchos otros judíos como Él. Luego los cristianos siguieron asesinando judíos blandiendo tras ellos la cruz como una espada retinta de sangre. En la cruz hemos muerto los judíos, no los cristianos. ¿Murió en ella algún inquisidor? ¿Un arzobispo?… Alguien alguna vez debe decirlo, aunque duela mucho: para los judíos perseguidos, la cruz nunca ha simbolizado el amor sino el odio, nunca el amparo sino la crueldad. Exigirnos que le rindamos veneración, tras siglos de matanza y desprecio, es tan absurdo como pedirnos venerar la horca, el garrote vil, la hoguera. Los cristianos ensalzan la cruz (¡y tienen sus buenas razones!), pero la cargamos nosotros, los perseguidos. La cruz no nos otorga bienestar: nos angustia, nos ofende y nos destruye —levanta su mano derecha, la larga cadena brilla fugazmente como una filigrana de astros—. Juro por Dios, creador del cielo y la tierra, haber dicho la verdad. Mi verdad.

* * *

La Ciudad de los Reyes entra en atmósfera de vísperas a partir del pregón que se difunde el miércoles 1° de diciembre. El castigo y la muerte de los pecadores deben ser causa de regocijo. Mientras en el interior de las cárceles ya circula el mefítico aliento de la tragedia, en las calles se excita el entusiasmo. Mientras en la oscuridad de los corredores y ergástulos aumenta el miedo, en la luz de la urbe crece el anhelo de fiesta. Mientras en las asfixiantes mazmorras progresa la desesperanza, en la plaza se inicia el espectáculo. La muerte por un lado y el jolgorio por el otro se unirán, abrazarán y danzarán juntos. La razón se disfrazará de locura y la locura se pondrá atavíos de razón.

Salen del palacio inquisitorial todos los familiares en sus temibles hábitos sobre cabalgaduras lustrosamente enjaezadas y un bosque de altas varas al son de ministriles, trompetas y atabales. Dan una vuelta a la plazoleta y luego se introducen a paso majestuoso por las calles céntricas de Lima. Los siguen en riguroso orden de etiqueta importantes funcionarios de la Inquisición: el nuncio, el procurador del fisco, el notario de secuestros, el contador, el receptor general, el cadavérico secretario y el alguacil mayor. Los colores y sonidos incendian la ciudad. Los vecinos interrumpen sus actividades, las mujeres se asoman a las celosías, los hidalgos, jóvenes y sirvientes invaden las calles. Semejante despliegue inflama la curiosidad.

El repique de los tambores se detiene para que el pregonero formule el anuncio.

—El Santo Oficio de la Inquisición —vocea con solemnidad— hace saber a todos los fieles que habitan en y fuera de la Ciudad de los Reyes, que el próximo 23 de enero, día de San Idelfonso, se celebrará un espectacular Auto de Fe en la plaza pública de esta ciudad para exaltación de nuestra santa fe católica. Se manda acudir a los fieles para que ganen las indulgencias que los sumos pontífices conceden a los que concurren a estos actos.

La caravana recorre las arterias con espigada satisfacción. El secretario anotará en su libro que "concurrió gente sin número para ver y escuchar este anuncio, dando gracias a Dios y al Santo Tribunal por dar principio a un Auto tan grandioso". Acabada la publicación, vuelven los ministros y oficiales a la fortaleza en el mismo orden y con igual relumbre de tambores, ministriles y trompetas.

Al día siguiente se inicia la construcción del tablado en varios cuerpos. Una legión de carpinteros, herreros y tolderos distribuyen tablones, clavan estacas y tienden rieles para que nazcan gradas y pasillos cerrados por barandas confiables. Varios bloques estratégicamente distribuidos darán cabida a la multitud que se espera no sólo de Lima, sino de muchos lugares en derredor. No se deja de trabajar "ni aun los días solemnes de fiesta". El inquisidor Antonio Castro del Castillo es el encargado de supervisar las obras. Advierte que ni la profusión de gradas ni la solidez de cercos previene el desorden que generará la torrencial multitud y manda pregonar que ninguna persona —"de cualquier calidad que fuese, excepto los caballeros, gobernadores, ministros y demás funcionarios"— ose ingresar a los tablados oficiales. Y para controlar los desbordes nombra e instruye a muchos caballeros para que circulen con bastones negros en los que irán pintadas las armas de Santo Domingo. Para refrescar el estrado principal se transportan veintidós árboles de unas 24 varas de alto cada uno y se atan velas de unos a otros con poleas y cuadernales hasta lograr una apacible sombra.

Dos días antes del Auto de Fe el Tribunal reúne en la capilla del Santo Oficio a todos sus ministros y funcionarios. Juan de Mañozca les habla con palabras graves y exhorta a concurrir con amor y puntualidad a cada una de las tareas asignadas. Deben vestir con gran lustre echando sobre sus cuerpos las costosas libreas que se mandaron confeccionar para la ocasión. El secretario anota que "aparecieron los oficiales del Santo Oficio, los calificadores, comisarios, personas honestas y familiares, todos con sus hábitos, causando hermosura su variedad y regocijo a la gente, que ya estaba desde la mañana del día anterior, en copioso número por la plaza y las calles".

En las mazmorras se dobla la vigilancia. Los frailes que visitaban con abnegación a los prisioneros ensayan los últimos recursos para salvarles el alma. Saben que al día siguiente estará todo consumado. Palabras y oraciones vibran en las cuevas lúgubres durante el día y hasta altas horas de la noche.

Mientras, la Ciudad de los Reyes es exaltada con la procesión de la Cruz Verde que moviliza a los miembros de las órdenes religiosas, funcionarios seglares y eclesiásticos, nobles caballeros, curas, mercaderes, artesanos, doctrineros, soldados, bachilleres, estudiantes y mujeres que llenan varias calles con sus balcones y techos. Los músicos entonan himnos enfervorizantes. "La gravedad del acto —anota el secretario incansable— y el silencio de tanta gente provoca amor y veneración al Santo Tribunal." La procesión camina con majestad hasta la Plaza Mayor y roza los enormes tablados que desbordarán público en el inminente Auto de Fe. Un coro entona el versículo *Hoc signum Crucis* y se dejan faroles encendidos junto al lugar donde serán exhibidos los pecadores.

140

Francisco ha reanudado su ayuno pero esta vez el tiempo no lo favorecerá. Los días que lleva sin probar bocado apenas le alcanzan para sentirse más débil y somnoliento. Un fraile y dos sirvientes le ruegan que coma en términos tan amistosos que llegan a confundirlo sobre la situación en que se encuentra. Está cada vez más sordo y aprovecha su minusvalía para eximirse de las plañideras insistencias del dominico. Hace poco le espetó a los ojos: "Yo no pretendo que usted deje de ser cristiano; por favor, ¡déjeme seguir siendo judío! No se canse, no se agote; y por favor, pare de hablar".

Al religioso le brotan lágrimas. ¿Cómo es posible que no consiga atravesar semejante coraza? Maldonado da Silva ya tiene poca diferencia con un cadáver. ¿Dónde esconde el manantial de su altivez? Su cabeza es un par de órbitas negras, mejillas chupadas y una frente extrañamente brillante; la larga cabellera partida al medio ha encanecido completamente, lo mismo que su barba. Los labios finos suelen moverse como si rezaran. El fraile lamenta que ore a una ley muerta que lo lleva a la perdición. Quisiera sacudirlo como a una canasta vacía y llenarlo con la sustancia de su fe. Pero el diablo se ha posesionado de esa mente. Reconoce que le ha tomado cierto cariño —vergonzoso, inconfesable— y no se resigna a verlo retorcerse entre las llamas. Han conversado sobre otros temas con tanta lógica que le parecía un individuo sensato y muy inteligente. Maldonado da Silva le contó sobre su familia con una emoción que revelaba zonas piadosas del espíritu; allí no había entrado el demonio y, por consiguiente, renacían las esperanzas de recuperarlo para la fe. Pero en los asuntos que tocaban sus abominables raíces volvía a ponerse duro como un león y de sus labios tiernos asomaba la brusca fuerza indomable.

Francisco, por su parte, teme aflojar a último momento. En su familia todos sucumbieron al terror: su padre y hermano en la tortura, su madre y hermanas al sentirse desamparadas. Sabe que lo presionarán hasta el último segundo. Antes de que el verdugo hunda su antorcha en la paja cubierta de leños aún le gritarán que ceda, que salve su alma. No se resignarán a perder la partida.

Le mueven un hombro. ¿Ha estado soñando? Varias linternas arden en el miserable calabozo y sus llamas lamen el techo de adobe. Desde la horizontalidad de su lecho cree estar enfrentado por una apretada multitud. Se incorpora con esfuerzo, asombrado, y parpadea. Comprimiéndose unos a otros hay soldados con sus alabardas, sacerdotes que alzan la cruz y, entre ellos, el cansado dominico. Súbitamente esos cuerpos numerosos y fornidos que apenas caben en la mazmorra abren un hueco. Francisco se frota las órbitas legañosas y, cuando saca las manos de su cara, ve el rostro metálico del inquisidor Andrés Juan Gaitán. Retrocede su espalda hasta la pared y recoge las piernas; no tiene fuerzas para pararse, ni hay lugar.

El inquisidor le esquiva la mirada y desenrolla unos pliegos.

Lenta y victoriosamente le lee la sentencia. Francisco no se mueve. No intenta responder, ni comentar, ni rogar; sus ojos apuntan rectamente a los del inquisidor, que no se despegan de las letras. Cuando termina, enrolla el papel y se da vuelta para no verle el rostro a su víctima. Busca entre los hombres apretujados al fraile dominico y le susurra una orden.

La cueva se vacía. Francisco murmura:

—¡Dios mío! ¡Sucede!

Ya no verá insinuarse el amanecer por los tres agujeros del muro: en unas horas vendrán a sacarlo definitivamente. Toca el borde del colchón que lo acompañó casi trece años y vuelve a preguntarse si le alcanzarán las fuerzas para seguir defendiendo su derecho hasta la culminación del Auto. Se deja caer sobre el poyo. El candil que le han dejado emite una luz que por primera vez aprecia; es suave y rosada. Los muros irregulares están llenos de dibujos; las formas, incluso en este cubículo tan pequeño, son infinitas. Por uno de los tres agujeros aparecen los ojos de una rata. Ni siquiera viene a despedirlo, sólo a enterarse de su partida. De repente lo asalta un alud de recuerdos: las ratas en el convento de Córdoba, las ratas en el convento de Lima, el director espiritual Santiago de La Cruz y el aprendizaje del catecismo, las biografías de santos, la confirmación, la enorme Biblia de la capilla, su primera flagelación, el abrazo de los torsos desnudos, la aparición del negro Luis con el instrumental de su padre y la llave española (¡la llave española!, ¿dónde estará?).

Cruje la puerta y dos negros adelantan una bandeja.

—El almuerzo —dicen.

¿Almuerzo? ¿A esta hora de la noche? El dominico lo invita a rezar y a comer. Francisco entiende: los condenados a la hoguera son piadosamente agasajados con un banquete. Es una cortesía macabra, pero más elocuente que la burocrática lectura de la sentencia. Por primera vez le ofrecen una comida de príncipe; tardío e inconsecuente reconocimiento. El dominico alza la voz para atravesar su sordera y le cuenta —anhela llegar al escondido corazón— que el Santo Oficio ha contratado hace tres días a un pastelero para que en secreto le prepare la última colación.

—Secreto —murmura Francisco—, siempre el secreto, para que sea impune la arbitrariedad.

Se incorpora y camina los pocos pasos que caben en la mazmo-rra. El fraile se encoge para darle lugar, quiere ayudarlo y ser agra-dable. Vuelve a mostrarle la bandeja.

—Coma —es Francisco quien invita al sacerdote.

—Dios mío, Dios mío —implora el fraile—, ¿cómo hacerle entender que van a quemarlo vivo, que sus pies serán mordidos por los tizones y sus caderas azotadas por las llamaradas y su ros-tro despellejado, triturado, asado? ¿Cómo hacerle comprender que es una víctima de una trampa del demonio y que padecerá el su-plicio de la hoguera para desembocar en el interminable suplicio del infierno?

Cae de rodillas.

—¡Sálvese! ¡Sálvese! —ruega.

Francisco fuga hacia su interior. Necesita rememorar los Sal-mos que nutren la esperanza. Debe mantenerse tranquilo para que no lo invada el temblor ni se quiebre a último momento. A medi-da que pasan los minutos, mientras los versículos lo animan, sien-te que le arañan los monstruos de la derrota. En un sentido crece su fuerza y en el otro su debilidad. "No repitas mi trayectoria", le recomendó su padre. ¿La repite, acaso? Cree que no. Su padre de-nunció a otros judíos, se humilló ante los jueces y mintió su arre-pentimiento. Mutiló su dignidad. No volvió a ser cristiano, ni hombre libre, ni judío digno: se transformó en un resto que tenía vergüenza. Ofrendó lo más sagrado de su ser a los opresores, para gloria del Santo Oficio y sólo retuvo el testimonio del vejamen. Ésa fue su trayectoria: miedo, sometimiento, claudicación.

Francisco aprieta los párpados para que no desborden las lágrimas.

La imagen de su padre vencido le produce una pena atroz. Pro-nuncia Salmos que contrarrestan la imagen doblegada y triste. "¡No repetiré tu trayectoria!", se alienta. Pisa los umbrales del fin y no ha denunciado a nadie, no se quebró ante los jueces, no ha si-mulado arrepentimiento, no aporta un céntimo a la gloria de sus opresores.

El fraile reanuda su trabajo persuasivo, le acerca la bandeja con manjares, reza las poderosas oraciones.

A las cinco de la madrugada dos regimientos de infantería en uniforme de gala completan su formación, uno en la Plaza de Ar-mas y el otro frente al palacio inquisitorial. Las altas puertas del

Santo Oficio se abren para dejar entrar cuatro grandes cruces enlutadas con mangas negras, traídas de la catedral y acompañadas por un cortejo de clérigos, curas y sacristanes con sobrepellices. Los "caballeros honrados" que se han escogido para acompañar y seguir predicando a los reos la clemencia del Santo Oficio en su trayecto al Auto, son distribuidos frente a las puertas de cada mazmorra. En el enrevesado laberinto empiezan a sonar trancas, chirriar puertas y estallar gritos. La firmeza de los frailes, soldados y caballeros debe contener la desesperación.

Por los corredores alumbrados con antorchas avanzan los cautivos hacia la capilla de los condenados. Allí se les brindará otra piadosa ocasión de escarmiento.

A Francisco le aferran los codos y lo obligan a levantarse. No alcanza a echar un último vistazo al agujero que lo albergó en el segmento final de su prisión. Lo conducen por el pasillo amenazante, trepa escalones, atraviesa puertas. Zumba el palabrerío ansioso del fraile que repite imprecaciones a la oreja y le sacude el brazo. Los caballeros que lo vigilan miran hacia adelante, llenos del poder que significa conducir un humano a la muerte. Lo presionan hacia un grupo de oficiales sin soltarlo. De repente se desliza un paño por su cabeza. Lo toca y lo mira: es el sambenito. Tiene un asqueroso color amarillo, llega apenas a las rodillas y es tan ancho como sus hombros; en la parte alta, sobre su pecho, han pintado unas aspas rojas en forma de X, lo cual simboliza que es un pecador extremo. En la parte inferior han pintado llamas que apuntan hacia arriba: elocuente confirmación de que será quemado vivo. Un oficial levanta un largo cono de cartón, la coroza, sobre el que relucen torpes pinturas de cuernos, garras y colmillos que recuerdan al diablo, y de cuyo vértice cuelgan trenzas de brin en forma de serpientes. Con irreverencia se lo calzan en los cabellos. Francisco levanta automáticamente su puño para voltearlo, pero innumerables garfios le frustran la intentona. Se siente ridículo. Sólo falta que después, al pie de la hoguera, los soldados echen suertes por esas prendas infames como hicieron mil seiscientos años atrás con una túnica púrpura y una corona de espinas. Lo empujan de nuevo para ingresarlo en la doliente procesión que se dirige a la plaza.

Se balancean las cruces con los trapos negros flotantes, rodeados por copioso número de clérigos. Los siguen cabizbajos penitenciados por delitos menores: hechiceras, bígamos, blasfemos, solicitadores. Cada uno está debidamente cercado por una guardia que les impedirá hablar a nadie. Después marchan los judaizantes, el plato fuerte de esta ocasión. Todos llevan groseros sambenitos. Son docenas y están ordenados según categorías: los judaizantes que se arrepintieron rápido marchan adelante con sogas gruesas en la garganta. Quienes se han arrepentido tarde y serán relajados (ejecutados) vienen atrás con una cruz verde en la mano.

Las antorchas y los cirios zigzaguean en la plaza llena y sacan reflejos a los escudos. Una hemorragia en el oriente anuncia el bostezo del amanecer.

Francisco toma conciencia de que sale de su último encierro: nunca más lo aislarán entre cuatro paredes. El aire de la madrugada le refresca las mejillas. Ha imaginado muchas veces este instante; le resulta familiar y tenebroso. A pocos pasos reconoce al viejo médico Tomé Cuaresma, encorvado por el sambenito y la coroza pintarrajeados con llamas, víboras y dragones. Francisco devuelve la cruz que le han puesto en la mano.

—Debe llevarla —le ordenan.

Niega con la cabeza.

El oficial le abre los dedos y exige que obedezca. Francisco le cruza la mirada como un sable.

—No.

—¡Irá rebelde! —se alarma el dominico—. ¡No empeore su situación, por su bien!

Francisco se niega a sostener la cruz verde.

—La dejo caer —anuncia.

El fraile la recoge en sus manos y la besa.[44]

Detrás de la procesión avanza el portero del Santo Oficio a caballo, con un cofre de plata cerrado donde están guardadas las sentencias. Lo siguen el secretario, también montado en un corcel con gualdrapa de terciopelo verde. Continúan el alguacil mayor y otros solemnes funcionarios. Las calles se van iluminando con la llegada del día; reina una contenida exaltación. Las puertas, balcones y terrazas se colman. El río de gente que acompaña a la hilera de pecadores es un monstruo muy ancho y largo, que se desliza perezoso hacia la Plaza Mayor, ceñido por los muros de las casas. Las cruces, cirios y velas se bambolean durante la dificultosa marcha hasta que el caudal se abre en las proximidades del cadalso.

Los frailes y caballeros encargados de controlar a los cautivos los hacen subir en orden, ubicándolos en los largos tablones que les están reservados. El rumor de la multitud aumenta a medida que ve emerger a las víctimas. El fervor crece de modo franco al subir los judíos con corozas y sambenitos pintados con llamas. Y es escandaloso el abucheo cuando surge un hombre de larga cabellera que ni siquiera ha tenido la piedad de llevar una cruz verde en la mano.

Los caballeros con bastones negros que exhiben las armas de Santo Domingo golpean en los hombros, nucas y espaldas de la gente para restablecer el orden que exige la sacralidad del Auto. En el tablado central ya se han sentado los inquisidores y el Virrey. Castro del Castillo contempla satisfecho el dosel de brocato con flecadura dorada que mandó instalar a último momento, y en cuyo cielo ondula una imagen del Espíritu Santo que significa "el espíritu de Dios gobierna las acciones del Santo Oficio". Al Virrey se le han provisto tres cojines de fina tela color ámbar, dos para los pies y uno para el asiento, en tanto que los inquisidores disponen de una almohada de terciopelo. Castro del Castillo tuvo la cortesía de adornar el balcón de la virreina con pendones, oriflamas, tapices y amplio dosel amarillo. Todo en derredor, hasta donde se pierde la vista, es un rumoroso enjambre. Los memoriosos insisten en que nunca hubo en Lima un Auto de Fe tan concurrido.

Francisco se abraza a los versículos que exaltan la libertad, la belleza, la dignidad, pero resbala hacia el vil espectáculo que hierve en su torno. Es una ceremonia espantosa que celebra el dolor y la muerte.

Empieza la adoración de la cruz puesta en un altar central, ricamente adornado. Tiene la imagen de Santo Domingo rodeada por candelabros de plata, ramilletes de flores y pebeteros de oro. Francisco frunce los párpados y se repliega en su ensoñación. ¿Cuánto tendrá que esperar? A sus oídos ruinosos llega el encrespamiento de los sermones: diferentes voces, pero siempre los mismos esfuerzos por asegurar la gloria, la verdad, la devoción. Alguien lee en castellano la bula de Pío V a favor de la Inquisición y sus ministros, y contra los herejes y sus fechorías. Entreabre apenas los barrotes de las pestañas y ve el juramento del Virrey, y de la Real Audiencia, y de los Cabildos y de todo el pueblo, con la mano derecha levantada, los rostros en trance y un maremoto final: "Amén".

Juan de Mañozca lee la resolución del Santo Oficio. Una vibración de sádica complacencia recorre la plaza. El espectáculo ingresa en una fase voraz, decididamente. Quienes se arrepientan antes de que se pronuncien las frases inapelables conseguirán clemencia —se dice, se repite, se implora—. Millares de oídos erizados captan el llanto, el ruego demencial. Y millares de ojos se pegan a la hilera de infelices exhibidos sobre el patíbulo que ahora serán sometidos a merecida ofensa.

El alcaide recoge su bastón azabache y se dirige al primero de los penitenciados. Le hunde la extremidad en las costillas como si fuese un perro sarnoso; no le habla sino que lo empuja cruelmente, grotescamente, hacia un puente corto, visible desde cualquier punto de la plaza, para que allí, solitario y avergonzado, desnudo de protección, escuche su sentencia personal. Después lo empuja de regreso entre las contenidas risitas de la devota muchedumbre.

Hunde el bastón en el siguiente. Repite la tarea con el tercero, el cuarto, el séptimo, el décimoctavo... mientras sucesivos funcionarios gozan el honor de leer cada condena como si compitieran en un festival de poesía.

El sol derrama calor sobre la plaza hasta que el público ya no puede ingerir más discursos: anhela acción. Han pasado los penitenciados al azote, a la prisión y a trabajos forzados en las galeras. Faltan los que serán "relajados" al brazo seglar para su ejecución. El alcaide empuja al judío Antonio Espinosa; el bastón se retuerce con furia en sus costillas porque el hombre está quebrado, tembloroso, levanta las manos y ruega misericordia. El griterío de la muchedumbre despierta a los dormidos. Por las cabezas amontonadas de extremo a extremo silba una remota alegría cuando el bastón no consigue hacer avanzar al judío siguiente: se trata de Diego López Fonseca, a quien deben cargar en brazos y tirarle de los pelos para que escuche sobre el puente los castigos que se le infligirán. Le llega el turno a Juan Rodríguez, quien aparentó locura en la cárcel para hacer reír a los jueces y confundirlos; ahora reconoce que fue mentira y maldad, llora, implora.

Le toca avanzar al anciano médico Tomé Cuaresma, reconocido en el acto desde los confines de la plaza. El bastón lo empuja obsceno y estallan toses, ansias; la encanecida víctima se apoya en la baranda, cabizbajo, y cuando escucha que será quemado vivo empieza a sacudirse, a llorar. Estira los dedos, quiere decir algo, pero su garganta no emite sonidos. Entonces ocurre algo que conmueve a la multitud: el inquisidor Antonio Castro del Castillo abandona su sitial y camina hacia el tembloroso viejito. Lo observa, le acerca a la nariz la cruz que le cuelga del pecho y ordena que pida misericordia. El desconsolado médico está a punto de desmayarse y balbucea "¡Misericordia... misericordia...!". Un rugido triunfal barre la plaza. El inquisidor regresa iluminado por una sonrisa junto al Virrey para seguir el desarrollo de la ceremonia. Ha triunfado la fe, pero ese hombre será de todos modos ejecutado.

Faltan pocos judíos, los peores.

El bastón empuja a Sebastián Duarte, cuñado del rabino Manuel Bautista Pérez. Cuando pasa junto a él, sin que los guardias pudiesen advertirlo a tiempo, los parientes se abrazan y despiden.[45] La escena produce rabia en los espectadores, que escupen insultos y reclaman mayor celo a los soldados.

Francisco mantiene abiertos los ojos y acompaña a cada uno de los ofendidos con intensidad, como si su espíritu tranquilo tuviera manos y se tendieran hasta las caras anémicas para envolverlas con ternura y decirles que los ama, que no están solos, que su dolor es pasajero. Tiene una visión extraordinaria de la precariedad del hombre. Nunca ha podido reconocerla con tanta crudeza. Pronto será polvo y las ambiciones y perversiones y tonterías dejarán de importarle. Lo sostiene —lo ha sostenido— aquello que ama: Dios, su familia, sus raíces, sus ideas y esos recuerdos en color pastel con manchones de azul que lo emocionaban en la remota Ibatín.

Llega el turno del rabino "capitán grande" y "oráculo de la nación hebrea" —como expresa con sorna el texto que un oficial lee en voz alta—. Manuel Bautista Pérez escucha su sentencia con majestuosa apostura. En su cerebro bulle otra multitud: la de los mártires que lo precedieron y a los que va a integrarse.

Sucede una pausa. Falta el más odioso de los pecadores.

Falta el demente que ha osado desafiar al mismo Auto de Fe presentándose en rebeldía. Es un monstruo, porque sabe que morirá por sus errores y se obstina en ellos. La transpirada muchedumhre se iza en puntas de pie; sólo tiene una ocasión en la vida para ver algo semejante.

El reo luce groseramente despreciable: flaco, canoso, la barba y el cabello largos, deformes. No espera que llegue el bastón del alcaide para agraviarlo como a un animal. Se incorpora solo, con evidente esfuerzo, y camina con la mayor prestancia que le permiten sus músculos hacia el puente donde escuchará lo que ya sabe. El sombrero en cono que lo transformaba en un ser grotesco resbala de su cabeza y súbitamente su imagen empieza a irradiar una nobleza incomprensible. Millares de órbitas registran algo confuso. Sobre el puente se superponen transparencias como si en vez de un hombre hubiera aparecido una efigie de brumas. Por primera vez, en ese día inundado de locura y de calor, brota el silencio.

Todos anhelan escuchar la descripción de sus extraordinarias abominaciones. La voz del funcionario irrumpe con melladuras de inseguridad, de fatiga, de súbito freno. Los cabellos de Francisco empiezan a elevarse como alas. El afrentoso sambenito se aligera y ondula sedoso. La muchedumbre apantalla las orejas porque las frases se esfuman. Ese hombre solitario y enhiesto evoca algo misterioso. A unos mil metros de distancia, en el Pedregal ya están a punto las hogueras, pero ahí, sobre el puente, suavemente acariciado por la brisa, no observan a un reo que devorarán las llamas, sino a una suerte de hombre digno y justo. Su imagen está cruzada por lo grandioso.

El cronista Fernando de Montesinos, respetado autor de muchas obras, se levanta de su grada para examinar de cerca el portento. El Tribunal le había encargado la difícil tarea de redactar una pormenorizada narración del Auto de Fe. Ya había entrevistado a Francisco en su mazmorra, le había extraído muchas páginas de información personal, pudo escribir sobre sus estudios, viajes, transgresiones y audacias. Ahora debía mantener alerta sus sentidos para registrar los detalles del Auto. Importa la decoración, las sentencias, el protocolo, la conducta de los reos y también los fenómenos sobrenaturales. La brisa que juega con los cabellos del cautivo se transforma en un viento que en pocos minutos se torna fuerte. El agobiante calor es repentinamente fragmentado por cuchillas gélidas que vienen del mar. Desde el Callao avanza un manto negro que hinchan y golpean con rabia los relámpagos. La atención concentrada en el espectáculo no ha advertido el comienzo de la tormenta y Montesinos levanta sus ojos con pavura: esto también debe ser consignado en su informe.

De pronto un grito de horror multitudinario acompaña el sablazo que abre el toldo del tablado central. Montesinos hace pantalla con su mano y logra escuchar las palabras que pronuncia Maldonado da Silva, repentinamente dorado por la luz. Luego, en su informe, las transcribirá textualmente:

—¡Esto lo ha dispuesto así el Dios de Israel para verme cara a cara desde el cielo!

Epílogo

Los ajusticiados son conducidos a la hoguera entre murallas de soldados para evitar que la gente en tropel los empuje y escupa. Junto a los reos marchan frailes de todas las órdenes para predicarles hasta último momento. Entre los jefes militares que controlan el fúnebre desplazamiento se destaca el contrito capitán Lorenzo Valdés.

Tomé Cuaresma dice que no necesita la misericordia del Santo Oficio y muere impenitente. Manuel Bautista Pérez mira con desprecio al verdugo y le manda que cumpla bien su oficio.

Francisco Maldonado da Silva no habla, ni llora, ni gime. En torno a su cuello han atado los libros que escribió esforzadamente en prisión. Varios testigos registran el instante en que las llamas azules prenden las hojas y un torbellino de letras salta y empieza a girar insistentemente en torno a sus cabellos como una corona de zafiros.

Los funcionarios presentes —alguacil mayor de justicia, notario y secretario del Santo Oficio— soportan la humareda y el olor de carne humana hasta dar fe que los relajados se han convertido en cenizas.

El cronista Fernando de Montesinos se tapa la nariz con su pañuelo perfumado y cumple a satisfacción la solicitud inquisitorial de escribir un relato completo sobre el colosal Auto de Fe. Su largo texto se imprime de inmediato por orden del Ilustrísimo Inquisidor General. Nadie sospecha entonces que, de esta forma, las víctimas ascenderán a la inmortalidad.

El Consejo Central de España, no obstante, se alarma por la magnitud de la matanza, la más grande que la Inquisición haya realizado en toda América, y ordena a los tres inquisidores que transmitan "por separado" y "en conciencia", sus sentimientos respecto de lo actuado.

Gaitán contesta que las sentencias "fueron justificadas". Castro del Castillo contesta que antes de dar su voto decía misa y se encomendaba "muy de veras a Dios y con mucha humildad". Mañozca no contesta, y ese mismo año le dan por concluidos sus servicios en el Tribunal de Lima.

El Auto de Fe de 1639 sacude a las comunidades judías de Europa, que hacen circular los informes sobre el martirologio ocurrido en América. En 1650 aparece la famosa obra *Esperanza de Israel* de Menashé ben Israel, que narra el tremebundo suceso y dedica párrafos emotivos al mártir Francisco Maldonado da Silva. En Venecia el doctor Isaac Cardoso publica otro libro que amplía la pavorosa historia y exalta el heroísmo de "Eli Nazareo". El poeta sefardí Miguel de Barrios escribe en Ámsterdam un poema sobre el heroico americano que luchó y murió por defender su derecho a la libertad de conciencia.

En 1813 es abolido el Santo Oficio de Lima y el pueblo saquea el palacio inquisitorial para borrar las ominosas pruebas que mantenían en vilo a centenares de familias. No obstante, dos años más tarde se lo reinstala y vuelve el pánico. Pero en 1820, por mandato del último virrey, queda eliminado definitivamente.

En 1822 le es asestado a la Inquisición en América el golpe de gracia más significativo: el Libertador José de San Martín ordena transferir todos los bienes del nefasto Tribunal a la Biblioteca de la Nación, porque en ésta habitan las ideas —fueron sus palabras— "luctuosas a los tiranos y valiosas para los amantes de la libertad".

Agradecimientos

Para edificar este libro he sido agraciado por la ayuda de muchas personas e instituciones que me brindaron su rica información, en particular la Academia Nacional de Historia, Academia Nacional de Letras, las Fundaciones Simón Rodríguez y Torcuato Di Tella, la Biblioteca del Seminario Rabínico latinoamericano y la generosa aportación de libros y documentos por parte del historiador cordobés Efraín U. Bischoff y la historiadora tucumana Teresa Piossek Prebisch. Dedico un reconocimiento especial a Marcelo Polakoff quien, imbuido de entusiasmo por el proyecto, obtuvo información adicional de archivos y bibliotecas, a la que marcó y clasificó criteriosamente. El brillante antropólogo peruano Luis Millones me proporcionó orientación, referencias y material de sus propios archivos. Durante mi intenso viaje a Lima para estudiar escenarios y profundizar la investigación histórica, he recibido los aportes de especialistas notables como Pedro Guibovich, Guillermo Lohmann, María Emma Manarelli, Max Hernández, Moisés Lemlij, Marcos Gheiler, Franklin Pease.

Como se trata de una novela histórica resultaría incongruente detallar la abundante bibliografía existente o consultada para reconstruir la época y sus personajes, ya que muchos nombres secundarios y escenas responden a las exigencias literarias de investir carnadura y emotividad actual a sucesos lejanos, posibles y no siempre seguros. Pero es justo reconocer mi deuda por lo menos con tres autores relevantes, cuyas investigaciones sobre el tiempo colonial americano y la vida de Francisco Maldonado da Silva lucen gran mérito: José Toribio Medina, Boleslao Lewin y Günter Böhm.

Mi esposa ha leído y discutido con generosa dedicación la mayor parte de los capítulos, brindándome agudas observaciones que aumentaron mi alerta en este bosque de personajes y acontecimientos. Mi hijo Gerardo diseñó y supervisó el procesamiento de los materiales y el registro de las sucesivas versiones que insumieron un total de casi dos mil ochocientas páginas. Dévora Gabriela Fernández y Alicia López tipearon repetidas veces mis originales hasta que el volumen alcanzó las características presentes.

El sostenido esfuerzo que he dedicado a esta obra —y cuyos contenidos abrumadores amenazaban hacerme desfallecer— ha contado con la confianza de mis editores y el lúcido editing de Paula Pérez Alonso.

Para la presente edición, que espero definitiva, me corresponde agradecer a Paula Pico Estrada las atinadas observaciones y sugerencias que me ha brindado.

Notas

1. Marrano: calificación injuriosa aplicada por el populacho a judíos y musulmanes convertidos al cristianismo y que en secreto mantenían lazos con su antigua fe. Marrano es el puerco joven que recién deja de mamar. Evoca la inmundicia y la sordidez. En un principio se calificó así a los excomulgados. A partir del siglo XIII el vituperio se dirigió hacia los judíos convertidos por la fuerza y sospechosos de mantener una cierta lealtad a sus raíces. Después se extendió la injuria a cualquier judío y, en particular, a los cristianos nuevos. La palabra sonaba horrible en los oídos españoles y un decreto real de 1380 salió al cruce para condenar con multa o cárcel a quien calificase de marrano a un converso sincero. Pero no alcanzó para detener el fanatismo creciente. Limpio era el que no tenía sangre judía ni mora aunque fuese un delincuente vil y lleno de pecados. Sucio, perro, y —sobre todo— marrano, quien tenía en sus venas la sangre abyecta. Corría una grotesca racionalización: "no come chancho porque chancho es". La palabra se impuso en toda la extensión del imperio español e ingresó en el lusitano.

2. Nombre del poblado en idioma tonocoté. Un siglo más tarde el río invadió la ciudad y sus habitantes la refundaron muchos kilómetros al norte.

3. El quatrivio, sumado al trivio, formaba el conjunto de materias propio de la enseñanza superior medieval.

4. Funcionario de la Inquisición que debía denunciar a las personas que atentaban contra la fe y prender los reos con orden del Tribunal (por sí mismos o ayudados por el alguacil). Para el cumplimiento de su misión, estaban autorizados a llevar armas, pública o secretamente, en todo el distrito inquisitorial.

5. Encomienda: institución por la cual se "encomendaba" a un coloni-
zador un grupo de indios que trabajarían para él a cambio de la obligación que asumía el encomendero de costearles su educación cristiana.

6. Se llamaba "ley de Moisés" al judaísmo, en contraste con la "ley de
Jesucristo".

7. El comisario era el representante del Santo Oficio en las ciudades y
villas del distrito inquisitorial. Debía ser clérigo, virtuoso y con rentas
suficientes para vivir con la dignidad inherente al cargo.

8. En 1614 fundó la Universidad de Córdoba, la más antigua de la República Argentina. Familiarmente se la llama "Casa de Trejo".

9. Lima.

10. Ídolos de diversos materiales.

11. Gueto judío, en España.

12. Mita: "turno". Son los turnos de cuatro meses por año que los indios
debían servir en las explotaciones mineras. Este régimen pronto fue
transgredido: los cuatro meses se convirtieron en cadena perpetua. Pero
se siguió usando la misma palabra.

13. Jefes o caciques de origen muy antiguo, preincaico. Los incas redu-
jeron su jerarquía. Los españoles les devolvieron algunas prerrogativas
y los utilizaron como intermediarios entre el poder colonial y los grupos indígenas.

14. Ahora llamada Sucre.

15. *Caja*: instrumento de percusión. *Erke*: fagot montañés. *Quena*: flauta de caña. *Sikus*: flauta de Pan andina.

16. Juicios que cobraron mucha importancia en las Indias por la abundancia de transgresiones y que se efectuaban después de concluir una
gestión. Se perseguía con más celo las infracciones que redundaban en
perjuicio de la Real Hacienda.

17. La oración de Maimónides reza:
"Ahora me dispongo a cumplir la tarea de mi profesión.
"Asísteme, Todopoderoso, para que tenga éxito en la gran empresa. Que
me inspire el amor a la ciencia y a tus criaturas. Que en mi afán no se
mezcle la ansiedad de dinero y el anhelo de gloria o fama, pues éstos son
enemigos de la verdad y del amor al hombre, y me podrían también llevar a errar en mi tarea de hacer bien a tus criaturas. Conserva las fuer-

zas de mi cuerpo y de mi alma para que siempre y sin desmayo esté dispuesto a auxiliar y a asistir al rico y al pobre, al bueno y al malo, al enemigo y al amigo. En el que sufre, hazme ver solamente al hombre.

"Alumbra mi inteligencia para que perciba lo existente y palpe lo escondido e invisible. Que yo no descienda y entienda mal lo visible y que tampoco me envanezca, porque entonces podría ver lo que en verdad no existe.

"Haz que mi espíritu esté siempre alerta; que junto a la cama del enfermo ninguna cosa extraña turbe mi atención, que nada me altere durante los trabajos silenciosos. Que mis pacientes confíen en mí y en mi arte; que obedezcan mis prescripciones e indicaciones. Arroja de su lecho a todos los curanderos y la multitud de parientes aconsejadores y sabios enfermeros, porque se trata de personas crueles que con su palabrería anulan los mejores propósitos de la ciencia y a menudo traen la muerte a tus criaturas.

"Cuando médicos más inteligentes quieran aconsejarme, perfeccionarme y enseñarme, haz que mi espíritu les agradezca y obedezca. Pero cuando tontos pretenciosos me acusen, haz que el amor fortifique plenamente mi espíritu para que con obstinación sirva a la verdad sin atender a los años, a la gloria y a la fama, porque el hacer concesiones traería perjuicio a tus criaturas.

"Que mi espíritu sea benigno y suave cuando camaradas más viejos, haciendo mérito a su mayor edad, me desplacen y befen y, ofendiéndome, me hagan mejor. Haz que también esto se convierta en mi beneficio, para que conozca algo que no sé, pero que no me hiera su engreimiento: son viejos y la vejez no es un freno para las pasiones.

"Hazme humilde en todo, pero no en el gran arte. No dejes despertar en mí el pensamiento de que ya sé lo suficiente, sino dame fuerza, tiempo y voluntad para ensanchar siempre mis conocimientos y adquirir otros nuevos. La ciencia es grande y la inteligencia del hombre cada vez cava más hondo."

18. Antídoto universal que entonces se usaba contra los envenenamientos. La pólvora era considerada venenosa: se suministraba teriaca, por eso, a los heridos por armas de fuego.

19. El barbero, enfermero, sirviente, mulato y bastardo Martín de Porres fue propuesto para su beatificación por el Papa Clemente IX. La causa, sin embargo, fue detenida en el procedimiento vaticano durante una centuria. En 1763 fue proclamada la heroicidad de sus virtudes por un

decreto apostólico. Pero su aprobación recién tuvo lugar en 1836, por el Papa Gregorio XVI, quien avanzó más aún y lo reconoció Bienaventurado. El Papa Juan XXIII, en mayo de 1962 —sobre las vísperas del Concilio Vaticano II— en una emotiva ceremonia, elevó al hermano San Martín de Porres a la veneración de los altares. Es el primer santo negro de América.

20. Funcionario del Santo Oficio que, por su erudición, estaba capacitado para juzgar las manifestaciones atribuidas al reo o las encontradas en libros y documentos. Debía informar también sobre la censura teológica que merecían sus proposiciones.

21. En el sambenito se pintaban aspas en lugar de cruces, porque los condenados eran indignos de portar el símbolo sagrado. Cuando el reo era absuelto, el sambenito no llevaba aspas. En cambio, cuando el Santo Oficio recelaba, pero lo admitía igualmente en reconciliación, debía exhibir medias aspas (fue el caso de Diego Núñez da Silva). Cuando se lo juzgaba hereje formal, pero abjuraba de su error, el sambenito tenía aspas enteras. En los casos extremos, cuando los reos eran "relajados" —es decir, entregados al brazo seglar para que les diera muerte— usaban también tres tipos de vestimenta penitencial según la intensidad de la condena, incluyendo siempre una pintura de las llamas que devorarían su cuerpo.

22. Los defensores son el Rey y su linaje, los nobles, infanzones y hasta se podría incluir a los jurisconsultos.

23. Oración hebrea por los muertos.

24. Pascua judía.

25. *Séder*: ceremonia mediante la cual se evoca y celebra la liberación de la esclavitud en Egipto.

26. Panes ázimos o cenceños.

27. Narración del Éxodo.

28. El cargo de deicidio y la sistemática mención de los judíos como pérfidos recién fueron revocados por la Iglesia católica en el Concilio Vaticano II, que inauguró en 1962 el papa Juan XXIII.

29. Pacto de circuncisión. Generalmente se dice sólo *"Brit"*, porque el acento recae sobre la palabra pacto.

30. Carcelero, encargado de las prisiones del Santo Oficio.

31. El Santo Oficio de la Inquisición.

32. Los cuatro calificadores que escogió el Tribunal eran joyas del Virreinato. El jesuita Andrés Hernández fue autor de un Tratado de Teología en cuatro volúmenes. Luis de Bilbao "fue uno de los mayores hombres que en su tiempo gozó el Perú", aseguraba el cronista de la orden dominicana. El doctor Pedro Ortega fue rector de la universidad y autor del Teatro Histórico de la Iglesia de Arequipa. Alonso Briceño ganó la cátedra de filosofía y enseñó con tanto brillo que se lo llamaba "el segundo Escoto"; años más tarde fue despachado a Roma con plenos poderes para gestionar la canonización de Francisco Solano.

33. La enemistad de Andrés Juan Gaitán y Juan Mañozca se remontaba al principio de su encuentro, cuando Mañozca había llegado como visitador e informó que en el Perú "todo estaba muy mal". Gaitán, que era el inquisidor más antiguo, se negó a recibir a Mañozca y también a ofrecerle alojamiento. Tanta era su tirria que criticó al virrey y otras personalidades por acoger al visitador y su séquito. Mañozca denunció a Gaitán ante la Suprema de Sevilla. La Suprema nombró a Antonio Castro del Castillo y, a partir de entonces, se estableció cierto balance entre los tres jueces. Pero las brasas de antiguas heridas continuaban ardiendo.

34. El Tribunal le concedió una enésima, décima y undécima disputa ante la perspectiva de que por fin iba a ceder. Ocurrieron con mucha distancia entre sí, porque los jueces sentían un indisimulable fastidio al escucharlo. Según la documentación enviada a la Suprema de Sevilla, las disputas tuvieron lugar el 17 de diciembre de 1631, el 14 de octubre de 1632 y el 21 de enero de 1633.

35. Los consultores eran ministros no asalariados del Santo Oficio, de reconocida ilustración. Intervenían en las causas de fe y estaban autorizados a votar por la detención de una persona, someterlo o no a las torturas y también condenarlo en la sentencia definitiva. Podían ser requeridos por el Tribunal cuando no había acuerdo entre los inquisidores mismos y para ayudar en los conflictos de jurisdicción del Santo Oficio con el poder civil o eclesiástico.

36. El alcaide Bartolomé Pradeda logró convencer al Tribunal y, en recompensa a su buen comportamiento anterior a las recientes faltas, se le dio licencia para convalecer en su hacienda. De esta forma no "causará mayor daño" —registra el informe—. Ocupó el puesto vacante su ayudante Diego de Vargas.

37. A la sinagoga de los hermanos judíos que están en Roma.

38. En la relación del año 1639 que los tres inquisidores elevaron a la Suprema informaron textualmente: "... habiendo pasado el reo una larga enfermedad, de que estuvo en lo último de su vida, por un ayuno que hizo de ochenta días, en los cuales pasando muchos sin comer, cuando lo hacía eran unas mazamorras de harina y agua, con que se debilitó de manera que no se podía rodar en la cama, quedándole sólo los huesos y el pellejo, y éste muy llagado".

39. El conde de Chinchón, virrey del Perú, escribió al soberano por correo aparte el 13 de mayo de 1636. Informaba que brindó asistencia al Santo Oficio para arrestar muchos portugueses, recomendaba que el Consejo de Indias y la Suprema agradecieran el celo del Tribunal limeño, y pedía mayor vigilancia en el pasaje de portugueses a América. Pero enfatizaba que los inquisidores debían restituir al fisco real una alta suma por la voraz apropiación de bienes que estaban efectuando. Era éste el nudo del conflicto y el monarca no echaría en saco roto semejante veta.

40. Dice el informe: "Después de lo susodicho (el ayuno), fue juntando el reo mucha cantidad de hojas de choclos de maíz, que pedía le diesen de ración en lugar de pan y de ellas hizo una soga, con la cual salió por la ventana que estaba cerca del techo de su cárcel; y fue a las cárceles circunvecinas que están dentro de la primera muralla, y entró en ellas y a los que estaban presos los persuadió a que siguiesen su ley; y habiéndose entendido, se recibió información sobre el caso, y lo declararon cuatro testigos presos, que estaban dos en cada cárcel. Se tuvo con el reo audiencia y lo confesó todo de plano, y que el celo de su ley lo había movido a ello".

41. El arzobispo Arias de Ugarte protegió a su capellán de origen judío hasta la muerte, tras lo cual Diego López de Lisboa —en 1644— escribió la emotiva biografía de su valiente benefactor.

42. En una carta del 18 de mayo de 1639 dice: "Con la ocasión de las haciendas que se han embargado por la Inquisición, ha quedado tan enflaquecido el comercio que apenas pueden llevarse las cargas ordinarias".

43. En su informe, los inquisidores aseguran que los negros "eran ladinos en favor de los portugueses. Como los traían de Guinea, sabían sus lenguas y esto ayudó mucho para sus comunicaciones internas, como el uso del limón y el abecedario de golpes, cosa notable: la primera letra

500

era un golpe, la segunda dos, la tercera tres. Con estas cifras y caracteres se entendían: claro indicio de su complicidad".

44. "... y en las manos cruces verdes, menos el licenciado Silva —reza el informe oficial— que no la quiso llevar por ir rebelde: todos los demás llevaban velas verdes."

45. "... su cuñado Sebastián Duarte que, yendo a la gradilla a oír su sentencia, al pasar muy cerca de aquél (Manuel Bautista Pérez), enternecidos se besaron al modo judío, sin que sus guardias los pudiesen estorbar."

Índice